두 도시 이야기

두 도시 이야기

찰스 디킨스 지음 | 신윤진 · 이수진 옮김

더클래식

| 차례 |

제1부 부활

제2부 금실

제3부 폭풍의 진로

제1부
부활

1장

시대

　최고의 시대이자 최악의 시대, 지혜의 시절이자 어리석음의 시절이었
다. 믿음의 세월이자 의심의 세월이었으며 빛의 계절이자 어둠의 계절이
었다. 희망의 봄이자 절망의 겨울이었다. 우리 앞에는 모든 것이 있었지
만 한편으로는 아무것도 없었고, 우리는 모두 곧장 천국을 향해 가고 있
으면서도 곧장 지옥으로 가고 있었다. 요컨대 그 시대가 현재[1]와 어찌나
닮아 있었던지, 당시의 가장 말 많은 일부 권위자들조차 선과 악, 즉 극단
적인 대조만이 허락되는 세상이라고 주장할 정도였다.

　영국의 왕좌에는 턱이 큰 왕과 얼굴이 못생긴 왕비가 앉아 있었다.[2]
그리고 프랑스의 왕좌에는 턱이 큰 왕과 얼굴이 어여쁜 왕비가 앉아 있
었다.

　이 두 나라에서 사리사욕을 채우며 살아가는 왕실 귀족들에게는, 이
런 일반적인 상황이 영원히 지속되리라는 전망이 수정보다도 더 명쾌
해 보였다.

1　찰스 디킨스가 이 소설을 쓴 1859년 즈음을 말한다.

2　소설이 시작되는 1775년, 영국을 다스리던 조지 3세(George Ⅲ)와 샬럿 소피아(Charlotte Sophia), 프
랑스를 다스리던 루이 16세(Louis ⅩⅥ)와 마리 앙투아네트(Marie Antoinette)를 가리킨다. '큰 턱(large
jaw)'은 냉혹하고 권위적인 통치 방식을 비유적으로 표현한다.

때는 서기 1775년이었다. 영국인들은 그 좋던 시절에도 지금처럼 영적 계시를 믿었다. 최근에 조애너 사우스콧[3]이 행복한 스물다섯 번째 생일을 맞을 즈음, 근위 기병대 소속의 앞을 내다볼 줄 아는 한 병사가 런던과 웨스트민스터[4]의 몰락이 도래했다고 선언함으로써 그녀의 장엄한 등장을 예고했다. 바로 작년인 1858년에 유령들이 (초자연적인 현상치고는 독창성 없이) 사물을 두들겨 메시지를 전하고 간 것처럼, 콕 레인에 유령[5]이 나타나 테이블을 두들겨 메시지를 전달하고 간 후로 딱 12년이 지난 때였다. 그러나 이상하게 들릴지 몰라도, 영국 왕실과 국민들이 얼마 전 '아메리카에 거주하는 영국 국민 의회'[6]로부터 받은 정세에 관한 세속적인 메시지들이, 콕 레인 지역의 닭들에게서 태어난 병아리들이 전하는 어떤 영적인 메시지보다도 인류에게 훨씬 더 중요한 소식임이 밝혀졌다.

방패와 삼지창으로 상징되는 자매국인 영국보다 영적인 문제에 전반적으로 흥미가 없었던 프랑스는 지폐를 마구 찍어 내고 써 버리면서 거침없이 내리막길로 굴러 떨어지고 있었다. 게다가 프랑스는 기독교 성직자들의 비호를 받으며, 비오는 날 약 50미터 거리 밖에서 눈앞으로 지나가는 사제들의 추잡한 행렬에 예를 갖추기 위해 무릎을 꿇지 않았다는 이유로 젊은이의 양손을 자르라고, 집게로 혀를 뽑으라고, 산 채로 화형에 처하라고 선고하는 등 비인도적이기 그지없는 만행을 일삼고 있었다.

---

3 영국의 자칭 예언가로, 초라한 농가에서 태어나 가정부와 가구점 보조 수리공 등으로 전전하다가 42세에 계시를 받기 시작했다. 재림이 도래했다는 그녀의 주장은 후에 책과 논문으로 발표되어 널리 읽혔으며 영국 전역에서 사회적 돌풍을 일으켰다.

4 영국의 국회 의사당이 위치한 곳으로, 영국 의회와 정부를 상징한다.

5 1762년 런던의 콕 레인 지역에서 벌어진 유령 소동이다. 한 주택에 독살, 매장된 여인의 혼이 유령으로 나타나 주민들을 괴롭히고 사물을 두들기거나 긁어서 억울한 죽음을 밝히려 한다 하여 세간의 이목이 집중되었으나 후에 희대의 사기극으로 밝혀졌다.

6 1774년 9월부터 10월까지 필라델피아에서 열린 제1차 아메리카 대륙회의이다. 13개 주의 대표 55인이 한자리에 모여 영국의 압제로부터 식민지의 권리와 자유를 수호하고 영 본국과의 통상을 단절하겠다고 결의했다. 처음에는 독립을 목적으로 한 모임이 아니었으나 결과적으로 미국 독립의 초석이 되었다.

고통받는 청년이 죽음을 맞이하는 순간에도, 프랑스와 노르웨이의 숲 깊은 곳에서는 '운명'이라는 산지기가 이미 점찍어 둔, 그리하여 베어지고 톱으로 잘려 널빤지가 된 다음 자루와 칼이 달린 움직이는 어떤 틀,[7] 역사상 끔찍하기 짝이 없는 물건이 될 나무들이 자라고 있었을 것이다. 파리 근교에서 거친 땅을 일구며 살아가는 어떤 농부들의 허름한 헛간에는, '죽음'이라는 농부가 대혁명 때 사형수를 옮기는 데 쓰려고 미리 따로 챙겨 둔 조야한 수레가 촌구석의 진흙을 뒤집어쓴 채, 돼지가 꿀꿀대고 닭들이 홰를 치는 와중에, 바로 그날의 비바람을 피해 보관되어 있었을 것이다. 그러나 '운명'이라는 산지기와 '죽음'이라는 농부는 쉬지 않고 일을 하면서도 조용히 일을 했기에, 그들이 발소리를 죽이고 돌아다니는 동안 아무도 그 소리를 듣지 못했다. 잠자지 않고 깨어 있다는 의심을 조금이라도 샀다가는 무신론자나 반역자로 몰릴 수도 있었기에 더욱 그랬다.

영국에는 국가로서 내세울 만한 질서와 치안이 눈곱만큼도 없었다. 심지어 런던에서조차 흉악한 무장 강도와 노상강도가 밤마다 활개를 쳤다. 집집마다 살림살이를 가구점 창고에 안전하게 맡기지 않은 채 시내를 떠나지 말라는 말이 공공연하게 나돌았다. 밤에는 노상강도 짓을, 낮에는 장사치 노릇을 하던 작자들은, 도적질을 하다 마주친 동료 장사꾼이 자신을 알아보고 달려들면 대번에 머리통에 총을 갈긴 다음 말을 타고 달아났다. 역마차가 강도 일곱 명에게 털리기도 했는데, 그중 셋이 경비원의 총에 죽었지만 '총알이 빗나가는 바람에' 그 경비원은 나머지 넷의 총에 맞아 죽고 말았다. 그런 다음 강도들은 유유히 역마차를 털었다. 위대하신 런던 시장께서는 턴햄 그린 공원에서, 우두커니 서서 노상강도에게 가진 것을 모두 넘겨줄 수밖에 없었다. 강도는 수행원 모두가 지켜보

7 단두대를 가리킨다. 프랑스 혁명 당시 의사인 기요탱(Joseph Ignace Guillotin) 박사가 고통 없이 신속하게 사형을 집행하기 위해 고안해 낸 장치로 고안자의 이름을 따서 기요틴이라 부른다.

는 가운데 그토록 저명하신 분을 유린했다. 런던 교도소의 죄수들이 간수들과 싸움질을 해 대자 위풍당당한 법은 총알을 가득 장전한 나팔총을 죄수들에게 쏘아 댔다. 또 도둑들은 궁전 응접실에서 귀족들의 목에 걸린 다이아몬드 십자가 목걸이를 벗겨 갔다. 총을 든 군인들이 장물을 찾으러 세인트 자일스 거리로 진격하자 악당들이 그들에게 총을 쏘았고 군인들도 악당들에게 맞총질을 해 댔지만, 이 모든 일들을 유별난 사태라 여기는 사람은 없었다. 이런 사건들이 기승을 부리자, 백해무익한 존재이면서도 늘 바빴던 사형 집행인은 정신없이 불려 다녔다. 이봐, 죽 늘어서 있는 잡범들의 목을 매달게. 이봐, 화요일에 잡은 강도는 토요일에 매달자고. 이봐, 뉴게이트 교도소에 있는 열두 명의 죄인의 손에 한꺼번에 낙인을 찍어야지. 이봐, 웨스트민스터 홀 문에 나붙은 대자보도 태워야지. 이봐, 오늘은 흉악한 살인자를 죽이고, 내일은 농부의 아들에게서 푼돈 6펜스를 빼앗은 불쌍한 좀도둑을 죽이게나.

이 모든 일들이, 그리고 이와 비슷한 수많은 사건들이 1775년을 전후로 해서 일어났다. 이 와중에도, '운명'이라는 산지기와 '죽음'이라는 농부는 가만가만 일을 했고, 턱이 큰 두 왕과 못생긴 왕비, 어여쁜 왕비는 계속해서 자신들의 신성한 권리를 함부로 휘둘렀다. 1775년은 그렇게, 고귀한 이 왕족들을 그리고 이 연대기 속 인물들을 비롯하여 수많은 미물들을 그들 앞에 놓인 길로 인도하고 있었다.

2장

역마차

11월 말 어느 금요일 밤, 이 이야기의 첫 번째 등장인물 앞에 '도버로 (路)'가 펼쳐져 있었다. 도버[1]로는 슈터스힐 고개를 삐걱거리며 오르는 역마차 앞에도 펼쳐져 있었다. 우리의 등장인물은 다른 승객들과 함께 역마차에서 내려 진창길을 걸어 오르고 있었다. 걷기 운동이 좋아서가 아니라 그럴 수밖에 없는 상황이었다. 말들이 질퍽이는 언덕길에서 마구를 메고 마차까지 끄는 것이 어찌나 힘들었던지 벌써 세 번씩이나 걸음을 멈춘 상황이었고, 게다가 한번은 블랙히스로 돌아가겠다고 반항하며 마차를 끌고 길을 가로지르기도 했다. 마부와 경비원은 힘을 모아, "어떤 짐승에겐 이성(理性)이 있다는 주장에 전적으로 공감하지 않는다면 동물이 제멋대로 굴지 못하게 하라."는 병법서의 가르침대로 고삐와 채찍으로 말들을 다스렸다. 그러자 말들은 굴복하고 본분을 되찾았다.

말들이 고개를 처박고 꼬리를 부르르 떨면서, 관절이 산산조각 나기라도 하는 것처럼 간간이 버둥거리고 휘청거리며 질퍽한 진창길로 걸음을 내디뎠다. 마부가 쉬게 하려고 "워워!" 고함을 치며 말들을 세울 때마다, 마부석 가까이의 대장 말이 도저히 마차를 언덕 위까지 끌고 갈 수

---

1 영국 런던의 동남쪽에 위치한 항구도시로, 프랑스와 도버 해협을 사이에 두고 34킬로미터 정도 떨어져 있다. 지금처럼 교통이 발달하기 전까지는 대륙으로 통하는 관문으로서 크게 번창했다.

없겠다는 듯 유난히 단호한 태도로 머리와 갈기털을 격렬하게 털어 댔다. 말이 이렇게 요란을 떨 때마다, 한 승객은 예민해서 그런지 흠칫 놀라며 심란해했다.

땅이 꺼진 곳마다 모락모락 피어오르는 안개가, 깃들 곳을 찾지 못하고 헤매는 악령처럼 을씨년스럽게 언덕 위에서 서성댔다. 끈끈하면서도 몹시 차가운 안개가 불결한 바다에서 파도가 치듯 잔물결을 일으키며 천천히 허공을 떠다니다가 다른 안개를 만나면 뒤덮어 버렸다. 안개의 움직임과 몇 미터 거리의 길바닥 말고는 마차의 불빛에 아무것도 보이지 않을 만큼 지독한 안개였다. 말들이 기운을 쓰느라 안개 속으로 콧김을 내뿜고 있어서 그 안개를 모두 말들이 뿜어낸 것 같았다.

우리의 등장인물 외에도, 승객 두 명이 마차 옆에서 터벅터벅 언덕을 오르고 있었다. 셋 다 얼굴과 귀를 꽁꽁 싸매고 무릎까지 올라오는 장화를 신고 있었다. 겉모습만으로는 다른 두 사람이 어떻게 생겼는지 알 수 없었다. 셋 다 육체의 눈은 물론 마음의 눈까지 되도록 많이 싸매서 동행자들에게 자신을 숨기고 있었다. 당시에는 길에서 만나는 사람은 누구든 도적 혹은 도적 떼와 한패일 수 있기 때문에, 여행자들은 짧은 자기소개만으로 신뢰감을 드러내는 법이 없었다. 도적 떼와 한패인 놈들에 관해 말하자면, 모든 여인숙과 선술집에는 주인에서부터 가장 미천하고 별 특징 없는 마구간지기에 이르기까지, '두목'에게 돈을 받고 일하는 누군가가 있을 수 있었기 때문에 그렇게 생각하는 것이 가장 확실했다. 1775년 11월 어느 금요일 밤, 역마차의 경비원이 역마차 뒤편의 자기 자리에 선 채로 발을 구르며 앞에 있는 무기 상자를 한 눈과 한 손으로 지키면서 생각에 잠겨 있었다. 무기 상자의 맨 아래에는 단검이, 그 위에는 장전한 대형 권총 예닐곱 자루가, 그리고 맨 위에는 장전한 나팔총 한 자루가 들어 있었다.

도버행 역마차의 분위기는 늘 그렇듯이 정감이 넘쳐서, 경비원은 승객들을 의심하고 승객들은 경비원을, 그리고 서로를 의심했다. 모두가 자신을 제외한 나머지를 의심했고, 마부는 말 말고는 아무도 믿지 않았다. 하지만 이 동물들이야말로 양심적으로 말해서 이런 노정을 견뎌 내기에 적합하지 않다고 성경을 걸고서라도 맹세할 수 있을 정도였다.

"워워! 자, 이제 한 번만 더 힘을 쓰면 정상이다. 젠장, 겨우 이만큼 올라오는데 이리 말썽이니, 원! 이봐, 조!"

마부가 말했다.

"왜 그러나!"

경비원이 대답했다.

"지금 몇 시쯤인지 알아, 조?"

"11시 10분일세."

짜증 난 마부가 불쑥 소리쳤다.

"내가 미쳐! 그런데도 아직 슈터스 언덕에도 못 올랐단 말이지! 쯧쯧! 이라! 어서 움직여!"

말을 듣지 않던 대장 말이 채찍질에 반항하기를 그만두고 정상을 향해 나아가자 나머지 세 마리 말들도 뒤를 따랐다. 다시 한 번 도버행 역마차가 옆에서 장화를 신고 걸음을 옮기는 승객들과 함께 힘겹게 언덕을 올랐다. 그들은 마부가 마차를 세우면 함께 멈췄고 마차 옆에서 계속 행동을 같이했다. 셋 중 누구라도 다른 두 사람에게 조금만 앞서서 안개와 어둠 속으로 걸어가자고 했다면 그는 노상강도라는 의심을 사서 금방이라도 총에 맞았을 것이다.

말들이 마지막 힘을 짜내어 역마차를 언덕 꼭대기로 끌어 올렸다. 말들이 멈춰 서서 숨을 고르는 동안 경비원이 마차에서 내려 미끄러지지 않게 바퀴를 고정한 다음 문을 열고 승객들을 태우려 할 때였다.

"이봐, 조!"

마부가 마부석에서 내려다보며 다급한 목소리로 외쳤다.

"왜 그래, 톰?"

두 사람이 귀를 기울였다.

"말 한 마리가 걸어오고 있단 말일세, 조."

"말 한 마리가 달려오고 있단 말이겠지, 톰."

경비원이 몸을 돌리며 잡고 있던 문고리를 놓고 잽싸게 자기 자리로 올라갔다.

"승객 여러분! 왕명이니, 어서 숨으시오!"

경비원이 이렇게 서둘러 지시하면서 나팔총의 공이치기를 당겨 공격 자세를 취했다.

우리의 등장인물이 마차에 오르려고 계단에 서 있었다. 다른 두 승객도 그의 뒤에 바짝 붙어 서서 마차에 오르려던 참이었다. 그의 몸은 절반은 마차 안에, 절반은 마차 밖에 걸쳐 있었고 다른 두 승객은 아직 그 아래 길바닥에 서 있었다. 그들은 일제히 마부와 경비원을 번갈아 바라보며 귀를 기울였다. 마부가 뒤를 돌아보자 경비원도 뒤를 돌아보았고, 심지어 고집불통 대장 말까지 귀를 쫑긋 세우고 고분고분하게 뒤를 돌아보았다.

삐걱거리며 움직이던 마차의 소리가 멎자 주위가 고요해졌고 거기에 밤의 적막함까지 스며들어 쥐 죽은 듯한 침묵이 감돌았다. 말들이 숨을 헐떡이는 통에 마차가 흥분한 듯 흔들렸다. 승객들의 심장이 귀에 들릴 듯이 쿵쾅거렸다. 순간적인 침묵 안에, 숨통이 조여 오는 그 느낌, 사람들이 숨죽이고 있는 모습, 기다림으로 점점 빨라지는 심장 박동이 고스란히 담겨 있었다.

말 달리는 소리가 격렬하고 빠르게 언덕 위로 올라왔다.

경비원이 있는 힘껏 외쳤다.

"이봐, 거기! 멈춰! 발포하겠다!"

별안간 말발굽 소리가 멎더니 안개 속에서 첨벙대며 당황하는 소리와 함께 한 남자의 목소리가 들려왔다.

"그 마차 도버행 역마차요?"

"네놈이 상관할 바 아니잖아! 네놈 정체가 뭐야?"

경비원이 받아쳤다.

"도버행 역마차 맞수?"

"그걸 왜 알려고 들지?"

"맞는다면 승객을 찾고 있수."

"어떤 승객?"

"자비스 로리 씨요."

우리의 등장인물이 자기 이름이라고 바로 대답했다. 경비원, 마부, 나머지 두 승객이 수상하다는 듯 그에게 시선을 돌렸다. 경비원이 안개 속에서 외쳤다.

"그 자리에 가만히 서 있어. 내가 총을 쏘는 실수를 하게 되면 평생 되돌릴 수 없을 테니까. 로리라는 승객과 직접 얘기해라."

"무슨 일이오? 누가 날 찾소? 제리 자넨가?"

승객이 약간 떨리는 목소리로 물었다.

'저놈이 제리라면, 제리라는 놈 목소리가 맘에 안 들어. 제리라, 내가 좋아하기엔 목소리가 좀 거칠군.'

경비원이 속으로 투덜댔다.

"그렇습니다, 로리 씨."

"뭣 때문에 그러나?"

"저쪽 텔슨&컴퍼니에서 로리 씨께 빨리 편지를 전하라고 해서요."

"경비원, 내가 아는 심부름꾼이오."

로리가 길로 내려서며 말했다. 다른 두 승객은 깍듯하다 못해 재빠르게 길을 터 주고는 곧장 마차에 올라 문을 닫고 창문을 올렸다.

"가까이 불러 오든가, 걱정 안 해도 되겠구먼."

경비원이 혼잣말인 양 툴툴거렸다.

"그러면야 다행이지만 당최 믿을 수가 있어야지. 이봐, 거기!"

"나 여기 있수다!"

제리가 아까보다 더 갈라진 목소리로 대답했다.

"천천히 이쪽으로 걸어오게. 내 말 들리나? 안장에 권총집을 걸어 놓았다면 그쪽으로 손을 뻗지 않는 게 좋을 거야. 내가 총알을 만지기만 하면 사고를 치는 인사거든. 자 이제 모습을 드러내 봐."

말과 말 탄 사람이 회오리치는 안개를 뚫고 천천히 모습을 드러내더니, 승객이 서 있는 역마차 옆으로 다가왔다. 말을 탄 심부름꾼은 몸을 숙인 채 경비원에게 눈길을 한 번 준 다음, 승객에게 작게 접힌 편지를 내밀었다. 심부름꾼과 갈색 말은 둘 다 머리에서 발끝까지 온통 진흙을 뒤집어쓰고 있었다.

"경비원!"

승객이 업무상 비밀이라도 터놓듯 조용한 목소리로 불렀다. 오른손으로 나팔총의 개머리판을, 왼손으로 총신을 받쳐 들고 있던 경비원이 경계하는 표정으로 심부름꾼을 바라보며 짤막하게 대답했다.

"네, 손님."

"염려할 것 없소. 나는 텔슨 은행에 다닌다오. 런던에 있는 텔슨 은행이야 알 테고. 나는 업무를 보러 파리에 가는 길이오. 그런데 술값으로 한 25센트 정도 내어 줄 테니 이 편지 좀 읽어 봐도 되겠소?"

"지체되지만 않는다면요, 손님."

그는 마차 옆쪽에 달린 등불 빛 아래서 편지를 펼쳐 읽었다. 처음에 눈으로 읽어 보고는 이내 큰 소리로 읽었다.

"'도버에서 아가씨를 기다리시오.' 경비원, 보다시피 아주 짧은 내용이오. 제리, 가서 내 대답을 전하게. '부활했다.'라고."

제리가 안장에 앉은 채 흠칫 놀라며 완전히 갈라진 목소리로 말했다.

"별 희한한 대답이 다 있군요."

"그렇게만 전하면 내가 전갈을 받았다는 걸 그쪽에서도 알 걸세. 답장을 쓴 거나 다름없으니. 밤길 조심해서 부지런히 가게나."

이렇게 말하며 승객은 마차의 문을 열고 올라탔다. 재빠르게 시계와 지갑을 장화 속에 숨겨 둔 두 승객은, 도와줄 생각은 전혀 하지 않고 이런 경우에 보통 그러하듯 잠든 척하고 있었다. 자칫 다른 행동을 하다가 빠질지도 모르는 위험을 피하고자 할 뿐, 별다른 의도는 없었다.

내리막길이 시작되면서부터 더욱 농밀해진 안개의 회오리에 휩싸인 채 마차가 다시 느릿느릿 움직이기 시작했다. 경비원은 곧바로 나팔총을 무기 상자에 집어넣으며 안에 든 내용물과 허리에 찬 보조용 권총을 확인하고 좌석 밑에 둔 더 작은 상자를 살펴보았다. 그 상자에는 대장장이용 연장 몇 개와 불을 붙이는 홰 두 자루, 부싯깃 한 상자가 들어 있었다. 이렇게 만반의 준비를 해 둔 까닭에, 이따금 일어나는 일이긴 하지만 마차의 등불이 바람이나 폭풍우에 꺼지더라도, 마차 안에서 부싯돌과 쇠꼬챙이로 쉽고 안전하게, 그것도 (운 좋으면) 5분 안에 지푸라기에 불을 붙일 수 있었다.

"톰!"

지붕 저편에서 부드러운 목소리가 들려왔다.

"왜 그러나, 조."

"자네도 아까 그 편지 내용 들었지?"

"그랬지."

"뭔 소린지 자넨 알겠던가, 톰?"

"전혀 모르겠던데, 조."

"피차일반이구먼. 나도 그렇다네."

경비원이 흥얼거렸다.

안개와 어둠 속에 홀로 남겨진 제리는 말에서 내려 지친 말을 쉬게 하는 동안 얼굴에 묻은 진흙을 닦아 내고 모자챙에서 2리터는 족히 됨 직한 물을 짜냈다. 그런 다음 물이 잔뜩 튄 팔에 굴레를 걸고 서 있다가, 역마차의 바퀴 소리가 완전히 잦아들고 밤의 정적이 다시 내려앉고 나서야 몸을 돌려 언덕을 내려갔다.

"템플 바[2]에서부터 전속력으로 달려왔으니, 아줌마, 평지에 내려서기 전까지는 내가 아줌마의 네 다리를 어떻게 믿을 수 있겠어."

목소리가 걸걸한 심부름꾼이 암말을 바라보며 말했다.

"'부활했다.'라니. 참 별스러운 대답도 다 있지. 너한테 하등 도움이 될 게 없어, 제리! 너 말이야, 제리! 부활하는 게 유행이 된다면 넌 곤경에 처하고 말 거라고, 제리!"

---

2 런던 서쪽 끝에 있는 문으로, 이곳에 죄인의 목을 매달았다.

3장
밤 그림자

　가만히 생각해 보면, 사람은 누구나 심오한 비밀과 신비를 간직한 존재라는 사실이 참으로 놀랍다. 밤에 대도시에 가면 이런 생각을 진지하게 하게 된다. 어둠 속에 옹기종기 모여 앉은 저 집들은 저마다 다른 비밀을 품고 있겠지. 집집마다 있는 여러 개의 방들도 모두 제각각 비밀을 품고 있겠지. 그곳에 살고 있는 수백만 명의 가슴속에서 고동치는 심장들은 가장 가까운 사람에게도, 어떤 면에서는 상상의 산물이라고 할 만큼 비밀스러운 존재들이다! 끔찍한 일들, 죽음도 이렇지 않을까. 죽음에 이르면 더 이상 아끼던 책의 책장을 넘길 수도 없고, 그 책을 조만간 끝까지 읽을 것이라는 희망을 헛되이 품을 수도 없다. 빛이 비치는 찰나에 시선을 사로잡았던 보물과 물건들이 가라앉아 묻혀 있는, 깊이를 헤아릴 수 없는 물속도 더 이상은 들여다볼 수 없다. 한 쪽밖에 읽지 못한 스프링이 달린 그 책은 영원히, 영원히 그렇게 덮여 있을 것이다. 아무것도 모르는 채 서성이던 물가가 있는, 그리고 수면 위에 빛이 반짝이던 그 물은 꽁꽁 언 채 영원히 봉인되어 있을 것이다. 친구도 죽고, 이웃도 죽고, 영혼을 바쳐 사랑한 여인도 죽는다. 죽음이란, 개개인이 언제나 품고 있는, 그리하여 삶의 마지막 순간까지 품고 있는 비밀을 가혹하게도 영원히 굳혀 버리는 것이다. 가장 깊은 곳을 들여다보면, 지나쳐 다니는 도시의 묘지 아무 곳에나 잠들어 있는 이들이, 살아서 바쁘게 움직이는 이들끼리 서로를 비밀스럽게 여기는 것보다 더 비밀스러운 존재 아닐까?

비밀로 말하자면 타고나는 것이지 세습되는 것이 아니어서, 말 위에 올라탄 심부름꾼도 왕이나 나라의 재상, 혹은 런던에서 가장 부유한 상인 못지않게 비밀을 품고 있다. 느릿느릿 움직이는 낡은 역마차의 비좁은 공간 속에 갇혀 있는 승객 세 명도 마찬가지였다. 그들은 서로에게, 마치 여섯 마리, 아니 육십 마리의 말이 끄는 커다란 마차에 각자 들어앉아 있는 것처럼, 나라 하나만큼이나 되는 옆 사람과의 간격을 완벽하게 유지하는 비밀스러운 존재들이었다.

심부름꾼은 말을 타고 느긋하게 돌아오다가 한잔 걸치려고 단골 술집에 들렀지만, 비밀을 드러내지 않겠다는 듯 눈 위까지 비스듬하게 모자를 눌러쓰고 있었다. 차림새와 걸맞게 그의 두 눈은, 겉보기에 검은색을 띄었지만 깊이가 없었고 서로 떨어져 있으면 뭔가 들키기라도 할 것처럼 양미간이 몹시 좁았다. 그의 두 눈은 삼각형 재떨이처럼 생긴 낡은 모자 아래로, 그리고 얼굴과 목을 칭칭 감고도 거의 무릎까지 내려올 만큼 큰 머플러 위로 위협적인 시선을 던지고 있었다. 술집에 앉아서 그는 오른손으로 술잔을 들이켜는 동안에만 잠깐씩 왼손으로 머플러를 걷어 올렸다가 이내 다시 머플러를 여몄다.

"아냐, 제리, 아니라고!"

심부름꾼은 말을 타고 오는 내내 같은 말을 되뇌고 있었다.

"제리, 좋을 게 없다니까. 제리, 넌 정직한 장사꾼이야. 그건 네가 하는 장사랑 상관없는 일이야! 부활이라니! 술에 취해 있었던 게 분명해!"

로리의 답변 때문에 어찌나 머릿속이 혼란스러웠던지 몇 번이나 모자를 벗고 머리를 긁어야 할 지경이었다. 그는 듬성듬성 벗어진 정수리 부분만 빼고 머리 전체에 뻣뻣한 흑발이 삐죽삐죽 나 있었고, 넓적하고 커다란 코언저리에도 비슷한 털이 자라고 있었다. 그것은 머리에 난 머리카락이라기보다는 바깥쪽으로 튼튼하게 못을 박아 놓은 대장장이의 작품 같아서, 아무리 등 짚고 뛰어넘기를 잘하는 사람이라도 손사래를 칠 만큼 위험해 보였다.

심부름꾼은 로리의 대답을 가지고 텔슨 은행으로 가고 있었다. 그가 템플 바 옆에 위치한 텔슨 은행 문 앞 경비실에 있는 야간 경비원에게 그 대답을 전하면, 경비원이 은행 내부의 높으신 분에게 그 말을 전할 것이다. 돌아가는 내내 자신을 뒤따라오는 밤 그림자가 그의 눈에는 그 대답 속에 담긴 메시지같이 으스스했다. 그의 눈에만 그런 것이 아니라 암말의 눈에도 밤 그림자가 마음속에 숨겨 둔 걱정거리 같았나 보다. 그림자만 보면 움찔하는 것으로 보아 걱정거리가 꽤 많은 모양이었다.

몇 시쯤일까, 역마차는 속내를 알 수 없는 남자 세 명을 태운 채 느릿느릿, 삐걱삐걱, 덜컹덜컹, 기우뚱기우뚱 지루한 길을 가고 있었다. 갈피를 잡을 수 없는 생각에 잠겨 꾸벅꾸벅 졸고 있는 그들의 눈에도 밤 그림자가 자신의 모습을 보여 주는 것 같았다.

역마차 안에서 텔슨 은행의 업무가 계속되고 있었다. 은행원 승객은 마차가 심하게 덜컹거릴 때 구석으로 쏠리거나 옆 사람에게 부딪히지 말라고 매단 가죽끈에 한 팔을 끼고 앉아 있었다. 그가 제자리에서 눈을 반쯤 감고 졸고 있을 때, 흐릿한 마차 불빛이 자그마한 창문으로 비쳐 들고 있었다. 그는 맞은편 승객의 거대한 짐 꾸러미를 은행 삼아 바쁘게 은행 업무를 보는 꿈을 꾸고 있었다. 덜컹거리는 마차 소리가 짤랑대는 동전 소리로 들렸다. 마차 안에서 그가 5분 동안 지급한 어음의 액수가, 실제로 5분 동안 텔슨 은행이 모든 국내외 고객들에게 지급하는 액수보다 세 배나 많았다. 그러더니 그의 눈앞에, 귀중품과 기밀문서를 보관하고 있는 텔슨 은행의 튼튼한 지하 금고가 늘 알고 있던 모습처럼(로리는 그 금고에 대해 꽤 잘 알고 있었다) 활짝 문을 연 채 나타났다. 그는 커다란 열쇠 꾸러미와 희미하게 흔들리는 촛불을 들고 안으로 들어가, 모든 것이 지난번 봤을 때와 똑같이 안전하고 튼튼한지, 견고하고 무사한지 확인했다.

그는 거의 내내 은행에 있었고, 줄곧 마차 안에 있었는데도(아편에 취해도 고통을 느끼는 것처럼, 혼란스럽긴 했지만 그도 이 사실을 알고 있었다), 밤새도록 그의 머릿속을 떠나지 않고 흘러 다니는 광경이 또 하나 있었다. 그는 누군가를 파내려고 무덤으로 가는 길이었다.

그의 앞에 모습을 드러낸 무수한 얼굴 가운데, 묻혀 있는 사람의 진짜 얼굴이 어떤 것인지 밤 그림자는 가르쳐 주지 않았다. 모두가 마흔다섯 살쯤 된 남자의 얼굴이었지만, 얼굴에 띠고 있는 표정과 그들이 뿜어내는 송장 같은 분위기가 저마다 달랐다. 하나의 얼굴에 자부심, 경멸, 반항심, 아집, 비굴함, 비애가 차례로 떠올랐다. 볼이 푹 꺼진 얼굴, 창백한 안색, 비쩍 골은 손과 골격, 모두 제각각이었다. 하지만 기본적으로는 하나의 얼굴이었고 머리는 이미 하얗게 세어 있었다. 승객은 졸면서 이 유령에게 수없이 질문을 던졌다.

"얼마나 묻혀 있었습니까?"

늘 같은 대답이었다.

"18년이 다 되어 간다오."

"누군가 무덤에서 꺼내 줄 거라는 희망은 모두 버렸습니까?"

"오래전에요."

"부활하리라는 걸 알고 있었습니까?"

"그들이 그렇게 말해 주더군요."

"살고 싶으신가요?"

"잘 모르겠소."

"따님을 데려오는 게 좋을까요? 아니면 가서 만나시겠습니까?"

이 질문에 대한 대답은 매번 달랐고 뒤죽박죽이었다. 어떤 때는 "잠깐만! 이렇게 빨리 그 애를 만났다가는 난 죽고 말 거요."라며 끝장난 듯 대답했다. 어떤 때는 애처롭게도 비 오듯 눈물을 흘리며 "날 그 애에게 데려다 줘요."라고 했다. 어떤 때는 어리둥절한 표정으로 빤히 쳐다보며 "난 그런 여자 몰라요. 무슨 소린지 모르겠구려."라고 했다.

이런 가상의 대화를 나눈 다음, 승객은 환상 속에서 이 가련한 목숨을 끄집어내려고 땅을 파내고, 파내고, 또 파냈다. 처음에는 삽으로, 이내 커다란 열쇠로, 그러다가 두 손으로 땅을 파냈다. 마침내 흙 묻은 얼굴과 머리를 다 파내자 그는 별안간 먼지가 되어 날아갔다. 그러면 승객은 정신이 들어서, 창문을 내리고 뺨으로 현실 속의 안개와 비를 느꼈다.

그러나 눈을 뜨고 안개와 비, 램프에서 뿜어져 나와 떠다니는 빛의 조각, 꿈틀꿈틀 뒤쪽으로 물러나는 산울타리를 바라보는 동안에도, 마차 밖의 밤 그림자가 마차 안의 밤 그림자 무리 속으로 쏟아져 들어왔다. 템플 바 옆에 위치한 실제 은행 건물, 전날 처리했던 실제 업무, 실제 금고, 자신이 받은 실제 속달 편지, 자신이 보낸 실제 답장, 이 모든 것들이 그곳에 있었다. 그런 것들 사이로 유령 같은 그 얼굴이 떠올랐고 다시 대화가 시작되었다.

"얼마나 묻혀 있었습니까?"

"18년이 다 되어 간다오."

"살고 싶으신가요?"

"잘 모르겠소."

파내고, 파내고, 파내고. 그는 다른 두 승객 중 한 명이 더 이상은 못 참겠다는 몸짓으로 창문 좀 닫으라고 나무랄 때까지 계속 땅을 파냈다. 그는 가죽끈에 몸이 흔들리지 않게 팔을 걸고서, 잠든 두 승객에 대해 이런저런 추측을 해 보고 있었는데 정신이 까무룩 흐려지면서 두 사람은 은행과 무덤 속으로 미끄러지듯 사라져 버렸다.

"얼마나 묻혀 있었습니까?"

"18년이 다 되어 간다오."

"누군가 무덤에서 꺼내 줄 거라는 희망은 모두 버렸습니까?"

"오래전에요."

이런 말들이 방금 막 들은 것처럼, 실제로 들은 것처럼 또렷하게 귓전에서 맴돌았다. 피곤한 승객이 날이 밝아 정신을 차리고 밤 그림자가 사라져 버린 것을 알게 된 후에도 말이다.

그는 창문을 내리고 해가 떠오르는 모습을 바라보았다. 갈아 놓은 밭이랑이 보였는데 거기에 쟁기가 간밤에 말들에게서 벗겨 놓은 자리에 그대로 놓여 있었다. 그 너머로 아직 나무에 붙은 채 타는 듯이 빨갛게, 그리고 황금빛으로 물들어 가는 잎사귀들이 우거진 관목 숲이 고요하게 펼쳐져 있었다. 땅은 차고 습했지만 하늘은 청명했고 태양은 눈부시고 잔잔하고 아름답게 떠올랐다.

태양을 바라보며 승객이 말했다.

"18년이라니요! 자애로운 주님이시여! 18년 동안이나 산 채로 땅속에 묻혀 있었다니요!"

4장

준비

역마차가 오전 중에 무사히 도버의 로열 조지 호텔에 도착하자 수석 종업원이 관례에 따라 마차의 문을 열어 주었다. 그가 이렇게 깍듯하게 예를 갖추어 대우하는 까닭은, 겨울에 런던에서부터 역마차를 타고 오는 것이 모험을 즐기는 여행객만 할 수 있는 축하받을 만한 업적이었기 때문이다.

그때 축하받을 모험심 강한 여행객은 한 명밖에 남아 있지 않았다. 다른 두 명은 각자의 목적지에서 내렸기 때문이다. 축축하고 더러운 짚이 깔려 있는, 곰팡이 핀 마차 내부는 역겨운 냄새가 났고 어두컴컴해서 커다란 개집 같았다. 털 코트와 축 처진 모자 차림의, 진흙 묻은 다리로 지푸라기 더미에서 몸을 떨며 나오는 우리의 승객 로리의 모습 역시 커다란 개 같았다.

"이봐요, 내일 칼레[1]행 정기선이 있소?"

"네, 손님. 계속 날씨가 좋고 바람이 잔잔하다면요. 오후 두 시쯤이면 물때가 딱 맞을 겁니다. 침대 방으로 모실까요, 손님?"

"밤이 되기 전까지 침대는 필요 없겠지만 방은 필요하오. 이발사도."

"그런 다음 아침 식사를 준비할까요, 손님? 알겠습니다, 손님. 이쪽입

---

1 도버 해협에 면한 북프랑스의 항구 도시이다.

니다, 손님. 이봐, 손님을 콩코드실로 안내해 드리게. 신사분의 짐과 더운 물도 콩코드실로 가져다 드리고. 콩코드실로 가서 신사분의 장화를 벗겨 드려야지. (고급 석탄 난로도 있답니다, 손님) 이발사를 콩코드실로 데려오 게. 자, 어서 저쪽으로 콩코드실로 드십시오.”

콩코드실은 항상 역마차를 타고 오는 승객들 차지였고, 그 승객들은 하나같이 머리끝에서 발끝까지 꽁꽁 동여맨 채 방으로 들어갔다. 모두가 다 똑같은 모습으로 방에 들어갔다가 제각각 다른 모습으로 방에서 나 왔기 때문에 로열 조지 호텔 직원들은 그 방에 묘한 흥미를 느꼈다. 예순 살가량의 한 신사가 매우 낡긴 했지만 잘 손질한, 커다란 네모 커프스와 넓은 주머니 덮개까지 달린 갈색 정장을 격식에 맞게 차려입고 아침 식 사를 하러 지나갈 때, 다른 종업원 한 명과 짐꾼 두 명, 여종업원 몇 명과 여주인까지 모두가 콩코드실과 커피숍 사이에 각자 자리를 잡고 우연인 듯 서성대고 있었던 것도 이 때문이었다.

그날 오전, 커피숍에는 갈색 정장을 입은 신사 말고는 다른 손님이 없 었다. 그는 난로 앞에 끌어다 놓은 식탁에 앉아 난롯불을 쬐며 식사를 기 다리고 있었다. 그 모습이 어찌나 차분한지 화가가 초상화를 그리도록 자세를 잡고 앉아 있는 사람 같았다.

양 무릎에 손을 하나씩 올려놓고 있는 그는 무척 단정하고 가지런해 보였다. 펄럭이는 조끼 아래에서 커다란 시계가, 활활 타오르는 불꽃의 경박함과 덧없음을 자신의 진중함과 영원함으로 이겨 보려는 듯 째깍째 깍 낭랑한 소리를 냈다. 그는 잘생긴 다리와 고급 원단으로 만든 매끈하 고 착 감기는 갈색 스타킹을 보면 뿌듯했다. 구두와 구두 장식 역시 단순 하긴 했지만 말끔했다. 머리에는 작고 특이한 금색 곱슬머리 가발을 꽉 끼게 쓰고 있었다. 분명 머리카락으로 만들었을 텐데도 비단실이나 유리 섬유로 만든 것 같은 가발이었다. 리넨 셔츠는 스타킹에 어울릴 만한 고 급 제품은 아니었지만, 근처 해변에서 포말로 부서지는 파도만큼, 아니

바다 저 멀리 햇빛을 받아 눈부시게 빛나며 점점이 떠 있는 돛단배의 돛만큼 하얀 빛깔이었다. 언제나 감정을 드러내지 않는 차분한 얼굴이, 이상하게 생긴 가발 밑에서, 촉촉하게 반짝이는 두 눈동자 덕분에 고요하게 빛을 발하고 있었다. 수십 년이 흐르는 동안 텔슨 은행의 침착하고 내성적인 표정을 새겨 넣느라 주인이 애 좀 먹었을 그런 눈동자였다. 주름이 있긴 했지만 뺨에 도는 혈색이 좋았고 근심의 흔적이 별로 남아 있지 않은 얼굴이었다. 텔슨 은행의 믿음직스러운 독신 직원으로서 주로 다른 사람들의 고민을 해결하느라 바쁜 처지였지만, 남의 고민은 남에게 얻어 입은 옷처럼 입고 벗기가 쉬운 모양이었다.

초상화 화가가 그림을 완성할 수 있도록 자세를 취한 사람처럼 앉아 있던 로리는 그대로 잠이 들고 말았다. 아침 식사가 준비되었다는 소리에 잠이 깬 그는 의자를 당겨 앉으며 종업원에게 말했다.

"몇 시가 될지 모르겠지만 오늘 중에 젊은 아가씨가 올 테니 방을 하나 준비해 주시오. 자비스 로리를 찾거나, 그냥 텔슨 은행에서 온 남자를 찾을 겁니다. 그럼 내게 알려 주시오."

"알겠습니다, 손님. 런던에 있는 텔슨 은행 말씀이시죠?"

"그렇소."

"알겠습니다, 손님. 영광스럽게도 런던과 파리를 오가는 신사분들이 종종 이곳에 머무신답니다. 텔슨 은행 직원분들이 여행을 많이 하시나 봐요."

"그렇소. 영국은 물론 프랑스에도 은행 본사가 있으니까."

"그렇군요. 그런데 제 생각에 손님은 이런 여행이 익숙하지 않으신 것 같습니다만."

"최근 몇 년 동안에는 여행할 일이 없었소. 우리, 아니 내가 프랑스를 떠난 것이 15년 전이오."

"정말입니까, 손님? 제가 여기에서 일하기 전이로군요. 지금 주인이 이 호텔을 사기도 전이네요. 그땐 이 호텔이 다른 사람 소유였답니다, 손님."

"그럴 거요."

"그렇지만, 손님, 텔슨&컴퍼니 같은 곳들은 15년은 말할 것도 없고 50년 전쯤에도 보나 마나 번창했겠지요?"

"아마 그 세 배쯤, 150년 전이라고 해도 틀린 말은 아닐 거요."

"정말 대단하네요, 손님!"

종업원은 두 눈을 동그랗게 뜨고 입을 모으면서 테이블에서 물러난 후 오른팔에 걸고 있던 냅킨을 왼팔로 옮겨 걸고 편안한 자세를 취했다. 그러고는 손님이 식사를 하는 동안 전망대나 망루에 서 있는 사람처럼 그 모습을 지켜봤다. 아득한 옛날부터 종업원들이 늘 그래왔듯이.

로리는 아침 식사를 마치고 해변으로 산책을 나갔다. 해변에서는 보이지 않는 비좁고 삐뚤삐뚤한 도버 마을은 바다 타조들이 그러하듯 하얀 절벽에 머리를 박고 있었다. 해변은 파도가 쌓아 놓은 더미들과 돌멩이들이 아무렇게나 굴러다니는 황무지였다. 바다는 내키는 대로 행동했고 바다가 좋아하는 것은 파괴였다. 바다는 마을을 향해 호령했고, 절벽을 윽박지르는가 하면, 광포하게 해안을 깎아 내렸다. 주택가 부근의 공기에서 어찌나 생선 냄새가 진동하던지, 병자가 바다에 몸을 담그러 오듯이 병든 생선이 공기에 몸을 담그러 온 것 같았다. 항구에서 낚시를 하는 사람은 몇 명 없었지만, 밤에 바다 쪽을 바라보며 해변을 돌아다니는 사람은 꽤 많았다. 특히나 물이 거의 차오르는 밀물 때는 더욱 그랬다. 시시한 장사꾼이 딱히 하는 일이 없는데도 가끔씩 설명할 수 없는 방법으로 막대한 재산을 모으고, 밤에 불을 켜면 이웃 간에 야단이 나는 일이 눈에 띄게 잦은 그런 곳이었다.[2]

---

2 예로부터 도버는 밀수항으로 유명했다. 그래서 밤이 되면 밀수 거래를 하기 위해 해변에 사람들이 모여들었고, 그렇게 밀수로 재산을 모은 이들도 있었다.

오후가 되어 날이 기울면서 프랑스의 해안이 드문드문 보일 정도로 맑았던 공기가 다시 안개와 수증기로 가득 찼고 로리의 마음에도 구름이 끼었다. 날이 어두워지자 그는 아침 식사 때처럼 커피숍 난롯가에 앉아 저녁 식사를 기다리면서, 마음속으로 시뻘겋게 타고 있는 석탄을 허둥지둥 파내고, 파내고, 또 파내고 있었다.

　식사 후 마신 적포도주 한 병은, 시뻘건 석탄을 계속 파내고 있던 사람을 일에서 멀찌감치 떼어놓았을 뿐 전혀 해롭지 않았다. 로리는 꽤 긴 시간 느긋하게 앉아 있었다. 나이 지긋한 신사라면 누구나 술을 한 병쯤 마시고 나면 혈색이 돌듯 흡족한 표정으로 마지막 남은 와인을 술잔에 가득 채웠을 때였다. 덜커덩거리는 바퀴 소리가 비좁은 길을 지나 안마당으로 들어오고 있었다.

　그는 입도 대지 않은 술잔을 내려놓으며 말했다.

　"아가씨가 왔나 보군."

　채 몇 분도 지나지 않아 종업원이 들어와 런던에서 온 마네트 양이 텔슨에서 온 신사분을 만나고 싶어 한다고 알렸다.

　"도착하자마자?"

　루시 마네트는 오늘 길에 끼니를 때워서 필요한 것이 없다며 이쪽에서만 괜찮다면 텔슨에서 온 신사를 즉시 만나고 싶다고 했다.

　텔슨에서 온 신사는 어쩔 수 없다는 듯 무덤덤하게 잔을 비우고 이상하게 생긴 작은 금색 가발을 귀까지 눌러 쓴 다음 종업원을 따라 루시의 방으로 갔다. 크고 어둡고, 장례식에나 쓰이는 검은 말 털 장식이 달린 가구와 육중한 짙은 색 테이블이 들어찬 방이었다. 어찌나 가구에 기름칠을 많이 했는지 방 가운데 테이블에 놓여 있는 길쭉한 촛불 두 개가 문짝마다 하나씩 부옇게 비칠 정도였다. 촛불이 검은 마호가니의 무덤 속에 묻혀 있어서 그것을 캐내야만 방을 밝힐 불빛을 얻을 수 있을 것만 같았다.

너무 어두컴컴해서 앞이 잘 보이지 않았던 로리는 낡은 터키산 양탄자 위로 조심스럽게 걸음을 옮기면서 루시 마네트가 어딘가 근처 다른 방에 있는 것은 아닐까 하고 잠깐 생각했다. 두 개의 초를 지나고 나서야, 촛불과 난롯불 사이 테이블 옆에 열일곱 살 정도의 앳된 아가씨가 서 있는 것이 보였다. 아가씨는 아직 승마용 망토 차림에 밀짚으로 만든 여행용 모자의 리본을 손에 쥐고 있었다. 그의 시선이 작고 가냘프고 어여쁜 얼굴에, 풍성한 금발에, 캐묻는 듯 자신을 바라보는 파란 눈동자에, 젊고 부드러운 이마에 머물렀다. 그녀의 이마는 당혹스러움, 호기심, 놀라움, 날카로운 관찰력, 이 모든 감정을 하나의 독특한 표정으로 나타내는 탁월한 능력이 있었다. 그의 시선이 그녀에게 머무는 동안 불현듯 그와 비슷한 얼굴이 너무도 생생하게 그의 눈앞을 스쳐 갔다. 싸락눈이 매섭게 내리치고 바다가 드높게 넘실대던 날 그의 팔에 안겨 배를 타고 바로 그 해협을 건너던 아이의 얼굴이었다. 그러나 그 얼굴은 그녀 뒤에 있는 커다랗고 낡은 거울 표면에 서린 김처럼 이내 사라졌다. 거울의 틀에는, 몇몇은 머리가 없고 모두 어딘가 조금씩 떨어져 나간 흑인 큐피드들이 검은 피부의 여신에게 '소돔의 사과'[3] 바구니를 바치러 줄 지어 가는 모습이 새겨져 있었다. 로리는 루시 마네트에게 정중하게 인사를 했다.
　"이쪽으로 앉으세요, 선생님."
　매우 맑고 상냥하고 앳된 목소리였다. 외국 억양이 조금 섞여 있긴 했지만 티가 날 정도는 아니었다.
　"아가씨의 손에 키스를 바칩니다."
　로리는 구식이긴 하지만 이렇게 말하고 다시 한 번 정중하게 고개를 숙인 다음 자리에 앉았다.

3　원문에는 '사해(死海)의 열매(Dead-Sea fruit)'라고 되어 있다. 소돔의 사과는 사해 연안에서 나는 사과로 모양은 예쁘지만 손을 대면 연기와 재가 되어 사라진다고 전해진다. 보통, '실망의 근원, 허상'을 상징한다.

"제가 어제 은행에서 보낸 편지를 받았답니다, 선생님. 저에게 어떤 정보를, 아니 새로 발견된 사실을 알려 주는…….."

"단어는 문제가 안 됩니다, 아가씨. 어떤 단어를 써도 상관없어요."

"너무 오래전에 돌아가셔서 한 번도 뵌 적이 없는 불쌍한 아버지의 얼마 안 되는 재산에 관한 편지였어요."

로리는 의자에 앉은 채 자세를 바꾸며 흑인 큐피드의 행렬을 바라보며 난감한 표정을 지었다. 그들은 그 우스꽝스러운 바구니 안에 누가 있든, 그에게 어떤 도움이든 줄 것 같았다!

"제가 파리에 갈 필요가 있을 거라면서, 모쪼록 파리로 가서 그 일을 위해 그곳으로 파견 나간 은행 직원과 만나 이야기하라더군요."

"그게 접니다."

"그러신 줄 알았어요, 선생님."

루시는 자신이 그의 연륜과 지혜를 얼마나 높이 사고 있는지 표현하고 싶어서 무릎을 굽혀 인사했다(그 시절 어린 아가씨들은 무릎을 굽혀 인사했다). 그도 다시 한 번 고개를 숙였다.

"그래서 은행으로 답장을 보냈답니다, 선생님. 사정을 아는 분들과 제게 조언을 해 줄 친절한 분께서 필요하다고 생각하신다면 제가 프랑스로 가겠노라고. 그런데 저는 고아인 데다 함께 갈 친구도 없으니 존경할 만한 신사분의 보호를 받으며 여행을 할 수 있도록 선처해 주신다면 정말 감사하겠다고 말이에요. 그 신사분이 이미 런던을 떠났다니, 심부름꾼이 따라가 이곳에서 기다려 달라는 간청을 전해 드렸겠지요."

"이 일을 맡게 되어 기뻤답니다. 완수해 낸다면 더욱 기쁘겠지요."

로리가 말했다.

"선생님, 정말 감사합니다. 이루 말할 수 없을 만큼 감사드려요. 은행 쪽에서 들었는데, 신사분께서 제게 자세하게 설명해 줄 거라고 하더군요. 그리고 놀랄 만한 일이니 마음의 준비를 해야 할 거라고도 했어요.

그래서 마음의 준비도 단단히 했고요. 제가 원래 호기심이 강하고 궁금한 걸 못 견디거든요."

"당연히 저도 이해합니다만."

로리가 말했다. 로리는 잠깐 뜸을 들인 후 귀까지 내려온 빳빳한 금발 가발을 매만지며 대답했다.

"말을 꺼내기가 쉽지 않군요."

그는 차마 말을 꺼내지 못하고 머뭇거리며 그녀의 눈을 바라보았다. 루시는 이마를 추켜올리며 예의 그 탁월한 표정을 지었다. 탁월하면서도 독특하고 매력적인 표정이었다. 그러더니 스쳐 지나가는 그림자를 움켜쥐거나 물리치려는 듯, 무심결에 손을 들어올렸다.

"우리가 전에 만난 적이 있었나요, 선생님?"

"제가요?"

로리는 따지고 들 듯 손을 편 채 두 팔을 뻗으며 미소를 지었다.

참하고 자그마한 코 위 양미간에 더할 나위 없이 섬세하고 아름다운 주름이 잡혔다. 여태 서 있던 루시가 생각에 잠겨 의자에 앉자 표정이 더욱 깊어졌다. 생각에 잠긴 루시를 살피던 로리는 그녀가 고개를 들자 말을 이었다.

"영국에 살고 계시니, 영국 젊은 아가씨들을 부르듯이 마네트 양이라고 부르는 것보다 더 좋은 호칭은 없겠죠?"

"그게 편하시다면요, 선생님."

"마네트 양, 저는 실무자입니다. 제게는 끝내야 할 일이 있답니다. 제 이야기를 들으실 때는 저를 그냥 말하는 기계다 생각하시고 그 이상 신경 쓰지 마세요. 저는 딱 그런 존재니까요. 실례가 안 된다면 아가씨께 어떤 고객의 이야기를 들려 드리지요."

"이야기요?"

그는 일부러, 루시가 다른 단어를 따라 한 것으로 착각한 척 황급히 덧붙였다.

"그래요, 고객이요. 보통 저희가 은행 일 때문에 만나는 사람들을 고객이라고 부릅니다. 그분은 프랑스 신사분이셨어요. 과학자이기도 하셨고요. 학식이 매우 뛰어난 의사셨지요."

"보베 분이셨나요?

"네, 맞아요. 바로 보베 분이셨어요. 아가씨의 아버지 마네트 박사님처럼 파리에서 명성을 얻은 보베 출신의 신사셨지요. 저도 파리에서 그분을 만나는 영광을 누렸답니다. 우린 일로 맺어진 관계였지만 흉금을 터놓는 사이였습니다. 제가 프랑스 본점에 있을 당시니까, 아, 벌써 20년 전 일이네요."

"당시라……. 그게 언제쯤인지 여쭈어도 될까요, 선생님?"

"말씀드렸다시피 20년 전입니다, 아가씨. 그분은 영국 숙녀와 결혼을 하셨고 저는 그분의 재산 관리인이었습니다. 다른 프랑스 신사나 프랑스 가정처럼 그분의 재산도 모두 텔슨 은행이 관리하고 있었거든요. 저는 지금도, 아니 그때부터 수십 명이나 되는 고객들의 재산을 그런 방식으로 관리하는 재산 관리인이었습니다. 아가씨, 저는 그런 고객들과 사무적으로 관계를 맺을 뿐, 그들에게 우정이나 특별한 관심 같은 감정 따위를 느끼지 않는답니다. 은행에서 하루 종일 업무를 보면서 여러 고객을 차례로 상대하듯이 평생 이 일을 해 오면서 여러 고객들과 만날 뿐이지요. 쉽게 말해서 저는 그분들에게 아무런 감정이 없답니다. 전 그저 기계일 뿐이니까요. 그러니까……."

"저희 아버지의 이야기로군요, 선생님. 그래서 든 생각인데, 아버지가 돌아가신 지 이태 만에 어머니마저 돌아가시고 고아의 처지로 혼자 남겨진 저를 영국으로 데려오신 분이 선생님이셨군요. 선생님이 분명해요."

묘하게 일그러진 루시의 이마가 그를 뚫어지게 바라보고 있었다.

로리는, 그럴 것이라 믿고 그의 손을 잡으려고 망설이듯 내민 루시의 조그만 손에 예의 바르게 입술을 댔다. 그런 다음 어린 아가씨를 곧바로 다시 의자에 앉혔다. 그녀가 자리에 앉아 그를 올려다보는 동안, 로리는 왼손으로 의자 등받이를 잡고 서서 오른손으로 턱을 문지르기도 하고 가발을 당겨 쓰는가 하면 자신이 한 말을 강조하기도 하면서 그녀의 얼굴을 내려다보았다.

"그래요, 마네트 양. 저였습니다. 그리고 그 후로 제가 아가씨를 만난 적이 없다는 사실을 생각해 보면, 방금 전에 저에 관해 드린 말씀, 제가 사람들과 그저 사무적인 관계를 맺을 뿐 아무런 감정도 없다고 했던 말이 진실이라는 것을 아시겠지요. 하기야, 아가씨가 텔슨 은행의 후견을 받게 된 이후로 저는 다른 업무를 처리하느라 계속 바빴으니까요. 감정이라! 저는 그럴 시간도 없었고 그럴 기회도 없었습니다. 아가씨, 저는 어마어마하게 큰, 돈 세는 기계를 돌리느라 평생을 보냈답니다."

이토록 별나게 직장에서의 일상생활을 설명한 후 로리는 (표면이 반질반질해서 더 이상 잘 붙일 필요조차 없는) 금색 가발을 두 손으로 꾹 눌러 매만지고는 다시 정중한 태도를 취했다.

"마네트 양, 지금까지 한 이야기는 (말씀하신 대로) 아가씨의 가련한 아버님 이야깁니다. 이제 다른 이야기를 해 볼까요. 아버님이 그때 돌아가시지 않았다면……. 놀라지 마세요! 기겁하시는 것도 무리는 아니지만."

루시는 정말로 놀라서 기겁하며 두 손으로 그의 손목을 붙잡았다.

"제발."

로리는 달래는 듯한 말투로 이렇게 말하며 그를 붙잡고 부들부들 떨고 있는 그녀의 간절한 손가락 위에, 의자 등받이를 잡고 있던 왼손을 올려놓았다.

"제발 마음을 가라앉히세요. 업무상 문제일 뿐이니까요. 제가 드리려던 말씀은……."

그녀의 표정이 너무나 심란해 보여서 그는 말을 멈추고 어찌할 바를 몰라 하다가 다시 말을 이었다.

"제가 드리려던 말씀은 이겁니다. 만약 마네트 박사님이 돌아가신 게 아니라면, 어느 날 갑자기 조용히 종적을 감추신 거라면, 어디론가 쥐도 새도 모르게 끌려가신 거라면, 행방을 찾을 방법은 없었지만 얼마나 무시무시한 곳일지 짐작하기 어렵지 않았다면, 또 만약 그분의 동포 중에 그분에게, 바다 건너 저 나라의 가장 겁 없는 사람들조차 감히 수군대지 못하는 특권을, 예컨대 누구든 감옥의 망각 속에 몇 년이고 가두어 둘 수 있게 백지 서류를 마음대로 채워 넣는 특권을 행사할 만한 원수가 있었다면, 만약 그분의 부인이 왕, 왕비, 법정, 성직자들에게 아무것이라도 좋으니 남편 소식을 알려 달라며 애원을 했는데도 모두가 헛수고였다면 말입니다. 지금부터 하려는 보베 출신의 의사, 불행한 신사의 이야기가 바로 아가씨 아버지의 이야기가 되겠지요."

"제발 더 말씀해 주세요, 선생님."

"그럴 겁니다. 이야기해 드리지요. 견딜 만합니까?"

"지금 이 순간 선생님이 제게 안겨 주신 불확실함만 빼면요."

"침착하게 말씀하시는군요. 아니, 참 침착하시네요. 좋습니다. (말은 이렇게 했지만 태도를 보면 그렇게 생각하지 않는 것 같았다) 업무상 문제, 처리해야 할 업무상 문제라고 생각하세요. 이제 이야기로 돌아가서, 그 의사의 부인이 아무리 용감하고 정신력이 강하다 해도 아이를 가진 상태에서 이렇게 심한 고통을 겪었다면……."

"그 아이는 딸이었죠, 선생님."

"그래요, 딸이었어요. 업무상 필요한 절차일 뿐이니 너무 괴로워 마세요. 아가씨, 만약 그 불쌍한 여인이 아기가 태어나기도 전에 너무나 심한 고통을 겪은 나머지 가엾은 아기에게 자신이 겪은 고통의 유산을 조금도 물려주고 싶지 않아서 아버지가 돌아가셨다고 믿게끔 키우기로 결심하게 된 거라면……. 아니, 무릎 꿇지 마세요! 도대체 아가씨가 제게 무룷을 꿇어야 할 이유가 뭡니까!"

"사실을 말씀해 주세요. 오, 제발, 선량하고 자비로우신 선생님, 사실을요!"

"저는 지금 업무상 문제를 처리하는 중입니다. 그런데 아가씨 때문에 혼란스럽군요. 제가 혼란스러우면 어떻게 업무를 처리할 수 있겠어요? 우리 머리 좀 식힙시다. 가령, 9펜스의 아홉 배가 얼마인지, 20기니가 몇 실링인지 기꺼이 대답해 주신다면 기분이 나아질 겁니다. 아가씨가 진정해야 저도 좀 더 마음을 편히 먹을 수 있어요."

그가 이렇게 호소하는데도 아무 대답도 하지 않던 루시는 그가 온화하게 일으켜 세우자 아까부터 그의 손목을 잡고 있던 두 손에 더욱 힘을 주어 자비스 로리를 안심시켰다.

"그래요, 잘했어요. 용기를 내요! 그래야 일을 하지요! 아가씨 앞에는 일이, 그것도 중요한 일이 있어요. 마네트 양, 어머님께서는 아가씨를 위해 그런 선택을 하셨어요. 부질없이 남편을 계속 찾아다니다가 죽음을 맞이하게 됐을 때 어머님은 마음이 찢어지게 아프셨을 겁니다. 그분은 떠나시면서 두 살배기 딸이 티 없고 아름답고 행복하게 자라기를 바라셨어요. 혹시 아버지가 감옥에서 돌아가신 건 아닐까, 그곳에 그렇게 오래 계시면서 쇠약해지시면 어쩌나, 불안해하며 살아가느라 아가씨의 삶에 어두운 그늘이 서리지 않기를."

그는 이렇게 말하는 동안 감탄과 동정을 느끼며 루시의 풍성한 금발을 내려다보았다. 이미 서리가 희끗희끗 앉아 가는 자신의 잿빛 머리를 떠올리면서.

"부모님이 그렇게 큰 부자가 아니었다는 건 알고 계실 겁니다. 그리고 그 재산들은 어머님과 아가씨의 명의로 되어 있답니다. 새로 발견된 돈이나 다른 재산도 없고요. 그런데……."

로리는 자신의 손목을 잡고 있는 루시의 손에 힘이 더 들어가는 것을 느끼고 말을 멈췄다. 유난히 그의 시선을 끌었던, 그리고 이제는 그대로 굳어 버린 이마의 표정이 고통과 두려움으로 더욱 깊어졌다.

"그런데, 아버님을 찾았습니다. 살아 계세요. 아마도 많이 변하셨을 겁니다. 어쩌면 거의 폐인이 되셨는지도 몰라요. 우리야 괜찮으실 거라고 믿고 싶지만요. 아무튼 살아 계세요. 아버님은 파리에 있는 옛날 하인의 집으로 옮겨지셨어요. 그래서 우리는 그곳으로 갈 겁니다. 할 수만 있다면 제가 그분의 신분을 밝혀 드릴 겁니다. 아가씨는 그분이 삶, 사랑, 본분, 휴식, 평안을 되찾을 수 있게 해 드려야 하고요."

그녀를 꿰뚫고 지나간 전율이 그에게도 느껴졌다. 루시는 잠꼬대라도 하는 것처럼 몹시 충격받은 목소리로 나지막하지만 분명하게 이렇게 말했다.

"제가 만나는 분은 필시 아버지의 유령일 거예요! 아버지가 아니라 아버지의 유령이겠죠!"

로리는 자신의 팔을 잡고 있는 루시의 손을 조용히 쓰다듬었다.

"저런, 저런, 저런! 자, 보세요. 보시라고요! 이제 가장 좋은 소식과 가장 나쁜 소식을 모두 알려 드렸어요. 아가씨는 학대받은 가엾은 신사분을 만나러 가는 길이에요. 해로와 육로를 무사히 지나서 곧 사랑하는 아버지의 곁에 계시게 될 겁니다."

루시는 아까 전과 똑같은 어조로 속삭였다.

"지금까지 전 자유롭게 지냈어요. 행복했고요. 제 앞에 아버지의 유령이 나타난 적은 한 번도 없었단 말이에요."

"한 가지만 더."

로리는 그녀의 주의를 끌어 보려고 힘주어 말했다.

"아버님은 다른 이름으로 살고 계셨어요. 원래 이름은 오래전에 잊으셨거나 숨기셨겠지요. 이제 와서 그 이유를 캐물어 봤자 아무 소용도 없을 뿐더러 상황을 더 나쁘게 만들 겁니다. 그 오랜 세월 동안 누군가 의

도적으로 그분을 감옥에 가두어 둔 건지, 아니면 가두어 놓고 잊은 건지 알아내려고 애쓰는 것도 그렇고요. 이제 와서 뭐든 알아내려고 해 봤자 공연히 긁어 부스럼을 만들 뿐이에요. 위험하기도 하고요. 아무튼 이 문제는 그냥 덮어 두고 잠깐 동안이라도 그분을 프랑스 밖으로 모시는 편이 좋겠어요. 영국인이라서 안전한 저나 프랑스의 두터운 신임을 받는 텔슨 은행조차도 이 문제를 일절 입에 담지 않는답니다. 저에게도 이 문제를 공개적으로 언급한 종이쪽지 한 장 없을 정도니까요. 이 일은 완전히 비밀리에 제공되는 서비스입니다. 제 자격증, 입국 허가증, 보고서는 모두 '부활했다.'는 한 줄로 처리되고 그 안에 모든 의미가 담겨 있습니다. 그런데, 대체 왜 이러세요! 제 말을 한마디도 귀담아듣지 않으시는군요! 마네트 양!"

루시는 그의 손 밑에 완전히 넋이 나간 채, 의자에 등허리를 세우고 미동도 없이 조용히 앉아 있었다. 그녀의 눈은 뚫어지게 그를 바라보았고 그녀의 이마는 마치 새기거나 찍어 놓은 것처럼 예의 그 마지막 표정을 짓고 있었다. 루시가 그의 팔을 어찌나 꽉 잡고 있었던지 그녀가 다칠까 봐 팔을 풀기가 겁날 정도였다. 그래서 로리는 그 자세 그대로 서서 큰소리로 도움을 청했다.

호텔 종업원들보다 한발 앞서 사납게 생긴 여인이 달려 들어왔다. 로리는 당황한 와중에도 온통 빨간색을 뒤집어쓴 빨간 머리의 여인을 살펴보았다. 그녀는 유난히 꽉 끼는 옷을 입고 나무로 만든 되나 커다란 치즈 덩어리처럼 생긴 멋진 근위대 모자를 쓰고 있었다. 그녀가 들어와 억센 손으로 멱살을 잡고 가까운 벽 쪽으로 패대기치듯 밀어붙인 덕분에, 그에게서 가엾은 숙녀를 떼어놓는 문제가 단박에 해결되었다. ('진짜 남자인 줄 알았네!' 로리는 벽에 부딪혀 숨이 막히면서도 이런 생각을 했다)

여인이 호텔 종업원들에게 고함쳤다.

"왜 모두들 쳐다만 보고 있는 거야! 거기 서서 멀거니 나만 쳐다보지 말고 뭣 좀 챙겨 와야 할 것 아냐! 내가 뭐 볼 게 있다고, 안 그래? 가서 뭐든 가져와! 스멜링 솔트[4]든 냉수든 식초든 뭐든, 서둘러 가져오지 않으면 내가 혼쭐을 내 줄 거야."

종업원들이 아가씨에게 도움이 될 만한 물건들을 가지러 황급히 흩어지자, 여인은 환자를 소파에 조심스럽게 눕힌 다음 능숙하고 부드러운 솜씨로 그녀를 돌보았다. 그녀는 매우 뿌듯하고 다정한 표정으로 "나의 보물!" 혹은 "나의 병아리!"라고 부르며 루시의 금발을 어깨 뒤로 넘겨 길게 펼쳤다.

"그런데, 거기 갈색 양복쟁이 양반!"

여인이 화를 내며 로리를 돌아보았다.

"죽을 만큼 겁먹게 만들지 않으면 할 말을 못해요? 이 아가씨를 봐요. 예쁜 얼굴이 하얗게 질리고 손까지 차가워졌잖아요. 그러고도 은행가라고 할 수 있는 거예요?"

로리는 대답하기 힘든 난감한 질문 때문에 어찌나 당황했던지 멀찌감치 떨어진 곳에 서서 무기력하게 연민과 자책감을 느끼며 바라볼 수밖에 없었다. 딱히 어쩌겠다고 말한 것은 아니지만 '혼쭐을 내 주겠다'는 불가사의한 협박으로 종업원들을 쫓아낸 투박한 여인은 그동안, 일반적인 처치 순서에 따라 아가씨를 돌보는 한편 축 처진 아가씨의 머리를 자신의 어깨 위에 올려놓고 어루만졌다.

"이제 상태가 좀 나아졌기를 바랍니다만."

로리가 말했다.

"그런다고 갈색 양복쟁이 양반 당신에게 고마워하진 않을 거유. 이렇게 예쁜 아가씨를!"

로리는 다시 한 번 몰려오는 무기력한 연민과 자책감에 잠시 뜸을 들이다가 이렇게 말했다.

---

4 의식이 희미해졌을 때 냄새를 맡게 해 정신이 들게 하는 약이다.

"저, 부인께서 프랑스까지 마네트 양과 동행해 주실 순 없을까요?"

투박한 여인이 대답했다.

"내가 픽이나 그런 짓을! 내가 소금물을 건너가야 할 팔자였다면 신께서 나를 섬나라에 점지하셨을까 봐?"

대답하기 힘든 질문을 또 하나 받은 자비스 로리는 한발 물러나 그 문제에 대해 생각해 보았다.

5장
술집

길바닥에 커다란 와인 통 하나가 떨어져 박살이 났다. 수레에서 술통을 내리다가 일어난 사고였다. 술통이 별안간 데굴데굴 굴러 떨어지더니 통을 두른 고리들이 터지는 바람에 술집 바로 앞 땅바닥에서 호두 껍데기처럼 산산조각이 난 것이었다.

그러자 근방 사람들이 너 나 할 것 없이 생업과 농땡이를 걷어치우고 술을 마시려고 그곳으로 몰려들었다. 그쪽으로 접근하는 산목숨을 모두 요절이라도 낼 것처럼 거칠고 울퉁불퉁한 돌멩이들이 여기저기 튀어나와 있더니만, 망할, 기어이 여러 개의 술 웅덩이를 만들고 말았다. 웅덩이 주변에는 저마다 그 크기에 맞게 사람들이 몰려들어 서로 밀쳐 대고 있었다. 무릎을 꿇고 앉아 양손을 오므려 술을 홀짝대는 이가 있는가 하면, 남자들 뒤에서 기웃거리는 여자들에게 손가락 사이로 새어 나가기 전에 술을 먹여 주려는 이도 있었다. 깨진 사기 조각으로 웅덩이에서 술을 떠 마시는 이는 물론, 심지어 머릿수건에 포도주를 적셨다가 젖먹이의 입에 짜 넣어 주는 엄마도 있었다. 어떤 이들은 술이 흘러 나가는 것을 막으려고 진흙으로 작은 둑을 쌓기도 했다. 또 어떤 이들은 높은 창 위에서 내려다보고 있는 구경꾼들이 일러 주는 대로 이리 뛰고 저리 뛰고 하면서 포도주가 다른 방향으로 흐르지 못하게 가로막았다. 얼마나 술맛을 보고

싫었던지, 술과 술 찌꺼기에 절어 있는 술통 조각을 핥아 대거나 술이 묻은 썩은 나뭇조각을 질겅질겅 씹어 대는 이들도 있었다. 술이 빠질 배수로 따위가 없었는데도 사람들이 술을 모두 퍼 마신 것은 물론 술이 묻은 진흙까지 퍼 가는 통에, (청소부가 이런 가난한 거리를 청소하는 기적이 일어날 것이라고 믿는 사람이라면 누구나) 청소부가 한바탕 쓸고 지나갔다고 생각할 정도로 거리가 말끔해졌다.

이렇게 포도주가 걸린 시합이 계속되는 내내, 남자, 여자, 아이들이 흥얼거리는 소리와 새된 웃음소리가 거리에 울려 퍼졌다. 그것은 거칠기 짝이 없는 운동 시합이라기보다는 놀이에 가까웠다. 거기에 각별한 동료 의식이 있었고 모두들 함께 어울리고 싶은 기분이었던 터라, 조금 더 운이 좋은 사람들, 속 편한 사람들은 특히 자기들끼리 즐겁게 뛰놀며 포옹을 나누고 건강을 빌며 건배하는가 하면 악수를 했고, 심지어는 열 명이 넘는 사람들이 손을 잡고 춤을 추기도 했다. 그러나 포도주가 모두 사라지고 술이 넘치던 자리에 갈퀴처럼 포도주를 긁어 대던 손가락 자국만 남자 잔치는 처음 시작했을 때처럼 별안간 끝이 났다. 장작을 패다가 도끼를 장작에 찍어 둔 채 달려 나온 남자는 다시 장작을 패러 갔다. 자신과 아이들의 허기진 손발가락을 찜질하는 데 쓰려고 작은 단지에 뜨거운 재를 담아 들고 가다가, 현관 계단에 내려놓고 온 엄마들도 단지를 가지러 돌아갔다. 산발한 머리에 맨팔을 드러낸 송장처럼 파리한 남자들도, 지하실에서 나와 겨울 볕에 잠깐 모습을 드러냈다가 다시 흩어져 땅 밑으로 사라졌다. 햇빛보다 그 동네와 훨씬 더 잘 어울리는 암흑이 몰려들었다.

문제의 포도주는 적포도주였다. 그 적포도주가 파리 생앙투안[1] 외곽

---

1 안토니우스 성인(Saint Anthony)의 이름을 딴 이 지역은 파리 외곽의 지역구였다. 이 지역은 노동자와 빈민 등 하층민이 주로 거주했기 때문에 특히 불결하고 가난했다. 그 유명한 바스티유 감옥이 이 지역 서쪽에 위치하고 있었기 때문이기도 하지만 계급적, 경제적 여건이 열악했기 때문에 프랑스 대혁명 (1789) 당시 혁명 열기로 가득 찬 심장부가 되었다.

의 좁아터진 길바닥을 붉게 물들였다. 적포도주는 수많은 사람들의 손과 얼굴, 헐벗은 발, 나막신을 붉게 물들였다. 장작을 패던 남자의 손이 도끼 자루에 붉은 자국을 남겼다. 아기를 돌보던 엄마는 누더기 같은 머릿 수건을 다시 두르다가 이마에 붉은 얼룩이 생겼다. 술통의 널조각을 탐하던 이들의 입가에도 맹수의 입가처럼 사나운 붉은 자국이 생겼다. 몹시 꾀죄죄하고 키가 멀대같이 큰 어떤 악동이 꼬리가 긴 더러운 나이트 캡을 대충 걸쳐 쓰고 포도주 찌꺼기가 스민 진흙을 손가락으로 찍어 벽에 글씨를 휘갈겨 썼다. '피.'

때가 오고 있었다. 또다시 붉은 포도주가 거리를 흠뻑 적시고 그 흔적이 그곳의 많은 사람을 붉게 물들일 때가 오고 있었다.

그리고 이제 생앙투안의 성스러운 얼굴에서 찰나의 빛을 몰아낸 먹구름이 그곳을 뒤덮고 있었다. 먹구름이 몰고 온 암흑은 너무나 짙었다. 추위, 불결함, 병마, 무지, 가난은 그 성스러운 존재를 보좌하는 영주들이자 막대한 권력을 전횡하는 귀족들이었는데 그중에서도 가난이 제일 심했다. 본보기로 맷돌에 갇혀 끔찍하게 갈리고 또 갈려 본 사람들이 모퉁이마다 웅크려 앉아 부들부들 떨고 있었다. 그들은 모든 문간을 드나들었고, 모든 창문에서 밖을 내다봤으며 바람에 옷자락이 나부끼는 자리 어디에서나 펄럭였다. 그들을 으깨 버린 맷돌은 노인을 갈아서 청년으로 만들어 준다는 전설 속의 맷돌이 아니었다. 그것은 청년을 갈아서 노인으로 만들어 주는 맷돌이었다. 아이들의 얼굴은 삭았고 목소리는 찌들었다. 아이들의 얼굴에, 어른들의 얼굴에 세월의 고랑이 패었고 새로 팬주름에 한숨과 굶주림이 깃들었다. 어디든 다 그랬다. '높은 건물에서도 굶주림이 밀려 나왔고, 장대와 빨랫줄에 널어놓은 너덜너덜한 옷에도 굶주림이 스며들었다. 지푸라기, 누더기, 나무, 종이를 넣고 기운 옷에도 굶주림이 함께 기워져 있었다.' 쥐똥만큼 적은 양의 장작을 톱으로 자르느라 쌓인 톱밥 속에도 굶주림이 켜켜이 쌓여 있었다. 굶주림은 연기가 피어오르지 않는 굴뚝 속을 들여다보기도 했고, 더러운 길바닥의 먹을 만한 부스러기조차 없는 쓰레기 더미 속에 도사리고 있기도 했다. 굶주림은 빵집 선반에도 새겨져 있었고, 몇 개 되지 않는 조그만 싸구려 빵 덩어리 안에도 모두 쓰여 있었다. 굶주림은 소시지 가게에서 팔려고 내놓은 죽은 개로 만든 핫도그 위에도 모두 새겨져 있었다. 굶주림은 돌아가는 원통형 난로 속의 군밤 틈에서 덜그럭덜그럭 바싹 마른 뼈 부딪치는 소리를 냈다. 굶주림은, 마지못해 기름 몇 방울을 부어 볶은 후 접시에 담아 푼돈에 파는 바싹 마른 감자칩 안에도 잘게 다져져 들어 있었다.

굶주림은 자신과 어울리는 곳이면 어디든 깃들었다. 어떤 비좁은 샛길은 범죄와 악취의 온상이었고, 또 다른 비좁은 샛길은 누더기를 걸치고 나이트캡을 쓴 사람들 차지였다. 누더기와 나이트캡에서는 모두 악취가 났고, 눈에 보이는 것들은 모두 아파 보였다. 사냥감이라도 된 듯 초조해하는 사람들은 아직 야생 동물의 기질이 남아 있는지 궁지에 몰리면 덤벼들 것 같았다. 풀이 죽어 살금살금 돌아다니긴 했지만, 그 사람들 중에는 두 눈이 불꽃처럼 이글거리는 사람도, 속마음을 감추느라 입을 꾹 다물어서 입술이 하얗게 질린 사람도, 교수형이란 말을 들으면 딱 떠오르는 교수대 밧줄처럼 주름을 잡으며 이마를 찌푸리는 사람도 더러 있었다. 가게 수만큼 많은 간판에는 모두 지독한 가난이 그려져 있었다. 푸줏간 간판에는 말라비틀어진 고깃덩어리가, 빵집 간판에는 거친 빵 덩어리 몇 개가 그려져 있었다. 술집 간판에는 술을 마시며 변변치 않은 포도주와 맥주의 양이 너무 적다고 투덜대며 인상을 쓰고 서로 수군대는 사내들의 모습이 조잡하게 그려져 있었다. 연장과 무기 (가게 간판) 말고는 번듯하다 할 만한 것이 없었다. 칼 장수의 (간판에 그려진) 칼과 도끼는 날카롭고 번쩍거렸으며, 대장장이의 망치는 묵직해 보였고, 총 제작자의 개머리판은 무시무시했다. 돌이 깨어져 채이고 여기저기 진흙과 물이 고여 있는 도로에는 인도가 없었고, 있더라도 문 앞에서 뚝뚝 끊겨 있었다. 길

가운데로 보수가 필요한 도랑이 (물이 있을 때만) 흘렀다. 도랑에 물이 흐르는 것은 억수같이 비가 내리는 동안뿐이었고 그럴 때면 벌컥벌컥 물이 집 안으로 들어왔다. 길 맞은편에는 엉성한 등불이 띄엄띄엄 밧줄과 도르래에 매달려 있었다. 밤이 되어 점등인이 등을 내려 불을 밝힌 다음 다시 걸어 놓으면, 빈약한 심지에 붙은 침침한 불빛이 바다에 떠 있는 것처럼 머리 위에서 시름시름 흔들렸다. 어찌 보면 등불들은 정말로 바다에 떠 있었고, 배와 선원들은 폭풍 전야를 지나고 있었다.

때가 다가오고 있어서였을까. 무료함과 굶주림 속에서 오랫동안 점등인을 지켜보던 이 지역의 비쩍 마른 허수아비들이 점등 방법을 개선해 보면 어떨까, 밧줄과 도르래로 등불 대신 사람을 매달아 어두운 시대를 밝혀 보면 어떨까 하는 생각을 품었다. 그러나 아직 때가 무르익은 것은 아닌 모양이었다. 프랑스로 불어오는 모든 바람이 허수아비의 누더기 옷자락을 펄럭였지만 헛수고였고, 노랫소리와 깃털이 고운 새들도 바람의 경고를 받아들이지 않았다.

술집은 길모퉁이에 위치한 가게로 외관과 상태가 다른 가게들보다는 나았다. 술집 주인은 노란색 조끼와 초록색 바지 차림으로 가게 밖에 서서 와인 쟁탈전을 지켜보고 있었다. 그는 마침내 어깨를 으쓱하며 말했다.

"이건 내 책임이 아니야. 배달원 잘못이지. 새로 가져오라고 해야겠군."

그는 시선을 돌리다가 우연히 길 맞은편에서 벽에 글씨를 휘갈겨 쓰고 있는 키가 큰 악동을 발견하고는 소리쳐 불렀다.

"이봐, 거기, 가스파르. 거기서 뭐하고 있어?"

녀석은, 이런 치들이 대개 그러듯이 뭔가 의미심장한 뜻이라도 있는 것처럼 낙서를 손가락으로 가리켰다. 그러나 이런 치들이 또 대개 그러하듯 장난은 먹혀들지 않았다.

"지금 뭐하냐고? 자네, 정신병자야?"

술집 주인은 길을 건너와 굳이 진흙을 한 손 가득 집더니 휘갈겨 쓴 글씨에 대고 문질렀다.

"왜 공공장소인 길에 낙서를 하는 거야? 말해 봐. 낙서할 데가 없어서 이러는 거야?"

이렇게 나무라면서 그는 (뭐, 우연일 수도 있고, 일부러 그랬을 수도 있지만) 낙서를 지우던 손으로 악동의 가슴을 쳤다. 그러자 악동이 제 손으로 제 가슴을 툭툭 털더니 날렵하게 위로 뛰어올랐다가 춤추는 듯한 몸짓으로 내려오면서 더러운 신발 한 짝을 벗어 손에 쥐고 술집 주인에게 내밀었다. 장난을 잘 치는 놈들이 평소에 승냥이처럼 구는 일은 별로 없지만 이런 상황에서는 그렇게 되는 모양이었다.

"어서 신어. 신 신으라고. 쓸데없는 짓 그만하고 가서 술이나 한잔하지."

술집 주인은 이렇게 타이르며 흙 묻은 손을 악동의 옷에 대놓고 문질러 닦았다. 핑계를 대자면 애초에 손에 흙을 묻힌 건 그 때문이었으니까. 그러고는 다시 길을 건너 술집으로 들어갔다.

술집 주인은 황소처럼 목이 굵고 외모가 싸움꾼 같은 30대 사내였다. 성미가 불같아서 그런지 살을 에는 듯한 추위에도 외투를 입지 않고 어깨에 걸치고 다녔다. 셔츠 소매 역시 걷어 올려서 늘 팔꿈치까지 구릿빛 팔뚝이 드러나 있었다. 짧게 자른 짙은 색 곱슬머리에도 뭔가를 쓰는 법이 없었다. 눈 사이가 조금 멀기는 했지만 눈매가 선량하고 피부가 까무잡잡한 사내였다. 전체적인 인상은 서글서글했지만 고집스러워 보이기도 했다. 의지가 강하고 원칙적인 사람이 분명했다. 딱 봐도 돌아갈 길이 없는 외나무다리에서는 절대로 마주치고 싶지 않은 사내였다.

그가 가게 안으로 들어갔을 때, 아내 마담 드파르주는 카운터 뒤에 앉아 있었다. 남편과 나이가 비슷한 통통한 여인이었다. 뭐든 허투루 보아 넘기는 법이 없을 것 같은 매서운 눈매를 한 부인은 커다란 손에 반지를 여러 개 끼고 있었고, 차분한 얼굴과 건장한 골격에 침착한 태도가 배어 있었다. 자신이 맡아서 계획한 일에 관한 한 어떠한 실수도 하지 않을 것이라고 여겨도 좋을 만큼 치밀한 면도 엿보였다. 추위를 많이 타는 마담은 털옷으로 몸을 감싸고, 커다란 귀걸이가 가려질 정도는 아니었지만 밝은 색 숄을 머리까지 칭칭 감고 있었다. 마담은 늘 쥐고 있는 뜨개질거리를 앞에 내려놓고 이쑤시개로 이를 쑤시고 있었다. 왼손으로 오른쪽 팔꿈치를 괴고 앉아서 그렇게 이를 쑤시다가 남편이 가게로 들어오자 마담은 아무 말도 하지 않고 잔기침을 했다. 그러면서 윤곽이 또렷한 짙은 색 눈썹을 양미간에 주름이 잡힐 만큼 찡긋 올려, 남편이 길 밖에 나가 있는 동안 손님이 새로 들어왔으니 가게 안을 한번 둘러보는 것이 좋겠다는 신호를 보냈다.

술집 주인의 눈동자가 이리저리 굴러다니다가 마침내 구석에 앉아 있는 나이 지긋한 신사와 어린 아가씨에게 머물렀다. 다른 손님들도 있었다. 카드 게임을 하는 손님 두 명, 도미노 게임을 하는 손님 두 명, 카운터에 몸을 기대고 서서 얼마 안 되는 와인을 조금씩 아껴 마시고 있는 손님 세 명. 그는 카운터 뒤쪽을 지나가다가, 노신사가 어린 아가씨에게 '이 사람이 우리가 찾는 사람이에요.'라는 눈짓을 보내는 것을 알아챘다.

'대체 이런 데서 뭘 하고 있는 게요? 난 당신들 몰라요.'

드파르주가 속으로 말했다.

그는 낯선 두 사람을 보지 못한 척, 카운터에서 술을 마시고 있던 3인조 패거리의 대화에 끼어들었다.

"어떻게 되어 가나, 자크?[2] 쏟아진 포도주는 다 마셔 버렸나?"

그중 한 명이 드파르주에게 물었다.

"한 방울도 안 남았다네, 자크."

2 프랑스의 남자 이름이다. 1358년 북프랑스에서 농민 반란이 일어나자 (자크리의 난) 귀족들은 농민들을 가장 흔한 이름인 '자크'라고 부르며 비하했다. '자크리'는 '자크'의 집합명사이다. 그 이후로 '자크'라는 이름은 농민을 가리키게 되었는데, 특히 농민 반란이나 혁명 때는 농민들이 스스로를 부르는 호칭으로 사용했다. 여기에서 네 남자가 서로를 자크라고 부르는 것은 이들의 계급적 특성을 보여 주려는 작가의 설정이다.

드파르주가 대답했다. 이렇게 서로 이름을 부르며 대화를 나누고 있는데 그때 마담 드파르주가 이를 쑤시다가 다시 한 번 잔기침을 하며 눈썹을 찡긋 올려 주름을 잡았다.

"저 불쌍한 짐승들이 와인을, 아니 검은 빵 조각과 죽음 말고 다른 것을 맛보는 일이 어디 흔한 일인가. 그렇지 않은가, 자크?"

두 번째 남자가 드파르주에게 말했다.

"그건 그렇지, 자크."

드파르주가 대답했다. 두 번째 남자와 이렇게 이름을 부르며 대화를 나누고 있는데 마담 드파르주가 태연하게 여전히 이를 쑤시며 다시 한 번 잔기침을 하며 눈썹을 찡긋 올려 주름을 잡았다. 세 번째 남자가 빈 잔을 내려놓고 입맛을 다시며 이렇게 말했다.

"아! 그보다 상황이 훨씬 심각하지! 저 가엾은 종자들이 노상 입에 처넣는 거라고는 쓰디쓴 것들뿐이고, 사는 게 고역이니, 자크. 내 말이 맞지, 자크?"

"자네 말이 맞네, 자크."

드파르주의 대답이었다. 이렇게 세 번째로 이름을 주고받는 대화가 끝난 순간, 마담 드파르주가 이쑤시개를 한쪽으로 치우고 눈썹을 올린 채 부스럭거리며 자세를 바꿔 앉았다.

"딱 그 짝이지! 그런데, 잠깐! 여보게들, 저기 우리 마누라가……"

드파르주가 투덜대듯 말했다. 세 사람은 과장된 몸짓으로 모자를 벗어 마담 드파르주를 향해 흔들었다. 마담은 고개를 숙여 세 사람의 인사를 받으며 재빠르게 그들을 살폈다. 그러더니 무심한 얼굴로 술집을 한 번 죽 둘러보고는 조용하고 차분하게 뜨개질에 몰두하기 시작했다. 드파르주가 밝은 빛이 도는 눈으로 아내를 계속 주시하면서 이렇게 말했다.

"여보게들, 잘들 가라고. 그런데 지난번에 밖에서 자네들이 보고 싶다고 한 그 셋방 말인데, 가구가 딸린 독신자 셋방 말이야. 그 방은 5층일세.

가게 왼쪽에 붙어 있는 공터에 올라가는 계단 입구가 있어."

드파르주가 손가락으로 가리키며 말했다.

"이 건물 창문 쪽일세. 이제 보니 한 명은 지난번에 이미 다녀갔지 않은가. 금방 길을 찾겠구먼. 그럼, 잘들 가게!"

세 사람은 술값을 치르고 가게를 나섰다. 드파르주가 뜨개질 중인 아내를 살피고 있을 때였다. 노신사가 구석 자리에서 나오더니 뭐 한 가지만 물어봐도 되겠느냐고 말했다.

"물론입니다, 손님."

드파르주는 이렇게 말하며 조용히 노신사와 함께 문가로 자리를 옮겼다.

그들의 대화는 아주 짧고도 단도직입적이었다. 노신사가 첫마디를 떼자마자 드파르주는 흠칫 놀라며 더욱 이야기에 귀를 기울였다. 1분도 지나지 않아 그는 고개를 끄덕이더니 밖으로 나갔다. 노신사가 손짓으로 어린 아가씨를 불렀고 두 사람 역시 밖으로 나갔다. 마담 드파르주는 눈썹을 바로 하고 앉아 손가락을 재게 놀리며 뜨개질을 할 뿐, 쳐다보지도 않았다.

자비스 로리와 루시 마네트는 술집에서 나와 드파르주와 함께, 그가 좀 전에 패거리에게 일러 준 입구로 들어갔다. 문은 악취가 풍기고 음침하고 비좁은 공터 쪽으로 나 있었다. 그 문은 그 건물에 개미굴처럼 들어찬 수많은 방들, 그 방방마다 바글대며 살아가는 사람들 모두가 드나드는 공동 출입구였다. 칙칙한 타일이 깔린 입구를 지나 칙칙한 타일이 깔린 계단에 이르자 드파르주는 옛날에 모시던 주인의 따님에게 무릎을 꿇고 손등에 키스를 했다. 정중한 인사이긴 했으나 상냥한 태도는 아니었다. 불과 몇 분 만에 그는 눈에 띄게 변해 있었다. 얼굴에 보이던 서글서글함이나 사교성 따위는 자취를 감추었고 그 대신 비밀, 분노, 위기의식이 드리워졌다.

"꽤 많이 올라가야 해서 조금 힘이 들 겁니다. 서두르지 않는 게 좋겠어요."

드파르주가 계단을 오르며 엄숙한 목소리로 로리에게 말했다.

"그분 혼자 계시나요?"

로리가 속삭였다.

"혼자라뇨! 신께서 함께하시는걸요!"

드파르주도 나지막한 목소리로 말했다.

"항상 혼자 계시나요?"

"그렇습니다."

"그분이 원하신 일인가요?"

"그분께 필요한 일입니다. 처음 뵈었을 때도 혼자 계셨어요. 그들이 나를 찾아내어 비밀리에 그분을 모셔 갈 수 있는지 물어본 직후였지요. 그때도 그러셨지만 지금도 마찬가지예요."

"많이 변하셨나요?"

"변했느냐고요!"

술집 주인은 걸음을 멈추고 손으로 벽을 치면서 무시무시한 욕설을 쏟아 냈다. 기를 쓰고 덤벼도 절반도 받아치지 못할 만큼 끔찍한 욕이었다. 로리는 두 사람과 함께 계단을 오르면 오를수록 마음이 무거워졌다.

파리의 더 오래되고 더 붐비는 동네에 있는 이런 계단은 지금도 충분히 끔찍하다. 그러나 그 당시에도 덜 익숙하고 덜 단련된 사람들이 보기에는 지옥이 따로 없었다. 하나의 건물, 즉 거대하고 불결한 소굴 안에 벌집처럼 빼곡히 들어찬 (말하자면 공동 계단으로 이어진 문마다 안쪽으로 비좁은 방들이 다닥다닥 붙어 있었다) 집에 사는 사람들은 쓰레기 더미를 계단에 쌓아 놓았고 심지어 창밖으로 오물을 내던지기도 했다. 통제도 되지 않고 가망도 없는 부패의 구렁텅이에서 피어오르는 악취가 공기를 오염시켰다. 가난과 궁핍이 너무 심해서 쓰레기라 부를 만한 것이 없었는데도 그랬다. 가난과 궁핍이라는 두 가지 재료가 합쳐져 만들어진 악취는 욕지기가 치밀어 오를 정도로 심했다. 이런 악취 속에, 독과 먼지가 켜켜이 쌓인 가파르고 칙칙한 난간 옆으로 길이 나 있었다. 자신도 마음이 어지러운 데다가 젊은 동행인이 매 순간 점점 더 심하게 떠는 바람에 로리는 두 번이나 걸음을 멈추고 휴식을 취했다. 그때마다 암울한 창살 앞에서 숨을 돌렸는데, 그 창살 사이로, 오염되지 않고 남아 있던 극소량의 공기가 빠져나가고, 완전히 오염되고 병에 찌든 증기가 꾸물꾸물 기어들어 오는 것 같았다. 직접 보지 않고 코로 냄새만 맡아도 녹슨 쇠창살 너머의 무질서한 풍경이 눈에 선했다. 저 멀리 보이는 노트르담의 높다란 첨탑 두 개의 꼭대기 말고는, 이 동네 쪽으로도, 첨탑 아래쪽으로도, 아무것도 보이지 않는 풍경 속에 건강한 삶이나 건전한 열망의 씨앗 따위가 숨어 있을 리 만무했다.

마침내 마지막 층계참에 이르러서 그들은 세 번째 휴식을 취했다. 다락방이 있는 층과 연결된 경사가 더 급하고 폭이 더 좁은 계단이 아직 남아 있었다. 줄곧 술집 주인이 조금 앞서서 걸었고, 로리는 어린 아가씨가 뭐라도 물을까 봐 두려웠던지 술집 주인의 옆에 바짝 붙어서 걸었다. 이윽고 술집 주인이 어깨에 걸친 외투 주머니를 조심스럽게 더듬더니 열쇠 하나를 꺼냈다.

"문이 잠겨 있습니까?"

로리가 놀라며 물었다.

"예. 그렇습니다."

드파르주가 딱 잘라 대답했다.

"이렇게 후미진 곳에 저 불쌍한 양반을 굳이 가둘 필요가 있을까요?"

"열쇠를 돌릴 필요가 있는 겁니다."

드파르주가 그의 귀에 대고 속삭이며 무겁게 인상을 썼다.

"왜지요?"

"왜냐고요! 그분이 너무 오랫동안 갇혀 계셨기 때문입니다. 문을 잠가 놓지 않으면, 그분은 겁을 먹고 미쳐 날뛰거나 자신을 갈기갈기 찢어발 겨서 돌아가실 겁니다."

"그런 일이 가능합니까!"

로리가 외쳤다.

"그런 일이 가능하답니다!"

드파르주가 씁쓸하게 로리의 말을 따라 했다.

"우리가 살고 있는 이 아름다운 세상에서 그런 일이 가능하다면 어찌 시렵니까? 그런 일이 가능할 뿐 아니라 실제로 일어나고 있다면, 보시다 시피, 그것도 대낮에 매일같이 일어나고 있다면 어찌시렵니까? 악마여, 영원할지어다. 이제 그만 계속 가시죠."

아주 낮게 속삭이듯 이어진 대화였기 때문에 어린 아가씨의 귀에는 한 마디도 들리지 않았다. 그러나 이쯤 다다르자 그녀는 감정이 어찌나 격 해졌는지 부들부들 몸을 떨었고, 얼굴에도 지독한 근심이, 무엇보다도 지독한 두려움과 공포가 떠올라 있었다. 로리는 그녀에게 위로가 되는 말을 한두 마디 건네야 할 것 같았다.

"용기를 내요, 아가씨! 용기를요! 업무상 절차잖아요! 가장 괴로운 일 이 곧 끝날 겁니다. 문지방만 넘으면 곧 끝납니다. 그러고 나면 아가씨가 그분께 가져다 드릴 온갖 좋은 것들, 온갖 위로와 온갖 행복이 시작되겠 지요. 여기 있는 선량한 친구가 옆에서 도와 드릴 겁니다. 우리의 친구 드 파르주가요. 자, 이제 업무를 처리하도록 합시다, 업무를!"

그들은 살금살금 천천히 계단을 올랐다. 계단이 짧아서 금방 도착했 다. 그들이 계단을 끼고 방향을 틀자 갑자기 세 남자의 모습이 눈에 들어 왔다. 그들은 문 옆에 바짝 붙어 서서 고개를 처박고, 벽에 난 구멍인지 틈인지 아무튼 어딘가를 통해 열심히 방 안을 들여다보고 있었다. 발소 리가 가까이 다가가자 세 남자가 일어서서 고개를 돌렸는데, 아까 술집에서 술을 마시던, 이름이 같은 세 남자였다.

드파르주가 설명했다.

"두 분이 찾아오시는 바람에 저치들을 깜박했네요. 이보게들, 이제 그만 가지. 우리가 이곳에 볼일이 있다네."

세 사람이 스치듯이 지나쳐 조용히 내려갔다.

얼핏 보기에는 그 층에 다른 문이 있는 것 같지 않았다. 그들이 사라지자 술집 주인이 곧바로 그 문을 향해 걸어갔다. 로리가 약간 화난 목소리로 속삭이며 물었다.

"마네트 박사님을 구경거리로 만들고 있는 겁니까?"

"보신 대로, 선택받은 몇 명에게만 보여 주지요."

"잘하는 짓이라는 겁니까?"

"제 생각에는 잘하는 짓 같군요."

"그 몇 명이 누굽니까? 또 그 사람들을 어떻게 선택합니까?"

"나는 진실한 사람들, 나와 이름이 같아서 자크라 불리는 사람들만 선택합니다. 그들에게는 이런 구경이 좋게 작용할 수 있지요. 이 정도만 하지요. 당신은 영국인이니까. 이건 다른 문제랍니다. 괜찮다면 여기에서 잠깐 기다려 주시죠."

드파르주는 타이르듯이 뒤로 물러나 있으라는 손짓을 하더니 자세를 낮추고 벽에 갈라진 틈을 들여다보았다. 그는 곧 몸을 일으키고 문을 두세 번 두드렸다. 큰 소리로 인기척을 내려는 것일 뿐 다른 의도는 없어 보였다. 같은 의도로 그는 열쇠로 문을 서너 번 긁은 다음, 열쇠를 대충 자물쇠에 꽂고는 최대한 큰 소리가 나게 돌렸다.

그는 문을 안쪽으로 천천히 밀어 열고 방 안을 들여다보며 뭐라고 이야기를 꺼냈다. 꺼져 가는 목소리가 뭐라고 대답했다. 그들이 서로 주고받은 말이 한마디쯤이나 겨우 될까.

그는 어깨 너머로 뒤돌아보고는 그들에게 들어오라는 손짓을 했다. 로리는 루시가 쓰러질 것 같아서, 그녀의 허리에 튼튼하게 팔을 둘러 붙잡아 주었다.

"어, 어, 업무라는 걸 잊지 마세요! 어서 안으로 들어오세요!"

로리는 업무와 상관없는, 반짝이는 물방울을 뺨에 느끼며 재촉했다.

"이런 일은 무서워요."

루시가 덜덜 떨면서 말했다.

"이런 일이오? 어떤?"

"저분 말이에요. 내 아버지."

로리는 이렇게 말하는 루시와 손짓을 하는 드파르주가 신경이 쓰여서 자신의 어깨 위에서 떨고 있는 루시의 팔을 목에 걸고 그녀를 부축해서 서둘러 방 안으로 들어갔다. 그는 자신에게 매달리는 루시를 문 바로 안쪽에 앉히고 잠시 붙잡아 주었다.

드파르주가 열쇠를 빼고 문을 닫았다. 그러더니 안쪽에서 다시 문을 잠그고 열쇠를 손에 쥐었다. 그는 이 일들을 빈틈없이 해 나가면서도 줄곧 시끄럽고 거칠게 행동해 최대한 큰 소리가 나게끔 신경 쓰고 있었다. 그는 모든 일을 끝낸 후 자로 잰 듯한 보폭으로 방을 가로질러 창문이 있는 곳으로 갔다. 그러더니 거기에 서서 주위를 둘러보았다.

장작 따위를 보관하는 데 쓰려고 지어 놓은 다락은 어둡고 침침했다. 지붕창 모양의 창문은 실상 지붕에 낸 문이었는데 거기에 1층에서 물건을 끌어올리는 데 쓰는 작은 갈고리가 달려 있었다. 프랑스 건물에 나 있는 문들이 대개 그러하듯, 유리를 끼우지 않는, 두 쪽으로 쪼개져 가운데가 접히는 그런 문이었다. 찬바람이 들어오지 않게 한쪽 문은 완전히 닫혀 있었고 다른 한쪽 문은 아주 조금 열려 있었다. 이 틈으로 미미한 빛이 새어 들어오고는 있었지만 처음 방 안에 들어오면 아무것도 분간이 되지 않았다. 이렇게 어두컴컴한 곳이라면 오랜 시간에 걸쳐 습관이 들어야만 정교한 작업을 할 수 있다. 그런데 그 다락방에서 그런 작업이 이루어지고 있었다. 등은 문 쪽으로, 얼굴은 술집 주인이 서 있는 창 쪽으로 향한 채, 머리가 하얗게 센 노인이 낮고 긴 의자 위에 웅크리고 앉아 정신없이 구두를 짓고 있었다.

6장
구두장이

"안녕하셨습니까!"

드파르주가 몸을 낮게 굽히고 구두를 짓고 있는 흰머리를 내려다보며 말했다.

흰머리가 잠깐 들리더니, 어딘가 굉장히 먼 곳에서 들려오는 것 같은 꺼져 가는 목소리가 인사를 했다.

"잘 지냈나?"

"여전히 열심히 작업 중이시군요. 그렇죠?"

긴 침묵이 흐른 후 흰머리가 다시 들리더니 대답 소리가 들려왔다.

"그렇지. 일하고 있는 중이지."

이번에는 퀭한 두 눈으로 잠깐 드파르주를 바라보고는 고개를 떨구었다.

어쩌나 목소리가 희미한지 가엾기도 하고 두렵기도 했다. 물론 오래 갇혀 지냈고 음식을 제대로 챙겨 먹지 못해서 그렇기도 하겠지만 몸이 쇠약해져서 그런 것만은 아니었다. 참으로 안타깝게도 혼자 격리되어 지냈기 때문에 오랫동안 목소리를 쓸 일이 없었고, 그러다 보니 목소리가 힘을 잃은 것이었다. 그것은 마치 옛날 옛적에 만들어진 소리의 희미한 마지막 메아리 같았다. 사람의 목소리에 담겨 있는 생기와 울림이 전혀 남아 있지 않아서, 한때 아름다웠던 빛깔이 바래고 지워진 자리에 남은 추레하고 흐리멍덩한 얼룩 같았다. 가라앉은 목소리에는 전혀 감정이 실려 있지 않아서 마치 땅 밑에서 들려오는 소리 같았다. 너무나 애처롭게도 그것은, 홀로 황야를 헤매다가 굶주림에 지쳐 쓰러져 죽기 직전 가족과 친구들을 떠올리는 비참한 여행객, 즉 절망에 빠져 꺼져 가는 목숨이 내는 소리였다.

몇 분이 흐르는 동안 그는 묵묵히 일만 했다. 그러더니 다시 퀭한 눈으로 올려다보았다. 딱히 흥미나 호기심이 일어서가 아니었다. 그저 무심결에 얼핏, 유일한 손님이 아직 가지 않고 정해진 자리에 서 있는 것이 느껴진 모양이었다.

드파르주가 구두장이의 시야 안에 머물며 말했다.

"나리, 방 안을 조금만 밝혔으면 하는데, 견딜 수 있으시겠습니까?"

구두장이가 일손을 멈췄다. 구두장이는 소리를 들으려는 듯 멀건 표정으로 옆 마룻바닥을 잠시 바라보았다. 그러더니 같은 표정으로 반대쪽 마룻바닥을 바라보다가, 마침내 드파르주를 올려다보았다.

"뭐라고 했지?"

"방 안을 조금만 더 밝혀도 괜찮으시겠냐고 여쭈었습니다."

"자네가 그래야겠다면 참아야지."

그는 희미하게나마 마지막 말에 약간 힘을 주며 이렇게 말했다.

반쯤 열려 있던 창문이 조금 더 열렸다. 그 창문은 당분간 그 각도로 그렇게 열려 있을 터였다. 다락방 안으로 햇빛이 넓게 쏟아져 들어오자 아직 덜 만들어진 구두 한 짝을 무릎에 올려놓은 채 잠시 손을 멈추고 있는 구두장이의 모습이 보였다. 몇 개 되지 않는 간단한 연장들과 모양이 제각각인 가죽 조각들이 그의 발치와 긴 의자 위에 널려 있었다. 그다지 길지는 않았지만 허연 수염이 들쭉날쭉 자라난 움푹 꺼진 얼굴에서 눈동자가 이상하리만치 빛났다. 얼굴이 수척하게 야위어서 그런지, 아직

세지 않은 검은 눈썹과 산발한 흰머리 아래에서 빛나는, 실제로는 그다지 크지 않은 눈이 무척 커 보였다. 아니, 원래부터 큰 눈이었는데 지금은 부자연스러울 정도로 커 보였다. 목 주위가 늘어난 누더기 같은 누런 셔츠 아래로 쭈글쭈글하고 야윈 몸이 드러났다. 구두장이와 천막 천으로 만든 낡은 작업복과 늘어난 스타킹, 그리고 누덕누덕하고 추레한 옷가지들까지 모두 얼마나 오랫동안 직사광선과 신선한 공기를 쐬지 못했는지 하나같이 색이 바래서 누리끼리한 잿빛을 띠고 있던 터라 뭐가 뭔지 분간이 되지 않았다.

눈가에 쏟아져 들어오는 빛을 가리려고 들어 올린 손은 뼈밖에 남지 않아서 투명해 보였다. 그는 거기에 그렇게 한결같이 멍한 시선으로 앉아서 잠시 일손을 놓고 있었다. 그는 자기 앞에 있는 대상을 곧바로 쳐다보는 법이 없었다. 처음에는 자신의 옆을 한참 내려다보았고 그러고 나서야 그 대상을 바라보았다. 마치 소리와 소리의 발생 지점을 연결 짓는 방법을 잊어버린 사람 같았다. 그는 또 곧바로 말을 하는 법이 없었다. 말하는 법을 잊어버린 사람처럼 말을 할 때도, 소리를 들을 때처럼 한참 주변을 살핀 후에야 입을 열었다.

"이 구두는 오늘 완성하실 겁니까?"

드파르주가 로리에게 다가오라는 손짓을 하며 물었다.

"뭐라고 했지?"

"오늘 그 구두를 완성하실 계획이냐고 여쭈었습니다."

"꼭 그럴 작정은 아니지만, 그럴 수도 있지. 잘 모르겠군."

그는 질문 때문에 작업 중이었다는 사실이 떠올랐는지 일을 하려고 다시 몸을 숙였다.

로리가 루시를 문간에 남겨 두고 조용히 다가갔다. 그렇게 로리가 일이 분쯤 드파르주 옆에 서 있었더니 구두장이가 고개를 들고 올려다보았다. 그는 다른 사람의 등장에 그다지 놀라지는 않았지만 그를 쳐다보며 떨리는 손가락으로 입술을 더듬었다. 그의 입술과 손가락은 둘 다 창백한 납빛이었다. 그러더니 손을 내리고 구두를 지으려고 다시 몸을 숙였다. 순식간에 일어난 행동이었다.

"손님이 찾아오셨습니다."

드파르주가 말했다.

"뭐라고 했지?"

"여기 손님이 오셨다고요."

구두장이는 아까처럼 고개를 들고 올려다보았지만 손에는 여전히 일감이 쥐어져 있었다.

"나리! 잘 만든 구두를 알아볼 줄 아는 손님이 오셨습니다. 짓고 계신 구두를 보여 주세요. 한번 보시죠, 손님."

드파르주가 말했다. 로리가 구두를 받아 들었다.

"손님에게 어떤 구두인지 말씀해 주셔야지요. 그리고 구두를 만든 사람 이름도요."

다른 때보다 긴 침묵이 흐른 후 구두장이가 대답했다.

"아까 뭐라고 했는지 까먹었어. 뭐라고 했지?"

"손님에게 구두 종류를 설명해 드리라고 말씀드렸습니다."

"이건 숙녀화요. 젊은 아가씨들이 산책할 때 신는 신발이라오. 요즘 유행하는 스타일이지요. 뭐 직접 본적은 없지만서도, 내게는 마름질할 수 있는 본(本)이 있다오."

구두를 바라보는 그의 얼굴에 살짝 자부심이 스쳤다.

"그럼 구두를 만든 사람의 이름은요?"

드파르주가 말했다.

이제 그에게는 손에 쥘 구두가 없었다. 그는 왼손으로 오른손 관절을 쥐었다가 다시 오른손으로 왼손 관절을 쥐었다. 그리고 한 손으로 턱에 난 수염을 문질렀다. 그는 이 일련의 행동들을 쉬지 않고 반복했다. 말을 마치고 나면 어김없이 빠져드는, 이리저리 서성대는 정신 밖으로 계속 그를 불러내는 일은, 정신을 잃고 쓰러진 사람을 깨우거나 뭔가를 알아내고 싶은 마음에 죽어 가는 사람의 의식을 붙잡으려고 발버둥치는 일과 같았다.

"내 이름이 뭐냐고 물었나?"

"바로 그겁니다."

"북탑 105."

"그게 답니까?"

"북탑 105."

그가 한숨 소리도 신음 소리도 아닌 희미한 소리를 내며 다시 일을 하려고 몸을 숙였을 때 다시 침묵이 깨졌다.

"전문적인 구두 장인은 아니시죠?"

로리가 그를 빤히 바라보며 말했다. 그는 질문을 통역해 달라는 듯 드파르주를 향해 퀭한 눈을 돌렸다. 하지만 그쪽에서 도와줄 것 같은 기미가 보이지 않자, 잠시 바닥을 내려다보다가 로리에게 시선을 돌렸다.

"전문적인 구두 장인이 아니냐고 물었소? 그래요, 원래는 전문적인 구두 장인이 아니었다오. 나, 나, 나는 이곳에서 기술을 배웠어요. 혼자서 익혔다오. 기술을 배울 수 있게 허락해 달라고 빌어서⋯⋯."

그는 말꼬리를 흐리면서 아까처럼 규칙적인 순서에 따라 두 손을 비트는 행동을 몇 분간이나 계속 반복했다. 그의 눈동자가 이리저리 서성대다가 마침내, 로리의 얼굴로 서서히 돌아왔다. 눈동자가 로리의 얼굴에 닿자 그는 흠칫 놀라더니, 막 잠에서 깨어 어젯밤에 나누던 이야기를 마저 하는 사람처럼 말을 이었다.

"기술을 배울 수 있게 허락해 달라고 빌었고, 오랫동안 고생해서 기술을 익혔다오. 그때부터는 죽 구두를 만들었지요."

그가 로리의 손에 들려 있는 구두를 잡으려고 팔을 뻗자, 로리는 그의 얼굴을 여전히 빤히 바라보며 말했다.

"마네트 박사님, 저에 대해 아무것도 기억나지 않으십니까?"

구두가 바닥에 떨어졌고 그는 로리를 뚫어지게 바라보며 앉아 있었다. 로리가 손을 뻗어 드파르주의 팔을 잡았다.

"마네트 박사님, 이 사람에 대해서도 아무런 기억이 없나요? 이 사람을 보세요. 그리고 저를 보세요. 옛날에 알던 은행원도, 옛날에 하던 일도, 옛날에 부리던 하인도, 옛날 그 시절도, 아무것도 떠오르지 않습니까, 마네트 박사님?"

오랜 세월 갇혀 지낸 노인이 로리와 드파르주의 얼굴을 번갈아 가며 뚫어지게 바라보는 동안, 오래전 그의 얼굴에서 지워진 '뜨겁게 끓어오르는 지성'의 흔적들이, 그의 위에 드리워진 검은 안개 장막을 서서히 뚫고 이마 한가운데에 모습을 드러냈다. 다시 먹구름이 덮이면서 그 흔적들은 점점 희미해지다가 이내 자취를 감추었지만, 가려져 있을 뿐 완전히 사라진 것이 아니었다. 그리고 그 흔적들은 똑같은 표정으로 어린 아가씨의 아름다운 얼굴에 되살아나고 있었다. 루시는 벽을 짚고 살금살금 걸어서 아버지가 보이는 곳에 와 있었다. 이제 루시는 그 자리에서 두 손을 뻗고 아버지를 바라보고 있었다. 처음에는 연민을 느끼면서도 두려워서 아버지를 밀어내려고, 아버지의 모습을 가리려고 뻗은 손이었지만, 이제 그 손은, 유령 같은 아버지의 얼굴을 싱그럽고 따뜻한 가슴에 끌어안고 그분께 사랑으로 생명과 희망을 되찾아 드리고 싶은 열망에 파르르 떨리면서 아버지를 향해 뻗어 있었다. 루시의 젊고 아름다운 얼굴에 되살아난 표정이 (루시의 표정이 더 또렷하긴 했지만) 아버지의 표정과 어찌나 꼭 같던지, 마치 움직이는 조명처럼 아버지의 얼굴에서 딸의 얼굴로 옮겨 간 것 같았다.

그의 마음속에 다시 어둠이 내려앉았다. 두 사람을 바라보는 그의 시선이 조금씩 조금씩 흐려졌다. 그는 우울하고 어지러운 눈빛으로 아까처럼 주변 바닥을 두리번거렸다. 그러더니 종당에는 깊고 긴 한숨을 내쉬며 구두를 집어 들고 다시 작업을 시작했다.

"저 사람을 알아보신 겁니까, 나리?"

드파르주가 속삭이듯 물었다.

"그래, 잠깐 동안은 말일세. 처음에는 영 안 떠오를 줄 알았는데. 잠깐 동안은 분명히 기억이 났어. 내가 예전에 잘 알던 얼굴이야. 쉿! 조금만 더 뒤로 가 보자고. 쉿!"

벽에 기대어 서 있던 루시가, 그가 앉아 있는 긴 의자 바로 곁에 다가와 있었다. 그가 웅크리고 앉아 일을 하는 동안 손만 뻗으면 닿을 거리에 누군가 들어와 있는데도 의식하지 못하다니 왠지 섬뜩했다.

아무도 입을 열지 않았고 아무 소리도 들리지 않았다. 루시는 유령처럼 아버지 곁에 서 있었고 그는 몸을 웅크리고 작업 중이었다. 한참 후 구두장이가 손에 든 연장을 내려놓고 구두칼을 집으려 할 때였다. 구두칼은 루시가 서 있는 쪽이 아니라 그의 옆에 놓여 있었다. 그가 구두칼을 집고 다시 일을 하려고 몸을 숙인 순간, 루시의 드레스 치맛자락이 그의 눈에 들어왔다. 그는 고개를 들고 루시를 바라보았다. 옆에서 지켜보던 두 사람이 깜짝 놀라 앞으로 몸을 움찔했지만, 루시는 손짓으로 가만히 있으라는 신호를 보냈다. 그들은 걱정스러웠지만, 그녀에게는 아버지의 칼이 자신을 찌르면 어쩌나 하는 두려움이 없었다.

구두장이는 두려운 표정으로 루시를 바라보다가, 잠시 후 입술을 달싹이며 뭔가 말을 하려 했지만 아무런 소리도 나오지 않았다. 그는 가쁜 숨을 몰아쉬면서 띄엄띄엄 말소리를 냈다.

"이 아가씬 누군가?"

루시는 눈물을 흘리며 두 손을 입술에 댔다가 그에게 키스를 보냈다. 그리고 폐인이 된 아버지의 머리가 거기에 있기라도 한 것처럼 제 가슴을 끌어안았다.

"아가씨 혹시 간수 딸이오?"

루시가 한숨을 쉬었다.

"아니에요."

"그럼 누구요?"

아직 말짱한 목소리로 말할 자신이 없었는지 루시는 그의 곁, 긴 의자 위에 걸터앉았다. 구두장이가 움찔 뒤로 물러났지만 그녀가 손을 뻗어 그의 팔을 잡았다. 그 순간 묘한 전율이 눈에 보일 듯이 그의 몸을 꿰뚫고 지나갔다. 구두장이는 구두칼을 가만히 내려놓고 그녀를 응시했다.

한쪽으로 서둘러 빗어 넘겨 놓은, 루시의 굽이치는 긴 금빛 머리카락이 목덜미로 흘러내렸다. 그는 아주 천천히 조금씩 손을 뻗어 머리카락을 집어 가만히 들여다보았다. 이런 행동을 하는 동안 다시 길을 잃었는지, 그는 한숨을 내쉬더니 다시 구두를 짓기 시작했다.

그러나 이번에는 그렇게 긴 시간이 걸리지 않았다. 아버지가 자신의 머리에서 손을 거두자 루시는 자신의 손을 아버지의 어깨 위에 얹었다. 구두장이는 그녀의 손이 실제로 어깨 위에 놓여 있는 것인지 믿기지 않았던지 두 번, 세 번 그 손을 바라보았다. 그러더니 일감을 내려놓고 목 뒤를 더듬어 때가 까맣게 낀 끈 하나를 끄집어냈다. 그 끈에는 작게 접은 헝겊 조각이 매달려 있었다. 그는 무릎을 꿇고 앉아 조심스럽게 헝겊 조각을 펼쳤다. 그 안에는 머리카락 몇 가닥이 들어 있었다. 그것은 오래전 어느 날 그의 손가락에서 끌러 낸 한두 올의 금빛 머리카락이었다.

구두장이는 다시 루시의 머리카락을 잡고 자세히 들여다보았다.

"똑같다니. 어떻게 이런 일이! 그게 언제 적 일인데! 이럴 수가!"

그는 이마에 골똘히 생각에 잠긴 그 표정을 떠올리고 있다가, 루시의 이마에 똑같은 표정이 떠올라 있는 것을 알아본 모양이었다. 그는 빛이 들어오는 방향으로 그녀를 돌아 앉히고 가만히 살폈다.

"내가 끌려가던 날 밤, 아내는 내 어깨에 머리를 기대고 있었어요. 나는 두렵지 않았지만 아내는 내가 잡혀갈까 봐 무서워했거든. 북탑으로 이송됐을 때 그들이 내 소맷자락에서 이 머리카락을 찾았다오. 나는 이렇게 말했지. '내게 돌려주시오. 몸이 이곳을 벗어나는 데는 아무런 도움이 되지 않겠지만, 마음이 이곳을 벗어나는 데는 큰 도움이 될 것 같소.' 지금도 생생히 기억이 난다오."

그는 입술을 소리 없이 달싹여 이 문장들을 수없이 만들고 나서야 입 밖으로 낼 수 있었다. 그러나 그렇게 나온 말들은 좀 느리긴 했지만 조리가 있었다.

"어떻게 이런 일이? 그렇다면 아가씨가 바로……."

구두장이가 깜짝 놀랄 만큼 갑작스럽게 루시를 향해 몸을 돌리자 옆에서 지켜보던 두 사람은 다시 한 번 움찔했다. 그러나 루시는 그의 손에 잡힌 채 너무나 태연하게 나지막한 목소리로 이렇게 말할 뿐이었다.

"친절하신 두 분께 간청 드립니다. 이쪽으로 오지 마세요. 아무 말 마시고 가만히 계세요!"

구두장이가 말했다.

"들어 봐, 방금 그건 누구의 목소리였지?"

그는 이렇게 외치고 루시를 잡고 있던 손을 놓더니 자신의 흰머리를 미친 듯이 쥐어뜯었다. 그러나 구두 짓는 일만 빼고 모든 것이 죽어서 그에게서 빠져나간 듯 발작은 이내 가라앉았고, 그는 작은 헝겊 주머니를 다시 접어 가슴팍에 안전하게 집어넣었다. 그러면서도 그녀를 계속 바라보면서 애처롭게 머리를 가로저었다.

"아니야, 아니야, 그럴 리가 없어. 이 아가씬 너무 어려, 너무 너무 싱싱하다고. 암, 그럴 리가 없지. 죄수 모습을 한 지금의 날 좀 봐. 이 손은 아내가 알던 그 손이 아니야. 이 얼굴은 아내가 알던 그 얼굴이 아니고. 이 목소리도 아내가 듣던 그 목소리가 아니지. 아니야, 아니라고. 그토록 시간이 느리게 흐르던 북탑에서의 세월 이전의, 그 옛날의 아내가, 그리고 수십 년 전의 내가 아니라고. 그런데 이름이 뭐지, 상냥한 아가씨?"

아버지의 말투와 태도가 한결 부드러워진 것이 너무나 반가워 루시는 아버지 앞에 무릎을 꿇고 애원하듯 아버지의 가슴에 두 손을 얹었다.

"아, 제 이름은 조금 있다가 말씀드릴게요. 제 어머니가 누구이신지, 그리고 제 아버지가 누구신지, 그리고 두 분의 힘겹고 고단한 역사를 제가 왜 모르고 지냈는지도, 모두 다음에 말씀드릴게요. 지금은 말씀드릴 수 없어요. 여기서는 말씀드릴 수가 없답니다. 지금 여기서 드릴 수 있는 말씀은, 부디 저를 안고 축복해 달라는 것뿐이에요. 제게 키스해 주세요, 제발! 오, 내 사랑, 내 사랑!"

그의 차갑고 흰머리가 루시의 빛나는 머리칼과 뒤섞여, 자유의 빛이 그를 비추듯 온기와 빛을 발하기 시작했다.

"확신할 순 없지만 그러길 바라면서 드리는 말씀이에요. 제 목소리 안에서 어떤 닮은 목소리, 예전에 귓가에서 달콤한 음악처럼 울리던 목소리를 들으셨다면, 마음껏 우세요. 마음껏 우셔도 돼요! 제 머리카락을 만지면서 젊고 자유롭던 시절 가슴에 품었던 사랑하는 이의 머리 감촉이 떠오르셨다면, 마음껏 우세요. 마음껏 우셔도 돼요! 앞으로 제가 도리와 충심을 다해 진심으로 제 앞에 계신 분을 섬길 곳, 우리 앞에 놓여 있는 곳, 집이라는 단어를 들으시고, 가엾은 심장이 야위어 가는 오랫동안 쓸쓸하게 버려져 있던 집이라는 단어에 대한 기억이 떠오르신다면, 마음껏 우세요. 마음껏 우셔도 돼요!"

루시는 아버지의 목을 꽉 붙잡고 아버지를 어린아이처럼 가슴으로 끌어안았다.

"사랑하는 분이여, 이제 고통은 끝났어요. 제 앞에 계신 분을 모셔 가려고 제가 여기까지 왔답니다. 이제 영국으로 가서 편히 쉴 수 있으실 거예요. 제가 지금 드리는 이 말씀을 들으시고 당신의 소중한 인생이 어떻게 파괴되었는지, 우리의 조국 프랑스가 당신께 얼마나 사악한 짓을 저질렀는지 생각나셨다면, 마음껏 우세요. 마음껏 우셔도 돼요! 그리고 제가 말씀드리는 제 이름, 살아 계신 아버지의 이름, 돌아가신 어머니의 이름을 들으시고, 존경하는 아버지 앞에 제가 무릎을 꿇고 용서를 구해야 한다고 생각하신다면, 마음껏 우세요. 마음껏 우셔도 돼요! 딸에게 아버지의 고통을 숨길 수밖에 없었던 가엾은 어머니의 지극한 사랑 때문이긴 하지만, 저는 아버지를 걱정하느라 온종일 발을 동동 구르거나 밤새도록 잠 못 이루어 본 적이 없는 나쁜 딸이랍니다. 아버지, 마음껏 우세요! 어머니를 위해 마음껏 우시고, 저를 위해 실컷 우세요! 두 분 선생님, 정말 고맙습니다! 아버지의 신성한 눈물이 얼굴에 느껴지고, 아버지의 흐느낌이 제 가슴을 치네요. 자, 보세요! 오, 하느님, 감사합니다! 우리를 굽어살피시는 하느님, 감사합니다!"

그는 딸의 팔에 안긴 채 주저앉아서 딸의 가슴에 얼굴을 파묻었다. 너무나 뭉클한 광경이었기에, 그리고 그동안 겪어 온 고통과 부당한 처사가 얼마나 끔찍했는지 옆에서 지켜보아서 너무나 잘 알았기에 두 사람도 흐르는 눈물을 가리려고 얼굴을 손으로 덮고 있었다.

다락방에 오랫동안 침묵이 흐르고, 폭풍이란 모두 진정되기 마련이듯 (인생이라는 폭풍도 종당에는 잠잠해져서 인간다움의 상징인 안식과 평화를 되찾기 마련이니까) 마네트 박사의 헐떡거리던 가슴과 떨리던 몸이 진정되자, 옆에서 지켜보던 두 사람이 마네트 부녀를 일으켜 세우려고 다가왔다. 박사는 아까부터 조금씩 조금씩 바닥으로 무너져 내렸고, 지금은 기진맥진해서 실신한 채 바닥에 쓰러져 있었다. 루시는 그런 아버지를 편하게 누이고 아버지의 머리를 팔로 받치고 있었다. 그녀의 머리가 햇빛을 가리는 커튼처럼 박사의 얼굴 위에 드리워져 있었다.

로리가 여러 번 코를 푼 후 몸을 굽히고 그들을 바라보자 루시가 손을 들어 올리며 이렇게 말했다.

"아버지를 어지럽히지 않고 당장 파리를 떠날 채비를 차릴 수만 있다면, 그렇게 이 문 밖으로 당장 모시고 나갈 수만 있다면……."

"하지만 한번 생각해 보세요. 박사님이 여행을 견디실 수 있을까요?"

"아버지께서는 지옥 같은 이 도시에 계속 머무르느니, 차라리 더 힘든 일을 선택하실 거예요."

무릎을 꿇고 앉아서 상태를 살피던 드파르주가 말했다.

"사실이 그렇습니다. 여기 계시는 것보다야 백배 낫지요. 좌우간 프랑스를 떠나는 게 마네트 박사님한테는 최선입니다. 자 어떻게, 말과 마차를 준비할까요?"

로리가 갑자기 원래의 사무적인 태도를 취하며 말했다.

"이건 업무요. 처리해야 할 업무라면 내가 하는 편이 나을 겁니다."

루시가 일을 서둘렀다.

"우리가 이곳을 떠나는 걸 기꺼이 돕겠다는 말씀이군요. 아버지가 얼마나 진정되셨는지 보세요. 당장 떠난다고 해도 저와 함께이니 걱정하지 않으셔도 됩니다. 뭐가 걱정이세요? 우리가 이곳에 있는 동안 두 분께서 안전하게 문을 잠그고 떠나신다면 장담컨대 돌아오셨을 때 지금처럼 평화로운 아버지의 모습을 보실 수 있을 거예요. 어떻게든 두 분이 돌아오실 때까지 제가 아버지를 잘 돌볼게요. 그런 다음 바로 모시고 나가요."

로리와 드파르주는 둘 다 일을 그렇게 처리하는 것이 내키지 않았고, 둘 중 한 사람은 남고 싶었다. 그러나 말과 마차를 구해야 할 뿐 아니라 여행 서류도 마련해야 했다. 하루해가 거의 저물어 가고 있던 터라 시간이 촉박했기 때문에, 두 사람은 결국 처리해야 할 일을 급히 나눈 다음 서둘러 일을 보러 떠났다.

이윽고 설핏 어둠이 내리자, 루시는 아버지 곁 딱딱한 바닥에 머리를 괴고 누워서 아버지를 살펴보았다. 어둠이 깊어지고 또 깊어졌다. 그들은 고요 속에 함께 누워 있었다. 마침내 벽의 틈 사이로 어렴풋한 빛 한 줄기가 새어 들 때까지.

로리와 드파르주가 여행 준비를 모두 끝마치고 돌아왔다. 그들은 여행용 외투와 옷가지, 빵과 고기는 물론 와인과 뜨거운 커피도 가져왔다. 드파르주는 음식들과 들고 온 등불을 구두 작업용 긴 의자(다락에는 그것 말고는 짚으로 만든 침대 밖에 없었다) 위에 올려놓고, 로리와 함께 죄수가 일어서는 것을 도왔다.

아무리 지적인 사람이라도, 텅 비고 겁먹은 그의 얼굴에서 그가 무슨 생각을 하고 있는지 읽어 내기란 어려웠다. 그가 자신에게 일어난 일을 알고 있는지, 사람들이 들려준 말을 기억하고 있는지, 자신이 자유의 몸이라는 것을 알고 있는지, 아무리 총명한 사람이라도 대답할 수 없는 질문들이었다. 세 사람은 박사에게 말을 걸어 보았다. 그러나 그의 모습이 너무나 혼란스러워 보였고 대답을 하는 데도 시간이 너무 걸렸기 때문에, 세 사람은 어리둥절해하는 박사의 모습에 놀라서 당분간은 더 이상 박사를 성가시게 하지 말자고 의견을 모았다. 박사는 지금껏 그런 모습을 보인 적이 없었는데도, 이따금 어찌할 바를 모르겠다는 듯 머리를 손으로 거칠게 움켜잡았다. 하지만 딸의 목소리만 들으면 매우 기뻐했고 딸이 말을 걸면 어김없이 고개를 돌렸다.

오랫동안 강압적인 명령에 복종하도록 길들여진 사람들이 대개 그러듯이 그는 자신에게 퍼 주는 음식이 뭐든 주는 대로 먹고 마셨고, 외투든 다른 옷가지든 그들이 입혀 주는 대로 입고 걸쳤다. 그리고 딸이 팔짱을 끼려고 잡아끌면 고분고분하게 응하면서 두 손으로 루시의 팔을 부여잡았다.

그들은 계단을 내려가기 시작했다. 등불을 든 드파르주가 먼저 앞장을 섰고 조촐한 행렬의 맨 뒤에는 로리가 섰다. 길고 긴 계단에서 몇 칸 내려오지 않았을 때였다. 박사가 걸음을 멈추더니 지붕과 벽 주위를 둘러보았다.

"이 장소가 기억나세요, 아버지? 이리로 올라오던 일이 기억나시나요?"

"뭐라고 했지?"

그러나 루시가 똑같은 질문을 다시 하려는 순간, 이미 그 질문을 다시 받은 것처럼 박사가 중얼거리며 대답했다.

"기억나느냐고? 아니, 기억나지 않는구나. 그건 아주 오래전 일이란다."

보아하니 박사는 자신이 감옥에서 이리로 어떻게 옮겨졌는지 아무것도 기억하지 못하는 것 같았다. 박사가 중얼거리는 소리가 들렸다.

"북탑 105."

그러고는 주위를 둘러보았는데 오랫동안 자신을 에워싸고 있던 견고한 요새의 벽을 둘러보고 있는 것 같았다. 계단과 연결된 공터에 내려서자 박사는 자신이 도개교(跳開橋) 위에 있는 것이라 생각했는지 본능적으로 걸음을 재촉했다. 그러나 도개교는 없었다. 그는 공터에 세워 놓은 마차를 보더니 딸의 손을 풀고 다시 머리를 움켜잡았다.

문 주변에는 개미 새끼 한 마리 없었다. 수없이 많은 창문 중 어디에도 사람의 모습은 보이지 않았다. 우연히 거리를 지나는 행인조차 보이지 않았다. 모든 것이 부자연스러울 정도로 황폐하고 조용했다. 눈에 보이는 사람은 딱 한 사람, 마담 드파르주뿐이었다. 마담은 문설주에 기대어 서서 뜨개질을 하고 있을 뿐 쳐다보지도 않았다.

죄수가 마차에 오르자 딸이 그의 뒤를 따랐다. 로리는 박사가 애처롭게 자신의 구두 연장과 짓다 만 구두를 가져다 달라고 부탁하는 바람에 계단에 발이 묶여 있었다. 마담 드파르주가 곧장 남편에게 자신이 가져오겠다는 말을 남기고 뜨개질을 하며 공터를 지나 불빛 밖으로 사라졌다. 마담은 금세 물건을 가져와 그들에게 건넸다. 그러고는 곧장 다시 문설주에 기대어 서서 뜨개질을 할 뿐 쳐다보지도 않았다.

드파르주가 마부석에 오르며 말했다.

"관문으로 갑시다!"

마부가 채찍을 철썩 내리치자 마차가 희미하게 흔들리는 가로등 아래로 달려 나갔다. 가로등 불빛은 잘사는 동네일수록 더 밝았고 못사는 동네일수록 더 어두웠다. 그들은 흔들리는 가로등 아래를 지나고, 불을 밝힌 상점들, 흥성대는 사람들, 조명이 켜진 커피숍, 극장 매표소를 지나서 파리의 관문에 도착했다. 검문소에 불을 든 군인들이 서 있었다.

"여행 증명서를 제시하시오!"

"여기 있습니다요, 장교 나리."

드파르주가 이렇게 말하며 마차에서 내리더니 은밀하게 그를 한쪽 구석으로 데려갔다.

"이건 모두 마차 안에 있는 머리가 하얀 신사의 증명서입니다요. 그분들께서 제게 저 사람을 데려오는 일을 맡겼습죠. 어디로 오라고 했냐면……."

드파르주가 목소리를 확 낮추었고, 군인들의 등불 사이에서 쑥덕쑥덕하는 소요가 일었다. 잠시 후 제복을 입은 팔에 들린 등불 하나가 마차 안으로 쑥 들어오더니 제복에 달린 눈이 머리가 하얀 신사를 유심히 살폈다. "좋소. 통과!" 제복이 외쳤고 "안녕히 계십쇼!" 드파르주가 인사했다. 점점 불빛이 사위어 가는 가로등의 초라한 숲이 끝나자 별들의 장엄한 숲이 나타났다.

별들이 꺼지지 않는 빛을 발하며 하늘에 박힌 듯이 떠 있었다. 학자들은 말한다. 어떤 별들은 티끌만 한 이 지구에서 너무 멀리 떨어져 있어서, 그 별들의 광선이, 광활한 우주 속의 창해일속에 지나지 않는 이 지구에, 모든 생명이 고통받고 죽어 가는 이 지구에 이미 도착했는지 알 수 없다고. 별들이 그려내는 아치 밑으로 밤 그림자가 시커멓고 거대한 몸집을 드러냈다. 여명이 밝아 올 때까지 밤새도록 춥고 불편한 틈틈이 밤 그림자가, 묻혀 있다가 이제야 발굴된 사내의 맞은편에 앉아 그에게서 영원히 사라진 미묘한 힘이 뭘까, 그 힘이 그에게로 되돌아올 수 있을까 궁금해하는 자비스 로리의 귓가에 대고 또다시 속삭였다. 참으로 익숙한 질문.

"부활하고 싶으신가요?"

그리고 익숙한 대답.

"잘 모르겠소."

제2부
금실

1장

5년 후

템플 바 옆에 위치한 텔슨 은행 건물은 그 옛날 1780년에도 이미 구식 건물이었다. 그것은 매우 작고, 칙칙하고, 흉측하고, 비좁았다. 건물도 그렇지만 은행 경영자들의 사고방식은 더 구식이었다. 그들은 건물의 작은 크기, 칙칙한 색깔, 흉측한 외관, 비좁은 공간에 자부심을 느끼는 인사들이었다. 심지어 그들은 이런 면 때문에 자기네 은행이 잘나가는 것이라고 떠벌리는가 하면, 불평불만이 적을수록 존중도 적게 받기 마련이라는 궤변을 늘어놓기도 했다. 그들은 소극적으로 이렇게 믿기만 한 것이 아니라 이 믿음을 더 시설이 좋은 동종 업계 업체들을 활발하게 공격하는 무기로 삼았다. 이렇게 떠들며 말이다. 텔슨 은행은 팔꿈치를 놀릴 공간이 필요 없다. 텔슨 은행은 밝은 등이 필요 없다. 텔슨 은행은 실내 장식이 필요 없다. 녹스 은행이나 스눅스 형제 은행이라면 몰라도 텔슨 은행은 그딴 것들이 필요 없다!

이 경영자들은 누구든 텔슨 은행의 개축을 문제 삼는 아들에게는 은행을 물려줄 생각이 없었다. 이런 점에서 텔슨 은행은 영국이라는 국가와 매우 비슷했다. 영국에는, 오랫동안 지독한 반대를 겪으면서 오히려 더 존중받으며 지속되어 온 법이나 관습을 개정하자고 제안했다가 상속권을 박탈당한 왕자들이 종종 있었다.

이런 사정으로 텔슨 은행은 뻔뻔하게도 불편함의 극치를 달리고 있었다. 목구멍에서 삐걱거리는 소리가 가냘프게 새어 나오는 한심하고도 고집 센 문짝을 벌컥 열어젖히고 건물 안 계단을 두 단쯤 내려가면 정말로 끔찍하게 좁은 장소에 와 있다는 것을 새삼 느끼게 된다. 두 개의 작은 창구에서 가장 늙은 은행원이 바람에 날리듯 바스락거리며 수표를 세는 동안, 더럽기 짝이 없는 창문 옆에 앉은 직원들이 서명을 확인했다. 안 그래도 플리트 거리에서 노상 쏟아지는 흙탕물 때문에 더러운 창문이, 딱 어울리는 쇠창살과 템플 바의 짙은 그림자 때문에 더 어두워 보였다. 만약 '은행장'을 만나야 할 일이 있어서 은행에 간 것이라면 주머니에 두 손을 찔러 넣은 은행장이 나타날 때까지, 건물 뒤편에 있는 유치장 같은 방 안에 앉아 이제껏 잘못 살아온 인생을 돌이켜보면서 우울한 석양 속에 눈도 깜빡이지 못하고 있어야 했다. 고객의 돈은 벌레 먹고 낡은 나무 서랍에서 나오거나 그리로 들어갔는데, 서랍을 여닫을 때마다 먼지가 콧속으로 날려 들어와 목구멍으로 넘어갔다. 지폐에서는 금방이라도 썩어 문드러질 것처럼 곰팡내가 났다. 금붙이도 이곳에 맡기면 쓰레기 더미 속에서 더러운 것들에 부대끼면서 하루 이틀 만에 빛을 잃었다. 재산 증서를 맡기던 부엌과 싱크대를 개조해 만든 보안실로 들어가는데, 그리로 들어간 양피지의 지방은 몽땅 은행 공기 속으로 증발해 버렸다. 가족들이 소중히 여기는 서류들을 보관한 가벼운 상자는 위층 만찬장으로 올라갔는데, 정찬 테이블까지 갖추어진 그곳은 겉치레로 만들어 놓기만 하고 한번도 사용한 적이 없었다. 그곳에 보관된 옛 애인이 보낸 첫 번째 편지, 자녀에게 받은 첫 편지는, 심지어 1780년에도, 템플 바 꼭대기에 아프리카 원시부족의 야만적인 풍습처럼 비정하고 무자비하게 매달아 놓은 사람 머리가 창문을 통해 던지는 추파의 공포로부터 자유로울 수 있었다.

정말로 당시에는 만병통치약이라도 되는 것처럼 사형이 업종과 직종을 불문하고 성행했는데 그중에서도 텔슨 은행이 특히 심했다. 죽음이란

조물주가 만물을 치유하는 방법이었고, 그런 면에서 법이라고 해서 다를 이유가 없었다. 그래서 판결은 늘 이랬다. '저 지폐 위조범을 사형에 처한다, 위조 어음을 유포한 저자를 사형에 처한다, 편지를 불법적으로 뜯어본 저자를 사형에 처한다, 40실링 6펜스 절도범을 사형에 처한다, 텔슨 은행 문 앞에 매어 둔 말을 훔쳐 타고 달아난 저자를 사형에 처한다, 동전 위조범을 사형에 처한다, 범죄에 사용된 어음의 4분의 3을 유통시킨 저자를 사형에 처한다, 등등.' 이 방법은 범죄가 재발하지 않도록 예방하는 데는 전혀 도움이 되지 않았고 오히려 그 반대였다. 하지만 사건에 따라 달리 보아야 할 골치 아픈 문제들을 간단하게 만들어 주고 형 집행 후에 남는 문제들을 뒤끝 없이 처리해 준다는 장점이 있었다. 그래서 더 큰 은행들이나 동시대인들처럼 전성기를 구가하던 텔슨 은행도 수많은 사람들의 목숨을 빼앗았다. 죽인 사람들의 머리를 은밀하게 처리하지 않고 템플 바 위에 줄지어 매달아 놓으면 텔슨 은행 1층에 들던 얼마 안 되는 햇빛조차 완전히 막혀 버릴 정도로 희생자의 수가 많았다.

텔슨 은행에서 가장 나이 많은 은행원들은 온갖 서류철과 서류함에 파묻혀 옴짝달싹 못하고 진지하게 업무를 보았다. 텔슨 은행 런던 지점에서 젊은 직원을 뽑으면 그들은 팍삭 늙을 때까지 그 젊은이를 어딘가에 처박았다. 젊은 직원에게서 텔슨 냄새가 풀풀 풍기고 푸른곰팡이가 필 때까지 그를 치즈처럼 어두운 곳에 가두었다. 젊은 직원이 내보일 수 있는 모습이라고는, 보란 듯이 커다란 장부를 들여다보는 모습이나 지도층 인사들이 보통 그러듯 무게를 잡고 으스대는 것뿐이었다.

텔슨 은행 바깥에는, 들어오라는 말이 없으면 절대 안으로 들어가지 않는 잡역부가 한 명 있었다. 때로는 짐꾼이 되기도 하고, 때로는 심부름꾼이 되기도 하는, 말하자면 그는 '걸어 다니는 텔슨 은행'이었다. 심부름을 가지 않는 한 그는 근무 시간에 자리를 비우는 법이 없었다. 심부름을 가게 되면 대신 아들을 앉혀 놓곤 했다. 아버지와 붕어빵인 열두 살짜리 아들은 끔찍한 장난꾸러기였다. 텔슨 은행이 이 잡역부만큼은 관대하게 봐주기도 한다는 사실은 세상이 다 알았다. 은행은 항상 이런 일을 할 수 있는 누군가가 필요했고, 그만한 세월이 흐르다 보니 그 잡역부가 그런 위치에 오르게 된 것이었다. 성이 크런처인 그는, 젊은 시절 동부 교구 하운즈디치 교회에서 사악한 일을 행하지 않겠노라고 대부를 세우고 서약한 것이 이름을 얻는 계기가 되었는데, 그 이름이 바로 제리였다.

장소는 화이트프라이어 지역의 행잉 소드 골목에 위치한 제리 크런처의 집, 때는 아노 도미니[1] 1780년 바람이 몹시 부는 3월 어느 날 아침 7시 반이었다. (제리 크런처는 항상 연도를 말할 때마다 '아나 도미노'라고 말했는데, 아무래도 서력이 어떤 여자가 자신이 발명한 게임에 도미노라는 이름을 붙여 준 해라고 생각하는 모양이었다)

제리 크런처의 아파트는 그리 쾌적한 동네에 있는 것도 아니었다. 유리 한 장짜리 창문이 달린 벽장까지 방으로 치면 방은 고작 두 개였다. 그래도 관리와 청소가 잘되어 있었다. 바람 부는 3월 어느 날 아침, 제리가 자는 방은 일찌감치 깨끗하게 치워졌다. 통나무를 잘라 만든 식탁 위에는 눈부시게 하얀 식탁보가 덮여 있었고 아침 식사를 위한 컵과 접시를 놓여 있었다.

제리는 알록달록한 어릿광대 옷과 비슷한, 조각보로 만든 이불을 덮고 있었다. 처음에는 깊이 잠든 것 같더니만 조금씩 침대 안에서 이리 뒹굴 저리 뒹굴 뒤척이더니 급기야는 이불을 갈기갈기 찢을 것처럼 생긴 삐죽삐죽한 머리를 내밀며 이불 밖으로 나왔다. 그러더니 바로 그 순간 불같이 화가 난 목소리로 고함을 질렀다.

"누구 망하는 꼴 보려고 저러나, 저놈의 여편네가 또 저러고 있네!"

단정하고 바지런해 보이는 한 여인이 구석에 무릎을 꿇고 앉아 있다가 기겁하며 허둥지둥 일어서는 걸 보니 아마도 그녀가 '저놈의 여편네'인

---

1 서기(西紀). '주님의 해'라는 뜻의 라틴어이다.

것 같았다. 제리가 침대에서 나와 장화를 찾으며 말했다.

"대체 왜 또 그짓거리야? 엉?"

이렇게 두 번씩이나 아내에게 정겨운 인사를 건넨 제리는 세 번째 인사로 장화 한 짝을 집어 던졌다. 이 진흙투성이 장화를 보면 제리가 가계를 얼마나 정상적이지 않은 방법으로 꾸려 가는지 알 수 있었다. 그는 대개 은행 근무가 끝나면 깨끗한 장화를 신고 퇴근했지만, 밤이 지나고 아침에 일어나서 보면 깨끗하던 그 장화에 진흙이 묻어 있는 경우가 많았다.

제리는 장화를 명중시키지 못하자 호칭을 바꾸어 가면서 아내를 다그쳤다.

"이 망할 놈의 여편네야! 대체 무슨 꿍꿍이야?"

"그냥 기도를 하고 있었던 것뿐이에요."

"하, 기도를 하고 있었단 말이지! 정말 착한 여자로군! 무릎 꿇고 앉아서 나를 쓰러뜨려 달라는 기도라도 했단 뜻이야?"

"당신을 쓰러뜨려 달라는 기도 따윈 하지 않아요. 당신이 잘되게 해 달라고 기도했어요."

"거짓말. 당신이 그렇게 말하면 내가 속을 줄 알아? 어이! 아들 제리야, 아빠 대박 나지 않게 해 달라는 기도나 하고 자빠졌으니 네 엄마가 얼마나 착한 여자냐. 너희 엄만 참 헌신적이지. 안 그러냐, 아들아. 너희 엄만 참 믿음도 깊고. 안 그러냐, 아들아. 무릎 꿇고 앉아서 하나밖에 없는 아들 입에서 버터 바른 빵을 끄집어내 달라는 기도나 하고 있으니 말이다."

이 말에 기분이 나빠진 (아직 옷도 입지 않은) 크런처 도련님은 그게 어떤 기도든 자기 밥그릇을 뺏어 가는 기도라니까 어머니에게 몸을 돌리며 몹시 싫은 기색을 했다.

"당신 기도가 그럴 만한 가치가 있다고 생각하는 거야? 이 시건방진 여편네야, 당신 기도값이 몇 푼이나 되는지 어디 한번 대 봐!"

제리는 정신 나간 사람처럼 횡설수설 떠들어 댔다.

"여보, 마음에서 우러나서 하는 기도인걸요. 제 마음만큼 값이 나가 겠지요."

"마음만큼이라."

제리가 아내의 말을 따라 했다.

"그렇다면 똥값이구먼. 좌우간, 경고하는데 다시는 기도에 날 집어넣 지 말라고. 난 그런 값 못 쳐 주니까. 앞으로는 당신이 몰래몰래 하는 짓 때문에 내가 재수 똥 밟는 일 없어야 돼. 꼭 무릎을 꿇어야겠다면 남편이 랑 자식을 위해 무릎 꿇으란 말이야, 우리 엿 먹이지 말고. 나한테, 그리 고 저 불쌍한 녀석한테 주님 타령이나 해 대는 여자 말고 제대로 된 아내, 엄마가 있었다면, 지난주만 해도 재수 옴 붙게 만드는 엿 같은 기도에 한 방 먹는 대신 크게 한몫 챙겼을 거라고. 그러니까 작작 좀 해!"

이렇게 면박을 주면서 제리는 계속 옷을 챙겨 입었다.

"이번 주에는 신앙심이며 꼼수며 뭐 그딴 것들에 말려서 정직한 장사 꾼이 걸릴 수 있는 가장 재수 없는 덫에 걸리는 일이 없어야 할 텐데! 아 들 제리야, 옷 입어라. 그리고 아빠가 장화 닦는 동안 틈틈이 엄마 좀 감 시해. 엄마가 또 무릎을 꿇을 낌새가 보이거들랑 바로 아빠 불러라. 그리 고 당신, 말해 두는데……."

제리는 이쯤에서 아내에게 또 일장 연설을 늘어놓기 시작했다.

"나도 이렇게 당하고만 있지 않을 거야. 난 지금 삐걱거리는 마차처럼 여기저기가 쑤시고 아편에 취한 것처럼 정신이 멍하고 신경이 바짝 곤 두서 있어서, 그게 내가 아픈 건지 다른 사람이 아픈 건지조차 알 수 없 을 정도야. 그런데도 그 기도 때문인지 주머니 사정이 좋아지질 않는단 말이지. 그래서 말인데 당신 밤이고 낮이고 내 주머니 사정 좋아지지 않 게 막아 달라고 기도하는 거 아냐? 그렇다면 가만 안 둬, 이 망할 놈의 여 편네야. 이제 뭐라고 대꾸 좀 해 보시지."

제리는 한술 더 떠 이렇게 으르렁거리며 이런 말을 주워섬겼다.

"하! 정말 당신은 어쩌나 신앙심이 깊은지! 그러니까 남편이나 자식에게 손해를 입히는 기도 따윈 안 할 거야, 그렇지? 설마 당신이 그러겠어!"

제리는 이렇게 분노의 어금니를 박박 갈면서 신랄하게 비아냥거린 후 부지런히 장화를 닦으며 평소대로 출근 준비를 했다. 그동안 아버지보다 조금 덜하긴 하지만 똑같이 머리가 삐죽삐죽하고 아버지처럼 양미간이 좁은 아들 제리는 아버지가 시킨 대로 줄곧 어머니를 감시했다. 아들 제리는 화장실로도 쓰고 잠도 자는 벽장에서 불쑥 튀어나와 가엾은 어머니를 몹시 놀라게 하기도 하고, 짐짓 웃음을 참으며, "여기 보세요, 아버지! 엄마가 또 무릎 꿇으려고 한대요!"라고 소리치기도 했다. 아이는 이렇게 거짓 경보를 울린 후 음흉한 미소를 띤 채 제 방으로 후다닥 뛰어 들어갔다.

아침을 먹는 동안에도 제리는 기분이 전혀 풀리지 않았다. 특히, 아내가 감사 기도를 올릴 때는 화가 머리 꼭대기까지 치밀어 올랐다.

"어이쿠, 이 망할 놈의 여편네야! 대체 뭐하는 짓이야? 또 그 지랄이야?"

아내는 그저 '축복해 달라'는 기도를 드렸을 뿐이라고 변명했다.

"당장 때려치워!"

제리는 아내의 기도가 제대로 먹혀들어 빵 덩어리가 사라지기라도 할 것처럼 주위를 두리번거리며 말했다.

"집안을 거덜 내는 축복 따윈 받지 않을 거니까. 내 식탁에서 내 음식을 가져가는 축복은 필요 없어. 그러니까 가만 찌그러져 있으라고!"

술취 말고는 아무것도 남지 않는 파티를 밤새 즐기기라도 한 사람처럼 눈이 시뻘겋게 충혈된 제리는 음식을 먹는다기보다는, 으르렁거리며 음식을 지키는 동물원의 네발짐승처럼 굴었다. 9시가 가까워 오자 그는 어수선한 안색을 펴고, 본색이 겉으로 드러나지 않게 당당한 전문직 종사자처럼 한껏 꾸민 다음 하루 일과가 기다리고 있는 직장을 향해 집을 나섰다.

제리 크런처는 스스로를 '정직한 장사꾼'이라고 표현하기를 즐겼지만, 사실 그 일이 '장사'라고 부르기엔 무리가 있었다. 일에 필요한 것이라고는 등받이가 부러진 의자를 잘라 만든 나무 걸상이 다였다. 매일 아침 아들 제리는 그 걸상을 들고 아버지를 따라가서 은행 건물에 난 창문들 중 템플 바에서 가장 가까운 창문 밑에 내려놓았다. 거기에다가 발에 냉기와 물기가 스미지 않게, 가장 먼저 지나가는 마차가 흘린 한 줌의 지푸라기를 챙겨 오면 그걸로 하루 일터가 완성됐다. 늘 그 자리에 버티고 있었기 때문에, 제리는 플리트 거리와 템플 바 지역에서 '인간 템플 바'란 이름으로 유명했고 딱 보기에도 그래 보였다.

바람 부는 3월 어느 날 아침, 텔슨 은행으로 출근하는 가장 나이 많은 은행원들에게 삼각형 모자에 손을 대며 인사하기에 딱 좋은 8시 45분, 제리가 일터를 완성하고 앉아 있었다. 그의 곁에는 아들 제리가 서 있었다. 아들은 지나가는 아이들 중 자신의 친절한 호의를 거절하지 못할 만큼 어린아이를 골라 쌍욕을 퍼부으며 몸과 마음에 상처를 내려고 템플 바 이곳저곳을 정신없이 누비고 다닐 때만 빼면, 항상 거기에 그렇게 서 있었다. 이른 아침에 그곳에서 좁은 양미간만큼 머리를 가까이 맞대고, 플리트 거리를 지나는 마차들을 말없이 구경하고 앉아 있는 아버지와 아들의 모습이 어찌나 닮았던지 마치 꼭 닮은 원숭이 한 쌍을 거기에다 새겨 놓은 것 같았다. 아들 제리가 반짝반짝 눈을 빛내며 아버지의 얼굴과 플리트 거리를 오가는 이들을 유심히 바라보고 있는 중간중간, 아빠 제리가 지푸라기 한 가닥을 입에 넣고 씹다가 뱉어 내는 모습은 영락없는 원숭이 부자의 모습이었다.

그때 은행 건물 안에서 정규직으로 일하는 심부름꾼 하나가 문 밖으로 머리를 쑥 내밀더니 이렇게 말했다.

"심부름꾼 찾으시는데!"

"앗싸! 아버지, 오늘은 문 열자마자 일거리가 들어오네요."

아버지가 자리를 뜨자 아들 제리는 걸상에 앉아서 아까 아버지가 씹던 지푸라기를 유심히 바라보다가 곰곰 생각에 잠긴 채 이렇게 중얼거렸다.

"이상하단 말이지! 아버지 손가락에 노상 녹이 묻어 있다니까! 대체 어디서 녹을 그렇게 묻혀 오는 걸까? 은행에는 녹 묻을 곳이 없는데!"

2장
구경거리

"자네 올드 베일리¹⁾야 당연히 잘 알겠지?"

가장 나이 많은 은행원이 제리에게 물었다.

"아암요, 나리."

제리가 눈치를 살피느라 말을 길게 늘이며 대답했다.

"제가 베일리라면 빠삭합니다요."

"됐네, 그럼. 그리고 로리 씨도 알지?"

"그럼요, 나리. 올드 베일리보다 로리 씨를 훨씬 더 잘 아는걸요."

제리는 문제의 그 건물에 마지못해 끌려 나온 증인처럼 대답했다.

"저야 정직한 장사꾼이라 별로 베일리에 대해 알고 싶지 않지만, 어쩌다 보니 그렇게 됐습죠."

"잘됐군. 가서 증인들이 드나드는 출입문을 찾게. 그리고 문지기에게이 쪽지를 보여 주고 로리 씨께 전해 달라 하게. 그럼 자네를 들여보내줄 걸세."

"법정 안으로 말입니까요, 나리?"

"그래, 법정 안으로."

1 런던의 중심부에 있는 재판소 건물로 건물 꼭대기에 '정의의 여신상'이 서 있다. 기관의 정식 명칭은 '중앙 형사 재판소(Central Criminal Court)'이다.

제리의 두 눈 간격이 더 좁아진 것 같았다. '넌 이 문제를 어떻게 생각해?' 마치 두 눈이 저희들끼리 이런 질문이라도 주고받는 것처럼.

"그런 다음, 법정 안에서 기다려야 합니까요, 나리?"

두 눈이 의논을 끝내고 결정을 내린 듯 그가 이렇게 물었다.

"내 알려 줌세. 문지기가 로리 씨에게 이 쪽지를 전하면 손짓이든 발짓이든 뭐든 해서 로리 씨의 관심을 끌어 자네가 어디에 서 있는지 알리게. 그다음 할 일은 로리 씨가 부를 때까지 그대로 거기 서 있는 거야."

"그게 답니까요, 나리?"

"그게 다라네. 로리 씨가 심부름꾼을 가까이 두고 싶다고 했거든. 이 쪽지에는 자네가 거기에 왔다는 내용이 쓰여 있네."

늙어 꼬부라진 은행원이 쪽지를 접은 다음 겉에다 이름을 쓰는 동안, 제리는 조용히 그 은행원을 관찰하다가, 그가 마무리로 글씨가 번지지 않게 위에 압지를 눌러 잉크를 찍어 내는 모습을 보며 이렇게 말했다.

"오늘 아침에 화폐 위조범 재판이 열리는 모양입니다요."

"반역죄야!"

"능지처참 되겠군요. 잔인하기도 하지!"

"그게 법일세."

늙어 꼬부라진 은행원이 제리의 이런 반응에 놀란 표정을 지으며 말했다.

"법은 법이니까."

"아무리 법이라지만 사람 몸에 말뚝을 박다니요. 사람을 죽이는 것도 끔찍하지만 사람 몸에 말뚝을 박는 건 더 끔찍합니다요, 나리."

늙어 꼬부라진 은행원이 말했다.

"그럼 못 써. 법에 대해서는 항상 좋은 말만 하게나. 가슴이랑 목소리 단속 잘하고, 법은 그냥 놔두고 자네 일이나 신경 쓰게. 내가 친구로서 하는 충고일세."

제리가 말했다.

"축축한 날씨야말로 제 가슴과 목소리를 쥐락펴락하는걸요, 나리. 저는 이제 밥 벌어먹고 살기가 얼마나 힘든지 알아보러 가야겠습니다요."

늙은 은행원이 말했다.

"저런, 저런. 사람들은 저마다 다른 일을 하며 먹고산다네. 어떤 이들은 축축한 일을 하고 또 어떤 이들은 메마른 일을 하지. 편지 여기 있네. 어서 가 보게나."

편지를 받아 든 제리는 존경심이 우러나서가 아니라 그저 인사치레로 고개를 숙이면서 속으로 중얼거렸다.

"말라비틀어진 영감탱이 같으니."

제리는 지나는 길에 아들에게 행선지를 알려 주고 올드 베일리를 향해 길을 나섰다.

그 시절에는 타이번에서 교수형을 집행했기 때문에, 뉴게이트 바깥 거리가 아직 악명을 날리기 전이었다. 뉴게이트가 악명을 날리게 된 것은 그 이후였다. 그러나 뉴게이트 교도소는 그 시절에도 온갖 방탕하고 악랄한 범죄자들이 처형되고 무서운 전염병이 싹트는, 악행과 질병의 온상이었다. 죄수의 몸에 붙어 감옥을 나온 무서운 질병들이 피고석에 웅크리고 있다가 재판장을 벼락같이 습격하여 그를 판사석에서 끌어내리기도 했다. 그보다 더한 일도 있었다. 블랙 캡[2]을 쓴 판사가 죄수에게 사형 선고를 내리는 동안 스스로에게도 사형 선고를 내려, 죄수의 형이 집행되기도 전에 먼저 죽은 사건이었다. 보통 사람들에게도 올드 베일리는 '죽음'의 여행길에 놓여 있는 여인숙으로 통했다. 창백한 여행객들이 끊이지 않고 찾아와 그곳에 머물렀다가 수레나 마차를 타고 '저세상'으로 가는 험난한 여행길에 올랐다. 그들은 도로를 4킬로미터씩이나 끌려가며 시민들에게 모욕을 당했지만, 그 시민들 중에도 선량한 사람은 거의

---

2 판사가 죄인에게 사형 선고를 내릴 때 쓰던 검은색 우단 모자이다.

없었다. 모름지기 쓸모가 있는 것은 큰 힘을 얻고, 매우 쓸모 있는 것은 바람직하다는 세상의 인정까지 얻기 마련이다. 올드 베일리는 예로부터, 앞을 내다볼 수 없게 죄수의 머리나 허리에 씌우는 '칼'이라는 아름다운 형벌 도구와, 볼수록 인간다워지고 심성이 고와지는 '태형 기둥'이라는 사랑스러운 형벌 시설로도 유명했다. 또 조상 대대로 내려오는 지혜의 유산인 '피 묻은 돈'이 두루두루 유통되는 것으로도 유명했는데, 돈의 유통 과정에서 돈을 노린 천하에 둘도 없이 끔찍한 범죄들이 불가피하게 일어나곤 했다. 요컨대 당시의 올드 베일리는 "이미 행해진 것은 무엇이든 옳다."[3]라는 교훈의 살아 있는 표본이었다. 그러나 결정적이면서도 허술하기 짝이 없는 이 명제는 '행해진 적이 없는 것은 무조건 옳지 않다'는 엉터리 같은 결론으로 이어질 소지가 다분했다.

제리가 익숙한 솜씨로 눈에 띄지 않게 몸을 움직여, 소름끼치는 처형 장면을 구경하려고 이리저리 서성대는 썩은 내 나는 인파를 뚫고 목적지인 문에 이르러 문 안으로 편지를 건넸다. 당시 사람들은 정신병원에서 벌어지는 쇼를 구경하기 위해서도 돈을 냈지만 올드 베일리에서 열리는 연극을 관람하기 위해서도 입장료를 냈다. 물론 올드 베일리 관람료가 훨씬 비쌌다. 그런 까닭에 늘 활짝 열려 있는 죄수들의 공개 출입문만 빼면, 올드 베일리의 모든 문은 보안이 철통같았다.

잠시 실랑이를 벌인 후, 문지기가 마지못해 문을 빼꼼히 열고 제리 크런처가 비집고 들어갈 수 있게 해 주었다.

"지금 뭐 하는 중이오?"

제리가 옆 사람에게 속삭이듯 물었다.

"아직 시작 안 했어요."

"무슨 사건이랍디까?"

---

3 "존재하는 것은 모두 정당하다."라고도 해석할 수 있는 이 명제는 영국의 유명한 시인인 알렉산더 포프(Alexander Pope)의 《인간론(An Essay on Man)》에 나오는 한 구절이다.

"반역 사건이라더군요."

"능지처참형을 받겠군요. 그렇죠?"

남자가 신이 나서 대답했다.

"아무렴! 죄인을 장대 위에 초죽음이 된 상태로 매달아 두었다가, 다시 끌어내려 면전에서 배를 가르고 눈앞에서 창자를 불태울 거요. 그런 다음 목을 치고 몸을 네 동강 내지요. 그게 반역 죄인에게 선고되는 벌이니까."

"유죄라면 그렇단 이야기죠?"

제리가 고개를 끄덕이며 단서를 달았다.

"아! 유죄라는 게 밝혀질 테니 아무 걱정 마쇼."

남자가 말했다. 이때 제리 크런처의 관심은 문지기에게 쏠려 있었다. 문지기가 편지를 손에 쥐고 자비스 로리에게 가고 있었다. 로리는 가발을 쓴 신사들과 함께 테이블에 앉아 있었다. 거기서 멀지 않은 자리에 죄수의 변호사가 서류 뭉치를 산더미처럼 쌓아 놓고 앉아 있었다. 그리고 그 반대쪽 바로 옆에 가발을 쓴 신사 한 명이 주머니에 손을 찔러 넣고 앉아 법정 천장에 온 신경을 쏟아붓고 있었다. 그는 제리가 처음 그를 발견한 그때부터 이후로 줄곧 그 모습이었다. 제리는 요란하게 기침을 하고 턱을 문지르고 손짓을 해서 겨우 로리의 시선을 끌었다. 벌써부터 제리를 찾느라 일어서 있던 로리가 조용히 고개를 끄덕이고 자리에 앉았다.

"저 양반은 이 사건과 무슨 관계가 있소?"

아까 대화를 나누던 남자가 물었다.

"글쎄요."

"이런 거 물어도 되나 모르겠지만, 댁은 이 사건과 무슨 관계가 있소?"

"나도 그게 궁금하다우."

제리가 말했다.

판사가 입장하자 법정 안이 몹시 술렁이더니 이내 잠잠해졌고 이 대화도 중단되었다. 이제 관심의 초점이 피고석에 맞춰졌다. 피고석에 서 있던 간수 두 명이 밖으로 나가더니 죄수를 데려와 피고석 안으로 들여보냈다.

천장을 바라보고 있는 가발 쓴 신사를 제외한 모든 사람들의 시선이 죄수를 향했다. 장내에 있는 모든 사람들의 숨소리가 파도, 혹은 바람, 혹은 불길처럼 그를 에워쌌다. 기둥 주변과 구석에 서 있던 사람들은 한 번이라도 더 죄수를 쳐다보려고 간절한 표정으로 고개를 잡아 뺐다. 뒷줄에 앉아 있던 구경꾼들은 터럭 하나도 놓치고 싶지 않다는 듯 자리에서 일어섰다. 맨바닥에 서 있던 치들은 조금이라도 죄수를 가까이에서 보려고 다른 사람들이야 어떻게 되든 까치발을 하고 앞사람의 어깨를 짚으며 고개를 내밀었다. 이렇게 몸을 부대끼며 서 있는 사람들 중에는 뉴게이트 철조망 울타리처럼 머리털이 삐죽삐죽해서 눈에 확 띄는 제리도 있었다. 제리가 간수를 보려고 몸을 볼 때마다, 이곳에 오기 전부터 입에서 풍기던 맥주 냄새가 뿜어져 나왔고, 거기에 다른 이들의 숨결에서 풍겨 나오는 맥주 냄새, 위스키 냄새, 차 냄새, 커피 냄새, 정체를 알 수 없는 온갖 냄새들까지 뒤섞여 코를 찔렀다. 뒤편에 있는 커다란 창문에는 이미 불결한 입김들이 만들어 낸 김이 서려 줄줄 흘러내리고 있었다.

모두가 이렇게 수군대며 바라보고 있는 대상은, 구릿빛 얼굴에 눈동자가 짙은 스물다섯 살 가량의 잘생긴 청년이었다. 얼핏 보기에는 그냥 젊은 귀족 같았다. 그는 검은색인지 짙은 회색인지 모를 단색 정장을 입고, 검고 긴 머리를 목 뒤쪽으로 질끈 동여매고 있었다. 멋을 내기 위해서라기보다는 거치적거려서 그런 것 같았다. 몸이라는 거죽에 마음속 감정이 드러나기 마련이듯, 정신력이 태양보다도 굳건한 사람임을 보여 주는 구릿빛 얼굴도 자신이 처한 상황 때문인지 몹시 창백하게 질려 있었다. 그런데도 판사에게 고개 숙여 인사하고 말없이 서 있는 모습은 무척이나 침착해 보였다.

이 청년에게 쏠려 있는, 입 냄새 가득한 관심은 숭고한 인간애와는 아무런 상관이 없는 관심이었다. 그가 조금이라도 덜 끔찍한 형벌을 선고받는다면, 예의 그 야만적인 집행 과정에서 한 가지 절차라도 빼먹을 가능성이 생긴다면, 이 사건에 대한 흥미도 대폭 줄어들 것이었다. 가차 없이 토막 날 운명에 처한 몸뚱이는 좋은 구경거리였다. 사람들의 감각은 도륙당하고 갈기갈기 찢겨 나갈 미약한 몸뚱이에 사로잡혀 있었다. 자신을 기만하는 온갖 재주로 아무리 거창하고 다양하게 구실을 갖다 붙인다 해도, 구경꾼들이 느끼는 흥미의 뿌리를 따라가 보면 거기에는 사람을 잡아먹는 괴물 '오그리시'가 웅크리고 있었다.

재판이 시작되었다. 법정에서는 정숙하시오! 어제 찰스 다네이는 자신에게 씌워진 반역 혐의와 이번 기소에 대해 무죄를 주장했소. 주절주절. 그는 인자하시고 거룩하시고 훌륭하시고 어쩌고저쩌고하신 우리의 국왕 폐하와 왕자 전하에 대해 반역을 꾀했다가 실패했다는 혐의를 받고 있소. 그 근거로서, 그는 몇 차례에 걸쳐 수단과 방법을 가리지 않고, 전술한 인자하시고 거룩하시고 훌륭하시고 어쩌고저쩌고하신 우리의 국왕 폐하와 전쟁 중인, 프랑스의 왕 루이를 도운 행적이 있소. 말하자면 찰스 다네이는 전술한 인자하시고 거룩하시고 훌륭하시고 어쩌고저쩌고하신 우리의 국왕 폐하와 전술한 프랑스의 왕 루이의 영토 사이를 오가며, 전술한 프랑스의 왕 루이에게 전술한 인자하시고 거룩하시고 훌륭하시고 어쩌고저쩌고하신 우리의 국왕 폐하가 캐나다와 북아메리카에 군대를 파견할 준비를 하고 있다고 밀고하는, 사악하고 파렴치하고 반역적인, 아니 온갖 형용사를 다 동원해도 모자랄 범죄를 저질렀소.

이렇게 쏟아지는 법률 용어들을 듣고 있자니 제리는 짜릿함이 밀려오면서 가뜩이나 삐죽삐죽한 머리카락이 점점 더 곤두서는 것 같았다. 사람들을 이해시키기 위해 어쩌나 말을 뺑뺑 돌리는지 전술한, '전술한'이라는 단어만 무한 반복되는 것 같았다. 찰스 다네이는 자신의 재판이 이루어지고 있는 피고석에 서 있었다. 배심원단이 선서를 했고 검사가 심문을 할 차례였다.

이미 장내에 있는 모든 사람들의 상상 속에서 목 매달리고 목 잘리고 사지가 잘려 나간 피고는 이런 상황을 알면서도 겁을 먹거나 뭔가 내보이려고 애쓰지 않았다. 그는 엄숙한 표정으로 묵묵히 주의를 기울이며 개정 절차를 지켜보고 있었다. 그는 양손을 나무 난간에 올려놓고 서 있었는데 그 모습이 어찌나 침착했던지, 주위에 뿌려 놓은 약초 이파리 하나 건드리지 않을 정도였다. 당시에는 감옥에서 옮겨올 수 있는 전염병을 예방하기 위해 초에 절인 약초를 법정 안 여기저기에 뿌려 두곤 했다.

죄수의 머리 위에 걸려 있는 거울에 반사된 빛이 그의 얼굴로 쏟아져 내렸다. 그 거울이 지금까지 비추어 온, 무수히 많은 악당들과 불쌍한 희생자들은 모두 거울 표면에서도, 이 땅에서도 사라지고 없었다. 어느 날 문득 바다가 주검을 밀어 올리는 것처럼, 이 거울이 거울 속을 스쳐 간 이들을 모두 제자리에 데려다 놓는다면 이 법정은 유령으로 가득 찬 무시무시한 장소가 될 것이다. 불명예스럽고 수치스러운 모습을 비추려고 걸어 둔 그 거울을 보고 뭔가 생각이 떠올라 죄수의 마음이 쓰라렸을지도 모른다. 그런데도 그는 의식적으로 자세를 바꾸어 거울에서 쏟아지는 한 줄기 빛을 얼굴 가득 받으며 위를 올려다보았다. 그는 거울에 비친 자신의 상기된 얼굴을 보았다. 그러고는 오른손으로 약초를 밀어 버렸다.

이런 행동을 하다가 그가 우연히 왼쪽으로 고개를 돌렸다. 판사석 옆쪽, 죄수의 눈과 같은 높이 자리에 두 사람이 앉아 있었다. 그의 시선이 너무나 갑자기 그 두 사람에서 멈추었고 그의 표정이 너무 눈에 띄게 변했던 터라 장내에 있던 모든 눈이 그들에게로 향했다.

구경꾼들이, 나란히 앉아 있는 스무 살이 갓 넘어 보이는 젊은 아가씨와 아버지로 보이는 신사를 쳐다봤다. 그는 머리에 백발이 성성하고 얼굴에서 뭐라 딱 잘라 말하기 힘든 강렬함이 풍겨 나오는 독특한 외모의 신사였다. 활동적이라기보다는 내성적이고 신중해 보이는 인상이었다.

인상이 이렇다 보니 노인처럼 보였지만 지금처럼 딸과 대화를 나눌 때면 그런 인상이 깨지고 흩어져서, 잠깐이지만 한창때가 아직 지나지 않은 잘생긴 남자의 얼굴이 되었다.

그의 곁에 앉은 딸은 한쪽 팔로 아버지와 팔짱을 끼고 다른 손으로 그 팔을 붙잡았다. 그녀는 죄수에 대한 연민과 두려움이 가득한 얼굴로 아버지 옆에 바짝 붙어 앉았다. 그녀의 이마에는, 죄수가 처한 곤경 말고는 아무것도 생각하지 않는 듯한 두려움과 동정심이 또렷하게 떠올라 있었다. 그 표정이 어찌나 강렬하면서도 자연스러워 보이는지 죄수에 대한 동정심이 없는 사람들까지도 가슴이 뭉클해질 정도였다. 주위에서 소곤대는 소리가 들려왔다.

"저 사람들은 누구래요?"

저 나름대로 앞에서 벌어지고 있는 일들을 관찰하며 손가락에 묻은 녹을 빨고 있던 심부름꾼 제리도 그들이 누구인지 들으려고 고개를 쑥 내밀었다. 제리 주위에 있던 사람들이 서로 밀치고 밀치다 보니 증인석에서 가장 가까운 곳에 있던 안내원에게까지 질문이 전달되었고 다시 서서히 대답이 전달되어 마침내 제리의 귀에까지 들어왔다.

"증인이래요."

"어느 쪽에서 부른 증인인데요?"

"반대쪽이라던데요."

"어디 반대쪽이오?"

"죄수 반대쪽이래요."

다른 이들처럼 두 사람을 바라보던 판사가 시선을 거두더니 의자에 등을 기대고 자신의 손에 생사가 달린 남자를 가만히 바라보았다. 이때 검사가, 피고를 밧줄로 묶고 망치와 도끼날을 벼려 처형장으로 끌고 가야 한다고 주장하려고 자리에서 일어섰다.

3장
실망

검사는 배심원단에 이렇게 주장했다.

"여러분 앞에 있는 이 죄수는 젊긴 하지만 목숨을 앗아도 좋을 만한 반역 행위에 오랫동안 가담해 왔습니다. 피고가 공공의 적과 내통해 온 것이 어제오늘의 일이, 아니, 한 해 두 해 사이의 일이 아닙니다. 피고가 그보다 훨씬 오래전부터 감히 털어놓을 수 없는 비밀 업무를 수행하느라 영국과 프랑스를 주기적으로 오간 것이 분명합니다. 만약 그가 타고난 반골 기질로 꾸며 낸 일들이 성공했다면 (다행히도 그런 적은 한 번도 없지만) 그의 사악함과 범죄 행위는 영원히 발각되지 않았을 겁니다. 그러나 신께서 두려움과 치욕을 극복한 한 사람의 마음속에 함께하시어 피고의 계획을 샅샅이 캐내게 하셨고, 또 그 사람을 겁먹게 하시어 국왕 폐하의 국무부 장관과 명예로운 추밀원에 그 계획들을 낱낱이 고하게 하셨습니다. 이제 이 애국자를 여러분 앞에 소개하겠습니다. 이 증인의 자세와 태도는 대체로 훌륭했습니다. 그는 피고의 친구였지만 천만다행으로 단박에 그의 파렴치한 행위를 간파한 후 괴로운 시간을 보내다가 이제는 더 이상 이 반역자가 가슴속에 간직할 수 있는 소중한 존재가 아니라는 사실을 깨닫고 그를 성스러운 조국의 제단에 제물로 바치기로 결심했답니다. 고대 그리스나 로마에서처럼 영국에서도 훌륭한 시민에게 동상을 세워 주는 법이 제정된다면 이 빛나는 시민의 동상도 마땅히 세워질 것입니다. 안타깝게도 영국에는 그런 법이 없어서 그럴 순 없겠지만 말이죠. 여러 시인들이 노래했듯 (그는 자신이 알고 있는 수많은 시 구절들을 배심원들도 한 자 한 자 욀 수 있을 것이라 말했지만 배심원들의 표정으로 보건대 창피하지만 그들은 그 시들에 대해 아는 바가 전혀 없는 것 같았다) 미덕이란 전염되기 마련이랍니다. 그중에서도 애국심, 조국에 대한 사랑은 특히나 더 아름다운 미덕이지요. 국왕 폐하를 향한 증인의 티 없이 고결한 마음은 숭고한 애국심의 좋은 사례이며 이 사람의 이름을 입에 담는 것만으로도 크나큰 영광이 아닐 수 없습니다. 그의 애국심은, 피고의 하인으로 하여금 주인의 책상 서랍과 주머니, 그리고 비밀문서를 뒤져 봐야겠다는 성스러운 결심을 하게 만들었습니다. 저는 주인을 배신했다 해서 이 칭송받아 마땅한 하인에게 가해지는 비난을 얼마든지 들을 각오가 되어 있습니다. 저의 형제자매보다도 이 하인을 더 믿고 저의 부모보다도 이 하인을 더 자랑스럽게 생각하기 때문입니다. 자신 있게 말씀드리는데 배심원 여러분도 이 하인을 저와 똑같이 여기셔도 좋습니다. 피고의 친구와 하인, 즉 이 두 증인의 증언은 곧 제출할 그들이 찾아낸 문서의 내용과 일치합니다. 그 문서에는 피고가 작성한, 국왕 폐하의 육군과 해군의 병력 규모, 병력 배치, 군비 확충에 관한 목록이 기록되어 있습니다. 말할 것도 없이 피고는 이런 정보들을 정기적으로 적국에 제공해 왔습니다. 물론 이 목록에 나타난 필체가 죄수의 필체가 아닌 것으로 밝혀질 수도 있습니다. 하지만 그렇다 하더라도 변하는 것은 없습니다. 오히려 그의 용의주도함을 잘 보여 주는 증거로 이번 기소에 도움이 되겠지요. 자, 증거를 볼까요. 증거는 5년 전으로 거슬러 올라갑니다. 이 증거에 의하면 피고는 일찍이 5년 전, 영국 군대와 아메리카 식민지 사이에 처음으로 무력 충돌이 일어나기 몇 주 전부터 사악한 임무에 가담해 왔습니다. 이상의 사실들을 근거로, (제가 익히 아는 바와 같이) 애국심 강한 배심원 여러분, (제가 익히 아는 바와 같이) 책임감 강한 배심원 여러분께서 피고에게 유죄를, 좋든 싫든 사형을 선고해 주시리라 믿어 의심치 않습니다. 그렇게 하지 않는다면 여러분이 절대로 두 다리 뻗고 잠자리에 들 수 없을 것이기 때문입니다. 여러분의 부인과 아이들도 편히 잠들 수 없을 것이란 생각을 한번 해 보십시오. 참기 힘드실 겁니다. 다시 말해서, 피고의 목을 치지 않는 한 여러분도, 여러분의 가족들도 편히 잠들 수 없습니다. 저는 이제 피고가 죽은 목숨이나 마찬가지라고 굳게 믿고 제 머릿속에 떠오르는 모든 소중한 것들의 이름으로 여러분께 간청 드리며 이만 논고를 마치겠습니다."

검사가 논고를 마치자 피고의 주위로 파리 떼가 윙윙대며 밀려들 듯 장내가 웅성웅성 시끄러워졌다. 사람들은 저마다 피고가 어떻게 될지 예측하느라 바빴다. 소란이 가라앉자 더할 나위 없이 고결한 애국자가 증인석에 모습을 드러냈다.

변호인단이 수석 변호사의 지시에 따라 애국자를 심문했다. 애국자의 이름은 존 바사드였다. 순수한 영혼에서 나오는 그의 진술은 검사가 말한 그대로였다. 흠이 있다면 내용이 너무 정확하달까. 그는 고결한 가슴에 지고 있던 부담감을 내려놓고 겸손하게 자리에서 물러나려 했지만, 로리로부터 그리 멀지 않은 곳에 서류를 앞에 쌓아 두고 앉아 있던 가발 쓴 신사가 몇 가지 질문을 해도 되겠느냐고 물었다. 반대쪽에 앉은 가발 쓴 신사는 여전히 법정 천장만 바라보고 있었다.

첩자 노릇을 한 적이 있습니까? 아니요. 존 바사드가 질문의 이면에 깔려 있는 의미를 알아채고 비웃으며 말했다. 어떻게 생계를 유지합니까? 제 재산으로요. 재산은 어디에 있습니까? 어디 있는지 정확하게 기억나지 않습니다. 그게 무슨 뜻입니까? 남들이 상관할 문제가 아니란 말입니다. 상속받았습니까? 네, 그렇습니다. 누구에게서 상속받았나요? 먼 친척한테요. 아주 먼 친척인가요? 꽤 먼 친척입니다. 감옥에 들어간 적이 있지요? 그런 적 없는데요. 채무 때문에 감옥에 간 적이 없다는 말씀입니까? 그 문제에 관해서라면 뭐라고 말씀드려야 할지 모르겠군요. 다시 묻겠습니다. 채무 때문에 감옥에 간 적이 한 번도 없습니까? 있습니다. 몇 번이나 들어갔죠? 두세 번쯤. 대여섯 번이 아니고요? 그 정도 될지도 모르겠네요. 직업이 뭡니까? 귀족이오. 발길질을 당한 적이 있습니까? 그런 것 같군요. 그런 일이 자주 있었습니까? 아뇨. 계단에서 떨어진 적은요? 전혀 없습니다. 아, 예전에 계단 꼭대기에서 누가 걷어차서 일부러 구른 적은 한 번 있습니다. 주사위 노름판에서 속임수를 쓰다가 그런 일을 당한 것 아닙니까? 나를 공격했던 술 취한 거짓말쟁이가 한 말 때문에 이러는 모양인데 그건 사실이 아닙니다. 사실이 아니라고 맹세할 수 있습니까? 물론입니다. 노름판에서 사기 치는 걸로 생계를 유지한 적이 있습니까? 없습니다. 노름을 해서 생계를 유지한 적은요? 다른 귀족들만큼은 있겠지요. 피고에게 돈을 빌린 적이 있습니까? 네. 갚았습니까? 아니오. 피고와 친분이 두텁지 않은 것 아닙니까? 혹시 마차나 여인숙, 정기선 같은 데서 일부러 피고에게 접근해서 알게 된, 실제로는 매우 친분이 얄팍한 관계 아닌가요? 그렇지 않습니다. 피고가 이 목록들을 가지고 있는 걸 분명히 봤습니까? 물론입니다. 이 목록들에 대해 아는 게 더 있습니까? 없습니다. 예를 들면, 증인이 직접 손에 넣은 물건 아닙니까? 아닙니다. 이 증언에 대해 어떤 대가를 받기로 되어 있습니까? 아니오. 정부에 고용되어 정식으로 임금을 받으며 덫을 놓는 일을 하고 있는 것 아닙니까? 천만에요. 아니면 덫 놓는 것 말고 다른 일을 하시나요? 아, 절대 그렇지 않습니다. 맹세할 수 있습니까? 백번이라도 맹세하지요. 순수한 애국심이라는 동기 말고 다른 동기는 없다는 말씀인가요? 다른 동기는 전혀 없습니다.

다음으로 충직한 하인 로저 클라이에 대한 심문이 번갯불에 콩 볶아 먹듯 이루어졌다. 로저 클라이는 지난 4년 간 충성스럽고 우직하게 피고의 하인으로 일해 왔다. 그가 칼레행 정기선에서 피고에게 시중을 들어 줄 사람이 필요하느냐고 물어봐서 피고가 그를 고용했다. 피고가 그를 무임금으로 부려 먹은 것도 아니었고 하인도 그럴 생각이 전혀 없었다. 얼마 안 가 그는 피고를 의심하게 되었고 그래서 가까이에서 그를 감시하기 시작했다. 여행 중에 피고의 옷을 정리하다가 피고의 주머니에서 이와 비슷한 목록을 발견한 것이 한두 번이 아니었다. 피고의 책상 서랍에서 목록을 찾은 적도 있었다. 그가 서랍 속에 목록들을 넣어 둔 것이 아니었다. 그는 피고가 칼레에서 이와 똑같은 서류를 프랑스 신사에게 보여 주는 모습을 본 적도 있고, 칼레와 불로뉴 두 군데에서 이와 비슷한 서류를 프랑스 신사에게 보여 주는 모습을 본 적도 있다. 그는 조국을 너무나 사랑했기 때문에 참을 수가 없었고 그래서 정보를 제공했다. 그는 은식기를 훔쳤다는 혐의를 받은 적이 한 번도 없었다. 그는 겨자 단지를 훔쳤다고 욕을 먹었지만 사실 그가 훔친 것은 도금한 그릇이었다. 그는 방금 전에 증언한 증인과 7, 8년간 알고 지내 왔지만 그건 순전히 우연의 일치였다. 그는 유난히 이상한 우연의 일치라고는 말하지 않았다. 우연의 일치는 대부분 이상한 법이니까. 그가 밀고를 하게 된 동기도 앞의 증인과 마찬가지로 진정한 애국심이라는 것 역시 이상한 우연의 일치라고는 말하지 않았다. 그는 자신이 진정한 영국인이며 자신과 같은 사람이 많았으면 좋겠다고 했다.

파리 떼가 윙윙거리듯 장내가 다시 웅성거렸다. 검사가 자비스 로리의 이름을 불렀다.

"자비스 로리 씨, 텔슨 은행 직원이시죠?"

"그렇습니다."

"1775년 11월 어느 금요일 밤 업무 때문에 런던에서 도버행 역마차를 타고 간 적이 있습니까?"

"네, 있습니다."

"역마차에 다른 승객이 몇 명 있었습니까?"

"두 명이오."

"그 두 사람은 목적지로 가는 중간에 내렸습니까?"

"그랬지요."

"로리 씨, 피고를 보십시오. 피고가 그 두 승객 중 한 명 아니었습니까?"

"피고가 둘 중 한 사람이었다고 단언하지는 못하겠습니다."

"피고가 두 승객 중 한 명과 닮지 않았습니까?"

"두 사람 다 워낙 꽁꽁 싸매고 있었고 심하게 어두운 밤이었던 데다 세 사람 다 입을 꾹 다물고 있었기 때문에, 피고가 그 둘 중 한 사람을 닮았다고도 단언하지 못하겠군요."

"로리 씨, 피고를 다시 한 번 봐 주십시오. 피고가 그 두 승객처럼 싸매고 있다고 상상해 봐도 체격이나 신장에서 그 두 사람과 닮은 점이 없습니까?"

"없습니다."

"로리 씨, 그럼 피고가 두 사람 중 한 명이 아니라고 맹세할 수 있습니까?"

"아니요."

"그럼 적어도 피고가 그 두 사람 중 한 명일 가능성은 있겠군요?"

"그렇습니다. 제 기억으로는 그 두 사람도 저처럼 노상강도를 만날까 봐 덜덜 떨고 있었는데, 지금 피고에게서 그렇게 덜덜 떠는 기색이 전혀 보이지 않는 점만 빼면요."

"가짜로 겁먹은 척하는 사람을 본 적이 있습니까? 로리 씨?"

"물론 그렇겠지요."

"로리 씨, 피고를 한 번 더 봐 주시죠. 전에 피고를 본 적이 없다고 확신할 수 있습니까?"

"본 적이 있습니다."

"그게 언젭니까?"

"그때 며칠간 일을 보고 프랑스에서 돌아오던 길이었습니다. 칼레에서 제가 타고 있던 정기선에 피고가 탔지요. 그래서 함께 해협을 건넜습니다."

"피고가 정기선에 탑승한 것이 몇 시였습니까?"

"자정이 조금 지난 시간이었습니다."

"한밤중이로군요. 그렇게 이상한 시간에 배를 탄 사람이 피고 말고 또 있었습니까?"

"공교롭게도 피고 혼자뿐이었습니다."

"'공교롭게도'라는 말은 신경 쓰지 마세요, 로리 씨. 그러니까 피고가 한밤중에 배에 탄 유일한 승객이었군요?"

"그렇습니다."

"혼자 여행 중이었습니까, 로리 씨? 아니면 일행이 있었습니까?"

"일행이 두 명 있었습니다. 신사 한 분과 아가씨 한 명이었죠. 저기 계신 저분들입니다."

"여기 와 계시군요. 증인은 피고와 대화를 나누었습니까?"

"거의 안 나누었습니다. 폭풍우가 몰아치고 있었고, 길고도 힘든 여행이었거든요. 저는 해협을 건너는 내내 소파에 누워 있었답니다."

"마네트 양!"

아까 전에 장내에 있는 모든 사람들의 시선을 사로잡았던 젊은 아가씨가 자리에서 일어서자 다시 한 번 모든 시선이 그리로 쏠렸다. 아버지가 함께 일어나 팔로 그녀를 부축했다.

"마네트 양, 피고를 봐 주십시오."

피고는, 얼굴에 동정심이 떠올라 있는 젊고 아름다운 아가씨를 마주 보는 일이 장내의 모든 관람객들을 마주 보는 일보다 훨씬 더 힘겨웠다. 말하자면, 자신을 향한 호기심 어린 눈빛들은 모두 아무것도 아니었지만, 자신의 무덤가에서 이렇게 그녀와 떨어져 서 있는 것이 어쩌나 괴로 웠던지 잠깐이지만 그는 평정을 유지하려고 안간힘을 써야 했다. 그는 머릿속으로 정원에 있는 화단을 떠올리기라도 한 듯 앞에 놓인 약초들을 오른손으로 다급하게 갈랐다. 호흡을 가라앉히려고 애를 썼지만 심장이 튀어나올 것처럼 입술이 떨렸다. 파리 떼가 윙윙거리는 소리가 다시 커졌다.

"마네트 양, 피고를 전에 본 적이 있습니까?"

"그렇습니다."

"어디서 보았습니까?"

"방금 전에 로리 씨가 말씀하신 정기선 안에서 보았습니다."

"앞의 증인이 말한 젊은 아가씨가 마네트 양입니까?"

"아, 슬프게도 그게 접니다!"

루시의 동정심이 넘쳐흐르는 슬픈 목소리가 판사의 단호한 목소리에 덮여 버렸다. 판사가 냉정하게 말했다.

"묻는 말에만 대답하시오. 토 달지 말고."

"마네트 양. 해협을 건너는 동안 피고와 대화를 나누었습니까?"

"그렇습니다."

"기억을 떠올려 보세요."

숨 막힐 듯한 침묵을 깨고 루시가 가냘프게 입을 열었다.

"저 신사분이 배에 타셨을 때……."

"피고를 말하는 거요?"

판사가 눈썹을 찌푸리며 물었다.

"그렇습니다, 재판장님."

"그렇다면 피고라고 말하시오."

"피고가 배에 탔을 때, 저분께서……."

루시가 옆에 서 있는 아버지에게 다정하게 시선을 돌리며 말했다.

"저희 아버지가 건강이 악화된 상태인 데다가 몹시 지쳐 계신 것을 알아보시더군요. 저는 아버지가 너무 쇠약하셔서 신선한 공기가 없는 실내에 아버지를 모시기가 겁이 났어요. 그래서 갑판 옆 선실 계단에 아버지를 위해 침대를 마련했답니다. 저는 갑판 위 아버지 곁에서 아버지를 돌봐 드렸어요. 그날 밤 저희 네 명 말고는 승객이 없었어요. 피고가 제게 조언을 해도 되겠느냐고 하면서 아버지를 비바람이 들이치지 않는 곳으로 모시는 편이 나을 거라고 하더군요. 저는 항구에서 벗어나면 바람이 어떻게 부는지, 어떻게 대처해야 하는지 아는 게 없었어요. 그런데 저분이 제게 그걸 가르쳐 주셨어요. 아버지의 상태에 대해 이런저런 설명을 해 주시는 관대함과 친절을 제게 베푸셨죠. 저는 저분이 진심이셨을 거라고 확신해요. 이런 사정으로 함께 대화를 나누게 되었답니다."

"잠깐, 잠깐만요. 피고가 배를 타러 혼자 왔습니까?"

"아니요."

"같이 온 사람이 몇 명이었죠?"

"프랑스 신사 두 명이 있었어요."

"셋이 함께 뭔가를 의논하지 않던가요?"

"그분들이 보트를 타고 떠나기 직전까지 세 사람이 뭔가를 의논하긴 했어요."

"그들이 여기 있는 이 목록들과 비슷한 서류 따위를 주고받지 않던가요?"

"서류를 주고받긴 했지만, 그게 어떤 서류였는지는 모르겠어요."

"크기나 형태가 이것들과 비슷했습니까?"

"어쩌면요. 하지만 정말로 잘 모르겠어요. 세 사람은 저랑 가까운 곳에서 소곤대고 있기는 했지만, 불빛을 쓰느라 등이 달려 있는 선실 계단 꼭대기에 서 있었거든요. 등불도 침침했고 워낙에 낮은 소리로 이야기를 했기 때문에 뭐라고 하는지는 전혀 들리지 않았어요. 서류를 읽는 모습만 보였죠."

"자, 이제 다시 피고와 나눈 대화에 대해 말씀해 보시죠, 마네트 양."

"피고는 제게 마음을 열고 난감한 상황에서 저를 구해 주셨어요. 아버지께도 친절하고 선량하게 도움을 주셨고요. 제발……."

루시가 눈물을 터뜨렸다.

"저분의 친절에 오늘 이렇게 해를 끼치는 것으로 보답하고 싶지 않아요."

다시 청파리 떼가 윙윙거리는 소리.

"마네트 양, 피고를 제외한 여기 있는 모든 사람들은 마네트 양이 증언을 해야 할 의무가 있고, 반드시 증언을 해야 하며, 아무리 내키지 않아도 그 의무에서 벗어날 수 없다고 생각할 겁니다. 계속하시죠."

"저분은 제게 뭔가 까다롭고 어려운 일 때문에 여행 중이라고 말씀하셨어요. 그런데 그 일이 사람들을 곤경에 빠뜨릴 수 있는 일이어서 가명으로 여행 중이라고 하더군요. 또 그 일 때문에 며칠간 프랑스에 다녀오는 길인데 앞으로도 한참 동안 정기적으로 프랑스와 영국을 오가야 할지 모르겠다고 했어요."

"피고가 아메리카에 대해서 무슨 말 안 하던가요, 마네트 양? 자세하게 이야기하세요."

"저분은 제게 그 싸움이 왜 일어났는지 설명하려고 애쓰셨어요. 저분 판단에는 영국 측에 잘못되고 어리석은 점이 있는 것 같다고 하셨죠. 덧붙여서 농담조로, 어쩌면 조지 워싱턴이 조지 3세만큼 위대한 이름으로 역사에 길이 남을지도 모르겠다는 말도 했고요. 하지만 나쁜 의도에서 한 말은 아니었어요. 그저 웃자고, 시간을 때우느라 한 말이었죠."

관객들은, 많은 이의 시선을 사로잡는 매우 흥미진진한 장면에서 주연 배우의 얼굴에 떠오른 강렬한 표정을 자기도 모르는 사이에 모두 따라 하기 마련이다. 루시의 이마에는 긴장과 염려가 고통스럽게 떠올라 있었다.

그녀는 증언을 하다가 판사가 그것을 받아 적는 동안 잠시 말을 멈추고 자신의 증언이 유리하게 작용할지, 아니면 불리하게 작용할지 알아내려고 변호인 쪽을 살펴보고 있었다. 법정 안 구경꾼들의 얼굴에도 여기저기 골고루 루시와 똑같은 표정이 떠올라 있었다. 그 정도가 얼마나 심했는지, 조지 워싱턴에 대한 이단적이기 짝이 없는 말에 판사가 기록을 하다 말고 번뜩이는 눈을 들어 노려볼 때는, 구경꾼 대다수의 이마가 거울이 되어 증인의 표정을 비추는 것 같았다.

검사가 예방책으로서든 형식을 갖추기 위해서든 루시의 아버지인 마네트 박사를 심문할 필요가 있다는 신호를 판사에게 보냈다. 판사에 호명에 따라 박사가 일어났다.

"마네트 박사, 피고를 봐 주십시오. 저 사람을 전에도 본 적이 있습니까?"

"한 번 봤소이다. 런던의 제 거처로 찾아왔더군요. 3년 전인지 3년 반 전인지 그럴 거요."

"피고가 정기선에 함께 탔던 승객인지, 저자가 따님과 어떤 대화를 나누었는지 밝혀 주실 수 있습니까?"

"검사 양반, 나는 아무것도 밝힐 수가 없소이다."

"그럴 수 없는 특별한 이유라도 있습니까?"

박사가 나지막하게 대답했다.

"그렇소."

"재판도, 심지어 기소 과정도 없이 오랫동안 감금되어 있었던 고국에서의 불행한 경험 말씀이십니까, 마네트 박사?"

"참으로 긴 감금이었다오."

모두의 가슴을 쿡쿡 찌르는 듯한 말투로 박사가 대답했다.

"문제의 시기가 박사가 막 풀려나던 때 맞지요?"

"그렇다고 들었소."

"그때 기억이 전혀 없습니까?"

"전혀요. 내 머릿속에는 공백이 있다오. 딱 언제라고는 말할 수 없지만 언젠가, 내 안에 스스로 갇혀 구두를 짓던 때부터 여기 있는 사랑스러운 내 딸과 함께 런던에 살고 있다는 걸 깨닫게 된 순간까지. 은혜로우신 하느님께서 제게 정신을 돌려주셨을 때, 딸아이는 이미 친밀한 사람이 되어 있었소. 하지만 어떻게 해서 딸아이와 그렇게 친밀해졌는지는 말할 수 없소. 그 과정이 전혀 기억나지 않기 때문이지요."

검사가 자리에 앉았고, 부녀도 함께 자리에 앉았다.

이 사건에서 매우 중요한 사안이 다루어졌다. 당장 밝혀야 할 문제는, 피고가 5년 전 11월 어느 금요일 밤, 정체가 밝혀지지 않은 공범과 함께 도버행 역마차를 타고 가다가 눈가림으로 한밤중에 아무 데나 내렸으나 그곳에 머물지 않고 수십 킬로미터나 되는 거리를 되짚어가 국경 수비대와 항구 시설에서 정보를 수집했는가 하는 문제였다. 증인 한 명이 불려 나와 정확히 그 시간에 국경 수비대와 항구 시설이 있는 마을의 호텔 커피숍에서 누군가를 기다리는 피고를 보았다고 증언했다. 피고의 변호인단이 그 증인을 반대 심문했으나, 피고를 본 것이 그때 딱 한 번뿐이라는 것 말고는 별 소득이 없었다. 그때 내내 법정 천장만 바라보고 있던 가발 쓴 신사가 작은 종잇조각에 글자를 몇 자 끼적이더니 돌돌 뭉쳐서 심문을 하고 있는 변호사에게 던졌다. 잠시 말을 멈추고 종이를 펼쳐 본 후 변호사가 호기심 어린 눈빛으로 매우 주의 깊게 피고의 얼굴을 들여다보았다.

"증인은 그자가 분명히 피고였다고 다시 한 번 확실하게 말할 수 있습니까?"

증인이 확실하다고 말했다.

"증인이 피고와 아주 닮은 사람을 본 건 아닐까요?"

증인은 착각할 만큼 피고와 닮은 사람을 본 적이 없다고 말했다. 변호사가 종이를 던진 남자를 가리키며 말했다.

"저기 있는 저 신사, 학식 있는 제 친구를 한번 보시죠. 그런 다음 피고를 보세요. 어때 보입니까? 두 사람이 아주 닮지 않았습니까?"

학식 있는 친구의 외모에서 타락한 것까지는 아니더라도 지저분하고 심드렁해 보이는 점만 빼면 두 사람은 놀라우리만치 비슷했다. 증인뿐 아니라 장내에 있던 사람들 모두가 두 사람을 비교해 보고 깜짝 놀랄 만큼, 두 사람의 외모는 비슷했다. 학식 있는 친구에게 가발을 벗으라고 명해 달라는 변호사의 제안을 관대하게도 판사가 받아들이자, 두 사람의 얼굴이 더 눈에 띄게 똑같아졌다. 판사가 피고의 변호사인 스트라이버에게 다음번에는 학식 있는 친구인 칼튼을 반역죄로 기소해도 되겠느냐고 물었다. 스트라이버는 판사에게 그건 아니라면서 증인에게 묻겠다고 했다. 한 번 이런 일이 일어났다면 두 번 다시 일어나지 말란 법도 없지 않느냐고. 자신이 경솔했다는 것을 미리 알았으면서도 그렇게 자신만만하게 군 것이냐고. 또 경솔함이 이렇게 드러났는데도 계속 자신만만하게 굴 생각이냐고. 어쩌고저쩌고 할 생각이냐고. 결론적으로 증인은 깨진 자기 그릇처럼 묵사발이 되었고 이 사건에서 증인이 맡은 역할도 아무짝에도 쓸모없는 쓰레기처럼 뭉개져 버렸다.

이때쯤 제리 크런처는 증언을 들으면서 점심으로 손가락에 묻은 녹을 핥아먹고 있었다. 제리는 스트라이버가 꼭 맞는 양복처럼 배심원단의 눈높이에 맞추어 피고의 사건을 변론하는 것을 경청하고 있었다. 스트라이버는 이렇게 말했다. 바사드라는 애국자는 고용된 첩자이자 반역자이며 몰염치하고 뒤가 구린 장사치일 뿐 아니라 유다 이래 최악의 불한당입니다. (바사드는 정말 유다처럼 보였다) 또한 충직한 하인 클라이는 바사드의 친구이자 동업자요, 결코 바사드에 뒤지지 않는 악당으로, 교묘한 눈으로 위선적이고 거짓된 맹세를 하여 피고를 희생양으로 삼았습니다. 저 악당들이 피고를 엮을 수 있었던 것은 피고가 프랑스 가문 출신이었고 가문의 일 때문에 해협을 여러 번 건너 다녔기 때문입니다. 그 가문의 일이란 게 어떤 일인지는 모르겠지만 피고는 가까운 이들, 사랑하는 이들을 위해 생명을 걸고서라도 비밀을 지킬 수밖에 없었습니다. 저들이 어린 아가씨를 괴롭혀 가면서 비틀고 짜내어 얻어낸 증거라는 것은, 우연히 만난 젊은 신사와 젊은 아가씨 사이에 흔히 오갈 수 있는 사소하고 순수한 호의와 친절일 뿐, 결국 아무것도 아니지 않았습니까. 물론 조지 워싱턴에 관한 이야기는 예외라 치더라도 그 이야기 역시 실없는 농담 이상의 어떤 의미가 있다고 보기에는 너무나 터무니없고 황당합니다. 정부 측에서 인기를 위해 얄팍한 국민적 반감과 두려움을 이용하려고 시도했다가 실패하다니, 얼마나 나약하기 짝이 없는 정부입니까. 그걸 대부분 조작한 검사는 또 어떻고요. 그런데도 이런 사건들은, 꼴사납게 만드는 사악하고 파렴치한 증인들 말고는 아무런 물증이 없는 경우가 너무나 잦습니다. 뿐만 아니라 이 나라의 국사범 재판이 이런 사건들로 채워지고 있지요. 그러나 이때 판사가 (그건 진실이 아니라는 듯 근엄한 표정으로) 끼어들어 그런 위험한 암시를 판사석에서 가만히 듣고 앉아만 있지는 않을 것이라고 말했다.

스트라이버가 몇 명 되지 않는 증인들을 불렀다. 제리 크런처는 그다음에 스트라이버가 배심원들에게 꼭 맞춰 입혀 놓은 양복을 검사가 홀라당 뒤집어 벗겨 내는 것을 가만히 듣고 있었다. 그는 바사드와 클라이가 자기가 생각한 것보다 백배 이상 훌륭하며, 피고인 찰스 다네이는 자기가 생각한 것보다 백배 이상 사악하다고 말했다. 마지막으로 판사가 나서서 예의 그 양복을 이리 뒤집고 저리 뒤집고 하더니 마침내 전체적으로 냉정하게 마름질하고 손질하여 피고를 위한 '수의'로 만들어 내놓았다.

배심원들이 모여서 상의에 들어가자 엄청난 파리 떼들이 다시 날아들었다.

아까부터 계속 법정 천장만 바라보고 있던 칼튼은 이런 소란 속에서도 꿈쩍도 하지 않았다. 한편 그의 학식 있는 친구 스트라이버는 서류 더미에 파묻힌 채, 곁에 앉아 있는 사람들과 수군거리며 가끔씩 염려스러운 표정으로 배심원단 쪽을 흘깃거렸다. 구경꾼들도 다들 자리를 옮겨 군데군데 새로 무리를 지었다. 심지어 판사까지도 자리에서 일어나 단상 위에서 이리저리 걸어 다녔다. 판사가 혹시 열받아서 저러나 하고 구경꾼들이 마음속으로 의심을 품는다 해도 아무렇지 않은 듯했다. 찢어진 법복을 반쯤 걸치고, 벗었다가 다시 머리 위에 대충 얹어 놓은 것 같은 지저분한 가발을 쓴 칼튼은 주머니에 양손을 꽂고 등받이에 기대어 앉아서 내내 천장에 시선을 집중하고 있었다. 그의 심드렁한 태도는 (사람들이 두 얼굴을 비교할 때는 순간적으로 진지해지긴 했지만) 좋지 못한 인상을 주었을 뿐 아니라, 피고와 믿을 수 없을 만큼 닮았다는 느낌마저 흐려지게 만들었다. 그래서 구경꾼들 중에는 이제 보니 두 사람이 그렇게 닮아 보이지 않는다고 말하는 이들도 많았다. 제리 크런처는 옆 사람에게 자기 의견을 말한 다음 이렇게 덧붙였다.

"저 남자가 법률 쪽 일을 하지 않는다는 데 내 반기니를 걸겠소. 절대 그런 분야의 일을 할 사람으로 보이지 않거든. 안 그렇소?"

그러나 칼튼은 겉보기와는 달리 법정의 풍경을 더 자세하게 관찰하고 있었다. 그래서 루시 마네트가 아버지의 가슴 위로 머리를 떨구는 것을 가장 먼저 발견한 이도, 큰 소리로 이렇게 외친 이도 칼튼이었다.

"경관! 저 아가씨에게 좀 가 봐요. 신사분이 아가씨를 데리고 나갈 수 있게 좀 도와줘요. 쓰러지는 걸 그냥 보고만 있지 말고!"

루시가 옮겨지자 많은 사람들이 그녀를 가엾게 여겼고 그녀의 아버지를 동정하는 사람도 많았다. 감금당해 살아온 시절을 떠올리는 것이 박사에게는 분명히 엄청난 고통이었을 것이기 때문이다. 심문을 받을 때 심한 내적 동요가 내비치기도 했고 그 후로 계속 곰곰 생각에 잠겨 있던 터라 얼굴에 먹구름이 두텁게 긴 것처럼 몹시 늙어 보였다. 박사가 법정에서 나가자 돌아서서 잠시 기다리고 있던 배심원단이 배심원장을 통해 의견을 전달했다.

의견 일치가 되지 않아서 잠시 퇴정했으면 한다는 내용이었다. (아마도 조지 워싱턴을 마음에 두고 있었을) 판사는 의견이 일치되지 않았다는 말에 조금 놀라는 것 같았지만 보호 감독하에 퇴정한다면 괜찮다는 말을 남기고 자신도 퇴정했다. 재판은 하루 종일 계속되었고 이제 법정에 등불이 켜졌다. 배심원단이 오랫동안 나가 있을 것이라는 말이 나돌기 시작했다. 구경꾼들도 휴식을 취하러 떠났고 피고도 피고인석에서 끌려 나와 의자에 앉아 있었다.

마네트 부녀와 함께 나갔던 로리가 나타나 제리에게 손짓을 했다. 제리는 사람들의 관심이 시들해진 틈에 쉽게 로리에게 다가갈 수 있었다.

"제리, 뭐라도 먹고 싶은 생각이 있으면 다녀오게. 대신 가까이 있어야 하네. 배심원단이 돌아오는 소리를 확실히 들어야 해. 배심원단보다 조금이라도 늦어서는 안 되네. 판결이 나오면 곧바로 은행으로 가서 전해야 하니까. 자네는 내가 아는 한 세상에서 가장 빠른 심부름꾼이니 나보다 템플 바에 훨씬 빨리 돌아가겠지."

이마가 손가락 마디 하나밖에 안 될 만큼 좁은 제리가, 칭찬과 수고비 1실링에 대한 답례로 손가락 마디로 이마를 짚었다. 그 순간 칼튼이 다가와 로리의 팔을 건드렸다.

"젊은 아가씨는 좀 어떻습니까?"

"너무 고통이 심했나 봅니다. 하지만 아버님께서 돌봐 주시고 있고 법정을 벗어나니 좀 나아진 것 같더군요."

"피고에게 그렇게 말해 주겠습니다. 아시다시피 선생처럼 점잖은 은행원께서 공공연하게 피고와 이야기를 나눈다면 좋을 게 없을 테니까요."

로리는 혼자 마음속으로 고민하고 있던 문제를 칼튼에게 들키기라도 한 것처럼 얼굴이 달아올랐다. 칼튼이 가로대 바깥으로 나갔다. 법정에서 나가는 길이 그쪽이었기 때문에 제리도 두 눈과 두 귀와 온 머리카락을 그쪽으로 향하고 그를 따라갔다.

"찰스 다네이 씨!"

피고가 곧바로 앞으로 걸어 나왔다.

"아까 그 증인, 마네트 양의 소식을 듣고 싶어 할 것 같아서요. 괜찮을 거랍니다. 보셨다시피 가장 안 좋은 상태는 이미 넘겼잖아요."

"모두 제 탓인 것 같아 미안해 죽겠습니다. 제 대신 진심으로 사과드린다고 좀 전해 주시겠습니까?"

"그러지요. 부탁하신다면 내 그렇게 하리다."

칼튼의 태도가 어찌나 무성의한지 무례하게 느껴질 정도였다. 그는 피고에게서 몸을 반쯤 돌리고 가로대 위에 편안하게 팔을 올린 채 서 있었다.

"그럼 부탁드립니다. 저의 진심 어린 감사를 받아 달라고."

칼튼이 여전히 몸을 반쯤 돌린 자세로 물었다.

"그런데, 어떻게 될 것 같습니까, 다네이 씨?"

"최악이겠지요."

"가장 나쁜 상황을 염두에 두고, 그럴 수 있다고 생각하는 게 가장 현명하겠죠. 하지만 배심원들이 나가는 걸로 봐서는 다네이 씨에게 유리할 것 같은데요."

법정을 드나드는 길목에서 계속 거치적거리고 있을 수 없어서 제리는 더 이상 듣지 못했다. 그는 (외모는 똑 닮았지만 태도는 너무나 다른) 나란히 서 있는 두 사람을 두고 떠났다. 그들 위에 걸려 있는 거울 속에 두 사람의 모습이 비쳤다.

도둑과 불한당이 들끓는 아래쪽 복도에서는 양고기 파이와 맥주의 도움을 받았는데도 한 시간 반이 지긋지긋하게도 안 갔다. 목이 쉰 심부름꾼은 끼니를 때운 후 불편한 자세로 앉아 꾸벅꾸벅 졸았다. 그때 크게 웅성대는 소리가 들렸다. 제리는 법정으로 통하는 계단을 향해 빠르게 이동하는 인파에 몸을 실었다.

"제리! 제리!"

그가 문간에 도착했을 때 이미 로리가 그의 이름을 외치고 있었다.

"여깁니다, 나리! 내려가는 길이 아수라장이에요. 저 여기 있습니다요, 나리!"

로리가 인파를 뚫고 그에게 종이를 건넸다.

"서두르게! 잘 챙겼지?"

"그럼요, 나리."

종이 위에 다급하게 써내려 간 글씨는 이것이었다. "무죄."

제리가 몸을 돌리며 중얼거렸다.

"또 '부활했다'라는 답장을 썼다면, 이번에는 무슨 뜻인지 알아들었을 텐데."

제리는 올드 베일리에서 벗어나기 전까지 뭔가 말하거나 다른 걸 생각할 틈이 없었다. 격렬하게 쏟아져 나오는 군중들 때문에 하마터면 다리가 부러질 뻔했다. 귀가 찢어질 듯 윙윙거리는 소리가, 마치 실망한 청파리 떼가 썩은 고기를 찾아 뿔뿔이 흩어지는 소리처럼 거리를 휩쓸었다.

4장

축하 인사

하루 종일 들끓던 인간 스튜가 다 끓어 넘치고 걸러져서 마지막 찌꺼기들만 불빛이 어두침침한 법원 복도에 남았다. 마네트 박사와 그의 딸 루시 마네트, 그리고 변호 의뢰인 자비스 로리와 변호사 스트라이버가 방금 막 풀려난 찰스 다네이를 둘러싸고 죽음에서 벗어난 그에게 축하 인사를 건네고 있었다.

불빛이 더 환했다 하더라도 지성 넘치는 얼굴에 몸가짐이 반듯한 마네트 박사에게서 파리 다락방에서 구두를 짓던 사내의 흔적을 찾아내기란 쉽지 않았을 것이다. 그런데도 그를 본 사람들은 어김없이 다시 한 번 그를 쳐다봤다. 별다른 이유 없이 간혹 얼굴 가득 퍼지는 멍한 표정과 슬픈 음성으로 울려 나오는 무덤같이 낮은 목소리를 접할 기회가 그다지 많지 않는데도 그랬다. 외부적인 원인 때문에, 가령 재판 때처럼 오랫동안 겪었던 고통이 언급된다든지 하면 그의 영혼 깊은 곳에서부터 이런 기운이 깨어나기도 했지만, 때로는 옛 기억이 저절로 떠올라 그를 침울한 상태에 빠뜨리기도 했다. 그의 인생사에 관해 모르는 사람들이 보기에, 500킬로미터 밖에 있는 바스티유 감옥이 여름 햇빛을 받아 그의 얼굴 위로 그림자를 드리우는 것처럼 그의 이러한 감정 변화는 이해가 가지 않는 일이었다.

그의 얼굴에 낀 시커먼 구름을 마법처럼 걷어 낼 수 있는 힘이 있는 사람은 오로지 그의 딸뿐이었다. 루시는 비참한 고통 저편에 있는 '과거의 마네트 박사'와 비참한 고통 이편에 있는 '현재의 마네트 박사'를 연결해 주는 '금실' 같은 존재였다. 루시의 목소리, 루시의 눈빛, 루시의 손길에는 늘 아버지의 고통을 치유해 주는 힘이 있었다. 물론 그 힘이 언제나 절대적인 것은 아니었다. 루시의 힘으로도 어쩔 수 없는 경우가 간혹 있었다. 그러나 그런 경우가 몇 번 되지 않았기 때문에 루시는 아버지의 고통이 끝났다고 믿었다.

찰스 다네이는 루시의 손에 감사 키스를 퍼부은 다음, 몸을 돌려 스트라이버에게도 진심으로 고마움을 표했다. 스트라이버는 30대 초반이었지만 그보다 스무 살은 더 먹어 보이는 얼굴이었다. 푸짐한 몸매에 우렁찬 목소리, 붉은 혈색에 화통한 성격의 스트라이버는 섬세함과는 거리가 멀다는 약점이 있었다. 그는 동료들과 대화를 나눌 때면 (몸으로든 마음으로든) 무턱대고 어깨부터 들이밀고 보는 식이었는데 인생을 살아가는 방법 역시 매한가지였다.

아직 가발과 법복 차림인 스트라이버가, 무고한 로리가 무리에서 밀려날 정도로 안으로 몸집을 밀어 넣으며 고객에게 말했다.

"명예를 훼손하지 않고 당신을 살려 내다니, 참으로 기쁩니다, 다네이 씨. 악랄한 기소였어요. 악랄하기 짝이 없는. 그렇다고 해서 검사 측이 이기지 말란 법은 없지만요."

"제가 변호사님께 목숨을 빚졌으니 죽을 때까지 갚아야겠군요."

고객이 그의 손을 잡으며 말했다.

"저는 최선을 다했답니다, 다네이 씨. 그리고 저는 제가 최선을 다하면 누구에게도 뒤지지 않는다고 생각합니다."

"그보다 백배 낫죠."

로리가 말했다.

스트라이버가 누군가 그렇게 말해 주기를 바라는 것이 분명해서 이기도 했지만, 사심 없이 그런 것은 아니었고 무리에 다시 끼려는 의도에서였다.

"정말 그렇게 생각하십니까? 그러게! 온종일 지켜보셨으니 잘 아시겠군요. 더구나 로리 씨도 실무자이시니."

법률에 능통한 변호사가 어깨로 로리를 다시 무리 안에 끼워 넣었다. 로리가 말했다.

"실무자로서 마네트 박사님께 부탁드려야겠군요. 이제 모임을 그만 해산하고 집으로 돌아가도록 지시를 내려 주십사 하고요. 마네트 양 안색이 안 좋습니다. 박사님도 끔찍한 하루를 보내셨고 저희도 모두 녹초가 되었어요."

스트라이버가 말했다.

"본인의 입장만 말씀하세요, 로리 씨. 저는 밤에 할 일이 아직 남았습니다. 본인의 입장만 말씀하시라고요."

로리가 말했다.

"저는 제 입장을 말한 겁니다. 물론 다네이 씨와 마네트 양의 입장도요. 마네트 양, 제가 우리 모두의 입장에 대해 말했다고 생각하지 않으십니까?"

그는 루시에게 이렇게 예민하게 물으며 박사를 흘깃 쳐다봤다.

박사는 얼음처럼 굳은 얼굴로 몹시 미심쩍다는 듯 찰스 다네이를 바라보고 있었다. 찰스 다네이를 뚫어지게 바라보는 박사의 얼굴에 깊이 팬 주름에서는 혐오감과 불신감이 배어났고 심지어 두려움마저 서려 있었다. 이렇게 이상한 표정을 짓고 있는 걸로 봐서 그는 또 어딘가 상념 속을 거닐고 있는 것 같았다.

"아버지."

루시가 다정하게 아버지의 손에 제 손을 포개며 말했다. 박사가 천천

115

히 몸을 떨며 그림자를 떨어내고 딸에게 고개를 돌렸다.

"이제 그만 집에 갈까요, 아버지?"

박사가 길게 숨을 내쉬며 말했다.

"그러자꾸나."

석방된 죄수의 친구들은, 죄수가 직접 생각해 낸 의견에 따라 그날 밤에 그가 풀려나지 않은 것으로 치고 뿔뿔이 흩어졌다. 복도의 불도 거의다 꺼지고 철문들도 모두 철커덕 소리를 내며 잠겼다. 올드 베일리는 교수대와 칼, 태형 기둥과 낙인 인두에 열광하는 파리 떼들이 내일 아침 다시 꾀어들기 전까지는 적막하게 버려져 있을 터였다. 루시는 아버지와 찰스 다네이 가운데에 서서 밖으로 걸어 나왔다. 마네트 부녀는 불러 놓은 마차를 타고 출발했다.

스트라이버는 사람들이 복도에서 떠나기 전에 이미 어깨로 무리를 밀치고 빠져나가 탈의실로 가 버렸다. 그 자리에는, 무리에 어울리지 않으면서, 아니 그들과 말 한마디조차 섞지 않으면서, 그림자가 가장 짙게 드리워진 벽에 기대어 서 있다가 말없이 다른 이들의 뒤에 따라 나와 마차가 떠날 때까지 그 모습을 지켜본 이가 한 명 있었다. 그가 이제 로리와 다네이가 서 있는 보도 쪽으로 걸어 나왔다.

"자, 로리 씨! 이제 실무자끼리 다네이 씨와 이야기 좀 해 볼까요?"

지금껏 아무도 그날 재판에서 칼튼이 맡았던 역할에 대해 치하하지 않았다. 거기에 그가 있다는 사실을 아무도 몰랐기 때문이었다. 칼튼은 법복을 벗은 모습이었지만 법정에서보다 상태는 조금도 나아 보이지 않았다.

"겉으로는 실무적으로 행동해야 하지만 본성대로 선량하게 굴고 싶은 충동이 일 때 실무자들의 마음속에서 어떤 충돌이 일어나는지 알면 깜짝 놀라실 겁니다, 다네이 씨."

로리가 얼굴을 붉히며 다정하게 말했다.

"칼튼 씨가 전에도 말했잖아요. 우리 실무자들, 특히 은행에서 일하는 직원들의 마음은 우리 것이 아니라고. 우리는 자신보다 은행을 먼저 생각해야 하지요."

칼튼이 무덤덤하게 말을 잘랐다.

"압니다, 알고말고요. 로리 씨. 선생은 다른 직원들 못지않게 성실한 분이니까요. 아니, 틀림없이 다른 직원들보다 훨씬 성실한 분이겠죠. 내 장담하지요."

로리가 그의 칭찬에 아랑곳하지 않고 말을 이었다.

"그런데 말이오, 정말로 나는 칼튼 씨가 이번 일과 무슨 관계가 있는지 모르겠어요. 내가 나이가 훨씬 많으니까 이런 말을 한다 해도 이해하리라 믿고 하는 말인데, 칼튼 씨가 이번 사건에서 맡은 임무가 뭔지 모르겠단 말이외다."

"임무라고요! 자상도 하시지. 그런 임무 따윈 없어요."

칼튼이 말했다.

"임무가 없다니 딱하군요. 칼튼 씨."

"제 생각도 그렇답니다."

로리가 말을 이었다.

"칼튼 씨한테도 임무가 있다면 재판에 훨씬 집중할 수 있을 텐데요."

"맙소사! 절대로! 저는 그러지 않을 겁니다."

칼튼이 말했다.

"저런, 칼튼 씨!"

로리가 칼튼의 삐딱한 태도에 정말로 화가 나서 이렇게 소리쳤다.

"임무란 좋은 거예요. 존중할 만한 일이기도 하고요. 그리고 칼튼 씨, 임무를 맡으면 자신의 욕구를 억제하고 입을 무겁게 하는 법을 배우게 된답니다. 젊디젊은 신사 양반 다네이 씨가 관대하게 이런 상황을 용납하는 것처럼 말이에요. 다네이 씨, 안녕히 가세요. 축복이 함께하기를! 오늘 하루가 찬란하고 행복한 삶의 밑거름이 되길 바랍니다. 어이, 마차!"

칼튼에게는 물론 스스로에게도 화가 좀 났는지 로리는 부산스럽게 마차에 올라 텔슨 은행을 향해 떠나 버렸다. 적포도주 냄새가 나고 이미 술에 취한 것 같은 칼튼이 웃음을 터뜨리며 다네이를 돌아다보았다.

"우리 둘만 덜렁 이렇게 남겨지다니, 이것 참 묘한 인연이구려. 다네이 씨가 보기에도, 이 밤에 이렇게 길바닥 위에 꼭 닮은 사람과 단둘이 서 있는 게 묘하지 않소?"

찰스 다네이가 대답했다.

"제가 아직 현실 감각이 돌아오지 않아서요."

"물론 그럴 거요. 불과 얼마 전까지만 해도 저세상으로 발걸음을 꽤 많이 내디딘 상황이었으니 말이오. 그나저나 목소리에 기운이 없군요."

"기운이 없는 것도 이제야 느껴지는걸요."

"그럼, 우라질 저녁이나 듭시다. 아까 그 닭대가리들이 다네이 씨를 이쪽 아니면 저쪽, 어느 세상으로 보낼지 고심하는 동안 나는 식사를 했지만 말이오. 여기서 가장 가까운 선술집으로 내 안내하리다."

칼튼이 다네이의 팔을 붙잡고 러드게이트 언덕을 내려가 플리트 거리의 지붕 덮인 통로를 통해 선술집으로 들어갔다. 두 사람은 작은 방으로 안내되었다. 찰스 다네이는 방에 앉아 조촐하고 정갈한 식사와 질 좋은 와인으로 원기를 보충했다. 그동안 시드니 칼튼은 그의 맞은편에 앉아 따로 주문한 포도주 한 병을 들이켜다가 거의 반말조로 다네이에게 물었다.

"이제 이 세상으로 돌아온 게 좀 실감이 나시나, 다네이 씨?"

"시공간 감각이 뒤죽박죽이 되어 버렸습니다만 기분은 좀 나아졌습니다."

"꽤나 흡족하시겠군!"

칼튼이 씁쓸하게 말하며 다시 잔을 채웠다. 커다란 유리잔이었다.

"나야말로 이 세상에 속해 있다는 걸 가장 잊고 싶어 하는 사람이라오. 이렇게 술 마실 때 말고는 나한테 이 세상이 별 도움이 안 되거든. 하기야 나도 세상에 도움이 안 되는 놈이지만. 이것이 당신과 나의 가장 큰 차이점이지요. 사실 나는 당신과 내가 어디 하나 닮은 구석이 없다는 생각이 들었소."

찰스 다네이는 그날의 여러 감정이 뒤범벅이었던 데다, 외모만 비슷했지 품행은 두 배나 거친 남자가 거기 앉아 있는 것이 꿈처럼 느껴져서 뭐라 대답을 해야 좋을지 망설여졌다. 결국 다네이는 아무 대답도 하지 못했다.

칼튼이 유쾌하게 말했다.

"이제 식사가 끝났으면 건강을 위해 건배합시다, 다네이 씨. 건배하는 거 괜찮죠?"

"누구의 건강을 위해서요? 누구를 위해 건배할까요?"

"왜, 당신의 혀끝에서 맴도는 그 이름 있잖소. 아무렴, 분명 그럴 테지. 내기를 해도 좋소."

"그렇다면, 마네트 양을 위하여!"

"그렇다면, 마네트 양을 위하여!"

건배를 한 술잔을 들이켜며 상대의 얼굴을 물끄러미 바라보던 칼튼이 술잔을 다네이의 어깨 너머 벽에다 집어 던졌다. 술잔은 벽에 부딪혀 산산조각이 났다. 칼튼이 종을 울려 새 술잔을 가져오게 했다.

"아까 어둠 속에서 마차에 빼앗긴 젊고 아름다운 그 아가씨 말이오, 다네이 씨!"

칼튼이 새 술잔을 채우며 말했다. 다네이가 얼굴을 찌푸리며 짧게 대답했다.

"네."

"그 젊고 아름다운 아가씨가 당신에게 연민을 품고 당신을 위해 눈물을 홀리다니! 기분이 어떻소? 그런 동정과 연민의 대상이 되다니, 한 사람의 목숨을 구하려고 애쓸 만한 가치가 있는 것 같지 않소, 다네이 씨?"

다네이는 아무런 대답도 하지 않았다.

"마네트 양에게 당신의 말을 전해 주었더니 몹시 기뻐하더군. 기쁜 내색을 하진 않았지만 내가 보기엔 그랬소."

적절한 때에 기억을 되살려 준 이 말 때문에, 다네이는 이 불쾌한 상대가 오직 본인의 자유 의지로 자신을 그날의 지옥에서 구해 준 사람이라는 걸 떠올렸다. 그는 다시 대화에 참여하며 그에 대해 감사를 표했다.

"나는 감사 따위 받고 싶지 않소. 칭찬도 마찬가지고."

참으로 무성의한 대꾸였다.

"우선, 그건 아무것도 아닌 일이었고, 둘째로 내가 왜 그런 짓을 했는지 나도 모르겠소. 다네이 씨 한 가지만 물읍시다."

"얼마든지요. 베푸신 은혜에 조금이라도 보답해야지요."

"내가 당신을 유난히 좋아한다고 생각하시오?"

다네이가 당황해서 어물거리며 대답했다.

"칼튼 씨, 사실은 그 문제를 생각해 본 적이 없습니다."

"그럼 지금 생각해 보시오."

"저를 좋아하는 것처럼 행동을 하시긴 했지만 그런 것 같지는 않습니다."

칼튼이 말했다.

"내 생각도 그렇소. 당신 이해력이 좋다는 데 한 표 던져야겠소."

다네이가 종을 울리려고 일어서며 말했다.

"그렇다고 해서 제가 술값을 내지 못하거나 서로 이를 갈며 헤어질 이유는 없겠지요."

칼튼이 맞장구쳤다.

"그럴 이유야 없지, 평생!"

다네이가 종을 울렸다.

"몽땅 다 계산할 거요?"

칼튼이 물었다. 다네이가 그렇다고 대답하자 칼튼이 말했다.

"그럼 웨이터, 여기 1파인트들이 포도주 한 병 더. 그리고 10시에 와서 나 좀 깨워 주게."

찰스 다네이가 술값을 치르고 자리에서 일어나 작별 인사를 했다. 칼튼은 인사를 받지 않고 함께 자리에서 일어나더니 시비라도 거는 듯한 태도로 말했다.

"끝으로 하나만 더 물읍시다. 다네이 씨, 내가 취했다고 생각하쇼?"

"아까부터 취해 계셨다고 생각합니다, 칼튼 씨."

"생각한다고? 내가 취한 걸 알고 있었단 말이겠지."

"꼭 그렇게 말해야 한다면 알고 있었습니다."

"그럼 내가 왜 취해 있었는지도 아셔야지. 나는 절망에 빠져 일만 하는 기계요. 이 세상을 다 뒤져도 내가 보살펴야 할 사람도 없고 나를 보살펴 주는 사람도 없다오."

"안타깝네요. 재능을 훨씬 좋은 곳에 쓰실 수도 있을 텐데요."

"그럴지도 모르지요, 다네이 씨. 물론 그렇지 않을 수도 있고. 그렇지만 술도 안 취한 얼굴로 그렇게 우쭐대지 말라고. 앞으로 어떤 일이 닥칠지 모르니까. 잘 가쇼!"

혼자 남겨진 칼튼은 난데없이 촛불을 들고 벽에 걸린 거울로 다가가 거울에 비친 자신의 모습을 자세히 들여다보았다.

"저 친구에게 특별한 호감이 있는 거야?"

칼튼은 거울에 비친 자신의 모습을 향해 중얼거렸다.

"저 친구가 너랑 닮아서 유난히 좋아해야 할 것 같아? 저 친구랑 넌 닮은 데가 전혀 없어. 너도 알잖아. 아, 헷갈리나 보군. 네가 얼마나 많이 변했는지 봐! 네가 저 친구를 좋아하는 이유는 저 친구의 모습 속에 추락

하기 이전의 네 모습, 과거의 네 모습이 있기 때문이야! 네가 저 친구의 입장이 한 번 되어 봐. 그랬다면 저 친구에게 한 것처럼 그 파란 두 눈이 너를 바라보았을까? 그랬다면 저 친구에게 한 것처럼 그 안쓰러운 얼굴에 연민이 떠올랐을까? 이봐, 솔직히 말해 보라고! 넌 저 친구를 증오하는 거야."

칼튼은 위로가 될까 해서 1파인트들이 포도주 한 병을 몇 분 만에 다 비우고, 얼굴을 팔에 묻고 잠들어 버렸다. 그의 머리카락이 어수선하게 테이블 위에 펼쳐져 있었고 촛농이 기다란 수의처럼 그 위로 녹아내리고 있었다.

5장

자칼

술을 즐기던 시대였고 그 시대 남자들은 대부분 술을 매우 잘 마셨다. 세월이 흐르면서 이런 음주 습관이 얼마나 변했는지, 당시의 웬만한 남자 한 명이 완벽한 신사라는 평판에 먹칠을 하지 않는 한도에서 밤새도록 들이켤 수 있는 술의 양은 지금의 잣대로 재면 어처구니없는 허풍처럼 들릴 정도였다. 우리의 학식 있는 법률 전문가 역시 말술을 퍼마시는 걸로 말하자면 다른 어떤 분야의 전문가에게도 뒤지지 않았다. 예전부터 규모가 크고 이익이 되는 일이라면 무턱대고 어깨를 밀어 넣고 보는 스트라이버 역시 마찬가지였다. 특히나 술에 관한 한 동료들에게 뒤처진 적이 없었지만 그는 법학이라는 지루하기 짝이 없는 공부를 할 때도 경쟁에서 밀려난 적이 없었다.

올드 베일리는 물론 하급 형사 법원에서도 인기가 많았던 스트라이버는 사다리를 한 칸씩 밟고 올라가면서 아래 칸을 신중하게 베어 버리는 사람이었다. 그러다 보니 이제 하급 형사 법원과 올드 베일리에서는 애타게 팔을 뻗어 인기 많고 실력 출중한 그를 불러낼 수밖에 없었다. 스트라이버는 마치 화려한 꽃들이 가득한 꽃밭 가운데에서 해를 향해 고개를 쑥 내미는 큰 해바라기처럼, 가발 밭에서 홀로 튀어 나와 고등 법원 수석 재판관의 면전에 매일같이 혈색 좋은 얼굴을 들이밀었다.

스트라이버는 한때 법조계에서 입심 좋은 놈, 부도덕한 놈, 교묘한 놈, 대범한 놈으로 통했다. 하지만 성공적인 변호사가 되기 위해서 꼭 필요하면서도 가장 중요한 능력, 즉 산더미처럼 쌓인 진술들 가운데에서 요점만 추려 내는 능력이 없다는 말도 나돌았다. 그러나 그는 이런 단점까지도 괄목상대라 할 만큼 빠르게 극복해 나갔다. 사건을 많이 맡으면 맡을수록 점점 더 막강한 힘이 골수와 급소에서 무럭무럭 자라나는 것 같았다. 그는 아무리 밤이 늦도록 시드니 칼튼과 부어라 마셔라 흥청거려도 다음 날 아침에는 반드시 요점을 손가락 사이에 끼고 나타났다.

게을러빠진 데다 전망도 없는 시드니 칼튼과 스트라이버는 훌륭한 협력자였다. 두 사람이 힐러리 기간[1]부터 성 미카엘 축일[2]까지 함께 마신 술의 양을 다 합치면 국왕의 배를 띄우고도 남을 지경이었다. 스트라이버가 맡은 재판에 가 보면 어김없이 칼튼이 주머니에 양손을 꽂고 법정 천장을 바라보며 앉아 있었다. 두 사람은 순회 재판도 함께 돌았고 심지어 순회 재판을 돌면서도 밤늦게까지 술을 진탕 퍼마시곤 했다. 칼튼이 방탕한 고양이처럼 벌건 대낮에 비틀대며 슬그머니 숙소로 들어가더라는 소문도 나돌았다. 종당에는 호사가들 사이에서 시드니 칼튼이 '사자'는 못 돼도 깜짝 놀랄 만큼 훌륭한 '자칼'은 된다는 소리도 들려왔다. 그에 따르면 칼튼이 소송 사건을 물어다 바침으로써 스트라이버의 일천한 능력이 벌충된다는 것이었다.

"10시입니다, 손님."

칼튼이 깨워 달라고 부탁했던 술집 종업원이 말했다.

"10시예요, 손님."

"대체 왜 이래?"

---

1 1월 11일부터 부활절 직전 수요일까지의 기간으로 고등 법원의 힐러리 개정기를 말한다. 옥스퍼드나 더블린 같은 영국의 명문 대학에서는 1월에 시작하는 2학기를 이렇게 부르기도 한다.

2 9월 29일이다.

"10시라니까요, 손님."

"뭔 소리야? 밤 10시?"

"네, 손님. 아까 10시에 깨워 달라고 하셨잖아요."

"아! 맞다. 그랬지. 잘했어, 아주 잘했다고."

칼튼은 그 후로도 몇 번 더 다시 잠을 자 보려고 했지만 종업원이 재치 있게 5분이나 덜그럭거리며 난로를 붙잡고 실랑이를 하는 바람에 어쩔 수 없이 일어나서 모자를 걸쳐 쓰고 밖으로 걸어 나갔다. 템플 바 쪽으로 방향을 돌린 그는 고등 법원 산책로와 신문사 건물들이 있는 보도를 두 번 정도 오르내리며 정신을 차린 다음 스트라이버의 사무실로 길을 잡았다.

이런 모임에 아무 도움이 되지 않는 사무관이 퇴근한 후라 대표인 스트라이버가 직접 문을 열어 주었다. 스트라이버는 슬리퍼에 헐렁한 취침 가운을 입고 좀 더 편안하게 목에는 아무것도 두르지 않은 차림새였다. 그의 눈은 거칠고 긴장감이 흘렀고 눈 주위에는 붉은 자국이 서려 있었는데, 그가 속한 계급의 어느 술꾼들의 얼굴에서나 쉽게 볼 수 있는, 그리고 제프리스[3]의 초상화 이래로 다양한 예술의 가면을 쓰고 나타난 '금주법이 시행되지 않은 모든 시대'의 초상화들에서 찾아볼 수 있는 그런 눈이었다.

"조금 늦었군, 친구."

스트라이버가 말했다.

"늘 오던 시간인걸. 한 15분 늦었나."

그들은 책들이 늘어서 있고 서류가 어수선하게 널려 있는 지저분한 방으로 들어갔다. 방 안에는 난롯불이 타오르고 있었다. 벽난로의 시렁에 걸어 둔 주전자에서 김이 뿜어져 나오고 서류 뭉치들 사이로 보이는

---

3 가혹한 심판을 내리는 것으로 악명을 떨쳤던 영국의 재판관이다. 제임스 2세의 모신(謀臣)으로서 국민의 증오를 받았고 명예혁명(1688) 후에 체포되어 옥사(獄死)했다.

번쩍이는 테이블 위에 와인, 브랜디, 럼, 설탕, 레몬 따위가 놓여 있었다.

"보아하니 벌써 한잔 걸쳤군, 시드니."

"오늘 밤엔 두 잔 걸쳤다네. 오늘의 고객님과 함께 저녁을 먹었거든. 아니, 그 친구가 먹는 걸 구경했다고 해야겠군. 그거나 저거나 매한가지 겠지만!"

"그렇게 정곡을 확 찌를 수 있는 경우는 별로 없는데, 시드니. 얼굴을 구별해 보라고 하다니. 어떻게 그런 생각을 했어? 언제 그런 생각이 떠올랐지?

"참 잘생긴 친구라고 생각하고 있었어. 그러다가 나도 운만 좀 따랐으면 저 친구 정도는 되었을 텐데 하는 생각이 들더군."

스트라이버는 나이에 어울리지 않게 불룩 튀어나오는 배가 출렁거릴 정도로 웃어 댔다.

"자네가 운 타령을 다 하다니, 시드니! 어서 일이나 해. 일이나 하자고."

'자칼'은 다소 우울한 표정으로 옷을 느슨하게 풀고 옆방으로 들어가 차가운 물 한 주전자, 대야, 수건 한두 장을 들고 나왔다. 그리고 수건을 물에 담갔다가 대충 짜낸 다음 접어서 꼴 보기 싫게 머리 위에 얹은 채로 테이블 앞에 앉으며 말했다.

"이제 준비 완료!"

"오늘 밤에는 머리를 끓여야 할 만큼 사건이 많지 않아, 친구."

스트라이버가 서류를 훑어보며 유쾌하게 말했다.

"몇 건인데?"

"달랑 두 건."

"그중에 까다로운 건을 내게 주게."

"여기 있네, 시드니. 그럼 이제 시작해 볼까!"

'사자'가 술이 놓인 테이블 옆 소파에 편안히 기대 앉아 있었던 반면, '자칼'은 그 반대편 서류 더미가 쌓여 있는 쪽에 꼿꼿이 앉아 있었다. 그쪽에서도 손을 뻗으면 술병과 술잔을 집을 수 있었다. 두 사람 다 아낌없이 술상을 이용했지만 그 이용 방법은 판이하게 달랐다. '사자'는 내내 양손을 배에 얹은 채 기대 앉아 난롯불을 바라보다가 가끔씩 가벼운 내용의 서류를 뒤적였다. '자칼'은 미간을 찌푸리고 골몰하는 표정으로 자기 일에 푹 빠져 있었기 때문에 술잔을 향해 손을 뻗으면서도 시선을 돌리지 않아서 더듬더듬 술잔을 찾아 입에 가져갈 때까지 1분이 넘게 걸리는 경우가 많았다. 두 번인가 세 번인가, 손에 들고 있는 사건이 너무 뒤엉켜 있다 싶었는지 '자칼'도 어쩔 수 없이 자리에서 일어나 수건을 새로 적셔 머리에 얹었다. 주전자와 대야가 있는 곳에서 자리로 돌아올 때면 뭐라 표현할 말이 없을 정도로 기이한, 푹 젖은 모자를 머리에 얹고 있는 꼴이었다. 얼굴이 걱정스러우리만치 진지했기 때문에 그 모습이 한층 더 우스꽝스러워 보였다.

'자칼'이 한참 동안 '사자'를 위해 그러모은 먹이들을 다듬어 그의 앞에 차려 놓았다. '사자'는 그것을 조심해서 꼼꼼하게 살펴본 후 필요한 것을 골라내며 논평을 했고, '자칼'은 옆에서 시중을 들었다. 먹잇감에 대한 토론을 충분히 마치면 '사자'는 다시 양손을 배에 얹고 누워서 생각에 잠겼다. 그러면 '자칼'은 술잔을 가득 채워 목을 축이고 새 수건으로 머리를 식히며 기운을 차린 다음, 다음 먹잇감을 모으는 데 몰두했다. '사자'의 감독하에 같은 방식으로 계속 작업이 이루어졌고 시계가 새벽 3시를 치고 나서야 겨우 끝이 났다.

"자, 이제 다 끝났군, 시드니. 술잔을 채우게."

스트라이버가 말했다.

'자칼'이 다시 김이 피어오르는 수건을 머리에서 걷어 내고 하품을 하며 몸을 부르르 떨었다. 그러고는 '사자'의 말에 따랐다.

"시드니, 오늘은 검사 측 증인들 심문할 때 자네 작전이 정말 제대로 먹혔어. 질문에도 모두 대처가 잘되었고 말이야."

"내 작전이야 항상 제대로 먹히지. 그렇지 않아?"

"그건 나도 부정하지 않겠네. 그런데 왜 그렇게 뿔이 났나? 술 마시고 기분 좀 풀게."

'자칼'은 불평조로 으르렁댔지만 곧 '사자'의 말에 따랐다.

"옛날에 슈루즈버리 학교에 다니던 시절의 시드니 칼튼은 말일세."

스트라이버가 현재와 과거 속의 칼튼을 논평하듯 그에게 고개를 끄덕이며 말했다.

"'시소를 탄 시드니 칼튼'이었어. 1분은 올라갔다 다음 1분은 내려갔다, 오르락내리락했지. 잠깐 활기가 넘쳤다가 이내 풀이 죽고 그랬으니까!"

칼튼이 한숨을 내쉬며 말했다.

"하아! 그래! 예나 지금이나 같은 시드니에 같은 팔자야. 그 시절에도 나는 다른 녀석들 숙제를 해 주느라 바빴지. 내 숙제를 해 본 적이 거의 없어."

"왜 그랬는데?"

"누가 알겠나. 그게 내가 살아가는 방식인가 보지."

칼튼이 양손을 주머니에 꽂고 다리를 앞으로 쭉 뻗으며 자리에 앉아 난롯불을 바라보았다.

"시드니."

스트라이버가 칼튼을 몰아세우며 말했다. 난로 안에 걸쳐 놓는 쇠살이 자신을 단단하게 해 주는 용광로를 참고 견디는 것처럼, 슈루즈버리 시절의 시드니 칼튼을 섬세하게 다듬어 날카롭게 만들려 했다면 그 안으로 어깨를 밀어 넣었어야 했다고.

"자네 방식은 예나 지금이나 불완전해. 게다가 불러낼 열정도 없고, 목표도 없지. 나를 좀 봐."

칼튼이 대수롭지 않다는 듯 가볍게 웃어넘기며 대답했다.

"아, 성가셔 죽겠네! 나 좀 가르치려고 들지 마!"

"내가 지금껏 이 일을 어떻게 꾸려 온 것 같아? 또 지금은 내가 어떻게 일하고 있지?"

스트라이버가 물었다.

"자네를 돕는 대가로 나에게 돈을 주는 것쯤은 나도 알아. 하지만 나를 자꾸 보채 봐야 아무 재미 못 볼 걸세. 자네도 자네가 하고 싶은 대로 하고 있지 않은가. 자네는 항상 앞줄에 섰고 난 늘 뒷줄에 섰지."

"내가 앞줄로 비집고 들어간 거지. 난 거기서 태어난 게 아냐. 안 그래?"

"자네가 태어날 때 그 자리에 없긴 했지만 내가 보기에 자네는 거기서 태어났어."

칼튼이 이렇게 말하며 다시 웃었고, 둘 다 웃음을 터뜨렸다. 칼튼이 말을 이었다.

"슈루즈버리 이전에도, 슈루즈버리 시절에도, 슈루즈버리 이후에도, 자네는 자네 줄에 있었고 나는 내 줄에 있었어. 심지어 파리 대학 기숙사에서 동급생으로 지내며 프랑스어, 프랑스 법률, 그리고 프랑스의 다른 나부랭이들을 배우는 동안에도 우린 둘 다 실력이 그다지 뛰어나지 않았지만, 자넨 항상 어딘가에 있었고 난 늘 어디에도 없었지."

"그게 누구 잘못이지?"

"내 영혼을 걸고 말하는데 자네 잘못이 아니라고는 말 못 하겠네. 자네는 언제나 달려 나가 쑤셔 대고 들이밀고 떠들어 대고 했으니까. 자네가 그렇게 설쳐 대는 통에, 나는 잠자코 녹슬어 가는 것 말고는 평생 달리 뭘 해 볼 기회가 없었어. 아무튼 동틀 녘에 이렇게 누군가의 과거를 곱씹는 건 우울한 일이야. 집에 가기 전에 다른 이야기를 좀 해 보지."

"좋아, 그렇다면! 그 예쁜 증인 이야기를 해 보게. 이건 신나는 이야기 맞지?"

스트라이버가 술잔을 들며 말했다.

칼튼의 얼굴이 다시 어두워지는 것으로 보아 그렇지 않은 모양이었다.

칼튼이 술잔을 들여다보며 중얼거렸다.

"예쁜 증인이라……. 오늘 밤낮으로 증인을 너무 많이 봐서 말이야. 예쁜 증인이라니 누구 말인가?"

"박사의 그림 같은 딸 말일세. 마네트 양."

"그 아가씨가 예쁘던가?"

"안 예뻐?"

"전혀."

"왜, 법정에 있던 사내란 사내들은 모두 그 아가씨를 보고 감탄하더구먼."

"법정 전체가 감탄했다고? 당치 않은 소리! 올드 베일리가 언제부터 미인 대회장이 됐나? 그 여자는 그냥 금발 인형일 뿐이야!"

스트라이버가 날카로운 눈으로 그를 바라보며 손으로 불쾌해진 얼굴을 천천히 문질렀다.

"시드니, 자네 그거 아나? 내 생각에 자네는 아까 그 금발 인형에게 동정을 느꼈어. 그 금발 인형에게 일어난 일을 가장 먼저 발견한 것도 자네 아니었나?"

"가장 먼저 발견했다고! 인형이든 아니든, 젊은 아가씨가 코앞에서 기절했다면, 어떤 남자든 망원경 없이도 발견했을 거야. 내 맹세하지. 그래도 난 그 여자가 아름답다는 데 동의할 수 없네. 자, 이제 술 그만 마시고 자러 가야겠어."

주인이 촛불을 들고 계단까지 따라 나와 계단을 내려가는 친구를 비추어 주었다. 우중충한 창문에 비친 날씨가 추워 보였다. 집 밖으로 나오자 차고 슬픈 공기가 밀려들었다. 먹구름이 드리워진 찌푸린 하늘, 어둡고 흐릿한 강줄기, 사방이 온통 생명이 메말라 버린 사막 같았다. 아침 바람에 먼지 쪼가리들이 소용돌이쳤다. 머나먼 사막에서 일어난 모래가 이제 막 도시를 집어삼키기라도 하려는 것처럼.

사내는 기진맥진한 모습으로 사막에 둘러싸인 채 가만히 서 있었다. 깊이 잠든 주택 단지를 지나는 길이었다. 순간 그는 앞에 놓여 있는 황야에서 명예에 대한 야망, 자기 부정, 인내의 신기루를 보았다. 신기루 속의 아름다운 도시에는, 그를 사랑해 주는 이들과 그를 다정하게 바라봐 주는 이들이 어울려 서 있는 회랑도 있고, 삶의 열매가 주렁주렁 매달려 영글어 가는 정원도 있고, 눈앞에서 반짝이는 '희망'이라는 샘도 있었다. 잠시 후 신기루가 사라져 버렸다. 그는 다닥다닥 붙어 있는 집들 중에서 가장 높은 곳에 있는 자신의 셋방으로 올라가 옷도 벗지 않고 아무렇게나 놓여 있는 침대 위로 몸을 던졌다. 그러고는 헛된 눈물로 베개를 적셨다.

　슬프고 슬프게도 태양은 떠올랐다. 햇빛이 비치는 곳 그 어디에도, 뛰어난 능력과 섬세한 감성을 갖추었으면서도 제대로 쓰지 못하는 그 사내, 자신의 성장과 행복을 위해 그 능력과 감성을 쓰지 못하는 그 사내, 자신을 갉아먹는 세균인 줄 알면서도 갉아먹지 못하게 세균을 내치지 못하는 그 사내보다 더 슬픈 광경은 없었다.

6장
수백 명의 사람들

마네트 박사의 거처는 소호 광장에서 멀지 않은 조용한 길모퉁이에 있었다. 어느 화창한 일요일 오후였다. 반역 사건 재판이 있은 후로 4개월이라는 파도가 밀려 나가며 사람들의 관심과 기억을 바다로 쓸어 갔다. 자비스 로리가 동네인 클라큰웰에서부터 햇빛이 밝게 비치는 거리를 걸어 박사의 집에 저녁 식사를 하러 가는 길이었다. 로리는 몇 차례 박사의 증상이 재발해서 업무적으로 관여하다가 박사의 친구가 되었고 그러면서 조용한 길모퉁이는 그의 삶에서 가장 빛나는 곳이 되었다.

날이 화창했던 이 일요일에도 로리는 다음과 같은 세 가지 습관을 이유로 일찌감치 오후부터 소호를 향해 걷고 있었다. 첫째, 화창한 일요일이면 그는 마네트 박사와 루시와 함께 저녁 식사를 하는 일이 많았다. 둘째, 날씨가 궂은 일요일에도 그는 박사 가족의 친구로서 그들과 함께 대화도 나누고 책도 읽고 창밖도 내다보면서 하루 종일 그렇게 지내는 데 익숙해져 있었다. 셋째, 그에게 빈틈없이 해결해야 할 사소한 문제가 생겼는데 박사의 가족들과 함께 시간을 보내다 보면 그러는 가운데 문제가 풀릴 것 같았다.

박사가 살고 있는 길모퉁이보다 더 이상한 모퉁이는 런던에서 찾아보기 어려웠다. 집 앞을 통하는 길이 없었고, 집 정면으로 난 창문에서 내려다 보이는 정겨운 거리 풍경은 복잡한 세상사에서 한 발짝 물러난 듯 호젓한 공기로 가득했다. 그 시절 옥스퍼드 거리 북쪽에 위치한 그 동네에는 건물이 별로 없었다. 지금은 사라지고 없는 들판에 나무가 무성하게 우거져 숲을 이루고 들꽃이 지천으로 자라며 산사나무 꽃이 흐드러지게 피어 있었다. 덕분에 정처 없는 떠돌이 빈민들이 교회로 찾아드는 광경 대신, 상쾌한 시골 공기가 마음껏 소호를 휘젓고 다니는 모습을 볼 수 있었다. 남쪽으로는 멀지 않은 곳에 아담한 담장이 많았고 그 위로 제철을 맞이한 복숭아가 영글어 가고 있었다.

하루 중 이른 시간에는 길모퉁이에 여름 햇빛이 눈부시게 쏟아졌다. 그러다가 낮이 되어 기온이 올라가면 길모퉁이에 그늘이 드리워졌는데 그다지 큰 그늘이 아니라서 그늘 너머로 반짝이는 햇빛을 볼 수 있었다. 그 길모퉁이는 시원한 곳, 고요하면서도 활기찬 곳, 메아리가 울려 퍼지는 아름다운 곳, 시끄러운 거리를 피해 찾아드는 항구였다.

이런 정박지에는 으레 돛단배가 평화롭게 떠 있기 마련이고 그곳에도 돛단배는 있었다. 박사의 집이 바로 그곳이었다. 박사는 커다랗고 튼튼한 주택 2층에 살고 있었다. 그 건물에서 낮 시간에 영업을 하는 것으로 짐작되는 가게가 몇 개 있었는데, 그들은 낮에도 별다른 소리를 내지 않았고 밤이 되면 쥐죽은 듯 조용했다. 플라타너스 한 그루의 파란 잎사귀가 바스락대는 마당을 지나야 다다를 수 있는 건물 뒤편에는, 교회 오르간을 만들고 은을 세공하며 금붙이를 가공하는 가게가 있었다. 가게의 현관 담에는 신화에나 나올 법한 거인의 황금 팔이 불쑥 튀어나와 있었는데, 마치 황금을 두들겨 자신의 팔을 만들었듯 누구든 다 두들겨 주겠노라고 위협하는 것 같은 형상이었다. 이 가게에서도 소리가 나는 일이 별로 없었지만, 위층에 살고 있다고 말로만 알려진 외로운 숙박인과, 회계사 사무실 아래로 가게를 옮겨야겠다고 툴툴대는 어수룩한 마차 장식 제작자 역시 모습을 드러내거나 소리를 내는 일이 거의 없었다. 이따금 외투를 입은 길 잃은 노동자가 통로를 지나가거나 낯선 사람이 기웃거리고, 마당 저쪽에서 쨍그랑 소리나 황금 거인이 쿵쿵대는 소리가 아득하게 들려오기는 했다. 그러나 이런 소리들은 그저 예외적으로 들려오는 소리들로, 집 뒤편 플라타너스에서 지저귀는 종달새 소리와 길모퉁이의 메아리 소리만이 일요일 아침부터 토요일 밤까지 끊이지 않고 울려 퍼진다는 사실을 새록새록 일깨워 주는 소리들일 뿐이었다.

그의 인생에 관한 소문이 퍼지면서 옛날의 명성을 되찾은 마네트 박사는 이곳으로 찾아오는 환자들을 진찰했다. 박사는 과학 지식이 풍부했고 정교한 실험을 통해 길러진 기술과 조심성 덕분에 환자가 제법 있어서 원하는 만큼 돈을 벌 수 있었다.

여기까지가 어느 화창한 일요일 오후 고요한 길모퉁이 집의 초인종을 울리고 있는 자비스 로리가 알고, 생각하고, 주의 깊게 지켜본 내용들이었다.

"마네트 박사님 집에 계신가?"

곧 돌아오실 것이라는 대답.

"루시 양은?"

곧 돌아오실 것이라는 대답.

"미스 프로스는?"

집에 계시긴 한 것 같은데 들어와도 된다고 하실지, 안 된다고 하실지, 미스 프로스의 의중을 짐작하기가 어렵다는 하녀의 대답.

"내 집이라 생각하고 난 위층에 올라가 있겠네."

로리가 말했다.

루시 마네트는 자신이 태어난 조국, 프랑스에 대해 아는 것이 전혀 없었는데도, 날 때부터 쓸모없는 것들로 아주 유용하고 그럴 듯한 물건을 만드는 재주를 프랑스에게 물려받은 것 같았다. 루시는 가구처럼 단순한 물건들에 작은 장식들을 많이 달아 놓았는데, 이 장식들은 값이 나가

134

는 물건들은 아니었지만 만드는 취미와 감상하는 재미 등 여러 모로 즐거움을 주는 효과가 있었다. 방 안에 있는 물건들은 하나부터 열까지 모두 루시의 손에 의해 자리를 잡은 것들이었다. 색채의 조합, 여러 물건들이 우아하게 어울려 있는 모습, 소품들이 대조를 이루며 놓여 있는 모습, 이 모든 것들이 루시가 섬세한 손과 깨끗한 눈과 뛰어난 감각으로 꾸며 놓은 것들이었다. 가구며 장식들은 그 자체로도 매우 멋이 있었지만 물건을 만든 이의 취향도 어찌나 잘 드러나는지, 로리가 서서 방 안을 둘러보는 동안 의자와 테이블이 이제는 당신도 잘 알게 된 어떤 이의 독특한 취향이 잘 드러나는 것 같지 않느냐고, 우리 생각에 당신도 동의하느냐고 그에게 묻는 것만 같았다.

한 층에 세 개씩 있는 방들은 문이 활짝 열려 있어서 모두 환기가 잘되었다. 로리는 여유롭게 이 방 저 방을 둘러보다가 방마다 채워져 있는 물건들이 희한하게도 모두 주인과 닮아 있다는 것을 발견하고 빙그레 미소를 지었다. 첫 번째 방이 가장 좋은 방이었는데 그 방에는 루시가 기르는 새들과 화초, 책, 책상, 작업 테이블, 수채화 물감 상자가 있었다. 두 번째 방은 박사의 진찰실로 식당으로도 쓰이는 방이었다. 마당에 있는 플라타너스 나무 잎사귀가 바스락거리며 아른거리는 세 번째 방은 박사의 침실이었는데, 한쪽 구석에 사용하지 않는 구두장이의 작업용 긴 의자와 연장 상자가 놓여 있었다. 파리 생앙투안 외곽의 술집 옆에 위치한 음침한 건물 5층 다락방에 있던 물건들이었다.

로리가 구경을 잠시 멈추고 말했다.

"이상한 일이로군. 고통스럽던 과거를 떠올리게 하는 물건들을 계속 보관하고 계시다니!"

"뭐가 이상하다는 거죠?"

불쑥 질문이 날아오는 바람에 로리는 깜짝 놀랐다. 미스 프로스가 던진 질문이었다. 성격이 괄괄하고 손힘이 세며 얼굴이 붉은 미스 프로스는 도버의 로열 조지 호텔에서 처음 만났던 여인이었다. 로리와 미스 프로스는 그때에 비하면 서로 아주 잘 지내고 있었다.

"이럴 거라고 예상했어야 했는데……."

로리가 입을 열었다.

"풋! 이럴 거라고 예상하셨어야죠!"

미스 프로스가 말했다. 로리는 기가 막혔다.

"어떻게 지냈수?"

여인이 캐묻듯이 말했다. 예민하게 들리기는 했지만 악의는 없었다.

"나야 아주 잘 지냈지요. 고맙군요. 그런데 미스 프로스는 어떻게 지냈어요?"

로리가 부드럽게 물었다.

"별로 자랑할 만한 일이 없다우."

미스 프로스가 말했다.

"정말로요?"

"아! 정말로요. 우리 병아리 아가씨 때문에 무지 성가시기야 하지요."

"정말로요?"

"그 망할 놈의 '정말로' 말고 다른 말은 없어요? 짜증나 죽겠수."

몸집에 어울리지 않게 성미가 급한 미스 프로스가 말했다.

"그렇다면, 진짜로요?"

로리가 다른 단어를 골라서 말했다. 미스 프로스가 대답했다.

"진짜로, 그것도 별로이긴 한데 좀 낫구려. 그런데 진짜로 성가셔 미치겠다우."

"이유를 물어봐도 될까요?"

"우리 병아리 아가씨한테 대면 가당치도 않은 작자들이 수십 명씩 아가씨를 보겠다고 찾아오는데 난 그게 싫단 말이에요."

미스 프로스가 말했다.

"아가씨를 보러 수십 명씩 찾아온다고요?"

"수백 명씩."

미스 프로스가 말했다. 미스 프로스는 (그 이전에도 그 이후로도, 어디에나 있는 침소봉대하기를 좋아하는 사람들처럼) 물으면 물을수록 점점 심하게 과장하여 말을 하는 성격이었다.

"아이쿠 저런!"

로리는 가장 안전하다고 생각되는 단어를 골라 대답했다.

"아가씨가 열 살이었을 때부터 내가 아가씨를 데리고 살았잖수. 아니 아가씨가 나를 데리고 살았다고 해야 하려나. 나한테 월급을 쳤으니까. 그렇지만 맹세하는데 나한테 우리 둘이 같이 공짜로 먹고살 여유가 있었다면 아가씨한테 땡전 한 푼 바라지 않았을 거라우. 암튼 힘든 세월이었지요."

미스 프로스가 말했다. 힘든 세월이었다는 말이 정확히 무슨 뜻인지도 모르면서 로리는 머리를 주억거렸다. 중요한 상황에서 주로 써먹는 그 방법은 언제 어느 상황에나 잘 들어맞는 일종의 '마법 망토'였다.

"개만도 못한 온갖 종자들이 항상 주위를 맴돈다우. 로리 씨가 그 일을 벌인 후로……."

미스 프로스가 말했다.

"내가 그 일을 벌이다니, 미스 프로스?"

"그럼 아니우? 그럼 누가 아가씨의 아버지를 부활시켰단 말이우?"

"아! 그럼 그 일부터 꼬이기 시작했다는……."

로리가 말했다.

"그걸로 끝이 아니었잖아요. 그렇지 않수? 그러니까 로리 씨가 처음 그 일을 벌였을 때도 충분히 힘들었단 말이우. 뭐, 마네트 박사님이 그런 딸을 둘 만한 위인이 못 된다는 것만 빼면 그분이 무슨 잘못을 했다는 말은 아니지만. 박사님이 욕먹을 일은 아니지요. 이런 상황에서는 누구든 달

137

리 방도가 없었을 테니까. 그치만 우리 병아리 아가씨의 사랑을 나한테서 뺏어 가려는 놈들이 수십 명씩 박사님 주변에서 얼씬거리는 거야말로 진짜로 따블, 따따블로 힘든 일이라우."

로리는 미스 프로스가 질투심이 매우 강하다는 것을 익히 알고 있었지만, 근자에 심하다 싶을 정도로 루시를 보살피는 행동의 이면에, (여자들 사이에서만 찾아볼 수 있는) 순수한 사랑과 존경심 때문에 스스로 구속당하고 싶어 하는 헌신적인 존재가 있다는 것을 알게 되었다. 그런 여자들은 그들이 잃어버린 청춘을 위해, 그들이 한 번도 가져 본 적 없는 아름다움을 위해, 그들이 영원히 누릴 팔자가 아닌 성공을 위해, 그들의 침울한 인생에서 한 번도 빛난 적 없는 눈부신 희망을 위해 기꺼이 노예가 되고자 했다. 로리는 진심을 다해 충직하게 보살피는 것보다 더 훌륭한 것은 없다는 사실을 족히 알고도 남을 만큼 세상에 대해 잘 알고 있었다. 돈을 탐하는 낌새라고는 눈곱만큼도 없이 그토록 헌신적으로, 그리고 그토록 자발적으로 베풀 수 있다니. 로리는 미스 프로스의 그런 태도에 어찌나 숭고한 존경심이 들었던지, (우리 모두가 가끔씩 해 보는 상상처럼) 덕과 죄의 무게를 달아 자기 마음대로 내세(來世)에서의 자리를 정할 수 있다면 미스 프로스를, 선천적으로든 후천적으로든 헤아릴 수 없을 정도로 미스 프로스보다 가진 것이 훨씬 많아서 템플 은행에 잔액이 쌓여 있는 수많은 아가씨들보다, '천사'와 더 가까운 자리에 앉혀 주고 싶을 정도였다.

미스 프로스가 말했다.

"지금까지도 그랬고 앞으로도 그렇겠지만 병아리 아가씨한테 어울리는 남자는 딱 한 사람뿐이라우. 바로 내 동생 살러먼 말이우. 그 녀석이 일생일대의 실수만 저지르지 않았어도."

또 시작이었다. 로리가 알아낸 미스 프로스의 개인적인 내력은 이렇다. 그녀의 동생 살러먼은 인정머리 없는 날건달로, 그녀가 가진 모든 재산을 홀랑 벗겨 가서 몽땅 노름판에 꼴아박는 짓거리로 그녀를 영원히 벗어날 수 없는 가난에 빠뜨리고도 아무런 양심의 가책조차 느끼지 못한다고 했다. 그런데도 (사소한 실수로 푼돈을 조금 잃긴 했지만) 살러먼을 믿는다는 미스 프로스의 한결같은 마음은, 로리가 보기에 참 엄숙한 마음이었던지라 미스 프로스를 더 좋게 평가하는 데 크게 한몫하게 되었다.

두 사람이 거실로 돌아와 다정하게 자리를 잡고 나서 로리가 말했다.

"잠깐이긴 해도 어쩌다 보니 우리끼리만 있게 되었고 우리 둘 다 실무를 처리하는 사람들이니, 한 가지만 물을게요. 박사님이 루시 양과 대화를 나누는 중에 구두 짓던 시절 이야기를 하신 적이 아직 한 번도 없나요?"

"전혀."

"그런데도 긴 의자와 연장을 계속 곁에 두신다는 거죠?"

미스 프로스가 고개를 저으며 대답했다.

"아! 혼잣말로야 이야기하시는지 어쩐지 알 수 없는 노릇 아니우."

"미스 프로스 생각에는 그 시절을 자주 떠올리신단 말씀인가요?"

"그렇다우."

미스 프로스가 말했다.

"혹시 이런 상상은……."

로리가 입을 열려는데 미스 프로스가 말허리를 잘랐다.

"난 상상 같은 건 안 해요. 상상이란 건 해 본 적도 없다우."

"그럼 달리 말해 볼까요. 미스 프로스 짐작엔, 가끔씩 짐작은 할 거 아니에요?"

"때로는."

미스 프로스가 말했다. 로리가 다정한 표정으로 웃음을 머금은 눈을 반짝이며 물었다.

"미스 프로스 짐작엔, 마네트 박사님이 그 오랜 세월 동안, 탄압을 당한 이유나 탄압한 사람의 이름과 관계된 이야기들을 마음속에만 간직해 온 데는 은밀한 어떤 까닭이 있을 것 같지요?"

"그에 관해서라면 나는 짐작해 본 바가 없지만 병아리 아가씨가 나한 테 해 준 이야기가 있다우."

"뭐라던가요?"

"아가씨 생각에는 아버지께 무슨 이유가 있는 것 같다고."

"이런 걸 묻는다고 화내지 마세요. 그저 나는 실무 처리에 둔한 사람이 고 미스 프로스는 능한 사람이라 이러는 것이니."

"실무에 둔하다구요?"

미스 프로스가 침착하게 물었다.

공연히 겸손을 떨었나 생각하며 로리가 대답했다.

"아니, 아니, 아니. 꼭 그렇지는 않아요. 다시 실무 이야기로 돌아가 볼 까요. 우리 모두가 확신하듯이 마네트 박사님은 결정적으로 어떤 범죄도 저지르지 않으셨을 텐데 그 문제에 대해 아무 말씀도 하지 않으시니 놀 랍지 않아요? 오래전에 업무 관계로 맺어져 이제는 아주 친밀한 사이가 되었는데도 나와는 그런 이야기를 나누려고 하지 않으세요. 그런데 박사 님이 금이야 옥이야 아끼시고 박사님을 그토록 헌신적으로 모시는 귀한 따님에게도 그러신다고요? 날 믿고 말해 봐요, 미스 프로스. 난 호기심 때문에 미스 프로스에게 뭐라도 캐내려고 이러는 게 아닙니다. 내가 이 문제와 깊이 관련이 되어 있어서 묻는 거예요."

"암요! 내 이해력을 총동원해 보자면 말이우, 뭐 총동원해 봤자 형편 없는 이해력이라고 말하고 싶으시겠지만, 박사님은 그 이야기를 꺼내는 거 자체가 무서우신 거라우."

미스 프로스가 변명하듯 어조를 누그러뜨리며 말했다.

"무서워하신다고요?"

"박사님이 그러시는 이유야 뻔한 거 아니우. 정말 끔찍한 기억이잖아 요. 게다가 그 일 때문에 잃은 건 또 얼마고. 어쩌다가 자신을 잃게 되었는지, 또 어떻게 자신을 되찾았는지도 모르는 판에 다시는 자신을 잃지 않으리란 확신도 안 서구. 그것만으로도 그런 이야기가 달가울 리가 만무하잖수."

로리가 예상했던 것보다 훨씬 근본적인 이야기였다. 그가 말했다.

"사실이 그렇지요. 그 기억을 떠올리는 게 끔찍하시겠지요. 그렇지만 미스 프로스, 그 기억을 무조건 박사님 안에 가두어 놓는 게 박사님에게 과연 좋을까 하는 의심이 자꾸 드네요. 사실 가끔씩 여기에 와서 요즘처럼 흉금을 터놓는 것도 그런 불안한 의심 때문이지요."

미스 프로스가 고개를 저으며 말했다

"별 도움이 안 될 거유. 그 '실'을 건드렸다가는 곧 상태가 더 나빠지실 테니. 그냥 놔두는 게 더 낫지 않겠수. 간단히 말해서 좋든 싫든 그냥 놔둬야 한단 말이유. 박사님은 가끔씩 죽은 듯이 조용한 밤에도 일어나셔서 방 안에서 이리저리 왔다 갔다, 이리저리 왔다 갔다 하신다우. 아래층에서 발소리가 다 들리거든요. 병아리 아가씨도 박사님의 마음이 옛 감옥 속을 이리저리 왔다 갔다, 이리저리 왔다 갔다 하신다는 걸 알고 있지요. 그럴 때면 아가씨가 서둘러 그 방으로 가서, 박사님이 진정될 때까지 두 분이 함께 이리저리 왔다 갔다, 이리저리 왔다 갔다 하신다우. 그런데도 박사님은 불안해하는 진짜 이유를 아가씨에게 한마디도 꺼내지 않으셨다는구려. 그리고 아가씨도 박사님한테 그런 내색을 하지 않는 게 최선이라고 생각한답니다. 아무 말 없이 두 분은 이리저리 왔다 갔다, 이리저리 왔다 갔다 하기만 한다우. 아가씨의 사랑과 정성이 전달돼 박사님의 정신이 돌아올 때까지."

미스 프로스는 자신이 상상 따위는 하지 않는다고 말했지만 '이리저리 왔다 갔다'라는 말을 계속 되풀이하는 것으로 봐서는, 괴로운 생각에 끝없이 시달려야 하는 고통이 어떤 것인지 머릿속에 또렷이 그려내고 있는 것이 분명했다. 이로서 미스 프로스에게도 상상력이 있다는 것이 증명된 셈이었다.

이 길모퉁이가 메아리가 울리는 신기한 모퉁이라는 이야기는 앞에서도 했다. 누군가 이쪽으로 걸어오는 발소리가 메아리처럼 울리기 시작했는데, 조금 전까지 지겹도록 이야기한, 계속 이리저리 왔다 갔다 하다가 다시 내딛는 지친 발걸음 소리 같았다.

미스 프로스가 대화를 중단하고 자리에서 일어나며 말했다.

"저기 두 분이 오시나 보우! 이제 금방 수백 명이나 되는 사람들이 몰려올 거유!"

그 모퉁이에는 음향 증폭 장치나 신기한 귀가 달려 있는 것 같았다. 그래서 로리는 창문을 열고 다가오는 발걸음 소리를 들으며 부녀를 기다리고 서 있었다. 그러다가 그들이 영원히 다가오지 않을 것 같은 환상에 빠져들었다. 환상 속에서 그들의 발소리가 사라지고 메아리도 사라지자, 그 대신 절대로 찾아올 리 없는 다른 발소리들의 메아리가 들려왔는데, 그 소리마저 손에 잡힐 만큼 가까이 다가오다가 영원히 사라져 버렸다. 그러나 그것은 환상일 뿐, 마침내 아버지와 딸이 모습을 드러냈고, 미스 프로스가 현관 앞 도로에서 그들을 맞을 채비를 하고 있었다.

미스 프로스가 비록 얼굴이 붉고 우락부락하며 성격 괄괄한 여인이긴 해도 아가씨를 맞이하는 모습만은 참으로 흐뭇한 광경이었다. 그녀는 병아리의 보닛을 벗겨 계단을 오르며 손수건으로 닦아 내랴, 입으로 불어서 먼지를 떨어내랴, 망토를 개켜 놓으랴, 숱 많은 머리를 빗질해 주랴, 분주하기 이를 데 없었다. 특히 아가씨의 머리를 빗겨 주는 미스 프로스의 얼굴에는, 세상에서 가장 허영심 강하고 가장 아름다운 여인이 자신의 머리를 빗질할 때 떠오르는 그런 뿌듯함마저 떠올라 있었다. 미스 프로스의 병아리가 그녀를 끌어안고 고마움을 표시하면서도 너무 수고를 끼친다며 가볍게 손길을 물리치는 모습 역시 보기에 흐뭇했다. 그 말이 농담이었기에 망정이지 그렇지 않았다면 미스 프로스는 상처를 받고 방에 숨어 엉엉 울어 버렸을 것이다. 그들을 바라보며, 미스 프로스가 루시의 버릇을 잘못 들이고 있다고 말하는 박사의 모습 역시 보기에 흐뭇했다. 하지만 박사의 말투나 눈빛에도 루시라면 뭐든 다 받아 주는 미스 프로스의 애정이 담겨 있기는 마찬가지였고, 여건만 허락이 됐다면 박사가 더하면 더했지 덜하진 않았을 것이다. 자그마한 가발을 쓰고 환한 얼굴로 이 광경을 모두 지켜보던 로리가 늘그막에 '가정'이라는 따뜻한 곳을 찾아올 수 있게 빛을 비추어 준 '독신자 별'에게 감사하는 모습 역시 흐뭇한 광경이었다. 하지만 이 광경을 보기 위해 수백 명의 사람들이 몰려오는 일은 일어나지 않았고 미스 프로스의 예언이 정말로 실현될까 살짝 기대했던 로리는 헛웃음을 지었다.

저녁 식사 시간이 되었는데도 여전히 수백 명의 남자들은 찾아오지 않았다. 조촐한 살림에도 미스 프로스는 늘 아래층 자기 구역을 책임지고 맡은 일을 훌륭하게 해냈다. 그녀가 차려 내는 밥상은 매우 소박하긴 해도 어찌나 정갈하게 요리해서 극진하게 대접했는지, 그리고 영국식과 프랑스식 조리법을 반반씩 섞어 음식을 만들어 내는 솜씨가 어찌나 뛰어났던지 그보다 맛있는 저녁상은 세상에 다시없을 것만 같았다. 우정을 철저하게 실용적인 것이라 여겼던 미스 프로스는 소호와 인근 지역을 누비며, 1실링이나 은화 반닢에 요리 비법을 전수해 줄 가난한 프랑스인을 찾아 헤맸다. 그렇게 그녀가 몰락한 갈리아인의 후예들에게 기가 막힌 재주들을 배워 둔 덕분에 주방에서 일하는 아랫것들은 그녀가 마법사나 신데렐라의 요정쯤 되는 것처럼 우러러봤다. 닭, 토끼, 정원에서 가져 온 채소 한두 개로 뭐든 뚝딱 만들어 내니 그럴 법도 했다.

일요일에는 미스 프로스도 박사 부녀와 한 상에서 같이 저녁을 먹었지만 다른 요일에는 아래층 부엌이나 2층 자기 방(병아리 아가씨 말고는 아무도 들어가 본 적이 없는 파란 방)에서 아무 때나 한 술 뜨면 된다고 고집을 부렸다. 하지만 이런 날에는 미스 프로스도 자신을 기쁘게 해 주려는 병아리 아가씨의 갸륵한 노력에 부응도 하고 아가씨가 좋아하는 모습도 지켜볼 겸 긴장을 풀고 함께 식사를 했다. 그래서 일요일 저녁 식사는 더욱 즐거웠다.

숨이 막힐 듯이 더운 날씨여서 루시가 식사 후에 포도주를 플라타너스 나무 그늘로 가지고 나가 바람을 쐬자고 제안했다. 모든 일이 루시에게 달려 있고 루시를 중심으로 돌아갔기 때문에 그들은 플라타너스 나무 그늘로 나갔고 루시는 특별히 로리를 위해 포도주를 가지고 나왔다. 얼마 전부터 로리의 '술잔 관리인'을 자청했던 터라, 이날도 루시는 플라타너스 그늘에서 이야기를 나누는 동안 계속해서 로리의 술잔을 채워 주었다. 신비로운 집의 뒷담벼락과 귀퉁이들이 그들이 대화를 나누는 동안 그 모습을 힐끗힐끗 훔쳐보았고, 머리 위에서 살랑대는 플라타너스도 자기 방식대로 그들에게 소곤소곤 말을 걸었다.

아직도 수백 명의 사람들은 모습을 드러내지 않았다. 그들이 플라타너스 나무 그늘에 앉아 있을 때 다네이가 나타나긴 했지만 딱 그 한 사람뿐이었다.

마네트 박사가 친절하게 그를 맞았고 루시도 반색을 했다. 하지만 미스 프로스는 갑자기 머리와 온몸이 욱신거려 죽겠다며 집으로 들어가 버렸다. 그녀는 자주 겪는 이런 증상을 스스럼없이 '지랄 한판'이라고 불렀다.

그날 박사는 상태가 아주 좋아 보였고 유난히 젊어 보였다. 그럴 때면 박사와 루시가 몹시 닮아 보였는데, 나란히 앉아서 딸이 아버지의 어깨에 기대고 아버지가 딸의 의자 등받이에 팔을 걸치고 있는 모습이 흡사 붕어빵 같아서 보는 이의 웃음을 자아냈다.

박사는 온종일 여러 가지 주제에 관해 이야기를 나누었는데도 평소와 달리 활기가 넘쳤다. 플라타너스 나무 그늘에 앉아 있을 때 다네이가 말했다.

"그런데 마네트 박사님, 런던 타워에 대해 아시죠?"

(마침 비슷한 이야기를 나누고 있던 터라 자연스럽게 런던의 유서 깊은 건물들에 대해 말을 꺼내게 된 것이었다)

"루시하고 우연히 한 번 들른 적이 있다네. 한참 둘러보고 흥미로운 것들로 가득한 곳이라는 걸 알게 됐지. 그뿐이야."

"기억하시겠지만 저도 그때 거기 있었습니다."

다네이가 약간 뿔이 난 듯 붉어진 얼굴에 미소를 지으며 말했다.

"다른 이유로, 편하게 구경할 수 없는 이유로 간 것이긴 했지만요. 그런데 그때 거기서 이상한 이야기를 들었습니다."

"그게 무슨 이야기죠?"

루시가 물었다.

"어딘가를 보수하다가 일꾼들이, 아주 오래전에 지어져서 잊힌 채 묻혀 있던 낡은 지하 감옥을 한 곳 찾았답니다. 감옥 내부의 벽돌이 죄수들이 새겨 놓은 글씨들로 온통 뒤덮여 있었대요. 날짜, 이름, 불만 사항 그리고 기도문까지. 그런데 비스듬하게 기울어진 벽 한쪽 귀퉁이 돌에 처형을 받으러 끌려가던 죄수가 마지막으로 새겨 놓은 글자 세 개가 있더랍니다. 변변치 않은 연장으로 다급하게 손을 떨며 새겨 놓은 글자들이었겠지요. 마침내 일꾼들이 D, I, C라는 글자를 간신히 읽어 냈는데, 좀 더 자세히 살펴보니 마지막 글자가 C가 아니라 G더랍니다. 그렇지만 그런 이니셜을 썼던 죄수에 관한 기록도, 전하는 이야기도 없어서 이 이름이 뜻하는 바가 뭘까 아무리 고심을 해봐도 요령부득이었대요. 그들은 장고 끝에 이 글자가 이니셜이 아니라 그냥 단어 DIG일지도 모른다고 추측했다더군요. 그래서 글자가 새겨진 벽돌 아랫부분을 조심스레 파 봤더니, 돌인지 타일인지 아니면 보도블록 조각인지 아무튼 그 아래 흙 속에 종이를 태운 재와 가죽 가방인지 주머니인지를 태운 재가 뒤섞여 있었답니다. 정체불명의 죄수가 적은 기록은 영원히 밝혀지지 않겠지만,

그는 무언가를 적어서 간수들의 눈에 띄지 않게 감추어 두었던 거죠."

"아버지! 편찮으세요?"

루시가 외쳤다. 박사는 별안간 손으로 머리를 잡으며 벌떡 일어섰다. 박사의 그런 표정과 행동에 모두가 깜짝 놀랐다.

"아니다, 아가, 괜찮다. 굵은 빗방울이 떨어져서 깜짝 놀란 거란다. 그만 들어가는 게 좋겠구나."

박사는 곧바로 정신을 차렸다. 정말로 굵은 빗방울이 떨어지고 있었고 박사가 빗방울이 떨어진 손등을 내보였다. 그러나 방금 들은 발굴 이야기에 관해서는 일언반구도 내비치지 않았다. 집으로 들어가면서 박사가 찰스 다네이를 향해 지은 표정이 올드 베일리 법정의 복도에서 그를 바라보던 표정과 똑같았다는 것을, 로리는 실무가의 예리한 눈으로 놓치지 않았다. 아니, 놓치지 않았다고 생각했다.

그러나 박사가 어찌나 빨리 정신을 차렸던지 로리는 자기가 잘못 본 것이 아닐까 의심스러웠다. 통로 쪽으로 불쑥 튀어나와 있는 황금 거인의 팔 아래에서 걸음을 멈추고, 빗방울에 그렇게 깜짝 놀란 것을 보면 아직도 자신이 작은 자극에도 저항력이 없는 것 같다고 말하는 박사의 모습은 황금 팔보다도 더 굳건해 보였다.

차를 마실 시간이었다. 미스 프로스는 차를 준비하다가 다시 한 번 '지랄 한판'을 시작했다. 물론 수백 명의 사람들이 찾아온 것은 아니었다. 시드니 칼튼이 느릿느릿 집 안으로 들어온 것이었다. 하지만 그래 보았자 고작 두 명뿐이었다.

푹푹 찌는 밤이었다. 창문이란 창문, 문이란 문은 다 열어 놓고 앉아 있었는데도 열기 때문에 모두들 기운이 없었다. 그들은 차를 다 마신 후 다함께 창가로 가서 짙게 가라앉은 땅거미를 바라보았다. 루시는 아버지 곁에, 다네이는 루시 곁에 앉아 있었고, 칼튼은 창문에 몸을 기대고 있었다. 길고 하얀 커튼이, 모퉁이 안으로 회오리치는 우레와 같은 돌풍에 날려 천장까지 올라가면서 유령 날개처럼 펄럭펄럭 나부꼈다.

"아직도 굵은 빗방울이 드문드문 떨어지는군. 그래도 이제 꽤 잦아든 것 같아."

마네트 박사가 말했다.

"폭풍우가 몰려오려나 봅니다."

칼튼이 말했다. 뭔가를 바라보며 기다리는 사람들이 대개 그러듯, 어두운 방 안에서 불빛이 켜지기를 기다리는 사람들이 항상 그러듯, 그들도 목소리를 낮추어 이야기를 나누었다.

거리는 폭풍우가 몰려오기 전에 보금자리로 돌아가려고 황급히 서두르는 사람들로 몹시 분주했다. 메아리가 울리는 신기한 길모퉁이에, 오가는 발자국 소리의 메아리가 가득 울려 퍼졌지만 희한하게도 그리로 들어오는 발걸음은 아직 없었다.

"군중과 적막함이라!"

메아리 소리에 잠깐 귀를 기울이고 있을 때 다네이가 말했다.

루시가 물었다.

"정말 인상적이지 않나요, 다네이 씨? 저는 이따금 저녁 무렵에 여기에 앉아서 환상에 빠진답니다. 바보 같은 환상인데도 그 그림자에 빠져 있으면, 오늘 밤처럼 캄캄하고 엄숙한 밤에는 오싹한 기분이 들어요."

"우리도 오싹한 기분 좀 느껴 봅시다. 어떤 환상인지 말해 봐요."

"여러분은 아무렇지 않을걸요. 제 생각에 이런 순간적인 기분은 당사자만 강렬하게 느끼는 것 같아요. 말해 준다고 해서 느낄 수 있는 기분이 아니죠. 가끔 저녁에 혼자 여기 앉아서 귀를 기울이다 보면, 바깥에서 들려오는 저 발소리의 메아리가, 우리의 삶 속으로 들어와 안녕을 고하고 지나갈 사람들의 발자국 소리로 들려요."

"그렇게 된다면, 언젠가 정말 엄청나게 많은 사람들이 우리의 삶 속으로 밀려들어 오겠군요."

칼튼이 특유의 우울한 태도로 말했다.

발소리가 끊임없이 들려왔고, 서두르는 발자국 소리가 점점 더 빨라졌다. 길모퉁이가 발자국 소리를 울리고 또 울렸다. 어떤 발소리는 창문 아래서 울리는 것 같았고, 또 어떤 발소리는 방 안에서 울리는 것 같았다. 어떤 발소리는 다가왔고 어떤 발소리는 멀어져 갔다. 어떤 발소리는 갑자기 뚝 끊겼고 어떤 발소리는 완전히 멈추었다. 그러면서도 모든 발자국 소리가 머나먼 길거리에서 들려오는 듯 눈에는 전혀 보이지 않았다.

"저 발소리들이 모두 우리와 하나가 될 운명인가요, 마네트 양? 아니면, 우리가 저들을 편 가르게 될까요?"

"모르겠어요, 다네이 씨. 아까 바보 같은 환상이라고 말씀드렸는데도 물으시는군요. 혼자 있다가 이 환상에 빠져들면 내 삶과 아버지의 삶 속으로 들어오는 사람들의 발자국 소리가 그려져요."

칼튼이 말했다.

"제가 그 친구들을 제 편으로 만들지요! 난 묻지도 따지지도 않거든요. 엄청난 군중이 우리를 향해 돌진해 오고 있군요. 마네트 양, 번갯불이 번쩍하니 그들의 모습이 보여요."

마침 선명한 번갯불이 비쳐 창문에 기댄 칼튼의 모습이 보이는 순간, 그가 '번갯불이 번쩍'이라는 말을 덧붙였다.

"그들의 소리도 들리고요!"

천둥소리가 울리는 순간 칼튼이 덧붙였다.

"그들이 이리로 몰려오고 있어요, 빠른 속도로 사납고 맹렬하게!"

칼튼의 표현대로 비가 으르렁거리며 무섭게 쏟아졌고, 그는 비 때문에 말을 멈췄다. 빗소리에 묻혀 목소리가 들리지 않았기 때문이다. 천둥과 번개를 동반한, 가공할 만한 폭풍우가 갑자기 몰려와 물로 세상을 싹 쓸어 버리려는 듯, 한순간도 쉴 새 없이 번갯불과 천둥소리와 폭우를 퍼부었다. 자정이 되어서야 겨우 잠잠해지고 달이 떠올랐다.

세인트 폴 성당의 시계탑에서 새벽 1시를 알리는 종소리가 맑은 공기 속으로 울려 퍼졌다. 이때 로리는, 목이 긴 장화를 신고 등불을 든 제리의 호위를 받으며 클라큰웰에 있는 집으로 돌아가려던 참이었다. 소호와 클라큰웰 사이의 길이 한적했기 때문에 중간에 노상강도를 만날까 봐 로리는 항상 제리에게 자신을 데리러 오게 했다. 평소에도 오늘보다 두 시간밖에 이르지 않은 시간이었는데도 말이다.

　"정말 대단한 밤이었어! 죽은 자들을 무덤 밖으로 불러내는 밤이었다고, 제리."

　"저는 그런 밤을 본 적이 없는뎁쇼, 나리. 기대도 하지 않고요. 죽은 자들이 뭘 하겠습니까요."

　제리가 대답했다. 실무자가 말했다.

　"잘 가시오, 칼튼 씨. 잘 가시오, 다네이 씨. 우리가 언제 다시 다 함께 이런 밤을 보내겠소!"

　어쩌면. 어쩌면 그들을 향해 으르렁대며 거칠게 돌진해 오는 엄청난 군중을 다시 보게 될 것이었다.

7장

도시의 후작 각하

왕실에 엄청난 힘을 행사하고 있는 후작 각하는 파리의 대저택에서 격주로 손님들을 만났다. 각하는, 접견실에 몰려와 있는 숭배자들에게는 거룩하고도 거룩한 장소, 성스럽고도 성스러운 장소인 자신의 내실에 계셨다. 각하는 막 초콜릿을 드시려던 참이었다. 각하가 엄청나게 많은 것들을 손쉽게 꿀꺽 삼켜 버려서, 몇몇 투덜대는 사람들은 그가 프랑스도 조만간 꿀꺽 삼켜 버릴 것이라 생각했다. 하지만 각하는 요리사와 장정 네 명이 시중을 들어 주지 않으면, 아침마다 먹는 초콜릿도 몇 모금 목구멍으로 밀어 넣지 못했다.

그렇다. 자그마치 네 명이 필요했다. 장정 네 명은 모두 호화로운 장신구를 걸쳐서 번쩍거렸다. 그 가운데 황금 시계 두 개를 포함해서 수많은 금붙이를 몸에 지니고 다니는 우두머리가, 각하가 정한 귀족적이고 고상한 유행에 따라 초콜릿을 각하의 입술에 넣어 드리는 행복한 일을 감독했다. 첫 번째 종이 초콜릿 단지를 성스러운 분 앞으로 가져갔다. 그러면 두 번째 종이 자그마한 도구로 열심히 초콜릿을 저어서 거품을 일으켰다. 그동안 세 번째 종이 각하가 아끼는 냅킨을 들고 자리를 지켰다. 끝으로 (황금 시계를 두 개나 찬) 네 번째 종이 초콜릿을 따랐다. 초콜릿 시중을 드는 이 네 명 가운데 한 명이라도 부족하다면 각하는 하늘 바로 밑 드

높은 자신의 자리를 지킬 수 없을 것이었다. 천박하게 세 명만 세워 놓고 초콜릿을 먹는 것은 가문의 문장(紋章)에 똥칠을 하는 짓이었다. 시중드는 사람이 둘뿐이라면 차라리 죽는 게 나았다.

어젯밤 후작 각하는 가볍게 저녁을 먹으러 코미디와 그랜드 오페라가 절찬리에 상연 중인 곳으로 납시었다. 각하는 거의 매일 밤, 매력적인 사람들과 가볍게 식사를 즐겼다. 어쩌나 품위 있고 어쩌나 감수성이 예민하신지, 각하는 지루하기 짝이 없는 국정이나 국가 기밀 이야기를 할 때, 프랑스 전체의 요구보다 코미디와 그랜드 오페라에 훨씬 마음이 더 잘 움직였다. 이렇게 행복한 프랑스의 상황은, 어느 시대에나 있었던 이와 비슷한 행복을 누리는 모든 나라들과 별반 다르지 않았다. 예컨대 나라를 팔아먹은 명랑한 스튜어트 시대[1]의 영국도 항상 이 모양이었다.

일반적인 공무에 대한 후작 각하의 생각은 참으로 고귀하기 짝이 없었다. 만사가 제 갈 길로 굴러가게 그냥 내버려 두어야 한다는 것이었다. 개별적인 공무에 대한 각하의 생각 역시 참으로 고귀하기 짝이 없었다. 만사가 자신의 길로, 자신의 권력과 주머니 속으로 굴러 들어오게 해야 한다는 것이었다. 또 각하는, 일반적이든 개별적이든 온 세상이 자신의 쾌락을 위해 존재한다는 참으로 고귀하기 짝이 없는 생각도 하셨다. (자신이 믿는 종교 경전에서 겨우 대명사 하나만 바꾼) 각하의 원칙이 담긴 경전은 이렇게 시작한다. "땅과 거기에 충만한 것과 그 가운데 사는 자들은 모두 후작 각하의 것이로다."[2]

그러나 각하는 점차 공과 사 양쪽으로 상스러운 골칫거리들이 스멀스

---

1 스튜어트(Stuart) 왕조의 제3대 왕인 찰스 2세(Charles Ⅱ)를 가리킨다. 청교도 혁명 중 국왕파의 패배로 프랑스에 피신해 있다가 영국으로 돌아와 왕정복고를 실현했다. 가톨릭 신자였던 그는 1670년 가톨릭 국가인 프랑스의 루이 14세와 도버 조약을 체결, 프로테스탄트 국가에 압력을 행사하는 대가로 프랑스의 군비를 부담했다.

2 《성경》에 나오는 구절이다. "땅과 거기에 충만한 것과 그 가운데 사는 자들은 모두 여호와의 것이로다." (《시편》 24장 1절)

멀 기어 올라오고 있음을 깨달았다. 그래서 각하는 어쩔 수 없이 두 가지 업무를 해결할 수 있는 '세리(稅吏)'와 동맹을 맺었다. 공적인 재정 문제에 관해 말하자면 각하는 그에 대해 아는 것이 전혀 없었기 때문에 결국 그것을 처리할 수 있는 누군가에게 맡겨야 했다. 사적인 재정 문제에 관해서도 세리에게 기댈 수밖에 없었다. 세리가 부자였기 때문이다. 각하는 온갖 사치와 낭비를 일삼으며 몇십 년을 지내다 보니 점점 가난해졌다. 그래서 각하는 수녀원에 있는, 싸구려 수녀복을 입을 때가 아직 안 된 여동생을 데려와 신분이 비천한 부자 세리에게 선물로 줘 버렸다. 손잡이에 황금 사과가 달린, 부에 어울리는 지팡이를 짚고 다니는 세리도 그날 접견실에 와 있는 무리들 틈에 끼어 있었다. 그의 앞이라면 온 인류가 무릎을 꿇었다. 각하의 부인을 비롯하여, 항상 거드름을 피우며 경멸하는 눈초리로 세리를 깔보는 각하 일가와 같은 상류층 인종들만 빼면.

사치스러운 사람으로 말하자면 세리가 최고였다. 그의 집 마구간에 서 있는 말이 서른 필, 자신의 거처에서 부리는 사내종이 스물네 명, 아내의 거처에서 시중드는 계집종이 여섯 명이었다. 시도 때도 없이 수탈과 징발을 일삼으면서도 적어도 아무 짓도 안 한 척 시치미는 떼지 않는다는 점에서, (아무리 혼인 관계로 사회적 평판을 높였다 하더라도 가장 신분이 미천한) 세리가 그날 각하의 저택에 참석한 인사들 중에 가장 정직한 인물이었다.

보기에 아름답고, 당대 최고의 기술과 취향이 이루어 낸 온갖 장치와 장식들로 방들이 꾸며져 있었는데도, 그 저택은 사실 건전한 업무가 이루어지는 장소가 아니었다. 그곳은 어딘가 다른 곳에 있는 나이트캡을 쓰고 넝마를 걸친 허수아비들을 조금이라도 염두에 두고 생각해 본다면 참으로 마음 불편할 거래들만 이루어지는 곳이었다. (사실 이 저택과 빈민가가 멀리 떨어져 있는 것도 아니었고, 노트르담 탑에서 내려다보면 두 곳까지의 거리도 비슷했으며, 양쪽에서 다 두 개의 노트르담 탑이 보였다) 그러나 그런 일도 각하의 집에서는 아무도 책임지지 않아도 괜찮았다. 군사 지식이 없는 육군, 군함 지식이 없는 해군, 업무 개념이 없는 공직자들, 눈이 색마 같고 혀는 문란하며 생활은 난잡한, 끔찍할 정도로 세속적이고 파렴치한 성직자들. 모두가 각자의 직분에 어울리지 않는 짓을 일삼으면서도 모두가 그 직분을 지키는 척 지독한 거짓말을 늘어놓았다. 그러나 그들은 모두 각하와 가깝든 멀든 같은 계급에 속한 사람들이었기 때문에 원하는 것은 뭐든 얻을 수 있는 공직을 마음껏 꿰차고 앉아 있었고 갈수록 이런 자들이 많아졌다. 각하나 정부를 곧바로 연상시키지는 않지만, 마찬가지로 진실한 것과는 담을 쌓은, 혹은 진리를 향해 가는 올곧은 길이라면 당최 거들떠도 보지 않고 쌩하니 지나가 버리는 작자들 역시 흘러넘쳤다. 있지도 않은 상상 속의 질병을 치료하는 맛 좋은 약을 개발해 막대한 부를 쌓은 의사들이 각하의 접견 대기실에서 귀족 환자들에게 미소를 지었다. 국정에 영향을 끼치는 사소한 비리들을 해결할 수 있는 온갖 대책을 세웠다는 이론가들도 단 하나의 죄악을 뿌리 뽑을 수 있는 해결책을 마련하기 위해 열심히 강구하는 대신 각하의 접견실에서 닥치는 대로 사람들을 붙잡고 횡설수설 떠들어 댔다. 언어로 이 세계를 재구성하고 카드로 하늘만큼 높은 바벨탑을 쌓았다는 믿지 못할 철학자들과, 쇠붙이를 금이나 은으로 바꿀 수 있는 눈을 타고났다는 믿지 못할 연금술사들이 각하의 접견실에서 삼삼오오 어울려 대화를 나누었다. (이 행복한 시절에도 그랬고 그 이후로도 늘 그랬듯이) 인간을 이롭게 하는 지당한 문제들에 무관심한 종자들로 유명한 우아하고 교양 넘치는 신사들이, 각하의 대저택에서 보란 듯이 자신의 무관심을 드러내고 있었다. 이런 가문들은 파리의 우아한 사교계에 다방면에 걸쳐서 훌륭한 족적을 남기고 있었다. 그곳에 모인 각하의 숭배자들 가운데에는 첩자들도 있었는데(그 품위 있는 작자들 중 절반이 첩자라 해도 과언이 아니었다), 그들 눈에도 이날 참석한 천사같이 차려입은 고고한 귀부인들 중에 태도로 보나 외모로 보나 '어머니'라 인정할 만한 여자는 없었다. 사실, '아기'라는 성가신 물건을 세상에 내놓는 단순한 행위는 (그것만으로 '어머니'라는 이름을 얻을 수는 없는 노릇이다) 차치하더라도 육아는 유행에 뒤떨어지는 일이었다. 그래서 구시대적 유물인 아기는 농부의 아내가 남몰래 품에 안아 기르고, 매력적인 60대 할머니는 스무 살 처녀처럼 입고 먹었다.

비현실성이라는 나병도 후작 각하의 접견에 참석한 모든 인간들을 흉물스럽게 만들었다. 가장 바깥쪽 방에는 예외적으로, 요 몇 년 새 전반적으로 상황이 안 좋게 흘러가고 있다는 불안감을 막연하게나마 느끼는 이들이 대여섯 명 있었다. 그 대여섯 명 중 절반은, 안 좋게 흘러가는 상황을 바로잡을 수 있는 그럴 듯한 방법으로 '경련을 숭배하는 종교 집단'[3]의 일원이 되었는데, 심지어 그 자리에서까지 입에 게거품을 물고 발작을 일으키고 울부짖고 온몸을 마비시키고 하는 것이 좋을지 어떨지, 그렇게 해서라도 각하가 잘 이해할 수 있게 미래의 지표를 제시해야 하는 것 아닌지 자기들끼리 논의하고 있었다. 게다가 이 데르비시[4]들 옆에는 다른 종교 분파에 투신한 사람이 세 명 있었는데, 이들은 '진리의 중심' 운운하는 헛소리로 세상 문제를 해결할 수 있다고 믿었다. 이들은 (증명할 필요도 없이) 인류가 '진리의 중심'에서 벗어나긴 했지만 아직 '진리의 경계' 밖으로 나간 것은 아니며, 인류가 '경계' 밖으로 날아가지 않게 자신들이 막아 낼 것이고, 성령을 영접하고 단식을 함으로써 결국 인류를 '진리의 중심'으로 다시 끌어다 놓을 수 있을 것이라고 했다. 그래서 그들은 이런 논리에 따라 끝없이 성령으로부터 계시를 받았고 이 계시가

---

3 18세기 프랑스에서 유행한 광적 종교 집단으로 컨벌셔니스트라고 부른다. 이들은 신들린 상태에서 경련과 발작을 일으키고 방언을 터뜨리는 등 여러 가지 간증 행위를 했다.

4 극도로 금욕적인 생활을 강조하는 이슬람교의 한 분파이다. 가난과 소박한 삶을 추구했으나, 종교 의식을 행할 때는 성령이 몸속으로 강림했다며 광란적인 춤을 추곤 했다. 컨벌셔니스트와 데르비시는 엄밀하게 말하면 다른 종교 집단이지만, 루이 15세가 통치하던 시절 컨벌셔니스트들이 데르비시들처럼 빠르게 회전하는 춤을 추며 의식을 치렀기 때문에 여기서는 동류로 쓰였다.

세상을 좋게 바꿀 것이라 주장했지만 눈에 띄게 달라지는 것은 없었다.

그나마 위안이 되는 것은 후작 각하의 대저택에 있는 사람들의 옷차림이 모두 완벽했다는 점이다. '심판의 날'이 그날의 옷차림을 심판하는 날이라면 거기 있는 사람들은 영원한 구원을 보장받았을 것이다. 머릿가루를 뿌려 위로 세운 곱슬곱슬한 머리하며, 인공적으로 관리하고 보완한 민감한 피부하며, 눈길을 끄는 용맹스러운 검이며, 감각적인 향기를 풍기는 섬세한 몸가짐이며, 이 모든 것들이 영원히, 영원히 지속될 것이 분명했다. 교양 넘치는 멋쟁이 신사들은 자그마한 목걸이 같은 장신구들을 몸에 걸치고 있어서 그들이 느릿느릿 돌아다닐 때면 딸랑딸랑 소리가 났다. 황금으로 만든 장신구들이 사랑스럽고 자그마한 방울처럼 울리는 청아한 딸랑 소리와, 실크와 양단과 고급 리넨으로 지은 옷들이 스치는 아사삭 소리에, 생앙투안에서 굶주려 죽어 가는 사람들에 대한 생각 따위는 나풀나풀 멀리멀리 날아가 버렸다.

옷차림은 모든 것이 제자리를 지키게 해 주는 가장 확실한 부적이요, 주문이었다. 그래서 모든 사람들이 끝없이 열리는 '가장 무도회' 복장을 갖추어 입었다. 튈르리 궁전의 각료에서부터 후작 각하의 대저택에 있는 모든 귀족, 정부 관료, 사법 재판소의 법관에 이르기까지 (허수아비들을 제외한) 각계각층의 사람들 모두가 '가장 무도회' 복장을 입었다. 심지어 천하디천한 사형 집행인까지도 그랬다. 사형 집행인은 부적이 시키는 대로 공무 집행에 필요한 '머릿가루를 뿌린 곱슬머리 가발, 금색 레이스가 달린 외투, 뾰족 구두, 하얀 실크 스타킹'을 갖추어 입었다. 이렇게 세련된 의상을 갖추고 교수대 처형이나 거열형(車裂刑)을(도끼는 매우 드물었다) 집행했던 사형 집행인을 '오를레앙 씨'와 다른 사형 집행인들은 '파리 씨'라고 불렀다. '오를레앙 씨'는 '파리 씨'의 업계 동료로 교구에서 형 집행을 담당했는데 일할 때면 항상 주교 복장을 갖추어 입었다. 서기 1780년 후작 각하의 접견실에 모여 있는 이들 가운데, '곱슬머리 가발,

금색 레이스, 뾰족 구두, 하얀 스타킹'을 착용한 사형 집행인을 근간으로 한 이 사회체제가 밤하늘에 반짝이는 별보다 더 오래오래 지속되리라는 전망에 감히 의심을 품을 수 있는 자가 누가 있었겠는가!

후작 각하는 장정 네 명의 부담을 덜어 주려고 후딱 초콜릿을 드시고 성스럽고도 성스러운 방의 문을 활짝 열게 한 다음 밖으로 납시었다. 그러자 몰려드는, 그 비굴함이라니! 굽실거리고 아첨하는 그 꼴이라니! 그 노예근성이라니! 비참해 보일 정도의 그 굴욕이라니! 어찌나 몸과 마음을 다 바쳐 굽실대는지 신께 바칠 것이라고는 하나도 남아 있지 않을 것 같았다. 이것이 각하의 열렬한 숭배자들이 하늘나라에 가기 곤란한 또하나의 이유 아니었을까.

이쪽에서 약속 한 가지, 저쪽에서 미소 한 번, 행복한 노예에게 속삭임 한마디, 다른 노예에게 손 인사 한 번 하사하시고, 후작 각하는 황송하게도 접견실을 죽 지나 머나먼 변방, '진리의 경계'까지 걸음을 하시었다. 거기서 각하는 몸을 돌려서 걸어온 길을 되짚어, 이미 꽤 긴 시간을 할애하셨으므로 초콜릿 요정들이 기다리고 있는 거룩한 방으로 다시 드시었다. 문이 닫혔고 각하는 더 이상 모습을 드러내지 않았다.

쇼가 끝나자, 공기 속의 동요가 작은 폭풍을 일으켰고, 사랑스럽고 자그마한 방울들이 딸랑거리며 계단을 내려갔다. 곧 모든 군중이 떠나갔고 그 자리에 단 한 사람만 남았다. 모자를 옆구리에 끼고 코담뱃갑을 손에 쥐고 있던 사내가 느릿느릿 거울로 된 통로를 지나 밖으로 나갔다.

"내 너를 악마에게 바친다!"

사내가 맨 마지막 문에 이르러 걸음을 멈추더니 거룩한 방을 돌아보며 말했다. 이렇게 말하며 그는 발에 묻은 먼지를 털듯 손가락에 묻은 코담배 가루를 털어 내며 조용히 계단을 내려갔다.

그는 예순 살쯤 된 남자로, 옷차림이 훌륭하고 태도가 거만했으며 얼굴이 멋진 가면 같았다. 피부가 투명할 정도로 창백했고 이목구비가 뚜

렷했으며 표정이 하나밖에 없었기 때문이었다. 코는 전체적으로 아름답게 형태가 잘 잡혀 있었지만 양쪽 콧구멍 위쪽이 아주 조금 찌그러져 있었다. 살짝 눌린 그 콧구멍이 그 얼굴에서 작게나마 유일하게 표정 변화가 나타나는 부분이었다. 가끔씩 색깔이 변하기도 했고 희미하게 맥박이 뛰는지 벌름거리기도 했던 것이다. 그럴 때면 얼굴 전체가 잔인한 배신자처럼 보였다. 꼼꼼히 뜯어보면 직선처럼 그어진 얄팍하고 평평한 입매와 날카로운 눈매도 그렇게 보이는 데 크게 한몫했다. 그런데도 잘생긴 얼굴, 이목을 끄는 얼굴이긴 했다.

얼굴 주인은 계단을 내려가 안뜰로 가서 마차를 타고 출발했다. 그는 접견실에서 많은 사람들과 대화를 나누지 않았다. 그는 좀 떨어진 장소에 따로 서 있었다. 후작 각하는 좀 더 따뜻한 태도로 그를 맞았어야 했다. 이럴 때는 천한 것들이 말을 피해 허둥지둥 흩어지고 마차에 치이지 않으려고 간신히 몸을 피하는 광경을 구경하는 것이 기분 전환에 꽤 도움이 되었다. 마부는 적을 향해 돌격하듯이 마차를 몰았지만 그렇게 격렬하고 무모한 운행도 주인의 얼굴이나 입술 표정을 바꾸지는 못 했다. 벙어리의 시대, 장님의 도시에서도 가끔씩 불평이 터져 나왔다. 인도도 없는 비좁은 도로를 귀족들이 야만인처럼 난폭한 운행으로 휘젓고 다니는 바람에 빈민들이 위험에 빠지거나 불구가 된다는 것이었다. 그러나 그런 문제에 대해 다시 생각해 볼 정도로 배려심이 있는 귀족은 거의 없었고, 비천한 가난뱅이들은 다른 문제들과 마찬가지로 알아서 위험을 피할 수밖에 없었다.

마차가 우당탕 쿵쾅 요란한 소리를 내며, 오늘날에는 용납될 수 없을 만큼 인정머리 없이 거리를 질주하다가 모퉁이를 휩쓸며 돌았다. 코앞에서 여인이 비명을 질렀고 남자들이 서로 와락 끌어안고 아이들을 길 밖으로 잡아 당겼다. 결국 마차는 샘 옆에 있는 길모퉁이를 들이받았고 바퀴 하나가 구역질나는 덜커덩 소리를 내뱉었다. 여러 사람의 비명 소리가 크게 터져 나왔고 말들이 앞다리를 들고 허우적대다가 멈추어 섰다.

하지만 그다음에 벌어진 성가신 일만 없었다면 마차는 아마 계속 달렸을 것이다. 마차들은 으레 사람을 덮치고도 다친 사람을 그냥 버려두고 떠났으니까. 안 될 까닭이 무엇이란 말인가? 하지만 이번에는 겁먹은 시종이 황급히 마차에서 내렸다. 말고삐를 잡고 있는 손이 자그마치 스무 개였다.

"무슨 일이냐?"

나리가 침착하게 밖을 내다보며 말했다.

나이트캡을 쓴 키 큰 사내가 말들의 다리 사이에서 집어든 보퉁이 하나를 샘 바닥에 내려놓고 물이 고인 진흙탕에서 야수처럼 울부짖고 있었다.

"용서하십시오, 후작 나리! 아기가."

넝마를 걸친 고분고분해 보이는 한 남자가 말했다.

"저자는 왜 저렇게 시끄럽게 난리를 치는 게냐? 저자의 아이냐?"

"죄송합니다만, 후작 나리, 가엾게도 그렇습니다."

샘은 조금 떨어져 있었다. 길옆으로, 가로세로 10미터 정도의 공터가 있었다. 그때 키 큰 사내가 벌떡 일어서더니 마차를 향해 달려왔고, 후작 나리는 그 즉시 칼자루를 잡았다.

"아이를 죽였어요!"

남자가 후작에게 시선을 고정한 채 필사적으로 두 팔을 머리 위로 뻗으며 절규했다.

"아이가 죽었다고요!"

사람들이 모여들며 후작 나리를 쳐다보았다. 그를 바라보는 수많은 눈에는 경계심과 간절함 말고는 다른 감정이 보이지 않았다. 위협하려는 의도나 분노조차 보이지 않았다. 입을 여는 사람도 아무도 없었다. 맨 처음 비명을 지른 후로는 입을 꾹 다물고 아무 말도 하지 않았다. 아까 후작의 질문에 대답했던 목소리가 고분고분한 남자는 굽실굽실하며 비굴하게 자세를 낮추고 있었다. 후작 나리는 그들이 쥐구멍에서 기어 나온 불결한 쥐 떼나 되는 것처럼 그들을 죽 훑어봤다.

그가 지갑을 꺼내 들었다.

"참 별일이지. 네놈들은 왜 자신도, 자식들도 제대로 돌보지 못하는 게야. 이놈이나 저놈이나 노상 길바닥에 너부러져 있으니. 네놈들이 내 말들을 다치게 했는지 누가 알겠어? 이봐! 이걸 저놈에게 줘라."

후작이 금화 한 닢을 시종에게 던졌고, 사람들의 머리가 동전을 따라갔다. 동전이 떨어지자 모든 눈이 아래를 향했다. 키 큰 사내가 다시 섬뜩한 비명을 질렀다.

"죽었단 말입니다!"

그때 사람들이 터 준 틈으로 급히 모습을 드러낸 한 남자가 그를 가로막았다. 그를 보자마자 가엾은 사내는 어깨를 떨구고 헐떡거리며 울음을 터뜨리더니, 샘 쪽을 손으로 가리켰다. 여인 몇 명이 미동도 없는 보퉁이 위로 몸을 숙여 부드럽게 그것을 감싸 안았다. 그들도 남자들처럼 아무 말이 없었다.

방금 도착한 남자가 말했다.

"내 다 알지. 암, 다 알고말고. 기운 내게, 가스파르! 사람 취급도 못 받는 가난뱅이 아기는 사는 것보다 죽는 게 나아. 그래도 고통 없이 한 번에 죽었잖나. 그 어린것이 한 시간이라도 행복하게 산 적이 있던가?"

후작이 미소를 지으며 말했다.

"철학자가 나셨군 그래. 거기 자네 말이야. 자네 이름이 뭐지?"

"여기서는 드파르주라 불립니다."

"무슨 일을 하지?"

"술장사를 합니다, 후작 나리."

"그걸 주워 둬, 술장사하는 철학자 양반."

후작이 그에게 금화 한 닢을 더 던졌다.

"두었다 쓰고 싶은 데 쓰라고. 그런데, 말들은 괜찮은 것이냐?"

후작 나리는 모여 있는 사람들을 황송하게 두 번이나 바라보는 일 없이 자리에 푹 기대앉았다. 어쩌다가 하찮은 물건을 하나 깨뜨리긴 했지만 이미 배상을 했으니, 그 정도 값을 치를 여유가 있는 귀족티를 한껏 내며 막 출발하려던 참이었다. 그때 갑자기 마차로 날아든 동전 한 닢이 바닥에 떨어지며 땡그랑 소리를 내는 바람에 홀가분한 마음이 순식간에 박살이 나 버렸다. 후작 나리가 말했다.

"멈춰! 말을 세우라고! 대체 어떤 놈이 던진 게냐?"

그는 방금 전에 술장사 드파르주가 서 있던 자리를 바라보았다. 그러나 그 자리에, 길바닥에 얼굴을 처박고 있는 불쌍한 아비 옆에 서 있는 사람은, 뜨개질을 하고 있는 까맣고 통통한 여인이었다.

"개새끼들!"

코의 그 부분만 빼고 변함없는 표정으로 후작이 차분하게 말했다.

"내 얼마든지 네놈들을 치어서 기꺼이 저세상으로 보내 주지. 내 어떤 후레자식이 던졌는지 알아내기만 해 봐. 그 자식이 근처에 얼씬만 해도 마차 바퀴로 깔아뭉개 버릴 것이니."

사람들은 후작 같은 자들이 합법적으로든 불법적으로든 무슨 일이든 저지를 수 있다는 것을 지금까지 충분히 오랫동안 힘들게 겪어 왔고 굴복하게끔 길들여져 있었기 때문에 찍소리 한 번, 손짓 한 번, 아니 심지어 눈짓 한 번 하지 못했다. 남자들 중에도 그럴 수 있는 이가 없었다. 그러나 뜨개질하는 여인은 고개도 돌리지 않고 후작을 정면으로 바라보았다. 후작으로서는 그런 태도를 알은체하는 것 자체가 위신을 깎아 내리는 일이었다. 경멸에 찬 후작의 시선이 여인에게 가 닿은 다음 다른 쥐새끼들에게로 옮겨갔다. 그는 다시 자리에 푹 기대앉은 다음 명령했다.

"어서 가자!"

후작의 마차가 계속 달렸고 다른 마차들도 잇달아 빙빙 돌며 달려왔다. 각료, 정부 관리, 세리, 의사, 변호사, 성직자, 그랜드 오페라, 코미디, 밝은 빛이 꺼지지 않고 흘러나오는 무도회장, 이 모든 것들이 빙빙 돌며 다가왔다. 쥐들이 구멍에서 기어 나와 몇 시간 동안 이 광경을 가만히 지켜보았다. 군인들과 경찰들이 계속 그들과 빙빙 돌고 있는 사람들 사이를 지나다니며 방벽을 쌓았지만 그들은 주춤주춤 물러나면서도 그 틈으로 힐끗힐끗 쳐다보았다. 아비는 오래전에 보퉁이를 들고 자리를 뜨고 없었다. 보퉁이가 샘가에 놓여 있는 동안 그것을 지켜 주던 여인들이 그 자리에 앉아, 샘물이 흘러가고 무도회장이 돌아가는 광경을 바라보고 있었다. 아까 눈에 띄게 서서 뜨개질을 하던 여인은, 여전히 '운명'의 실을 잣듯 꿈쩍 않고 뜨개질을 하고 있었다. 샘물이 흘렀고, 유속이 빠른 강물도 흘렀고, 낮도 흘러 저녁이 되었고, 도시의 수많은 생명들도 늘 그랬듯이 죽음 속으로 흘러들었다. 시간과 물은 인간을 기다려 주지 않는다. 쥐들은 다시 캄캄한 굴속으로 들어가 오순도순 머리를 맞대고 잠이 들었고, 무도회장은 저녁 연회로 불을 밝혔으며, 모든 것이 원래대로 흘러갔다.

8장

시골의 후작 나리

옥수수밭이 밝게 빛나는 풍경이 아름다웠다. 그러나 옥수수밭은 별로 넓지 않았다. 원래 옥수수를 심어야 할 땅을 몇 뙈기씩 나누어 호밀이나 콩, 혹은 밀 대신 먹을 수 있는 거친 푸성귀 따위를 키우고 있었다. 생기 없는 작물들은 그 작물들을 재배하는 사람들처럼 마지못해 자라는 기색이 역력했다. 작물들이 매가리 하나 없이 축 처져서 시들시들 말라 가고 있었던 것이다.

후작 나리는 말 네 마리와 마부 두 명이 끄는 (평소 같았으면 훨씬 가벼웠을) 여행용 마차를 타고 가파른 언덕을 간신히 올랐다. 그때 그의 안색이 몹시 붉어졌는데 고귀한 혈통을 타고나지 못해 그런 게 아니었다. 몸 안에서 열기가 올라서 그런 것이 아니라, 그로서도 어쩔 수 없는 외부적인 상황 때문이었다. 해가 지고 있었다.

석양이 어찌나 눈부시게 여행용 마차를 찔러 댔는지 마차가 언덕 꼭대기에 다다랐을 때 승객의 얼굴에 온통 핏빛이 배어 있었다. 후작은 두 손을 힐끗 쳐다보며 말했다.

"해는 금방 지기 마련이지."

과연, 낮게 기울어 있던 해가 순식간에 넘어갔다. 육중한 바퀴의 브레이크를 풀자 마차가 언덕길을 미끄러져 내려갔다. 타는 냄새가 나고 흙

먼지가 부옇게 피어오르며 벌겋게 번쩍이던 기운이 금세 사라져 갔다. 태양과 후작이 함께 떨어지고 있었다. 마차의 브레이크를 완전히 풀었을 때쯤 붉은 기운은 완전히 사라지고 없었다.

폐허가 된 시골 풍경은 선명하고 뻥 뚫린 그대로였다. 언덕 아래에 작은 마을이 자리 잡고 있었고 그 위쪽으로 넓은 오르막길이 뻗어 있었다. 교회 탑과 풍차 방앗간, 사냥터가 있는 숲이 펼쳐졌고 예전에 감옥으로 쓰였던 요새가 우뚝 서 있는 바위 절벽도 보였다. 밤이 내리면서 모든 것이 시커먼 물체들로 변해 가는 주위 풍경을 바라보며 후작은 짐짓 집에 다 와 가는 사람의 기분에 젖어 있었다.

궁색한 마을 거리에는 허름한 양조장, 조악한 가죽 가공 공장, 옹색한 술집, 역마를 갈아타는 초라한 역참 마구간, 메말라 가는 샘, 온갖 가난한 시설들이 서 있었다. 그곳에 사는 사람들도 가난하기는 마찬가지였다. 모두가 가난했다. 많은 이들이 문간에 서서 저녁 끼니를 때우기 위해 몇 개 남지 않은 양파를 자르고 있었고, 샘터에도 많은 이들이 모여, 잎이고 풀이고 간에 땅에서 나는 먹을 수 있는 푸성귀란 푸성귀는 다 뜯어다가 물로 씻어 내고 있었다. 무엇이 그들을 가난하게 만들었는지, 겉으로 드러나는 원인만으로도 부족하지 않았다. 국세, 교구세, 영지세, 지방세, 일반세 등등 작은 마을 주민들이 지엄한 관습에 따라 여기에다 내고 저기에다 내야 할 세금이 차고 넘쳤다. 아직 뿌리째 뽑히지 않은 마을이 남아 있다는 것이 놀라울 지경이었다.

마을에는 아이들도, 개들도 거의 없었다. 사람들이 이 땅에서 선택할 수 있는 삶은 이미 정해져 있었다. 방앗간 아래 궁핍한 마을에서 밑바닥 인생을 이어 갈 것인가, 아니면 바위 절벽 위에 우뚝 솟아 있는 감옥에 갇혀 '죽음'을 맞이할 것인가.

'복수의 세 여신'[1]의 호위를 받는 것처럼, 시종이 앞서가며 외치는 후작 나리 납신다는 고함 소리와, 저녁 하늘을 향해 뱀같이 대가리를 비틀며 쳐드는 마부의 채찍 소리를 들으며 후작 나리는 역참 정문 앞에 여행용 마차를 세웠다. 역참 바로 옆에 샘이 있었는데 농부들이 하던 일을 멈추고 후작을 쳐다보았다. 후작도 고개를 돌리고 그들을 물끄러미 쳐다보았다. 비록 알아채지는 못했지만 가난에 찌든 농부들의 얼굴과 몸은 분명히 조금씩 쪼그라들고 있었다. 그래서일까, 그 후로 100년이 넘는 세월 동안, 프랑스인은 왜소하다는 편견이 진리처럼 영국인의 마음속에 자리 잡았다.

후작 나리는 궁중의 후작 각하 앞에서 몸을 숙이고 있던 자신처럼, 자신 앞에 머리를 조아리고 서 있는 고분고분한 얼굴들 위로 시선을 던졌다. 다른 점이 있다면 그들은 비위를 맞추기 위해서가 아니라 단지 괴로워서 머리를 조아리고 있다는 것뿐이었다. 그 무리 속에 머리가 반쯤 센 도로 수리공이 끼어 있었다.

"저놈을 이리로 데려 오너라!"

후작이 시종에게 말했다.

도로 수리공이 모자를 손에 쥔 채 끌려 나오자 사람들이 파리의 샘터에 있던 사람들처럼 둥그렇게 모여들어 눈과 귀를 기울였다.

"내가 길에서 네 옆을 지나쳤느냐?"

"그렇습니다, 나리. 영광스럽게도 나리께서 제 옆을 지나쳐 가셨습죠."

"언덕을 올라갈 때랑 언덕 꼭대기에서랑, 두 번 마주쳤느냐?"

"그렇습니다, 나리."

---

1   그리스어로는 '에리니에스'라고 한다. 크로노스가 우라노스의 성기를 잘랐을 때 그 피에서 태어난 여신들로 알렉토, 티시포네, 메가이라 세 자매를 가리킨다. 이들은 뱀 머리카락에 박쥐 날개가 달려 있고 피눈물을 흘리며 한쪽 손에는 채찍을, 다른 쪽 손에는 횃불을 들고 있다. 명계에서 살지만 인간이 살인이나 큰 죄를 지으면 즉시 지상으로 올라와 복수를 하며, 죽은 자를 명계로 데려가기도 한다.

"그런데 왜 그렇게 빤히 노려보았느냐?"

"나리, 저는 저 남자를 본 겁니다요."

그는 고개를 조금 숙이고 너덜너덜한 파란색 모자로 마차 아래를 가리켰다. 사람들이 일제히 몸을 숙이고 마차 아래를 내려다보았다.

"남자라니? 돼지 같은 놈. 거기를 왜 쳐다본 게야?"

"송구합니다요, 나리. 하지만 남자가 브레이크 체인에 매달려 있었거든요."

"누가?"

후작이 물었다.

"그 남자가요, 나리."

"귀신은 이런 머저리를 안 잡아가고 대체 뭣하고 있는 게야? 그놈 이름이 뭐냐? 넌 동네 사람들을 다 알잖아. 대체 어떤 놈이냐고?"

"자비로우신 나리! 그 남자는 이 동네 사람이 아니었습니다요. 난생처음 보는 얼굴이었는뎁쇼."

"체인에 매달려 있었다고? 목 졸려 뒈지려고?"

"자비를 베풀어 주신다면 말씀드리지요. 그게 좀 이상했습니다요, 나리. 그 남자 머리가 어떻게 매달려 있었냐 하면요, 요렇게!"

도로 수리공은 마차 옆으로 가서 얼굴을 하늘 쪽으로 들고 머리를 아래쪽으로 젖히며 뒤로 드러누웠다. 그러더니 모자를 주섬주섬 챙겨서 돌아와 머리를 조아렸다.

"그놈이 어떻게 생겼더냐?"

"나리, 그 남자는 얼굴이 방앗간 주인보다도 더 하얬습니다요. 온몸에 먼지를 뒤집어써서 그런지 유령처럼 하얗더라니까요. 키도 유령만큼 컸고요!"

도로 수리공의 묘사는 작은 무리 안에 엄청난 동요를 일으켰다. 그러나 다른 이들과 눈빛 교환을 할 것도 없이 모든 눈이 일제히 후작 나리를 향했다. 혹시 후작의 양심에 꺼려질 만한 원혼이 있는 것이 아닐까 살펴려는 것이었다.

후작은 벌레만도 못한 놈들이 기어오르지 못하게 해야겠다고 느끼며 빈정대듯 말했다.

"그래, 네놈 말대로라면, 네놈은 내 마차 밑에 도둑놈이 매달려 있는 걸 보고도 그 잘난 입을 꾹 다물고 있었단 말이지. 흥! 가벨, 저놈을 끌고 가게!"

가벨은 역장이었는데 세금을 걷는 일도 겸하고 있었다. 아까부터 이 취조에 도움을 드리고 싶다는 듯 아첨하는 표정을 만면에 띠고 앞으로 나와 있던 가벨은 중요한 공무를 수행하는 듯 으스대는 태도로 추궁당하던 수리공의 팔에 팔짱을 꼈다.

"흥! 얼른 저쪽으로 가!"

가벨이 말했다.

"오늘 밤에 그 낯선 자가 묵을 곳을 찾아 마을로 들어오면 붙잡아서 그놈 저의가 뭔지 낱낱이 알아내도록, 가벨."

"여부가 있겠습니까요, 나리. 기꺼이 받들겠습니다요. 누구의 명인뎁쇼."

"그건 그렇고, 방금 그놈은 도망쳤느냐? 망할 놈이 어디로 간 게야?"

그 망할 놈은 진작부터 각별한 친구 대여섯 명과 마차 아래로 들어가 파란색 모자로 연신 체인을 가리키고 있었다. 나머지 각별한 친구 대여섯 명이 즉시 그를 끌어내 숨을 헐떡이는 채로 후작 나리 앞에 대령했다.

"멍청한 놈, 그놈이야 마차가 섰을 때 이미 달아났겠지."

"나리, 그자가 물에 뛰어드는 사람처럼 머리를 처박으며 언덕 쪽으로 달음질쳤습니다요."

"가서 찾아보게, 가벨. 그만 가자!"

대여섯 명이 아직도 바퀴 옆에 양 떼처럼 모여서 체인을 바라보고 있었다. 그때 갑자기 바퀴가 움직이기 시작했고, 그들은 가까스로 몸을 비켜 살가죽과 뼈를 구해 냈다. 뭐, 구할 것도 거의 없긴 했지만 운이 나빴다면 그나마도 구하지 못했을 것이다.

마을을 벗어나 언덕 너머로 질주하듯 달리던 마차가 곧 가파른 비탈길에 이르러 속도를 늦추었다. 점점 속도가 떨어진 마차는 걷는 속도로 흔들거리고 덜컹거리면서 달콤한 향기로 가득한 여름밤을 헤치고 비탈길을 올랐다. 마부는 '복수의 여신' 대신 수천 마리의 각다귀와 거미줄에 휘감긴 채 조용히 채찍을 휘두르며 길을 잡았다. 시종은 말 옆에서 걷고 있었다. 시종의 발걸음 소리가 황량한 길 저 멀리에서 앞서 울려 퍼졌다.

언덕의 가장 가파른 지점에 작은 묘지와 '구세주'의 상이 매달린 커다란 십자가가 있었다. 시골의 미숙한 조각가가 나무를 깎아 만든 조야한 상이었는데, 아마도 조각가가 삶에서, 그것도 자신의 삶에서 예수의 모습을 떠올려 상을 조각했는지 끔찍할 정도로 마르고 야윈 모습이었다.

오래전부터 빈곤이 점점 더 심해지고는 있었지만 아직 최악의 상황에 이른 것은 아니었다. 아무튼 빈곤을 상징하는 그 십자가 앞에 한 여인이 무릎을 꿇고 앉아 있었다. 마차가 다가가자 여인이 고개를 돌리더니 벌떡 일어나 마차의 문으로 다가왔다.

"후작 나리가 맞으십니까? 나리, 간청이 하나 있습니다."

여인의 다급한 외침에 후작 나리가 표정이 변하지 않는 얼굴을 밖으로 내밀었다.

"뭐! 뭐라고? 시도 때도 없이 간청을 하는구나!"

"나리, 제발 좀 들어주세요. 제 남편이 사냥터지기인데요."

"네 남편이 뭐, 사냥터지기라고? 어디에나 널려 있는 놈들 아니냐. 그런데 네 남편이 세금을 못 내기라도 한 것이냐?"

"제 남편은 모두 냈습니다, 나리. 그런데 남편이 죽었습니다."

"잘됐구나! 아무 말 못할 테니. 그런데 나보고 네 남편을 살려 달라는 게냐?"

"아, 아닙니다, 나리! 그런 게 아니라, 남편이 저 아래 풀도 몇 포기 나지 않은 작은 봉분에 묻혀 있습니다."

"그래서?"

"나리, 거기에는 풀이 몇 포기 나지 않은 작은 봉분이 아주 많습니다."

"그래서?"

노파처럼 보였던 여인은 다시 보니 젊은 여인이었다. 여인은 깊은 슬픔에 빠져 있었다. 여인이 핏줄이 서고 굳은살이 박인 두 손을 번갈아 거세게 비틀더니 다정하게 어루만지듯이 마차의 문에 한 손을 올렸다. 마차의 문짝이 사람의 가슴이나 되는 것처럼, 마차의 문짝이 자신의 간절한 손길을 느낄 수 있을 것이라 여기는 것처럼.

"나리, 제 말씀 좀 들어 주세요! 나리, 제 간청을 들어주세요! 제 남편은 가난 때문에 죽었습니다. 제 남편 말고도 수많은 사람들이 가난 때문에 죽었지요. 그리고 앞으로도 수많은 사람들이 죽을 겁니다."

"그래서? 나보고 그들을 먹여 살리라고?"

"나리, 선하신 하느님께서는 아실 겁니다. 제가 청하는 것은 그게 아니에요. 제 간청은, 남편이 묻혀 있는 곳을 표시하여 꽂아 둘, 남편의 이름을 새길 작은 돌이나 나무토막을 베풀어 달라는 것입니다. 그렇게 하지 않으면 남편이 묻힌 자리는 금세 잊힐 거예요. 가난 때문에 저마저도 죽고 나면 찾을 수도 없겠지요. 저 역시 풀 몇 포기 나지 않는 다른 흙더미 속에 묻힐 테고요. 나리, 저런 무덤이 너무 많아요, 또 빠르게 늘어나고 있고요. 지독한 가난 때문이지요. 나리! 나리!"

시종이 여인을 밀어 문짝에서 떼어 내자 마차가 힘차게 달려 나갔다. 마부가 속도를 높였고 여인은 저 뒤에 버려졌다. 후작 나리는 다시 '복수의 여신'의 호위를 받으며 대저택까지 남은 4, 5킬로미터의 거리를 빠르게 줄여 갔다.

달콤한 여름밤의 향기가 사방에서 피어올랐다. 그 향기는 공평하게 내리는 비처럼, 거기서 그리 멀지 않은 샘가에 흙먼지와 누더기를 뒤집어 쓴 채 모여 있던, 고통에 찌든 무리 주위에서도 피어올랐다. 도로 수리공은 파란색 모자를 도구 삼아, 참고 들어 주는 사람들이 다 사라질 때까지 유령처럼 생긴 남자에 대해 계속 떠들어 댔다. 사람들이 더 이상 참지 못하고 하나둘씩 자리를 떴고 자그만 여닫이창에 불빛이 반짝 켜졌다. 이윽고 여닫이창의 불빛이 꺼지자 더 많은 별들이 얼굴을 내밀었다. 창문의 불들이 꺼진 것이 아니라 밤하늘로 올라가 박힌 것 같았다.

그때쯤 후작 나리는, 크고 높은 저택 지붕과 지붕 위로 우거진 나무들의 그늘 아래를 지나고 있었다. 마차가 멈추자 횃불 때문에 그림자가 일렁거렸고 대저택의 으리으리한 대문이 그를 향해 활짝 열렸다.

"온다던 샤를은? 영국에서 도착했느냐?"

"아직 안 오셨습니다, 나리."

9장
고르곤의 머리

후작의 대저택은 건물 앞에 커다란 돌이 깔려 있고 두 개의 돌계단이 둥그렇게 휘어져 중앙 현관 앞 석조 테라스에서 만나는 육중한 건물이었다. 건물 전체가 석조로 마감이 되어 있어서 무거운 돌난간에, 돌로 만든 항아리, 돌로 만든 꽃, 돌로 만든 사람 얼굴, 돌로 만든 사자의 머리가 사방 천지에 붙어 있었다. 마치 두 세기 전 이 건물이 완공되었을 때 고르곤[1]의 머리가 사방을 둘러보기라도 한 것 같은 모습이었다.

후작 나리가 마차에서 내려 폭이 널찍하고 높이가 낮은 계단을 오르느라 앞세운 횃불에 어둠이 흩어지자, 나무들 사이로 드러난 견고한 지붕 기와에 앉아 있던 올빼미가 항의하듯 큰 소리로 울어 댔다. 올빼미 소리만 빼면 사방이 죽은 듯이 고요해서 계단을 오르는 횃불과 대문 앞에 켜져 있는 또 다른 횃불이 탁 트인 밤공기 속에서가 아니라 밀폐된 응접실 안에서 타오르고 있는 것 같았다. 올빼미 우는 소리와 돌로 만든 수조 안으로 똑, 똑 떨어지는 물방울 소리 말고는 아무 소리도 들리지 않았다. 물방울 떨어지는 소리가 마치 어두운 밤이 숨을 참다가 낮고 길게 한숨을 내뱉은 다음 다시 숨을 참는 소리 같았다.

---

1 그리스 신화에 등장하는 세 자매로 머리카락은 뱀이며 어금니는 멧돼지 같다. 이들과 눈이 마주치면 누구든 두려움에 온몸이 굳어 돌로 변했다고 한다. 그 유명한 메두사가 이 세 자매 중 한 명이다.

으리으리한 대문이 등 뒤에서 철커덕 잠겼고 후작 나리는 낡은 멧돼지 사냥용 창, 검, 사냥칼 등이 전시되어 있는 오싹한 홀을 가로질렀다. 이 제는 '죽음'이라는 은인에게 가 버린 농민이, 주인을 화나게 하는 바람에 등짝으로 그 무게를 직접 느꼈을 승마용 채찍과 회초리는 더 오싹했다.

후작 나리는 횃불을 든 하인을 앞세우고 밤새 잠겨 있는 크고 어두운 방들을 그냥 지나쳐 계단을 올라가 복도에 있는 어떤 문 앞에 다다랐다. 이 문을 열면 방 세 개로 이루어진 후작의 전용 거처로 들어갈 수가 있었 다. 그중 하나는 침실로 썼고 나머지 두 개는 다른 용도로 썼다. 둥글고 높은 천장, 카펫을 깔지 않은 차가운 바닥, 겨울철이면 장작이 타오르는 벽난로 위에 놓여 있는 멋진 개 장식품, 이 모든 사치품들은 사치스러운 시대에 사치스러운 나라에서 살고 있는 후작의 상황에 딱 어울리는 물 건들이었다. 호화로운 가구들도 역대 왕들 가운데 영원히 지지 않을 것 같던 태양왕 루이 14세 시대의 유행을 한껏 드러내고 있었다. 그러나 그 뿐 아니라 그 방은 프랑스 역사의 오래된 페이지들을 화려하게 장식했 을 다양한 시대의 물건들로 가득했다.

끝에 있는 방으로 들어가자 두 사람 분의 저녁 식사가 차려져 있었다. 초처럼 생긴 네 개의 첨탑 중 하나의 탑에 위치한 둥근 모양의 방이었다. 천장이 매우 높은 작은 방에는 창문이 활짝 열려 있었고 사방에 나무로 만든 블라인드가 처져 있었다. 그래서 돌 색깔의 블라인드 살 사이로 보 이는 까만 가로선만이 어두운 밤이라는 것을 보여 주고 있었다.

후작이 차려져 있는 저녁상을 바라보며 말했다.

"조카가 아직 도착하지 않았다고 하던데."

후작이 예상했던 것과 달리 그는 아직 도착 전이었다.

"아! 오늘 밤엔 오지 않을 모양이군. 그렇지만 밥상은 그냥 뒤라. 15분 쯤 후면 먹을 수 있을 테니"

15분 후 후작이 산해진미가 차려진 밥상 앞에 혼자 앉았다. 후작은 창문 맞은편 자리에 앉아 수프를 먹은 후 보르도산 포도주로 입술을 적시다가 잔을 내려놓았다.

"저게 뭐냐?"

후작이 검은색과 돌색이 번갈아 처진 가로선을 유심히 바라보며 차분하게 물었다.

"뭐 말씀이십니까, 나리?"

"블라인드 바깥쪽에 말이다. 블라인드를 걷어 보아라."

하인이 명령을 그대로 따랐다.

"음."

"나리, 아무것도 없습니다요. 여기엔 나무들과 어두운 밤뿐인뎁쇼."

하인이 블라인드를 걷어 올리고 텅 빈 어둠을 내다보며 이렇게 말했다. 그는 텅 빈 창을 등지고 서서 명령을 기다렸다.

"됐다. 다시 닫아라."

주인이 침착하게 말했다.

하인이 그 명령도 그대로 따랐다. 후작은 저녁 식사를 계속했다. 반쯤 먹었을 때 후작이 술잔을 들어 올리다 말고 바퀴 소리에 귀를 기울였다. 바퀴 소리가 점점 커지더니 대저택 앞에서 멎었다.

"누가 왔는지 가서 물어보고 오너라."

후작 나리의 조카였다. 조카가 초저녁에 후작보다 몇 킬로미터 뒤처져서 도착한 것이었다. 서둘러 거리를 좁힌다고 좁혔는데 길에서 후작을 따라잡을 만큼은 아니었다. 그는 역참에서 후작이 자신보다 조금 앞서 갔다는 이야기를 들었다. 저녁을 차려 놓고 기다릴 테니 집에 와서 먹길 바란다는 (후작이 그렇게 말했다는) 이야기도 전해 들었다. 잠시 후 조카가 들어왔다. 그는 영국에서는 찰스 다네이라 불렸다.

후작은 품위 있게 조카를 맞이했지만, 그들은 악수조차 하지 않았다.

"파리에서 어제 출발하셨습니까?"

조카가 테이블에 앉으며 후작에게 물었다.

"그래. 어제 떠났다. 너는?"

"저는 곧바로 왔습니다."

"런던에서?"

"네."

"오는 데 시간이 오래 걸렸구나."

후작이 웃으며 말했다.

"그 반대입니다. 곧장 왔다니까요."

"아니, 내 말은 여행을 준비하는 데 시간이 오래 걸렸다는 말이다. 여행하기로 결정을 내리는 데 시간이 오래 걸렸다고."

"오기 전에 처리해야 할……."

조카가 대답을 하다가 잠시 말을 멈췄다.

"여러 가지 문제가 있었습니다."

"아무렴, 그랬겠지."

세련된 숙부가 대답했다.

하인이 자리를 지키고 있어서 그들 사이에 더 이상 다른 말은 오가지 않았다. 커피가 나오고 두 사람만 남게 되자 조카가 멋진 가면 같은 얼굴의 숙부와 눈을 맞추며 대화를 시작했다.

"숙부님 예상대로, 애당초 저를 여기서 쫓아낸 그 목적을 이루러 다시 돌아왔습니다. 그 목적 때문에 예상치 못 했던 큰 위험에 빠지기도 했지만 신성한 목적인 것은 틀림없죠. 혹시 그것 때문에 죽음에 이르더라도 그것이 저를 지탱해 줄 겁니다."

"죽음이라니. 죽음이라는 말까지 들먹일 필요는 없다."

숙부가 말했다. 조카가 대답했다.

"제가 그 목적 때문에 죽음의 벼랑 끝까지 몰린다 해도 과연 숙부님이 제가 떨어지지 않도록 잡아 주실지 의심스러운데요."

코의 그 부분에 자국이 깊어지고, 잔인한 얼굴에 직선을 이루는 기름한 눈매와 입매가 더 길어지는 걸 보니 정말로 그럴 것 같았다. 숙부가 우아하게 부정하는 몸짓을 해 보였지만 혈통 좋은 가문 사람들이 으레 하는 동작인 것이 너무나 빤해서 별 믿음을 주지는 못했다. 조카가 말을 이었다.

"정말로, 제가 아는 바에 의하면 숙부님은 안 그래도 수상해 보이는 제 주변 상황이 더 수상하게 보이도록 일부러 손을 쓰셨더군요."

"아니, 아니, 아니다."

숙부가 호쾌하게 말했다. 조카가 불신이 가득한 눈으로 숙부를 바라보며 말했다.

"하지만 어쨌든, 수단과 방법을 가리지 않고 수완을 발휘해 저를 막으시리라는 것 압니다. 어떤 수단을 선택하든 전혀 망설이지 않으시리라는 것도 알고요."

"얘야, 내가 전에도 말했었잖니. 내가 오래전에 너에게 했던 말을 기억해 주었으면 좋겠다."

숙부가 콧구멍 양쪽을 벌름거리며 말했다.

"기억합니다."

"고맙구나."

후작이 더없이 부드러운 목소리로 말했다. 그의 목소리가 악기에서 나는 소리처럼 허공에 울려 퍼졌다. 조카가 말을 이었다.

"숙부님 사실, 제가 이곳 프랑스에서 감옥에 가지 않은 것이 바로 숙부님께는 불운이요, 제게는 행운이었다고 생각합니다."

숙부가 커피를 홀짝대며 대답했다.

"무슨 말인지 모르겠다. 설명해 줄 수 있겠니?"

"저는 숙부님이 왕실의 눈 밖에 나지만 않으셨다면, 지난 몇 년 간 그렇게 구름에 가려 힘을 못 쓰지만 않으셨다면, 공문서를 조작해 저를 어던가 요새 감옥에 영원히 가두셨을 거라고 믿고 있습니다."

숙부가 매우 냉정하게 말했다.

"그랬을 수도 있지. 가문의 명예를 위해서라면 나는 그 정도의 불편함은 네게 안겨 줄 수 있다. 날 용서해 주기 바란다!"

"제게는 참으로 다행스러운 일이라고 생각하지만, 그제 접견실에서도 늘 그렇듯이 푸대접을 받으셨더군요."

"내가 너라면 다행이라고는 말하지 않을 게다, 얘야."

숙부가 품위 있게 대답했다.

"그 문제에 대해서라면 나도 확신할 수가 없구나. 혼자 지낸다는 장점이 있는 감옥을 좋은 기회로 삼아 깊이 생각할 시간을 갖는다면, 그 시간이 너 혼자 갈팡질팡하는 것보다 네 운명에 훨씬 좋은 영향을 끼칠 수도 있지. 하지만 이제 와서 이런 이야기를 해 봐야 무슨 소용이 있겠니. 네 말처럼 나는 지금 불리한 입지에 놓여 있단다. 상황을 바로잡을 수 있는 세세한 문서들, 가문의 권세와 명예를 지켜 주는 상류층의 도움, 너 하나를 불편하게 함으로써 얻을 수 있을지도 모르는 약간의 이익, 이런 것들은 모두 끊임없이 관심을 기울이고 집요하게 매달려야만 얻을 수 있는 것들이야. 수없이 많은 사람들이 이런 특권을 추구하지만, (그 수에 비해) 그걸 진짜로 손에 넣은 사람은 거의 없단 말이다! 예전에는 이렇지 않았는데 이런 일들을 해 먹기에는 프랑스의 상황이 점점 나빠지고 있어. 그리 오래되지 않은 과거에만 해도 우리 조상들은 우리 주변에 있는 천한 것들의 생사여탈권을 손에 쥐고 있었단다. 이 방만 해도, 개보다 못한 천한 것들이 여기서 끌려 나가 교수형을 당했지. 내가 아는 바로는, 어떤 작자는 자신의 딸에 대해 망령된 소리를 지껄였다는 이유로 (내 침실로 쓰고 있는) 옆방에서 죄상을 자백하고 그 자리에서 단도에 찔려 죽었단다. 자신의 딸인데도 말이야. 그 시절에 비하면 우리가 얼마나 많은 특권을 잃었는지 알겠지. 새로운 철학까지 유행하는 판에 요즘 같은 때 우리의 지

175

위만 내세우다 보면 정말 큰 코 다칠 수도 있어. (꼭 그렇게 될 거란 말은 아니고 그럴 수도 있단 말이다) 모든 게 형편없어졌어. 엉망이라고!"

후작이 우아하게 코를 약간 찡긋대고는 고개를 저었다. 최대한 우아하게 낙담해야만 아직 자신이 살고 있는 나라가 다시 부흥을 맞이하기라도 할 것처럼 말이다. 조카가 우울하게 대답했다.

"예나 지금이나 우리 가문이 어찌나 지위를 내세우는지 프랑스에서 우리 가문보다 미움을 받는 가문은 없다고 저는 생각합니다."

숙부가 말했다.

"정말 그랬으면 좋겠구나. 천민들은 상류층 사람들을 존경하면 할수록 무의식중에 그걸 미움으로 표현한단다."

조카가 여전히 우울한 목소리로 말했다.

"저는 이 나라 어디에서도 조금이라도 존경심이 담긴 눈으로 절 쳐다보는 얼굴을 본 적이 없습니다. 그저 두렵고 노예처럼 짓밟히다 보니 존경하는 척하는 거죠."

후작이 말했다.

"그건 위엄 있는 우리 가문에 대한 경의야. 우리 가문이 지금껏 위엄 있는 가풍을 지켜 온 것에 대해 마땅한 경의를 표하는 것이란 말이다. 하!"

그러고는 다시 한 번 코를 살짝 찡긋하고 부드럽게 다리를 꼬았다. 하지만 조카는 테이블 위에 팔꿈치를 괴고 낙담하여 수심에 잠긴 두 눈을 손으로 덮었다. 그때 예민함과 친근감과 혐오감이 묘하게 뒤섞인 표정을 머금은 멋진 가면이 조카의 얼굴을 곁눈질로 살펴보았다. 무심한 척하는 후작의 태도와는 어울리지 않는 표정이었다.

후작이 말을 이었다.

"우리에게 남은 마지막 철학은 탄압뿐이다. 우리에게 이 지붕이 있는 한, 그들이 두려워서 그러는 것이든 노예처럼 짓밟혀서 그러는 것이든 경의를 표할 수밖에 없고 그 개만도 못한 놈들은 계속 채찍 앞에 무릎을 꿇게 되어 있어. 하늘을 가리는 저 지붕이 있는 한."

후작이 이렇게 말하며 위를 올려다보았다. 그러나 후작의 짐작만큼 이런 상황이 오래가지는 않을 것이다. 지금으로부터 불과 몇 년 후에 그 대저택이 어떤 모습일지, 그리고 불과 몇 년 후에 이 집과 비슷한 50개의 대저택들이 어떤 모습일지 그날 밤에 후작에게 보여 주었다면, 그는 약탈로 폐허가 되고 방화로 잿더미가 되어 잔재만이 비처럼 쏟아지는 모습에 망연자실해서 그 집이 자신의 집이라고 내세우지 못했을 것이다. 또한 그가 그토록 뿌듯해 마지않는 그 지붕이, 다른 방식으로 하늘을 가리는 모습도, 즉 수만 개의 소총에서 발사된 총알을 몸에 품고 죽어 간 이들이 영원히 잠들 수 있게 그들의 눈을 덮어 주는 모습도 목도하게 될 터였다.

후작이 말했다.

"네가 하지 않겠다면 그동안 나 혼자만이라도 우리 가문의 명예와 안정을 지킬 것이다. 하지만 오늘 밤은 피곤할 테니까 그만 대화를 마쳐야겠지?"

"조금만 더 이야기해요."

"네가 괜찮다면 한 시간 정도만."

조카가 말했다.

"숙부님, 그간 우리는 악행을 저질러 왔고 이제 악행의 열매가 익어 가고 있습니다."

"우리가 악행을 저질러 왔다니?"

후작이 우아하게 알 수 없다는 듯한 미소를 조카와 자신을 향해 지으며 조카의 말을 따라 했다.

"우리 가문 말이에요. 영광스러운 우리 가문의 명예가 우리 두 사람에게 매우 중요한 문제인 것은 사실이지만 그것을 지키는 방법은 다릅니다. 불과 아버지 세대에만 해도 우리는 온갖 악행을 저질렀어요. 우리와 우리의 쾌락 사이에 끼어들어 거치적대는 것들은 그게 무엇이든 짓밟아

버렸지요. 그런데 아버지 세대나 숙부님 세대나 그게 그건데, 굳이 아버지 세대까지 거슬러 올라갈 필요가 있을까요? 숙부님은 아버지의 쌍둥이 동생이자 공동 상속인이었다가 곧바로 그 뒤를 계승한 분이신데, 과연 숙부님과 아버지를 갈라놓고 생각할 수 있을까요?"

후작이 말했다.

"죽음이 벌써 우리를 갈라놓았느니라!"

조카가 말했다.

"게다가 죽음은 제가 두려워하는 사회체제 속에 저를 묶어 두고 가 버렸습니다. 저는 그 사회체제에 책임이 있지만 그 안에서는 아무 힘도 쓸 수 없는 존재가 되어 버렸죠. 저는 사랑하는 어머니의 입술이 제게 마지막으로 남기신 그 말씀을 지키고 사랑하는 어머니의 눈동자가 저를 마지막으로 바라보던 그 눈빛을 따르기 위해, 자비를 베풀고 잘못을 바로잡으라는 어머니의 간절한 부탁을 들어 드리기 위해, 힘과 도움을 구하려고 애써 봤지만 고통만 받았을 뿐 모두가 허사였습니다."

"나의 조카야, 혹시 내게서 그 힘과 도움을 구하려 한다면 말이다, 헛수고만 하고 영원히 구하지 못할 게다. 내 장담하지."

후작이 검지로 자신의 가슴을 두드리며 말했다. 그들은 이제 난롯가에 서 있었다. 후작이 코담뱃갑을 손에 쥔 채 하얗고 깨끗한 얼굴 위의 직선을 잔인하고 교활하게 꾹 누르며 가만히 조카를 바라보며 서 있었다. 잠시 후 후작은 품위 있는 단도의 칼날이라도 되는 것처럼 손가락을 조카의 가슴에 얹더니 매우 우아하게 조카의 몸에 선을 죽 그었다.

"얘야, 나는 내가 살아온 사회체제를 굳건히 지키다가 저세상으로 갈 거란다."

후작은 이렇게 말하며 코담배를 조금 들이마시고는 담뱃갑을 주머니에 집어넣었다.

"이성적인 인간이 되는 게 좋을 게야."

후작이 테이블 위의 종을 울린 다음 이렇게 덧붙였다.

"그리고 타고난 네 운명을 받아들여. 넌 지금 길을 잃은 게야, 샤를. 내 눈에는 그게 보여."

"이 가문과 프랑스가 저를 잃은 겁니다. 난 둘 다 포기할 거예요."

조카가 슬프게 말했다.

"둘 다 포기한다고? 프랑스는 그렇다 치더라도 가문의 재산은? 말할 필요도 없겠지만, 그 재산은 아직 네 것이 아니잖니?"

"제 말은 그 재산에 상속권을 주장할 생각이 없다는 뜻입니다. 설사 내일 당장 소유권이 숙부님에게서 제게로 넘어온다 해도."

"내 명예를 걸고 말하는데 그런 일은 없을 게다."

"그럼 한 20년 쯤 후라 해도……."

"인심깨나 쓰시는군. 그래도 앞으로 그만큼 살 것이라 생각하니 이 나이에도 기분이 좋구나."

"저는 재산을 포기하고 다른 곳에 가서 다른 일을 하며 살겠습니다. 대단한 걸 포기하는 것도 아니죠. 제게는 그것이 불행과 고통의 씨앗일 뿐 아무것도 아니니까요."

"하!"

후작이 호화로운 방을 둘러보며 코웃음 쳤다.

"제 눈에도 이곳은 충분히 아름답습니다. 하지만 천하에 둘도 없을 만큼 완전무결해 보이는 이곳도, 밝은 햇빛에 비추어 보면, 온갖 부정적인 것들 위에 세워진 곧 무너져 내릴 탑일 뿐입니다. 낭비, 부당 거래, 강탈, 고리대, 저당, 탄압, 굶주림, 헐벗음, 고통, 뭐 이런 것들 위에 세워진."

"하!"

후작이 그만하면 됐다는 듯한 태도로 말했다.

"만약 이 저택이 제 것이 된다면, 이 탑을 (그런 일이 가능하다면) 천천히 끌어내려 탑에 깔려 있는 것들을 자유롭게 풀어 줄 만한 자격이 있는 사람들의 손에 이 집을 쥐어 줄 겁니다. 그렇게 되면 이 땅을 떠나지 못해 마지막 순간까지 오랜 세월 착취와 고난을 견뎌 온 불쌍한 사람들의 고통을, 적어도 다음 세대에는 덜어 줄 수 있겠지요. 하지만 그건 제 일이 아닙니다. 이 집과 이 영지 전체가 저주받은 곳이니까요."

숙부가 물었다.

"그럼 넌? 나의 호기심을 용서하렴. 넌 너의 그 잘난 새로운 철학에 따라 다른 곳에서 베풀며 살 작정이냐?"

"그래야겠지요. 나의 동포들, 다른 프랑스인들처럼 일을 하며 살아야겠지요. 언젠가는 귀족들도 일을 해야 할 날이 올 겁니다."

"아마도 영국에서 일을 하겠지?

"그렇습니다. 그 나라에서는 제가 가문의 명예를 더럽힐 일이 없으니까요. 어차피 다른 나라에서는 이 이름을 사용하지 않으니까 가문의 이름 때문에 고통받는 일도 일어나지 않겠지요."

후작이 아까 종을 울렸던 터라 옆 침실에 불을 켜 놓은 모양이었다. 문틈 사이로 밝은 빛이 새어 나왔다. 후작이 문틈에서 새어 나오는 불빛을 바라보며 하인이 물러가는 발소리에 귀를 기울였다.

"영국에 홀딱 빠져 있는 것 같구나. 거기서도 그럭저럭 잘 지내는 것을 보니."

후작이 차분한 얼굴을 돌리며 조카에게 미소 지었다.

"전에도 말씀드렸다시피 제가 그곳에서 잘 지내는 것은 모두 다 숙부님 덕택이라고 느끼고 있습니다. 숙부님이 아니었다면 그저 '피난처'에 불과했겠지요."

"그 잘난 영국인들은, 많은 이들이 자기네 나라를 '피난처'로 삼는다고 떠들어 대더구나. 거기서 너도 영국을 '피난처'로 삼은 동포를 만났지? 의사였던가?"

"네."

"딸과 함께 사는?"

"네."

"그렇군. 너도 피곤하겠구나. 그만 쉬어라!"

후작이 품위 있게 고개를 숙였다. 그때 비밀스러운 미소가 떠오른 후작의 얼굴과 의미심장한 뼈가 박힌 후작의 말들이 조카의 눈과 귀로 거세게 파고들었다. 그와 동시에, 눈매와 입매의 얄팍한 직선과 코끝의 자국이 빈정대듯 살짝 올라갔는데 그 모습이 꼭 잘생긴 악마 같았다.

후작이 같은 말을 되뇌었다.

"그래, 딸과 함께 사는 의사란 말이지. 그래. 그래서 새로운 철학 따위를 시작했나 보군! 피곤해 보인다. 가서 자거라."

그런 후작의 얼굴에 대고 질문을 하는 것은 저택 외벽에 붙어 있는 석조 얼굴에 대고 질문을 하는 것만큼이나 부질없는 짓이었다. 조카는 아무 소용이 없으리란 걸 알면서도 방문을 나오며 숙부를 다시 한 번 돌아보았다. 숙부가 말했다.

"잘 자거라! 내일 아침에 널 다시 볼 수 있으면 좋겠구나. 푹 쉬렴! 여봐라, 조카의 침실에 불을 켜 줘라! 또, 태워 죽이고 싶으면 조카가 잘 때 침대에도 불을 지르고!"

후작은 이렇게 혼잣말을 하더니 다시 작은 종을 울려 하인을 침실로 불러들였다. 하인이 다녀간 뒤 후작 나리는 잠자리에 들려고 헐렁한 잠옷을 입고 이리저리 서성댔다. 밤인데도 아직 더웠다. 방 이곳저곳을 돌아다녔는데도 푹신한 슬리퍼 덕분에 바닥에서는 아무 소리도 나지 않았다. 그는 위엄 있는 호랑이처럼 몸을 움직였다. 그는 마치 옛날이야기에 나오는, 마법에 걸린 사악하고 완고한 후작 같았다. 때에 따라 호랑이로 변신하는 후작이거나, 아니면 후작으로 변신하는 호랑이일지도 모를 일이었다.

후작은 호화로운 침실의 이쪽 끝과 저쪽 끝 사이를 오가며, 내키지 않왔지만 그날 여행 중에 일어난 일들을 띄엄띄엄 돌이켜 보았다. 해질 무렵 끙끙대며 언덕을 올랐던 일, 일몰, 내리막길, 풍차 방앗간, 바위 절벽 위의 감옥, 황폐한 마을, 샘터의 농부들, 파란색 모자로 마차 아래 체인을 가리키던 도로 수리공, 파리의 샘터로 보이는 샘터 계단에 놓여 있던 작은 보퉁이, 그 위로 몸을 숙이던 여인들, 양팔을 뻗으며 "죽었단 말입니다!" 이렇게 외치던 키 큰 사내.

"이제 좀 쌀쌀하군. 침대에 들어야겠어."

후작 나리가 말했다. 커다란 벽난로 위에 등 하나만 밝혀 놓은 채, 후작은 얇은 천으로 된 커튼을 침대 주위에 친 다음, 밤이 길게 한숨을 내쉬며 적막을 깨뜨리는 소리를 들으며 잠에 빠져들었다.

건물 외벽에 조각된 석조 얼굴들이 '길고도 긴 세 시간' 동안 암흑에 잠긴 밤을 멀거니 들여다보았다. '길고도 긴 세 시간'이었다. 그동안 말들은 마구간에서 달가닥거리며 가볍게 발을 굴렀고 개들은 짖어 댔으며 올빼미는 시인들이 노래하는 올빼미 울음소리와 전혀 비슷하지 않은 소리로 울어 댔다. 원래 이런 고집 센 미물들은 시인들이 시 속에 써 놓은 대로 울지 않는 법이다.

'길고도 긴 세 시간' 동안 대저택의 석조 얼굴, 즉 사자와 인간의 두상들이 밤을 멀거니 들여다보았다. 칠흑 같은 죽음이 온 땅 위에 가만히 내려앉으며 길바닥의 먼지를 향해 '쉿!' 소리를 냈다. 후작이 오는 길에 지나쳐 온 작은 묘지에 솟아 있던, 풀 몇 포기 자라지 않는 작은 봉분들은 서로 분간조차 되지 않았다. 십자가에 매달려 있던 예수의 조각은 어디로 갔는지 보이지 않았다. 마을에는 세금을 걷는 자들과 세금을 내는 자들이 모두 깊이 잠들어 있었다. 아마도, 주린 자들이 대개 그러듯 굶주린 자들은 잔칫상 꿈을 꾸고 혹사당하는 노예와 멍에를 쓴 소는 편안히 쉬는 꿈을 꾸는 모양인지, 이 마을에 사는 피골이 상접한 생명들은 모두 한없이 깊은 꿈속에서 포만감과 해방감을 맛보았다.

암흑 속의 세 시간 동안에는, 마을의 샘이든 저택의 분수든 물이 흐르는 모습도, 물이 떨어지는 소리도, 보이지도 들리지도 않았다. '시간'의 샘에서 '분(分)'이라는 물방울이 똑, 똑 떨어져 사라지듯 마을의 샘과 저택의 분수에서도 어디론가 물이 스며서 사라진 것 같았다. 이윽고 여명이 밝아 오자 샘과 분수에서 으스스한 잿빛 물이 다시 흐르기 시작했고, 저택의 석조 얼굴들도 두 눈을 번쩍 떴다.

날이 점점 밝아 왔다. 마침내 해가 나뭇가지 끝에 걸려 언덕 위로 광채를 쏟아부었다. 태양의 광채가 대저택 분수의 물과 석조 얼굴들을 핏빛으로 물들였다. 새들이 목청껏 노래를 불렀고, 후작 나리의 침실에 난 세월의 풍파에 씻긴 웅장한 창틀 위에도 작은 새 한 마리가 앉아서 혼신의 힘을 다해 곱디고운 노래를 부르고 있었다. 이때 가장 가까운 곳에 조각된 석조 얼굴이 깜짝 놀라 입과 턱을 쩍 벌린 채, 겁에 질린 표정으로 뭔가를 응시하는 것 같았다.

해가 완전히 떠올랐고 마을이 잠에서 깨어 움직이기 시작했다. 여닫이 창문이 열렸고 요란한 소리를 내며 낡은 문짝의 빗장이 풀렸다. 사람들이 상쾌하지만 쌀쌀한 아침 공기에 몸을 떨며 밖으로 나왔다. 이제 마을 주민들이 온종일 매달려야 할, 참으로 고된 일과가 시작될 것이었다. 샘터로 가는 이들, 들판으로 가는 이들, 이쪽에서 땅을 파고 뭔가를 캐내는 사람들, 저쪽에서 비쩍 마른 가축을 돌보는 사람들, 앙상한 소를 몰고 눈을 씻고 찾아야 보이는 풀을 뜯기러 도로변으로 가는 사람들, 교회의 십자가 앞에 무릎을 꿇고 있는 두 사람이 보였다. 그중 한 사람이 끌고 온 소가 발밑에 난 메마른 잡초로 끼니를 때우고 있었다.

저택은 신분에 어울리게 그로부터 한참 뒤, 서서히 그러나 또렷하게 잠에서 깨어났다. 늘 그렇듯이, 가장 먼저 외로운 멧돼지 사냥용 창과 검이 붉게 물들면서 아침 햇살에 날카롭게 번쩍거렸다. 그다음, 모든 창문과 문이 활짝 열렸고, 마구간을 지키는 말들이 햇빛을 쬐려고 울타리 너머로 주위를 두리번거렸다. 열린 문으로 상쾌한 바람이 쏟아져 들어왔고 반짝반짝 빛을 발하는 잎사귀들이 와스스 소리를 내며 철창 위로 나부꼈다. 개들은 목줄을 힘껏 잡아당기며 얼른 풀어 달라고 참을성 없이 엉덩이를 들썩거렸다.

이런 사소한 일들은 모두 하루 일과의 일부였고 아침마다 벌어지는 일들이었다. 그러나 분명히 매일 아침 저택의 큰 종이 울리지는 않았을 것이다. 계단을 무수히 오르내리는 모습도, 다급하게 테라스를 오가는 사람들의 모습도, 여기저기에서 쿵쿵 울리는 발소리도, 황급히 안장을 얹자마자 말을 타고 어디론가 달려가는 모습도 매일 볼 수 있는 광경은 아니었다.

어떤 바람이 도로 수리공에게 이런 급박한 소식을 실어다 준 것일까? 그는 일찌감치 돌무더기 위에 올려놓아도 까마귀조차 쪼아 먹겠다고 덤비지 않을 (든 것 없는) 도시락 꾸러미를 들고 마을 너머 언덕 꼭대기에 있는 일터에 나와 있었다. 곡식 낟알을 부리에 물고 멀리멀리 날아가던 새들이 땅에 씨앗을 뿌리듯 그에게 소식을 떨어뜨려 준 것은 아닐까? 이렇든 저렇든 간에 그 무더운 아침에 도로 수리공은 목숨이 경각에 달린 사람처럼 무릎까지 모래 바람을 일으키며 언덕을 뛰어 내려가 한 번도 쉬지 않고 달려 마침내 샘터에 다다랐다.

모든 마을 주민들이 후줄근한 모습으로 샘터에 모여 서서 낮은 목소리로 수군댔지만, 그 소름 끼치는 사건에 대해 호기심과 놀라움 이상의 감정을 내보이지는 않았다. 허둥지둥 끌려 나와 목줄을 매어 둘 수 있는 아무 곳에나 줄이 묶인 소들이 뚱한 표정을 짓거나 자리에 앉아서, 여기까지 어슬렁거리며 걸어오는 길에 뜯어먹은 (굳이 수고롭게 되씹어 봐야 아무런 보람도 없는) 풀을 되새김질하여 질겅질겅 씹고 있었다. 후작의 저택에서 나온 몇 명, 역참에 소속된 몇 명, 세금과 관련된 일을 하는 공무원 전원이 딱히 위험할 것도 없는데 대충 무장을 하고 좁은 도로 맞은편에서 우왕좌왕 서성대고 있었다. 도로 수리공은 벌써 50명의 각별한 친구들 가운데로 뚫고 들어가 파란색 모자로 자기 가슴을 쳐 대고 있었다. 이 모든 일들은 어떤 사건의 전조였을까? 말을 타고 달려온 하인이 가벨을 잽싸게 끌어올려 태우고는 (평소보다 두 배나 무거운 짐을 실은 말은 아랑곳 없이), 독일 가곡 '레오노라'[2]의 최신판처럼 전속력으로 달려가는 모습은 어떤 사건의 전조였을까?

그것은 후작의 대저택에 널리고 널린 석조 얼굴이 하나 더 늘어날 전조였다. 간밤에 고르곤이 저택을 다시 한 번 둘러보고는 부족한 석조 얼굴 하나를 더 새겨 넣은 것이었다. 그 석조 얼굴은 고르곤이 지난 200년간 기다려 온 얼굴이었다.

그 석조 얼굴은 후작 나리의 베개 위에 편안히 놓여 있었다. 갑자기 놀라서 화를 내다가 그대로 굳어 버린, 멋진 가면 같은 석조 얼굴이었다. 석조 얼굴의 돌 심장에 꽂혀 있는 것은 바로, 칼이었다. 그리고 칼자루에 이렇게 휘갈겨 쓴 종이쪽지가 묶여 있었다.

"이자를 당장 무덤으로 끌고 가라. **자크**로부터."

---

2 1773년 독일의 시인 고트프리트 뷔르거(Gottfried Burger, 1747~1794)가 발표한 서정시이다. 레오노라의 죽은 연인 행세를 하던 유령이 번개가 내리치는 무서운 밤에 말을 타고 나타나 레오노라를 데리고 사라져 버렸다는 내용의 이야기이다.

10장
두 가지 약속

　1년이 넘는 시간이 흐르는 동안 찰스 다네이는 불문학에 정통한 불어 선생으로 영국에 자리를 잡았다. 그의 직업을 요즘 같으면 '교수'라 불렀겠지만 그 시절에는 '튜터'라 불렸다. 그는, 집이 부유하고 세계 여러 나라의 '구어(口語)' 연구에 관심이 많은 젊은이들과 함께 책을 읽는 한편, 언어 지식이나 문학 작품을 판단하는 안목을 키웠다. 그는 수준 높은 영어를 구사할 수 있었고, 게다가 여러 언어를 수준 높은 영어로 번역할 수도 있었다. 그 시절에는 이런 실력자를 찾기가 어려웠다. 아직은 왕자나 권력자들이 선생질을 해 먹기 전이었고, 텔슨 은행의 계좌가 막혀 버린 몰락한 귀족이 요리사나 목수가 되기 전이었다. 학생들을 재미있게 잘 가르치는 특별한 재능이 있는 튜터로서, 그리고 단순한 사전적 의미는 물론 함축적 의미까지도 파악해서 작품에 부여하는 문재(文才)가 뛰어난 번역가로서 찰스 다네이는 금방 명성도 얻고 찬사도 받게 되었다. 게다가 프랑스에 대한 영국인들의 관심이 날로 커져 가는 상황에서 그는 프랑스 정세에도 매우 밝았다. 찰스 다네이는 굽힐 줄 모르는 끈기와 지칠 줄 모르는 근면성 덕분에 나날이 성장해 갔다.

　찰스 다네이는 런던에서 황금이 깔린 길을 걷는 것도, 장미꽃잎이 뿌려진 침대에 눕는 것도 기대하지 않았다. 만약 그렇게 안락한 생활을 기대했다면 그는 성장하지 못했을 것이다. 그는 노동을 하며 살아가겠다고 작정했고 일자리를 찾았으며 최선을 다해 일했다. 이것이 그의 성공 비결이었다.

그는 일정 시간 케임브리지에서 밀수꾼 노릇을 했다. 관세청을 거쳐 당당하게 들여오는 품목인 그리스어나 라틴어 대신, 일종의 밀수품인 유럽 다른 나라의 언어를 학부생들과 함께 읽으며 지냈던 것이다. 그 외의 시간은 항상 런던에서 보냈다.

늘 따사로운 여름만 있던 에덴동산 시절부터 세상이라는 한겨울 속으로 인간이 내쳐진 지금에 이르기까지 남자라는 동물의 시선은 언제나 사랑하는 여인을 향해 있었다. 찰스 다네이의 시선도 그랬다.

그는 목숨을 잃을 뻔한 그 순간부터 루시 마네트를 사랑해 왔다. 그는 동정심이 가득한 루시의 목소리만큼 부드럽고 다정한 목소리를 들어본 적이 없었다. 그는 자신을 위해 파 놓은 무덤가에서 마주친 루시의 얼굴만큼 상냥하고 아름다운 얼굴을 본 적이 없었다. 하지만 그는 아직 그녀에게 그런 이야기를 한 적이 없었다. 풍랑 치는 바다와 먼지가 나부끼는 멀고 먼 길 너머, (차가운 돌로 지은 대저택 자체가 꿈속의 안개처럼 아득하게만 느껴졌다) 삭막한 대저택에서 암살이 일어난 후로 1년이 흘렀는데도, 그는 아직도 자신의 마음에 대해서 단 한마디도 털어놓지 못하고 있었다.

그에게는 그럴 만한 이유가 있었고 그 역시 그 이유를 너무도 잘 알고 있었다. 여름이 되어 대학 학기가 끝난 덕분에 최근에 런던으로 돌아온 다네이가 소호의 조용한 길모퉁이를 돌고 있었다. 그는 마네트 박사에게 자신의 마음을 털어놓을 시기를 엿보는 중이었다. 때는 여름의 문턱이었고 이런 날이면 루시가 미스 프로스와 함께 외출을 한다는 사실을 그는 알고 있었다.

다네이가 창가에 안락의자를 끌어다 놓고 앉아 책을 읽고 있는 박사의 모습을 발견했다. 오랜 고통을 겪는 동안 박사를 지탱해 주었으면서도 고통에 예민하게 반응하게 만들었던 활기가 그간에 조금씩 살아나고 있었다. 박사는 이제야말로 뚜렷한 목적의식, 확고한 결단력, 활발한 적극성을 두루 갖춘, 진정으로 활기찬 사나이가 되어 있었다. 물론 회복된 다른 재능들이 그랬듯이 되찾은 활기도 가끔씩 불쑥불쑥 변덕을 부리곤 했다. 그러나 이제 그런 일이 예전처럼 눈에 띄게 자주 일어나는 것도 아니었고 오히려 증상이 조금씩 사라지고 있었다.

그는 연구 시간을 늘리고 잠자는 시간을 줄였다. 그러면서도 좀 과한 피로도 쉽게 이겨 낼 줄 알았고 항상 활기가 넘쳤다. 박사는 찰스 다네이가 들어가자 책을 한쪽으로 치우고 다네이의 손을 움켜잡았다.

"찰스 다네이! 이렇게 얼굴을 보니 좋구면. 지난 사나흘 동안 자네가 언제쯤 돌아올지 손꼽아 기다렸다네. 스트라이버와 칼튼은 어제 다녀갔어. 그 두 사람도 자네가 예정보다 늦는 것 같다고 하더군."

"두 분이 제게 관심이 있다니 황송하군요."

다네이는 박사에게는 매우 다정하게 대했지만 그 두 사람에 대해서는 좀 냉정한 반응을 보였다.

"그런데, 마네트 양은……."

"잘 있지."

박사가 잠시 쉬었다가 말을 이었다.

"자네가 돌아온 걸 알면 모두들 기뻐할 걸세. 루시는 지금 집안일 때문에 잠깐 나갔는데 곧 돌아올 거야."

"마네트 박사님, 마네트 양이 집에 없는 줄 알고 왔습니다. 따님이 집에 없을 때 박사님께 따로 드릴 말씀이 있어서요."

잠시 침묵이 흘렀다.

"그래?"

박사가 조심스럽게 물었다.

"의자를 이리 가져와서 앉게. 얘기해 보자고."

의자를 가져오는 일은 쉬웠지만 말을 꺼내기는 쉽지 않았다.

"마네트 박사님, 그동안 제가 이곳에 올 때마다 편하게 대해 주셔서 정말 행복했습니다."

다네이가 한참 뜸을 들이다가 마침내 입을 열었다.

"1년 반이나 흘렀네요. 제가 지금 말씀드리려는 이야기는……."

박사가 손을 들어 올려 말을 막는 바람에 다네이는 하던 말을 멈췄다. 박사는 잠시 그렇게 손을 들고 있다가 팔을 내렸다.

"루시에 관한 이야긴가?"

"그렇습니다."

"루시에 관한 이야기는 언제 들어도 긴장이 된다네. 그런데 자네가 그런 말투로 이야기를 꺼내니 더 긴장되는군, 찰스 다네이."

"제 말투는 열렬한 흠모와 진실한 존경과 깊은 사랑에서 비롯된 말투입니다, 마네트 박사님!"

또다시 잠시 침묵이 흘렀다. 마침내 박사가 입을 열었다.

"그 말을 믿네. 내가 아는 자네는 올곧은 사람이니까. 자네 말을 믿는다네."

"이야기를 계속해도 될까요, 박사님?"

다시 침묵.

"그래, 계속해 보지."

"제가 무슨 말씀을 드리려고 하는지 이미 짐작하고 계실 겁니다. 제가 얼마나 간절한 마음으로 이 말씀을 드리는지, 제 감정이 얼마나 절실한지는 모르시겠지만요. 또 제가 얼마나 오랫동안 희망과 두려움과 간절함으로 남몰래 가슴앓이를 해 왔는지도 모르시겠지요. 마네트 박사님, 저는 따님을 끔찍이 사랑합니다. 진심으로 열렬하게, 그리고 아무런 사심 없이 제 모든 것을 다 바쳐서 사랑합니다. 세상천지에 흔한 것이 사랑이라 해도 저는 따님을 사랑합니다. 박사님도 사랑에 빠져 본 적이 있으시죠. 제 고백을 들으시면서 부디 그때의 경험을 떠올려 주십시오!"

박사가 고개를 돌린 채 바닥을 내려다보며 앉아 있었다. 다네이의 마지막 말에 그가 다급히 손을 뻗으며 외쳤다.

"제발 그만! 그만둬. 그 기억을 헤집지 말게. 내 이렇게 부탁하네!"

그의 외침 속에서 고통이 얼마나 뼈저리게 느껴졌는지 박사가 말을 멈춘 후에도 오랫동안 그 외침 소리가 다네이의 귓전에서 맴돌았다. 박사가 다네이에게 손을 뻗었다. 제발 그만하라고 호소하는 몸짓 같았다. 다네이가 박사의 뜻에 수긍했고 다시 침묵이 흘렀다. 잠시 후 박사가 차분해진 어조로 입을 열었다.

"자네에게 양해를 구해야겠군. 나는 루시에 대한 자네의 사랑을 믿어 의심치 않네. 그러면 된 거 아니겠는가."

박사는 다네이 쪽으로 돌아앉으면서도 그를 쳐다보지도, 바닥에 꽂힌 시선을 들지도 않았다. 그는 손으로 턱을 괴었다. 백발이 성성한 머리카락이 얼굴 위로 드리워졌다.

"루시에게 이야기를 꺼내 보았는가?"

"아닙니다."

"편지도 안 써 보았나?"

"한 번도요."

"사랑하는 여인의 아버지를 염려해서 지금껏 고백을 자제해 온 자네의 노력을 내가 모르는 척해서야 쓰나. 그 여인의 아버지로서 고맙게 생각하네."

박사는 손을 내밀었지만 그 손을 바라보지는 않았다. 다네이가 공손하게 대답했다.

"저도 압니다. 어찌 모를 수가 있겠습니까, 마네트 박사님. 지금껏 두 분을 매일같이 지켜본걸요. 두 분 사이의 애정이 얼마나 각별하고 얼마나 감동적인지, 두 분이 지금까지 어려운 상황을 겪어 오면서 얼마나 단단하게 맺어졌는지 저도 잘 압니다. 아무리 다정한 부녀지간이라도 두 분과는 비교조차 할 수 없을 겁니다. 마네트 박사님, 저도 압니다. 어찌 모를 수가 있겠습니까? 따님의 마음속에 장성한 여인으로서 아버지에게 느끼는 애정과 도리는 물론, 아버지께 언제까지나 기대고 싶어 하는 어린애 같은 사랑도 뒤섞여 있다는 것을요. 저도 압니다. 한결같이 몸과 마음을 다 바쳐 정성껏 박사님을 봉양하는 따님의 마음속에는, 부모 없이 어린 시절을 보낸 탓에 잃어버렸던 부모님에 대한 믿음과 애착을 보상받고자 하는 바람이 담겨 있다는 것을요. 저도 잘 알고 있습니다. 설사 박사님께서 실제로 돌아가셨다가 부활하신다 해도, 지금 따님이 박사님을 대하는 것보다 더 성스러운 분으로 박사님을 받들 수는 없다는 것을요. 저도 압니다. 따님이 박사님을 끌어안을 때, 박사님의 목에 두른 그 손에 아기와 소녀와 여인의 마음이 모두 담겨 있다는 것을요. 저도 압니다. 박사님에 대한 따님의 사랑은, 당시에 따님과 비슷한 나이였던 젊은 시절의 어머니에 대한 사랑이요, 제 나이였던 젊은 시절의 박사님에 대한 사랑일 뿐 아니라, 가슴이 찢어질 만큼 아팠던 어머니에 대한 사랑이며, 끔찍한 수감 생활을 겪어 내고 회복이란 축복을 누리게 된 아버지에 대한 사랑이라는 것을요. 이 모든 것들은 박사님 댁에 드나들기 시작한 후로 하루하루 지나며 차츰 알게 된 사실들입니다."

박사는 얼굴을 숙인 채 조용히 앉아 있었다. 박사의 호흡이 조금씩 빨라졌지만 발작의 다른 증상들은 모두 잘 참아 내고 있었다.

"존경하는 마네트 박사님, 이런 사실을 늘 알고 있었기 때문에, 그리고 박사님을 성스러운 광채처럼 여기는 따님을 늘 곁에서 지켜봐 왔기 때문에, 저는 사람이 할 수 있는 만큼 참고, 참고, 또 참아 왔습니다. 저는 (설사 저 혼자만의 사랑이라 하더라도) 제 사랑이 두 분 사이에 끼어들게 되면, 그것 하나만으로도 충분히 괴로운 박사님의 과거와 관련된 뭔

191

가를 건드리게 될 것 같은 느낌이 계속 들었고 지금도 그렇습니다. 하지만 저는 따님을 사랑합니다. 제가 따님을 얼마나 사랑하는지 신께서 분명히 알고 계십니다!"

박사가 쓸쓸한 목소리로 대답했다.

"자네 말을 믿네. 전부터 그렇게 생각해 온 걸. 그 말을 믿는다네."

다네이는 박사의 쓸쓸한 목소리가 원망하는 것처럼 느껴졌는지 이렇게 말했다.

"하지만 제가 장차 따님을 아내로 맞이할 만큼 행복한 운명을 타고나서 언제든지 두 분을 갈라놓을 수 있을 거라고는 믿지 말아 주십시오. 그럴 가능성이나 그럴 마음이 제게 조금이라도 있다면 지금 이런 말들을 이렇게 함부로 내뱉을 수 없을 겁니다. 그런 일은 애당초 불가능하다는 것도, 그게 얼마나 비열한 짓인지도 저는 잘 알고 있습니다. 먼 훗날에라도 제가 그럴 작정을 한다면, 아니 그런 생각을 잠시라도 품는다면 지금 이렇게 존경하는 박사님의 손을 잡을 수 없을 겁니다."

이렇게 말하며 다네이는 박사의 손 위에 자신의 손을 포갰다.

"존경하는 마네트 박사님. 저도 박사님처럼 스스로 프랑스에서 망명한 사람입니다. 저도 박사님처럼 불화와 탄압과 프랑스 동포들의 비참한 상황이 싫어서 뛰쳐나온 사람입니다. 저도 박사님처럼 혼자 힘으로 열심히 살아가다 보면 더 나은 미래가 올 것이라 믿으며 조국을 떠나온 사람입니다. 제가 바라는 것은 오직, 박사님과 장래를 함께하는 것, 박사님의 가족이 되어 함께 살아가는 것, 죽을 때까지 박사님께 정성을 다하는 것뿐입니다. 그런 일이 제게 허락된다면, 마네트 양의 특권을 절대 빼앗지 않고 박사님의 자식, 동반자, 친구로서 곁에서 도우며 두 분이 더 가까워질 수 있도록 애쓰겠습니다."

그의 손은 여전히 박사의 손 위에 놓여 있었다. 박사는 그 손길에 대답하듯, 잠깐이지만 차갑지 않게 다네이의 의자 팔걸이에 두 손을 올려놓왔다. 그러고는 대화를 시작한 후 처음으로 그의 얼굴을 바라보았다. 박사의 얼굴에는 뭔가를 억누르려고 애쓰는 듯한 표정이 또렷이 떠올라 있었다. 그는 이따금 습관처럼 밀려드는 원인 모를 의심과 두려움을 이겨내느라 이렇게 애쓰는 듯한 표정을 짓곤 했다.

"찰스 다네이, 자네가 이렇게 다정하고 남자답게 말해 주니 진심으로 고맙기도 하고 내 마음도 열릴 것 같네. 아니 거의 다 열렸다네. 그런데 루시가 자네를 사랑한다고 믿을 만한 근거가 있나?"

"아닙니다. 아직은 없습니다."

"나에게 이렇게 마음을 터놓는 직접적인 목적이 그건가? 일단 내가 알고 있는 루시의 마음이 어떤지 확인하려고?"

"그건 아닙니다. 그런 것이었다면 이렇게 몇 주를 애타게 기다리지도 않았겠지요. 그런 것이었다면 (때가 적절하든 적절치 않든) 바로 다음 날로 용기를 냈을 겁니다."

"그럼 뭘 알려 달라는 겐가?"

"그것도 아닙니다, 박사님. 하지만 그렇게 하는 것이 옳다고 생각하신다면 박사님께서 힘을 써 주실 가능성도 있겠다는 생각을 하긴 했습니다."

"그럼 내게 약속을 받으려는 겐가?"

"바로 그겁니다."

"무슨 약속?"

"박사님이 아니면 제게 아무런 희망도 없다는 것을 저는 잘 알고 있습니다. 설사 마네트 양이 지금 이 순간 그 순결한 마음에 저를 품고 있다고 해도, (이런 가정을 한다고 건방진 놈이라고 생각지는 말아 주십시오) 그 마음에 제가 비집고 들어갈 틈이 없다는 것도 잘 알고 있습니다."

"그렇다면, 자네가 보기에는 그럴 만한 다른 이유가 있는가?"

"마네트 양이, 구혼자가 누구든 그 사람에 대한 아버지의 의견 한마디를 자신의 감정이나 세상 전체의 시선보다 훨씬 중시하리라는 것을 저는 잘 알고 있습니다. 하지만 그런 까닭에, 마네트 박사님⋯⋯."

다네이가 정중하면서도 단호하게 말했다.

"저에 관해 잘 말씀해 달라는 청을 넣으려는 것은 더더욱 아닙니다."

"나도 꼭 그렇게 할 생각이네, 찰스 다네이. 아무리 가깝고 사랑하는 사이라 해도 먼 사이와 마찬가지로 비밀은 있는 법이라네. 가까운 사이 일수록 미묘하고 예민해서 꿰뚫어 보기 힘든 부분도 있거든. 이런 점에서 나에게는 내 딸 루시야말로 알 수 없는 비밀 덩어리라네. 나 역시 그 애의 마음 상태가 어떤지 짐작조차 하지 못하니까."

"그럼, 박사님. 박사님 생각에는 따님에게 혹시⋯⋯."

다네이가 머뭇거리며 말을 잇지 못하자 박사가 뒷말을 보태었다.

"다른 구혼자가 있느냐고?"

"제가 여쭙고 싶은 것이 바로 그겁니다."

박사는 잠시 생각을 해보더니 이렇게 대답했다.

"칼튼이야 자네도 여기서 본 적이 있을 테고, 가끔씩 스트라이버도 이곳에 드나든다네. 루시에게 누군가 구혼을 했다면 그 두 사람 중 한 명이겠지."

"아니면, 둘 다일 수도 있지요."

다네이가 말했다.

"난 둘 다일 거라고는 생각하지 않아. 그보다야 차라리 둘 다 아닐 가능성이 더 크지. 그런데 자네가 나한테 약속을 해 달라고 했지. 자 그럼 이제 그게 뭔지 말해 보게."

"그건 말입니다, 만약에, 언제가 됐든 따님이 따님 쪽에서 먼저 제가 오늘 감히 박사님께 털어놓은 것과 같은 이야기를 털어놓는다면, 오늘 말씀드린 제 감정과 그에 대한 박사님의 믿음을 따님께 보여 주십사 하는 겁니다. 저에 대해 반대하고 싶은 충동이 드실 때 한 번 더 깊이 생각해

194

봐 주셨으면 하는 바람입니다. 그렇게만 해 주신다면 더는 바랄 것이 없습니다. 이것이 제 청입니다. 박사님께는 마땅히 요구할 권리가 있으시니, 제 청에 대한 조건이 있으시다면 말씀해 주세요. 바로 따르겠습니다."

박사가 말했다.

"아무런 조건 없이 약속하지. 나는 자네의 목적이 자네 말마따나 순수하고 진실하다는 것을 믿네. 나는 자네가 목표를 이룰 수 있을 것이라 믿네. 또 그렇게 된다 해도 나와 내가 사랑하는 이들과의 관계가 소원해지지 않으리란 걸 믿네. 완벽하게 행복해지려면 자네가 꼭 필요하다고 내 딸이 말한다면 그 애를 자네에게 주겠네. 그런데 만약에 말일세, 찰스 다네이, 만약⋯⋯."

다네이가 고마운 마음에 박사의 손을 잡았다. 박사가 다음과 같은 말을 하는 동안 두 사람은 계속 손을 잡고 있었다.

"만약에 여자가 진심으로 사랑하는 남자에게 다른 의도나 걱정이나 불안감이나 뭐든 그런 게 있다면, 그게 새것이든 묵은 것이든 (설사 그것에 대해 직접적인 책임이 없다 해도) 남자는 여자를 위해 그것들을 모두 흔적 없이 지워 버려야 하네. 그 애는 나의 전부야. 나에게 그 애는 '고통'보다 큰 존재야. 또 '불평등'보다 큰 존재고⋯⋯. 이런! 대체 내가 무슨 말을 지껄이고 있는 거지."

박사가 이런 식으로 말끝을 흐리면서 입을 다무는 것이, 그리고 말을 멈추면서 다네이의 얼굴을 빤히 쳐다보는 것이 너무나 이상해서 다네이는 자신의 손이 차가워지는 것 같았다. 박사가 천천히 다네이의 손을 놓았다.

"자네가 나한테 뭐라고 중요한 말을 한 것 같은데?"

박사가 억지로 미소를 지으며 말했다.

"뭐라고 했지?"

뭐라고 대답해야 할지 할 말을 찾지 못하던 다네이가 약속의 조건에 관해 이야기를 나누던 것을 떠올렸다. 그는 다행이라 여기며 이렇게 말했다.

"박사님이 제게 이렇게 마음을 터놓으시니 저도 이제는 저에 관해 완전히 털어놓아야겠군요. 제가 현재 쓰고 있는 제 이름은, 언젠가 박사님이 기억해 내실지도 모르지만, 어머니의 성을 조금 바꾼 것이지 제 본명이 아닙니다. 박사님께 제가 왜 가명을 쓰게 됐는지, 그리고 영국에는 왜 와 있는지 말씀드리고 싶어요."

"잠깐만!"

보베의 의사가 말했다.

"저는 박사님께서 믿을 만한 사람, 비밀을 터놓아도 좋을 사람이 되고 싶습니다."

"그만!"

순간 박사가 두 손으로 귀를 막았다. 그러더니 순식간에 그 두 손으로 다네이의 입을 틀어막았다.

"내가 물어보면 그때 말해 주게. 지금은 아니야. 자네의 구혼이 성공하면, 루시가 자네를 사랑한다면, 그때, 결혼식 날 아침에 말해 주게. 약속해 주겠나?"

"기꺼이요."

"내게 손을 주게. 루시가 곧 집에 올 거야. 그리고 그 애가 오늘 밤에는 우리 둘이 같이 있는 모습을 보지 않는 게 좋겠어. 어서 가게! 행운을 빌겠네!"

해가 질 무렵 찰스 다네이는 그 집을 나섰다. 그리고 그로부터 한 시간 뒤 날이 더 어두워졌을 때 루시가 집에 돌아왔다. 루시는 (미스 프로스가 곧장 위층으로 올라가는 바람에) 혼자서 서둘러 방 안으로 들어갔다가 아버지의 독서 의자가 비어.있는 것을 보고 깜짝 놀랐다.

"아버지! 어디 계세요, 아버지!"

루시가 외쳤다. 대답 대신 아버지의 침실에서 희미하게 망치질 소리가 들려왔다. 중간에 있는 방을 얼른 지나 침실문 안을 들여다본 루시는 피가 얼어붙을 만큼 깜짝 놀라 방 밖으로 뛰쳐나오며 마음속으로 소리를 질렀다.

'어쩜 좋아! 어떻게 하지!'

그러나 루시는 금방 정신을 가다듬었다. 그러고는 서둘러 아버지의 침실로 돌아가 노크를 하고 다정하게 아버지를 불렀다. 루시의 목소리에 망치질 소리가 멎었다. 아버지는 딸에게 바로 다가왔고 두 사람은 오랫동안 방 안을 함께 거닐었다.

루시는 밤에 잠을 자다가 침대에서 나와 잠든 아버지를 살펴보러 갔다. 아버지는 깊이 잠들어 있었고, 아버지의 구두 연장 상자와 미처 다 만들지 못한 낡은 구두는 평소처럼 그렇게 놓여 있었다.

11장

배우자의 상(像)

"시드니, 펀치 한 병 더 말지. 자네한테 할 말이 있어."

스트라이버가 밤인지 새벽인지 아리송한 시간에 자칼에게 말했다.

시드니 칼튼은 그날 밤 평소의 두 배나 되는 양의 일을 해치웠고, 그 전날 밤도, 그 전전날 밤도, 벌써 며칠째 계속 이렇게 일하며, 스트라이버의 산더미 같은 서류들을 정리했다. 장기 휴가[1]를 떠나기 위한 준비였다. 마침내 서류 작업이 끝났다. 스트라이버에게 당당하게 밀린 월급도 받아 냈다. 11월이 되어 자욱한 안개와 함께 안개처럼 불투명한 법적 문제들이 몰려와 다시 돈벌이가 다시 시작되기 전까지 해야 할 일은 모두 끝마친 셈이었다.

어찌나 열심히 일을 했던지 칼튼은 매가리가 하나도 없었고 제정신도 아니었다. 밤새 머리에 얹는 젖은 수건이 평소보다 더 많이 필요했다. 그리고 수건을 얹기에 앞서 평소보다 더 많은 양의 와인을 마셔야 했다. 그래서 지난 여섯 시간 동안 틈틈이 새로 적셔야 했던 수건을 머리에서 풀어 대야에 던져 넣은 지금, 칼튼은 컨디션이 말이 아니었다.

---

1 영국의 법원에는 개정기와 휴정기가 있었다. 네 번째 개정기가 끝난 7월부터 성 미카엘 축일인 9월 29일까지가 휴정기였고, 11월 초에 본격적으로 첫 번째 개정기가 시작되었다. 여기에서 장기 휴가란 여름 휴정기를 말한다.

"펀치 더 말고 있어?"

덩치가 큰 스트라이버가 손을 배 위에 얹고 소파에 드러누운 채로 주위를 둘러보며 물었다.

"응."

"이제 이리 와 봐! 자네가 깜짝 놀랄 만한 이야기를 해 주지. 어쩌면 평소에 자네가 나에 대해 생각했던 것만큼 영리한 생각이 아닐 수도 있지만. 나 결혼할 생각이네."

"자네가?"

"그래. 돈 때문은 아니야. 이제 자네 생각을 말해 봐."

"말을 많이 할 기력이 없어. 누구랑 하는데?"

"맞혀 보게."

"내가 아는 여잔가?"

"맞혀 보라니까."

"난 안 맞힐 거야. 벌써 새벽 5시야. 그리고 뇌가 머리 뚜껑을 열고 날아가 버렸단 말일세. 내 대답을 듣고 싶으면 이따 저녁때 다시 물어보게나."

스트라이버가 앉아 있던 자세에서 천천히 몸을 일으키며 말했다.

"그럼 내가 말해 주지. 자네를 이해시키지 못하다니 나 자신에게 실망했네. 자네가 워낙 둔감하긴 하지만 말이야."

시드니가 부지런히 펀치를 저으며 대답했다.

"그리고 자넨 감수성과 낭만적 기질이 흘러넘치고 말이지."

스트라이버가 과장되게 웃으며 곁으로 다가왔다.

"아무렴! 나는 연애소설의 주인공이 되겠다고 우길 생각은 없어. (그러기엔 아는 게 너무 많거든) 그래도 내가 자네보다는 훨씬 섬세할걸."

"그 말뜻은 나보다 더 운이 좋다는 뜻이겠지."

"그런 뜻이 아니야. 내 말은 그래도 내가 자네보다는 더, 더……."

"자네가 마땅한 단어를 생각해 내는 동안 일단 신사적이라고 해 두자고."

칼튼이 제안했다.

"그래, 나도 신사적이라고 말하려고 했어."

스트라이버가 우쭐해져서 펀치를 만들고 있는 친구에게 말했다.

"내 말은, 그래도 나는 자네보다는 여자들에게 호감을 사려고 신경도 쓰고 노력도 하는 남자란 말일세. 어떻게 하면 여자들에게 호감을 살 수 있는지 자네보다 더 잘 알기도 하고."

"계속해 보시지."

시드니 칼튼이 말했다.

스트라이버가 특유의 거만한 태도로 고개를 저으며 말했다.

"아니, 내가 말을 계속하기에 앞서, 내 말이 왜 사실인지 자네에게 설명해 주지. 자네도 나만큼, 아니 나보다 더 자주 마네트 박사님 댁에 드나들었지. 그런데 도대체 왜 거기에만 가면 언짢은 사람처럼 낯을 가리는지! 그 집에만 가면 늘 말도 없고 부루퉁해 가지고 쭈뼛거리기나 하고 말이지. 시드니, 정말 자네가 창피하더라니까!"

"법정에서 일할 때도 뭐든 창피해할 줄 알면 사회에 보탬이 되는 사람이 될 수 있을 텐데. 창피한 걸 느끼다니, 다 내 덕분인 줄 알아야지."

칼튼이 대답했다. 스트라이버가 칼튼을 어깨로 밀며 말했다.

"그런 식으로 넘어가려고 하지 말게, 시드니. 난 자네에게 이런 말을 해 줘야 할 의무가 있어. 내가 자네 면전에 대고 이런 말을 하는 것은 내 말이 자네에게 피가 되고 살이 되었으면 해서야. 자네는 이 사회의 암적 존재야. 자네는 불쾌감을 주는 존재라고."

칼튼은 방금 만든 펀치를 큰 잔으로 들이켜며 웃었다. 스트라이버가 자세를 바로하며 말했다.

"날 좀 봐! 나는 호감을 사려고 자네보다 애쓸 필요가 없어. 난 자네보다 여건이 훨씬 낫거든. 그런데 내가 왜 그래야 하지?"

"난 자네가 그러는 거 한 번도 못 봤는데."

칼튼이 중얼거렸다.

"그건 내가 사려 깊은 사람이기 때문이야. 난 원칙에 따라 산다고. 날 봐! 내가 얼마나 잘해 나가고 있는지."

"자넨 지금 결혼에 관한 이야기는 그다지 잘해 나가고 있지 않아."

칼튼이 무심하게 말했다.

"하던 이야기나 마저 했으면 좋겠어. 그리고 자넨 내가 아무런 가망도 없다는 것도 모르잖아?"

칼튼이 약간 비난조로 말했다.

"자네가 가망 없을 일이 뭐가 있다고."

친구가 무성의하게 대꾸했다.

"내가 아는 한, 내게는 가망 있을 일이 전혀 없어. 그런데 결혼 상대가 누구야?"

시드니 칼튼이 말했다.

"자, 그 이름을 밝혀서 자네를 불쾌하게 만들려는 의도는 아니야, 시드니."

스트라이버가 중대 발표를 하기 직전 짐짓 우정을 가장하며 이렇게 말했다.

"자네가 하는 말 중에 절반은 진심이 아니라는 걸 난 알아. 하기야 모두 진심이라고 해도 별 상관은 없지만. 내 사설이 이렇게 길어지는 건, 예전에 자네가 그 아가씨를 약간 깔보듯이 말한 적이 있기 때문이야."

"내가?"

"분명히, 그것도 바로 이 방에서."

시드니 칼튼이 펀치를 한 번 쳐다본 다음 득의에 찬 친구의 얼굴을 한 번 쳐다보았다. 그는 펀치를 마셔 버리고 득의에 찬 친구를 다시 쳐다보았다.

"자네가 그 여자를 '금발 인형'이라고 부른 적이 있지. 바로 마네트 양일세. 시드니, 자네가 감각이 좀 있거나 그쪽으로 눈치가 빠른 친구라면, 마네트 양을 그런 식으로 불렀을 때 화가 났을 걸세. 하지만 자넨 그렇지 않아. 감각이 전혀 없단 말일지. 그래서 자네의 그런 표현을 듣고도 난 전혀 기분 나쁘지 않았어. 전혀 그림을 볼 줄 모르는 사람이 내가 그린 그림을 무시한다든가 음악을 들을 줄 모르는 사람이 내가 작곡한 음악을 무시할 때보다도 더 아무렇지 않았다고."

시드니 칼튼이 친구를 바라보며 큰 잔으로 펀치를 벌컥벌컥 들이켰다. 스트라이버가 말했다.

"자, 이제 자네에게 모든 걸 알려줬네, 시드. 난 재산 따위는 관심 없어. 마네트 양은 매력적인 여자니까. 그리고 지금껏 난 마음 가는 대로 살아 왔어. 그리고 무엇보다도 난 마음 가는 대로 살아갈 여유가 있다고 생각하네. 그녀는 이미 꽤 성공한 남자, 출셋길이 보장되어 있는 남자, 탁월한 능력이 있는 남자를 남편으로 맞이하게 될 거야. 그녀에겐 행운이지. 하지만 그녀는 그런 행운을 누릴 만한 자격이 있어. 그런데, 자네 놀랐나?"

칼튼이 여전히 펀치를 마시며 대꾸했다.

"왜? 내가 왜 놀라야 하나?"

"그럼 찬성하는 건가?"

칼튼이 여전히 펀치를 마시며 대꾸했다.

"찬성하고 말고 할 이유가 없지 않은가?"

친구 스트라이버가 말했다.

"좋아! 생각했던 것보다 너무 쉽게 찬성하는 걸 보니, 자네는 돈을 대신 벌어 줘야 하는 대상 이상으로 날 생각하지 않는 것 같군. 그래도 그렇게 긴 세월을 함께 지내 왔으니 자네의 오랜 단짝이 매우 의지가 강한 사람이라는 것쯤은 잘 알겠지. 시드니, 아무런 변화도 없는 이런 생활은 충분히 했어. 남자가 마음 내킬 때 가정을 꾸릴 수 있는 건 참 좋은 일이라고 생각하네. (뭐, 내키지 않으면 그냥 그렇게 살 수도 있고) 그리고 마네트 양은 어떤 상황에서도 똑 부러지게 말을 잘하니까 언제나 날 더 돋보이게 해 줄 거야. 그래서 결심했다네. 시드니, 나의 죽마고우, 이제 자네의 장래에 대해서도 몇 마디 해야겠군. 자네도 알다시피 자넨 지금 너무 막 살고 있어. 돈 귀한 줄도 모르고, 몸뚱이도 막 굴리고, 그러다가는 병든 가난뱅이 신세로 전락할 날이 오고 말 걸세. 자네도 이젠 제발 곁에서 돌봐 줄 여자를 생각해 봐야지."

칼튼의 눈에는 성공한 후원자처럼 구는 친구가 평소보다 두 배쯤 뚱뚱해 보였고, 평소보다 네 배쯤 재수 없어 보였다. 스트라이버가 말을 이었다.

"이제 자네에게 충고 한마디 하지. 현실을 직시해. 나는 나만의 방식으로 현실을 직시하며 살아왔다네. 그러니까 자제도 자네만의 방식으로 현실을 직시해야 해. 결혼을 하게. 자네를 돌봐 줄 누군가를 찾아. 자넨 여자에게 흥미도 없고 잘 알지도 못하고 요령도 없지만, 그런 것은 개의치 말고 임자를 찾게. 적당히 재산도 있고 외모도 그럭저럭 봐 줄 만한 여자를 찾아서 결혼하게나. 여관이나 하숙집 여주인 같은 여자를 찾아서 폐인이 될 때를 대비해야. 자네에겐 그런 여자가 필요해. 잘 생각해 보게, 시드니."

"잘 생각해 보지."

칼튼이 대답했다.

12장

섬세한 남자

스트라이버는 황송하게도 박사의 딸에게 엄청난 행운을 베풀기로 마음먹고 장기 휴가를 떠나기에 앞서 그녀에게 이 사실을 알려 행복을 만끽하게 해 줘야겠다고 결심했다. 그는 이 문제에 대해 약간 고민한 끝에 사전 작업을 미리 끝내 놓는 것이 좋겠다고 결론 내렸다. 그래야 성 미카엘 축일보다 한두 주 앞서 식을 올릴 것인지, 아니면 힐러리 기간 (1월) 전 짧은 크리스마스 연휴에 식을 올릴 것인지 여유롭게 일정을 잡을 수 있을 터였다.

재판에 자신이 있는 스트라이버는 이 문제에 한 점 의혹도 품지 않았고 자신의 뜻대로 평결이 날 것이라 확신했다. (고려할 만한 가치가 있는) 현실적이고 세속적인 근거들만을 토대로 배심원단과 논쟁을 한다고 치면 허점이 전혀 없는 간단한 사건이었다. 스스로 원고가 되어 봐도 뒤엎어질 만한 여지가 없을 정도로 근거가 충분했다. 피고 측 변호사는 졌다는 듯 서류를 집어 던졌고, 배심원단도 돌아서서 논의를 할 필요가 없었다. 모든 진술이 끝난 후 재판장 스트라이버는 이보다 더 명백한 사건은 있을 수 없다며 흡족해했다.

이에 따라 스트라이버는 장기 휴가에 들어가면서 마네트 양에게 복스홀 공원에 데려가 주겠다고 정식으로 제안했지만 거절당했고, 라넬라 유원지에 데려가겠다는 제안도 아무 까닭 없이 거절당했다. 그래서 그는 소호로 자신이 몸소 찾아가 자신의 훌륭한 결정을 선포하는 것이 좋겠다고 결론지었다.

그래서 스트라이버는 본격적인 장기 휴가를 만끽하기에 앞서, 템플 바에서 소호 쪽으로 어깨로 행인들을 밀쳐 대며 걷고 있었다. 템플 바 한쪽에 위치한 세인트 던스탄 교회에서 소호 쪽으로, 스트라이버가 도로를 전세 낸 듯 힘없는 사람들을 마구 밀치며 활보하는 눈꼴신 광경을 지켜본 사람들의 눈에는 그가 함부로 대할 수 없는 엄청난 권력자처럼 보였다.

그는 텔슨 은행을 지나다가 마침 텔슨 은행에 계좌도 있겠다, 마네트 일가와 막역한 사이인 로리도 알겠다, 은행에 들러 로리에게 소호의 지평선을 찬란하게 밝혀 줄 자신의 계획을 귀띔해 줘야겠다고 생각했다. 그래서 그는 목구멍에서 삐걱거리는 소리가 가냘프게 새어 나오는 문을 밀고 들어가 휘청거리며 계단 두 단을 내려간 뒤 늙어 꼬부라진 직원 두 명을 지나 어깨를 거들먹거리며 곰팡내 나는 뒷방으로 들어갔다. 로리는 그곳에 앉아 계산을 하느라 거대한 장부에 세로로 줄을 긋고 있었다. 그곳에서는 하늘 아래 있는 것은 모두 계산을 해서 합계를 내는지 창문에도 쇠창살이 세로줄처럼 쳐져 있었다.

"안녕하시오! 어떻게 지내세요? 물론 잘 지내시겠죠!"

스트라이버가 말했다. 어느 장소, 어느 공간에서든 항상 지나치게 커 보이는 것이 스트라이버의 큰 특징이었다. 텔슨 은행에서도 어찌나 덩치가 커 보였던지, 저쪽 구석에 있는 늙은 직원들까지 스트라이버 때문에 벽에 처박히기라도 한 것처럼 힐난하는 표정으로 그를 바라보았다. 멀찌감치 떨어진 곳에서 위엄 있게 신문을 읽던 은행장까지도 스트라이버가 머리로 자신의 고상한 조끼를 들이받기라도 한 것처럼 불쾌한 표정으로 시선을 내리깔았다.

신중한 로리는 이런 상황에서 딱 본보기가 될 만한 목소리로 이렇게 말하며 악수를 나누었다.

"스트라이버 씨. 어서 오십시오. 잘 지내시죠, 고객님?"

은행장이 지켜보고 있을 때 고객과 악수를 나누는 텔슨 은행의 모든 직원들의 손에서는 독특한 분위기가 묻어났다. 그들은 자기 자신을 완전히 지워 버리고 자신이 '텔슨 은행' 그 자체인 것처럼 악수를 나누었던 것이다.

"무엇을 도와 드릴까요, 스트라이버 씨?"

로리가 특유의 사무적인 태도로 물었다.

"아, 아니, 됐습니다. 오늘은 사적인 일로 선생을 찾아온 겁니다, 로리 씨. 따로 드릴 말씀이 있어서요."

"아, 그렇군요!"

로리는 이야기를 들으려고 몸을 앞으로 숙이면서 멀찌감치 앉아 있는 은행장을 계속 살폈다. 스트라이버가 의기양양하게 책상 위에 팔을 기댔다. 다른 책상보다 두 배나 큰 책상이었는데도 그의 몸 절반 크기밖에 되지 않았다.

"실은 제가 지금 선생의 다정한 친구 마네트 양에게 청혼을 하러 가는 길이랍니다, 로리 씨."

"아, 그래요."

로리가 턱을 손으로 문지르며 손님을 미심쩍다는 듯 바라보았다.

"'아, 그래요.'라고요?"

스트라이버가 그의 말을 따라 하며 뒤로 물러섰다.

"'아, 그래요.'라니오? 무슨 뜻입니까, 로리 씨?"

실무자가 대답했다.

"제 뜻은 그저, 친구로서 감사한다는 뜻과 함께, 당신의 명성에 큰 도움이 될 테니 당신 바람이 이루어질 수도 있겠단 뜻이었습니다. 하지만 스트라이버 씨도 알다시피……."

로리는 말을 멈추고 이상한 태도로 고개를 저었다. 마치, 마음속으로라도 이런 말을 덧붙이지 않고서는 못 배기겠다는 태도였다.

'당신도 알다시피, 당신은 너무너무 뚱뚱해!'

스트라이버가 눈을 부릅뜨고 숨을 깊이 들이마시더니 손으로 책상을 탕탕 치면서 시비조로 말했다.

"흠! 내가 선생 말을 제대로 이해했다면 퇴짜를 맞을 거란 말씀이군요!"

로리는 귀 위의 작은 가발을 바르게 매만지고 펜의 깃털을 씹으며 어떻게 하면 이 언쟁을 끝낼 수 있을지 궁리 중이었다.

"젠장! 선생, 나는 자격이 없다는 건가요?"

스트라이버가 로리를 뚫어지게 바라보며 말했다.

"아, 설마요! 스트라이버 씨는 자격이 충분하죠! 스트라이버 씨가 자격이 있다고 말한다면 그런 것이겠지요."

"그럼, 내가 별로 성공하지 못했단 말인가요?"

스트라이버가 말했다.

"아! 스트라이버 씨가 성공한 사람이라고 말한다면 그런 것이겠지요."

로리가 말했다.

"그럼, 내가 앞으로 더 출세하지 못할 거란 말인가요?"

"스트라이버 씨가 앞으로 더 출세할 것이라고 말한다면, 아무도 그 말을 의심하지 않을 겁니다."

로리는 다시 한 번 맞장구쳐 줄 수 있게 된 것을 다행스러워하며 말했다.

"그렇다면, 도대체 당신 생각이 뭡니까, 로리 씨?"

스트라이버가 눈에 띄게 풀이 죽어 말했다.

"글쎄요. 그런데 지금 그리로 곧장 갈 겁니까?"

로리가 물었다.

"당장 갈 겁니다!"

스트라이버가 주먹으로 책상을 쾅 내리치며 말했다.

"내가 스트라이버 씨라면 가지 않을 겁니다."

스트라이버가 말했다.

"왜죠? 제가 이제 선생에게 질문을 할 겁니다."

그는 법정에서처럼 검지를 흔들며 말했다.

"선생은 실무자이니 근거가 있어야 합니다. 근거를 대세요. 왜 가지 않겠다는 거죠?"

로리가 말했다.

"나라면 성공을 확신할 만한 근거도 없이 섣불리 청혼을 하지는 않을 테니까요."

"젠장! 정말 어이가 없군요!"

스트라이버가 소리쳤다. 로리가 멀찌감치 앉아 있는 은행장과 화가 난 스트라이버를 차례로 흘깃 쳐다보았다. 스트라이버가 말했다.

"여기에 다년간 은행에서 경험을 쌓은 실무가가 있습니다. 그분에게 청혼이 성공할 수밖에 없는 세 가지 중요한 근거를 이미 요약해 드렸는데도 아무런 근거도 없다고 말씀하시는군요. 머리가 있다면 어디 말씀해 보세요."

스트라이버는 로리가 머리가 없어서 그런 말을 한다면 차라리 놀랍지나 않겠다는 듯 이렇게 말했다.

"제가 '성공'이라 말한 것은, 상대가 젊은 아가씨일 때 성공할 수 있겠느냐는 말이었습니다. 제가 말한 '근거와 이유' 역시, 젊은 아가씨에게 먹혀들 만한 근거와 이유냐를 말한 것이고요. 젊은 아가씨예요."

로리가 스트라이버의 팔을 가볍게 두드리며 말했다.

"상대는 젊은 아가씨란 말입니다. 그게 제일 중요한 점이에요."

스트라이버가 팔짱을 끼며 말했다.

"로리 씨, 그렇다면 선생 말은, 선생의 고견에 따르면 현안에서 가장 중요한 그 상대가 고상한 척 내숭 떠는 멍청이라는 겁니까?"

로리가 얼굴이 벌게져서 말했다.

"제 얘기는 그런 뜻이 아닙니다, 스트라이버 씨. 내 말은 젊은 아가씨에 대해서 모욕적인 언사를 행하는 입술을 절대 그냥 지나치지 않겠다는 뜻입니다. 그리고 내가 아는 사람 중에 (그런 이가 없길 바라지만) 몹시 취향이 천박하고 성격이 오만해서 이 책상 앞에서 젊은 아가씨를 모욕하는 말을 참지 못하고 지껄이는 작자가 있다면, 내가 그 작자에게 한 방 먹이더라도 텔슨 은행도 감히 나를 가로막지는 못할 것이라는 말입니다."

화를 내야 할 차례가 되었는데도 감정을 꾹 참느라 스트라이버는 혈관 속의 피가 거꾸로 치솟는 것 같았다. 평소처럼 규칙적으로 흐르던 로리의 혈관 속 피도 이런 말을 하는 동안에는 그리 좋은 상태가 아니었다. 로리가 말했다.

"내 말 뜻은 이겁니다. 그 점만은 꼭 지켜 줬으면 좋겠군요."

스트라이버는 잠시 자를 들고 모서리를 빨다가 자로 박자를 맞추며 이를 두드렸는데 이를 아프게 잘못 건드린 모양이었다. 그가 어색한 침묵을 깨며 이렇게 말했다.

"로리 씨, 이거 정말 생소한 경험이로군요. 내가, 이 고등 법원의 스트라이버가 소호에 가서 청혼을 하면 안 된다는 것이 선생의 신중한 조언이란 말입니까?"

"내게 조언을 구한 것이 아니었나요, 스트라이버 씨?"

"조언을 구했지요."

"좋아요. 그래서 나는 조언을 했고, 당신이 방금 그 조언을 정확하게 따라 했지요."

"달리 할 말이 없네요."

스트라이버가 허탈하게 웃었다.

"이런, 이런, 하하! 과거에도, 현재에도, 미래에도, 어이가 없을 따름이군요."

"이제 제 입장도 좀 이해해 주시죠."

로리가 잠시 말을 멈췄다.

"나는 실무자로서 이런 문제에 대해서 이야기할 자격이 없습니다. 실무자로서 이런 문제에 대해 아는 것이 없기 때문입니다. 하지만 그 가족의 오랜 동료로서, 마네트 양을 팔에 안고 바다를 건너온 사람으로서, 마네트 양과 그 아버지가 믿는 친구로서, 두 사람에게 깊은 애정이 있는 사람으로서 스트라이버 씨와 지금껏 이런 이야기를 나눈 것입니다. 기억해 보세요. 지금 이 대화는 내가 원해서 하고 있는 게 아닙니다. 제 말이 틀렸습니까?"

스트라이버가 휘파람을 불며 말했다.

"물론 아니지요. 아무래도 상식적인 제삼자를 찾긴 그른 것 같군요. 내가 직접 알아볼 수밖에 없겠어요. 난 그 방면으로는 제법 감각이 있으니까. 선생이야 그 고상한 실무 말고는 감각이라고는 눈을 씻고 찾아봐도 없는 분 아닙니까. 뭐, 내 입장에서는 좀 생소한 의견이긴 하지만 어쩌면 선생 말이 맞을 수도 있죠."

로리는 얼굴이 다시 확 붉어지는 것을 느끼며 말했다.

"스트라이버 씨, 나에 대해 내 스스로 그렇게 말하는 것은 괜찮습니다. 그렇지만 내가 이런 말을 하는 것을 이해하세요. 다른 남자의 입에서 나에 대해 그런 평가가 나온다면 설사 텔슨 은행 밖이라 해도 절대 가만있지 않을 겁니다."

"저런! 제가 용서를 구해야겠네요!"

스트라이버가 말했다.

"잘못을 인정한다니 고맙군요. 그건 그렇고, 스트라이버 씨. 제가 지금 하려는 말은 이겁니다. 본인 생각이 틀렸다는 것을 알면 스트라이버 씨도 괴로울 테고, 대놓고 거절을 해야 하는 마네트 박사님도 괴로울 테죠. 하지만 그중에서도 마네트 양이 이 일을 어떻게 솔직하게 이야기하지, 하며 가장 괴로워할 겁니다. 스트라이버 씨도 알다시피 영광스럽고 행복하게도 저는 마네트 가족과 친분이 깊답니다. 스트라이버 씨만 괜찮다면, 뭐 당신이 내게 맡긴 일도 아니고 내가 당신을 대변할 수 있는 것도 아니지만, 그 일을 좀 더 확실히 살펴보고 판단한 후에 내 조언이 틀렸다면 정정하는 일을 내가 맡죠. 그런데도 내 조언이 만족스럽지 않으면, 그때 가서 본인이 직접 확인해도 될 테니까요. 반대로 내게서 만족스러운 조언이 나온다면 달라질 게 없으니 서로가 난처한 일을 겪지 않아도 되고요. 어떻습니까?"

"집에서 얼마나 기다리면 될까요?"

"아! 몇 시간 안 걸릴 겁니다. 이따 저녁에 소호에 갔다가 그 후에 스트라이버 씨를 찾아가지요."

스트라이버가 말했다.

"좋습니다. 그렇다면 저는 지금 거기에 가지 않겠습니다. 뭐, 당장 거기 못 가서 안달 난 것도 아니니까요. 전 좋아요. 그럼 이따 밤에 뵙겠습니다. 안녕히 계십시오."

그런 다음 스트라이버는 몸을 돌려 쌩하고 은행을 빠져 나갔다. 그가 어찌나 바람처럼 달려 나갔던지 카운터 뒤에 서서 인사를 하던 늙어 꼬부라진 직원 두 명은 바람에 쓰러지지 않기 위해 있는 힘을 다 끌어모아야 했다. 사람들은, 볼 때마다 늙고 힘없는 두 사람이 늘 인사를 했기 때문에 고객이 은행을 나가더라도 다른 고객이 들어올 때까지 그 두 사람은 텅 빈 대기실을 향해서도 계속 인사를 하고 있을 것이라 생각했다.

변호사는 꽤 예리한 사람이라 은행가가 심적인 확신보다 구체적인 증거가 적어서 자신의 견해를 제대로 이야기하지 않았다는 것을 알아챘다. 거대한 알약을 삼킬 각오가 되어 있지 않아서 알약을 잠깐 내려

놓은 것이었다. 스트라이버는 템플 법정에서 쓰는 검지를 흔들며 이렇게 말했다.

"자, 이제 내가 빠지고 나면 당신이 틀렸다는 것이 입증될 거야."

말하자면 자신을 안심시키려는 올드 베일리 모사꾼의 전술이었다. 스트라이버가 말했다.

"당신은 내가 틀렸다는 것을 증명하지 못할 거요, 젊은 아가씨. 당신이 틀렸다는 것을 내가 증명해 주지."

밤 10시가 되어서 로리가 문을 두드렸을 때, 스트라이버는 아침에 나눈 이야기 따위는 안중에도 없는 것처럼 보이기 위해 일부러 책과 서류 더미들을 어질러 놓고 그 가운데에 앉아 있었다. 그는 다른 일에 완전히 정신이 팔려 있는 사람처럼 로리를 보고 깜짝 놀라는 척까지 했다.

천성이 선량한 사자(使者)는 그 문제를 상기시키려고 반시간 내내 공연히 헛심만 뺀 후 이렇게 말했다.

"그래요! 그래서 소호에 갔었답니다."

스트라이버가 차갑게 대답했다.

"소호요? 아, 확인하러! 내가 지금 무슨 생각을 하고 있는 거야!"

로리가 말했다.

"가서 대화를 나누어 본 결과, 의심할 여지없이 내 생각이 옳았어요. 내 의견이 옳은 것이 확인되었으니 이제 내 조언을 다시 말씀드려야겠군요."

스트라이버가 더할 나위 없이 친근한 태도로 이렇게 대답했다.

"분명히 말해 두는데, 선생의 답변도 유감스럽고 그 불쌍한 아버지의 대답도 유감스럽습니다. 그 가족이 앞으로 이 일을 돌이켜 보며 두고두고 속 쓰려 하리라는 걸 난 분명히 알고 있거든요. 이 이야기는 더 이상 하지 맙시다."

"무슨 말인지 모르겠군요."

로리가 말했다. 스트라이버가 고개를 끄덕이며 말했다.

"그러실 테죠. 그래도 별 상관없잖아요."

"상관이 있습니다."

로리가 채근했다.

"아니, 상관이 없습니다. 장담컨대 상관없어요. 그분들은 그 정도 감각은 있을 줄 알았는데 감각이 전혀 없군요. 그리고 기특하게 여길 만큼의 야망은 있을 줄 알았는데 야망도 전혀 없고요. 그래도 다행히 실수는 면했네요. 나한테 해로울 것도 없고요. 젊은 여자들이야 흔히들 이런 어리석음을 범하니까요. 가난과 고난에 빠지고 나서야 뒤늦게 후회하는 젊은 여자들이 어디 한둘인가요. 내 입장이 아닌 다른 사람의 입장에서 말하자면, 일이 이렇게 되어서 유감입니다. 결혼이 성사되었다면 실리적으로 내가 손해를 봤을 테니까요. 내 입장에서 말하자면, 일이 이렇게 되어서 다행입니다. 결혼이 성사되었다면 실리적으로 내가 손해를 봤을 테니까요. 굳이 이런 말까지 할 필요는 없지만 결혼이 성사되었다 해도 내게는 아무런 이득이 없었을 겁니다. 이렇게 되었다 해도 난 손해 볼 게 전혀 없어요. 젊은 아가씨에게 청혼을 한 것도 아니고 우리끼리만 아는 일이니까요. 돌이켜 보니 정말로 내가 그런 생각을 했던 것인지조차 의심스럽네요. 로리 씨, 선생도 고상한 척 내숭만 떨 뿐 허영심 강하고 경솔하며 머리가 텅 빈 아가씨들은 어쩌지 못하는군요. 어쩔 수 있을 거라는 기대는 하지 않는 게 좋겠어요. 필시 늘 실망만 하게 될 테니. 이제 더 이상 이 얘기는 하지 맙시다. 말했다시피 다른 분들의 결정은 유감스럽지만 제 결정은 참 다행입니다. 선생의 의중을 떠볼 수 있게 허락해 주시고 나에게 그런 조언까지 해 주시다니, 선생에게 참으로 큰 은혜를 입었습니다. 선생이 나보다 그 젊은 아가씨에 대해 훨씬 더 잘 아시는군요. 선생생각이 옳았어요. 결코 이루어져서는 안 될 일이었어요."

로리는 어쩌나 황당했던지 멍하니 스트라이버를 바라보았다. 스트라이버가 그렇게 놀라는 것도 무리는 아니라는 듯 관대하고 호의적인 표정을 지은 채, 문 쪽을 향해 로리를 어깨로 밀었다. 스트라이버가 말했다.

"선생은 나름대로 최선을 다해 주셨습니다. 그래도 이제 이 문제는 더이상 거론하지 맙시다. 선생의 고견을 들을 수 있게 허락해 주신 점 다시한 번 감사드립니다. 안녕히 가십시오!"

로리는 오밤중에 자신이 어디에 있는지조차 미처 깨닫지 못한 채 건물 밖으로 밀려났다. 스트라이버는 소파 위에 드러누워 천장을 향해 윙크를 날렸다.

13장

섬세함이라고는 찾아볼 수 없는 남자

시드니 칼튼이 어디에 가든 빛이 나는 사람이라면, 마네트 박사의 집에서만 빛이 나지 않는 것이 분명했다. 그는 그 집에 1년 내내 드나들었지만 늘 침울하고 뚱한 표정으로 겉돌기만 했다. 말을 하려고 들면 곧잘 했지만, 무엇에도 관심을 두지 않는 무기력이라는 구름이 너무나 짙게 드리워져 있어서 내면의 빛이 그 장막을 뚫고 빛을 발하는 일은 좀처럼 없었다.

그러나 그는 그 집 주위의 도로는 물론 도로에 깔린 의미 없는 돌멩이에까지 관심이 있었다. 그는 숱한 밤을 비참한 기분에 젖어 막연히 그 동네 이곳저곳을 어슬렁대며 보냈다. 술을 마셔도 조금도 위안이 되지 않는 밤이면 늘 그랬다. 스산한 새벽빛에 그 집 주변을 서성대는 외로운 그의 모습이 드러나는 날도 많았다. 또, 그날의 첫 햇발이 눈부시게 빛을 발해 교회의 첨탑이나 높은 건물에게서 아름다움을 앗아 가는 순간까지 그 집 주변을 떠나지 못하는 날도 숱하게 많았다. 아마도 고요한 그 시간에는 하루 중 다른 시간에는 잊고 있거나 떠올릴 수 없는 여러 생각들이 머릿속에 떠올라 기분이 좀 좋아지는 모양이었다. 근자에 들어, 그는 템플 법원 숙소에 방치되어 있는 그의 침대에서 잠을 잔 일이 별로 없었고, 침대에 들었다가도 몇 분을 견디지 못하고 다시 밖으로 나와 유령처럼 그 동네를 배회했다.

8월 어느 날, 스트라이버가 (자칼에게 "결혼 문제는 좀 더 생각해 보기로
했다."라고 통보한 다음) '자신의 섬세한 감각'을 싸 들고 데번셔로 여행을
떠난 후였다. 도시의 거리에 만발한 꽃들이 눈부신 자태와 그윽한 향기
로, 끔찍한 악당들에게는 선량한 마음을, 죽어 가는 환자들에게는 건강
을, 늙은이들에게는 젊음을 불어넣고 있었다. 칼튼의 발길은 여전히 길
바닥의 돌멩이들 위에서 맴돌고 있었다. 그의 발길은 그날도 정처 없이
머뭇머뭇 떠돌다가 용무가 생겨서 활기를 되찾았지만 이내 용무가 끝났
고 다시 박사의 집 문 앞으로 그를 이끌었다.

칼튼이 안내를 받아 위층으로 올라가자 혼자 일하고 있는 루시의 모습
이 보였다. 칼튼과 마음 편하게 지낸 적이 없던 루시는 칼튼이 테이블 가
까이 앉자 조금 당황했다. 그러나 일상적인 대화를 몇 마디 나누다가 칼
튼의 얼굴을 바라본 루시는 그의 얼굴이 평소와 다르다는 것을 알았다.

"얼굴이 좋아 보이지 않네요. 걱정이에요. 칼튼 씨!"

"아닙니다, 마네트 양. 제 생활 자체가 건강에 하등 도움이 안 돼서 그
렇습니다. 저같이 방탕한 놈이 무슨 건강을 기대할 수 있겠습니까?"

"그런 뜻이 아니라……. 용서하세요. 그런 질문을 입에 담으려고 했던
건 아니에요. 그런데 딱하네요. 좀 더 건강한 생활을 하실 순 없나요?"

"그럴 수 없는 게 부끄럽군요!"

"그럼 왜 바꾸지 않으세요?"

루시는 상냥하게 그의 얼굴을 바라보다가, 눈물에 젖은 그의 눈을 발
견하고는 놀라움과 슬픔을 금치 못했다. 이렇게 대답하는 그의 목소리에
서도 울음이 배어 나왔다.

"그러기엔 너무 늦었습니다. 저는 절대 나아질 수 없을 거예요. 점점 나
락으로 떨어져 결국엔 망가지고 말겠지요."

그는 테이블에 팔꿈치를 괴고 손으로 눈을 가렸다. 그의 몸과 함께 테

이블이 가만히 흔들렸다. 이렇게 약한 칼튼의 모습을 본 적이 없는 루시는 몹시 당황스러웠다. 칼튼은 눈으로 보지 않고도 그녀가 얼마나 당황하는지 알 수 있었다. 그가 말했다.

"용서하세요, 마네트 양. 당신에게 하고 싶은 말을 막상 꺼내려니 감정이 북받치는군요. 제 이야기를 들어 주시겠습니까?"

"칼튼 씨, 당신을 조금이라도 도울 수 있다면, 그리고 당신을 행복하게 해 드릴 수 있다면 얼마든지 듣겠어요!"

"그 따뜻한 동정심에 신의 은총이 함께하시길!"

칼튼은 잠시 후 얼굴에서 손을 치우고 차분하게 이야기를 시작했다.

"제게 어떤 이야기를 듣게 될까 걱정하지 마세요. 들으면서 겁내지도 마시고요. 저는 이미 어려서 죽은 사람이랍니다. 제 인생은 어려서 이미 끝나 버렸는지도 몰라요."

"그렇지 않아요, 칼튼 씨. 저는 칼튼 씨 인생의 전성기가 아직 찾아오지 않았다고 확신해요. 그리고 자신을 훨씬 더 가치 있는 사람이라 여기셔도 괜찮다고 확신한답니다."

"마네트 양, 그렇게 말씀해 주시니 고맙군요. 하지만 저 자신은 제가 더 잘 알아요. 저의 비참한 마음속에 자리 잡은 수수께끼에 대해서는 제가 더 잘 알지만, 그래도 그 말씀만큼은 절대로 잊지 않겠습니다!"

루시는 얼굴이 창백해져서 바르르 몸을 떨었다. 칼튼은 그녀를 달래 주려고 했지만, 워낙 자신에 대한 절망감에 젖어 있는 사람이라 그런지 분위기만 더 어색해지고 말았다.

"마네트 양, 저는 당신도 알다시피 자신을 내팽개친 형편없는 술꾼에 자학을 일삼는 가련한 인간입니다. 설령 당신이 이런 남자의 사랑을 받아 주신다 해도, 저는 지금 이 순간에도 알고 있습니다. 그렇게 해 주신다면 저야 행복해지겠지만, 제가 당신에게 안겨 드릴 수 있는 것은 비참함과 슬픔과 후회와 고통과 치욕뿐이며 종당에는 제가 당신을 나락으로 끌고 들어가게 될 것이라는 것을요. 당신이 제게 아무런 호감이 없다는 것은 저도 잘 압니다. 하지만 저는 당신에게 아무것도 바라지 않습니다. 당신에게 뭔가를 바랄 수 없다는 사실에 오히려 고마움을 느낀답니다."

"사랑이 아니면 저는 당신을 도울 수 없는 건가요, 칼튼 씨? 그럴 수 없는 절 용서하세요! 그럼 제가 당신을 더 나은 삶으로 이끌 수는 없는 건가요? 절 믿어 주신 당신에게 보답할 수 있는 방법은 정녕 없는 건가요? 이것이 저에 대한 믿음이란 걸 전 알아요."

루시는 잠시 망설이다가 진심 어린 눈물을 흘리며 신중하게 말했다.

"당신이 다른 사람들에게는 이런 이야기를 하지 않으리라는 거 알아요. 이 일을 계기로 당신을 위해 제가 할 수 있는 일이 없을까요, 칼튼 씨?"

칼튼이 고개를 저었다.

"당신이 할 수 있는 일은 없어요, 마네트 양, 아무것도요. 조금만 제 이야기를 더 들어 주신다면 그것으로 저를 위해 할 수 있는 일은 다 하시는 겁니다. 당신이 제 영혼의 마지막 꿈이라는 것을 알아주셨으면 좋겠습니다. 제가 비록 밑바닥 인생을 살고는 있지만, 여기서 바라본, 아버지와 함께 있는 당신의 모습, 당신이 손수 꾸린 이 가정의 모습은 이 밑바닥 인생과 너무나 달랐고, 그 모습들은 제게서 죽어 나간 줄만 알았던 옛날의 기억들을 휘저어 놓았습니다. 당신을 알게 된 후로, 너무나 괴롭게도 다시는 자신을 탓하지 않으리라 여겼던 가책이 다시 느껴졌고, 영영 들리지 않으리라 여겼던 목소리, 저를 격려하던 오래전 목소리가 다시 소곤소곤 들려왔답니다. 다시 노력해 보자, 새로 시작해 보자, 태만과 방탕함을 청산하고 팽개쳐 두었던 투지를 다시 불태워 보자, 이런 생각들은 막연하게나마 해 봤습니다. 그러나 꿈이었습니다. 모두가 꿈이었어요. 꿈을 꾼 사람만 덜렁 남고 아무것도 남지 않는 헛된 꿈이었어요. 그래도 당신이 그 꿈을 불어넣어 주셨다는 것만은 알아주셨으면 좋겠습니다."

"아무것도 남지 않고 그 꿈이 모두 사라졌나요? 아, 칼튼 씨. 다시 생각해 보세요. 다시 한 번만 노력해 주세요."

"아닙니다, 마네트 양. 그 꿈을 꾸는 동안 저는 제가 그럴 만한 놈이 못 된다는 것을 깨달았습니다. 저는 늘 약점투성이 인간으로 살아왔고 지금도 마찬가지예요. 당신이 어느 날 문득 저를 사로잡아, 잿더미에 불과한 제게 불을 지펴 주셨다는 것을 알아주시길 바라기엔, 전 너무나 약점이 많은 인간입니다. 또 당신이 제게 불을 지펴 주셨지만, 그 불은 저의 타고난 본성과 갈라놓을 수 없는 불이기에, 아무것도 소생시키지 못하고 아무것도 밝히지 못하며 아무런 기여도 하지 못한 채 그저 헛되이 타올라 사라져 버리고 말 겁니다."

"칼튼 씨, 당신이 저를 만난 후에 더 불행해지신 것은 제 불찰이에요."

"그런 말씀 마세요, 마네트 양. 누군가 저를 바람직하게 바꿀 수 있다면 그건 당신일 겁니다. 제가 상태가 더 나빠진다 하더라도 당신이 그 원인일 수는 없어요."

"당신의 마음 상태가 어떤지 당신이 설명하신 대로라면, (까놓고 말해서 그 말씀은) 모든 일이 어느 정도는 제가 당신께 끼친 영향 탓이란 말씀이군요. 그렇다면 제가 당신께 도움이 되는 영향을 끼칠 순 없을까요? 제게는 당신을 좋은 쪽으로 이끌 힘이 전혀 없는 걸까요?"

"마네트 양, 지금 상황에서 제가 드릴 수 있는 최선의 답변은, 제가 이곳에 당신을 만나러 왔다는 사실입니다. 비록 잘못된 길로 들어선 인생이지만, 제가 세상천지 어디에 가서 살든, 당신께 제 마음을 열어 드렸다는 사실을, 그리고 제 안에 아직 당신이 안쓰러워하고 안타까워할 만한 점이 남아 있다는 사실을 기억하며 여생을 살아갈 수 있게 해 주십시오."

"칼튼 씨, 당신 스스로 더 좋은 사람이 될 수 있다고 믿으시라고 이렇게 간절하게, 온 마음을 다 바쳐, 애원하고 또 애원할게요!"

"마네트 양, 더 이상 스스로를 믿으라고 제게 애원하지 마세요. 저는 제 자신을 충분히 겪어 왔고 저 자신에 대해서는 제가 더 잘 압니다. 제가 당신께 괜한 걱정을 끼쳤군요. 얼른 이야기를 끝내야겠네요. 언젠가 제가 오늘을 회상하게 되면, 제 평생 마지막으로 털어놓은 제 마음을 당신께서 순수하고 순결한 가슴속에 고이 간직하고 있을 것이라고, 그 누구와도 나누지 않고 고스란히 담아 두고 계실 것이라고 믿어도 되겠습니까?"

"당신께 위로가 된다면 그렇게 할게요."

"당신이 가장 사랑하는 분께도요?"

"칼튼 씨."

루시가 마음이 흔들렸던지 잠시 말을 멈추었다가 대답했다.

"그것은 당신의 비밀이지 저의 비밀이 아니니까요. 당신 뜻을 존중하겠다고 약속할게요."

"감사합니다. 그리고 다시 한 번 신의 은총이 함께하시길 빕니다."

칼튼은 그녀의 손에 키스를 하고 문을 향해 걸어갔다.

"마네트 양, 지나는 말로라도 제가 오늘 이 대화를 입 밖에 낼까 염려하지 않으셔도 됩니다. 이 이야기는 절대 꺼내지 않을 겁니다. 제가 죽는 것보다 더 확실한 방법은 없겠지요. 저는 죽는 순간에도, 제 이름과 제 잘못과 제 고통이 당신의 마음속에 오롯이 담겨 있다는 사실과 당신에게 제 마지막 맹세를 드린 일을 성스러운 추억으로 간직할 것입니다. 하여 당신께 감사하고 당신을 축복할 것입니다. 제가 드린 말씀 말고는 당신의 삶에 늘 빛이 가득하기를, 늘 행복하기를 기원합니다!"

칼튼은 지금까지 그가 보여 준 모습과 너무나도 달랐다. 루시 마네트는, 그동안 그가 얼마나 자신을 방치해 왔는지, 매일같이 얼마나 방탕하게 살아왔는지를 떠올리자 슬픔이 밀려와서 그만 서글프게 흐느껴 울고 말았다. 그때 칼튼이 그녀를 돌아다보았다.

"진정하세요! 마네트 양, 저는 그럴 만한 가치가 없는 놈입니다. 한두 시간만 지나면 저는 천박한 패거리와 어울려 그토록 경멸하면서도 그만두지 못하는 천박한 짓거리를 저지르고 있을 테니까요. 그럴 때의 저란

놈은, 길바닥을 기어 다니는 어떤 비천한 놈들보다도 당신이 눈물을 흘려 줄 가치가 없는 놈이란 말입니다. 그러니 진정하세요! 다만, 제 겉모습은 지금까지 당신이 보아 온 모습 그대로일 것이나, 제 내면은 항상 당신을 향해 있을 것입니다. 당신께 드리는 제 마지막 청은 이 말을 믿어 달라는 겁니다."

"그럴게요, 칼튼 씨."

"제 청은 그게 답니다. 그리고 앞으로는 당신과 어울리는 점이라고는 눈을 씻고 찾아봐도 없고 당신의 발치에도 미치지 못하는 손님 때문에 시달리는 일이 생기지 않도록 해 드리지요. 군이 말할 필요도 없지만 제 마음에서 우러나서 드리는 말씀입니다. 당신을 위해, 당신이 사랑하는 이들을 위해 저는 무엇이든 할 겁니다. 제 경력이 당신을 위해 희생할 기회나 자격을 얻는 데 보탬이 된다면, 저는 기꺼이 당신과 당신이 사랑하는 이들을 위해 희생할 겁니다. 가끔 조용한 시간에 저를, 제가 드린 말씀이 진심이라는 것만 떠올려 주십시오. 때가 곧 올 겁니다. 머지않아 당신에게도 새로운 '실'이 이어질 때가 올 겁니다. 당신이 가꾼 가정과 당신을 부드럽지만 견고하게 이어 줄 '실' 말입니다. 그 '실'은 당신을 가장 우아하게, 그리고 기쁘게 만들어 줄 소중한 '실'이랍니다. 아, 마네트 양, 행복한 아버지의 얼굴을 쏙 빼닮은 아기가 당신의 품 안에서 당신을 올려다볼 때, 그리고 당신이 당신 발치에서 자라나는 당신처럼 눈부시게 아름다운 아이를 내려다볼 때, 당신과 사랑하는 생명을 갈라놓지 않기 위해서 기꺼이 생명을 바칠 남자가 있다는 사실을 떠올려 주십시오!"

칼튼이 마지막 인사를 남기고 그녀에게서 떠나갔다.

"그럼 안녕히! 신의 은총이 늘 함께하시길!"

14장

정직한 장사꾼

제러마이어 크런처는 매일 플리트 거리에 걸상을 놓고 앉아 끔찍한 장난꾸러기를 옆에 세워 둔 채 엄청나게 많은 다양한 사물들이 지나다니는 광경을 구경했다. 하루 중 가장 붐비는 시간에 플리트 거리에 앉아 두 줄기의 거대한 행렬을 보면서도, 과연 머리가 멍해지고 귀가 멍멍해지지 않을 사람이 있을까? 두 줄기의 행렬 가운데 하나는 태양을 따라 서쪽으로 향했고 다른 하나는 태양을 등지고 동쪽으로 향했다. 그리고 두 개의 줄기 모두 결국은 태양이 떨어지는 지평선 아래 빨간색과 자주색으로 물든 곳을 향해 갔다.

제리는 앉아서 지푸라기를 씹으며, 몇백 년 동안 하나의 물줄기밖에 보지 못하며 일을 해 온 본데없는 시골뜨기처럼 두 줄기의 흐름을 바라보고 있었다. 다만, 제리는 그들과 달리 흐르는 줄기가 말라 버릴 것이라고는 생각하지 않았다. 아니, 제리는 그런 일이 일어나지 않기를 바라는 축에 속했다. 그의 수입의 극히 일부가 (대부분 중년인) 겁 많은 부인네들을 텔슨 은행 쪽에서 건너편 물가로 건네주고 받는 사례비로 충당되기 때문이었다. 제리는 이렇게 잠깐씩 스쳐 지날 때마다 그 기회를 놓치지 않고 부인네들에게 큰 관심을 표하면서 부인들의 만수무강을 위해 건배를 하는 영광을 꼭 누리게 해 달라고 간청했다. 그러면 부인네들은 그토록 친절한 목적이라면 얼른 실행에 옮기라며 그에게 술값을 내주었고 방금 살펴본 대로 그 사례비가 바로 수입의 일부가 되었다.

시인이 공공장소에 걸상을 놓고 앉아 사람 구경을 하며 시상을 떠올리던 시절이 있었다. 제리도 공공장소에 걸상을 놓고 앉아 있기는 했지만, 그는 시인이 아니었기 때문에 시상을 떠올리는 행위를 최대한 삼가면서 주위를 두리번거리고 있었다.

그날 제리는 오가는 행인도 거의 없고 약속 시간에 늦어서 서둘러 길을 건너려는 부인네도 거의 없는 도로에서 자리를 지키고 앉아 있었다. 요즘 하는 일마다 별 재미를 보지 못했던 제리는, 지금도 전에 이야기한 자세로 '쪼그려 앉아' 있는 것이 분명하다며 아내를 심히 의심하고 있었다. 그때 중앙 광장에서 플리트 거리 서쪽으로 쏟아져 나오는 이상한 패거리 쪽으로 제리의 주의가 쏠렸다. 그쪽 방향을 바라보던 제리가, 이쪽으로 다가오고 있는 것이 장례 행렬이라는 것을 알아차렸고, 장례 행렬 때문에 소란이 일면 사람들이 질색할 것이라 생각했다.

제리가 아들을 돌아보며 말했다.

"아들 제리야, 장례 행렬이다."

"홀라, 아버지!"

아들 제리가 외쳤다.

꼬마 신사는 뭐가 그렇게 신이 나는지 괴성을 질렀다. 어른 신사는 그 환호성이 어찌나 거슬렸던지 아무도 안 보는 틈을 노려 꼬마 신사의 귀싸대기를 올려붙였다.

아빠 제리가 아들 제리를 바라보며 말했다.

"그게 무슨 소리야? 왜 괴성을 지르지? 애비한테 무슨 말을 하려는 거야, 너 건달이야? '홀라'라니! 한 번만 더 그딴 소리 내질러 봐. 그땐 단단히 혼을 내 줄 테니. 내 말 알아들어?"

"전 아무 잘못 안 했는데요."

아들 제리가 뺨을 문지르며 대들었다. 아빠 제리가 말했다.

"그만해. 내가 듣고 싶은 말은 아무 잘못도 안 했다는 말이 아니다. 어서 일어나서 사람들이 뭘 하는지나 살펴봐."

아들은 아버지의 말에 따랐고, 군중은 점점 가까이 오고 있었다. 그들은 칙칙한 관과 칙칙한 운구 마차 주위에서 고함을 지르거나 야유를 외쳐 대고 있었고, 단 한 명의 유족이 이런 예식과 상황에 꼭 필요한 것이라 여겨지는 칙칙한 상복 차림으로 유족 마차에 타고 있었다. 딱 보기에도 절대 그 유족이 달가워할 만한 상황은 아니었지만, 마차를 둘러싼 무리들의 조롱 소리가 점점 커져갈수록 그의 얼굴도 점점 일그러졌다. 군중들이 계속 야유를 퍼부어 댔다.

"야! 첩자다! 야, 이 망할 첩자 놈아!"

감히 입에 담을 수도 없는 찬사들이 쉴 새 없이 쏟아져 나왔다. 제리는 항상 장례식에 이상하리만치 관심이 많았다. 그는 장례 행렬이 지나갈 때면 언제나 신경을 곤두세우고 흥미진진하게 그 모습을 지켜보았다. 그런데 이렇게 평범치 않은 조문객들이 잔뜩 모여든 장례 행렬이라니 제리가 몹시 흥분하는 것도 당연했다. 그는 자신을 향해 달려오는 첫 번째 남자를 붙잡고 물었다.

"이봐요, 무슨 일이에요? 무슨 일이 난 거요?"

"나도 잘 모르겠소."

남자가 말했다.

"첩자다! 이 찢어 죽일 첩자 놈아!"

제리가 다른 남자를 붙잡고 물었다.

"저게 누구죠?"

"나도 몰라요."

남자가 대답했다. 그러더니 두 손으로 손나발을 만들어 입에 대고 열기를 내뿜으며 열광적으로 소리를 질러 댔다.

"첩자다! 우우! 이 망할 첩자 노오옴아!"

한참 후, 사건의 진상에 대해 정보가 훨씬 많은 한 남자가 제리와 부딪혀 넘어질 뻔하는 바람에 제리는 그 사람에게서 이 장례 행렬이 로저 클라이의 장례식이라는 사실을 알아냈다.

"그 사람이 첩자였나요?"

제리가 물었다.

"올드 베일리의 첩자였대요."

정보원이 말했다.

"우우! 이놈! 야! 이 올드 베일리의 첩자 놈아!"

제리는 자신이 일을 도왔던 그 재판을 떠올리며 외쳤다.

"아, 알겠다! 나도 그자를 본 적이 있지. 그런데 그자가 죽었소?"

다른 사내가 대답했다.

"도살장에 끌려 나온 양처럼 죽었다오. 죽어도 싸지. 저놈을 끌어내자. 첩자다! 저놈을 끌어내야지! 첩자다!"

다른 의견이 나오지 않았기 때문에 열기에 사로잡힌 군중들은 "저놈을 끌어내자."라는 말만 목이 터져라 계속 외쳐 댔고 결국 군중들에게 완전히 포위된 마차 두 대는 멈춰 서고 말았다. 군중들이 마차의 문을 열자 한 명뿐인 유족이 허둥지둥 뛰쳐나왔다. 그는 잠깐 누군가의 손에 멱살을 잡히기도 했지만, 다음 순간 재빠르게 기회를 틈타 샛길로 꽁무니를 내뺐다. 외투, 모자에 두르는 기다란 상장, 상의 주머니에 꽂는 흰 손수건, 그리고 온갖 애도를 상징하는 물건들이 마차 안에 그대로 흩어져 있었다.

사람들은 흥분하며 그 물건들을 발기발기 찢어서 멀리멀리 날려 버렸다. 그동안 상점들은 서둘러 문을 닫았다. 이럴 때면 늘 군중들이 아무도 말릴 수 없는 끔찍한 괴물로 변하기 때문이었다. 그들은 이미 운구 마차를 열고 관을 끌어내리고 있었다. 이때 이들보다 조금 영리한 천재가 나타나, 관을 끌어내는 대신 그의 죽음을 축하하며 목적지까지 관을 배웅하자고 제안했다. 마침 현실적인 제안이 필요했던 군중들은 환호성을 지르며 이 제안을 즉각 받아들였다. 곧바로 여덟 명이나 되는 사람들이 마차 안을 점령했고 열 명이 넘는 사람들이 마차 밖에 매달리는 동안, 그만큼의 사람들이 온갖 기발한 방법을 이용해 마차의 지붕 위로 기어 올라갔다. 제리는 마차에 탄 첫 번째 자원자 그룹에 끼어 있었다. 그는 텔슨 은행에서 누가 쳐다보기라도 할까 봐 삐죽삐죽 곤두선 머리카락을 가리려고 마차 구석에 슬그머니 몸을 숨겼다.

장례를 맡은 장의사가 절차가 바뀐 것에 대해 약간 반발했다. 하지만 코앞에 있는 차가운 강물에 데려가 처박으면 고집불통 장의사가 말귀를 알아먹는 데 효과가 있을 것이라는 말이 이곳저곳에서 튀어나오자 반발은 순식간에 가라앉았다. 바뀐 장례 절차가 다시 시작되었다. 굴뚝 청소부가 마차를 온전히 지킬 요량으로 옆 좌석에 찰싹 붙어 앉은 마부의 조언에 따라 운구 마차를 몰았고, 파이를 파는 행상인이 옆에서 간섭하는 각료의 지시에 따라 유족 마차를 몰았다. 운구 행렬이 스트랜드 거리로 빠져 나가기 직전, 당시 길거리에서 인기리에 곰 공연을 하던 곰 조련사도 특별히 장례식을 빛내 주기 위해 행렬에 합류했다. 그가 부리는 꾀죄죄한 검은 곰이 행렬을 따라 걸으며 장례식 분위기를 한껏 돋웠다.

이 무질서한 행렬이 맥주도 마시고, 파이프 담배도 피우고, 고함치듯 노래도 부르고, 마음껏 애도하는 시늉도 해 가며 거리를 지나는데, 한 걸음 뗄 때마다 새로운 조문객이 합류했고 그에 앞서 상점들이 모두 문을 닫았다. 목적지는 출발지에서 꽤 먼 들판에 위치한 낡은 세인트 판크라스 교회였다. 이윽고 행렬이 목적지에 도착하자 사람들은 다 함께 무덤까지 몰려가자고 목청을 높였다. 마침내 고(故) 로저 클라이의 매장이 첩자에게 꼭 맞는 방식으로 이루어졌고 군중들의 기분도 한껏 고조되었다.

죽은 사람을 처리하고 나자 뭔가 또 다른 오락거리가 필요해진 군중들에게 또 한 명의 천재가 (어쩌면 아까와 같은 인물이) 나타나, 장난 삼아 아무나 지나가는 행인을 붙잡아 올드 베일리의 첩자로 몰아 괴롭혀 주자고 제안했다. 곧, 꿈속에서라면 모를까 평생 올드 베일리 근처에도 가 본 적 없는 무고한 사람들 수십 명이 이리저리 쫓겨 다니다가 마구잡이로 매다 꽂히고 흠씬 두들겨 맞았다. 장난은 여기서 그치지 않았다. 자연스럽게 유리창을 박살내고 술집을 습격하는 등 폭동으로 변해 가고 있었다. 몇 시간 동안 여름휴가용 방갈로 몇 채를 무너뜨리고 여러 건물의 난간을 뜯어냈는데, 그것도 모자라 마침내 호전적인 분자들은 무장까지 하기에 이르렀다. 그때쯤 근위대가 오고 있다는 소문이 퍼졌다. 소문을 들은 군중들은 삽시간에 뿔뿔이 흩어져 사라졌다. 근위대야 올 수도 있고 안 올 수도 있었지만, 군중들은 으레 이런 절차에 따라 모임을 해산했다.

제리는 이들의 축제에 가담하지 않고 교회 묘지에 남아서 장의사들에게 애도를 표하고 이런저런 대화를 나누고 있었다. 그는 교회 묘지에만 있으면 마음이 편안했다. 그는 근처에 있는 허물어진 방갈로에서 파이프를 주워 몇 모금 빨아 대면서 뜯겨 나간 난간을 확인하는가 하면 현장을 차근차근 유심히 살펴봤다.

제리는 평소 습관대로 혼잣말을 중얼거렸다.

"제리, 그날 거기서 클라이를 봤지. 그것도 네 두 눈으로 똑똑히 봤잖아. 그 자식 젊고 꽤 잘생겼었는데."

그는 파이프 담배 연기를 뿜어내며 잠시 생각에 잠겼다가, 텔슨 은행의 영업시간이 끝나기 전에 자기 자리로 돌아가기 위해 몸을 돌렸다. '죽음'에 대해 너무 깊이 생각하는 바람에 간(肝)에 무리가 간 건지, 아니면 원래부터 전체적으로 건강이 나빴던 건지, 아니면 유명한 사람의 관심을 조금이라도 받고 싶었던 건지, 아무튼 의도가 뭐였든지 간에 제리는 돌아가는 길에 저명한 외과 의사에게 들러 잠깐 의학적 조언을 들었다.

아버지가 자리를 비운 동안 충실하게 제 일을 해낸 아들 제리가 종일 아무 일도 없었다며 그를 안심시켰다. 은행 문이 닫히고 늙은 직원들이 평소처럼 정해진 시간에 밖으로 나온 다음 제리는 아들을 데리고 차를 마시러 집으로 갔다.

제리는 집으로 들어가며 아내에게 말했다.

"이봐, 내가 경고 하나 하지! 이 정직한 장사꾼께서 하시는 사업이 오늘 밤에도 잘 안 된다면, 당신이 나를 방해하는 기도를 하기 때문인 걸로 알고 내 눈으로 똑똑히 본 것처럼 그대로 갚아 주겠어."

풀이 죽은 크런처 부인이 고개를 저었다.

"왜 내 눈앞에서 또 그 짓을 하려고?"

제리가 얼굴에 노기와 불안감을 띤 채 말했다.

"난 아무 말 안 했어요."

"좋아, 그럼 아무 생각도 하지 마. 당신은 생각을 할 때마다 쪼그려 앉잖아. 이리저리 내가 하는 일마다 훼방을 놓는 건 어떻고. 그 따위 짓거리는 다 집어치워."

"네, 여보."

"네, 여보."

제리가 찻잔을 내려놓으며 아내의 말을 따라 했다.

"암! '네, 여보.'라고 해야지. 바로 그거야. 당신은 앞으로 '네, 여보.'만 하라고."

제리가 이렇게 뻐딱한 태도로 아내의 말을 재차 확인한 것은 별다른 의미가 있어서가 아니었다. 그저 사람들이 흔히 그러듯이 불만을 반어적으로 표현한 것뿐이었다.

"당신, 그리고 '네, 여보.'라는 당신 대답. 아! 좋아. 내 한번 믿어 보지."

제리는 버터 바른 빵을 베어 물었다. 접시에 입을 대고 후루룩 소리를 내며 허겁지겁 먹는 꼴이 거대한 굴 껍데기를 들고 생굴을 빨아들이는 모습 같았다.

"오늘 밤에 나가요?"

제리가 빵을 한 입 더 베어 물었을 때 참한 아내가 물었다.

"응."

"나도 같이 가도 돼요, 아버지?"

아들이 명랑하게 물었다.

"아니, 넌 안 돼. 엄마도 알다시피 아버지는 낚시를 하러 가는 거야. 내가 어디에 가냐 하면, 물고기를 낚으러 가는 거라고."

"아버지 낚싯대 녹슬었죠? 그렇지 않나요, 아버지?"

"네가 신경 쓸 일이 아니다."

"물고기를 잡아서 집으로 가져올 거예요, 아버지?"

"물고기를 안 가져오면 내일 아침에 먹을 게 없겠지."

제리는 이렇게 대꾸하며 고개를 저었다.

"알고 싶은 게 참 많기도 하구나. 난 네가 잠들기 전에는 나가지 않을 게다."

그날 남아 있는 저녁 시간 내내 제리는 아내에 대한 경계를 한시도 풀지 않은 채, 아내가 자신을 엿 먹일 어떤 기도도 하지 못하게 계속해서 퉁명스럽게 말을 걸었다. 같은 맥락에서 그는 아들에게도 어머니에게 계속 말을 걸라고 재촉하는 한편, 아내가 잠깐이라도 혼자 생각에 잠기도록 내버려 두지 않기 위해서 이유를 막론하고 아내에게 온갖 불평을 늘어놓음으로써 가련한 여인을 고달프게 만들었다. 신앙심이 깊은 사람이었다면 물론, 자신을 음해하려 한다며 아내를 불신하느니, 차라리 정직한 기도의 변변치 않은 효과에 경의를 표했을 것이다. 하지만 그의 모습은, 유령의 존재를 믿지 않는다며 떠들어 대는 사람이 유령 이야기를 듣고 겁을 집어먹는 딱 그 짝이었다.

제리가 말했다.

"명심해! 오늘은 뒤에서 장난치지 마! 설마 이 정직한 장사꾼이 성공적으로 고기 한두 덩어리를 집에 가져올 수 있다면, 아무도 건드리지 못하게 하고 가족에게 빵만 주겠어? 설마 이 정직한 장사꾼이 맥주를 집으로 가져올 수 있는데 당신더러 맹물만 마시라고 하겠느냐고? 로마에 가면 로마법을 따라야지. 당신이 따르지 않으면, 로마가 무서운 괴물로 변할 거야. 그리고 당신에게 로마는 바로 나야. 그걸 알아야지."

그러더니 잠시 후 다시 투덜대기 시작했다.

"당신은 왜 당신 음식을 얼굴로 들이받아서 쏟아 버리려는 게야! 내가 먹을거리를 마련하겠다는데 대체 왜 밤낮 쪼그려 앉은 자세로 비정한 짓거리를 해서 훼방을 놓는지 모르겠어. 당신 아들을 한번 봐. 저 녀석 당신 아들 맞잖아, 아니야? 당신 아들이 꼬챙이처럼 말라 가는 것 좀 보라고. 그러고도 엄마라고 할 수 있는 거야? 양분을 불어넣어 자식을 살찌우는 것이 엄마의 첫 번째 책임이라는 걸 알아야지."

아들 제리는 이 말에 속이 상해서 엄마로서의 첫 번째 책임을 다해 달라면서, 부모의 다른 책임은 다하든 말든 상관없지만, 아버지가 그토록 간절하고 다정하게 표현한 첫 번째 책임만큼은 특히 신경 써 달라고 어머니에게 애원했다.

어느덧 크런처 가족의 저녁 시간이 거의 다 지나갔다. 아들 제리에게 이제 그만 자라는 명령이 떨어졌고 크런처 부인에게도 비슷한 명령이 떨어졌다. 부인은 남편의 명령에 따라 잠자리에 들었다. 제리는 아내를 감시하는 일에서 벗어나 홀로 파이프 담배를 피우며 밤이 깊어지길 기다렸다. 그는 출동하기에 알맞은 새벽 1시가 되기 전까지 집을 나서지 않았다. 유령이나 나다닐 법한 시간이 되자 그는 의자에서 일어서 주머니에서 열쇠를 하나 꺼내더니 잠가 둔 장을 열고 자루와 적당한 길이의 쇠지렛대, 밧줄과 쇠사슬, 그 밖에 낚시 도구 몇 가지를 꺼냈다. 그는 능숙한 솜씨로 물건들을 챙긴 다음 아내에게 작별 인사로 무시하는 듯한 표정을 지어 보인 다음 불을 끄고 집을 나섰다.

잠자리에 들 때 옷을 벗는 시늉만 하고 그대로 옷을 입고 있던 아들 제리가 잠시 후 아버지를 따라나섰다. 아이는 어둠에 휩싸인 채 아버지를 따라 방을 나가 계단을 내려간 다음 뜰을 지나 거리로 나갔다. 이따가 다시 집에 들어가는 문제에 관해서라면 공연히 마음 쓸 필요가 없었다. 세입자들이 바글대며 살아가는 건물이라 밤새도록 대문이 빠끔히 열려 있기 때문이었다.

아들 제리는 아버지가 정직한 사업이라고 말하는 일이 뭔지 궁금증도 풀고 기술도 배워야겠다는 기특한 야심에 부풀어 건물, 담벼락, 현관문 따위에 좁은 양미간처럼 바짝 붙어서 존경하는 아버지가 시야에서 벗어나지 않게 따라갔다. 존경하는 아버지는 북쪽으로 가고 있었다. 얼마 안 가 아버지는 또 다른 아이작 월턴[1]의 제자와 합류했고 두 사람은 함께 터벅터벅 걸었다.

길을 떠난 지 채 30분도 안 되어 두 사람은 깜박깜박 가물대는 가로등과 꾸벅꾸벅 졸고 있는 야간 경비원들을 지나쳐 외딴길로 들어섰다. 여기에서 다른 낚시꾼 한 명이 또 합류했다. 어찌나 아무런 기척도 없이 나타났던지, 아들 제리가 미신을 믿었다면 그 낚시꾼이 신출귀몰하는 듯한 몸놀림으로 불시에 자신을 덮쳐 두 쪽을 낼지도 모른다고 생각했을 것이다.

세 사람은 계속 걸었고 아들 제리도 따라 걸었다. 그러다가 세 사람이 길 위로 뻗은 축대 밑에서 걸음을 멈췄다. 축대 위쪽으로는 낮은 벽돌담이 서 있었고 그 위에 철조망이 쳐져 있었다. 세 사람은 축대와 벽의 그림자를 밟고 길 밖으로 돌아 나가 막다른 골목으로 올라갔다. 그 길 한쪽 옆으로 3미터가량 되는 벽이 서 있었다. 모퉁이에 몸을 웅크리고 앉아 골

---

1 영국의 수필가이다. 내란을 피해 전원으로 도피하여 낚시를 즐기며 한가로운 생활을 보냈다. 대표작으로 《낚시의 명수 – 명상적인 사람의 오락(The Compleat Angler, or the Contemplative Man's Recreation)》(1653)이 있다.

목 안을 훔쳐보던 아들 제리의 눈에 들어온 것은, 구름 낀 축축한 달빛에 또렷하게 윤곽을 드러낸 존경하는 아버지의 그림자였다. 아버지의 그림자가 잽싸게 철문을 기어올랐다. 그가 철문을 재빠르게 뛰어넘자 두 번째 낚시꾼과 세 번째 낚시꾼도 아버지를 따라 철문을 뛰어넘었다. 세 사람이 사뿐하게 철문 안쪽에 내려서 잠시 엎드려 있는 것 같았다. 소리로 짐작하자면 그랬단 이야기다. 그러더니 세 사람은 두 손과 두 발을 짚고 엉금엉금 기기 시작했다.

이제 아들 제리가 철문 쪽으로 접근할 차례였다. 아이는 숨을 죽이고 철문으로 향했다. 철문 안으로 들어와 다시 모퉁이에 몸을 웅크리고 바라보니 세 사람이 무성한 풀숲 사이로 기어가고 있는 것이 아닌가! 그곳은 비석이 사방에 널려 있는 거대한 교회 묘지였다. 아이의 눈에는 하얀 비석이 유령처럼 보였고 뾰족한 교회 건물부터가 거인 괴물 같았다. 세 사람은 얼마 기어가지 않고 멈추더니 몸을 일으켰다. 그러고는 낚시질을 시작했다.

처음에는 삽으로 낚시를 시작했다. 곧 존경하는 아버지가 코르크 병따개처럼 나선형으로 생긴 커다란 연장을 어딘가에 맞춰 끼우는 모습이 보였다. 그들은 어떤 연장을 손에 쥐든 열심히 일을 했다. 그때 교회의 시계탑에서 오싹한 종소리가 들려왔다. 아들 제리는 어찌나 놀랐던지 아버지처럼 머리카락이 삐죽삐죽 다 곤두섰다.

그러나 오랫동안 가슴속에 품어 온, 아버지가 하는 일에 대해 알고 싶다는 욕망이 도망치려는 아이의 발걸음을 붙잡은 것은 물론, 다시 돌아가서 구경을 마저 해야 하지 않겠느냐고 아이를 꼬드겼다. 아이가 다시 문간으로 돌아와 그들을 훔쳐보았을 때, 세 사람은 여전히 끈기 있게 무언가를 낚고 있었다. 그러나 이번에는 미끼에 뭔가가 걸려든 것 같았다. 땅 밑에서 나사못 돌아가는 불쾌한 소리가 들려왔고, 안 그래도 몸을 굽히고 있던 세 사람의 그림자가 무게 때문인 듯 더 깊숙이 끌려 들어갔다.

무거운 물건이 아주 천천히 흙을 헤치고 위로 올라왔고 드디어 땅 위에 완전히 모습을 드러냈다. 아들 제리도 그 물건이 무엇일지는 충분히 짐작하고 있었다. 그러나 막상 그 물건을 직접 보게 되자, 그리고 존경하는 아버지가 연장을 비틀어 그 물건을 여는 모습을 보게 되자, 아이는 그 낯선 광경이 어찌나 두려웠던지 벌떡 일어나 다시 도망치기 시작했다. 아이는 그 길로 냅다 1.5킬로미터가 넘는 거리를 단숨에 내달렸다.

아이는 숨이 차서 죽겠는데도 멈출 수가 없었다. 유령과 달리기 시합이라도 하듯, 죽기 살기로 결승선을 향해 달리는 사람처럼 계속 달렸다. 아이는 조금 전에 보았던 관이 뒤따라 달려오는 것 같은 기분에 모골이 송연했다. 아이의 상상 속에서, 날카로운 모서리로 땅을 딛고 선 관이 바로 뒤에서 껑충껑충 뛰어오고 있었다. 관은 계속 아이를 붙잡기 직전까지 따라왔고 때로는 바로 옆에서 아이의 팔을 잡고 뛰고 있었다. 참으로 끈질긴 추격자였다. 오만 곳에서 악마가 모습을 드러내듯이 사방 천지에서 관이 나타났다. 아이는 밤길을 짚어 오는 내내 무시무시한 관에게 쫓겼다. 아이는 쌩하니 도로로 달려 나가 어두운 골목길을 피해 달렸지만 모든 골목길에서, 병에 걸려 퉁퉁 붓고 꼬리와 날개가 잘려 버린 연처럼 생긴 관이 와락 튀어나올 것만 같아 몹시 겁이 났다. 관은 지나는 집들 현관 안쪽에 소름끼치는 어깨를 문짝에 비비며 숨어 있기도 했고 웃는 것처럼 귀를 위쪽으로 잡아당기기도 했다. 관은 그림자 속에 웅크리고 있다가 교활하게 발을 걸어 아이를 넘어뜨리기도 했다. 그러면서도 쉬지 않고 아이의 뒤에서 쿵쿵 소리를 내며 점점 가까이 다가왔다. 그래서 자기 집 대문에 도착했을 때 아이는 거의 초죽음이 되어 있었다. 그런데도 관은 떠나지 않고 칸마다 쿵쿵 소리를 내며 아이의 뒤를 따라 계단을 올라와 아이의 침대 속으로 슬금슬금 기어 들어왔다. 그러더니 아이가 잠이 들려는 순간, 그 무겁고 죽은 것이 쿵 소리를 내며 아이의 가슴 위로 엎어졌다.

자기 방에서 가위에 눌려 있던 아들 제리는 어슴푸레 날은 밝았지만 아직 해가 뜨기 전, 아버지가 집에 들어오는 소리에 잠에서 깼다. 아버지는 뭔가 일이 잘 안 된 것 같았다. 다른 건 관두고, 아버지가 어머니의 귀를 잡고 침대 머리에 어머니의 머리를 짓찧는 소리만으로도 아들 제리는 그 사실을 알 수 있었다.

아빠 제리가 말했다.

"내가 아까 말했지. 가만두지 않겠다고. 난 약속을 지키는 거야."

"제발, 여보, 여보!"

아내가 애원했다.

"당신이 이 사업이 잘되지 않게 해 달라고 재를 뿌리니까 나랑 동업자들이 이런 생고생을 하는 거잖아. 남편을 존경하고 남편 말에 순종하란 말이야. 악마도 당신 같지는 않을 거야."

"나도 착한 아내가 되려고 애쓰고 있어요, 여보."

불쌍한 여인이 눈물을 흘리며 항변했다.

"남편 하는 일에 재를 뿌리는 게 착한 아내가 되는 거야? 남편 하는 일을 부끄러워하는 게 남편을 존경하는 거냐고? 중요한 남편 사업 망치는 게 남편 말에 순종하는 거냐고?"

"하지만 예전에는 그렇게 무서운 장사를 안 했었잖아요, 여보."

제리가 이렇게 되받아쳤다.

"당신은 정직한 장사꾼의 아내인 것에 만족하라고. 여편네 주제에 남편이 언제 장사를 하고 언제 안 하는지 계산하느라 머리를 굴려서는 안 되지. 남편을 존경하고 남편 말에 순종하는 아내라면 남편이 무슨 일을 하든 전혀 상관하지 않을걸. 당신은 스스로 신앙심이 깊은 여자라고 생각하지? 당신이 그렇게 신앙심이 깊다면 나한테 종교를 안 믿는 여자를 달란 말이야! 당신은 천성적으로 템스 강 강바닥에 박혀 있는 말뚝보다도 책임감이 없어. 그 정도 책임감은 말뚝처럼 박혀 있어야 하는데 말이지."

정직한 장사꾼이 진흙이 잔뜩 묻은 장화를 걷어차고 바닥에 몸을 길게 누이면서 조용조용 오가던 언쟁은 끝이 났다. 아들 제리는 아버지가 벌렁 누워 녹 묻은 손을 베개 밑에 집어넣는 모습을 흘끔흘끔 훔쳐보다가 엎드린 채 다시 잠이 들었다.

아침 밥상에는 생선도 없었고 다른 음식도 많지 않았다. 정신도 빠지고 기운도 빠진 제리는 아내가 감사 기도를 드릴 낌새가 보일라 치면 버르장머리를 고쳐 놓기 위해 집어 던지려고 무쇠 솥뚜껑을 계속 쥐고 있었다. 그는 평소와 같은 시간에 머리를 빗고 세수를 한 다음 아들을 데리고 눈가림용 직장을 향해 집을 나섰다.

옆구리에 걸상을 끼고 아버지의 곁에서 햇빛을 맞으며 붐비는 플리트 거리를 걷고 있는 아들 제리는, 소름 끼치는 추격자를 피해 홀로 어둠을 가르며 달리던 전날 밤의 제리와는 사뭇 달라져 있었다. 어린 제리의 교활함은 해가 뜨면서 다시 살아났지만 불안한 마음은 밤과 함께 사라지고 없었다. 그렇게 화창한 아침에, 플리트 거리는 물론 런던 어디에도 자신과 같은 경험을 한 사람이 없을 것이라 생각하니 더욱 그랬다.

함께 걸어가다가 아들 제리가 아버지와 팔 길이만큼의 간격을 유지하려고 걸상을 아버지 쪽으로 바꿔 끼면서 말했다.

"아버지, 시체 도굴꾼이 뭐예요?"

아빠 제리가 길바닥에서 잠시 멈추어 섰다가 대답했다.

"그걸 내가 어떻게 아나?"

"아버진 뭐든 다 아는 줄 알았지."

아이가 순진하게 말했다.

"음! 글쎄."

아빠 제리가 계속 걸어가며 삐죽삐죽한 머리카락이 편히 날릴 수 있게 모자를 들어올렸다.

"그것도 그냥 장사꾼이야."

"그 사람은 뭘 파는데요, 아버지?"

아들 제리가 명랑하게 물었다.

"자기 물건을 팔지."

아빠 제리가 머릿속으로 물건을 떠올리며 대답했다.

"일종의 과학적인 물건이야."

"사람의 몸을 파는 거 맞아요, 아버지?"

아들 제리가 활기차게 말했다.

"그런 종류라고 보면 돼."

아빠 제리가 말했다.

"아, 아버지, 나도 이 담에 크면 시체 도굴꾼이 되고 싶어요!"

아빠 제리는 기분은 누그러졌지만 뭔가 미심쩍어서 훈계를 하려고 고개를 저었다.

"그건 네가 얼마나 재능을 잘 개발하느냐에 달렸어. 우선은 재능을 개발하는 데 신경을 쓰고 그런 말은 절대로 입 밖에 내지 마라. 아무에게도 도움이 안 될 뿐더러 지금 이 시점에서는 네가 그 일에 소질이 있는지 어쩐지 알 수 없으니까."

용기를 얻은 아들 제리가 몇 걸음 앞서 걸어가 템플 바의 그늘에 걸상을 내려놓았다. 그때 아빠 제리는 속으로 이런 말을 덧붙였다.

'제리, 이봐, 정직한 장사꾼, 저 녀석이 너에게 행운을 가져다줘서 지에미가 깎아 먹은 것들을 채워 줄 희망이 보이는데.'

15장

뜨개질

드파르주의 술집에 평소보다 일찍 손님들이 모여들었다. 새벽 6시밖에 안 되었는데도 술집 안에는 술잔을 놓고 구부정하게 앉아 있는 손님들이 있었고, 술집 밖에서 창살이 처진 창문을 통해 안에 있는 사람들을 흘끔거리며 그들의 얼굴을 살피는 창백한 얼굴들도 있었다. 드파르주는 경기가 좋을 때에도 묽은 술을 팔았지만 요즘 들어서는 그 술이 평소보다 훨씬 더 묽어진 것 같았다. 게다가 술이 쉰 것인지, 아니면 쉬어 가는 중인지 시큼한 냄새가 나서 그 술을 마시면 기분까지 우울해졌다. 드파르주가 포도를 눌러 짜서 담근 그 술을 마시면 주신(酒神) 디오니소스의 광기와 열기에 휩싸이기는커녕, 술지게미 안에 숨어 있는 타다 만 불씨에서 시커먼 그을음만 피어올라 가슴을 채웠다.

드파르주의 술집에 이렇게 아침 일찍부터 사람들이 모여들기 시작한 것은 오늘까지 연달아 사흘째였다. 월요일부터 사람들이 모여들었고 오늘은 수요일이었다. 그러나 정작 술을 마시는 사람보다는 생각에 잠겨 있는 사람들이 더 많았다. 술집 문이 열리는 시간부터 많은 사람들이 살금살금 찾아 들어와 다른 사람의 이야기에 귀를 기울이거나 소곤소곤 대화를 나누었다. 그들은, 그 술이 영혼을 구원해 준다 해도 한 잔의 술값을 치를 여유도 없는 사람들이었다. 그런데도 말술을 주문할 돈이 있는 사

237

람들처럼 이곳에 찾아와 자리를 메웠다. 그러고는 이 자리에서 저 자리로, 이 구석에서 저 구석으로 가만가만 옮겨 다니며 간절한 표정으로 술 대신 대화를 벌컥벌컥 들이켰다.

평소보다 손님이 흘러넘쳤는데도 술집 주인의 모습은 보이지 않았다. 손님들이 그를 못 보고 지나친 것도 아니었다. 술집 문지방을 넘는 손님들 중에는 그를 찾는 사람도, 그가 어디에 있느냐고 묻는 사람도, 마담 드파르주만 자리를 지키고 있는 것을 이상하게 여기는 사람도 없었다. 마담 드파르주가 손님들에게 술을 내주는 일을 직접 맡아 보고 있었다. 그녀 앞에는 찌그러진 작은 동전들이 담긴 그릇이 놓여 있었다. 원래 동전을 만들 때 겉에 새겨 놓은 인물들도, 그 동전을 넝마 주머니에 간직하고 있던 동전 주인들만큼이나 여기저기 찍히고 닳아 빠져서 그 몰골이 몹시 흉했다.

별 재밋거리가 없는지 지루하고 맥 빠진 술집 분위기는 아마도 술집에 앉아 주위를 둘러보는 첩자의 눈에도 보였을 것이다. 첩자들은 귀천을 막론하고 왕의 궁전에서부터 감옥에 이르기까지 어디나 들여다보았다. 카드 게임도 시들해졌고, 도미노 게임을 하던 사람들도 무료한 듯 도미노로 탑이나 쌓았으며, 술을 마시던 사람들도 테이블 위에 떨어진 술 몇 방울을 손가락으로 찍어 그림을 그렸다. 마담 드파르주마저도 이쑤시개로 소맷자락의 무늬를 따라 그리며 먼 산을 바라보듯, 보이지 않는 뭔가를 살피고 들리지 않는 뭔가에 귀를 기울이고 있었다.

생앙투안은 정오가 되기도 전에 이렇게 포도주에 취해 있었다. 정오가 지나자 먼지를 뒤집어쓴 사내 두 명이 가로등이 흔들리는 거리를 지나 모습을 드러냈다. 한 명은 드파르주였고 다른 한 명은 파란색 모자를 쓴 도로 수리공이었다. 먼지를 옴팡 뒤집어써서 목이 타던 두 사람이 술집 안으로 들어왔다. 두 사람의 도착은 생앙투안의 가슴에 불을 지폈다. 그 불은 그들이 발걸음을 내디딜 때마다 빠르게 번져 나갔고, 창과 문 밖으

238

로 내민 얼굴들에도 불빛이 타올라 이글거렸다. 아직은 두 사람을 뒤따르는 이도, 그들이 술집에 들어갔을 때 말을 거는 이도 없었지만 그곳에 있던 사람들 모두가 일제히 몸을 돌려 그들을 바라보았다.

"안녕들 하쇼!"

드파르주가 말했다. 아마도 이 인사가 편하게 말을 해도 좋다는 신호였나 보다. 사람들이 일제히 이구동성으로 대답했다.

"안녕하쇼!"

"날씨가 끄물끄물 하다오, 여러분."

드파르주가 고개를 저으며 말했다. 이 말에 사람들이 드파르주의 곁에 서 있는 사내를 바라보더니 이내 시선을 내리깔고 묵묵히 자리에 앉았다. 단 한 사람만이 자리에서 일어나 밖으로 나갔다.

"여보, 마누라."

드파르주가 큰 소리로 마담 드파르주를 불렀다.

"자크라는 이름의 선량한 이 도로 수리공과 얼마나 먼 거리를 함께 걸어왔는지 몰라. 파리에서 하루하고도 반나절 쯤 걸어야 하는 곳에서 이 친구를 우연히 만났지 뭐야. 이 착한 친구가 도로 수리공 자크야. 이 친구한데 술 좀 가져다줘, 마누라!"

두 번째 남자가 자리에서 일어나 밖으로 나갔다. 마담 드파르주가 자크라는 도로 수리공에게 술을 따라 주자 그는 파란색 모자를 벗고 술을 마셨다. 그의 셔츠 안쪽에는 거칠고 검은 빵이 조금 들어 있었다. 그는 마담 드파르주의 카운터 근처에 앉아 술을 마시며 틈틈이 빵을 뜯어 우적우적 씹어 먹었다. 세 번째 남자가 자리에서 일어나 밖으로 나갔다.

드파르주도 술 한 모금으로 기운을 차렸지만 언제든 술을 마실 수 있었기 때문에 낯선 친구보다는 적게 마셨다. 그러고는 자리에서 일어서서 그 촌뜨기가 아침 식사를 마칠 때까지 기다렸다. 드파르주는 술집 안에 있는 사람들을 아무도 쳐다보지 않았고 그를 쳐다보는 사람도 없었다. 심지어 마담 드파르주까지도 뜨개질거리를 들고 일에만 열중했다.

"대충 요기가 끝났나, 친구?"

드파르주가 때를 기다려 물었다.

"네, 고맙습니다."

"그럼, 가지! 자네에게 말했던 그 방을 보여 줄 테니. 그 방에서 지내게 될 수도 있잖은가. 자네에게 딱 안성맞춤일 거야."

두 사람은 술집에서 나가 거리로, 거리를 지나 공터로, 공터를 지나 가파른 계단으로, 계단을 올라 다락방으로 들어갔다. 그곳은 예전에 백발이 성성한 사내가 낮고 긴 의자에 웅크려 앉아서 정신없이 구두를 짓던 방이었다.

백발이 성성한 사내는 이제 그곳에 없었다. 하지만 따로따로 술집을 빠져나갔던 세 사람이 그곳에 있었다. 이 세 사람과 백발이 성성한 사내 사이에는 오래전 스쳐 간 짧은 인연이 있었다. 이들이 바로 벽에 난 틈으로 백발노인을 바라보던 그 패거리였던 것이다.

드파르주가 조심스럽게 문을 닫고 차분한 목소리로 말했다.

"이쪽은 자크 1호, 자크 2호, 자크 3호! 그리고 이쪽은 나 자크 4호가 약속대로 만나서 데려온 증인. 이 친구가 자네들에게 모두 이야기해 줄 걸세. 시작하게, 자크 5호!"

도로 수리공이 파란색 모자를 쥔 손으로 까무잡잡한 이마를 문지르며 말했다.

"어디서부터 시작할까요?"

"시작은, 시작점부터 시작하면 되지."

드파르주가 싱거운 농을 하듯 대답했다. 도로 수리공이 이야기를 시작했다.

"내가 그 남자를 처음 본 것은 작년 이맘때쯤 한여름이었어요. 남자는 후작의 마차 아래 체인에 매달려 있었어요. 일이 어떻게 된 거냐 하면요.

해가 질 무렵이었는데 나는 일을 마치고 돌아가는 길이었고 후작의 마차는 느릿느릿 언덕을 오르는 중이었죠. 그때 그 남자가 거기 사슬에 매달려 있었어요. 요렇게요!"

도로 수리공이 또다시 공연을 시작했다. 지난 1년 내내 마을 사람들 앞에서, 때마다 빠져서는 안 될 볼거리로 매번 똑같이 공연을 해 온 터라, 그 시점에는 그의 동작 하나하나가 완벽에 가까울 정도로 잘 다듬어져 있었다.

자크 1호가 끼어들어 그전에 그를 본 적이 있느냐고 물었다.

"아니요."

도로 수리공이 몸을 일으켜 세우며 말했다.

자크 3호가 그러면 나중에 그 남자를 어떻게 알아봤느냐고 물었다.

"큰 키 때문이었어요."

도로 수리공이 손가락으로 코를 만지며 조심스럽게 대답했다.

"그날 저녁에 후작 나리가 나한테 '그놈이 어떻게 생겼더냐?'라고 물었을 때도 난 '유령만큼 키가 크다.'라고 대답했거든요."

"난장이만큼 작다고 대답했어야지."

자크 2호가 말했다.

"내가 뭘 알았나요? 아직 암살이 일어나기도 전이었고 그 남자가 나한테 귀띔을 해 준 것도 아니잖아요. 아무튼 난 그런 상황에서도 아무런 증언도 하지 않았어요. 후작 나리가 동네 샘터에 서서 손가락으로 나를 가리키며 말했어요. '저놈을 이리로 데려오너라.' 그런데도 나는 맹세코, 아무런 정보도 주지 않았어요."

"이보게들, 이 친구 말이 사실이야."

드파르주가 끼어들며 나직하게 말했다.

"계속하게."

"좋아요!"

도로 수리공이 이상하게 신이 난 태도로 말했다.

"그 키 큰 남자는 사라졌어요. 그래서 그 남자를 찾느라 수색이 벌어졌죠. 몇 달 동안이나 했더라? 한 아홉 달, 열 달, 아니 열한 달 동안이던가?"

"몇 달이든 상관없네. 그렇게 잘 숨어 있었는데도 불행히도 결국 잡히고 말았으니까. 계속하게!"

드파르주가 말했다.

"그때도 난 언덕 마루에서 작업을 하고 있었고, 역시 해가 질 무렵이었어요. 언덕 아래 마을이 이미 어두워졌기에 오두막집으로 내려가려고 연장을 챙기던 중이었는데, 눈을 들어 보니 군인 여섯 명이 이쪽으로 오는 게 보였어요. 그 가운데 그 남자가 팔이 양쪽으로 묶여서 끌려오고 있더라고요. 요렇게요!"

그는 한시도 내려놓지 않는 모자를 도구 삼아, 팔꿈치를 엉덩이 쪽에 찰싹 붙인 채 뒤쪽으로 손이 묶인 남자의 모습을 재연했다.

"난 군인들이 죄수를 끌고 가는 모습을 보려고 돌무더기 옆에 서 있었어요. (구경거리라고는 하나도 없는 외딴길이었거든요) 처음에 그 사람들이 내 쪽으로 다가올 때는, 내 눈에는 그들이 군인 여섯 명과 묶인 남자 한 명이 아니라 그냥 시커먼 덩어리로 보였어요. 물론 해가 지평선에 걸려 있어서 테두리 부분은 벌겋게 보였지만요. 나는 또 길 맞은편 움푹 꺼진 산마루까지 뻗은 그들의 기다란 그림자도 보았어요. 그림자가 언덕 너머까지 뻗어 있어서 꼭 거인 그림자 같았죠. 그들이 먼지를 뒤집어쓴 채 걸음마다 먼지를 일으키며 걸어오는 모습도 보였어요. 쿵! 쿵! 그들이 가까이에서 지나갈 때 내가 그 키 큰 남자를 알아봤고 남자도 나를 알아봤죠. 아, 하지만 남자는 그 언덕길을 다시 내디딜 수 있게 된 것만으로도 감회가 새로웠을 거예요. 그 길은 남자가 후작을 죽이러 언덕을 넘어가던 날, 나와 처음으로 마주친 길이었거든요. 그것도 바로 같은 지점에서!"

그는 마치 자신이 현장에 있기라도 한 것처럼 정확하고 생생하게 상황을 묘사했다. 아마도 평생 그런 구경을 해 본 적이 없는 모양이었다.

"난 군인들에게 그 남자를 아는 기색을 내보이지 않았어요. 남자도 나를 아는 기색을 내비치지 않았죠. 우리는 그랬어요. 눈빛으로만 알은척을 했죠. '어서! 이자를 당장 무덤으로 끌고 가라'라고 대장 군인이 마을을 가리키며 말하더니 속도를 높이더군요. 나는 그들을 따라갔어요. 남자는, 어찌나 줄이 꽉 묶여 있었던지 팔은 퉁퉁 부었고 나막신은 크고 덜그럭거리는 데다가 다리는 절뚝절뚝 절었어요. 남자가 절뚝거리며 걷느라 속도를 내지 못하니까 군인들이 그 남자를 총으로 밀어붙였어요. 요렇게요!"

도로 수리공이 머스킷 총의 총구에 찔려 가며 강제로 끌려가는 남자의 동작을 흉내 냈다.

"그 작자들이 남자를 끌고 미친놈들처럼 언덕을 달려 내려가다가 남자가 넘어졌어요. 군인들이 웃으며 남자를 일으켜 세웠어요. 남자는 얼굴이 온통 피와 흙으로 범벅이 됐는데도 손이 묶여 있어서 닦을 수가 없었죠. 군인들이 다시 웃음을 터뜨리더군요. 군인들이 남자를 마을로 데려갔어요. 마을 사람들이 무슨 일인가 해서 모두 달려 나왔어요. 군인들이 방앗간을 지나 감옥으로 남자를 데리고 올라갔어요. 마을 사람들 모두가 봤어요. 밤이 시커멓게 내린 가운데 감옥 문이 열리고 감옥이 남자를 꿀꺽 집어 삼키는 광경을요. 요렇게요!"

도로 수리공이 찢어져라 입을 벌렸다가 앞니가 딱 부딪혀 소리가 나도록 입을 다물었다. 금방 입을 열면 극적 효과가 반감될까 봐 입을 열지 않으려 하는 낌새를 눈치채고 드파르주가 재촉했다.

"어서 계속하게, 자크."

도로 수리공이 나직한 목소리로 주절주절 이야기를 계속했다.

"마을 사람들은 모두 시선을 돌렸어요. 마을 사람들은 모두 샘터에서 수군댔어요. 마을 사람들은 모두 잠이 들었어요. 마을 사람들은 모두, 바위 절벽 위 감옥의 쇠창살 안에 갇혀서 죽지 않으면 결코 밖으로 나올 수 없는 불쌍한 남자의 꿈을 꾸었어요. 난 아침에 연장을 어깨에 메고 검은 빵을 조금씩 씹으며 일을 하러 가다가 감옥 주위를 돌아보았어요. 남자가 높이 매달아 놓은, 쇠살로 만든 상자 안에 갇혀 있는 모습이 보였어요. 가만 보니 남자는 전날 밤에 피를 철철 흘리고 흙투성이가 된 얼굴 그대로였어요. 남자는 손이 묶여 있어서 나에게 손을 흔들지는 못했어요. 나도 감히 남자를 부르지는 못했죠. 내가 보기에 남자는 이미 죽은 사람 같았어요."

드파르주와 세 남자가 어두운 표정으로 서로의 얼굴을 바라보았다. 촌뜨기의 이야기를 듣는 내내 그들은 어둡고 뭔가를 꾹 참는 듯한, 그러면서도 복수심에 불타오르는 표정을 짓고 있었다. 그들의 태도는 은밀하면서도 당당했다. 그들에게서는 가차 없는 재판관의 분위기가 풍겼다. 자크 1호와 자크 2호는 짚으로 만든 낡은 침대 위에 턱을 괴고 앉아서 수리공을 빤히 바라보고 있었다. 자크 3호는 그들 뒤에서 한쪽 무릎을 굽히고 앉아서, 마찬가지로 그를 빤히 바라보고 있었다. 그는 심하게 떨리는 손가락으로 입과 코 사이의 인중을 연신 문질러 댔다. 드파르주는 세 사람과 빛이 드는 창가에 자리한 이야기꾼 사이에 서서 이야기꾼과 세 사람을 번갈아 바라보았다.

"계속하지, 자크."

드파르주가 말했다.

"그 남자는 거기 쇠살로 만든 상자 안에 며칠 동안이나 갇혀 있었어요. 마을 사람들은 두려워서 남몰래 남자를 훔쳐봤어요. 그나마도 항상 먼 거리에서, 바위 절벽 위의 감옥을 올려다본 것뿐이죠. 저녁이 되어서 하루 일과가 끝나고 샘터에 모여 잡담을 할 때면 사람들의 얼굴이 항상 감옥 쪽을 향해 있었어요. 원래는 역참을 바라봤는데, 이제는 감옥을 바라보게 된 거예요. 사람들이 수군거렸어요. 사형 선고를 받더라도 처형은 되지 않을 거라고들 말이에요. 아기가 죽는 바람에 너무 화가 나서 제 정신이 아니었다는 내용의 탄원서가 파리로 전달되었다고들 말하더군요. 사람들이 말했어요. 그 탄원서가 왕에게 전달되었을 거라고요. 하지만 정말 그게 전달됐는지 알게 뭐예요? 그럴 가능성도 있다는 것뿐이지, 전달됐을 수도 있고 안 됐을 수도 있잖아요."

자크 1호가 불쑥 꺼들며 말했다.

"그렇다면 말해 주지, 자크. 그 탄원서는 왕과 왕비에게 전달되었다네. 자네만 빼고 여기 있는 사람들 모두가, 왕이 옆자리에 왕비를 태우고 마차를 타고 가다가 그 탄원서를 받는 걸 봤거든. 생명이 위험한 걸 알면서도 손에 탄원서를 쥔 채 말들 앞으로 뛰어든 사람이 바로 여기 있는 드파르주일세."

"내가 또 말해 주지, 자크!"

무릎을 꿇고 앉아 있던 자크 3호가 말했다. 그는 여전히 손가락으로 인중을 문지르고 있었다. 그의 손가락에서는 음식이나 술이 아닌 다른 뭔가에 굉장히 굶주린 듯한, 심한 갈증이 배어 나왔다.

"말발굽과 근위대의 구둣발이 이 친구를 에워싸고 걷어차고 짓밟고 난리도 아니었다고. 이제 알겠나?"

"네. 알겠습니다."

"그럼 계속하게."

드파르주가 말했다. 촌뜨기가 다시 이야기를 시작했다.

"반면에, 샘터에서 이렇게 수군대는 이들도 있었어요. 그 남자를 우리 마을에서 처형하려고 여기까지 데려온 거라고요. 그래서 분명히 처형을 당할 거라고요. 왜냐면 후작은 소작인, 그러니까 농노들의 아버지나 마찬가지인데 그 남자가 후작을 죽였으니까 존속 살인죄로 처형이 될 거라고들 하더군요. 샘터에서 어떤 노인이 그러는데 죄수의 오른손에 칼을 쥐어 주고 면전에서 그 칼을 불에 달군 다음 가슴과 팔과 다리를 직접 찌르게 하고 그 상처에 끓는 기름, 녹인 납, 뜨거운 송진, 유황을 들이붓는 대요. 그리고 마지막으로 힘센 말 네 마리에 사지를 묶어 온몸을 갈기갈기 찢는대요. 그 노인 말이 선왕 루이 15세를 암살하려고 시도했다가 잡힌 죄수가 실제로 그런 처형을 당했다고 하더라고요. 그렇지만 거짓말인지 아닌지 어떻게 알겠어요? 그 영감은 철학자도 아닌데."

굶주림이 배어 나오는 손을 가만히 두지 못하는 사내가 말했다.

"잘 듣게, 자크! 그렇게 처형된 죄수의 이름은 다미엥이야. 벌건 대낮에 파리 시내 길거리에서 그 절차를 하나도 빼놓지 않고 공개적으로 처형당했지. 처형 과정을 구경하려고 엄청난 인파가 몰렸는데 그중에서도 제일 가관이었던 건, 잘 차려입은 상류층 부인네들이 전 과정을 마지막까지 아주 집중해서 지켜봤다는 거야. 날이 저물 때까지 계속된 처형을 말이야. 처형이 끝날 때쯤 죄수의 몸에서 두 다리와 한쪽 팔이 떨어져 나갔는데도 여전히 숨을 쉬더라니까! 그 일이 일어났을 때, 가만, 자네 지금 몇 살이지?"

"서른다섯입니다."

육십 살은 되어 보이는 도로 수리공이 대답했다.

"그 일이 일어났을 때 자네는 열 살쯤 되었을 거야. 어쩌면 봤을 수도 있지."

"그 정도면 됐네!"

드파르주가 더 이상 못 참겠는지 짜증스럽게 말했다.

"악마여, 영원할지어다! 계속하지."

"네! 어떤 이들은 이러쿵, 또 다른 이들은 저러쿵, 모두가 그 얘기만 수군댔어요. 오죽하면 샘물이 그 이야기에 장단을 맞추며 흐르는 것 같았다니까요. 한참 후 어느 일요일 밤, 온 마을이 잠들어 있을 때였어요. 군인들이 감옥에서 내려왔어요. 걸을 때마다 좁은 도로 바닥에 총이 부딪히는 소리가 나더라고요. 일꾼들이 땅을 파고 망치질을 하는 소리가 들렸고 군인들의 웃음소리와 노랫소리도 들렸어요. 다음 날 아침에 나가 보니 샘터에 12미터 높이의 교수대가 세워져 있더라고요. 그때부터 샘물은 오염이 되어서 못 써요."

도로 수리공은 하늘 어딘가에 세워진 교수대가 보이기라도 하는 것처럼 낮은 천장 저편을 손으로 가리키며 바라보았다.

"사람들이 하던 일을 멈추고 모두 모여들었죠. 이번에는 소를 끌고 온 사람이 아무도 없었어요. 다들 다른 사람들에게 맡겨 놓고 왔나 봐요. 정오가 되자 북소리가 울렸어요. 간밤에 감옥으로 돌아갔던 군인들이 그 남자를 데리고 떼로 몰려왔어요. 남자는 전과 똑같이 손을 묶고 입에는 재갈을 물었는데 어찌나 재갈을 꽉 묶었던지 입이 심하게 당겨져서 웃는 것 같아 보이더라니까요."

그는 엄지를 양쪽 입꼬리에 집어넣고 입을 귀 쪽으로 잡아당기며 얼굴에 주름을 잡아 보았다.

"교수대 꼭대기에다 칼을, 칼날은 위쪽으로 향하고 칼끝은 허공을 향하도록 고정해 놓았더군요. 그 남자를 거기 12미터 위에 매달았어요. 그리고 거기에 그렇게 매단 채 계속 그렇게 두었고요. 그때부터 샘물은 오염이 되어서 못 써요."

그들은 서로의 얼굴을 바라보았다. 그 끔찍한 광경을 다시 떠올리려니 식은땀이 흐르는지 도로 수리공이 파란색 모자로 얼굴을 닦았다.

"정말 끔찍한 일이에요. 여자들과 아이들이 어떻게 거기서 물을 길을 수가 있겠어요! 어떻게 거기서 저녁때 한담을 나누겠어요, 교수대 그림자 밑에서! 그 밑에서 무슨 이야기를 했냐고요? 난 마을을 떠났어요. 월요일 해 질 무렵, 언덕에 올라 뒤돌아보니 그 남자의 그림자가 교회를 넘어, 방앗간을 넘어, 감옥을 넘어 길게 뻗어 있었어요. 그 그림자는 하늘이 닿아 있는 곳이라면 온 들판을 넘어 세상 끝까지라도 닿을 수 있을 것 같았다니까요!"

굶주린 남자가 다른 세 사람을 바라보며 손가락을 씹었다. 그의 손가락이 뭔가를 갈망하듯 파르르 떨렸다.

"내 이야기는 여기까지예요. (지시받은 대로) 일몰에 맞춰 마을을 떠났고, 여기 있는 이 동지를 만날 때까지 (지시받은 대로) 그날 밤과 다음 날 한나절을 쉬지 않고 내리 걸었어요. 그리고 남은 어제 한나절과 밤 동안 이 사람과 함께 마차도 타고, 걷기도 해서 이리로 왔어요. 그래서 마침내 여러분을 이곳에서 만나게 된 겁니다!"

잠시 우울한 적막이 흐른 후 자크 1호가 입을 열었다.

"정말 잘했네. 자네 행동과 이야기 모두 믿음직스러웠어. 잠깐 문 밖에서 우리를 기다려 주겠나?"

"물론이죠."

도로 수리공이 이렇게 말했다. 드파르주가 그를 계단 꼭대기에 데려다 앉혀 놓고 돌아왔다. 드파르주가 다락방에 들어갔을 때 세 사람은 자리에서 일어나 머리를 맞대고 있었다.

"어떻게 생각하나, 자크? 기록해야겠지?"

자크 1호가 물었다.

"멸망할 운명이라고 기록해야지."

드파르주가 대답했다.

"훌륭한 생각이야!"

굶주린 남자가 쉰 소리로 말했다.

"저택과 가문 전체를?"

자크 1호가 물었다.

"저택과 가문 전체를 몰살하기로."

드파르주가 대답했다.

"몰살이라, 정말 멋지군!"

굶주린 남자가 환희에 차서 드파르주의 말을 따라 하며 다른 손가락을 씹기 시작했다.

자크 2호가 드파르주에게 물었다.

"이런 식으로 계속 기록해도 아무 문제도 일어나지 않을 거라고 확신하는가? 우리 말고는 해독할 수 있는 사람이 없으니 안전할 것이라고 믿어 의심치 않지만, 앞으로도 늘 그걸 해독할 수 있을까? 아니 이렇게 말해야겠지. 마담 드파르주가 그걸 할 수 있을까?"

드파르주가 몸을 일으켜 세우며 말했다.

"여보게들, 내 마누라는 자기 기억 속에다 기록을 한다고 해도 단어 하나도, 아니 글자 하나도 빠뜨리지 않을 사람이야. 하물며 자기 혼자만 아는 기호로 한 땀 한 땀 새겨 넣으며 뜨개질을 하는데, 아침이 되면 해가 뜨는 것만큼 확실할 수밖에 없지. 마담 드파르주를 믿게. 약해 빠진 겁쟁이가 스스로 목숨을 끊는 것이, 마담 드파르주가 뜨개질로 기록한 목록에서 이름이나 범죄 사실을 지우는 것보다 훨씬 쉬울 걸세."

그 말에 만족하며 맞장구치는 말이 몇 마디 오간 뒤 굶주린 남자가 물었다.

"아까 그 촌뜨기는 돌려보낼 건가? 그랬으면 좋겠는데. 그 친구 너무 단순하더라고. 좀 위험하지 않겠어?"

드파르주가 말했다.

"저 친구는 아무것도 몰라. 하기야 적어도, 자칫하면 자기도 같은 높이의 교수대에 매달리게 될지도 모른다는 것 정도는 알겠지. 내가 저 친구를 맡지. 내가 데리고 있겠다고. 좀 돌봐 주다가 보내 주지, 뭐. 저 친구는 멋진 세상을 구경하고 싶어 하거든. 왕, 왕비, 궁전, 뭐 이런 거 말이야. 일요일에 구경 좀 시켜 줘야겠어."

굶주린 남자가 드파르주를 쳐다보며 소리쳤다.

"뭐라고? 왕족이나 귀족 따위를 보고 싶어 하는데 그게 좋은 조짐이란 말인가?"

드파르주가 말했다.

"자크, 분별 있는 사람은, 고양이에게 갈증을 느끼게 하고 싶다면 고양이에게 우유를 보여 준다네. 분별 있는 사람은, 언젠가 개를 사냥에 데려가려고 한다면 개에게 야생 상태의 먹이를 보여 준다네."

그들은 더 이상 아무 말도 하지 않았다. 그들은 계단 꼭대기에서 벌써부터 꾸벅꾸벅 졸고 있는 도로 수리공에게 짚으로 만든 침대에 누워서 쉬라고 권했다. 도로 수리공은 설득당하고 말고 할 것도 없이 그대로 곯아떨어졌다.

시골에서 올라온 노예나 마찬가지인 도로 수리공이 머물기에 드파르주의 술집보다 형편없는 곳은 파리에 얼마든지 있었다. 마담 드파르주에 대한 막연한 두려움 때문에 계속 마음 졸이는 것만 빼면, 도로 수리공은 새로운 생활이 몹시 만족스러웠다. 그러나 종일 카운터에 앉아 있는 마담이 일부러 자기 존재를 모르는 척하는 것, 그중에서도 특히, 그가 어떤 비밀스러운 일과 연관이 되어 있다는 것을 알면서도 모르는 척하기로 결심한 듯 구는 것이 어찌나 두려웠던지, 그는 어쩌다 마담과 눈이라도 마주치면 나막신을 신은 채로 덜덜 떨었다. 그래서 그는 저 여자가 다음번엔 또 어떤 척을 할지 알 수 없는 노릇이라고 혼자 중얼거렸다. 그가 보기에 마담 드파르주는 그 화사하게 꾸민 머릿속에, 그가 살인을 저지르고 죽은 자의 가죽을 벗긴 범인이라는 가정을 일단 집어넣고 나면, 재판이 끝나고 그가 유죄 판결을 받을 때까지 그 상상을 진짜라고 굳게 믿고도 남을 여자였다.

그래서 일요일이 되어 마담 드파르주가 베르사유까지 동행한다는 사실을 알았을 때 도로 수리공은 (말은 기쁘다고 했지만) 별로 신이 나지 않았다. 게다가 여러 사람이 함께 타는 공용 마차에서까지 내내 뜨개질을 하고 있는 모습도 당황스러웠다. 또 오후에 왕과 왕비의 마차 행렬을 기다리는 인파 속에서 여전히 손에 뜨개질거리를 쥐고 있는 모습도 당황스럽긴 마찬가지였다.

"뜨개질을 정말 열심히 하시는군요, 부인."

근처에 있던 남자가 말했다.

"네, 할 일이 아주 많거든요."

마담 드파르주가 대답했다.

"뭘 만들죠, 부인?"

"이것저것이오."

"예를 들면?"

"예를 들면 수의 같은 거요."

마담 드파르주가 태연하게 대꾸했다.

그 말을 들은 남자는 최대한 먼 곳으로 이동했고 도로 수리공은 파란색 모자로 얼굴에 부채질을 했다. 몹시 와 닿는 말이면서도 가슴이 답답했다. 그래서 기분 전환에 왕과 왕비가 필요했는데 마침 치료약이 손에 잡힐 듯이 가까이 다가온 걸 보면 그래도 그는 재수가 좋은 편이었다. 곧 얼굴이 큰 왕과 얼굴이 아름다운 왕비가 황금 마차를 타고 지나갔다. 그들은 번쩍이는 불스아이[1], 화려하게 차려입고 미소를 머금은 귀부인들, 품위 있는 귀족들의 호위를 받고 있었다. 보석이며 실크며 온갖 화려한 것들을 몸에 휘감고 하얗게 분칠을 한 얼굴로 사람들의 손길을 우아하게 뿌리치거나 기품 있게 경멸하는 표정을 짓는 남녀를 보고 있자니, 도로 수리공은 정신이 나가 버렸는지 일시적인 환각 상태에 빠진 것 같았

---

1 원래 이 말은 불어 'Oeil de Boeuf(황소 눈이 있는 방)'에서 온 말이다. 이 방은 베르사유 궁전의 알현실을 가리키는 말로 팔각형 천장에 둥근 창문이 나 있다고 하여 이런 명칭이 붙었다. 그 후 영국의 역사 사상가인 칼라일이 이 단어를 프랑스 왕실에서 왕과 여왕 옆에 붙어서 온갖 음모와 부당한 거래를 알선하는 궁전 관리들을 통칭하는 용어로 확대 사용했다. 저자가 여기에서 궁전 관리들을 표현하는 데 이 용어를 사용한 이유는, 부패하고 타락한 당대 프랑스 귀족 문화를 함축적으로 표현할 수 있어서이기도 하지만, 영어 불스아이에 '타깃, 목표물'이라는 뜻이 있으므로 이들이 훗날 대혁명 당시 농민들의 공격 목표가 될 것이라는 의미도 함께 함축하기 위해서인 것으로 보인다.

다. 그는 도처에 자크당이 퍼져 있다는 소리를 한 번도 못 들어 본 사람처럼, "국왕 폐하 만세, 왕비 마마 만세, 여러분 만세! 세상만사 만세!" 따위의 소리를 질러 댔다. 이어서 공원, 주택 마당, 테라스, 샘터, 초록색 축대 등 사방 천지에서 이런 함성이 울려 퍼졌다.

"국왕 폐하 만세, 왕비 마마 만세, 불스아이 만세, 귀족 나리 만세, 귀부인 마님 만세, 모두 모두 만만세!"

마침내 도로 수리공은 감정이 북받쳐 올라서 엉엉 울음을 터뜨렸다. 세 시간이나 지속된 이 행렬을 구경하는 내내 그는 소리도 지르고 흐느껴 울기도 하다가 감정을 주체하지 못하는 또 다른 동료들을 만나기도 했다. 그동안 드파르주는 도로 수리공이 자신을 순식간에 사로잡은 숭고한 대상들에게 몸을 날려 그들을 산산조각 내지 않도록 그의 멱살을 잡고 있어야만 했다.

소동이 다 끝나자 드파르주는 보호자라도 되는 것처럼 도로 수리공의 등짝을 토닥이며 말했다.

"브라보! 자넨 참 착한 친구야!"

이제야 제정신이 돌아온 도로 수리공은, 끝에 감정이 격해져서 실수나 저지르지 않았는지 모르겠다고 걱정을 했다. 드파르주가 아니라고 대답했다. 드파르주가 그의 귓가에 대고 속삭였다.

"자네야말로 우리가 찾던 사람이야. 자네가 이 얼간이들한테 이 상태가 영원히 지속될 거라는 믿음을 심어 줬네. 그러니 이제 더 안하무인으로 굴 테고, 결국 몰락이 더 빨리 다가오겠지."

"맞아요! 바로 그거예요."

도로 수리공이 자기가 지른 소리들을 곱씹어 보며 대답했다.

"저 얼간이들은 아무것도 몰라. 저들은 자네 목숨 따위는 아무렇지 않게 끊어 버릴 수도 있어. 저들은 자네나 자네와 비슷한 수백 명의 목숨을, 집에서 기르는 말이나 개 목숨보다도 하찮게 여기거든. 저들은 귓구멍에 대고 말해 주는 것만 알아들어. 그러니까 저들을 조금만 더 속이자고. 그리 오래 걸리지 않을 거야."

마담 드파르주가 거만한 표정으로 도로 수리공을 바라보며 남편의 말을 확인하듯 고개를 끄덕였다.

"당신은 아무거나 보기만 하면 소리를 지르고 눈물을 뿌리고 해서 시끄러운 구경거리를 만드는군요. 말해 봐요! 그렇지 않아요?"

"부인, 실은 저도 잠깐이지만 그렇게 생각했어요."

"만약에 당신에게 산더미처럼 많은 인형을 주고, 다 찢어서 망가뜨리고 갖고 싶은 부분을 뜯어 가라고 한다면 가장 비싸고 화려한 것을 챙기겠지요? 말해 봐요! 그렇죠?"

"솔직히 그렇지요, 부인."

"좋아요. 그럼 만약에 날지 못하는 새 떼를 데려다 주고 원하는 대로 깃털을 뽑고 갖고 싶은 것을 뽑아 가라고 한다면, 그중에 가장 멋진 새를 공격하겠죠? 그렇지 않나요?"

"그렇겠죠, 부인."

"당신은 오늘 인형과 새, 두 가지를 다 봤어요."

마담 드파르주는 저들의 모습이 마지막까지 보이던 자리를 향해 손을 흔들며 말했다.

"자, 집으로 갑시다!"

16장
여전히 뜨개질 중

마담 드파르주와 남편은 다정하게 생앙투안의 심장부에 있는 집으로 돌아갔다. 그동안 파란색 모자를 쓴 사내는 어둠을 헤치고 흙먼지를 가르며 갓길과 가로수가 있는 대로를 지루하게 몇십 마일이나 달려, 나침반의 바늘이 가리키는 곳을 향해 가고 있었다. 그곳은 지금은 무덤 속에 누워 있는 후작 나리의 대저택, 나무들의 속삭임 소리가 들리는 대저택이었다. 석조 얼굴들은 이제 나무들의 속삭임 소리와 분수에서 떨어지는 물방울 소리에 귀를 기울일 수 있을 만큼 한결 여유를 되찾은 모습이었다. 식량으로 쓸 약초나 땔감으로 쓸 삭정이 따위를 구하려고 대저택에 들어갔다가 마당과 테라스 계단에 깔려 있는 거대한 판석 위에서 길을 잃은 몇몇 허수아비들은, 석조 얼굴들의 표정이 바뀐 것을 보고 자신들이 너무 굶주려서 헛것이 보이는 것이라고 생각했다. 마을 안에 떠도는, 마을 주민들만큼이나 보잘것없고 근거 없는 소문들에 의하면 석조 얼굴들의 표정은, 후작의 가슴에 칼이 꽂혔을 때 자부심을 띤 표정에서 분노와 고통이 어린 표정으로 바뀌었다고 한다. 그리고 그 표정은, 키 큰 남자가 샘터에서 12미터 높이 위로 끌어올려져 대롱대롱 매달리는 순간, 복수를 완수한 잔인한 표정으로 다시 한 번 바뀌었고 그때부터 그 표정 그대로 굳어졌다고 한다. 특히 살인이 일어난 침실의 우아한 창문 위에 새겨진 석조 얼굴의 코에, 전에는 없던 작은 홈 두 개가 누구나 알아볼 수 있을 있을 정도로 또렷하게 패어 있었다. 몇 번인가, 무리에서 빠져나온 누더기를 걸친 농노 두세 명이 남몰래 석화(石化)된 후작 나리를 훔쳐보려다가, 앙상한 손가락으로 그 석상을 채 1분도 가리키지 못하고 이끼와 잎사귀가 깔린 숲속으로 산토끼처럼 도망친 적도 있었다. 하기야 그 저택에서 배불리 풀을 뜯고 살아가는 산토끼가 그들보다는 훨씬 팔자가 좋기는 했지만 말이다.

그것이 대저택이든 움막이든, 석조 얼굴이든 대롱대롱 매달린 시체든, 판석 위의 핏자국이든 마을의 깨끗한 샘물이든, 수천 에이커의 영지든 프랑스의 한 지방이든, 프랑스 전체든 간에, 만물이 밤하늘 아래 누워 있었다. 그리고 이 모든 것들이 제각각 머리카락 한 올만큼의 자리를 차지하고 인류의 연대표 안에 촘촘히 박혀 있었다. 중대한 사건이든 사소한 사건이든 세상일이라는 것은 모두 별이 반짝이는 사이에 일어난다. 하물며 인간의 하찮은 지식으로도 별빛의 광선을 분석하여 성분을 파악할 수 있는데, 인간에 델 수 없을 만큼 숭고하고 지적인 존재라면 지구가 발하는 미미한 빛만 보고도 이 땅에 살고 있는 모든 생명의 생각, 행동, 선량함, 사악함을 마땅히 읽어 낼 수 있지 않겠는가.

드파르주 부부는 별빛을 받으며 공용 마차를 타고 덜컹덜컹 파리의 관문을 향해 가고 있었다. 그곳은 어디를 가든 당연히 거쳐야 하는 곳이었다. 평소처럼 마차가 검문소의 바리케이드 앞에 멈춰 섰고 평소처럼 등이 마차 안으로 쑥 들어왔다. 으레 하는 검문검색이었다. 그때 드파르주가 마차에서 내렸다. 거기서 근무하는 군인 한두 명, 경찰 한 명은 면식이 있는 자들이었다. 그중에서도 경찰 한 명과는 친한 사이인지 두 사람이 다정하게 서로를 끌어안았다.

드파르주 부부는 생앙투안의 거무튀튀한 날개가 활짝 펼쳐진 마을 어귀에 이르러 마차에서 내렸다. 검은 진흙과 쓰레기가 깔린 거리를 걷다가 마담이 남편에게 말했다.

"자, 이제 말해 봐. 경찰 자크가 당신한테 뭐래?"

"오늘 밤에는 별말 없었어. 그래도 아는 건 다 말해 주더라고. 우리 동네에 첩자가 한 명 더 배치됐대. 얼핏 알아낸 바로는 더 많을 수도 있는데, 확실하게 아는 건 한 명뿐이래."

마담 드파르주가 눈썹을 올리며 냉정하고 사무적인 태도로 말했다.

"음, 잘됐군. 그자도 기록해 둬야겠는걸. 그 작자 뭐라고 부른대?"

"영국인이래."

"더 잘됐네. 이름이 뭔데?"

"바사드."

드파르주가 불어 발음으로 말했다. 하지만 정확하게 발음을 하려고 신경을 썼기 때문에 철자가 완벽하게 전달되었다.

"바사드."

마담이 따라 했다.

"성은 그렇고, 그럼 이름은?"

"존."

"존 바사드."

마담이 혼잣말처럼 한 번 더 반복했다.

"그렇군. 그럼 외모는? 알려져 있대?"

"나이는 한 마흔 살쯤. 키는 175센티미터 정도. 검은 머리에 까만 피부. 전체적으로 잘생긴 얼굴인데, 검은 눈에 길고 갸름하며 혈색이 좋지 않은 얼굴. 왼쪽으로 약간 휘어진 매부리코. 그러니까 교활한 인상인 것 같아."

마담이 웃으며 말했다.

"세상에, 초상화가 따로 없네! 내일 기록해야겠어."

그들은 (자정이 다 된 시간이라) 이미 문이 잠긴 술집으로 들어갔다. 마담 드파르주는 곧바로 책상에 자리를 잡고 앉아서, 자리를 비운 동안 들어온 몇 푼 안 되는 돈을 세는가 하면 재고 확인도 하고 장부에 적힌 내용을 훑어본 다음 몇 가지를 새로 적어 넣기도 했다. 마담은 종업원에게 이것저것 꼼꼼하게 확인한 후에야 자러 가도 좋다며 그를 놓아주었다. 그녀는 밤새 안전하게 보관하기 위해 그릇에 든 돈을 다시 꺼내어 액수를 센 다음 손수건으로 잘 싸서 매듭을 묶기 시작했다. 그동안 드파르주는 파이프를 입에 물고 주위를 왔다 갔다 하며 연신 탄성을 내뱉을 뿐 중간에 끼어들지는 않았다. 사실 그는 장사와 집안일에 관해서라면 늘 그저 주위를 왔다 갔다 하며 지켜보기만 했다.

찌는 듯이 더운 밤이었다. 가게 문이 닫혀 있는데도 건물 주변이 불결해서 그런지 악취가 풍겨 왔다. 드파르주는 후각이 몹시 둔했는데도 창고에 쌓아 둔 와인 냄새가 전에 없이 독하게 느껴졌고 럼주와 브랜디와 아니스 열매로 담근 술 냄새 역시 그랬다. 그는 여러 가지가 뒤섞인 술 냄새를 손으로 부쳐 날리며 연기가 피어오르는 파이프를 내려놓았다.

"당신 피곤한가 봐. 늘 나던 냄새인데 그러는 걸 보면."

마담이 돈을 싼 수건을 묶으며 그를 올려다보았다.

"좀 피곤하긴 하네."

드파르주가 순순히 대답했다.

"좀 우울해 보이기도 하고."

돈을 셀 때는 특유의 기민한 눈빛이 그다지 강렬해 보이지 않았지만 남편을 바라볼 때는 눈에서 두 줄기 광선이 발사되는 것 같았다.

"아, 정말 남자들이란!"

"하지만 여보!"

드파르주가 말했다.

"하지만 여보!"

마담이 단호하게 고개를 끄덕이며 그 말을 따라 했다.

"당신 정말 오늘 밤에는 기운이 없어 보여, 여보."

드파르주가 어쩔 수 없이 속내를 드러내며 말했다.

"그러게. 너무 오래 걸리는군."

"오래 걸리는군."

아내가 그 말을 따라 했다.

"그런데 언제는 오래 안 걸렸어? 복수와 징벌에는 시간이 오래 걸리는 법이야. 그게 규칙이라고."

"하지만 사람이 벼락을 맞을 때는 오래 걸리지 않잖아."

드파르주가 말했다.

마담이 태연하게 물었다.

"그럼 그 벼락이 만들어져 축적되기까지 얼마나 오래 걸릴까? 말해 봐."

드파르주는 그 말 속에 특별한 의미가 담겨 있는 것처럼 곰곰 생각하며 고개를 들었다.

마담이 말했다.

"지진이 도시 하나를 집어 삼키는 데도 오래 걸리지 않지. 그렇지! 그럼 지진이 일어나기 전까지 지진의 조건이 형성되는 데 얼마나 걸릴까?"

"오래 걸리겠지."

드파르주가 말했다.

"하지만 조건이 다 형성되고 지진이 일어나면, 앞에 있는 것은 뭐든 갈아서 가루를 내 버리지. 그전까지는 모습도 보이지 않고 소리도 들리지 않지만 착착 준비가 되고 있는 거야. 어떻게, 위로가 좀 됐지. 당신은 지금처럼만 해."

마담은 원수의 목을 조르는 것처럼 눈을 반짝이며 수건의 매듭을 묶었다. 그녀는 자신의 말을 강조하려고 오른손을 뻗으며 말했다.

"몇 마디만 할게. 시간이 오래 걸리는 길이긴 하지만 이미 출발한 길이고 이제 얼마 남지 않은 길이야. 그러니까 내가 당신한테 하려는 말은 물러서서도 안 되고 멈추어서도 안 된다는 거야. 오직 전진만이 있을 뿐이라고. 주위를 둘러봐. 우리가 아는 모든 생명들을 생각해 봐. 그리고 우리가 아는 모든 얼굴들을 생각해 봐. 자크당이 매순간 점점 더 크게 외치고 있는 불만과 분노를 생각해 봐. 이런 상태가 계속 지속될 수 있을까? 흥! 웃기고 있네."

드파르주는 전도사 앞에서 설교를 듣고 있는 고분고분하고 착실한 학생처럼, 아내 앞에 뒷짐을 지고 고개를 약간 숙인 채 서 있었다.

"우리 마누라는 어찌나 용감한지. 물론 나도 의심을 품는 건 절대 아니야. 하지만 너무 오래 걸리니까, 그리고 당신도 잘 알다시피 그날이 오지 않을 수도 있잖아. 우리가 살아 있는 동안 말이야."

"저런! 어쩌다 그런 생각을?"

마담이 또 다른 원수를 목 졸라 죽이듯 수건의 매듭을 또 하나 묶으며 물었다. 드파르주가 불평 반, 사과 반의 의미로 어깨를 으쓱하며 말했다.

"글쎄! 우린 승리의 그날을 못 볼 수도 있어."

마담이 강경한 태도로 팔을 뻗으며 말했다.

"우린 승리의 날이 오도록 돕는 거야. 아무 노력도 하지 않으면 아무것도 얻을 수가 없잖아. 난 우리가 승리의 날을 볼 수 있을 거라고 진심으로 믿어. 하지만 설사 우리가 승리할 수 없다 해도, 아니 승리할 수 없는 것이 분명하다 해도, 귀족이나 폭군의 모가지를 볼 수만 있다면 내가 그냥 그걸 확……."

마담이 이를 꽉 깨물고 매듭을 아주 세게 확 묶었다.

"잠깐!"

드파르주는 겁쟁이라고 타박을 받는 것 같아서 얼굴이 약간 빨개지며 외쳤다.

"여보, 나 역시 절대 멈추지 않을 거야."

"그래야지! 하지만 당신은 마음이 너무 약해. 희생자의 비참한 모습을 보거나 승리의 가능성이 보여야지만 전의를 불태우잖아. 그런 거 없이도 전의를 불태워야. 그래야 때가 되면 호랑이와 악마를 확 풀어 버리지. 물론 준비가 끝날 때까지는 보이지 않게 호랑이와 악마를 사슬로 묶어 놓고 때를 기다려야 하지만."

마담은 자신이 내린 결론을 어떻게든 받아들이게 하려고 카운터를 돈 뭉치로 힘껏 내리쳤다. 그렇게 하면 카운터가 퍼뜩 정신을 차리기라도 할 것처럼 말이다. 그러고는 차분한 태도로 돈 뭉치를 손수건 보따리에 묵직하게 싸서 옆구리에 끼고는 잠자리에 들 시간이라고 말했다.

다음 날 정오쯤 여장부는 평소처럼 술집 자기 자리에 앉아 바지런하게 뜨개질을 하고 있었다. 그 옆에 장미꽃 한 송이가 놓여 있었다. 그녀는 가끔씩 장미꽃을 흘끔거리긴 했지만 평소와 똑같이 뜨개질에 몰두하고 있었다. 술집 안에는 술을 마시는 손님, 술을 마시지 않는 손님, 서 있는 손님, 앉아 있는 손님 등 몇 명의 손님들이 띄엄띄엄 자리를 채우고 있었다. 몹시 더운 날이었다. 바닥에는 호기심과 모험적인 탐구 정신으로 끈적끈적한 술잔을 연구하려고 마담 주위에서 알짱대다가 유명을 달리한 파리들이 수북이 쌓여 있었다. 그런데도 파리들은 아무 느끼는 바가 없는지 (마치 자기들이 코끼리나 다른 동물인 것처럼) 동족의 죽음을 태평하게 구경하며 한가로이 산책을 즐기다가 마담에게 같은 봉변을 당하곤 했다. 얼마나 경솔하기 짝이 없는 파리들인지 생각할수록 이상하지 않은가! 어쩌면 햇빛 쏟아지는 여름날 왕궁을 차지하고 앉은 저들도 같은 생각을 하고 있을지 모를 일이었다.

그때 가게 문 안으로 한 사람이 들어왔고, 마담 드파르주는 자신에게 드리워진 그림자만으로 그가 낯선 사람이라는 것을 알아챘다. 그녀는 뜨개질감을 내려놓고 머리에 두른 스카프에 핀으로 장미꽃을 꽂은 다음 낯선 인물을 바라보았다.

참으로 신기한 일이었다. 마담 드파르주가 장미꽃을 집어든 순간, 손님들이 대화를 멈추고 한 사람씩 술집을 빠져나가기 시작한 것이다.

"안녕하세요. 부인."

낯선 사람이 말했다.

"안녕하세요. 손님."

그녀는 큰 목소리로 대답을 한 후 다시 뜨개질을 하며 혼잣말로 이렇게 덧붙였다.

"흥! 안녕하냐고? 마흔 살쯤 되는 나이, 175센티미터 정도의 키, 검은 머리, 까만 피부, 전체적으로 잘생긴 얼굴, 검은 눈, 길고 갸름하며 혈색이 좋지 않은 얼굴, 왼쪽으로 약간 휘어진 매부리코, 교활한 인상! 암, 하나부터 열까지 다 안녕하고말고!"

"오래 숙성시킨 코냑 작은 잔으로 한 잔 주시고 시원한 물도 좀 주세요, 부인."

마담이 친절하게 주문한 것을 내놓았다.

"부인, 이거 참 훌륭한 코냑이로군요!"

자기네 술이 훌륭하다는 칭찬을 들어 본 것은 난생처음이었지만, 마담 드파르주는 그가 왜 그런 칭찬을 하는지 그의 속내를 손바닥 들여다보듯 훤히 알고 있었다. 그러나 그녀는 그 코냑에게는 과찬의 말씀이라고 대답하며 뜨개질감을 집어 들었다. 손님은 몇 분간 그녀의 손가락 움직임을 살펴보면서 틈틈이 술집 안을 둘러보았다.

"뜨개질 솜씨가 좋으시네요, 부인."

"손에 익었으니까요."

"게다가 무늬도 예쁘고!"

"그렇게 생각하세요?"

마담이 미소 띤 얼굴로 그를 바라보며 물었다.

"물론이죠. 근데 뭘 만들고 계신 건지 물어도 될까요?"

"그냥 소일거리인걸요."

마담은 계속 손가락을 재게 놀리면서 여전히 웃는 얼굴로 그를 바라보며 말했다.

"쓸 수는 없는 건가요?"

"뭐, 물건 나름이지요. 언젠가 쓸모를 발견할 수도 있고요. 그렇게 되면, 음⋯⋯."

마담은 숨을 들이마시더니 아양을 부리듯 고개를 끄덕이며 말했다.

"꼭 써먹을 거예요!"

이상한 일이었다. 머리의 스카프에 장미꽃을 꽂은 마담의 모습이 생앙투안의 취향과는 영 다른 모양이었다. 남자 두 명이 따로따로 들어와서 술을 주문하려다가 마담의 색다른 모습을 보더니, 쭈뼛대며 일행을 찾는 시늉을 하다가 없다는 듯 밖으로 나가 버렸다. 원래 술집에 앉아 있던 손님들도 한 명도 남아 있지 않았다. 어느새 하나둘씩 모두 나가 버린 것이었다. 첩자는 계속 상황을 주시했지만 아무것도 알아낼 수가 없었다. 그들은 가난에 찌든 사람들답게 우연인 양 별 목적 없이 가게 안을 어슬렁대다가 뭐라 꼬집을 수 없는 자연스러운 태도로 그곳을 떠났다.

마담은 낯선 손님의 얼굴을 바라보며 손가락으로 뜨고 있는 무늬를 확인한 후 속으로 생각했다.

'존, 좀만 더 오래 머무르렴. 그래야 네가 떠나기 전에 내가 바사드를 다 뜨지.'

"부인, 남편 있으세요?"

"네."

"아이는요?"

"없어요."

"장사가 잘 안 되나 봐요?"

"형편없죠. 모두들 매우 가난하니까요."

"아, 불행하고 비참한 사람들 같으니라고! 부인 말씀대로 탄압도 심하고요."

"손님 말씀대로겠죠."

마담은 그의 말을 정정하며 되받아쳤다. 그리고 능숙한 솜씨로 그의 이름 안에다가 그에게는 좋지 않을 징조가 될 뭔가를 더 떠서 넣었다.

"실례했군요. 그 말을 제가 한 것은 분명하지만 부인도 당연히 그렇게 생각하실 줄 알았거든요."

마담이 목소리를 높여 말했다.

"제가 생각을 한다고요? 생각 같은 거 안 해도 우리 부부는 이 술집 꾸려 가기도 힘들어요. 여기 있는 사람들은 모두 어떻게 먹고살아야 할지 그 생각만 하지요. 우린 그 생각밖에 안 해요. 굳이 다른 사람들 걱정으로 머릿속을 어지럽히지 않아도, 아침부터 밤까지 그 생각만 하기에도 바빠요. 그런데 내가 다른 사람들 생각을 한다고요? 말도 안 돼요."

아주 작은 꼬투리라도 찾아내든지, 아니면 만들어 내기라도 할 수 있을 줄 알았던 첩자는 교활한 얼굴에 실망감이 드러나지 않게 표정을 잘 관리했다. 오히려 그는 마담 드파르주의 카운터에 팔꿈치를 짚고 기대어 서서 간간히 코냑을 홀짝이면서 능청스럽게 잡담을 늘어놓을 기세였다.

"가스파르의 처형은 참 안된 일이지요, 부인. 아! 불쌍한 가스파르!"

그는 동정심이 밴 한숨을 길게 내쉬었다.

마담이 냉정하고 태연하게 대꾸했다.

"맹세코! 그런 목적으로 칼을 쓰는 자들은 그 죗값을 치러야 해요. 그 자도 그렇게 엄청난 짓을 저질렀을 땐 자기가 어떤 대가를 치르게 될지 이미 알고 있었을 거예요. 그리고 그 대가를 치른 것뿐이고요."

첩자는 이제 그만 마음을 터놓아도 괜찮다는 듯 목소리를 부드럽게 낮추었고 사악한 얼굴의 주름마다 상처 입은 혁명적 감수성이 배어 있는 듯한 표정을 지었다.

"그래도 동네에 그 불쌍한 친구 때문에 동정심과 분노를 느끼는 사람들이 많이 있을 겁니다, 우리끼리 하는 말이지만요."

"그런가요?"

마담이 멍한 표정으로 물었다.

"그렇지 않나요?"

"저기 남편이 오네요!"

마담 드파르주가 말했다.

술집 주인이 가게 안으로 들어오자 첩자는 사람 좋은 미소를 띠고 모자에 손을 대며 인사했다.

"안녕하시오, 자크!"

드파르주는 멈칫하며 그를 쳐다봤다.

"안녕하시오, 자크!"

첩자가 같은 말을 되풀이했다.

드파르주가 빤히 쳐다보는 바람에 그는 친근한 척 미소를 짓는 것이 영 어색했다. 술집 주인이 대답했다.

"손님, 뭔가 잘못 알고 계시거나 사람을 잘못 보신 것 같군요. 내 이름은 자크가 아니라 에네스트 드파르주라오."

"그게 그거 아닌가요, 아무튼 안녕하쇼!"

첩자가 당황해서 아무렇지 않은 척 말했다.

"안녕하쇼!"

드파르주가 무뚝뚝하게 대답했다.

"부인과 대화를 나누던 중이었습니다. 주인장이 들어올 때 한창 재미있게 이야기를 하던 중이었거든요. 사람들이 그러는데, 뭐 놀랄 일도 아니지만 여기 생앙투안에는 불쌍한 가스파르의 비참한 최후에 분노와 동정심을 느끼는 사람들이 많이 있다면서요?"

"난 그런 얘기 못 들었소. 그런 줄도 몰랐는데."

드파르주가 고개를 저으며 말했다. 그는 이렇게 말하며 작은 카운터 뒤로 가더니 아내의 의자 등받이에 손을 얹고 서서 카운터 너머에 있는 적수를 바라보았다. 둘 중 한 명이 그 작자를 총으로 쏴 버릴 수 있었다면 몹시 통쾌했을 텐데.

바사드는 유능한 첩자답게 변함없는 태도로 아무것도 모르는 척하고 있었지만, 당황한 듯 작은 잔에 담긴 코냑을 벌컥 들이켜고는 냉수 한 모금으로 목을 축이더니 코냑을 한 잔 더 달라고 했다. 마담 드파르주가 그의 술잔을 채워 주고 다시 뜨개질감을 잡으며 자그마하게 콧노래를 흥얼거리기 시작했다.

"이 동네에 대해서 잘 아시는 모양인데, 나보다 더 잘 아쇼?"

드파르주가 물었다.

"그럴 리가요. 더 잘 알고 싶기는 하죠. 나는 가난한 동네 주민들에게 관심이 아주 많거든요."

"허!"

드파르주가 중얼거렸다. 첩자가 말을 이었다.

"드파르주 씨, 주인장과 이렇게 즐겁게 이야기를 나누다 보니 기억나는 게 있네요. 내가 운 좋게 당신 이름과 관련된 흥미로운 이야기를 들은 적이 있거든요."

"그런가요."

드파르주가 심드렁하게 대꾸했다.

"네, 그래요. 내가 알기로는 마네트 박사가 풀려났을 때 옛날 하인이었던 당신이 그분을 떠맡았죠. 당신에게 인수인계가 되었으니까요. 이만하면 나도 전후 상황에 대해 제법 잘 알고 있지 않습니까?"

"뭐, 그거야 분명한 사실이지요."

드파르주가 말했다. 그때 콧노래를 부르며 뜨개질을 하던 마담이 우연인 척 팔꿈치로 남편을 건드렸다. 잘 대답하되 되도록 짧게 대답하라는 신호였다.

첩자가 말했다.

"박사의 딸이 당신에게 찾아와 박사를 모셔 갔다죠. 단정하게 갈색 양복을 차려입은 신사와 동행을 했다던데, 이름이 뭐였더라? 작은 가발을 쓴, 아! 로리라는 텔슨 은행 직원 말이에요. 딸이 그 양반이랑 같이 와서 박사를 영국으로 모셔 갔다죠."

"그것도 사실이지요."

드파르주가 같은 대답을 반복했다.

첩자가 말했다.

"얼마나 희한한 인연입니까! 내가 영국에 있을 때 마네트 박사님, 그리고 그 따님과 안면을 트고 지냈거든요."

"그렇소?"

드파르주가 말했다.

"요즘은 그분들 소식을 통 못 듣나 보군요?"

첩자가 물었다.

"그렇소."

드파르주가 말했다.

콧노래를 부르며 뜨개질을 하던 마담이 고개를 들고 대화에 끼어들었다.

"사실, 그 후로 아무 소식도 못 들었어요. 그곳에 잘 도착했다는 연락이야 받았죠, 한 통인가 두 통인가 편지를 받았으니까. 하지만 그 후로는, 그분들은 그분들대로 우리는 우리대로 살기 바쁘다 보니 연락이 끊겼지요."

첩자가 대답했다.

"그렇게 된 거로군요, 부인. 그 따님이 곧 결혼을 할 예정이랍니다."

마담이 첩자의 말을 따라 했다.

"예정이라고요? 그 아가씨는 그 옛날에도 당장 결혼해도 될 만큼 예뻤

266

어요. 하긴 내가 보기에 당신네 영국인들은 좀 정이 없는 것 같더군요."

"아! 제가 영국인인 걸 아시나 보군요."

마담이 대답했다.

"말투를 듣고 알았어요. 영국식 발음이라 그럴 거라 짐작했죠."

칭찬으로 들리지는 않았지만 그는 애써 웃으며 화제를 바꾸려 했다. 그는 마지막 남은 코냑을 다 마신 후 이렇게 말했다.

"그래요. 마네트 양이 곧 결혼을 할 예정이랍니다. 근데 상대가 영국인이 아니에요. 그 남자도 마네트 양처럼 프랑스 태생이거든요. 그리고 가스파르 말인데요, 아! 가엾은 가스파르. 정말 잔인하기도 하지! 그 아가씨가 결혼하려는 상대가 바로, 가스파르를 그렇게 높은 곳에 매달게 만든 후작 나리의 조카랍니다. 다시 말해서, 그는 현재의 후작인 거죠. 영국에서는 신분을 숨긴 채 살고 있으니 거기에서는 후작이 아니지만요. 그 남자 이름은 찰스 다네이랍니다. 외가 쪽 성이 '돌네'거든요."

마담 드파르주는 동요하지 않고 뜨개질을 하고 있었지만 이 말을 듣고 남편이 충격을 받았다는 것을 알 수 있었다. 카운터 뒤에 서 있던 드파르주는 뭐든 해야 할 것 같아서 파이프 담배에 불을 붙이려 했지만, 손이 생각처럼 말을 듣지 않았다. 이런 모습을 눈치채지 못 했다면, 그리고 기억 속에 새겨 두지 않았다면, 그자는 첩자도 아니었다.

과연 쓸모 있는 정보일지는 알 수 없지만 적어도 한 가지는 건졌다고 판단한 바사드는 뭔가 알아낼 손님이 전혀 들어오지 않자 술값을 치르고 그곳을 떠났다. 그는 가게를 떠나기 전에 때를 노려, 두 분을 다시 만나게 된다면 기쁠 거라고 점잖게 말했다. 첩자는 그곳을 떠나 몇 분 후 생앙투안 외곽에 모습을 드러냈다. 그동안 부부는 혹시나 첩자가 다시 들어올까 봐 그가 떠날 때와 꼭 같은 모습 그대로 앉아 있었다.

드파르주가 아내의 의자 등받이에 손을 얹은 채 담배를 피우다가, 아내를 내려다보며 나지막한 목소리로 말했다.

"마네트 아가씨에 관한 이야기가 사실일까?"

마담이 눈썹을 약간 치켜 올리며 말했다.

"그 작자가 그렇게 말을 하긴 했지만 아마 거짓말일 거야. 어쩌면 사실일 수도 있지만."

"만약에……."

드파르주가 뭔가 말을 꺼내려다 멈췄다.

"만약에?"

아내가 되물었다.

"만약에 그날이 와서 우리가 살아 있는 동안 승리의 날을 보게 된다면, 아가씨를 위해서 운명의 신께서 부디 아가씨의 남편이 프랑스 밖에 있도록 해 주셔야 할 텐데."

마담 드파르주가 특유의 침착한 태도로 말했다.

"그 양반 운명의 신이, 그때 그가 있어야 할 곳으로 그를 데려가겠지. 그때 생을 마감할 운명이라면 마감할 장소로 그를 이끌 테고. 내가 아는 건 그것뿐이야."

드파르주는 아내에게 이 점만은 인정해 달라는 듯 애원조로 말했다.

"하지만 정말 이상해. 어쨌든 지금 이 상황은 정말 이상하지 않아? 결국 마네트 박사님과 아가씨를 위해서 하는 일인데, 방금 나간 그 더러운 개자식 이름 옆에다가 당신 손으로 아가씨 남편의 이름을 떠 넣어야 한다니 말이야."

마담이 대답했다.

"그날이 오면 더 이상한 일들도 무수히 벌어질 거야. 두 사람의 이름은 이미 여기에 확실히 기록했어. 둘 다 그럴 만하니까. 그걸로 된 거야."

마담은 이렇게 말하며 뜨개질감을 둘둘 말더니 곧 머리의 스카프에 꽂았던 장미꽃을 떼어 냈다. 생앙투안은 거슬리는 머리 장식이 사라진 것을 직감으로 알았던 것일까? 아니면, 꽃이 사라지는 모습을 지켜보고 있었던 것일까? 아무튼 꽃을 뽑자마자 생앙투안이 용기를 내어 어슬렁거리며 술집으로 들어왔고 술집은 평소의 모습을 되찾았다.

저녁이 오고 생앙투안이 스스로 안팎을 뒤집어 사람들을 밖으로 내놓는 시간이 되면, 사람들은 계단과 창턱에 나와 앉거나, 바람을 쐬러 더러운 길바닥이나 공터로 모여들었다. 이때가 되면 마담 드파르주도 으레 일감을 손에 쥔 채 이곳에서 저곳으로, 이 무리에서 저 무리로 옮겨 다니며 사람들과 어울렸다. 마담 드파르주는 일종의 전도사였다. 그 시절에는 그런 사람들이 많이 있었지만, 제대로 돌아가는 세상에서라면 절대로 태어나지 않을 그런 종자들이었다. 여자들은 모두 뜨개질을 했다. 그들은 별 쓸모도 없는 물건들을 떴다. 그러나 기계적으로 작업을 하다 보면 먹고 마시는 일도 기계적인 작업으로 대체할 수 있었다. 그들은 턱과 소화기관 대신 손을 움직였다. 뼈만 앙상한 손가락을 가만히 뒀다가는 안 그래도 굶주림에 쪼그라든 위가 더 심하게 쪼그라들 터였다.

그러나 손가락이 가는 곳에 눈도 가고 생각도 가는 법이었다. 마담 드파르주가 이 무리에서 저 무리로 옮겨 다닐 때, 삼삼오오 모여서 그녀와 이야기를 나누던 여인네들의 손가락과 눈과 생각은 그녀가 자리를 뜨고 나면 더 빨라지고 더 사나워졌다.

그녀의 남편은 가게 문간에 서서 담배를 피우며 감탄스러운 눈빛으로 그녀를 지켜보고 있었다.

"정말 대단한 여자야. 강인하고, 품은 뜻은 또 얼마나 큰지! 장부도 저런 장부가 없다니까!"

여인네들이 앉아서 뜨개질을 하고 또 하는 동안 어둠이 몰려왔다. 그때 교회의 종소리가 울려 퍼졌고 저 멀리 왕궁의 정원에서 군대의 북소리가 들려왔다. 어둠이 그들을 에워쌌다. 또 다른 어둠이 성큼 다가와 있는 것이 분명했다. 프랑스 전역에 하늘 높이 치솟아 있는 교회 첨탑에서 청아하게 울려 퍼지는 종소리가 우레와 같은 대포 소리에 녹아들 바로 그날이, 그리고 군대의 북소리가 밤의 어둠을 장악한 '권력과 풍요', '자유와 생명'을 외치는 비천한 것들의 고함 소리에 가려 들리지 않게 될 그날이, 어둠은, 앉아서 뜨개질을 하고 또 하는 여인네들 곁에 그렇게 성큼 다가와 있었고, 그 여인네들이 아직 만들어지지 않은 어떤 구조물을 둘러싸고 앉아, 뜨개질을 하고 또 하며 그 구조물에서 굴러 떨어지는 머리통의 수를 세게 될 날도 코앞으로 다가와 있었다.

17장
어느 날 밤

박사와 딸이 플라타너스 나무 아래에 함께 앉아 있던 어느 잊지 못할 저녁보다 소호의 조용한 모퉁이에 더 밝게 빛나는 석양이 내려앉은 적은 없었다. 그리고 그 부녀가 나뭇잎 사이로 얼굴을 환히 빛내며 여전히 나무 아래에 앉아 있던 그날 밤보다 런던 전역에 더 은은한 빛을 발하는 달이 떠오른 적도 없었다.

내일은 루시가 결혼을 하는 날이었다. 그녀는 마지막 저녁을 아버지를 위해 아껴 두었고, 그래서 두 사람은 그렇게 플라타너스 나무 아래에 함께 앉아 있었다.

"사랑하는 아버지, 행복하세요?"

"아무럼, 행복하다마다."

두 사람은 오랫동안 그곳에 앉아 있었는데도 서로 별말이 없었다. 아직은 일을 하거나 책을 읽을 수 있을 정도로 밝은 시간이었지만 루시는 평소와 달리 일도 하지 않았고 아버지에게 책도 읽어 드리지 않았다. 루시는 나무 아래 아버지 곁에 앉아 있을 때면 이 두 가지 일을 하며 시간을 보낼 때가 매우 많았지만, 그날 밤은 다른 날들과 달랐고 아무래도 평소처럼 지낼 수가 없었다.

"저에게도 오늘은 참 행복한 밤이에요, 아버지. 저는 하늘이 축복해 준 사랑 안에서, 그러니까 찰스에 대한 저의 사랑과 저에 대한 찰스의 사랑 안에서 행복을 절실하게 느낀답니다. 하지만 결혼을 한다고 해서 제 삶을 변함없이 아버지께 바치지 못한다면, 아니, 결혼을 약속했다고 해서 그 혼약이 이 모퉁이로 뻗은 몇 개 안 되는 거리의 길이만큼이라도 우리를 갈라놓았다면, 저는 지금쯤 불행과 자책감을 이루 말할 수 없을 만큼 크게 느꼈을 거예요. 지금 이 순간에도……."

지금 이 순간에도 루시는 떨려 오는 목소리를 어찌하지 못했다. 슬픈 달빛을 맞으며 루시는 아버지의 목을 끌어안고 아버지의 가슴에 얼굴을 대고 앉아 있었다. 햇빛은 물론 인간의 생명이라 불리는 빛도 마찬가지지만, 뜨고 나면 질 수밖에 없는 운명이기에 달빛은 항상 슬펐다.

"소중하고도 소중한 아버지! 마지막으로 딱 한 번만, 저에게 찾아온 새로운 사랑도, 그리고 저에게 주어진 새로운 본분도 절대 우리 사이에 끼어들 수 없을 거라고, 그럴 거라 확신하신다고 말씀해 주실 수 없나요? 저는 그렇게 확신해요. 아버지도 그럴 거라 생각하시죠? 진심으로 그렇게 확신하시는 거죠?"

행동을 꾸밀 줄 모르는 아버지는 확신하는 표정을 단호하게 지으며 유쾌하게 대답했다.

"아무렴. 확신하고말고. 사랑하는 딸아! 나는 네가 생각하는 것 이상으로 확신한단다."

아버지는 딸에게 다정하게 키스를 하며 덧붙였다.

"루시야, 네가 결혼을 하고 난 후 우리가 함께 살아갈 나의 미래는, 결혼을 하지 않은 너와 함께 살아갈 나의 미래보다, 그리고 지금까지 살아온 나의 삶보다 훨씬 밝단다."

"그러면 정말 좋겠지만, 아버지!"

"믿어라, 사랑하는 딸아! 정말로 그렇단다. 얘야, 결혼이 얼마나 자연스럽고 쉬운 일인지 생각해 보렴. 암, 자연스럽고 쉬운 일이고말고. 넌 아

272

직 너무 어리고 효심이 깊어서 애비의 근심을 완전히 이해하지 못할 게다. 이 애비는 항상 네가 인생을 허비해서는 안 된다고……."

루시가 손을 뻗어 아버지의 말을 막으려 했지만 아버지는 그 손을 잡고 말을 이었다.

"허비해서는 안 된다고 생각했단다. 애비를 위해서 네가 자연의 섭리를 거슬러서야 쓰겠니. 너는 너무 욕심이 없어서 애비가 이런 걱정을 얼마나 많이 했는지를 완전히 이해할 수는 없을 게다. 하지만 너 자신에게 물어보렴. 네 삶이 완전하지 못한데 이 애비가 완전히 행복해질 수 있겠니?"

"아버지, 제가 찰스를 만나지 않았다면 아버지와 정말로 행복하게 살았을 거예요."

박사는, 찰스가 없었다면, 찰스를 만나지 못했다면 불행했을 것이라는 사실을 무심결에 인정하는 딸을 바라보며 미소를 짓다가 이렇게 대답했다.

"얘야, 하지만 너는 임자를 만났잖니. 그 임자가 바로 찰스고. 찰스를 만나지 않았다면 다른 남자를 만났을 게다. 아니, 네가 그 누구도 만나지 못했다면 그건 나 때문이겠지. 내 삶에 끼어 있는 먹구름이 내 자신은 물론이요, 너에게까지 그림자를 드리웠기 때문일 게야."

재판 때 말고 아버지가 괴로웠던 시절을 직접 입에 올린 것은 처음 있는 일이었다. 아버지가 그 이야기를 하는 동안 루시는 이상하면서도 생소한 기분을 느꼈고, 이후로도 오랫동안 그 일을 잊지 못했다.

보베의 의사가 손을 들어 달을 가리키며 말했다.

"저 달을 봐라! 감옥에서 창문을 통해 바라보던 달빛을 나는 견딜 수가 없었단다. 달빛을 바라보다가 문득, 저 달빛이 내가 잃어버린 것들을 비추고 있을 거란 생각이 들면 너무나 괴로워서 감방 벽에다 머리를 막 찧곤 했지. 정신이 흐릿하거나 혼미할 때 달을 바라보면 한 가지 생각 말고는 아무 생각도 떠오르지 않았단다. 달에다 가로줄을 그으면 몇 개나 그을 수 있을까, 그리고 그 가로줄에 세로줄을 교차시키면 몇 개나 그을 수 있을까, 난 그 생각만 했었어."

박사는 달을 바라보며 잠시 생각에 잠겼다가 이렇게 덧붙였다.

"가로세로 양쪽 다 스무 개쯤 그렸을까. 내 기억으로는 스무 번째 선을 끼워 넣기가 좀 어려웠던 것 같구나."

아버지가 그 시절을 곰곰 떠올려 가며 깊은 이야기를 털어놓는 것을 들으며 루시는 묘한 전율을 느꼈다. 그러나 박사는 딸을 놀라게 하려고 그런 이야기를 하는 것이 아니었다. 그저 이제는 다 끝난 끔찍한 인고의 세월과 즐겁고 더할 나위 없이 행복한 현재를 비교하려는 것일 뿐이었다.

"달을 바라보며 태어나기도 전에 헤어진 아기를 떠올린 적이 한두 번이 아니었단다. 아기가 살아 있을까. 건강하게 태어났을까. 가련한 어미가 충격을 받은 탓에 세상 빛을 못 본 건 아닐까. 나중에 커서 애비의 원수를 갚아 줄 아들일까. (감옥에 갇혀 있는 동안에는 못 견디게 복수를 하고 싶을 때가 있었단다) 아들이라면 애비의 사연을 전혀 모르는 것 아닐까. 아니, 애비가 본인 의지에 따라 사라졌을지도 모른다는 불길한 가능성에 짓눌려 살아가고 있는 건 아닐까. 아니면 나중에 커서 아름다운 여인이 될 딸일까."

루시는 아버지의 곁에 바짝 다가앉아 뺨과 손에 키스를 했다.

"애비란 존재를 완전히 잊었을, 아니 애비의 존재를 아예 모르고 애비에 대해 아는 것이 전혀 없을 딸의 모습도 마음속에 그려 보았단다. 한 해 두 해, 매년 딸아이의 나이를 세어 보곤 했지. 딸이 애비의 운명을 전혀 모르는 남자와 결혼하는 모습을 그려 보기도 했고 말이다. 나는 살아 있는 사람들의 기억 속에서 완전히 지워져서 자식들 세대가 되면 내 자리가 빈 칸으로 남겠구나 하는 생각도 했단다."

"아버지! 현실이 아닌 아버지 상상 속의 딸 이야기를 듣고 있으니 마음이 아파요. 제가 꼭 그 아이가 된 것 같아요."

"루시 네가? 아니다. 너로 인해 위안을 얻고 회복될 수 있었기에, 네 결혼 전날 밤에 달빛 아래에서 지난 기억을 떠올릴 수 있게 되었잖니. 내가 방금 무슨 이야기를 하고 있었지?"

"아버지에 대해서 전혀 모르는 딸, 아버지의 존재에 관심 없는 딸 이 야기요."

"그랬지! 똑같이 달빛이 비치는 밤이어도 슬픔과 적막함이 평소와는 조금 다르게 느껴지는 날이 있단다. 어떤 감정이든 그 바탕에 고통이 깔려 있는 것처럼, 너무 평화로워서 슬픔이 밀려드는 그런 밤이면 상상 속의 딸아이가 감방으로 찾아와 나를 요새 너머 자유로운 세상으로 인도하는 모습을 상상했었지. 지금 널 바라보는 것처럼 그땐 달빛 속에서 상상 속의 딸아이를 바라보곤 했단다. 내 품에 직접 안아 본 적이 없다는 것만 빼면, 그 아이는 진짜 내 딸 같았어. 그 아이는 늘 감방 문과 쇠창살이 쳐진 작은 창 사이에 서 있었거든. 하지만 얘야, 그 아이가 내가 지금 함께 이야기를 나누고 있는 진짜 딸아이와는 다른 아이라는 것을 이해할 수 있겠니?"

"그 아이가 상상 속의 아이, 환영이 아니란 말씀이신가요?"

"아니란다. 그건 다른 아이였어. 감각이 혼미해졌을 때 눈앞에 나타나긴 했지만 그 아이는 사라지지 않았단다. 늘 내 마음속에 나타나던 그 유령은 현실에 존재했던 다른 아이의 유령이었어. 그 아이가 제 어머니를 쏙 빼닮았다는 것 말고는 아이의 생김새가 생각나지 않는구나. 물론 그 아이가 다른 아이와 닮았을 수도 있고 너와 닮았을 수도 있지만, 닮았다고 해서 같은 아이인 건 아니잖니. 내 말을 알아듣고 있는 게냐, 루시야? 아무래도 어렵겠지. 외로운 죄수가 되어 보지 않고는 현실과 환상을 구별하지 못하는 게 어떤 건지 이해할 수 없을 테니 말이다."

박사는 침착하고 차분한 태도로 자신이 옛날에 어땠는지 설명하려 했지만 루시의 피가 얼음처럼 식어 가는 것을 막을 수는 없었다.

"마음 상태가 더 평화로운 달밤에는 그 아이가 감방으로 찾아와 나를 밖으로 데리고 나가서 결혼을 하여 꾸린 가정을 보여 주었단다. 그곳은 잃어버린 아버지에 대한 따뜻한 기억이 넘쳐 나는 가정이었어. 그 아이의 방에는 내 사진이 걸려 있고, 그 아이의 기도 속에도 내가 있었지. 그 아이의 삶은 활기차고 즐겁고 유익했지만, 거기에도 나의 비참한 역사는 스며들어 있더구나."

"아버지, 그 아이는 바로 저였어요. 저는 그 아이의 반만큼도 착하지 않았지만 그 아이 못지않게 아버지를 사랑했어요."

보배의 의사가 말했다.

"그리고 그 아이는 내게 자식들을 보여 주었단다. 그 애들은 외할아버지의 이야기를 죽 들으며 자랐고 외할아버지를 가엾게 여기라고 배웠더구나. 그 애들은 외할아버지가 있는 국립 교도소 옆을 지날 때면 우중충한 교도소 담장에서 좀 떨어진 자리에 서서 창살 너머 이쪽을 올려다보며 내게 무언가를 속삭였지. 하지만 상상 속의 그 아이는 나를 구해 낼 수가 없었단다. 그 아이는 내게 이런 것들을 다 보여 주고 나면 언제나 나를 다시 감옥으로 데려다 주었어. 그러면 나는 눈물을 하염없이 흘리다가 무릎을 꿇고 앉아 그 아이를 축복했단다."

"아버지, 그 아이가 저였으면 좋겠어요. 오, 사랑하는 아버지! 아버지, 내일은 저도 그렇게 뜨겁게 축복해 주실 거죠?"

"루시야, 오늘 밤 이렇게 너에게 지난 고통을 이야기할 수 있었던 까닭은, 내가 지금 너를 이루 말할 수 없을 만큼 사랑하기 때문이며, 내게 이렇게 큰 행복을 허락해 주신 주님께 감사하기 때문이란다. 내 정신이 가장 황폐해졌을 때 나는 행복 가까이에도 갈 수 없는 사람이었어. 그런데 너를 되찾음으로써 행복도 되찾게 되었고 그 행복이 지금 우리 앞에 놓여 있지 않니."

276

박사는 딸을 끌어안은 채로, 딸을 지켜 주실 신께 엄숙하게 축복을 빌었고, 딸에게 사랑하는 이를 보내 주신 신께 몸을 낮추어 감사했다. 이제 자리에서 일어날 시간이었다. 두 사람은 집으로 들어갔다.

결혼식에 초대한 사람은 딱 한 명, 로리뿐이었다. 투박한 미스 프로스 말고는 신부 들러리도 없었다. 그들은 결혼 후에도 지금 그 집에서 살 계획이었다. 그래도 다행히, 통 모습이 보이지 않아서 사는지 마는지조차 불확실했던 숙박인이 쓰던 위층을 얻어서 공간을 조금 넓힐 수 있게 되었고, 그들은 더 이상 바랄 것이 없었다.

마네트 박사는 아주 유쾌한 기분으로 저녁 식탁에 앉았다. 식탁에는 부녀와 미스 프로스, 이렇게 딱 세 사람만 앉아 있었다. 박사는 찰스가 그 자리에 오지 않은 것을 못내 서운해했다. 박사는 결혼 전날 밤 신부를 아버지에게 양보하고 자신은 떨어져 지내려는 신랑의 다정한 계획에 반대하고 싶은 마음이었다. 박사는 사위를 위해 애정을 가득 담아 건배했다.

잘 자라는 인사를 나누어야 할 시간이 찾아왔고 두 사람은 각자의 방으로 들어갔다. 그러나 적막함이 흐르는 새벽 3시, 루시가 다시 계단을 내려오더니 아버지의 방으로 살금살금 들어갔다. 한참 전부터 정체를 알 수 없는 두려움이 일어 마음이 편치 않았던 것이다.

그러나 모든 것이 제자리에 놓여 있었다. 온 집 안이 고요했고 아버지는 잠들어 있었다. 아버지의 하얀 머리는 베개 위에 그림처럼 놓여 있었고, 손은 이불 위에 가만히 놓여 있었다. 루시는 아버지에게서 멀리 떨어진 그림자에 촛대를 내려놓고 아버지의 침대까지 살금살금 기어갔다. 그녀는 아버지의 입술에 입을 맞추고 몸을 굽혀 아버지를 바라보았다.

아버지의 잘생긴 얼굴에는 수감 생활을 하며 흘린 쓰디쓴 눈물 자국이 새겨져 있었다. 그러나 어찌나 굳건한 결단력으로 그 자국을 덮어 버렸는지 잠을 자는 동안에도 흔적이 드러나지 않을 정도였다. 묵묵히, 그러나 불굴의 의지로 보이지 않는 적으로부터 자신을 지키고 그 적과 싸우는 박사의 표정보다 더 인상적인 표정은, 그날 밤 온 나라에 잠들어 있는 사람들 가운데 그 누구의 얼굴에서도 찾아볼 수 없었을 것이다.

　루시는 자신의 한 손을 사랑하는 아버지의 가슴 위에 조심스럽게 얹고 기도를 올렸다. 자신이 간절한 마음만큼 아버지를 정성껏 모실 수 있게 해 달라고. 그리고 아버지의 슬픈 과거가 헛되지 않게 해 달라고. 그녀는 손을 거두고 아버지의 입술에 다시 한 번 키스한 후 방을 나갔다. 드디어 해가 떠올랐고 플라타너스 나무가 박사의 얼굴에, 아버지를 위해 기도하며 키스하던 딸의 입술만큼 부드러운 잎사귀 그림자를 드리웠다.

18장
아흐레 동안

결혼식 날은 눈부시게 화창했다. 아름다운 신부 루시, 그리고 오늘의 들러리인 로리와 미스 프로스는 교회로 떠날 채비를 마치고 박사의 서재 밖에서 박사와 신랑을 기다리고 있었다. 마네트 박사는 서재에서 찰스 다네이와 이야기를 나누는 중이었다. 미스 프로스는 이 결혼을 서서히 운명으로 받아들이게 되었다. 자신의 동생인 살러먼이 신랑이 되었어야 했다는 작은 미련만 없었더라면 이 결혼을 그 누구보다 축복해 주었을 것이다.

로리는 신부 주위를 돌며 단정하고 예쁜 드레스를 구석구석 들여다봤지만 어떻게 칭찬해야 할지를 몰라 그저 이렇게 말했다.

"어여쁜 우리 아가씨! 바로 이런 일이 있으려고 핏덩이였던 아가씨를 데리고 제가 해협을 건넜나 봅니다. 휴우! 그동안 제가 한 일을 너무 과소평가했군요. 내 친구 찰스에게 새 삶을 주게 될 일이었는데 내가 그토록 가벼이 여겼다니!"

"이렇게 되라고 일부러 그 일을 한 것도 아니잖수. 일이 이리 될 줄 어떻게 알았겠수? 말도 안 되지!"

솔직하다 못해 직설적인 미스 프로스가 대꾸했다.

"그런가? 이런. 울지 말아요."

점잖은 로리가 말했다.

"난 안 울어요. 로리 씨나 울지 말아요."

미스 프로스가 말했다.

"내가 운다고요, 나의 프로스 양?"(이즈음 로리는 가끔씩 미스 프로스에게 농담을 하기도 했다)

"방금 전에 울었잖아요. 내가 다 봤다우. 하기야 우는 게 당연하죠. 로리 씨가 신혼부부에게 선물해 준 그 접시를 보았다면 누구라도 울었을 거예요. 포크며 스푼이며 어느 하나 눈물이 안 나는 물건이 없더라니까요. 어젯밤에 상자를 받고서 어찌나 눈물이 앞을 가리던지 나중에는 접시가 보이지도 않더라고요."

"정말 고맙군요. 맹세코 보잘것없는 선물로 앞이 보이지 않게 만들 생각은 없었는데. 오늘은 남자로서 인생에서 놓친 모든 걸 되돌아보게 되는 그런 날이군요. 이것 참! 거의 반백 년을 살아오면서 마누라가 있었으면 좋겠다는 생각을 해 본 적이 있었나 모르겠군요."

"한 번도 없었을걸요!"

미스 프로스가 소리쳤다.

"그 말은 내게 결혼할 기회가 한 번도 없었을 거라는 얘기인가요?"

로리가 물었다.

"풋! 로리 씨는 갓난아기 때부터 독신이었을걸요."

"그 말도 일리가 있군요."

로리가 밝게 웃더니 자신의 조그마한 가발을 고쳐 쓰며 말했다.

"아니, 로리 씨는 독신으로 살 팔자를 타고났는지도 몰라요. 태어나기 전부터."

미스 프로스가 말을 이었다.

"음, 지금 생각해 보면 난 참 매사에 못나게 처신했어요. 내 삶을 선택할 때 내 목소리를 훨씬 더 크게 냈어야 했는데……. 자, 이 정도만 해

둡시다!"

로리가 루시의 허리에 부드럽게 팔을 둘렀다.

"우리 어여쁜 루시 아가씨, 그럼 두 분이 옆방에 계시는 동안 이 기회를 놓치지 말고 실무자인 미스 프로스와 제가 아가씨를 안심시켜 드려야겠군요. 지금부터는 아가씨만큼 성실하고 살뜰한 사람들이 박사님을 돌봐 드릴 겁니다. 박사님은 상상할 수 있는 모든 보살핌을 받게 되실 거예요. 아가씨가 앞으로 2주 동안 워릭셔와 그 근처를 여행하는 동안, (비유해서 말하자면) 텔슨 은행이 망하는 한이 있어도 박사님을 우선으로 모실 겁니다. 2주 후에는 박사님이 두 분과 합류하셔서, 세 분이 함께 2주간 웨일스 지역을 여행하게 될 거고요. 그때 보시면 저희가 박사님을 최적의 상태로 모셨다는 걸 알게 되실 겁니다. 이제 새신랑이 서재에서 나오나 보군요. 자, 아가씨, 케케묵은 방식이긴 하지만 이 노총각이 축복의 의미로 아가씨에게 키스해도 되겠습니까? 새신랑이 와서 키스하겠다고 하기 전에 말이에요."

로리는 잠시 신부의 아름다운 얼굴을 손으로 감싸고 이마에 서린 너무나도 잘 기억하고 있는 그 표정을 바라보았다. 그러더니 신부의 눈부신 금발을 자신의 자그마한 갈색 가발에 참으로 부드럽게 살짝 대었다. 아담과 이브가 살던 창세기에나 나올 법한 아주 오래된 인사법이었다.

서재 문이 열리더니 마네트 박사와 다네이가 밖으로 나왔다. 박사는 얼굴이 어찌나 창백했던지 다네이와 함께 처음 방에 들어갈 때와는 안색이 딴판이었다. 박사의 얼굴에서 혈색이라고는 흔적조차 찾아 볼 수 없었다. 박사는 여전히 침착하게 행동했지만 로리는 예리한 눈썰미로, 너무나 피하고 싶고 너무나 두려운 옛 기억이 차가운 바람처럼 박사를 스치고 지나갔다는 것을 어렴풋이 짐작할 수 있었다.

마네트 박사는 팔을 뻗어 딸의 팔짱을 끼고는 계단을 내려가, 오늘을 위해 로리가 마련해 놓은 마차로 향했다. 나머지 일행은 다른 마차로 뒤

따랐고, 곧이어 그들은 근처 교회에 도착했다. 낯선 사람은 아무도 초대하지 않은 채 찰스 다네이와 루시 마네트는 행복하게 결혼식을 올렸다.

예식이 끝나자 몇 안 되는 하객들의 미소에는 눈물이 아른거렸고, 로리가 어둡고 침침한 주머니에서 방금 꺼내 준 다이아몬드는 신부의 손에서 눈부시게 반짝거렸다. 일행 모두 집으로 돌아와 아침 식사를 했고 모든 것이 순조로웠다. 그리고 작별의 순간이 왔다. 파리의 어두운 다락방에서 불쌍한 구두장이의 백발과 젊은 아가씨의 금발이 뒤엉켰던 것처럼, 문지방에서 눈부신 아침 햇살을 받으며 작별 인사를 나누는 박사의 백발과 신부의 금발이 다시 서로 뒤엉켰다.

오래 걸리지는 않았지만 힘겨운 작별이었다. 하지만 아버지인 마네트 박사가 딸을 다독인 후 부둥켜안고 있던 팔을 풀며 딸에게서 조심스럽게 물러나며 마침내 입을 열었다.

"찰스, 딸아이를 어서 데려가게! 루시는 이제 자네 사람일세!"

루시는 마차 창밖으로 떨리는 손을 흔들며 남은 이들에게 인사를 했고, 그들은 그렇게 떠나갔다. 원래 한적하고 인적인 드문 모퉁이인 데다 준비랄 것도 없는 아주 단출한 결혼식이었기에 마네트 박사와 로리와 미스 프로스만 길에 남게 되었다. 일행이 낡은 현관에 드리워진 시원한 그늘로 향하던 때였다. 로리가 마네트 박사에게서 큰 변화를 감지했다. 박사는 황금 팔에 치명적인 일격이라도 당한 사람처럼 보였다.

결혼식 내내 자연스럽게 보이려고 억눌러 놓은 감정이 박사의 마음속에서 변화를 일으키리라는 것을 예상하지 못한 것은 아니었다. 하지만 마네트 박사의 얼굴에서 겁먹고 넋 나간 듯한 옛날의 그 표정이 다시금 나타나자 로리는 걱정스러웠다. 로리는 2층에 올라가, 멍하니 머리를 움켜쥐고 쓸쓸히 방으로 사라지는 마네트 박사의 모습을 보면서 술집 주인 드파르주와 별빛을 가르며 파리를 떠나왔던 그 여정을 떠올렸다.

고민하던 끝에 로리가 미스 프로스에게 속삭였다.

"오늘은 박사님께 말을 걸거나 귀찮게 하지 않는 게 좋겠어요. 나는 텔슨 은행에 돌아가 봐야 해요. 금방 다녀올 테니 저녁에는 박사님을 모시고 함께 야외로 나가 저녁 식사나 합시다. 그러면 다 괜찮아질 거예요."

로리는 은행 업무를 처리하는 것이 그 외에 바깥일을 돌보는 것보다 훨씬 쉬웠다. 로리는 은행에 두 시간 동안 머물렀다. 그 후 박사의 집으로 돌아온 로리는 하인에게 아무것도 묻지 않고 혼자 낡은 계단을 올라가 박사의 방으로 향했다. 작게 들려오는 쿵쿵 소리에 로리는 걸음을 멈추었다.

로리가 깜짝 놀라 소리쳤다.

"맙소사! 대체 이게 무슨 소리지?"

그때 미스 프로스가 놀라서 외치는 소리가 들려왔다. 그녀는 두 손을 맞잡고 소리를 지르고 있었다.

"아이고! 이를 어째! 다 망쳤어! 아가씨에게 뭐라고 하지? 나를 알아보지도 못하고 저리 구두를 짓고 계시다니!"

로리는 간신히 미스 프로스를 진정시킨 다음 곧장 박사의 방으로 들어갔다. 마네트 박사는 옛날에 파리에서 구두를 지을 때처럼 긴 의자를 빛이 드는 쪽으로 돌려놓고, 고개를 숙인 채 정신없이 구두를 짓고 있었다.

"마네트 박사님. 오, 이런, 마네트 박사님!"

박사가 반은 호기심으로, 반은 말을 걸어 화가 난 표정으로 잠시 로리를 쳐다보더니 다시 작업에 열중했다. 외투와 조끼는 옆에 벗어 두고 셔츠의 단추는 풀어 헤친 상태였다. 예전에 그 일을 할 때와 꼭 같은 모습이었다. 그 옛날의 그 초췌하고 퀭한 표정이 다시 살아난 듯했다. 박사는 열심히 일을 하면서도 방해를 받을까 초조해하는 눈치였다.

로리는 박사가 손에 쥐고 있는 일감을 흘긋거리며 옛날 파리의 다락방에서 만들던 것과 같은 신발인지 모양과 크기를 확인했다. 로리는 박사 옆에 놓인 다른 한 짝을 집어 들고 이게 무엇이냐고 물었다. 박사가 쳐다보지도 않고 중얼거렸다.

"젊은 아가씨들이 산책할 때 신는 신발이라오. 벌써 끝냈어야 하는 신발인데. 그냥 두시오."

"하지만, 마네트 박사님. 저 좀 보세요!"

박사는 예전처럼 순순히 고개를 들었지만 손은 기계적으로 계속 일을 하고 있었다.

"박사님, 저 아시죠? 생각해 보세요. 이건 박사님이 하실 일이 아니지 않습니까. 박사님, 생각 좀 해 보세요!"

어떤 방법을 동원했더라도 마네트 박사를 더 말하게 할 수는 없었을 것이다. 고개를 들어 보라는 말에 딱 한 번 잠시 로리를 쳐다보긴 했다. 하지만 어떤 말로 설득했든지 간에 박사는 한마디도 더 내뱉지 않았을 것이다. 박사는 묵묵히 일에만 열중했다. 로리가 박사에게 건네는 말은 메아리 없는 벽에 부딪히거나 허공으로 날아가듯 그렇게 사라졌다. 로리는 자신이 말을 걸지 않아도 박사가 이따금 슬그머니 고개를 든다는 점에 한 가닥 희망을 걸어 보기로 했다. 박사의 얼굴에 희미하게나마 의구심이나 당혹감이 스치는 것 같았다. 아마 박사 자신도 마음속에서 일어나고 있는 어떤 의혹을 풀어 보려고 애쓰는 모양이었다.

문득 로리는 무엇보다 중요한 문제 두 가지가 생각났다. 첫째, 이 일을 루시가 절대로 알아서는 안 된다는 것이며, 둘째, 박사를 아는 다른 모든 이에게도 이 일을 비밀로 해야 한다는 것이었다. 로리는 미스 프로스와 의논하여 두 번째 문제를 위한 긴급 대책을 마련했다. 그것은 마네트 박사가 건강이 안 좋아서 며칠 푹 쉬어야 한다고 주변에 알리는 방법이었다. 그런 다음 루시를 속이는 데 도움이 될까 해서 미스 프로스가 루시에게 편지를 썼다. 박사가 업무상 출장을 갔는데 손수 급하게 끼적인 두세 줄짜리 편지가 그곳 우체국 소인으로 미스 프로스에게 날아 왔다는 내용이었다.

로리는 박사가 다시 정신을 차릴 수 있을 것이라는 희망을 품고 이번 대책을 실행했고, 이 방법이 어떤 환자에게든 권할 만한 방법이라고 생각했다. 그리고 박사의 증세가 금세 호전될 경우를 위해 로리가 따로 생각해 둔 계획도 있었다. 박사의 증세를 가장 잘 아는 사람에게 의견을 물어볼 작정이었다.

로리는 박사의 증세가 빨리 호전되어 세 번째 대책을 실행할 수 있기를 바라면서 티 안 나게 박사를 주의 깊게 살펴야겠다고 생각했다. 로리는 난생처음으로 은행에 결근을 하겠다고 알린 후 박사와 같은 방 창가에 자리를 잡고 앉았다.

얼마 지나지 않아 로리는 박사에게 말을 걸어 봐야 헛수고일 뿐 아니라 오히려 증세를 더 악화시킨다는 사실을 깨달았다. 박사가 중압감 탓인지 너무 긴장했기 때문이었다. 이렇게 첫째 날 로리는 박사에게 말 걸기를 포기했다. 하지만 망상에 빠져 있는, 아니 망상에 빠져들고 있는 박사에게 소리 없는 저항이라도 하듯 박사 곁에 꼭 붙어 있기로 마음먹었다. 그래서 로리는 이곳이 자유로운 공간이라는 사실을 박사에게 보여주기 위해 창가 의자에 앉아 책도 읽고 글도 쓰면서 가급적이면 유쾌하고 자연스럽게 행동하려 애썼다.

첫째 날 마네트 박사는 가져다주는 음식을 먹으며 어두워질 때까지 쉬지 않고 일을 했다. 로리가 앞이 안 보일 정도로 날이 어두워져 책 읽기와 글쓰기를 멈춘 후에도 박사는 30분이나 더 일을 했다. 박사가 내일 아침까지는 필요 없게 된 연장을 옆에다 내려놓자 로리가 자리에서 일어나며 말했다.

"바깥으로 나가시겠습니까?"

마네트 박사는 과거 파리의 다락방에서처럼 자신의 양 옆 바닥을 내려다보더니 다시 고개를 들었다. 그러더니 예전의 그 모기만 한 목소리로 대꾸했다.

"바깥?"

"네. 저랑 산책이나 하시죠. 왜, 싫으십니까?"

박사는 왜 싫은지 설명은커녕 한마디 대꾸조차 하지 않았다. 하지만 로리는 자신이 분명히 봤다고 생각했다. 박사가 어둠 속에서 작업대에 몸을 기댄 채, 팔꿈치를 무릎에 괴고 머리를 감싸 쥐며 희미하게나마 "왜 싫지?"라고 자문하는 모습을. 유능한 실무자인 로리는 그 모습에서 이 방법이 효과가 있다는 것을 알아챘고 그 방법을 계속 써먹어야겠다고 생각했다.

미스 프로스와 로리는 그날 밤 교대로 불침번을 서며 옆방에서 틈틈이 박사를 관찰했다. 박사는 한참을 서성이고 나서야 겨우 침대에 눕더니 마침내 잠이 들었다. 다음 날 아침, 박사는 일찍 일어나자마자 곧장 연장이 있는 긴 의자로 가서 일을 시작했다.

둘째 날, 로리는 박사의 이름을 부르며 쾌활하게 인사를 건네고는 근자에 주고받던 익숙한 이야기들을 꺼냈다. 아무런 대꾸도 없었지만 박사는 로리가 하는 말을 들으며 혼란스러우나마 생각을 하고 있는 것이 분명했다. 여기에서 힘을 얻은 로리는 낮 동안 여러 차례 미스 프로스를 불러 옆에서 집안일을 하도록 했다. 두 사람은 아무 일도 없다는 듯 평상시처럼 자연스럽게 루시와 그녀의 아버지에 대한 대화를 나누었다. 박사가 힘들어하지 않도록 대놓고 의도를 드러내지 않는 것은 물론, 오래 들여다보거나 자주 들르지도 않았다. 박사가 고개를 드는 횟수가 점점 많아졌고 바뀐 주변 환경을 조금씩 인지하며 반응을 하는 것 같아서 로리의 따뜻한 마음도 한결 가벼워졌다.

다시 어둠이 내리자, 로리가 어제처럼 박사에게 물었다.

"박사님, 바깥으로 나가시겠습니까?"

어제와 똑같이 박사가 되물었다.

"바깥?"

"네. 저랑 산책이나 하시죠. 왜 싫으십니까?"

박사가 아무런 대답도 하지 않자 로리는 전날과 달리 이번에는 밖으로 나가는 척해 보았다. 그는 한 시간가량 자리를 비웠다가 다시 방으로 돌아왔다. 로리가 자리를 비운 사이 마네트 박사는 창가 의자로 자리를 옮겨 플라타너스 나무를 내려다보고 있었다. 하지만 로리가 들어가자 박사는 슬그머니 자기 자리로 돌아갔다.

시간이 매우 더디게 흘러가면서, 로리가 품었던 희망도 점점 줄어들었고 하루하루 지날수록 마음도 점점 더 무거워져만 갔다. 사흘째 되던 날도 그렇게 지나갔고, 나흘, 닷새, 엿새, 이레, 여드레, 아흐레가 그렇게 흘렀다.

희망도 점점 줄어들고 마음도 점점 무거워져 가는 가운데 로리는 불안한 시간을 견뎌 내고 있었다. 비밀은 잘 지켜졌고 루시는 아무것도 모른 채 행복하게 지냈다. 하지만 처음에는 조금 서투르던 구두장이의 손놀림이 점점 놀랄 만큼 능숙해지는 것을 로리는 놓치지 않았다. 로리가 보기에, 지금껏 박사는 그토록 자신의 일에 몰두한 적이 없는 것 같았다. 그리고 아흐렛날 땅거미가 질 무렵 그의 손놀림은 그 어느 때보다 날렵하고 익숙해 보였다.

19장
의견

걱정스럽게 박사를 지켜보다 지칠 대로 지친 로리는 그 자리에서 그대로 잠이 들어 버렸다. 불안과 걱정으로 지내 온 지 열흘째 되던 날 아침, 그 전날 해가 질 때부터 선잠에 취해 있던 로리는 방 안으로 쏟아지는 햇살에 깜짝 놀라 잠에서 깼다.

로리는 눈을 부비며 몸을 일으켰다. 하지만 자리에서 일어난 순간, 자신이 여전히 자고 있는 게 아닐까 의심스러웠다. 박사의 방으로 가서 안을 들여다봤더니 구두장이의 긴 의자와 연장이 다시 옆으로 치워져 있었고, 박사는 창가에 앉아 책을 읽고 있었다. 평상시에 입던 옷으로 갈아입은 박사의 얼굴은 아직 매우 창백하긴 했지만 골똘히 뭔가에 집중하고 있는 표정이었다. (로리가 보기에는 분명히 그랬다)

로리는 자신이 깨어 있다는 사실을 확인한 후에도, 혹시 자신이 박사가 구두를 짓는 얼토당토않은 꿈을 꾼 것인지, 몇 분 동안이나 혼란스러움에서 벗어날 수가 없었다. 자신의 눈앞에서 친구가 늘 입던 옷을 입고 평소와 똑같이 행동하고 있었기 때문이었다. 어째서 그의 시야 안에, 마네트 박사가 구두를 짓던 그 일이 실제로 있었던 사건이라 확신할 만한 흔적이 남아 있지 않단 말인가?

로리는 처음에는 혼란스럽고 당혹스러웠지만 그 답은 분명했다. 그것이 사실이 아니라면, 나 자비스 로리가 어째서 이곳에 와 있는 것일까? 어째서 마네트 박사의 진료실 소파에서 옷도 벗지 않은 채 잠이 들었단 말인가? 그리고 왜 이른 아침부터 박사의 침실문 앞에서 이런 고민을 하고 있단 말인가?

그사이에 미스 프로스가 그의 옆에 와서 속삭이기 시작했다. 로리에게 의문이 눈곱만큼이라도 남아 있었다면, 그 의문을 해결하기 위해 미스 프로스의 증언이 꼭 필요했을 것이다. 하지만 그때는 이미 정신이 들고 의혹도 다 사라진 후였다. 그는 미스 프로스에게 시간을 두고 좀 기다려 보자고, 그리고 아침 식사 시간에는 아무 일도 없었다는 듯 평소처럼 박사를 대하자고 일러두었다. 로리는 박사가 정상적인 상태로 돌아온 것이라면 치료 방향을 정하고 조언을 얻기 위해 그동안 자신이 그토록 듣고 싶어 했던, 박사의 증상에 대한 박사 자신의 의견을 조심스럽게 물어볼 생각이었다.

미스 프로스는 로리의 판단에 따라 조심스럽게 계획을 진행시켰다. 로리는 평소와 똑같이 시간을 충분히 들여, 하얀 리넨 셔츠를 입고 다리에 착 달라붙는 스타킹을 신는 등 단정하게 옷매무시를 정돈하고 아침 식사 자리에 나타났다. 박사도 평소처럼 식사하시라는 소리를 듣고 아침을 먹으러 내려왔다.

로리는 서두르지 않고 차근차근 섬세하게 접근하는 것만이 박사를 이해시킬 수 있는 안전한 방법이라고 생각했다. 우선 박사는 딸 루시의 결혼식이 어제였다고 알고 있었다. 로리가 일부러 요일과 날짜 따위를 넌지시 비치자 박사는 곰곰 생각에 잠겨 날짜 셈을 하는 듯했는데 그 모습이 몹시 불안해 보였다. 하지만 다른 면에서는 평상시처럼 아주 침착했기 때문에 로리는 계획대로 박사에게 도움을 구하리라 결심했다. 그리고 그것은 박사 자신을 돕는 일이 될 터였다. 아침 식사 후 식탁이 치워지고 마네트 박사와 단 둘이 남게 되자 로리는 다정하게 말을 걸었다.

"마네트 박사님, 은밀히 여쭈어 볼 것이 있는데요, 제가 굉장히 관심을 기울이고 있는 어떤 분의 특이한 증상에 대한 박사님의 의견을 듣고 싶습니다. 제가 보기에는 많이 이상한 증상이지만 박사님은 저보다 아는 것이 많으시니 별로 이상하지 않을 수도 있을 것 같아서요."

박사는 최근에 구두를 짓느라 더러워진 자신의 손을 힐끗 쳐다보며 혼란스러워하는 듯했지만 로리의 말에 귀를 기울이고 있는 것 같았다. 박사는 벌써 몇 번이나 자신의 손을 힐끗거렸다. 로리가 박사의 팔을 다정하게 잡으며 말했다.

"마네트 박사님, 이 이야기는 저와 아주 각별한 친구의 사례입니다. 부디 심사숙고해 보시고 조언을 주셨으면 합니다. 친구뿐만 아니라 그 딸을 위해서이기도 합니다. 그 딸을 위해서요. 마네트 박사님."

"내가 아는 문제라면 얼마든지. 정신적 충격에 관한 문제요?"

박사가 가라앉은 목소리로 말했다.

"맞습니다."

"좀 더 구체적으로 말해 보시오. 하나도 빠뜨리지 말고."

로리는 서로 대화가 되고 있다고 판단하고 이야기를 이어 갔다.

"마네트 박사님, 제 친구가 오래전에, 그것도 아주 오랫동안 충격을 받은 일이 있었습니다. 박사님 말씀대로 마음과 감정에 뭔가 심한 정신적 충격을 받은 모양입니다. 그런데 그 충격이 얼마나 컸던지 그 친구는 얼마나 오랜 시간을 그 충격이 지속되었는지도 모르더군요. 제 생각에는 그 친구가 시간 감각을 상실한 것 같아요. 어찌된 일인지 달리 알 길도 없고요. 그 후 충격에서 회복되기는 했는데 그 과정을 전혀 기억하지 못합니다. 예전에 그 친구가 공식 석상에서 그 얘기를 한 번 한 적이 있는데 기억이 나네요. 그 친구가 완전히 회복되었었거든요. 그때 환자는, 정신적으로 정교한 작업과 튼튼한 체력을 요구하는 일도 해낼 수 있을 만큼 회복이 되어 지성 넘치는 사람으로 돌아왔답니다. 게다가 새로운 연구도 계속해서 이미 많은 것을 이루었지요. 그런데 안타깝게도⋯⋯."

로리가 잠시 멈추고 깊이 숨을 들이마시더니 말했다.

"다시 살짝 재발했답니다."

박사가 가라앉은 목소리로 물었다.

"그 증상이 얼마나 지속되었소?"

"아흐레요."

"증상이 어땠소?"

박사가 또 자신의 손을 힐끗 바라보며 말했다.

"내 말인즉슨, 옛날에 받았던 충격과 관련된 예전 행동이 다시 나타났느냐는 뜻이오."

"맞습니다."

"예전에 친구가 그 행동을 하는 모습을 본 적이 있소?"

"딱 한 번이오."

"친구가 재발했을 때, 예전 모습과 아주 비슷했소? 아니면 아주 똑같았거나."

"제가 보기엔 완전히 똑같았습니다."

"친구에게 딸이 있다고 했죠. 그 딸도 아버지가 재발한 걸 알고 있소?"

"아니요. 딸에게는 비밀로 했어요. 영원히 비밀에 부치고 싶습니다. 저랑 믿을 만한 친구, 이렇게 둘이서만 알고 있습니다."

박사가 로리의 손을 덥석 잡더니 나지막하게 말했다.

"아주 잘했소. 정말 사려 깊은 판단이오."

로리도 박사의 손을 움켜잡았고, 둘은 한동안 서로 아무 말도 하지 않았다.

"마네트 박사님."

이윽고 로리가 더없이 다정하면서도 조심스럽게 입을 열었다.

"저는 한낱 사무원일 뿐 이렇게 복잡하고 어려운 문제를 해결할 만한 사람이 못 됩니다. 필요한 정보나 지식도 없고요. 저는 도움이 절실합니다. 제가 믿고 조언을 구할 수 있는 분은 이 세상에 박사님뿐입니다. 제발 말씀해 주세요. 어쩌다 재발하게 됐을까요? 또 재발할 위험이 있을까요? 재발을 막을 수는 없나요? 재발하면 치료 방법은 있나요? 재발 원인은 뭘까요? 제 친구를 위해서 제가 할 수 있는 일이 뭘까요? 방법만 알게 된다면 그 누구보다 더 간절한 마음으로 그 친구를 도울 겁니다."

로리가 이야기를 계속했다.

"하지만 이런 경우에 어찌해야 하는 건지 도통 모르겠어요. 박사님이 그 명석한 지식과 경험으로 제게 올바른 방법을 알려 주신다면, 친구에게 많은 도움이 될 수 있을 것 같아요. 아는 것도 없고 도와주는 사람도 없어서 제가 할 수 있는 일이 거의 없습니다. 제발 제게 조언을 해 주십시오. 제가 좀 더 명확하게 알 수 있게 도와주시고, 친구에게 도움이 되는 방법을 가르쳐 주십시오."

박사는 로리의 진심 어린 말을 듣더니 생각에 잠겼고, 로리는 더는 박사에게 부담을 주지 않았다. 박사가 침묵을 깨며 말했다.

"재발 증상이 로리 씨가 설명한 대로라면, 아마도 그 친구도 재발을 예측하지 못한 것은 아니었을 거요."

"친구가 재발을 두려워했다는 얘기입니까?"

로리가 용기를 내어 물었다.

"굉장히."

박사가 자신도 모르게 몸서리를 치며 말했다.

"그런 두려움이 정신적으로 얼마나 큰 부담이 되는지 짐작도 못 할 거요. 또 그 친구 입장에서는 자신을 옥죄고 있는 그 일을 입 밖에 낸다는 것이 얼마나 힘든 일인지. 아니, 거의 불가능한 일이라고 봐야지요."

"친구가 정신이 돌아왔을 때, 자신을 옥죄고 있는 비밀을 누군가에게 털어놓을 수 있다면 상태가 많이 호전될까요?"

"그럴 거요. 하지만 좀 전에 말했듯이 불가능에 가까운 일이라오. 환자에 따라 아주 불가능할 수도 있고."

둘 사이에 잠깐 침묵이 흘렀다. 로리가 다시 박사의 팔을 다정하게 잡으며 말했다.

"그럼, 이번에 재발한 것은 무엇 때문이라고 생각하십니까?"

마네트 박사가 대답했다.

"내 생각에 드문 일이긴 하지만 어떤 연유로 이 병이 처음 발생했을 때의 기억들이 연달아 강하게 떠오른 것 같소. 굉장히 고통스럽고 강렬한 기억이 생생하게 떠오른 것이겠지. 가령, 어떤 특정한 상황이 되면 기억들이 되살아날지도 모른다는 두려움이 오랫동안 잠재되어 있었을 테고 스스로 대비를 하려고 애를 썼겠지만, 소용없었을 거요. 너무 애를 쓴 탓에 오히려 버티는 게 더 힘들어졌을지도 모르고."

"친구는 재발 중에 있었던 일을 기억할까요?"

로리가 머뭇거리다가 물었다. 박사는 낙심한 듯 방을 둘러보더니 고개를 가로저으며 작은 목소리로 대답했다.

"전혀 기억 못 할 거요."

"그럼, 앞으로 어떻게 해야 할까요?"

로리가 조언을 구했다.

"앞으로?"

박사가 냉정을 되찾으며 말했다.

"내 생각에는 희망이 있소. 신의 자비로 그렇게 금방 회복됐으니, 아주 희망적이구려. 오래토록 두려워하고 막연하게 예상했던 복잡한 일에 압박을 느껴 무너지긴 했지만 맞서 싸웠고, 그리하여 구름이 걷히고 회복이 되었다니 최악의 상황은 아닌 것 같소."

"잘됐네요, 잘됐습니다! 이제 안심이 됩니다. 정말 고맙습니다."

로리가 말했다.

"나도 고맙구려."

박사가 정중하게 고개를 숙이더니 되풀이해서 말했다.

"도움을 구하고 싶은 게 두 가지 더 있는데요. 말씀드려도 될까요?"

로리가 말했다.

"로리 씨보다 좋은 친구는 이 세상에 없을 거요."

박사가 로리에게 손을 내밀었다.

"먼저, 제 친구는 굉장히 학구적입니다. 열정이 유별나요. 전문 지식을 습득하는 데도 굉장히 열심이고요. 이것저것 실험도 많이 하고요. 그런데 이런 것들이 친구에게 너무 무리가 가지는 않을까요?"

"그렇지는 않을 거요. 어쩌면 뭔가 하나에 집중하는 게 원래 성격일 수도 있고요. 타고난 성격 때문이기도 하겠지만 고통 때문에라도 뭔가에 매달리는 것일 거요. 건전한 일에 집중하는 시간이 줄어들면 그만큼 불건전한 방향으로 바뀔 위험이 크다오. 그 친구는 자신에 대해서 잘 알기 때문에 그러는 것일 거요."

"친구에게 큰 무리가 되지는 않을 거라고 확신하십니까?

"내 생각은 그렇소."

"마네트 박사님, 만약 그 친구가 지금 너무 무리하고 있는 거라면……."

"로리 씨, 그렇게 쉽게 재발하지는 않을 거요. 한쪽으로 극심한 스트레스를 받고 있으니 반대 방향으로 중압감을 느껴 균형을 맞춰 줄 필요가 있는 거라오."

"죄송합니다. 제가 융통성 없는 사무원이라서요. 제 친구가 그때 과로 상태였다고 가정한다면, 그게 병의 재발 원인은 아니었을까요?"

"내 생각은 달라요."

마네트 박사가 확신에 차서 확고하게 말했다.

"일련의 연상 작용 말고는 병을 재발시킬 수 있는 원인이 없다오. 감정적으로 굉장히 혼란스러운 상태를 겪어야 병이 재발한다는 말이지. 친구에 관해 내가 들은 얘기와 지금은 회복되었다는 사실로 미루어 볼 때, 그런 극단적인 일이 다시 일어날 가능성은 아주 희박해요. 내 생각에는 병이 재발할 그런 상황은 더는 없을 것 같소. 그리고 그렇게 믿고 싶고."

박사는 사소한 일 하나로 섬세한 의식 세계가 어떻게 교란되는지 잘 아는 사람답게 조심스럽게 말을 하면서도, 한편으로는 개인적인 끈기로 고통을 극복하고 서서히 자신감을 회복한 사람답게 자신 있게 말을 하기도 했다. 로리는 친구의 입장에서 그런 자신감을 깎아내릴 수 없었다. 로리는 훨씬 안심이 되고 용기가 난다고 과장되게 말한 후 두 번째 질문이자 마지막 질문을 꺼냈다. 가장 말하기 어려운 문제였다. 그러나 지난 일요일 아침에 미스 프로스와 나눈 대화와 지난 아흐레 동안 자신이 목격한 일을 떠올리면서, 반드시 자신이 직면해야 하는 문제라고 마음을 다잡았다.

"다행히 금세 회복되긴 했지만 제 친구가 과거의 고통으로 다시 손에 잡게 된 그 일을, 예를 들어 대장간 일이라고 가정해 보겠습니다. 제 친구는 옛날 고통스럽던 시절에 작은 대장간에서 일을 했답니다. 그런데 난데없이 제 친구가 대장간에서 다시 일하는 모습을 보게 되었습니다. 이런 상황에서 제 친구 곁에 연장을 그대로 두는 것이 더 나쁘지 않을까요?"

박사가 손으로 이마를 가리더니 초조하게 발을 움직였다.

"친구는 늘 연장을 곁에 둔답니다."

로리가 걱정스러운 표정으로 친구를 바라보며 말했다.

"그 연장을 없애 버리는 게 낫지 않을까요?"

박사는 아직도 이마를 손으로 가린 채 초조하게 발을 구르고 있었다.

"이번에는 조언하기가 쉽지 않으신가요?"

로리가 물었다.

"좋은 질문인 것 같소. 하지만 내 생각에는……."

박사가 고개를 젓다가 멈췄다. 마네트 박사가 언짢은 듯 발을 멈추더니 로리를 돌아보며 말했다.

"알다시피, 그 불쌍한 남자의 내면 깊숙한 곳에서 일어나는 작용을 일관되게 설명하기는 아주 어렵다오. 그 친구는 옛날에 그 일에 매달려 있는 동안 마음이 편했을 거요. 말할 것도 없이 그 일이 고통을 크게 덜어 주었을 테니 말이오. 부지런히 손을 놀림으로써 복잡한 생각을 잊을 수 있었을 테지. 점차 작업에 익숙해지고 손놀림이 민첩해지면서 정신적 고통도 잘 다스릴 수 있게 되었겠지요. 그래서 연장을 멀리 치우는 일은 생각조차 안 해 봤을 거요. 상태가 그 어느 때보다 희망적이고 자신 있게 생각을 말할 정도로 호전됐다 하더라도, 그 일이 필요할 때 연장이 보이지 않는다면 공포를 느끼게 될 거요. 길을 잃어 상처를 받은 아이처럼 말이오."

박사가 눈을 들어 로리를 바라보았을 때, 박사는 자신의 말대로 길 잃은 아이처럼 보였다.

"하지만 그렇지 않을 수도 있잖습니까. 기니, 실링, 지폐 따위만 다뤄 온 답답한 사무원이라 몰라서 여쭈어 보는 겁니다. 물건이 옆에 있으면 그와 관련한 생각이 더 들지 않을까요? 마네트 박사님, 그 물건이 사라지면 두려움도 사라지지 않을까요? 그러니까, 대장간 연장을 옆에 둔다는 것은 두려움을 인정하는 것 아닙니까?"

두 사람 사이에 다시 침묵이 흘렀다. 박사가 떨면서 말했다.

"로리 씨도 알 거요. 그건 오랜 친구 같은 거라오."

"저라면 옆에 두지 않을 겁니다."

로리가 고개를 가로저으며 말했다. 박사가 불안해하는 걸 보면서 로리는 확신을 얻었다.

"저는 친구에게 연장을 버리라고 할 겁니다. 박사님이 허락해 주시길 바랄 뿐입니다. 그 연장은 아무런 도움도 안 됩니다. 박사님이 너그러이 허락해 주십시오. 마네트 박사님, 그의 딸을 위해서요!"

박사가 마음속으로 얼마나 갈등했는지 아무도 모를 것이다!

"그 딸을 위해서라면, 그렇게 하지요. 허락하겠소. 하지만 당사자가 보는 앞에서는 버리지 말아요. 그 친구가 없을 때 연장을 치우시오. 그리고 연장이 없어진 후 오랜 친구를 그리워하더라도 모르는 척하고."

로리는 그렇게 하겠다고 선뜻 약속했고, 상담은 끝이 났다. 두 사람은 그날 하루를 시골에서 보냈고, 박사는 건강을 거의 되찾았다. 사흘 후에는 건강 상태가 완전히 좋아졌고 열나흘째 되는 날 박사는 루시와 사위가 있는 곳으로 떠났다. 로리가 왜 딸에게 그동안 편지 한 통 보내지 않았는지 변명할 내용을 박사에게 미리 설명해 주었고, 루시에게 그와 관련된 편지까지 써 두었기 때문에 루시는 아무런 의심도 하지 않았다.

박사가 집을 떠난 날 밤, 로리는 촛불을 든 미스 프로스와 함께 작은 도끼, 톱, 끌, 망치 따위가 있는 박사의 방으로 들어갔다. 방문을 닫은 후 로리는 설명할 수 없는 죄책감을 느끼며 구두장이의 긴 의자를 산산조각 냈고, 그동안 미스 프로스는 마치 살인을 돕는 공범처럼 촛불을 들고 있었다. 사실 단호한 면이 있는 미스 프로스였기에 그 누구보다도 이 일에 적격이었다. 그는 조금도 망설이지 않고 긴 의자 조각들을 부엌 화로에 던져 넣었다(이럴 용도로 미리 산산조각 내 놓지 않았던가). 연장과 구두와 가죽 따위는 정원에 파묻었다. 정직한 사람들에게는 뭔가를 부수고 비밀에 붙이는 것이 사악한 일로 느껴지는 법, 로리와 미스 프로스는 일을 진행하고 흔적을 없애는 동안 끔찍한 범죄를 저지르는 듯한 기분이 들었고, 그들의 얼굴에 드러난 표정 역시 그랬다.

20장

기도

신혼부부가 여행을 마치고 돌아왔을 때 가장 먼저 축하해 준 사람은 시드니 칼튼이었다. 부부가 집에 도착한 지 몇 시간 만에 칼튼이 찾아왔다. 칼튼은 성격이나 표정이나 행동은 조금도 나아진 게 없었지만 뭔가 단호하고 진실한 분위기를 풍겼다. 전에는 다네이가 전혀 느끼지 못한 점이었다.

기회를 엿보던 칼튼이 다네이를 창가로 데려갔고, 주변에 아무도 없다는 것을 확인하고 나서 다네이에게 말을 걸었다.

"다네이 씨, 우리 친구합시다."

칼튼이 말했다.

"우린 이미 친구 사이가 아니던가요. 난 그런 줄 알았는데."

"예의상 하는 말이겠지요. 하지만 나는 인사치레로 이러는 게 아니오. 내가 친구하자는 말을 할 때는 그런 걸 바라는 게 아니에요."

다네이는 사람 좋게 웃으며 칼튼에게 무슨 뜻이냐고 물었다. 칼튼이 웃으면서 말했다.

"내 참, 말로 설명하느니 나 혼자 이해하고 마는 게 쉽겠소. 하지만 한번 시도해 보지요. 내가 평소보다 술이 유난히 많이 취했던 그날 기억납니까?"

"칼튼 씨가 취했다는 사실을 인정하라고 했던 그날 말이군요. 기억합니다."

"나도 기억하고 있어요. 그날 내가 저지른 저주받아 마땅한 행동이 지금도 나를 짓누르고 있거든요. 그날을 잊을 수가 없더군요. 언젠가 내 삶이 끝나는 날, 신이 이런 내 마음을 참작해 주었으면 좋겠는데 말이죠. 당황하지 마시고요! 설교하려는 게 아니니."

"아니, 당황하지 않았습니다. 칼튼 씨에게 진지한 면이 있다는 것이 뭐 놀랄 일인가요."

칼튼이 그 말을 부정이라도 하는 듯, 손사래를 치며 말했다.

"저런! 술에 취했던 문제의 그날(아시다시피, 수많은 날 중 하루지만), 당신을 좋아하느니 싫어하느니 하면서 내가 좀 거슬리게 굴었지요. 그 일은 잊어 주었으면 합니다."

"이미 오래전에 잊었는걸요."

"또 인사치레군요! 하지만 다네이 씨, 당신과 달리 나는 잊기가 참 어려웠답니다. 나는 그 일을 잊은 적이 한 번도 없거든요. 그리고 그렇게 가볍게 대답한다고 해서 내가 그 일을 잊는 데 도움이 되는 건 아닙니다."

다네이가 말했다.

"가볍게 들렸다면 용서를 구해야겠군요. 대수롭지 않게 넘기려고 했던 거지 다른 의도가 있었던 건 아니었는데, 언짢으셨나 봐요. 신사로서 맹세하는데, 나는 오래전에 그 일을 머릿속에서 지웠습니다. 그런데 지우고 말고 할 게 뭐 있습니까! 그날 칼튼 씨가 내게 베풀어 준 크나큰 은혜 말고 내가 기억해야 할 일이 또 있습니까?"

칼튼이 말했다.

"은혜라고 하니까 드리는 말씀인데, 솔직히 실토해야겠네요. 그건 직업상 부린 허세에 불과했습니다. 난 그 말을 하면서도 당신이 어떻게 될지는 상관하지 않았거든요. 그러니까 그날 내 마음이 그랬다는 이야깁니다. 지금이 아니라 과거에요."

다네이가 말했다.

"칼튼 씨가 제게 베풀었던 은혜를 가벼이 말씀하시는군요. 하지만 그리 말씀하신다고 해서 불평할 생각은 없습니다."

"다네이 씨, 정말이라니까요. 날 믿어요! 거참, 이야기가 샛길로 빠졌군요. 친구가 되자는 말을 하던 중이었지요? 이젠 나란 사람을 좀 알게 되었을 겁니다. 보다시피 나는 고상하지도 않고 잘나지도 않았습니다. 내 말이 의심스러우면, 스트라이버에게 물어봐도 좋고요. 그 친구가 확인해 줄 겁니다."

"나는 다른 사람의 도움 없이 내 스스로 판단하는 게 좋습니다."

"어쨌거나 나를 방탕한 놈이라 생각하면 됩니다. 좋은 일이라고는 한 적도 없고 앞으로도 절대 하지 않을 놈이라고요."

"'절대 그러지 않을'지는 알 수 없는 일이지요."

"아니오, 나는 그럴 놈이 아닙니다. 내 말을 믿어요. 휴우! 다네이 씨가 이렇게 쓸모없고 평판 나쁘고 불쑥불쑥 찾아오는 친구를 참아 낼 수 있다면, 여기에 오고 갈 수 있는 영광스러운 특혜를 달라고 청해 볼까 합니다. 나를 그저 낡고 쓸모없는, 그래서 아무도 쳐다보지 않는 가구쯤으로 여기면 안 될까요? (물론, 내가 발견했던 것처럼 내가 당신과 닮지 않았다면, 장식용으로도 쓸 수 없는 가구라는 말을 덧붙였겠지요) 내 청을 들어주면 내가 그 특혜를 남용하게 되지 않을까 나도 걱정이 되긴 합니다. 하지만 십중팔구, 1년에 네 번 정도면 될 겁니다. 장담하는데 난 그런 특혜를 얻었다는 것만으로도 만족할 테니까요."

"저희 집에 와 주시겠습니까?"

"그 말은, 내가 원하는 바를 얻어 냈다는 뜻입니까? 다네이 씨, 고맙소. 이제 당신 이름을 편하게 불러도 될까요?"

"이젠 그래도 되지 않을까요? 칼튼 씨."

둘은 이렇게 친구가 되기로 합의를 봤고, 칼튼은 돌아갔다. 그리고 채

1분도 안 돼서 겉보기에는 예전과 똑같은 실속 없는 놈으로 돌아갔다.

칼튼이 가고 나서 다네이는 미스 프로스, 마네트 박사, 로리와 저녁 시간을 보냈다. 다네이는 지나는 말로 칼튼과 나누었던 대화를 이야기하면서 별 악의 없이 완곡하게, 시드니 칼튼은 신중하지 못하고 경솔한 게 문제라고 말했다. 그저 칼튼이 다른 사람들 눈에 그렇게 비치는 것이 안타깝다는 이야기였다.

다네이는 어여쁘고 어린 아내 루시가 칼튼을 염려하고 있을 줄은 꿈에도 몰랐다. 대화가 끝나고 방으로 돌아갔더니 아내가 이마에 익숙하면서도 귀여운 특유의 그 표정을 짓고 기다리고 있었다.

"오늘 밤은 생각이 많은 것 같소!"

다네이가 아내를 감싸 안으며 말했다. 루시가 양손을 다네이의 가슴에 올리더니 호기심 어리고 조심스런 표정으로 다네이를 바라보았다.

"그래요, 찰스. 오늘 밤에는 마음에 걸리는 게 있어서 생각이 좀 많네요."

"루시, 그게 뭐지요?"

"내가 묻지 말라고 부탁하는 것은 안 묻겠다고 약속해 줄 수 있나요?

"약속이오? 내 사랑에게 하지 못할 약속이 어디 있겠소?"

다네이는 한 손으로는 루시의 뺨 위로 흘러내린 금발을 어루만지고 다른 한 손은 자신을 위해 뛰는 루시의 심장 위에 갖다 댔다.

"찰스, 불쌍한 칼튼 씨는 오늘 밤 당신이 말한 것보다는 훨씬 배려받고 존중받아야 할 사람이에요."

"그래요? 왜 그렇게 생각하죠?"

"약속대로 그건 묻지 말아 주세요. 어쨌든 나는 칼튼 씨가 그런 분이라고 생각하고, 또 그렇게 알고 있어요."

"당신이 그렇게 생각한다면 그걸로 됐소. 내 사랑, 내가 어떻게 하면 되겠소?"

"여보, 나는 당신이 칼튼 씨를 늘 너그럽게 대해 주면 좋겠어요. 칼튼 씨가 옆에 없을 때라도 그분의 단점을 관대하게 봐 주었으면 좋겠고요. 칼튼 씨도 알고 보면 따뜻한 사람인데 좀처럼 그런 모습을 보이지 않는 거라고 생각해 주세요. 마음속 깊이 상처가 있는 사람이거든요. 찰스, 그 상처에서 흐르는 피를 내 눈으로 본 적이 있어요."

"내가 칼튼 씨한테 잘못한 것 같아 마음이 불편하군요. 그런 면이 있는 줄은 꿈에도 몰랐는데."

"여보, 다 사실이에요. 난 칼튼 씨가 재기하지 못할까 두려워요. 사실 성격도 그렇고 경제적으로도 재기할 희망의 거의 없거든요. 하지만 나는 칼튼 씨가 선량하고 신사적이면서도 너그러운 면까지 있는 사람이라고 굳게 믿어요."

가망 없는 남자를 굳게 믿어 주는 순수함 때문에 루시가 더욱더 아름다워 보였고, 남편 다네이는 그런 아내를 몇 시간이고 쳐다볼 수 있을 것만 같았다.

"아, 사랑하는 당신!"

루시가 다네이의 가슴에 고개를 파묻고 품 안에 안겼다가 눈을 들고 다네이를 올려다봤다.

"우리는 지금 이렇게 행복하고 굳건하지만 불행하게 살고 있는 칼튼 씨는 약해질 수밖에 없다는 걸 잊지 말아 주세요!"

루시의 간곡한 애원에 다네이는 가슴이 뭉클해졌다.

"내 사랑, 내 영원히 잊지 않으리다. 죽는 날까지 기억하겠소."

다네이는 금발 위로 고개를 숙여 장밋빛 입술에 입을 맞추며 그녀를 품 안에 꼭 껴안았다. 깜깜한 거리를 쏘다니고 있을 쓸쓸한 방랑자가 루시의 순수한 이야기를 들었다면, 또 사랑하는 남편의 키스를 받을 때 연푸른색 눈동자에 맺힌 연민의 눈물을 보았다면, 그 방랑자는 밤새 울었을지도 모른다. 그 방랑자는 몇 번이고 이렇게 되뇌었을 것이다.

"그 아름다운 동정심에 신의 은총이 함께하시길!"

21장

발자국 소리

앞서 얘기한 적이 있지만, 마네트 박사는 메아리가 울리는 신기한 길모퉁이에 살았다. 루시는 자신과 남편, 아버지, 그리고 살림을 도맡아 해주는 헌신적인 친구 미스 프로스를 하나로 묶어 주는 '금실'을 부지런히 감으며 행복한 나날을 꾸려 갔다. 그리고 여전히 메아리가 울리는 고요한 길모퉁이 집에서 수년째 발자국 소리를 들으며 살고 있었다.

루시는 더없이 행복하고 젊은 아내였지만, 일이 손에 잘 안 잡히거나 눈물로 눈앞이 뿌예지는 그런 날도 있었다. 까마득히 먼 곳에서 뭔가가 어렴풋이 메아리를 타고 울려왔지만, 또렷하게 들리지 않는 그 메아리는 사람의 마음만 한없이 휘저어 놓을 뿐이었다. 루시의 가슴속에서는 희망과 두려움이, 즉 아직 잘 모르는 사랑에 대한 희망과 이 사랑의 기쁨을 누릴 수 있을 때까지 살 수 없을지도 모른다는 두려움이 함께 차올랐다. 집 안에 울리는 메아리 중에는, 자신이 일찍 죽어 묻히게 될 무덤에서 들려오는 것 같은 발자국 소리도 있었다. 그럴 때면 루시는 아내를 잃고 혼자 남아 슬픔에 잠겨 있는 남편의 모습을 상상하곤 했다. 이런 상상은 루시를 눈물짓게 하다가 마침내 파도처럼 산산이 부서져 사라지곤 했다.

하지만 그런 시간도 지나가고, 어느덧 루시는 어린 딸을 품에 안게 되었다. 메아리와 함께 세월이 흘렀고, 이제는 어린 딸이 조막만 한 발로 아

303

장아장 걷고 옹알거리는 소리가 집 안에 울려 퍼졌다. 길모퉁이의 메아리가 어떻게 울리든, 요람 옆에 앉은 어린 엄마는 늘 아이의 소리를 들을 수 있었고, 아이의 웃음소리로 어둡던 온 집 안이 환해졌다. 또 루시가 아이 키우기가 힘들어 넋두리를 할 때면, 성경 속의 예수가 그 옛날 어린아이들을 품었듯이 실제로 예수가 자신의 어린 딸을 안아 주는 것 같았다. 그래서 그런지 어린 딸은 루시에게 성스러운 기쁨을 누리게 해 주었다.

온 가족을 하나로 묶어 주는 '금실'을 부지런히 감아서 그 실로 가족 모두의 삶이 담긴 세상에서 가장 행복한 천을 짜는 몇 년 동안, 루시는 길모퉁이를 울리는 메아리 중에서 부드럽고 상냥한 소리만 들었다. 그 중에서도 남편의 발자국 소리는 굳건하면서도 풍요로웠고, 아버지의 발자국 소리 역시 확고하고 한결같았다. 그리고 보라! 채찍으로만 다스릴 수 있는 사나운 야생마처럼 플라타너스 나무 아래에서 땅을 발로 차고 콧김을 내뿜으며 길모퉁이의 메아리들을 모두 깨우는, 실을 잣는 여인 미스 프로스를!

메아리 속에서 구슬픈 소리가 들려올 때도 있었지만 가혹하거나 잔인하게 들리지는 않았다. 루시의 금발을 그대로 닮은 어린 아들이, 후광으로 둘러싸인 채 지친 얼굴에 환한 미소를 띠고 "엄마 아빠, 두 분과 어여쁜 누나를 두고 먼저 떠나게 돼서 죄송해요. 하지만 하느님이 부르셔서 가야 해요!"라는 말을 남기고 떠났을 때도 어머니의 뺨에 흐른 것은 고통의 눈물이 아니었다. 자신의 품을 떠난 그 영혼은 신께서 맡기신 영혼이었기 때문이다. 가족들은 슬픔이 밀려들면 참지 않았다. 주님께서 주신 '그냥 두어라, 금하지 말라.'는 축복의 말씀[1]처럼 말이다. 루시는 죽은 아이가 하느님 아버지의 얼굴을 보게 될 것이라고 생각했다. 오! 하느님

---

1 그때 사람들이 어린이들을 예수께 데리고 와서 손을 얹어 기도를 해 주시기를 청하였다. 제자들이 그들을 나무라자 예수께서는 "어린이들이 나에게 오는 것을 막지 말고 그대로 두어라. 하늘나라는 이런 어린이와 같은 사람들의 것이다."라고 말씀하셨다. 그리고 그들의 머리 위에 손을 얹어 축복해 주시고 나서 그곳을 떠나셨다. (《마태복음》 19장 13~15절)

아버지, 축복하소서!

푸드덕푸드덕 천사의 날갯짓 소리가 다른 메아리에 섞여 들려올 때면 그 소리에는 지상의 숨결뿐 아니라 천국의 숨결도 배어 있었다. 다른 메아리에 정원의 작은 무덤에서 불어오는 바람의 한숨 소리가 섞여 들려올 때면, 그 소리는 모래사장에 잠든 여름 바다의 숨결 소리처럼 고요하게 쌕쌕거렸다. 루시는 지상의 소리와 천상의 소리를 모두 들을 수 있었다. 그것은 어린 딸 루시가 아침 공부를 할 때나 엄마의 발치에 앉아 인형을 가지고 놀 때, 평소 사용하는 두 도시의 언어를 섞어 가며 조잘대는 것이나 마찬가지였다.

시드니 칼튼의 발자국 소리가 실제 메아리로 울리는 일은 별로 없었다. 기껏해야 1년에 대여섯 번 정도였지만 칼튼은 초대받지 않고 들를 수 있는 특권을 내세우며 가족들 틈에 끼어 저녁 시간을 같이 보내곤 했다. 예전처럼 술에 취해 찾아오는 일은 절대 없었다. 사실, 메아리 속에는 칼튼을 생각나게 하는 속삭임 소리가 하나 더 있었다. 그것은 아주아주 오랫동안 실제 메아리와 함께 들려오던 소리였다.

진실로 사랑했던 여자를 놓치고, 그 여자가 다른 남자의 아내와 아이들의 엄마가 된 후에도 원망하지 않고 변함없는 마음으로 이해해 주는 남자가 세상에 있을까 싶지만, 여자의 아이들은 그 남자에게 묘한 연민을 느꼈다. 본능적으로 생기는 미묘한 동정이었을 것이다. 이런 경우, 숨어 있던 어떤 따뜻한 감정이 겉으로 드러나는 것인지는 메아리는 말해 주지 않는다. 하지만 그런 경우는 늘 있었고 이곳에서도 같은 일이 일어났다. 칼튼은 어린 루시가 통통한 팔을 내밀어 껴안은 첫 번째 낯선 사람이었고 아이가 자라는 내내 아이의 마음 한구석을 차지하고 있었다. 루시의 어린 아들은 마지막 숨을 거두는 순간에도 칼튼에게 인사말을 남겼다.

"불쌍한 칼튼 아저씨! 저를 대신해서 아저씨에게 키스해 주세요!"

스트라이버는 탁류를 뚫고 나가는 강력한 엔진처럼 법조계에서 자기 길을 개척하며 승승장구했고, 큰 배가 선미에 작은 배를 매달고 다니듯 제법 쓸모 있는 친구를 거느리고 다녔다. 그런 혜택을 받는 작은 배들이 대개 거칠게 끌려 다니다 물에 잠기듯이, 시드니 칼튼은 수렁에 빠져 허우적대며 살았다. 칼튼은 안타깝게도 친구를 떠나고 싶다든가 치욕스러운 상태에서 벗어나고 싶다든가 하는 적극적인 감정보다는 지금까지 살아온 익숙한 방식에 편한 대로 이리저리 끌려 다니며 살았다. 실제 자칼이 사자의 자리를 넘보는 것과 달리, 칼튼은 사자를 따라다니는 자칼의 처지에서 벗어날 생각조차 하지 않았다. 스트라이버는 부자였다. 큰 머리에 뻗친 머리카락 말고는 딱히 내세울 것 없는 아들이 셋이나 딸린 혈색 좋고 돈 많은 과부와 결혼을 했기 때문이었다.

스트라이버가 그 가족의 후견인이라도 되는 것처럼 도와주네, 어쩌네, 하는 소리로 역겨움을 온몸에서 뿜어내며 어린 신사 세 명을 앞세우고 소호의 조용한 모퉁이 집에 나타났다. 그는 루시의 남편에게 아이들의 과외 자리를 제안하며 섬세하게도 이렇게 말했다.

"안녕하세요, 다네이 씨! 소풍 같은 결혼 생활에 보태 쓰시라고 치즈 바른 빵 세 덩이를 가져왔습니다!"

그러나 치즈 바른 빵 세 덩이가 정중하게 거절당하자 스트라이버는 분통을 터뜨렸고, 나중에는 이 일을 기회 삼아 어린 신사들에게 튜터들처럼 빌어먹고 사는 주제에 자존심을 내세우는 작자들을 조심해야 한다고 가르쳤다. 게다가 스트라이버는 맛이 깊은 고급 와인을 마실 때면 버릇처럼 아내에게, 다네이가 한때 자신을 '따라잡으려는' 전술을 쓰기에 자신은 그와 막상막하의 한판 승부를 벌이면서도 그에게 '따라잡히지 않는' 전술을 썼다고 떠들어 댔다. 가끔씩 스트라이버와 고급 와인을 마시며 허풍을 들어 주던 고등 법원 동료들이 그를 두둔해 주자 어찌나 자주 그 얘기를 떠들어 댔는지, 종당에는 스트라이버 스스로도 그게 사실이라고 믿는 지경에 이르렀다. 이 방법은 안 그래도 나쁜 범죄를 더 악화시키기에 딱 좋은 방법이었다. 말하자면, 같은 범죄자들끼리 범죄 사실을 발설하는 놈을 외딴곳으로 끌고 가 목 졸라 죽여 버리고 합리화하는 격이었다.

루시의 어린 딸이 여섯 살이 되도록 메아리는 여전히 들려왔다. 루시는 모퉁이에서 울리는 메아리를 들으며 때로는 수심에 잠겼고 때로는 즐거워하며 웃었다. 딸아이의 발자국 소리가 들리면 더없이 소중하게 느껴졌다. 언제나 활기차면서도 침착한 아버지의 발자국 소리와 남편의 발자국 소리가 소중하게 느껴진 것은 두말할 것도 없었다. 루시가 무엇이든 낭비하는 법 없이 현명하고 품위 있게 근검절약하여 윤택하게 가꿔 온 집이었기에, 온 가족이 모여 사는 그 집에서 울리는 소소한 소리마저도 루시에게는 음악처럼 들렸다. 메아리 중에는 루시의 귀를 즐겁게 하는 칭찬 소리들도 있었다. 아버지는 루시가 결혼 전보다 결혼하고 나서 당신에게 더 잘한다고(이게 가능한 일이라면) 입이 마르도록 칭찬을 했고, 남편은 근심거리도 집안일도 산더미처럼 많은데 자신을 변함없이 사랑하며 내조까지 잘한다고 거듭 칭찬하며 루시에게 물었다.

"여보, 대체 어떤 마법을 부리고 있는 거요? 이제 당신은 우리 가족에게 없어서는 안 될 전부가 됐소. 우리 가족을 마치 한 사람 챙기듯 챙기면서도 좀처럼 서두르지도 부산스럽게 굴지도 않으니 말이오."

하지만 이 모퉁이에는 시간과 무관하게 우르릉거리며 멀리에서 울려오는 위협적인 메아리가 있었다. 어린 루시가 여섯 번째 생일을 맞이할 즈음에 그 메아리는 바다가 뒤집히는 끔찍한 폭풍처럼 무시무시한 소리가 되어 프랑스에서 울려오기 시작했다.

1789년 7월 중순 어느 날 밤, 자비스 로리가 텔슨 은행에서 늦은 시간에 루시의 집으로 찾아와서 루시 부부와 함께 어두운 창가에 앉았다. 무덥고 폭풍이 몰아치는 밤이었다. 세 사람은 지금 이 장소에서 천둥 번개를 바라보았던 오래전의 일요일 밤을 떠올렸다.

"오늘 밤은 텔슨 은행에서 보낼 걸 그랬네요."

로리가 갈색 가발을 뒤로 밀며 말했다.

"온종일 처리해야 할 일이 넘쳐 나서 뭐부터 해야 할지, 어떻게 처리해야 할지 당최 감이 안 잡히더군요. 파리 분위기가 불안해서 그런지 우리 은행으로 예금이 밀려들고 있답니다! 파리 쪽 고객들은 재산을 우리 은행으로 돌려놓는 것조차 여의치가 않나 봐요. 재산을 영국으로 돌려놓으려는 열기가 말도 못 하거든요."

"상황이 심각해 보이는군요."

다네이가 말했다.

"방금 심각하다고 했습니까, 다네이 씨? 맞습니다. 하지만 뭣 때문인지는 우리도 잘 몰라요. 여기 사람들이 어찌나 둔한지! 텔슨 은행 직원들은 다들 나이를 먹어서 그러나 꼭 처리해야만 할 이유가 생기지 않으면 일상적이지 않은 일은 절대 하려고 들지 않는다니까요."

"그래도 선생님은 그쪽 분위기가 얼마나 우울하고 험악한지 알고 계시는군요."

다네이가 말했다.

"모를 수가 없지요."

성격이 온화한 로리는 잠시나마 자신이 고약하게 굴었다는 것을 인정하려는 듯 동조했다. 하지만 이내 투덜댔다.

"온종일 고생을 해서 짜증을 좀 부려 본 겁니다. 그런데 박사님은 어디 계십니까?"

"여기 있소."

때마침 마네트 박사가 어두운 방 안으로 들어오며 말했다.

"집에 계셔서 다행입니다. 하루 온종일 불길한 분위기에 둘러싸여 정신없이 일했더니 아무 이유 없이 신경이 날카로워지네요. 밖에 안 나가실 거죠? 그러시는 게 좋을 것 같아요"

"안 나갈 거요. 로리 씨만 좋다면 함께 주사위 놀이나 했으면 하는데."

박사가 말했다.

"솔직히 말씀드리면 별로 내키지 않습니다. 오늘 밤은 박사님과 겨룰 기분이 아니어서요. 루시, 차 쟁반 아직 거기에 있나요? 보이질 않네요."

"그럼요. 선생님을 위해 그대로 뒀어요."

"고마워요, 루시. 우리 소중한 아기는 침대에서 잘 자고 있지요?"

"깊이 잠들었어요."

"그래야지요. 모두 안전하고 무사해야지요! 이 집에 다른 일이 있을 리가 없지요. 다행이에요. 온종일 정신없이 일했더니만, 이젠 나이가 들어서 예전 같지 않군요. 내 차가 여기 있군요! 고마워요, 루시. 이제 자리로 와서 같이 앉아요. 우리 조용히 앉아서 루시가 얘기하는 메아리 이론이나 들어 봅시다."

"이론이 아니에요. 그저 환상일 뿐이죠."

"환상이라고요. 우리 똑똑한 아가씨."

로리가 루시의 손을 어루만지며 말했다.

"그래도 종류도 꽤 많고 소리도 크지 않나요? 자 들어보자고요!"

이렇게 작은 무리의 사람들이 런던의 어두운 창가에 앉아 있는 사이, 저 멀리 생앙투안에서는 앞뒤를 가리지 않는 무모하고 위험한 발자국들이 미친 듯이 사람들의 삶에 침범해 들어가고 있었다. 그리고 피를 한번 묻힌 발자국은 쉬이 깨끗해지지 않았다.

그날 아침, 생앙투안에는 허수아비 같은 몰골과 어두운 표정의 군중들이 거대하게 운집해 이리저리 들썩거렸고, 강철 칼날과 총검이 햇빛을 반사하면서 어슴푸레한 빛이 물결치는 머리 위에서 번쩍거렸다. 생앙투안 사람들의 목구멍에서 엄청난 포효가 터져 나왔고 숲을 이룬 헐벗은 팔들이 겨울바람에 떠는 나뭇가지마냥 공중에서 요동쳤다. 손가락들은 일제히 부들부들 떨면서 진짜 무기든, 마음 깊은 곳에서 치밀어 오르는 무기든 닥치는 대로 움켜잡았다.

누가 무기를 나누어 주었는지, 대체 어디에서 나서 그 수많은 무기들이 군중의 머리 위에서 번개처럼 번쩍거리며 흔들리는지 군중들 그 누구도 몰랐다. 하지만 군중들은 소총을 전달받았고, 탄약통, 폭약, 총탄, 나무 막대, 봉, 칼, 도끼, 창 등 재주껏 고안한 온갖 무기를 들고 있었다. 미처 무기를 받지 못한 사람들은 집 벽에 박힌 벽돌과 돌이라도 꺼내서 손에 피를 묻힐 각오였다. 생앙투안에 있는 맥박과 심장은 죄다 열병에라도 걸린 듯 흥분하고 들떠 있었다. 그곳에서 살아 숨 쉬는 모든 생명은 목숨 따위는 중요하지 않다는 듯, 기꺼이 목숨을 바치겠다는 열정으로 미쳐 날뛰고 있었다.

회오리치는 끓는 물에 중심이 있듯, 이 모든 분노에도 중심지가 있었으니 그곳은 바로 드파르주의 술집이었다. 끓는 가마솥에 빠진 인간은 누구나 소용돌이를 향해 빨려 들어가기 마련이다. 이미 화약과 땀으로 얼룩진 드파르주는, 명령을 하달하고 무기를 분배하는가 하면 이 사람은 후방에 저 사람은 전방에 배치하고 이 사람에게서 무기를 빼앗아 저 사람에게 나누어 주는 등 끓는 가마솥 한복판에서 고군분투하고 있었다.

드파르주가 소리쳤다.

"자크 3호는 내 옆에 있고, 자크 1호와 2호, 자네들은 각자 떨어져서 가능한 한 많은 애국 동지들을 지휘하게. 참, 우리 마누라는 어디 있지?"

"어! 나 여기 있어!"

마담 드파르주는 여느 때처럼 침착하게 말했지만 오늘은 뜨개질을 하지 않았다. 마담은 평상시 같으면 부드러운 뜨개실을 들고 있어야 할 오른손에 결연히 도끼를 들었고, 허리춤에는 살벌하게 총과 칼을 차고 있었다.

"당신은 어디로 갈 거야?"

"우선은 당신과 함께 갈 거야."

마담 드파르주가 말했다.

"하지만 곧 여성 동지들 앞에 서 있는 날 보게 될 거야."

"자, 진군!"

드파르주가 우렁찬 목소리로 외쳤다.

"애국 동지들이여, 준비는 다 끝났다! 바스티유를 향해 돌격!"

프랑스에 살아 숨 쉬는 모든 숨결이 모여 '증오'라는 단어를 만들어 낸 것처럼 군중들의 포효 소리가 울려 퍼지자, 깊고 깊은 곳에서 넘실넘실 파도를 일으키는 군중의 바다가 사납게 솟구치며 파리 밖까지 흘러 넘쳤다. 경종이 울리고 북소리가 울려 퍼졌다. 바다는 울부짖으며 천둥이 치는 새로운 해변으로 밀려들었다. 공격이 시작되었다.

깊은 배수로, 이엽식 도개교, 거대한 석벽, 거탑 여덟 개, 대포, 소총, 그리고 포화와 연기! 불꽃을 지나고 연기를 지나도 다시 불꽃과 연기가 엄습했다. 불꽃과 연기 속에서 군중의 바다가 드파르주를 대포 위로 밀어 올렸고, 순식간에 그는 포병이 되었다. 술집 주인 드파르주는 그렇게 두 시간을 용감한 군인처럼 격렬하게 싸웠다.

깊은 배수로, 일엽식 도개교, 거대한 석벽, 거탑 여덟 개, 대포, 소총, 그리고 포화와 연기! 드디어 도개교 하나가 무너졌다!

"전우여, 싸우자! 나가자! 자크 1호, 자크 2호, 자크 천 호, 자크 2천 호, 자크 52만 호! 악마든 천사든 더 좋아하는 이름을 걸고 싸우자!"

술집 주인 드파르주는 이미 오래전에 뜨겁게 달구어진 대포 앞에 서 있었다.

"여전사들이여, 내게로 오라!"

마담 드파르주가 소리쳤다.

"정말! 여기만 함락시키면 우리도 얼마든지 남자들처럼 죽일 수 있다!"

각종 무기로 무장한 여자들이 갈망하듯 날카롭게 소리치며 마담 드파르주를 뒤따랐다. 죄다 굶주림과 복수심으로 무장한 듯 보였다.

대포와 소총에서 포화와 연기가 치솟았다. 그렇게 깊은 배수로와 일엽식 도개교와 거대한 석벽과 거탑 여덟 개에서는 전투가 계속되었다. 절규하던 바다가 부상자들이 이탈하는 바람에 잠시 주춤했다. 무기는 번쩍거렸고 횃불은 활활 타올랐으며 짐마차의 젖은 짚 더미에서는 연기가 피어올랐다. 사방에서 방어벽을 치느라 격렬한 전투가 계속됐다. 비명, 공세, 증오, 거침없는 용기, 쾅 하는 폭격과 탕탕 하는 총성, 그리고 살아 움직이는 군중의 바다가 울부짖는 광란의 소리! 하지만 깊은 배수로와 일엽식 도개교와 거대한 석벽과 거탑 여덟 개에서는 전투가 계속되었고, 술집 주인 드파르주는 네 시간 동안 지속된 격렬한 전투로 두 배는 더 뜨거워진 대포 앞에 서 있었다.

요새에서 펄럭이는 하얀 깃발. 아무것도 들리지 않는 맹렬한 폭풍 속에서 어렴풋이 모습을 드러낸 하얀 깃발은 협상을 요청하는 깃발이었다. 군중의 바다는 걷잡을 수 없이 불어나더니 높은 파도를 일으키며 저 아래 도개교를 넘고 거대한 석벽을 지나, 마침내 술집 주인 드파르주를 투항한 여덟 거탑 중 한 곳에 내려놓았다!

파도의 힘이 어찌나 막강했던지 드파르주는 남지중해의 파도에 휩쓸려 사투라도 벌이는 것처럼 숨을 쉴 수도, 고개를 돌릴 수도 없었다. 마침내 드파르주는 바스티유의 외곽 뜰에 내려섰다. 그곳에서 드파르주는 벽 귀퉁이에 기대 힘겹게 주위를 둘러보았다. 자크 3호가 가까이 옆에 있었다. 계속해서 여자들을 이끌고 있는 마담 드파르주가 손에 칼을 들고 있는 모습이 앞쪽에 보였다. 사방에서 소란스럽게 기뻐 날뛰는 환호성과 귀청이 터질 듯한 아우성, 놀라움과 혼란의 비명이 들려왔지만, 아직 격렬한 무언극은 끝난 것이 아니었다.

"죄수들!"

"기록!"

"비밀 감방!"

"고문 도구!"

"죄수들!"

여기저기서 외쳐 대는 통에 수만 가지 소리를 다 알아들을 수도 없는 상황이었지만 바다를 이룬 군중 대부분이 "죄수들"이라고 외치기 시작했다. 이렇게 군중들이 밑도 끝도 없이 밀려들었고 이 시간과 공간은 영원할 것만 같았다. 최전방에 섰던 인산인해의 물결은 간수들을 붙잡고 돌진했으며 간수들에게 비밀 감옥을 불지 않으면 당장에 죽여 버리겠다고 협박했다. 드파르주가 억센 손으로, 이글거리는 횃불을 들고 있는 백발 간수 한 놈의 멱살을 쥐고 벽으로 밀어붙였다.

"북탑이 어딘지 말해! 어서!"

드파르주가 말했다.

"그러지."

늙은 간수가 대답했다.

"나를 따라와. 하지만 거기엔 아무도 없어."

"북탑 105가 무슨 뜻이냐? 어서!"

드파르주가 물었다.

"무슨 뜻이냐니?"

"죄수 번호냐, 아니면 감방 번호냐? 아니면 내 손에 맞아 죽을 테냐?"

"죽여 버려!"

자크 3호가 가까이 다가와서 쉰 목소리로 말했다.

"감방 번호요."

"그게 어디야!"

"이리 오시오."

여느 때처럼 굶주린 짐승의 표정이던 자크 3호는, 대화 내용으로 봐서 칼부림이 일어나지 않을 것 같지 않자 크게 실망한 눈치였다. 드파르주가 간수의 팔을 잡자 자크 3호가 드파르주의 팔을 잡았다. 이렇게 짧은 대화가 오가는 동안에도 서로의 말을 알아들으려면 가까이 머리를 모아야 했다. 요새로 난입하여 안뜰과 통로와 계단에 범람한 인파의 함성이 너무 컸기 때문이다. 바깥뜰도 마찬가지였다. 목이 터져라 외쳐 대는 인파의 함성에 벽이 흔들렸고, 간간이 이 격동의 외침은 물보라처럼 허공으로 솟아올라 흩어져 내렸다.

세 사람은 햇빛이라고는 전혀 비치지 않는 우울한 아치 천장을 통과하여 흉물스러운 어두운 굴과 철문을 지나 휑댕그렁한 계단을 내려간 다음, 다시 돌계단이라기보다는 차라리 물이 말라 버린 폭포에 가까운 가파르고 울퉁불퉁한 돌계단을 올라갔다. 드파르주, 늙은 간수, 자크 3호는 서로 손과 팔을 잡고서 되도록 빠르게 이동했다. 처음에는 여기저기서 인파가 지나갔다. 하지만 계단을 내려가서 빙글빙글 돌아가는 길을 지나 탑에 오르자 세 사람뿐이었다. 사방이 거대하고 두꺼운 벽과 천장에 둘러싸인 곳이라 요새 안팎에서 일고 있는 폭풍 소리가 우둔하고 나직하게만 들려왔다. 마치 자신들이 빠져나온 그 폭풍의 함성이 그들의 청력을 거의 망가뜨려 놓은 것 같았다.

늙은 간수가 낮은 문에서 멈추더니 덜컹거리는 자물쇠에 열쇠를 꽂고 천천히 문을 열었다. 모두 머리를 숙여 안으로 들어가자 간수가 말했다.

"이곳이 북탑 105호요!"

벽 위로는 유리도 없이 굵은 쇠창살만 달린 창문이 나 있었다. 앞에 돌이 가려져 있어서 몸을 낮게 웅크리고 위를 올려다봐야만 하늘을 볼 수 있었다. 거기에서 몇십 센티미터 안쪽에는 두꺼운 쇠막대를 쳐 놓은 작은 굴뚝과 오래된 나뭇재가 쌓인 난로가 있었다. 책상과 의자, 짚으로 만든 침대도 있었다. 사방의 벽은 새까맣고 한쪽 벽에는 녹슨 종이 달려 있었다.

"벽을 따라서 천천히 횃불을 비춰 봐! 내가 볼 수 있게."

드파르주가 간수에게 말했다.

늙은 간수는 명령에 복종했고, 드파르주는 불빛을 따라 시선을 옮겼다.

"멈춰! 자크, 여길 봐!"

"A. M.!"

자크 3호가 쉰 목소리로 탐욕스럽게 글자를 읽어 갔다.

"알렉상드르 마네트야."

드파르주가 화약 물이 들어 거뭇해진 검지로 글자를 짚어 가며 자크 3호의 귀에 대고 말했다.

"그가 여기다 '불쌍한 의사'라고 써 놓았어. 이 돌에다 날짜를 새긴 사람도 틀림없이 그 의사일 거야. 자네 손에 든 게 뭔가? 쇠지레인가? 이리 줘 보게!"

드파르주는 여태 대포 화승을 손에 들고 있었다. 잽싸게 무기를 바꾼 드파르주는 벌레 먹은 책걸상 쪽으로 몸을 돌려 몇 번 내리치더니 박살을 내 버렸다.

"횃불을 좀 더 높이 들어!"

드파르주가 간수에게 화를 내며 말했다.

"자크, 파편들을 잘 들추어 보게. 여기! 내 칼이네."

드파르주가 자크에게 칼을 던졌다.

"침대도 헤쳐 보게. 지푸라기들을 잘 살펴봐. 간수 네놈은 횃불을 더 높이 쳐들어!"

드파르주가 간수를 위협적으로 노려보며 난로 쪽으로 기어가더니 굴뚝을 유심히 들여다봤다. 지렛대로 굴뚝 양옆을 내리치고 비틀더니 굴뚝에 쳐 있는 쇠막대기를 살펴보았다. 잠시 후 회반죽과 먼지가 아래로 떨어지자 그는 얼굴을 돌려 피했다. 드파르주는 먼지며 오래된 나뭇재며 굴뚝 틈새를 지렛대로 쑤시는 듯하더니 손으로 굴뚝 틈새를 조심스럽게 더듬었다.

"자크, 나무 파편과 짚 더미에는 아무것도 없나?"

"없네."

"모두 방 한가운데로 모으자고. 자! 불을 붙여, 간수!"

늙은 간수가 작은 더미에 불을 붙이자 불길이 위로 치솟으며 뜨겁게 타올랐다. 그들은 몸을 숙여 낮은 아치 문 밖으로 나갔다. 불은 타도록 내버려 둔 채였다. 일행은 왔던 길을 되짚어 안뜰로 돌아갔다. 아래로 내려오자 청각이 다시 되살아난 듯 범람하는 함성 소리가 다시 들려왔다.

사람들이 드파르주를 찾아 이리저리 몰려다니고 있다는 소식이 들려왔다. 생앙투안 시민들은, 바스티유를 지키려고 자신들에게 총을 쏘아 댄 교도소장을 호송하기 위해 행렬을 진두지휘할 술집 주인 드파르주를 찾느라 야단법석이었다. 드파르주가 없으면 교도소장을 데리고 심판대가 있는 시청까지 행진할 수 없을 터였다. 드파르주가 없으면 교도소장이 탈출할 것이고 그러면 시민들이 피의 복수를 할 수 없을 터였다. (오랜 세월 무가치했던 사람들의 피가 갑자기 가치 있어졌다)

회색 외투에 붉은 훈장 때문인지 더 표정이 암울해 보이는 늙은 교도소장을 둘러싸고 격렬하게 말다툼이 벌어지는 아수라장 속에서도 변함없이 침착한 인물이 한 명 있었다. 바로 여자들을 이끄는 마담 드파르주였다.

"봐라, 저기 내 남편이 있다!"

마담 드파르주가 남편을 가리키며 소리쳤다.

"드파르주를 봐라!"

마담 드파르주는 암울한 표정의 교도소장 옆에 바싹 붙어 서서 꼼짝도 하지 않았다. 드파르주와 나머지 무리들이 교도소장을 데리고 거리를 행진하는 동안에도 마담 드파르주는 계속 교도소장 옆에 바싹 붙어 있었다. 교도소장이 심판대에 도착하고 군중들이 몰매질을 시작했을 때에도 마담 드파르주는 그 옆에 붙어서 움직이지 않았다. 긴 군중의 행렬이 칼부림과 주먹세례를 교도소장에게 퍼부을 때도 마담 드파르주는 그 옆에서 움직이지 않았다. 교도소장이 쓰러져 죽으며 심판대 아래로 떨어질 때도 마담 드파르주는 동상처럼 그 옆에서 한 발짝도 움직이지 않았다. 그러던 마담 드파르주가 별안간 활기를 띠며 교도소장의 목에 발을 올리고는 오래 기다렸다는 듯 칼로 잔인하게 교도소장의 목을 단칼에 베어 버렸다.

드디어 때가 되었다. 생앙투안 시민들은 사람의 목을 가로등 아래에 매달려는 무시무시한 계획을 실행에 옮기며 자신들이 어떤 짓을 저지를 수 있는지 보여 주었다. 생앙투안 시민들의 피는 뜨겁게 끓어올랐고 철의 지배를 하던 독재자의 피는 아래로, 교도소장의 몸이 버려져 있는 시청 계단 아래로, 시신을 밟아 뭉개고 있는 마담 드파르주의 신발 밑창 아래로 흘러들었다.

"저기 가로등을 내려라!"

새로운 사형 도구를 노려보던 생앙투안 시민들이 외쳤다.

"여기 교도소장 옆에서 보초를 서던 병사가 있다!"

발버둥 치던 보초병의 목이 가로등에 걸렸고 인파는 계속해서 몰려들었다.

인파는 점점 험악하고 시커먼 바다가 되었고, 파도에 파도가 밀려오며 한껏 높아진 그 바다는 이제 깊이와 파괴력을 도무지 알 수 없을 정도였다. 소용돌이치는 격랑의 바다와 복수의 함성은 잠잠해질 줄을 몰랐고, 고통의 용광로에서 담금질된 얼굴은 동정의 흠집이 생길 수 없을 만큼 단단해졌다.

하지만 험악하고 성난 표정이 생생하게 살아 있는 바다의 얼굴에, 이와는 아주 대조적인 얼굴의 두 집단이 있었다. (각각 일곱 명이었다) 이들은 인파에 섞여서 기억에 남을 만한 파괴 행위를 한 적이 한 번도 없는 이들이었다. 일곱 명은 자신들의 무덤, 바스티유를 강타한 폭풍우에 갑작스레 풀려난 죄수들로, 사람들의 머리 위에 들린 채 끌려가고 있었다. 모두들 최후의 심판 날이 오기라도 한 양 잔뜩 겁을 먹은 얼빠진 표정이었다. 이들 주변에서 기뻐하는 사람들은 길 잃은 영혼들이었다. 다른 일곱 명은 더 높이 들렸다. 이들은 죽은 사람처럼 생기 없는 얼굴이었고, 축 처진 눈꺼풀이 덮인 눈을 반쯤 뜬 채 심판의 날을 기다리고 있었다. 무감각한 얼굴. 하지만 표정이 그대로 굳었을 뿐 표정이 아예 없는 것은 아니었다. 그것은 겁에 질린 나머지 그대로 멈추어 버린 얼굴이었다. 금방이라도 눈꺼풀을 들어 눈을 뜨고 핏기 없는 그 입술로 "너희들이 한 짓이잖아!"라고 말할 것만 같았다.

　석방된 죄수 일곱 명, 창에 꽂혀 있는 피투성이 머리 일곱 두, 튼튼한 탑 여덟 개가 있는 저주받은 요새의 열쇠, 몇몇 발견된 문자와 오래전에 억울하게 죽은 죄수의 기념물 등등. 1789년 7월 중순 파리의 거리를 행진하는 생앙투안의 시끄러운 발자국 소리! 신은 이렇게 루시 다네이의 환상을 깨뜨려 버렸다. 신은 과연 루시의 인생을 이 발자국들로부터 지켜 주실까! 이들은 무모하고 위험하고 광기 어린 자들이었다. 드파르주의 술집 문 앞에서 술통이 깨지고 난 후 아주 오랜 세월이 흘렀지만, 한번 붉게 물든 발자국은 쉬이 깨끗해지지 않았다.

22장

들끓는 바다

초췌해진 생앙투안 시민들이 기뻐한 것은 고작 일주일이었다. 시민들
이 얼마 되지 않는 딱딱하고 씁쓰레한 빵을 씹으며 동지들과 부둥켜안
은 채로 축하하고 기쁨을 나눌 때, 마담 드파르주는 여느 때처럼 가게 계
산대에 앉아 손님들을 접대하고 있었다. 그녀의 머리에는 장미꽃이 없
었다. 첩자들이 생앙투안 시민들의 자비에 자신들의 목숨을 맡기게 될
까 극도로 조심하고 있었기 때문이다. 거리 맞은편 가로등은 불길하게
이리저리 흔들렸다.

마담 드파르주가 팔짱을 끼고 앉아 아침 햇살의 열기 속에서 술집과
거리를 생각하고 있었다. 술집이며 거리에는 초라하고 비참한 사람들이
어슬렁거리며 삼삼오오 무리 지어 있었지만, 이제 이들은 가난이라는 굴
레 위에 권력 의식이라는 왕관을 덮어쓰고 있었다. 가장 초라한 머리 위
에 삐뚜름하게 눌러 쓴 누더기 같은 나이트캡 속에는 이런 왜곡된 의미
가 숨어 있었다.

"이 나이트캡을 쓴 내가 내 삶을 지탱하는 것은 말도 못하게 어렵지.
하지만 이 나이트캡을 쓴 내가 당신네 삶을 파괴하는 것은 식은 죽 먹기
란 거 알아?"

이전에는 할 일이 없었던 꼬챙이처럼 마르고 헐벗은 팔뚝에게도 이젠

언제나 할 일이 있었으니 그것은 바로 파괴였다. 뜨개질을 하던 여자들의 손가락도 자신들이 뜯고 찢을 수 있다는 걸 경험한 뒤로는 몹시 험악해졌다. 생앙투안의 외모에도 달라진 점이 있었다. 수백 년간 망치질을 당해 오면서 만들어진 생앙투안의 얼굴에 최근에 마지막으로 가해진 일격의 자국이 또렷하게 남아 있었다.

마담 드파르주는 생앙투안의 여자들을 이끄는 지도자로서의 자부심을 애써 자제하며 주민들을 지켜봤다. 여성 동지 하나가 뜨개질을 하며 옆에 앉아 있었다. 그녀는 비쩍 마른 채소 장수의 아내이자 두 아이의 엄마로, 마담 드파르주의 참모 역할을 하는 땅딸막하고 통통한 여인이었는데 이미 방장스(복수)라는 존경이 담긴 별명으로 불렸다.

방장스가 말했다.

"잘 들어 봐요! 들어 보라고요! 누가 오는 거지?"

생앙투안의 가장 바깥쪽에서부터 술집 문 앞까지 줄줄이 뿌려 놓은 탄약 가루에 갑자기 불이 붙은 것처럼, 소곤거리는 소리가 일제히 쏜살같이 퍼져 나갔다. 마담 드파르주가 말했다.

"드파르주가 오는군요. 애국 동지 여러분, 조용히 하세요!"

드파르주가 숨을 헐떡이며 들어오더니 쓰고 있던 붉은색 모자[1]를 벗고 주변을 둘러보았다.

"모두 경청해요!"

마담 드파르주가 다시 말했다.

"이 사람 말을 들어 보자고요!"

드파르주가 거칠게 숨을 내쉬더니 문밖에서 열의에 찬 눈으로 입을 벌린 채 몰려 있는 동지들 앞에 섰다. 술집 안에 있던 동지들도 모두 자리에서 일어났다.

---

1 로마 시대에 해방된 노예들이 자유의 상징으로 쓰던 빨간색 고깔모자이다. 프랑스 대혁명 때 혁명을 주도하던 시민들도 해방이 되었다는 의미로 이 모자를 썼다.

"여보, 이제 말해 봐. 무슨 일이지?"

"바깥세상에서 온 소식이오!"

"뭐라고? 바깥세상이라니?"

마담 드파르주가 거만한 태도로 물었다.

"여기 있는 사람들 모두 폴롱 노인을 기억할 겁니다. 배가 고프면 풀을 먹으면 되지 않느냐고 했던 늙은이 말입니다. 왜 죽어서 지옥에 간 그놈 기억나시오?"

"모두 기억하오!"

모두가 이구동성으로 대답했다.

"그 늙은이에 관한 소식이오. 그놈이 우리 중에 있다는군요!"

"우리 중에!"

동지들이 이번에도 이구동성으로 말했다.

"안 죽었소?"

"죽지 않고 살아 있소. 우리가 너무 무서워서 (그러는 게 당연하지) 죽은 척 성대하게 가짜 장례식까지 지냈답니다. 그런데 시골에서 숨어 지내다 발각돼서 끌려왔소. 방금 전에 죄수의 신분이 되어 시청으로 호송되는 걸 내가 봤소. 그놈이 우리를 겁내는 데는 이유가 있다고 내가 말했지만, 모두 말해 보시오! 죽어 마땅한 이유가 있지 않소?"

일흔이 넘은 비참한 늙은 죄인은, 자신이 죽어야 할 마땅한 이유를 알고 있지 않았다 하더라도, 이들의 맹렬한 외침을 들었다면 마음 깊숙이 그 이유를 깨닫게 되었을 것이다.

일순간 깊은 침묵이 흘렀다. 드파르주 부부가 단호하게 서로를 쳐다봤다. 방장스가 몸을 수그리더니 계산대 뒤 자신의 발밑으로 북을 꺼내왔고, 이내 북소리가 울리기 시작했다. 드파르주가 결연한 목소리로 말했다.

"애국 동지들이여! 준비됐습니까?"

이윽고 마담 드파르주가 허리춤에 칼을 찼다. 거리마다 둥둥둥 북소리가 울려 퍼졌다. 그 광경은 흡사 북과 북을 치는 사람이 함께 마법에 걸려 이곳저곳으로 날아다니는 것 같았다. 방장스는 복수의 여신 40명이 일제히 봉기라도 한 것처럼 무시무시하게 고함을 지르고 주먹을 머리 위로 내지르면서 이 집 저 집을 뛰어다녔고, 이 소리를 들은 여자들은 모두 자리를 박차고 일어섰다.

남자들은 무시무시했다. 그들은 살인이라도 할 듯 분노에 찬 얼굴로 창밖을 내다보다가 닥치는 대로 무기를 집어 들고 거리로 쏟아져 나왔다. 하지만 여자들은 겁 없는 사람들마저도 얼어붙게 만드는 진풍경을 연출했다. 여자들은 가난에 찌든 집안일을 모두 팽개쳐 버리고, 헐벗고 굶주려 맨땅에 웅크리고 앉아 있는 아이와 노약자와 병자들을 내버려 둔 채 머리를 풀어 헤치고 거리로 달려 나왔다. 그들은 격렬한 외침과 거친 행동을 일삼으며 서로를, 또 스스로를 광기로 몰고 갔다. 언니, 악당 폴롱이 잡혔대요! 엄마, 늙은이 폴롱이 잡혔대요! 딸아, 사악한 폴롱이 잡혔단다! 이윽고 수십 명의 여자들이 이 무리에 합류하여 가슴을 치고 머리카락을 쥐어뜯으며 소리쳤다. 폴롱이 살아 있대! 굶주린 사람들한테 풀을 먹으라고 했던 그 늙은이 폴롱이! 내가 우리 아버지한테 빵 한쪽 못 줄 때 우리 아버지한테 풀을 먹이라고 했던 그놈! 내가 젖이 말라 아이를 굶길 때 아이에게 풀을 먹이라고 했던 그놈! 오, 성모 마리아님, 이 폴롱이란 자가 살아 있다니요! 오, 하느님 우리의 고통을 굽어살피소서! 나와 내 죽은 아이와 말라 죽은 내 아비의 얘기를 들어 주소서! 내 무릎을 꿇고 이 묘비에 대고 맹세하오! 폴롱에게 복수하고 말겠다고! 남편과 형제, 청년들이여, 우리에게 폴롱의 피를 주시오. 우리에게 폴롱의 머리통을 주시오. 우리에게 폴롱의 심장을 주시오. 우리에게 폴롱의 몸뚱이와 영혼을 주시오. 폴롱을 갈기갈기 찢어 땅에 묻고 거기에서 풀이 자라게 합시다! 수많은 여자들이 이렇게 외치며 맹목적으로 미쳐 날뛰었다. 급기야 그들은 빙빙 돌며 서로 때리고 쥐어뜯다가 정신을 잃고 쓰러졌다. 남편들은 자기 아내가 사람들 발밑에 짓밟히지 않도록 구해 내야 했다.

이런 와중에도 대열은 전혀 흐트러지지 않았다. 단 한순간도 말이다! 시청에 잡혀 간 폴롱이 벌써 풀려났을지도 모르는 일이었다. 그러나 생앙투안이 그에게 겪은 고통과 모욕과 부당함을 생각하면 절대 있어서는 안 되는 일이었다! 생앙투안 밖으로 미친 듯이 몰려 나가던 무기를 든 남녀의 무리가, 엄청난 흡입력으로 마지막 남은 사람들까지 모조리 빨아들이며 거리를 휩쓸었다. 단 15분 만에 생앙투안은 몇몇 노인들과 징징대는 아이들만 남고 텅 빈 마을이 되어 버렸다.

그랬다. 그 시각 주민들은 추하고 사악한 그 늙은이가 잡혀 있는 조사실을 꽉 메우고도 모자라 인접한 공터와 거리에까지 흘러넘쳤다. 드파르주 부부와 방장스, 자크 3호가 서 있는 맨 앞줄에서부터 폴롱이 있는 시청 조사실까지는 그리 멀지 않은 거리였다.

"보시오!"

마담 드파르주가 칼로 폴롱을 가리키며 말했다.

"포승줄에 묶인 저 늙은 악당을 보시오! 풀 더미에 등을 포박당한 꼴이라니, 꼴좋다. 하하! 꼴좋아. 이제 그 풀을 저놈에게 먹입시다!"

마담 드파르주가 칼을 겨드랑이에 끼고 연극이라도 보듯이 박수를 쳤다.

마담 드파르주 뒤에 바싹 붙어 있던 사람들은 마담이 만족해하는 이유를 뒷사람에게 설명했고, 설명을 들은 사람들은 다시 다른 사람들에게 전했다. 이제 근처 거리는 박수 소리로 가득 찼다. 이렇게 두세 시간가량, 수많은 단어들이 키에 까불려 날리듯 이리저리 퍼져 나갔고, 더 이상 못 참겠다는 듯한 마담 드파르주의 표정은 놀라울 정도로 빠르게 멀리까지 전달되었다. 몇몇 민첩한 남자들이 시청 외벽을 타고 올라가 창문 안을 들여다보면서 마담 드파르주의 표정을 건물 안으로 들어오지 못한 군중들에게 중계해 주었기 때문이다.

이윽고 해가 중천에 떠올랐고, 따사로운 햇살이 늙은 죄수의 머리 위로 쏟아지는 동안 그 햇살이 희망과 보살핌의 빛처럼 보이기도 했다. 하지만 생앙투안은 이런 햇살의 호의를 참을 수 없었다. 마침내 놀라우리만치 길게 늘어선 먼지와 지푸라기의 장벽이 한순간에 허물어졌고 죄수는 생앙투안의 손아귀에 떨어졌다!

가장 멀리 있던 군중들에게도 곧장 이 소식이 전해졌다. 드파르주는 난간과 탁자를 뛰어넘어 죽은 듯이 묶여 있는 그 비참하고 사악한 놈을 움켜잡았다. 마담 드파르주도 그 뒤를 따라 죄수를 옭아맨 밧줄 하나를 손에 넣었다. 방장스와 자크 3호는 미처 따라오지 못했고, 높은 횃대 뒤에 맹금처럼 도사리고 앉아 창밖에 매달려 있던 남자들도 아직 시청 안으로 들어오지 못하고 있었다. 이내 함성이 도시 전역에 드높이 울려 퍼졌다.

"저놈을 끌어내자! 저놈을 가로등으로 끌고 가자!"

이리저리 위아래로 끌려 다니던 죄인이 머리부터 시청 계단 아래로 내동댕이쳐졌다. 죄인은 처음에는 무릎을 꿇었다가, 다시 발을 딛고 서는 듯하더니, 곧 뒤로 쓰러졌다. 군중들은 그를 질질 끌고 다니며 몰매를 때렸다. 또 풀 더미와 지푸라기를 손에 쥔 수백 개의 손이 입 안으로 쑤시고 들어와 그의 숨통을 조였다. 그는 쥐어뜯겨서 시퍼렇게 멍이 들고 피를 철철 흘리면서도 가쁜 숨을 몰아쉬며 자비를 호소했다. 죄인 주위에는 발 디딜 틈조차 없었지만 사람들이 죄수의 상태를 살피기 위해 잠깐 뒤로 물러나면, 죄인은 그 좁은 바닥에서 고통스러운 듯 몸부림을 쳐댔다. 이때 숲을 이룬 군중의 다리들 사이로 통나무 하나가 쑥 들어왔다. 군중들은 죄인을 통나무에 묶어 바로 옆 길모퉁이의 가장 잘 보이는 가로등으로 끌고 갔다. 마담 드파르주가 고양이가 쥐를 놓아 주듯 그곳에서 죄인을 풀어 주고 냉정한 눈빛으로 그를 가만히 노려보았다. 사람들이 사형 준비를 하는 동안에도 죄인은 마담 드파르주에게 살려 달라고 애원했다. 여자들은 쉬지 않고 격정적으로 죄인을 향해 날카로운 비명을 질러 댔고, 남자들은 죄인을 풀을 먹여 죽이라며 단호하게 고함을 쳐 댔다. 사람들이 죄인을 공중에 매달았다가 밧줄을 끊었다. 사람들은 비명을 지르며 떨어지는 죄인을 잡아서 다시 자비로운 밧줄로 죄인을 묶은 다음 공중으로 끌어올렸다. 이윽고 풀을 잔뜩 입에 문 죄인의 머리통에 창이 꽂혔다. 생앙투안 사람들은 그 광경을 지켜보며 춤을 추었다.

그러나 그날의 파괴 행위는 그것으로 끝난 것이 아니었다. 생앙투안 사람들은 다 함께 소리치며 춤을 추었고 그들 안에서는 분노의 피가 끓어올랐다. 해가 질 무렵, 막강한 500명의 기갑병이 시민을 욕되게 한 새로운 적, 처형당한 늙은이의 사위를 파리로 호송해 오고 있다는 소식이 들려왔다. 다시 사람들의 피가 끓어오르기 시작했다. 생앙투안 주민들은 펄럭이는 종이 위에 그의 죄목을 낱낱이 적어 흔들어 댔고 결국 막강한 군대의 손아귀에서 그놈을 빼앗았다. 폴롱과 함께 저세상으로 보내 버리기 위해서였다. 마침내 사람들은 그의 머리통과 심장에 창을 꽂았다. 그리고 폴롱의 머리, 사위의 머리와 심장, 이렇게 세 개의 전리품을 창에 꽂아 들고 승냥이 떼처럼 거리를 휩쓸었다.

남자들과 여자들은 어두운 밤이 되어서야 배가 고파 울어 대는 아이들이 있는 집으로 돌아갔다. 사람들이 맛없는 빵을 사기 위해 가난한 빵집 앞에 길게 늘어섰다. 주린 배를 끌어안고 참을성 있게 차례를 기다리던 사람들은 그 순간에도, 그날의 승리에 취해 서로 부둥켜안고 그날의 업적을 되새기느라 시간 가는 줄 몰랐다. 누더기 옷을 입은 사람들의 줄이 차츰 짧아지다가 어느새 사라졌다. 높은 창문에 희미한 불빛이 켜졌고, 거리에 작은 모닥불을 피우고 함께 음식을 해 먹던 사람들도 각자 음식을 나누어 집으로 돌아갔다.

고기는커녕 맛없는 빵에 발라 먹을 소스조차 없는 보잘것없는 저녁 식사였다. 하지만 형편없는 음식에 인간적인 동지애가 양념처럼 스며들었는지 사람들에게서 활기찬 기운이 감돌았다. 끔찍하기 짝이 없는 하루를 만드는 데 크게 한몫한 아빠와 엄마들은 뼈만 앙상하게 남은 아이들과 다정하게 놀아 주었다. 연인들은 자신들을 둘러싼 세상과 자신들 앞으로 다가올 세상을 바라보며 서로 사랑을 나누고 희망을 그렸다.

새벽녘에 술집에서 마지막 손님이 나가자 드파르주가 문을 잠그며 아내에게 쉰 목소리로 말했다.

"여보, 마침내 승리가 눈앞으로 다가왔어!"

마담 드파르주가 대답했다.

"그래! 이제 거의 다 된 것 같아!"

생앙투안도 드파르주 부부도 잠이 들었다. 방장스도 비쩍 마른 채소 장수 남편과 함께 잠자리에 들었고, 북소리도 잠잠해졌다. 생앙투안에서 그날의 유혈 사태와 소동으로 변하지 않은 소리가 있다면 북소리뿐이었다. 북 관리인 방장스가 두드려 울려 퍼지게 하는 북소리는 바스티유가 함락되고 폴롱 영감이 죽기 전이나 그 후나 변함이 없었다. 하지만 생앙투안의 품에 안겨 있는 남자들과 여자들의 목소리는 이미 거칠게 변해 있었다.

23장
타오르는 불길

샘에서 물이 똑똑 떨어지는 마을에도 변화가 일어났다. 그 마을에 사는 도로 수리공은, 가난하고 무지한 영혼과 야위어 가는 초라한 몸뚱이를 부지하는 데 필요한 보잘것없는 빵 부스러기를 마련하기 위해, 땅뙈기 대신 도로로 매일같이 돌을 쪼러 나갔다. 이젠 절벽 위 감옥도 예전처럼 위세를 떨치지 못했다. 감옥에는 그곳을 지키는 병사들이 있었지만 그 수가 많지 않았고, 병사를 이끄는 장교도 있었지만 그는 부하들이 명령을 따르지 않으리라는 것 말고는 그들이 무슨 일을 하는지조차 알지 못했다.

저 멀리 황량함만이 맴도는 폐허가 된 마을이 펼쳐져 있었다. 그곳에서는 푸른 잎사귀며 풀잎이며 낟알들도 비참한 사람들처럼 불쌍하게 바짝 말라 갔다. 작물들은 모두 축 처진 모습으로 꺾이고 짓밟히며 죽어 갔다. 집, 담장, 가축, 남자, 여자, 아이들은 물론 이들이 딛고 있는 땅마저도 하나같이 황폐했다.

(흔히들 가장 가치 있는 신사라고 부르는) 나리들은 국가의 축복을 마음껏 누리며 매사에 세련된 분위기를 풍기는, 고상하고 화려한 삶의 표본으로서 그런 목적을 달성하기 위해 많은 역할을 담당해 온 자들이었다. 그런데도 나리 계급은 이런 저런 악행을 일삼으며 사태를 이 지경에 이르게

만들었다. 분명히 자신들을 위해 설계된 이 세상이 이렇게 금방 말라비틀어지고 쪼그라들다니, 참으로 놀랍지 않은가! 영원히 지속될 것 같던 이 세상에 근시안적인 뭔가가 잘못 끼어 든 것이 분명했다! 그러나 현실은 그랬다. 부싯돌에서 마지막 핏방울까지 쥐어짜 내고, 하도 돌려서 고문대의 마지막 나사못이 헐거워지고 나서야 나리는 천박한 것들의 까닭 모를 움직임으로부터 달아나기 시작했다.

하지만 이런 변화는 이 마을 한 곳에서만 일어난 현상이 아니었다. 이 마을 말고 수없이 많은 다른 마을들도 상황은 비슷했다. 나리 계급은 수십 년 동안 마을을 마구잡이로 벗겨 먹으면서도 사냥 때 빼고는 마을에 귀하신 모습을 드러내는 법이 없었다. 그들은 때로는 사람을 사냥하고 때로는 맹수를 사냥하며, 추격의 짜릿함을 맛보기 위해 거칠고 원시적인 사냥터를 잘 보존해 왔다. 그러나 변화는 비천한 하층민들의 얼굴에 이상한 표정이 떠올라서 일어난 일이 아니었다. 변화는, 저택에 조각해 놓을 만큼 고귀한 귀족이, 아니 진정으로 아름다운, 혹은 아름다워지려고 애쓰는 귀족들이 사라졌기 때문에 일어난 일이었다,

먼지에서 태어난 자신이 언젠가는 먼지로 돌아가게 될 것이라는 생각 따위는 아예 해 본 적도 없는 도로 수리공이 먼지 속에서 열심히 일을 하고 있었다. 그의 머릿속에는 이제 초라한 저녁을 먹어야겠다, 혹은 어떻게 하면 조금이라도 더 먹을 수 있을까, 이런 생각들만 꽉 차 있었다. 그 무렵에는 외롭게 일을 하다 고개를 들어 주위를 둘러보면 이쪽으로 다가오는 초라한 사람이 보이곤 했다. 이런 일이 예전에는 흔치 않았지만 요즘 들어서는 매우 잦았다. 그래서 그 형체가 가까이 다가와도 도로 수리공은 놀라는 법 없이 그를 알아보았다. 그는 큰 키에 머리가 덥수룩했고 보기에도 형편없는 나막신을 신고 있었다. 거무스름한 피부에 험상궂고 거친 얼굴이었다. 그는 가파른 진창길과 흙먼지가 날리는 길을 수없이 지났는지 행색이 몹시 더러웠고, 저지대의 습지를 걸어왔는지 옷

은 축축했으며, 숲속 샛길을 지나왔는지 가시덤불과 잎사귀와 이끼에 온몸이 뒤덮여 있었다.

7월 어느 날 정오에 남자가 또 그런 몰골을 하고 유령처럼 다가왔을 때, 도로 수리공은 강둑 아래 돌무더기에 앉아 있었다. 우박이 쏟아질 때마다 몸을 피하는 곳이었다.

남자는 수리공을 쳐다보더니 움푹 꺼진 마을과 방앗간, 가파른 절벽 위 감옥을 차례로 바라보았다. 무지한 눈빛으로 건물들을 확인한 남자는 가까스로 알아들을 수 있는 사투리로 말했다.

"어떻게 되어 가나, 자크?"

"모두 잘되어 가고 있지. 자크."

"그럼 그때 보자고!"

둘은 악수를 나누었고 남자가 돌무더기에 앉았다.

"식사는 했나?"

"식사는 무슨, 허기나 때우는 거지."

도로 수리공이 굶주린 얼굴로 말했다

"허기 때우는 게 유행인가 보군. 어디엘 가도 식사하는 사람이 없으니."

남자가 투덜댔다. 남자가 시커먼 파이프를 꺼내 담배를 채우고 부싯돌로 불을 붙이더니 불꽃이 일 때까지 입으로 빨았다. 그러고는 파이프를 앞으로 불쑥 내밀며 엄지와 검지 사이에서 뭔가를 떨어뜨렸다. 그것은 불꽃과 함께 연기를 내뿜으며 사라졌다.

"그때 보세나!"

이번에는 남자의 행동을 관찰하던 수리공이 말했다. 둘은 다시 손을 맞잡았다.

"오늘 밤?"

수리공이 말했다.

"오늘 밤."

남자가 파이프를 입에 물며 말했다.

"어디서?"

"여기."

남자와 수리공은 돌무더기에 앉아 서로를 말없이 쳐다보았다. 우박이, 마치 난쟁이들이 총검을 휘두르는 듯 후드득 소리를 내며 쏟아졌다. 이윽고 마을을 뒤덮은 하늘이 맑게 개기 시작했다.

"어디쯤인지 알려 주게!"

먼 길을 걸어온 남자가 언덕 등성이로 발을 옮기며 말했다.

도로 수리공이 손가락으로 가리키며 답했다.

"자, 잘 봐! 여기로 내려가서 곧장 거리를 건너 샘터를 지나……."

"이런, 빌어먹을!"

남자가 말을 끊더니 경치 위로 시선을 돌렸다.

"나는 도로도 안 건너고 샘터에도 안 갈 거야. 알겠어?"

"그러던지! 마을 위 저 언덕 꼭대기 넘어 약 10킬로미터 거리에 있네."

"좋아. 자넨 언제 일이 끝나지?"

"해 지면."

"출발하기 전에 나 좀 깨워 주겠나? 쉬지 않고 이틀 밤을 걸어왔네. 우선 담배부터 마저 피우고. 그러고 나면 아마 아이처럼 곯아떨어질 거야. 깨워 줄 거지?"

"물론."

나그네는 담배를 다 피우고 파이프를 안주머니에 넣은 다음 커다란 나막신을 벗고 돌무더기에 누웠다. 남자는 곧장 잠들었다.

도로 수리공은 부지런히 먼지 나는 작업을 계속했다. 그 사이 비구름이 걷히고 하늘에서는 환한 빛줄기가 뻗어 나오며 은빛 햇살이 쏟아졌다. 왜소한 도로 수리공은 (이제 파란색 모자를 빨간색 모자로 바꾸어 썼다) 돌무더기에 누워 있는 그 남자에게 홀린 것 같았다. 수리공은 잠든 남자

쪽을 흘깃거리느라, 옆에서 누가 보았으면 어째 일을 그 모양으로 하고 있느냐고 심하게 나무랄 정도로, 대충대충 연장을 놀렸다. 구릿빛 얼굴에 덥수룩한 검은 머리와 수염, 양모로 만든 조잡한 붉은색 모자, 천을 덧댄 누더기 같은 옷, 털 난 가슴, 조금 말랐지만 건장한 체격, 자는 동안에도 꼭 다문 결연하고 침울한 입술. 도로 수리공은 경외심에 휩싸였다. 먼 길을 걸어온 나그네의 발은 상처투성이였고 이리저리 쓸린 발목에서는 피가 흘렀다. 먼 길을 끌고 오기에는 너무 무거웠을, 커다란 나막신에는 나뭇잎과 풀이 잔뜩 들어 있었다. 쓸려서 벗겨진 발바닥 피부만큼 다 해진 옷에도 구멍이 숭숭 뚫려 있었다. 도로 수리공이 남자 옆에 웅크리고 앉아서 옷섶이든 어디든 어디 비밀 무기를 숨겨 놓았는지 찾아보려고 했지만 남자가 결연히 다문 입술만큼이나 팔짱을 꽉 낀 채 자고 있어서 아무것도 보이지 않았다. 도로 수리공이 보기에는 온갖 방책, 검문소, 성문, 참호, 도개교를 갖춘 요새도 이 남자에 대면 아무것도 아니었다. 수리공이 남자에게서 시선을 거두고 고개를 들어 지평선을 바라보았다. 수리공은 자신처럼 비천한 사람들이 아무런 거리낌 없이 자유롭게 프랑스 전역을 활개 치며 돌아다니는 상상을 잠시 해 보았다.

남자는, 우박이 쏟아졌다 다시 개어도, 얼굴에 햇볕이 내리쬐다가 다시 구름이 드리워져도, 몸에 커다란 우박 덩어리가 후드득 떨어졌다가 햇볕에 녹아 다이아몬드처럼 반짝여도 전혀 개의치 않고 잠만 잘 잤다. 어느덧 해가 서쪽으로 넘어갔고 하늘은 빨갛게 달아올랐다. 도로 수리공이 연장을 모으고 내려갈 채비를 마친 다음 남자를 깨웠다.

잠에서 깬 남자가 팔꿈치를 짚고 일어나며 말했다.

"고맙네! 언덕 꼭대기에서 10킬로미터라고 했지?"

"대략."

"대략. 알겠네!"

도로 수리공은 바람에 날리는 먼지를 맞으며 집으로 향했다. 이윽고 샘터에 이른 남자는 앙상한 젖소에게 물을 먹이러 온 사람들 사이로 비집고 들어가 무언가를 속삭였다. 마을 사람들은 변변찮은 늦은 저녁을 먹은 후 평소와 달리 잠자리에 들지 않고 문 밖에서 서성댔다. 이상한 전염병처럼 마을에 소문이 돌았다. 어두워져 사람들이 샘터에 모이자, 이번에는 뭔가 기대하는 눈빛으로 한쪽 하늘을 바라보는 이상한 전염병이 돌았다. 이 지역의 세리인 가벨도 불안해져 혼자 지붕으로 올라가 그 방향을 바라보았다. 굴뚝 뒤에서 내려다보니 아래 샘터에 모여 있는 어둑어둑한 얼굴들이 보였다. 그는 교회 열쇠를 보관하는 교회지기에게 머지않아 경종을 울릴 일이 생길지도 모르겠다는 말을 전했다.

밤이 깊어 갔다. 유서 깊은 대저택을 따로 받들어 모시기라도 하듯 주위를 둘러싸고 있는 음울한 나무들이, 웅장한 그 건물을 위협이라도 하듯 거세게 바람에 흔들렸다. 2층 테라스로 이어지는 계단에는 억수 같은 비가 쏟아졌다. 전갈을 전하러 온 심부름꾼이 집안사람들을 깨우기라도 하는 것처럼, 비가 육중한 문을 세차게 두드렸다. 그때 사나운 바람이 낡은 창과 칼이 불편한지 구슬픈 소리를 뱉어 내며 홀 안으로 휘몰아쳤다. 바람은 어두운 계단을 지나 죽은 후작의 침실 커튼을 펄럭펄럭 흔들었다. 동서남북 사방에서 숲을 헤치고 걸어오는 묵직한 네 개의 발소리. 텁수룩한 사람들이 길게 자란 풀을 짓밟고 나뭇가지를 부러뜨리며 조심스럽게 저택 안뜰로 숨어들었다. 그곳에서 켜진 횃불 네 개가 다시 사방으로 뿔뿔이 흩어졌고 저택은 다시 어둠에 잠겼다.

하지만 어둠은 오래가지 못했다. 대저택이 어둠 속에서 발광하는 물체처럼 이상하게 스스로 빛을 발산하며 모습을 드러내기 시작했다. 건물 정면 뒤편에서 빛줄기 하나가 깜빡거리며 투명한 장소를 골라내듯 난간과 아치와 창문을 비추었다. 이윽고 빛줄기가 더 높이 더 멀리 더 밝게 치솟아 올랐다. 이어서 커다란 창문 수십 개에서 불길이 피어올랐고, 잠에서 깨어난 석조 얼굴들이 굳은 표정으로 불길을 쳐다보았다.

저택에 남아 있는 사람들이 웅성거리는 소리가 희미하게 들려왔고, 누군가가 황급히 말에 안장을 얹고 어디론가 달려갔다. 어둠 속에서 박차를 가하며 진창길을 철벅철벅 달리던 말은 마을 샘터에 이르러 멈춰 섰다. 잠시 후, 진흙투성이가 된 말은 가벨의 집 문 앞에 서 있었다.

"가벨 나리, 도와주세요! 누구든 좀 도와주세요!"

다급하게 경종이 울렸지만 (설령 누가 있었다 해도) 아무도 도와주려 하지 않았다. 도로 수리공과 그의 각별한 친구 250명이 팔짱을 끼고 샘터에 서서 하늘로 치솟는 불기둥을 바라보았다.

"12미터는 족히 되겠군."

그들이 우울하게 말했다. 그러나 그들은 꿈쩍도 하지 않았다.

대저택에서 말을 타고 나온 남자와 진흙투성이가 된 말은 달가닥달가닥 소리를 내며 마을을 빠져나가 가파른 돌길을 질주해 절벽 위 감옥에 당도했다. 간수들이 정문에 나와 불구경을 하고 있었다. 병사들도 조금 떨어진 곳에서 불구경을 하고 있었다.

"간수님들, 도와주세요! 저택에 불이 났어요. 귀중품들을 빨리 불길 속에서 꺼내야 해요. 도와주세요. 도와주세요!"

간수들은 불구경을 하는 병사들을 잠깐 돌아보았을 뿐 아무런 명령도 내리지 않았다. 병사들이 어깨를 으쓱하더니 입술을 지그시 깨물며 대답했다.

"불이 날 만하니 났겠지."

말을 탄 남자는 달가닥달가닥 다시 언덕길을 지나 거리로 내려왔다. 마을이 온통 환했다. 불길에 휩싸인 저택을 보고 한껏 고무된 도로 수리공과 그의 각별한 친구 250명이 불을 밝히기로 모의하고 각자 집으로 돌아가 칙칙한 작은 창가에 촛불을 켜 두었기 때문이다. 가난한 형편에 초가 있을 리 만무했던 그들은 가벨에게 초를 빼앗다시피 해서 빌릴 수밖에 없었다. 가벨이 초를 내주기 싫은 기색을 보이자, 한때는 권력에 꽤나 순종적이었던 도로 수리공이 마차는 쪼개어 모닥불을 피우는 장작으로 쓰고 역마는 잡아서 구워 먹겠다며 협박을 했다.

불길에 휩싸인 대저택은 잿더미가 되었다. 사납게 으르렁대는 화염 속으로 지옥에서 불어온 듯 뜨겁고 시뻘건 바람이 당장이라도 건물을 날려 버릴 기세로 휘몰아쳤다. 불길이 치솟을 때마다 석조 얼굴들이 고통스럽게 일그러졌다. 거대한 석재와 목재가 허물어져 내릴 때 코 양쪽이 움푹 팬 석조 얼굴이 살짝 보였다가, 이내 불길에 휩싸여 버렸다. 연기 속에서 몸부림치는 그 모습은, 마치 후작이 화형장에서 불길과 사투를 벌이는 모습 같았다.

저택이 불탔다. 근처 나무들도 모두 불길에 타서 바짝 말라 버렸다. 흉포한 네 명이 멀리 떨어져 있는 나무들에까지 불을 질렀기 때문에 저택은 계속 새로운 불길에 휩싸였다. 분수의 대리석 수조에는 녹아내린 납과 철이 끓었고, 분수 물은 다 말라 버렸다. 촛불 끄는 덮개처럼 생긴 탑 지붕은 뜨거운 열기에 얼음처럼 녹아서 불길에 휩싸인 분수 위로 뚝뚝 흘러내렸다. 견고한 벽에 쭉쭉 뻗은 균열과 틈은 그 모양이 마치 결정체 같았다. 얼이 빠진 새들도 하늘 위에서 뱅뱅 돌다가 불길이 치솟는 용광로 속으로 떨어졌다. 흉포한 네 명은 동서남북 각기 다른 다음 목적지를 향해 어둠이 수의처럼 길게 뻗은 길로 횃불을 들고 성큼성큼 사라졌다. 환하게 불을 밝힌 마을 사람들은 교회의 종지기를 몰아내 수중에 종을 넣고 기쁨에 취해 종을 울려 댔다.

이뿐만이 아니었다. 오래 굶주린 데다 불구경을 하다가 종까지 울리게 되자 이성을 잃은 마을 사람들은 가벨이 지대와 세금을 징수하는 일을 하던 것을 떠올리고는 가벨과 당장 이야기를 하고 싶어서 안달이 났다. (최근에는 지대나 세금을 전혀 걷지 않았는데도 그랬다) 사람들은 가벨의 집을 에워싸고는 일대일로 면담을 하자며 가벨을 불러냈다. 하지만 가벨은 문에 육중한 빗장을 걸고 안으로 들어가 혼자 골똘히 생각에 잠겼다. 고심 끝에 가벨은 지붕으로 도망가 굴뚝 뒤에 몸을 숨기며 결심했다. 만약 사람들이 문을 부수고 들어오면 담장 아래로 몸을 던져, 아래 있는 놈들 중 적어도 한두 놈은 깔아뭉개야겠다고. (사실, 가벨은 체격은 작았지만 복수심이 강한 남부 사람이었다)

가벨은 멀리 불길에 휩싸인 저택과 집집마다 켜진 촛불을 바라보면서 그곳에서 긴 밤을 지새웠다. 대문을 두드리는 소리와 기쁨의 종소리가 즐거운 음악처럼 어우러졌다. 가벨의 마구간 앞에 불길한 가로등이 걸린 것은 말할 것도 없었다. 그 등불에는 등불 대신에 가벨을 걸고 말겠다는 사람들의 굳은 의지가 담겨 있었다. 검은 바다에 뛰어들 각오를 하면서 바닷가에서 긴 밤을 지새우는 것이 얼마나 가슴 졸이는 일인지 아는가! 그러나 고맙게도 친절한 여명이 모습을 드러냈고, 마을을 밝히던 촛불도 하나둘 꺼져 갔다. 사람들이 만족스럽게 흩어진 뒤, 당장은 목숨을 부지하게 된 가벨도 지붕에서 내려왔다.

200여 킬로미터 이내에 있는 다른 마을에서도 불길이 치솟았다. 그날 밤이었는지 다른 날 밤이었는지 여하튼 가벨보다 운이 없었던 관리들은 태양이 떠오르면 평화로워지는 거리, 자신들이 나고 자란 거리에 시체가 되어 내걸렸다. 또, 도로 수리공과 그 친구들보다 운이 없었던 마을 사람들도 있었다. 그들은 관리와 병사들에게 진압당하는 바람에 시체가 되어 거리에 내걸렸다. 하지만 흉포한 네 명은 쉬지 않고 동서남북으로 이동하면서 닥치는 대로 사람을 매달고 불을 질렀다. 그 불을 끄려면 얼마나 더 많은 머리가 교수대에 쌓여야 하는지, 그 어떤 관리도 그 어떤 계산법으로도 계산해 낼 수가 없었다.

24장
자석바위에 끌리다

불이 치솟고 바다가 높아지는 사이, 성난 파도에 밀려 단단하던 땅마
저도 흔들렸다. 바다는 이제 썰물도 없이 늘 만조가 되어 점점 높아졌
고, 해변에서 이를 바라보는 사람들은 공포와 경악을 금치 못했다. 3년
이라는 폭풍 같은 세월이 흘렀다. 어린 루시는 세 번의 생일을 더 맞이
하였고, 루시의 가족은 여전히 금실로 평화로운 가정이란 천을 짜며 살
아가고 있었다.

수없이 많은 낮과 밤, 모퉁이에서는 늘 메아리가 울렸고, 루시네 가족
은 그 메아리 속에서 군중들의 발소리를 들을 때마다 가슴을 졸였다. 발
소리라고 하면 이제 으레 군중들의 발소리가 떠올랐다. 붉은 깃발 아래
계엄령을 선포한 아비규환의 나라에서 들려오는 그 발소리는, 오랫동안
지속된 끔찍한 저주에 빠져 난폭한 야수로 변해 가고 있었다.

파리의 귀족 계급은 프랑스에서 귀족이 인정받지 못하고 환영받지 못
하는 현상이 자신들과는 상관없는 일이라고 생각했다. 나라에서 추방되
는 것은 물론 목숨까지 잃을 수 있는 엄청난 위기가 닥쳐온 것도 자신들
과는 상관없는 일이라고 생각했다. 그들은, 끝없는 고통을 견디며 악마
를 부르다가 악마가 실제로 나타나자 겁에 질려 말 한마디 못하고 줄행
랑을 쳤다는 동화 속의 촌뜨기와 비슷했다. 그들은 오랜 세월 동안 뻔뻔

스럽게 주기도문을 거꾸로 외우고 다른 강력한 주문까지 동원해 악마를 불러내 놓고는 악마를 보자마자 겁에 질려 고상하신 두 발로 부리나케 줄행랑을 쳐 버렸다.

번쩍거리던 궁전의 불스아이 유리창도 사라졌다. 만약 그대로 두었다면 온 나라를 휩쓴 총탄의 표적이 되었을 것이다. 불스아이는, 루시퍼의 자부심과 사르다나팔루스[1]의 사치와 두더지의 맹목이라는 티끌이 덕지덕지 끼어 있어서 시력도 별로 좋지 않았지만 그나마도 이제는 완전히 사라지고 없었다. 궁전도, 배타적인 내실에서부터 온갖 음모와 부패와 위선이 난무하던 타락한 외곽에 이르기까지 모두 사라지고 없었다. 왕권도 사라졌다. 혁명의 마지막 파도가 궁전까지 덮쳐서 쓸어 버렸고, 왕권은 '유예됐다.'

1792년 8월이 되자 귀족들은 사방팔방으로 흩어져 버렸다.

런던 텔슨 은행이 귀족들의 본부이자 집결 장소였다. 유령이 제 몸뚱이를 의지하던 곳에 자주 출몰하듯, 무일푼이 된 귀족들도 자신들의 재산을 보관했던 텔슨 은행에 자주 드나들었다. 더욱이 텔슨 은행은 공신력 있는 프랑스 소식을 가장 빠르게 접할 수 있는 곳이었다. 또 텔슨 은행은 관대한 은행이었던지라 엄청난 재산가였다가 몰락한 옛 손님들도 박대하지 않았다. 폭풍이 몰아치리라는 것을 제때에 간파한 귀족들은 재산이 몰수될 것이라 예측하고 앞날을 위해 텔슨 은행에 돈을 송금해 두었기에 은행에 방문할 일이 많았다. 그들은 그곳에서 가난한 동포들이 전해 주는 조국 이야기를 언제든지 들을 수 있었다. 프랑스에서 막 건너온 초짜 망명객들에게, 주변 사람들이 텔슨 은행에 가서 신상 정보를 알리라는 조언을 하는 경우도 많았다. 이런 까닭에 당시 텔슨 은행은 프랑스 소식이 오고 가는 최고의 정보 거래소였다. 이런 사정은 일반 국민들도 잘 알고 있어서 프랑스 소식을 묻는 질문이 끊이질 않았기에 텔슨 은

---

1 아시리아의 마지막 왕으로 사치스러운 생활을 했던 것으로 유명하다.

행에서는 행인들이 읽을 수 있게 간간이 최근 소식을 한두 줄 적어 은행 창문에 붙이기도 하였다.

푹푹 찌고 습한 어느 날 오후, 로리는 책상에 앉아 있었고 찰스 다네이는 책상 옆에 기대서서 작은 소리로 로리와 대화를 나누고 있었다. 한때 은행장과 면담 장소로 따로 마련해 두었던 고해소 같은 골방이 이제는 정보 거래소가 되어 늘 사람들로 넘쳐 났다. 마감 시간까지 채 반시간도 남지 않은 시각이었다.

"선생님이 젊은 사람처럼 활발히 활동하시는 것은 저도 압니다만."

찰스 다네이가 조금 주저하며 말했다.

"저는 선생님께 이렇게 말씀드릴 수밖에⋯⋯."

"알아요. 내가 너무 늙었다는 말이군요."

로리가 말했다.

"날씨도 오락가락하는 데다 여정도 길고요. 여행 수단도 확실하지 않지요. 게다가 나라가 온통 혼란에 빠져 있으니 선생님도 그 도시에서 안전하다고 할 수 없는 실정이잖아요."

로리가 쾌활하고 자신 있는 목소리로 말했다.

"찰스, 그건 내가 가지 말아야 할 이유가 아니라 내가 가야 할 이유 같군요. 나는 안전할 거예요. 괴롭힐 사람들이 차고 넘치는데 나 같은 팔십 노인을 방해할 사람이 있을라고요. 만약 그 도시가 어지러운 상황이 아니었다면 우리 은행에서도 도시를 잘 알고 노련하면서도 믿음직한 누군가를 파견할 필요가 없었겠지요. 긴 여정에 여행 수단도 확실하지 않고 겨울이긴 하지만, 긴 세월을 텔슨 은행에서 일해 온 내가 은행을 위해 이정도 불편도 감수하지 못한다면 대체 누가 할 수 있겠어요?"

"저는 제가 갔으면 합니다."

찰스 다네이는 자신의 속내를 얼떨결에 소리 내어 내뱉은 듯 조금 당황했다.

로리가 소리쳤다.

"그래요! 그거 좋네요! 당신도 가고 싶다고요? 그러고 보니 프랑스 출신이군요. 정말 훌륭한 안내자가 되겠어요."

"선생님, 제가 프랑스 사람이라 그런지 어떤 생각이 제 머릿속을 자주 스쳐 지나갑니다. (무슨 생각인지 여기서 말하고 싶지는 않지만요) 저는 그 불쌍한 사람들이 안쓰럽고, 제가 그들에게 뭔가를 내버렸다는 생각을 떨칠 수가 없습니다."

다네이는 특유의 사려 깊은 태도로 이렇게 말했다.

"제가 그 사람들의 이야기를 들어 주고 이제 그만 자제해 달라고 설득할 수 있지 않을까 해서요. 어젯밤에 선생님이 가신 후에 루시에게 말했더니……."

"루시에게 말했다고요?"

로리가 다네이의 말을 따라 하며 말했다.

"그렇군요. 이 판국에 프랑스에 가겠다는 사람이 루시 이름을 꺼내다니 놀랍군요!"

다네이가 웃으면서 말했다.

"저는 가지 않을 거니까요. 저보다 선생님이 프랑스에 가겠다고 하시는 게 문제지요."

"내가 그곳에 가려는 건 현실적인 문제 때문이에요. 찰스, 사실은 말이에요."

로리가 멀찌감치 앉아 있는 은행장을 흘끗 보더니 목소리를 낮췄다.

"당신은 잘 모르겠지만, 요즘 우리 은행의 거래 업무가 곤란해졌답니다. 파리에 있는 우리 은행 장부와 서류가 어떤 위기에 처했는지 이루 말할 수가 없어요. 서류 중 일부가 도난당하거나 훼손되면 수많은 사람들이 어떤 피해를 입게 될지는 저 위에 계신 하느님만이 아실 거예요. 파리에 오늘 불이 날지 아니면 내일 약탈 사건이 일어날지 아무도 모르거든요. 되도록 지체되지 않게 서류를 신중하게 선별해서 땅에 묻거나 해를 입지 않도록 잘 보관해야 하는 데 내가 아니면 (귀중한 시간을 낭비하지 않고) 이 일을 할 사람이 없다고 봐야지요. 은행에서도 이 사실을 잘 알고 있고 그래서 그렇게 말을 하는데 내가 어떻게 모르는 척할 수 있겠어요? 60년을 텔슨 은행 밥을 먹고 산 내가요. 내 관절이 뻣뻣해서요? 여기 있는 영감 대여섯 명에 비하면 나는 아직 소년이라우!"

"젊은 용기가 정말 존경스럽습니다, 선생님!"

"헛, 말도 안 돼요!"

로리가 다시 한 번 은행장을 힐끗거리며 말했다.

"찰스, 기억할 게 있는데, 요즘 같은 때 파리에서 뭔가를 가지고 나오는 것은, 그게 무엇이 됐든 간에 불가능에 가까워요. (이건 찰스 당신한테만 말해 주는 극비예요. 이것도 직업의식에 반하는 일이긴 하지만) 오늘 은행에 들어온 서류와 귀중품도 감히 상상도 못 할 방법으로 가져온 거예요. 국경을 건널 때 간신히 목숨을 건졌다고 하더군요. 예전 같았으면 수화물이 쉽게 오갔을 테지만 지금은 모든 게 멈춰 버렸어요."

"그럼 오늘 밤 정말 가실 겁니까?"

"갈 거예요. 지체하기엔 상황이 너무 긴박해서요."

"아무도 안 데리고 가세요?"

"은행 쪽에서 추천해 준 사람은 많았지만 마음에 드는 사람은 없더라고요. 제리를 데려갈 생각이에요. 오랫동안 일요일 밤마다 내 경호원 노릇을 해 줘서 나도 편하고. 제리는 딱 봐도 영국 불독이에요. 머릿속에 딴생각은커녕 주인을 건드리는 놈은 누구든지 콱 물어 버리는 불독이오."

"다시 한 번 말씀드리지만, 선생님의 용기와 젊음에 진심으로 존경을 표합니다."

"헛! 나도 다시 말해야겠군요. 말도 안 돼요, 말도 안 돼! 이번 임무만 제대로 끝내면 은행에서 하라는 대로 은퇴해서 편하게 살 겁니다. 노후는 그때 가서 생각해도 충분해요."

평상시 로리가 일하는 책상에서 이런 대화가 오가는 사이, 책상에서 1, 2미터 떨어진 곳에서는 귀족들이 무리를 지어 자신들이 조만간 폭도들에게 어떻게 복수할 것인지 허풍을 늘어놓고 있었다. 피난민이 되어 힘든 생활을 하고 있는 귀족들은 늘 이런 식이었다. 영국인들도 그 끔찍한 혁명을 얘기할 때면 똑같은 정설을 입에 담았다. 이를테면 씨를 뿌리지도 않았는데 수확을 한 것처럼 자신들은 아무 짓도 안 했는데 혁명이 일어났다는 식이었다. 그들은 수백만 프랑스 국민이 가난에 찌들어 고통받는 모습과, 마땅히 국민을 배불리는 데 써야 할 자원을 귀족들이 아무렇게나 남용하고 탕진하는 광경을 가만히 지켜만 봐 놓고도, 아무것도 못 본 것처럼, 그리고 이런 사태를 예상하지 못한 것처럼 떠들어 댔다. 이런 쓸데없는 이야기도 그렇지만, 피폐해질 대로 피폐해져 하늘과 땅마저 지쳐 버린 프랑스를 원래 상태로 복구하겠다는 귀족들의 계획은 또 어찌나 터무니가 없던지, 진실을 아는 온전한 사람이라면 누구든 반발하지 않고는 못 배길 정도였다. 이런 말도 안 되는 소리들을 듣고 있자면 다네이는 머리에 피가 안 도는 것처럼, 가뜩이나 편치 않던 마음이 더 불편해졌다.

그런 말을 떠벌리는 사람 중에는 고등 법원에서 온 스트라이버도 있었다. 공직에서 한창 출세 가도를 달리고 있던 그는 이런 얘기만 나오면 더 열을 냈다. 그는 프랑스 귀족들에게, 폭도들을 폭탄으로 날려 버려 지구상에 발도 못 붙이게 해야 한다는 둥, 독수리를 쫓을 때 꼬리에 소금을 묻히는 것처럼 독수리와 천성이 비슷한 것들은 비슷한 방법으로 없애 버려야 한다는 둥 쓸데없는 소리를 지껄여 댔다. 다네이는 스트라이버가 이런 말을 하고 있는 것을 들으면 특히 더 불편했다. 왜냐하면 그런 얘기를 더 듣지 않으려면 그 장소를 떠나야 했지만, 그러지 못하고 그 자리에 계속 있다가 자칫 대화에 끼게 될 수도 있었기 때문이었다.

그때 은행장이 로리에게 다가오더니 앞에다 단단히 봉한 편지를 하나 내려놓고는 편지 주인에 대해 밝혀낸 게 아직 없느냐고 물었다. 은행장이 다네이와 아주 가까운 곳에 편지를 내려놓았기 때문에 다네이는 수취인의 이름을 보게 되었다. 그 이름이 자신의 이름이었기에 더 빨리 알아봤는지도 모를 일이다. 영어로 바꿔 놓은 수취인 주소는 대충 이랬다.

"매우 긴급함. 프랑스의 전 후작 샤를 에브레몽드 후작 귀하. 영국, 런던, 텔슨 은행 은행원 전교."

결혼식을 올리던 날 아침, 마네트 박사가 긴급하게 다네이를 불러 다네이의 본명은 두 사람만 아는 비밀로 해야 한다고 당부를 해서 그러기로 약속을 한 일이 있었다. 그때 박사는 약속을 지키지 않으면 의절을 하겠다는 말까지 했던 터라, 지금껏 그 비밀이 지켜지고 있었다. 그래서 다네이의 본명을 아는 사람은 아무도 없었다. 아내인 루시조차 몰랐으니 로리가 모르는 건 당연했다.

로리가 은행장에게 대답했다.

"아직 못 찾았습니다. 여기 계신 분들께 모두 물어봤지만 아무도 모른다더군요."

시곗바늘이 은행 폐점 시간에 가까워질 때쯤, 이야기를 나누던 한 무리의 사람들이 로리의 책상 앞을 지나갔다. 로리가 편지를 내밀며 이 사람을 아느냐고 묻자, 망명자 무리들이 불쾌하다는 태도로 편지를 바라보았다. 여기저기 서 있던 여러 무리의 망명자 귀족들은 하나같이 영어와 불어를 다 동원하여 행방을 알 수 없는 그 후작을 비방하는 소리들을 늘어놓았다.

"내 생각엔 살해된 후작의 조카 같군요. 어차피 자격 없는 후계자이긴 하지만. 그 작자를 모르는 게 오히려 다행이지요."

한 귀족이 말했다.

"몇 년 전에 자기 지위를 포기한 비겁한 놈이지."

다른 귀족이 말했다. 이 귀족으로 말할 것 같으면 건초 더미에 처박혀 반쯤 질식한 상태로 파리를 빠져나왔다.

"새로운 철학에 물든 자로군."

지나가다가 안경 너머로 편지를 보게 된 귀족이 말했다.

"죽은 후작과 생각이 달라서 물려받은 재산을 모두 포기하고 악당들에게 넘겨주지 않았나. 이제 그놈들이 재산을 돌려주려는 모양이군. 당연히 그래야지."

뻔뻔한 스트라이버가 소리쳤다.

"그래요? 그 작자가 그랬답니까? 어떻게 그런 놈이 있지? 어디 그 추잡한 이름 좀 봅시다. 나쁜 놈 같으니라고!"

다네이가 더는 참을 수 없어서 스트라이버의 어깨에 손을 얹으며 말했다.

"내가 그 사람을 압니다."

"그래요? 어쩌다가? 거참, 유감이군."

스트라이버가 말했다.

"왜죠?"

"왜냐고? 방금 듣지 않았소? 이런 상황에서는 왜냐고 묻지 않는 거요."

"그래도 난 왜냐고 묻고 싶군요."

"그럼 내가 다시 설명하지요. 다네이 씨, 그런 자를 안다니 참 유감이군요. 그런 유별난 질문을 하는 것도 유감이고요. 해롭고 불경하고 극악무도한 이념에 물들어서 재산을 포기하고는, 마구잡이로 살인을 저지르는 비열한 인간쓰레기 놈들한테 그 재산을 넘겨준 작자라잖아요. 나한테 왜냐고 물으셨지요? 학생을 가르치는 튜터가 그런 작자를 안다니 유감이지요. 굳이 이유를 설명하자면, 그런 악당 같은 작자를 가까이하면 같이 물들 수도 있거든요."

비밀을 지키기로 한 약속을 잊지 않고 있었기에 다네이는 힘들게 자

343

신을 억누르며 말했다.

"당신은 그 신사를 이해할 수 없을 겁니다."

심술궂은 스트라이버가 말했다.

"다네이 씨, 난 당신을 궁지로 모는 방법을 잘 알고 있소. 그리고 그렇게 할 거요. 이 작자가 신사라면 나는 그런 신사는 절대 이해하지 않을 겁니다. 그자한테 절대 이해하지 않을 거라는 내 찬사를 전해 줘도 좋습니다. 또, 재산과 지위를 백정 같은 무리들에게 내줬으니, 그놈들의 대장이 아닌지 궁금하다는 말도 전해 주시죠. 하지만 그럴 리가 없겠죠. 여러분."

스트라이버가 주변을 둘러보더니 손가락을 튕겨 딱 소리를 내며 말했다.

"제가 인간의 본성에 대해 좀 아는데, 이 신사처럼 아랫것들의 자비에 제 목숨을 맡기는 자는 절대 없을 겁니다. 여러분들, 암요, 절대로 있을 리가 없지요. 이자는 아마 싸움이 나면 일찌감치 발을 빼고 줄행랑을 쳐 버리는 자일 겁니다."

스트라이버는 이렇게 말하고는 마지막으로 손가락을 한 번 더 튕겨 소리를 냈다. 이윽고 청중들의 찬성에 으쓱해진 스트라이버는 신문사가 밀집해 있는 런던 중심가인 플리트 거리로 어깨를 밀치며 나가 버렸다. 로리와 다네이는 사람들 대부분이 은행을 빠져나갈 때까지 책상에 남아 있었다.

로리가 말했다

"이 편지를 처리해 주겠어요? 수취인을 안다고 했지요?"

"그러지요."

"우리가 이 편지를 어디로 전달해야 할지 안다고 생각하고 여기로 보낸 것 같다고 수취인에게 좀 설명해 주겠습니까? 그리고 여기에 도착한 지도 좀 됐다고 일러 주시고요."

"그렇게 하지요. 여기서 바로 파리로 가시는 겁니까?

"그래요. 여기에서 8시에."

"배웅하러 다시 오겠습니다."

스트라이버와 다른 사람들 때문에 기분이 몹시 언짢아진 다네이는 최대한 빨리 템플 바를 벗어나 조용한 곳으로 가서 곧바로 편지를 뜯었다. 편지 내용은 이랬다.

파리, 아베이 감옥

1792년 6월 21일

전 후작 나리께

저는 마을 사람들에게 붙잡혀 그들의 손에 목숨을 빼앗길 위기에 빠졌답니다. 오랫동안 엄청난 폭력과 분노에 시달리다가 결국은 몇날 며칠을 걸어서 파리까지 호송되었지요. 파리까지 걸어가는 동안 고생이 이만저만이 아니었습니다. 그뿐인가요. 우리 집은 쑥대밭이 되어서 흔적도 없이 사라졌는걸요.

나리, 감옥에 갇히게 된 저의 죄목 말인데요, 저는 재판장 앞에 불려 나가서 (나리의 관대한 도움이 없다면) 사형을 선고받을 텐데 그 죄목이, 저들 말로는 위대한 인민을 배신한 반역죄랍니다. 제가 망명자를 대신해 자신들에게 악행을 일삼아 왔다는 겁니다. 제가 나리의 명령을 받고 마을 사람들을 도운 것이지 배신한 게 아니라고 아무리 말해도 소용이 없었습니다. 나리의 재산이 몰수되기 전에 이미 체납한 세금을 면제해 주었다고 얘기해도 아무 소용이 없었고요. 지대도 거두지 않았고 거둘 의사도 없었다고 말해도 소용이 없었습니다. 오로지 제가 망명자를 대신해 행동한다면서 망명자가 어디 있는지 대라고만 합니다.

아아! 인자하신 전 후작 나리, 그 망명자는 지금 어디에 계신가요? 저는 꿈을 꾸면서도 어디에 계신지 그분께 묻는답니다. 그분이 나타나

저를 구해 주실지도 하늘에 물어보았습니다만 대답이 없었습니다. 아,
전 후작 나리, 제 외로운 외침이 바다 건너까지 전해질까요? 제 절규
가, 파리까지 명성이 자자한 텔슨 은행을 거쳐 나리의 귀에 전해지기
를 소망합니다.

하느님의 사랑과 정의와 자비, 나리 가문의 고귀한 명예를 위해서라도,
저를 구제해 주시기를 전 후작 나리께 간청 드립니다. 제게 잘못이 있
다면 나리께 충성한 죄밖에 없습니다. 아! 전 후작 나리, 부디 제 충성
에 보답해 주시기를 기도합니다.

매 시간 죽음에 가까워지는 이곳 공포의 감옥에서, 전 후작 나리께 애
절하고 슬픈 마음으로 복종을 맹세합니다.

고통받는 하인

가벨 올림

이 편지가 다네이의 불편했던 마음에 불을 지폈다. 오로지 자신과 자
신의 가문에 충직했다는 이유로 위험에 처한 늙고 선량한 하인이 책망
하듯 자신을 바라보는 것 같았다. 다네이는 어떻게 해야 할지 궁리하면
서 템플 바를 이리저리 거닐었다. 그는 걷는 동안 행인들이 자신을 보지
못하도록 얼굴을 거의 다 가리고 있었다.

절정에 달해 있던 가문의 악행과 예로부터 이어져 오는 가문에 대한
나쁜 평판에 그만 종지부를 찍고 싶은 생각 때문에, 또 숙부에 대한 분노
와 의심 때문에, 그리고 자신이 지켜야 하는 사회체제에 대한 혐오감 때
문에, 자신이 불완전하게 일을 처리했다는 사실을 다네이는 잘 알고 있
었다. 루시에 대한 사랑 때문에, 진작부터 생각해 왔던 사회적 지위를 포
기하는 일을 너무 성급하고 불완전하게 처리했다는 사실도 그는 잘 알고
있었다. 자신이 체계적으로 일을 처리하고 감독했어야 했고 또 그렇게
하려고 했지만 그렇게 하지 못했다는 사실도 잘 알고 있었다.

자신이 선택해서 영국에서 행복한 가정을 꾸렸지만 늘 발 벗고 나서서 직업을 구하러 다녀야 하는 상황이었다. 너무나 모든 것이 빠르게 변했고, 문제 하나를 해결하고 나면 또 다른 문제가 생겼다. 얼마나 상황이 빠르게 변화했던지, 지난주에 세운 계획을 다 실행하기도 전에 이번 주에 또 새로운 사건이 일어났다. 그리고 이번 주에 일어난 사건은 다음 주에 또 다른 사건으로 이어졌다. 다네이는 자신이 이런 상황에 어쩔 수 없이 끌려 다녔다는 사실을 잘 알고 있었다. 불안한 마음이 없지는 않았지만 그렇다고 끊임없이 저항하지도 못했다. 다네이는 행동할 때를 엿보고 있었지만, 사람들이 바뀌고 투쟁하는 사이 그때마저 놓치고 말았다. 귀족들은 큰 도로며 샛길이며 가리지 않고 프랑스를 빠져나갔고, 재산은 몰수되고 파괴되었으며 가문의 이름도 점차 사라져 갔다. 프랑스에 세워진 새 정부가 프랑스를 떠난 망명자라는 이유로, 귀족이라는 이유로 자신을 문책할 수도 있다는 사실을 다네이는 그 누구보다도 잘 알고 있었다.

하지만 다네이는 누군가를 핍박한 적도, 감금한 적도 없었다. 마땅히 받아야 할 돈이니 얼른 내놓으라고 매몰차게 받아 내는 성품이 아니었기에 그럴 수 있는 권리를 스스로 포기했고, 혜택이라고는 전혀 없는 세상에 뛰어들어 혼자 힘으로 터전을 닦으며 스스로 밥벌이를 했다. 가벨이 서면으로 지시를 받아서 영지와 관련된 재산을 관리하면서 사람들의 세금을 감면해 주고 얼마 안 되지만 나누어 줄 수 있는 것들을 나누어 줬을 것이다. 겨울에는 땔감을, 여름에는 식량을 나누어 줬을 것이다. 가벨은 스스로의 안전을 위해서 탄원서로서든 증거로서든 이 모든 사실을 틀림없이 기록해 두었을 테니 이제 그것을 보여 주기만 하면 되는 것이었다.

이 일로 다네이는 파리로 가야겠다는 결심을 굳혔다.

그랬다. 옛날이야기에 나오는 뱃사람처럼, 다네이는 바람과 파도에 실려 자석바위[2]에 끌려가고 있었다. 자석바위가 자신을 끌어당기고 있었

---

2 아라비안나이트에 나오는 자석바위는 선박에 박아 놓은 못이 뽑힐 정도로 쇠를 잡아당기는 힘이 강하다고 한다.

기에 다네이는 꼭 가야 했다. 머릿속에 떠오르는 모든 생각들이 점점 더 빠르게 다네이를 끔찍한 마력의 도시, 파리로 데려갔다. 다네이는 불행한 조국 파리에서 사람들이 잘못된 방법으로 잘못된 목적을 추구하고 있다는 생각에 마음이 늘 불편했다. 그들보다 상황을 더 잘 알면서도 그곳에 가서 유혈 사태를 막고 자비와 인간애에 호소하려고 노력하지 않았기 때문이다. 그는 불편한 마음으로 자신을 질책하다가 책임감 강한 노신사 로리와 자신을 비교해 보았다. 그리고 자신을 격분하게 했던, 귀족들의 비난과 자신을 가장 괴롭혔던 스트라이버의 조롱이 떠올랐고, 가벨의 편지도 생각났다. 자신의 정의와 명예와 가문을 위해 처형당할 위기에 처해 있는, 죄 없는 감옥수의 탄원서.

다네이는 결심을 굳혔다. 파리로 가야만 했다.

그랬다. 자석바위가 끌어당기고 있었기에 다네이는 좌초되는 한이 있어도 계속해서 항해해야 했다. 그는 암초에 대해서도 아는 것이 없었고, 그 도시에 어떤 위험이 있는지도 알지 못했다. 일을 마무리 짓지 못한 채 프랑스를 떠나왔지만 그 일을 하겠다는 의지를 확고히 보여 준다면 프랑스에서도 기꺼이 인정을 받을 것이었다. 착한 사람들이 선행을 꿈꿀 때 흔히 보는 신기루 같은 낙관적인 환상이 다네이를 사로잡았다. 다네이는 무섭게 날뛰는 맹렬한 혁명 세력을 바른 길로 인도하는 자신의 모습을 환영 속에서 보았다.

이런 결심을 하며 이리저리 방 안을 왔다 갔다 하던 중 다네이는 자신이 떠날 때까지는 아내 루시도 마네트 박사도 이 사실을 몰라야 한다는 생각이 들었다. 루시에게 이별의 고통을 안겨 주고 싶지 않았다. 또, 과거에 고초를 겪은 나라에 대해 기억하고 싶어 하지 않는 장인도 불안과 의심을 느끼지 않도록 차차 알려야 했다. 사실 자신이 이런 불완전한 상황에 이르게 된 데는 장인이 큰 부분을 차지했다. 장인이 프랑스와 관련한 과거의 기억을 떠올리게 되면 어쩌나 하는 걱정에 스스로 그 문제에 대한 고민을 미루어 왔던 것이다. 하기야 당시에는 그럴 수밖에 없는 상황이긴 했다.

수많은 생각에 잠겨 방 안을 이리저리 돌아다니다 보니 어느새 텔슨 은행으로 돌아가 로리를 배웅해야 할 시간이었다. 파리에 도착하면 곧바로 오랜 친구 로리를 찾아가겠지만, 지금 당장은 자신의 계획을 숨겨야 했다.

은행 문 앞에는 역마차가 대기하고 있었고 부츠를 신은 제리가 떠날 채비를 하고 있었다. 다네이가 로리에게 말했다.

"그 편지는 전했습니다. 서면 답장까지 책임지실 의무는 없겠지만 말은 전해 주실 수 있으시지요?"

로리가 말했다.

"얼마든지요. 위험하지만 않다면."

"위험하지 않을 거예요. 아베이에 있는 죄수에게 전하는 내용이긴 합니다만."

"죄수 이름이 뭔가요?"

로리가 한 손에 수첩을 펼치며 말했다.

"가벨입니다."

"가벨. 감옥에 잡혀 있는 불쌍한 가벨에게 전할 말은요?"

"간단해요. 편지를 잘 받았고 그리로 갈 거라고요."

"구체적인 시간은요?"

"내일 밤 파리로 떠날 겁니다."

"파리로 가는 사람 이름은요?"

"아니, 그것까지 아실 필요는 없습니다."

다네이는 로리가 코트와 외투를 껴입는 것을 거들어 준 후 따뜻한 은행에서 습한 플리트 거리로 나왔다. 로리가 작별 인사를 했다.

"루시와 어린 루시에게도 안부 전해 주세요. 내가 돌아올 때까지 가족들 잘 돌보고요."

다네이는 고개를 끄덕이며 애매하게 미소를 지었다. 마차가 굴러갔다.

그날 밤(8월 14일이었다), 다네이는 밤늦게 일어나 열렬한 편지를 두 통 썼다. 루시에게 쓴 편지에는 파리로 가야 하는 강한 의무감에 대해 설명했고 마지막으로 그곳에서 위험해 처할 일은 없을 거라고 쓴 다음 그렇게 확신하는 이유까지 덧붙였다. 마네트 박사에게 쓰는 편지에는 루시와 어린 딸을 잘 보살펴 달라고 부탁하며 마찬가지로 자신이 그토록 강하게 확신하는 이유를 적었다. 또, 파리에 도착하는 대로 무사히 도착했다는 편지를 쓰겠다고 약속했다.

결혼 이후 처음 맞이하는 난관이었기에 그날은 하루가 아주 힘들었다. 의심스러울 게 하나도 없는 순수한 거짓말이라도, 비밀을 발설하지 않고 간직하는 일이란 쉽지 않았다. 하지만 행복하게 바삐 움직이는 사랑스러운 아내를 보면서 앞으로 닥칠 일을 털어놓아서는 안 된다고 결심을 굳혔다. (아내의 내조 없이 어떤 일을 실행한다는 게 이상하게 느껴졌던 까닭에 하마터면 사실을 털어놓을 뻔했다) 그날은 빠르게 지나갔다. 초저녁이 되어서 다네이는 금방 돌아올 것처럼 아내와 아내의 이름을 딴 사랑스런 딸에게 작별 인사를 하고는(가짜 약속을 만들어 두었고, 옷가방은 미리 꾸려 두었다) 안개가 짙게 깔린 무거운 거리를 더 무거운 마음으로 걸어갔다.

보이지 않는 힘이 다네이를 빠르게 끌어당겼고, 사방에서 파도와 바람이 강하게 그를 그쪽으로 밀어붙였다. 다네이는 믿을 만한 짐꾼에게 편지 두 통을 맡기며 자정이 되기 반시간 전쯤에 마네트 박사의 집에 전해 달라고 부탁했다. 말이 도버를 향했고 그렇게 여행은 시작되었다.

"하느님의 사랑과 정의와 자비, 그리고 가문의 명예를 위하여!"

감옥에 갇힌 불쌍한 죄수의 절규가 가라앉는 다네이의 마음을 굳건히 다져 주었다. 이렇게 다네이는 사랑하는 모든 걸 남겨 두고 자석바위가 끌어당기는 곳으로 흘러가고 있었다.

제3부
폭풍의 진로

1장
독방

1792년 가을, 한 여행객이 영국을 떠나 파리로 가는 여정에 올랐다. 도로 사정도 안 좋고 장비도 형편없는 데다 말들도 상태가 안 좋았던 터라 여정은 지체될 수밖에 없었다. 지금은 몰락한 프랑스 왕이 재위에서 영화를 누리던 시절에도 상황은 마찬가지였지만, 세상이 바뀌었어도 이런 사정은 여전했다. 여기에 더해서 여행객의 길을 가로막는 다른 문제들까지 나타났다. 금방이라도 총을 쏠 태세를 갖춘 애국 시민단이 도시의 관문이며 마을 세관을 모두 장악했던 것이다. 이들은 지나가는 사람들을 모두 멈춰 세우고 검문하고 서류를 조사했으며 명부에 이름을 확인한 뒤, 행인들을 되돌려 보낼지, 아니면 통과시킬지, 그것도 아니면 붙잡아 가둘지를 결정했다. 그들은 이제 막 출범한 공화국의 '자유, 평등, 박애가 아니면 죽음을 달라. 공화국은 하나요, 나눌 수 없다.'라는 슬로건에 가장 잘 어울린다고 생각되는 환상이나 변덕스러운 판단에 따라 결정을 내렸다.

프랑스 땅을 밟은 지 얼마 되지 않아 다네이는 이 도로들을 지나며, 자신이 파리에 가서 선한 시민이라는 것을 인정받지 못하면 영국으로 돌아갈 희망이 없다는 사실을 깨달았다. 그러나 어떤 일이 닥치든 다네이는 이 여행을 끝마쳐야 했다. 관문을 굳게 닫아 버리는 비정한 마을, 도로에

쳐 놓은 철책이 얼마나 많았던지 다네이는 그것들이 자신과 영국 사이를 가로막는 또 다른 철문으로 느껴졌다. 또한 가는 곳마다 어찌나 감시의 눈길이 따라다녔던지 그물에 걸리거나 새장에 갇혀서 목적지까지 갔다 해도 자유를 완전히 빼앗겼다는 생각이 전혀 안 들 정도였다.

통상적인 검문을 받느라 한 구간을 지나는 동안 스무 번씩 멈추어 서야 했던 것은 물론이고, 뒤에서 말을 타고 쫓아오거나, 다시 되돌려 보내거나, 앞을 가로 막고 끼어들거나, 감금을 하거나 하는 일들이 계속 일어나는 통에 하루에도 스무 번은 멈추어 서야 했다. 길을 가다가 지치면 대로변에 있는 작은 마을에서 숙박을 해 가며 프랑스에서 여행을 한 지도 벌써 며칠이 지났지만 아직도 파리까지는 갈 길이 멀었다.

아베이 감옥에서 옥고를 치르며 고통스러워하는 가벨이 보낸 편지가 아니었다면 다네이는 여기까지 오지 못했을 것이다. 작은 마을 검문소들이 어찌나 까다롭게 구는지 다네이는 자신의 여행이 난관에 빠졌다고 느꼈다. 사정이 이러니 그 누구라도 그랬겠지만, 다네이는 아침까지 몸을 누이기 위해 찾아든 작은 여인숙에서 잠을 자다가, 한밤중에 누군가 잠을 깨웠을 때도 그다지 많이 놀라지 않았다.

다네이가 자리에서 일어났을 때 그의 눈앞에는, 침대 위에 걸터앉은 겁 많은 지방 관리 한 명과 무장을 하고 낡은 빨간색 모자를 썼으며 입에 파이프를 문 애국 시민 세 명이 있었다.

관리가 말했다.

"망명자. 당신을 파리까지 호위하겠소."

"나는 파리로 가려는 시민일 뿐이오. 호위 같은 것은 필요 없소."

"닥쳐!"

붉은 모자가 총 개머리판으로 침대보를 내리치며 윽박질렀다.

"입 다물어, 귀족 양반!"

겁 많은 관리가 말했다.

"훌륭하신 애국 동지가 하신 말씀이 맞아. 당신은 귀족이니 호위를 받아야 한다고. 또 응당 그 비용을 대야 하고."

"난 선택권이 없군요."

다네이가 말했다.

"선택권이라고! 이 작자 말하는 것 좀 봐!"

붉은 모자가 인상을 쓰며 소리쳤다.

"가로등에 매달리지 않도록 우리가 보호해 준다는데도 고마운 줄도 모르는군."

겁 많은 관리가 말했다.

"훌륭하신 애국 동지가 하신 말씀이 맞아. 일어나서 옷 입어, 망명자."

다네이는 순순히 지시에 따랐고, 그리하여 다시 검문소로 끌려갔다. 그곳에는 조잡한 붉은색 모자를 쓴 다른 애국 시민들이 모닥불에 옆에 모여 담배를 피우거나 술을 마시거나 잠을 자고 있었다. 이곳에서 다네이는 엄청난 비용을 치르고 새벽 3시에 호위를 받으며 젖은 도로를 걷기 시작했다.

삼색 배지[1]가 달린 붉은 모자를 쓴 애국 동지 두 명이 총칼로 무장한 채 말을 타고, 양쪽에서 다네이를 호위했다.

호위를 받는 사람은 자기 말을 통제할 수 있기는 했지만, 말굴레에 느슨하게 달린 끈을 애국 시민 한 명이 손에 움켜잡고 있었다. 이런 상태에서 이들은 얼굴 위로 쏟아지는 선뜩한 비를 맞으며 길을 떠났다. 울퉁불퉁한 마을길을 난폭한 기마병들처럼 달리다 보니 질퍽질퍽한 진창길에 다다랐다. 간혹 말을 갈아타거나 속도를 바꾸었을 뿐, 파리까지는 질퍽한 진창길이 계속 이어졌다.

이들은 밤새 달리다가 해가 뜨면 두 시간쯤 후에 멈추어 서서, 땅거미

---

1 모자에 붙이는 문양으로, 프랑스 국기의 파랑, 하양, 빨강 삼색이 그려져 있다. 파랑은 자유, 하양은 평등, 빨강은 박애를 상징한다.

가 질 때까지 낮 동안에는 잠을 자거나 휴식을 취했다. 호위병의 옷차림은 불쌍하리만큼 형편없었다. 헐벗은 다리는 짚을 꼬아 동여매고 헐벗은 어깨는 비에 젖지 않도록 짚을 얹은 게 고작이었다. 다네이는 늘 감시를 받는 게 불편했고, 항상 술에 취해 있는 애국 동지 한 명이 소총을 함부로 휘둘러 위험한 사태가 발생하지 않을까 걱정이 되긴 했지만, 몸이 잡혀 있다고 해서 마음까지 두려움에 휘둘릴 필요는 없다고 생각했다. 왜냐하면 아직 이야기한 것은 아니지만 자신의 신분과 특이한 상황을 알게 되면 참작이 될 것이요, 아직 확인된 것은 아니지만 아베이 감옥에 갇혀 있는 가벨이 그의 사연을 확인해 줄 것이 분명하기 때문이었다.

저녁 무렵 그들이 보베 시내에 도착했을 때 거리는 사람들로 넘쳐 났다. 다네이는 사태가 심각하다는 것을 감지할 수 있었다. 다네이가 역참 마당으로 가서 말에서 내리려고 할 때, 군중들이 몰려드는 것이 심상치가 않았다. 여기저기서 고함이 크게 터져 나왔다.

"저 망명자를 끌어내려라!"

다네이는 비틀거리며 안장에서 내려오려다 말고, 말 위가 가장 안전할 성싶어 다시 올라타며 말했다.

"동포 여러분! 망명자라니요! 자유 의지로 이곳 프랑스에 온 제 모습이 안 보입니까?"

손에 망치를 든 편자공이 그 북새통을 뚫고 사납게 소리쳤다.

"저주받은 망명자 같으니라고! 그리고 넌 저주받아 마땅한 귀족이야."

역장이 편자공과 다네이가 탄 말의 굴레 사이로 끼어들며 (분명 편자공은 이쪽으로 덤벼들었을 것이다) 달래듯이 말했다.

"내버려 둬. 내버려 두라고! 어차피 파리에서 재판을 받을 테니까."

편자공이 망치를 휘두르며 말했다.

"재판이라고! 그래! 반역자로 선고받겠지."

이 소리에 군중들이 찬성하듯 환호성을 질렀다.

다네이는 자신이 탄 말을 역참 마당으로 끌로 가려는 역장을 제지했다. (술 취한 애국 동지는 손목에 고삐를 감은 채로 조용히 안장에 앉아 사태를 지켜보고 있었다) 목소리가 들릴 정도로 주위가 잠잠해지자 다네이가 입을 열었다.

"동포 여러분, 여러분은 잘못 생각하고 있습니다. 아니 잘못 알고 있습니다. 저는 반역자가 아닙니다."

편자공이 소리쳤다.

"거짓말! 법령이 공포됐으니 네놈은 반역자야. 네놈의 목숨은 인민의 손에 달려 있어. 이제 네놈의 저주받은 목숨은 네 것이 아니라고!"

그 순간 다네이는 군중의 눈에서 솟구치는 분노를 보았다. 그 눈길들이 다네이를 향하는 순간, 역장이 말을 마당 안으로 끌고 들어갔고 호위병이 다네이의 말에 바싹 붙었다. 역장은 서둘러 문을 닫고 이중문에 빗장을 걸었다. 편자공이 망치로 문을 세차게 내리쳤고 군중은 함성을 내질렀다. 하지만 더 이상은 아무 일도 일어나지 않았다.

"편자공이 말한 법령이 뭐지요?"

다네이가 역장에게 감사 인사를 하려고 옆에 서서 물었다.

"망명자들의 재산을 매각할 수 있도록 허용하는 법령이오."

"언제 통과됐지요?"

"14일이오."

"내가 영국을 떠난 날이군요."

"다들 그건 여러 법령 중 하나일 뿐이라고 하더군요. 아직 시행이 안 되서 그렇지, 다른 법령도 있답디다. 망명자를 모두 추방하고, 귀국하는 자는 모두 사형에 처한다는 뭐, 그런 내용이라더군요. 아까 그자가 당신 목숨이 당신 게 아니라고 한 건, 아마 그 법령을 말한 걸 거요."

"하지만 그 법이 아직 공포되지는 않았지요?"

역장이 어깨를 으쓱하며 말했다.

"낸들 알겠소! 이미 공포했을 수도 있고 아니면 앞으로 공포할 수도 있고. 그러나저러나 마찬가지지요. 무슨 차이가 있겠소?"

이들은 한밤중까지 다락에 짚을 깔고 쉬다가 마을 사람들이 모두 잠들었을 때 다시 말을 타고 달리기 시작했다. 익숙한 가운데서도 눈에 띌 만한 변화가 많아지면서 말을 타고 달리는 고생스러운 이 여정이 비현실적으로 느껴지는 때도 있었다. 그중에서도 가장 비현실적이라고 느껴지는 것은 잠이 거의 사라진 듯한 사람들의 모습이었다. 그들은 외롭게 박차를 가해 긴긴 시간 음산한 거리를 내달리다가 가난한 오두막집이 옹기종기 모인 마을에 도착하곤 했다. 마을은 어둠에 잠겨 있지 않았고 불빛이 환하게 빛나고 있었다. 칠흑 같은 한밤중에도 사람들은 유령처럼 모여, 손에 손을 잡고 말라 시들어진 자유의 나무 주위를 빙빙 돌거나 한자리에 모여 자유의 노래를 불렀다. 그날 밤 보베의 주민들이 잠이 들어서 무사히 그곳을 빠져나올 수 있었던 것은 어쩌면 행운이었다. 그들은 또다시 고독하고도 외로운 길을 떠나, 때 이른 추위와 습기 속에서 말방울 소리를 뎅그렁거리며, 그해 아무런 수확도 거두지 못한 가난한 농지를 지났다. 때로는 불에 타서 까맣게 흔적만 남은 집터를 바라보며 걷기도 했고, 때로는 길마다 깔린 애국 시민 순찰대를 피해 다급하게 숨거나 고삐를 세게 당기며 길을 가로지르기도 했다.

마침내 어느 날 아침, 그들은 파리의 성벽 앞에 서 있었다. 하지만 성문에 올라가서 보니 성문이 굳게 닫혀 있었고 경비가 몹시 삼엄했다.

"이 죄수의 서류는 어디에 있소?"

보초에게 불려 나온 책임자가 단호한 표정으로 물었다.

죄수라는 불쾌한 말에 충격을 받은 다네이는, 자신이 자유로운 여행자이자 프랑스 시민인데 혼란한 나라 상황 때문에 비용을 지불하고 호위를 받고 있다고 설명했다.

"어디 있소?"

아까 그 책임자가 다네이의 말은 듣는 둥 마는 둥 같은 말을 되풀이했다.

"이 죄수의 서류가 어디 있냐고 물었잖소?"

술에 취한 애국 시민이 모자 속에서 서류를 꺼냈다. 책임자는 가벨의 편지를 읽더니 당황하고 놀라운 기색을 보이며 다네이를 찬찬히 뜯어보았다.

책임자는 말 한마디 없이 그들 일행을 내버려 두고 검문소로 들어갔다. 그사이 일행은 말을 타고 정문 밖에서 기다렸다. 이런 긴장된 상황에서도 다네이는 주위를 둘러보았다. 보초병과 애국 시민들이 성문을 지키고 있었는데, 보초병보다 애국 시민들이 훨씬 많았다. 양식을 실은 농부의 수레가 성안으로 들어가는 것은 쉬워 보였다. 상인들도 심심치 않게 성안으로 들어갔다. 그러나 성 밖으로 나오는 것은, 아주 평범하고 소박한 시민들조차도 어려워 보였다. 동물과 다양한 종류의 마차는 말할 것도 없고 수없이 많은 사람들이 바깥으로 나가기 위해 기다리고 있었다. 하지만 검문이 어찌나 철저한지 성문을 빠져나가는 속도는 이루 말할 수 없이 느렸다. 자기 차례가 한참 남은 걸 확인한 사람들은 바닥에 누워 자거나 담배를 피웠고, 함께 모여서 얘기를 하거나 주위를 어슬렁거리기도 했다. 남녀노소 할 것 없이 누구나 삼색 배지가 달린 붉은 모자를 쓰고 있었다.

다네이는 한 30분쯤 지시를 기다리며 안장에 앉아 주변을 살피고 있었다. 그때 아까 그 책임자가 나타나 보초병에게 성문을 열라고 지시했다. 이윽고 그는 술에 취했지만 정신은 멀쩡한 호송인에게 다네이를 인수받았다는 증명서를 건넨 뒤, 다네이에게 말에서 내리라고 지시했다. 다네이는 말에서 내렸고, 증명서를 건네받은 애국 시민 두 명은 다네이가 탔던 지친 말을 끌고는 성안이 아닌 성 밖으로 발길을 돌려 되돌아갔다.

다네이는 안내원을 따라 싸구려 포도주 냄새와 담배 냄새가 찌든 검문소로 들어갔다. 그곳에는 서 있는 자, 누워 있는 자, 잠든 자, 깨어 있는 자, 술 취한 자, 술 취하지 않은 멀쩡한 자, 잠들지도 깨어 있지도 않은 자, 술에 취하지도 멀쩡하지도 않은 자 등, 다양한 모습의 보초병들과 애국 시민들로 가득했다. 석유램프의 불빛이 약한 데다 구름 덮인 흐린 날씨 탓에 검문소 안은 뭐가 뭔지 잘 보이지 않을 정도로 흐릿했다. 책상에는 장부 몇 권이 놓여 있고, 천박하게 생긴 까만 얼굴의 경관이 일을 지휘하고 있었다.

"시민 드파르주. 망명자 에브레몽드인가?"

경관이 종이 한 장을 가져와 뭔가를 적으며 다네이를 데려온 안내원에게 말했다.

"그렇소."

"에브레몽드, 나이는?"

"서른일곱입니다."

"결혼은 했나, 에브레몽드?"

"했습니다."

"어디서 했나?"

"영국에서요."

"틀림없군. 아내는 어디에 있나, 에브레몽드?"

"영국에요."

"틀림없군. 에브레몽드, 넌 라포르스 감옥으로 간다."

다네이가 소리쳤다.

"맙소사! 무슨 법입니까? 대체 내가 무슨 법을 위반했습니까?"

경관이 서류를 보던 눈을 들어 잠시 다네이를 바라봤다.

"에브레몽드, 네가 여기에 온 이후 새로운 법이 생겼고, 넌 그 법을 위반했다."

경관이 차가운 미소를 짓더니 계속 서류를 작성했다.

"나는 당신 앞에 놓인 그 청원서를 쓴 사람이 부탁해서 자발적으로 여기에 왔습니다. 지체 없이 그를 만나는 것 말고는 아무것도 바라는 게 없습니다. 내게는 그럴 권리도 없습니까?"

"에브레몽드, 망명자에게는 어떤 권리도 없소."

무성의한 대답이었다. 경관은 끝까지 서류를 다 작성하고 한 번 검토한 뒤 봉투에 넣어 '독방'이라는 말과 함께 드파르주에게 건넸다. 드파르주는 서류를 들고 죄수에게 따라오라고 했고, 죄수는 순순히 따라갔다. 무장한 애국 동지 두 명이 보초를 서며 따라갔다.

"당신이군요."

검문소 계단을 내려가 파리로 향할 때 드파르주가 작은 목소리로 말했다.

"한때 바스티유 감옥에 수감되었던 마네트 박사의 따님과 결혼한 분 맞지요?"

"네."

다네이가 놀라서 드파르주를 바라보았다.

"난 드파르주라고 합니다. 생앙투안에서 술집을 운영하고 있지요. 아마도 나에 대해 들어 봤을 겁니다."

"내 아내가 장인을 모시러 갔던 그곳이죠? 맞아요!"

'아내'라는 말에 드파르주는 우울한 생각이 떠올랐는지 갑자기 조바심을 내며 말했다.

"날카로운 여인의 이름을 딴, 기요틴이라는 새로운 발명품을 걸고 묻겠소, 프랑스에는 왜 왔습니까?"

"좀 전에 내가 하는 얘기를 들으셨잖아요. 왜 사실을 믿지 않으십니까?

"안타까운 사실이로군요."

드파르주가 미간을 찌푸리며 말하더니 앞을 응시했다.

"정말이지 어떻게 해야 할지 모르겠습니다. 이곳은 예전과 너무 다르군요. 모든 것이 너무나 바뀐 데다가 갑작스럽고 불공평한 일들뿐이니, 정말 어찌해야 좋을지 모르겠어요. 절 좀 도와주시겠습니까?"

"안 됩니다."

드파르주가 계속 앞을 응시하며 말했다.

"그럼 하나만 묻겠습니다. 대답해 주실 수 있습니까?"

"글쎄요. 질문에 따라 다르지요. 어디 말해 보십시오."

"이렇게 부당하게 끌려가고 난 뒤, 그 감옥에서 제가 바깥세상과 자유롭게 연락을 취할 수 있을까요?"

"두고 보면 알게 될 겁니다."

"이렇게 성급하게 판결을 내려놓고 변호할 기회도 주지 않고서 저는 그곳에 매장당하는 겁니까?"

"두고 보면 알 겁니다. 하지만 안다고 뭐가 달라지겠소? 이전에 다른 사람들은 더 끔찍한 감옥에서 그런 식으로 매장을 당했는걸요."

"하지만 난 절대로 그런 짓을 한 적이 없습니다. 시민 드파르주."

드파르주는 대답 대신 험악하게 다네이를 흘끗 쳐다보더니 말없이 걸어갔다. 드파르주가 깊게 침묵할수록 그가 조금은 누그러들지도 모른다는 다네이의 희망도 엷어졌다. 그래서 다네이는 서둘러 말했다.

"지금 나한테 가장 중요한 일은 파리에 와 있는 영국 신사, 텔슨 은행의 로리 씨에게 연락을 취하는 것입니다. 다른 말은 필요 없고 내가 라포르스 감옥에 갇히게 됐다는 사실만 알리면 됩니다. 나를 위해 해 주실 수 있습니까?"

드파르주가 단호하게 거절했다.

"할 수 없습니다. 나는 당신을 위해 아무것도 해 줄 수 없어요. 내 의무는 조국과 인민들을 위해 일하는 겁니다. 나는 당신이 아니라 나라와 인민의 종이 되기로 맹세했습니다. 당신을 위해서는 해 줄 게 아무것도 없습니다."

다네이는 드파르주에게 더 애원해 보았자 소용없다는 생각이 들어 자존심이 상했다. 둘은 조용히 걸었고, 다네이는 거리에서 죄수가 끌려가는 풍경이 사람들에게 얼마나 익숙한 풍경인지 깨달았다. 아주 어린아이들도 다네이에게 눈길조차 주지 않았다. 몇몇 행인은 고개를 돌렸고 몇몇은 다네이에게 귀족이라며 손가락질을 했다. 사실, 잘 차려입은 남자가 감옥으로 끌려가는 광경은 노동자가 작업복을 입고 일하러 가는 풍경과 다를 바 없이 아주 흔한 광경이었다. 좁고 어두컴컴하고 더러운 거리를 지나갈 때, 한 흥분한 연설자가 의자 위에 올라가 흥분한 관중들에게 왕과 귀족이 인민에게 저지른 죄를 폭로하고 있었다. 이 연설자의 입에서 나온 몇 마디 말을 들으면서 다네이는 처음으로 왕이 감옥에 갇혔고 외국 대사들은 모두 파리를 떠났다는 사실을 알게 되었다. 보베를 제외하고는 여행을 하는 동안 도무지 아무 소식을 듣지 못했고, 호위병에 둘러싸여 쉴 새 없이 감시되는 통에 다네이는 완전히 고립되어 있었기 때문이었다.

다네이는 영국을 떠날 때 예상했던 것보다 지금 훨씬 더 큰 어려움에 빠졌다는 사실을 이제야 깨달았다. 그는 자신이 큰 위험에 빠졌고 앞으로 점점 더 위험해질 수도 있다는 사실을 이제야 알게 되었다. 다네이는 자신이 지난 며칠간 일어난 사건들을 예측할 수 있었다면 이 여행을 시작하지 않았으리라는 것을 스스로 인정할 수밖에 없었다. 하지만 이런 불안도, 나중에 이 시기를 돌아볼 날이 있을 것이라는 상상을 하면 그다지 암울하지 않았다. 다만, 미래가 두려운 것은 그곳이 알 수 없는 세계인 데다 그곳에 희망이 있을지 알 수 없기 때문이었다. 시계가 몇 바퀴를 도는 동안 밤낮으로 자행된 끔찍한 대학살로, 축복받아야 할 수확의 시기가 온통 피로 얼룩지게 될 것이라는 사실은, 다네이에게는 10만 년이나 떨어진 다른 세상에서 벌어지는 일 같았다. '기요틴이라는 끔찍한 새 발명품'을 다네이는 알지도 못했고, 일반 시민들도 모르기는 마찬가지였다. 머지않아 자행될 끔찍한 그 일들은 아마도 당시에 그 장치를 설계한 사람들조차 미처 상상하지 못했을 것이다. 설마 온화한 그 마음속에 어떻게 그렇게 끔찍한 생각이 자리를 잡고 있었겠는가?

부당하게 감금당해 고초를 겪다 보니 다네이는 아내와 딸아이와 잔인하게 이별하게 될지도 모른다는 예감이 들었다. 아니 확신이 들었다. 하지만 이것만 아니면 그 어떤 것도 특별히 두렵지 않았다. 다네이는, 무시무시한 감옥 마당에 들어가면 누구나 품을 수 있는 이런 생각을 하면서 라포르스 감옥에 도착했다.

얼굴이 부어터진 남자가 견고한 쪽문을 열었고, 드파르주가 '망명자 에브레몽드'를 들여보냈다.

"도대체 얼마나 더 들어오는 거야!"

얼굴이 부어터진 남자가 소리쳤다. 드파르주는 남자의 말에는 아랑곳 않고 인수증을 챙겨서 애국 시민 두 명과 함께 사라졌다.

"빌어먹을, 말을 안 할 수가 없다니까! 얼마나 더 들어오는 거야!"

아내와 둘만 남게 된 남자가 말했다. 간수의 아내가 남편의 말에 건성으로 대꾸했다.

"여보, 참을성이 있어야지요!"

간수의 아내가 울린 종소리를 듣고 들어온 간수 세 명도 그와 똑같은 소리를 하며 투덜거렸다. 그러다가 한 명이 이렇게 덧붙였다.

"자유에 대한 사랑을 위하여."

이런 감옥에는 전혀 어울리지 않는 결론이었다. 라포르스 감옥은 음침하고 더럽고 불결한 곳이었다. 게다가 잠을 자기에는 악취가 너무 심했다. 감방에서 나는 역겨운 이 냄새만으로도 이 감옥이 얼마나 엉망으로 관리가 되고 있는지 금세 알 수 있었다. 간수가 서류를 보며 투덜거렸다.

"이번에도 독방이군! 아직 미어터지지는 않았을 거라 이 말이지!"

간수가 언짢은 듯 종이를 서류철에 끼웠고, 다네이는 반시간 가량 눈치를 보며 기다렸다. 그는 튼튼한 아치형 방을 왔다 갔다 하기도 하고 돌 의자에 앉기도 했다. 아무튼 그는 간수와 그 부하의 기억에 남을 만큼 그 방에 오래 머물렀다. 마침내 간수의 상관이 열쇠를 들며 말했다.

"이봐! 따라와, 망명자."

다네이를 맡은 새로운 간수는 감옥에 내리는 음울한 땅거미를 뚫고 복도와 계단을 지났다. 수많은 문이 그들 뒤에서 덜컹 닫히고 나서 그들은 남녀 죄수들로 가득 찬, 아치형 천장이 낮게 내려온 커다란 방으로 들어갔다. 여자들은 긴 탁자에 앉아 책을 읽거나 글을 쓰거나 아니면 뜨개질이나 바느질을 하고 있었다. 남자들은 대체로 의자 뒤에 서 있거나 방을 이리저리 서성이고 있었다.

죄수라고 하면 수치스러운 범죄나 불명예를 떠올렸던 신참 죄수였기에 다네이는 감옥 사람들을 보고 움찔했다. 안 그래도 여행을 하는 동안 다네이를 따라 다니던 비현실적인 느낌이, 몸에 밴 세련된 태도와 온갖 예의와 고상함으로 자신을 맞아 주는 죄수들을 보는 순간 극에 달했다.

이들의 세련된 태도가 음울하고 불결한 감옥과 너무 어울리지 않아서 유령같이 느껴졌고, 다네이는 자신이 죽은 사람들에 둘러싸여 있는 게 아닌가 하는 착각이 들었다. 아름다운 유령, 위엄 있는 유령, 우아한 유령, 자부심 넘치는 유령, 천박한 유령, 재치 있는 유령, 젊은 유령, 늙은 유령, 모두 하나같이 황량한 바닷가에서 떠나기를 기다리고 있었다. 그들은 이 감옥에 와서 사람들의 죽음을 목격하고 바뀌어 버린 눈빛으로 다네이를 바라보았다.

그 모습에 다네이는 꿈쩍도 할 수가 없었다. 옆에 서 있거나 일상적인 업무를 처리하느라 이리저리 움직이는 간수들의 모습이, 슬픔에 잠긴 어머니들, 꽃 같은 딸들(요부 유령, 젊고 아름다운 유령, 음전하고 성숙한 유령)과는 너무나 대조적으로 형편없이 거칠어 보였다. 이 환영은 모든 경험과 가능성이 어떻게 전도될 수 있는지, 그 극치를 보여 주는 것 같았다.

그랬다. 사실은 모두 유령이었다. 그랬다. 비현실적인 긴 여정이 어떤 질병을 일으키는 바람에 다네이는 지금 여기에서 이런 음울한 환영을 보고 있는 것이었다!

품위 있어 보이는 한 신사가 앞으로 나오더니 말했다.

"불행하게 여기 모인 모든 사람들을 대표하여, 라포르스 감옥에 오신 것을 환영합니다. 그리고 여기까지 오게 된 그 재앙에, 그 사태에 심심한 위로를 표하는 바입니다. 잘 해결되기를 빕니다! 제가 귀하의 성함과 신분을 여쭈어 본다면, 다른 곳에서는 무례한 일이 되겠지만 여기에서는 그렇지 않답니다."

다네이는 자리에서 일어나서는 최대한 적절한 단어를 선택해 가며 상대가 묻는 말에 대답했다. 그 신사가 감방을 지나가는 최고 간수를 눈으로 좇으며 말했다.

"그런데 독방은 아니시죠?"

"무슨 뜻인지 모르지만 저들이 그렇게 말하는 것을 들었습니다."

"이런, 안됐군요! 정말 유감입니다! 하지만 용기를 내세요. 우리 중에도 처음에는 독방에 배정된 이가 있는데, 그리 오랜 기간은 아니었소."

신사가 목소리를 높여 덧붙였다.

"이런 말을 하게 되어 유감이지만, 이분은 독방으로 갈 거라는군요."

다네이가 감방을 가로질러 간수가 기다리는 쇠창살 문으로 가는 동안, 사람들이 동정하는 말을 건넸다. 그 가운데 부드러운 어투로 희망을 빌어 주고 격려하며 동정 어린 말을 건네는 여자들의 목소리가 귀에 들어왔다. 다네이는 진심 어린 감사의 말을 건네며 쇠창살 문으로 돌아섰다. 간수가 문을 닫자 유령들이 다네이의 눈앞에서 영원히 사라졌다.

쪽문을 열자 위로 향하는 돌계단이 나왔다. 이들이 마흔 개의 계단을 올라갔을 때(다네이는 감옥에 들어온 지 반시간여밖에 안 된 신참 죄수였지만 벌써 계단 수까지 셌다), 간수가 나지막한 검은 문을 열었고 그들은 독방으로 들어갔다. 몹시 춥고 습했지만 어둡지는 않았다.

"네 방이다."

간수가 말했다.

"왜 나를 독방에 따로 수감하는 겁니까?"

"내가 어떻게 알아!"

"제가 펜과 잉크, 종이를 얻을 수 있을까요?"

"그건 내 소관이 아니야. 이따 누군가 올 테니 그때 물어봐. 당장은 음식만 얻을 수 있다. 다른 건 안 돼."

독방에는 책걸상 하나와 지푸라기로 만든 침대가 있었다. 간수가 나가기 전에 이들 물건과 네 벽을 전부 검사하는 사이, 다네이는 간수의 맞은편 벽에 기대서서 간수를 바라보며, 그의 얼굴이며 체격이 모두 건강하지 않게 퉁퉁 부은 것이 익사해서 물을 잔뜩 먹은 시체 같다는 종잡을 수 없는 상상에 빠져 있었다. 간수가 사라지자 다네이는 다시 종잡을 수 없는 생각에 빠져들었다. 다네이는 가만히 서서 지푸라기 침대를 내려다보다가 역한 감정이 치밀어 올라 뒤돌며 생각했다.

'이제 죽은 사람처럼 여기에 갇혔으니, 죽고 나면 내 몸뚱이도 우글우글 기어 다니는 저 벌레들과 함께 누워 있겠지.'

"네 걸음 반, 다섯 걸음, 네 걸음 반, 다섯 걸음, 네 걸음 반, 다섯 걸음."

다네이가 감방을 왔다 갔다 하며 방 크기를 쟀다. 천으로 감싼 북소리 같은 도시의 함성이 낮게 들려왔다. 사람들의 거친 목소리가 점차 커지고 있었다.

"그는 구두를 지었어. 그는 구두를 지었어. 그는 구두를 지었어."

죄수 다네이는 다시 걸음을 재며 마지막 그 말을 떨쳐 버리려는 듯 더 빨리 걸었다.

'쪽문이 닫히자 유령들이 사라졌어. 검은 치마를 입은 여자가 창가에 기대어 서 있었어. 빛에 반짝거리는 금발, 그녀는 마치, 오 하느님, 사람들이 모두 깨어 있는 환한 마을로 우리를 다시 데려가 주소서! 그는 구두를 지었어. 그는 구두를 지었어. 그는 구두를 지었어. 네 걸음 반, 다섯 걸음.'

머릿속 깊숙이에서 이런 생각의 단편들이 혼란스럽게 떠돌아다니자 다네이는 걸음을 재촉하며 고집스럽게 방 크기를 재고 또 쟀다. 도시의 함성도 바뀌어 가고 있었다. 그 소리는 여전히 천을 씌운 북소리같이 울려왔지만 그 위로 점점 크게 들려오는 소리에는 다네이가 아는 사람들의 울부짖음도 섞여 있었다.

2장
숫돌

    파리 생제르맹 지역에 있는 텔슨 은행은 큰 건물의 한쪽에 있어서 안마당을 거쳐 들어가게 되어 있는 데다 높은 벽과 튼튼한 문으로 막혀 있어 거리와는 완벽히 차단되어 있었다. 그 건물은 원래 세도가 대단했던 어떤 귀족의 소유였다. 이 귀족은 난리를 피하기 위해 제집 요리사의 옷을 입고 국경을 넘었다. 사냥꾼에게 쫓기는 한낱 짐승의 처지가 되긴 했지만 그래도 이 귀족은 한때, 초콜릿을 목구멍으로 넘기는 데만 옷을 벗어 준 그 요리사 말고도 건장한 하인을 세 명씩이나 부렸다.

    각하가 도망치고, 건장한 하인 세 명은 각하에게 높은 봉급을 받던 죄를 면하기 위해서라도, '자유, 평등, 박애가 아니면 죽음을 달라. 공화국은 하나요, 나눌 수 없다.'라는 슬로건을 걸고 막 출범한 공화국의 제단에 각하의 목을 기꺼이 바칠 준비가 되어 있었다. 공화국이 출범하면서 각하의 저택은 처음에는 가압류되었다가 곧 몰수되었다. 모든 것이 빠르게 변하고 새로운 법령이 홍수처럼 쏟아지던 시절이었다. 가을이던 9월 셋째 날 밤, 법을 집행하는 애국 시민들이 그 귀족의 저택을 몰수하여 건물을 삼색기로 도배했고 이제는 국가 건물이 된 그곳에서 브랜디를 나누어 마셨다.

    만약 런던의 텔슨 은행 건물이 파리의 텔슨 은행 건물처럼 된다면, 런던 은행장은 몹시 흥분하며 그 사태를 관보에 실을 것이다. 책임감 있고 존경받는 고루한 영국 텔슨 은행의 직원들이, 파리 텔슨 은행 안마당에 여러 그루의 오렌지나무 화분이 있는 모습을, 그리고 창구 위에 큐피드 상이 걸려 있는 모습을 보았다면 뭐라고 했을까? 하지만 실상이 그랬다. 은행 측은 큐피드상을 하얗게 도료로 칠해 가려 보려고 했지만, 큐피드 는 여전히 시원한 리넨 천에 싸여 아침부터 밤까지 (큐피드는 원래 활로 뭔 가를 겨누고 있지만) 돈을 겨누는 자세로 천연덕스럽게 천장에 매달려 있 었다. 만약 런던의 롬바드 거리에 있는 텔슨 은행에 이 어린 이교도가 있 었다면 아마 은행은 분명히 파산했을 것이다. 런던 은행에, 이 불멸의 소 년 큐피드 뒤에 있는 커튼 처진 벽감과 벽거울 그리고 사소한 일에도 사 람들 앞에서 춤을 추는 새파랗게 젊은 은행원이 있었다면 보나 마나 은 행은 파산했을 것이다. 하지만 프랑스 텔슨 은행은 이런 건물에서도, 세 상이 바뀌어 고객들이 은행에서 돈을 인출해 해외로 도망가지만 않았다 면 크게 번창했을 것이다.

앞으로 텔슨 은행에서 얼마나 많은 돈이 빠져나갈지, 얼마나 많은 돈 이 그대로 남고 얼마나 많은 돈이 소실되고 잊힐지, 예금주들이 감옥에 갇혀 녹슬어 가는 동안 텔슨 은행 금고에서 얼마나 많은 금괴와 보석이 녹슬어 갈지, 예금주들이 언제 비명횡사할지, 얼마나 많은 계좌들이 지 금 세상에서 정리되지 못하고 다음 세상으로 넘어가게 될지, 그날 밤 이 같은 질문에 자비스 로리보다 더 잘 대답할 수 있는 사람은 아무도 없었 다. 물론 로리 역시 늘 이 문제를 놓고 심각하게 고심했다. 올해 들어 처 음 불을 지핀 난롯가에 (그해는 병충해가 심하고 수확량도 적은 흉년이었는 데 때 이른 추위까지 닥쳐왔다) 앉아 있는 그의 정직하고 단호한 얼굴에 점 점 어두운 그림자가 드리워졌다. 그것은 벽에 달린 램프 등이 만들어 내 는 그림자보다도, 방 안 물건에 드리운 그 어떤 그림자보다도 어두운 공 포의 그림자였다.

로리는 쉬지 않고 뻗어 나가는 생명력 강한 담쟁이덩굴처럼 충실하게 일해 온 덕에 은행 안에 개인 집무실을 얻었다. 본관을 애국 시민들이 점령하고 있었으니 이 방은 일종의 안전지대라고 할 수 있었지만 성실한 노신사 로리는 그런 계산을 해 본 적이 한 번도 없었다. 로리는 그런 것은 전혀 신경 쓰지 않고 집무에만 충실했다. 안뜰 반대편 돌기둥 아래 공간은 뭔가를, 특히 마차를 세워 두기에 좋은 널찍한 장소였다. 그리고 실제로 각하가 쓰던 마차 몇 대가 아직도 세워져 있었다. 두 개의 돌기둥에는 활활 타는 커다란 횃불이 고정되어 있었다. 이 횃불 아래 넓게 탁 트인 공간에 커다란 숫돌이 하나 놓여 있었다. 근처 대장간이나 다른 작업장에서 급하게 가져온 듯 대충 얹어 놓은 돌이었다. 로리가 자리에서 일어나 창밖에 있는 아무 잘못 없는 이 물건을 바라보더니 몸서리를 치며 다시 난롯가 의자로 가 앉았다. 로리는 온몸을 부르르 떨면서 열어 두었던 유리창을 닫고 블라인드를 내렸다.

높은 벽과 튼튼한 문 너머 거리에서는 여느 밤과 같은 도시의 흥얼거림이 들려왔다. 이따금 형언할 수 없이 묘하고 기이한 소리가 울려왔다. 특이하고 끔찍한 그 소리는 마치 하늘로 치솟는 것 같았다.

로리가 양손을 모으며 말했다.

"하느님, 감사합니다. 저와 가깝고 제가 아끼는 사람 그 누구도 오늘 밤 이 도시에 있지 않은 것에 감사드립니다. 위험에 처한 모든 사람에게 신의 가호가 있기를!"

잠시 후 대문에서 초인종이 울렸다. 로리는 '그놈들이 또 왔군.'이라고 생각하며 귀를 기울였다. 하지만 예상과 달리 안마당에서 큰 소란은 일어나지 않았다. 로리는 문이 쾅 닫히는 소리를 들었고 사방이 다시 고요해졌다.

로리는 초조하고 불안해지면서 은행 보안에 대한 막연한 불안감이 일었다. 세상이 하도 수상하니 그런 기분이 드는 것도 무리는 아니었다. 은행은 경비가 삼엄한 곳이었다. 로리가 보안을 담당하는 성실한 경비원들을 만나러 가려고 자리에서 일어났을 때 별안간 문이 열렸고, 두 사람이 황급히 뛰어 들어왔다. 로리는 깜짝 놀라 뒤로 자빠졌다.

루시와 마네트 박사였다! 루시가 로리에게 팔을 뻗었다. 루시의 이마에는 특유의 진지하고 간절한 그 표정이 또렷하게 떠올라 있었는데, 마치 인생의 이런 순간에 큰 힘을 발휘하기 위해 그 표정을 얼굴에 도장처럼 찍어 놓은 것 같았다. 로리가 가쁘게 숨을 쉬며 당황해서 소리쳤다.

"무슨 일입니까? 무슨 일 생겼어요? 루시! 마네트 박사님! 도대체 무슨 일이십니까? 여기까지 웬일이세요? 무슨 일이에요?"

루시가 겁을 먹어 파랗게 질린 얼굴로 로리를 쳐다보더니 애원하듯 로리의 팔에 안겨 숨 가쁘게 말했다.

"선생님! 제 남편이!"

"루시, 찰스요?"

"네. 찰스요."

"찰스한테 무슨 일이 있어요?"

"찰스가 여기 있어요."

"여기, 파리에요?"

"며칠 전에 이리로 왔어요. 사흘 전인지 나흘 전인지 저도 잘 모르겠네요. 기억이 나질 않아요. 무슨 부탁인지를 들어주려고 우리한테 알리지도 않고 여기에 왔어요. 그런데 성문에서 검문에 걸려 감옥으로 끌려갔대요."

팔십을 바라보는 노인 로리가 참지 못하고 비명을 질렀다. 그 순간 대문에서 초인종이 다시 급박하게 울리더니 시끄러운 발소리와 목소리가 안마당으로 쏟아져 들어왔다.

"무슨 소리지?"

마네트 박사가 창문을 돌아보며 말했다.

로리가 소리쳤다.

"보지 마세요! 박사님, 내다보지 마세요. 제발요. 블라인드도 건드리지 마시고요!"

박사가 몸을 돌려 창문 걸쇠에 손을 얹고는 차분하면서도 당당하게 웃으며 말했다.

"로리 씨, 나는 이 도시에서 운 좋게 살아남았소. 난 바스티유 감옥의 죄수였지요. 파리에서는 바스티유 감옥의 죄수였다는 걸 알면 어떤 애국 시민도 나를 건드리지 않을 거요. 오히려 감격해서 안아 주거나 의기양양해하며 날 모셔 가려 들겠지. 과거의 고통 덕에 이제 내게 힘이 생긴 거지요. 여기까지 오면서 검문소도 무사히 통과하고 다네이 소식까지 들을 수 있었던 것도 다 그 덕분이었소. 그래서 내가 다네이를 위험에서 구해 낼 수 있다는 걸 알게 됐지요. 루시에게도 그렇게 말해 뒀어요. 그런데 저건 대체 무슨 소리요?"

박사가 다시 창문에 손을 얹었다.

로리가 필사적으로 소리쳤다.

"보지 마세요! 안 돼요, 박사님. 루시 양도 내다보지 마십시오!"

로리가 팔로 루시를 잡더니 움직이지 못하게 꼭 껴안았다.

"루시, 너무 겁내지 말아요. 맹세하는데, 찰스한테는 아무 일도 없을 거예요. 이 위험한 도시 안에 분명히 있을 거예요. 그런데 어느 감옥에 있답니까?"

"라포르스요!"

"라포르스! 루시, 루시 양이 정말 용감하고 헌신적인 여자라면, 지금까지 늘 그렇게 살아왔지만요. 지금은 침착해야 해요. 그리고 내 지시에 따라야 해요. 루시 양이 어떤 생각을 하든, 또 내가 무슨 말을 하든 평정심을 유지하는 게 더 중요해요. 오늘 밤에 루시 양이 남편을 위해 할 수 있는 일이 아무것도 없어요. 내가 이런 말을 하는 건, 남편을 극진히 위하는 루시 양이 무조건 내 말을 따르기만 하는 것이 무엇보다 힘든 일이라는 걸 내가 잘 알기 때문이에요. 내 말을 듣고 침착하게 조용히 있어야 해요. 내가 루시 양을 뒤쪽 방으로 데려갈 거예요. 잠시만 나와 아버님 둘이서만 이야기를 할 수 있게 해 줘요. 생사가 걸린 문제니 지체해서는 안 돼요."

"선생님이 시키시는 대로 할게요. 선생님 얼굴을 보니 제가 이것 말고는 아무것도 할 수 없다는 것을 알고 계시는 것 같네요. 선생님 말씀이 옳아요."

로리가 루시에게 입을 맞추고 서둘러 루시를 그의 방으로 데려갔다. 그런 다음 열쇠를 돌려 문을 잠그고 재빨리 박사에게 돌아갔다. 그는 창문을 열고 블라인드를 조금 걷은 다음 박사의 손을 잡았고, 두 사람은 함께 안뜰을 내다봤다.

남녀 한 무리가 있었다. 한 사오십 명 될까, 안뜰을 꽉 채울 만큼의 군중은 아니었다. 이 건물을 점령한 사람들이 문을 열어 주자 남녀 무리는 숫돌 쪽으로 우르르 몰려갔다. 접근하기 쉬우면서도 눈에 잘 띄지 않는 장소라 일부러 그곳에 숫돌을 놓아둔 것이 분명했다.

하지만 이토록 무시무시한 일을 하다니, 정말 무시무시한 사람들이었다!

숫돌에 달린 이중 손잡이를 두 남자가 미친 듯이 돌리고 있었다. 고개를 젖히고 숫돌을 돌릴 때면 긴 머리가 뒤로 넘어가 이들의 얼굴은 가장 흉측하게 변장한 미개한 야만인보다도 더 끔찍하고 잔인해 보였다. 가짜 눈썹과 가짜 콧수염이 휘날렸고 피와 땀으로 범벅이 된 얼굴은 소리를 내지를 때마다 흉측하게 일그러졌다. 야수같이 흥분한 데다 잠이 부족해서 그런지 시뻘겋게 충혈된 눈이 이글이글 타올랐다. 악당들이 쉬지 않고 돌고 도는 사이, 떡이 된 머리카락이 앞으로 쏟아져 눈을 가렸다가 다시 목 뒤로 넘어가기를 반복했고, 어떤 여자들은 사람들이 마실 와인을 들고 있었다. 뚝뚝 떨어지는 피, 뚝뚝 떨어지는 와인, 숫돌에서 튀기는 불꽃에 사악한 분위기까지, 그야말로 피의 불바다 같았다. 피범벅이 되지 않은 사람을 찾기가 어려울 정도였다. 숫돌을 갈기 위해 서로 어깨를 밀치던 남자들은 허리까지 옷을 벗어젖힌 상태였는데, 사지와 몸뚱이에도 온통 피가 튀어 있었다. 남자들이 걸친 온갖 넝마들도 온통 피 얼룩이었다. 그들은 사악하게도 여자들에게 훔친 레이스와 실크와 리본 따위도 몸에 걸치고 있었는데, 마찬가지로 온통 피 얼룩이 배어 있었다. 숫돌에 날을 갈려고 가져온 손도끼, 칼, 총검, 검 따위도 온통 붉게 물들어 있었다. 난도질에 사용했던 검은 리넨 끈이나 찢어진 옷 조각으로 손목에 묶어서 달고 다니는 사람도 있었다. 끈의 종류는 많았지만 모두 한 가지 색으로 깊게 물들어 있었다. 불꽃 튀기는 숫돌에서 벼린 무기를 미친 듯이 휘두르며 거리로 나가는 광기 어린 눈에도 붉은 물이 들어 있었다. 옆에서 구경을 하던 문명인이 아무리 성능 좋은 총으로 겁을 준다 해도, 진정시키는 데만 족히 이십 년은 걸릴 그런 눈이었다.

물에 빠져 죽어 가는 사람이나 중대한 기로에 서 있는 사람의 시야에는 세상이 한눈에 들어오듯이 모든 것이 한눈에 보였다. 두 사람은 창가에서 물러났고 박사는 설명을 구하는 눈으로 창백해진 친구의 얼굴을 쳐다보았다.

로리가 잠가 놓은 방 안을 두려운 듯 흘끗거리며 입을 열었다.

"저들은, 죄수를 죽이는 겁니다. 박사님의 말씀에 확신이 있으시다면, 그리고 정말로 그런 영향력이 있다고 확신하신다면, (저는 그렇게 믿습니다만) 저 악마들에게 박사님의 신분을 알리고 라포르스로 가자고 하세요. 잘은 모르겠지만, 어쩌면 이미 늦었을 수도 있습니다. 단 1분도 지체해서는 안 됩니다!"

마네트 박사가 로리의 손을 꽉 잡더니 모자도 쓰지 않은 채 서둘러 방을 나갔다. 로리가 블라인드 앞으로 돌아갔을 때 박사는 이미 안마당에 나가 있었다.

흘러내리는 긴 백발에 범상치 않아 보이는 얼굴, 마네트 박사는 자신 감 넘치는 당당한 태도로 무기를 옆으로 밀쳐 버리고는 단걸음에 숫돌 주위에 몰려 있는 사람들 한가운데로 들어갔다. 잠시 정적이 흐르는가 싶더니 사람들이 수군거리기 시작했고 잘 알아들을 수 없는 박사의 목소리도 들렸다. 잠시 후 길게 늘어선 스무 명가량의 남자들 정중앙에 서 있는 박사의 모습이 보였다. 사람들은 어깨와 어깨를, 손과 어깨를 맞대고 늘어선 채 고함을 질러 대기 시작했다.

"바스티유 죄수 만세! 라포르스 감옥에 있는 바스티유 죄수의 친척을 구하자! 바스티유 죄수가 나가신다. 길을 비켜라! 라포르스에 있는 죄수 에브레몽드를 구하라!"

사람들이 모두 함께 외쳤다.

로리는 두근거리는 가슴으로 블라인드를 내리고 창문을 닫고 커튼을 친 후, 서둘러 루시에게 가서 아버지가 사람들의 도움을 받아 다네이를 찾으러 갔다고 말했다. 그때서야 로리는 어린 루시와 미스 프로스도 함께 왔다는 사실을 깨달았다. 하지만 한참 후 밤이 깊어 조용해지고 나서야 자신이 그들을 보고서도 전혀 놀라지 않았다는 생각이 들었다.

그때까지 루시는 로리의 손을 잡은 채 망연자실해서 로리의 발치에 쓰러져 있었다. 아이를 로리의 침대에 재우는 미스 프로스의 고개가 점점 예쁜 아기의 베개 옆으로 기울어졌다. 기나긴 밤을 눈물로 지새우는 가여운 아내! 기나긴 밤 동안 소식도 없이 돌아오지 않는 아버지!

밤새 대문 초인종이 울리고 사람들이 몰려드는 일이 두 번이나 더 반복되었고, 그럴 때마다 숫돌이 다시 불통을 튀기며 돌아갔다.

"저게 뭐죠?"

루시가 놀라서 소리쳤다. 로리가 말했다.

"쉿! 병사들이 검의 날을 세우는 거예요. 이곳은 국가 소유 건물이고 일종의 무기고로 사용되고 있어요."

두 번 더 사람들이 난입해 같은 소동이 일었지만 마지막 작업은 어설프고 짧게 끝났다. 이윽고 날이 밝기 시작했고, 로리는 잡고 있던 루시의 손을 살며시 풀고는 조심스럽게 다시 밖을 내다보았다. 한 남자가 숫돌 옆 보도에서 몸을 일으키고 있었다. 시체로 가득한 전쟁터에서 겨우 의식을 되찾은 피투성이 부상병처럼 남자가 멍하니 허공을 바라보았다. 이내 이 기진맥진한 살인자는 희미하게 반짝거리는 각하의 화려한 마차를 발견하고는 비틀거리며 그 안에 올라탔다. 남자는 마차 문을 닫고 고운 쿠션 위에 몸뚱이를 눕혔다.

　로리가 다시 밖을 내다봤을 때는, 지구라는 커다란 숫돌이 한 바퀴를 돌아 태양이 안뜰을 붉게 물들이고 있었다. 하지만 고요한 아침 대기 속에 홀로 있는, 작은 숫돌은, 결코 태양이 비추어서 물든 붉은 자국이 아니어서 태양이 사라진 후에도 결코 지워지는 법이 없었다.

3장
그림자

    근무 시간이 되고 로리의 머리에 가장 먼저 떠오른 생각은 이것이었다. 망명자로 감옥에 갇힌 죄수의 아내를 은행 지붕 아래 숨겨서 텔슨 은행을 위험에 빠뜨릴 권리가 자신에게는 없다는 것이었다. 자신의 재산이나 안전, 목숨이라면 얼마든지 위태로워져도 상관없지만 은행의 그 많은 재산은 자신의 것이 아니었고, 로리는 업무상 책무에 있어서만큼은 직업의식이 투철한, 원칙적인 사무원이었다.

    그때 가장 먼저 떠오른 사람이 드파르주였다. 로리는 그 술집을 다시 찾아가 이 어수선한 도시 파리에서 가장 안전한 거처가 어디인지 그 주인과 상의해 봐야겠다고 생각했다. 하지만 동시에 그래서는 안 될 것 같은 생각도 들었다. 드파르주는 파리에서 가장 폭동이 심한 지역에 살고 있었고, 그곳에서 일어나는 위험한 일들에 깊이 관련되어 있을 것이 뻔하기 때문이었다.

    정오가 가까워 왔지만 박사는 돌아오지 않았고, 일분일초가 지체될수록 텔슨 은행이 위태로워진다고 생각한 로리는 루시와 이 문제를 상의하기로 했다. 루시는 아버지가 은행 건물 근처에 단기로 셋방을 얻는 것이 어떨까 이야기한 적이 있다고 말했다. 은행을 생각해도 그렇지만, 다네이가 무사히 풀려난다 해도 파리를 금방 떠날 수 있는 일은 아니라고 생각했기에 로리는 숙소를 찾아 나섰고 괜찮은 곳을 하나 구했다. 도로에서 떨어진 외딴 언덕에 위치한 쓸쓸해 보이는 건물이었다. 건물에는 네모난 창문이 높이 나 있고, 창문마다 블라인드가 내려져 있어서 꼭 사람이 살지 않는 집 같았다.

로리는 즉시 루시, 어린 루시, 미스 프로스를 그 집으로 데려갔다. 그리고 자신이 할 수 있는 만큼 그들을 위로해 주고, 자신이 할 수 있는 것 이상으로 필요한 물건들을 마련해 주었다. 로리는 함부로 사람들이 드나들지 못하게 제리를 문지기로 남겨 놓고는 업무를 보러 은행으로 돌아왔다. 하지만 두고 온 그들을 생각하면 마음이 복잡하고 우울했고, 그래서인지 하루가 너무나 더디게 흘러갔다.

시간도 바닥나고 로리도 기력이 바닥날 때쯤 드디어 은행 문이 닫혔다. 로리가 어젯밤처럼 다시 홀로 방에 남아 앞으로 어떻게 해야 할지를 생각하고 있을 때, 계단을 올라오는 발자국 소리가 들렸다. 곧이어 한 남자가 모습을 드러냈고 날카롭게 로리를 살펴보더니 로리의 이름을 불렀다. 로리가 말했다.

"전 여기 직원인데요. 저를 아십니까?"

검은 고수머리에 사오십 살쯤 먹은 억세 보이는 남자였다. 남자는 대답 대신 단어에 강세 하나 바꾸지 않고 로리의 말을 따라 했다.

"저를 아십니까?"

"어디선가 본 것도 같은데."

"아마도 제 술집일 겁니다."

강한 호기심을 느끼며 로리가 흥분한 목소리로 말했다.

"마네트 박사님 부탁으로 왔습니까?"

"네. 마네트 박사님 부탁으로 왔습니다."

"뭐라고 하시던가요? 제게 전한 말이 있습니까?"

드파르주가 로리의 불안해하는 손에 종이쪽지 한 장을 내밀었다. 박사가 보낸 전갈에는 이렇게 적혀 있었다.

　찰스는 안전하오. 하지만 아직 이곳을 안전하게 나갈 수 없을 것 같소.
이 사람 편에 찰스가 아내에게 보내는 편지를 전하니, 찰스의 아내를 만
나게 해 주시오.

한 시간 전에 라포르스에서 쓴 편지였다.
"저를 따라오시겠습니까?"
로리가 편지를 소리 내어 읽고 나서 안심이 되었는지 반가워하며 말
했다.
"찰스의 부인이 있는 곳으로 갑시다."
"네."
드파르주가 대답했다. 로리는 드파르주가 뭔가 이상하고 기계적으로
준비된 듯한 말만 하고 있다는 것을 눈치채지 못한 채 모자를 쓰고 안뜰
로 내려갔다. 거기에 두 여자가 서 있었는데, 그중 한 명은 뜨개질을 하
고 있었다.
"마담 드파르주 맞으시죠?"
로리가 17년 전 지금과 똑같이 뜨개질을 하고 있던 마담 드파르주의
모습이 생각나서 말했다.
"네. 맞습니다."
드파르주가 말했다.
"마담 드파르주도 우리와 함께 갑니까?"
마담 드파르주가 함께 움직이는 것을 보고 로리가 물었다.
"네. 제 아내도 그들의 얼굴을 익혀 둬야 할 것 같아서요. 그들의 안전
을 위해서요."
그때서야 드파르주의 태도가 이상하다고 생각한 로리는 그를 의심스

럽게 쳐다보며 길을 안내했다. 두 여자도 뒤를 따랐다. 다른 여자는 방
장스였다.

이들은 샛길을 빠르게 지나 루시의 새 거처로 갔고, 제리의 안내를 받
아 계단을 올라갔다. 루시는 혼자서 울고 있었다. 로리가 다네이의 소식
을 전하자 루시는 더없이 기뻐하며 쪽지를 전해 준 그 손을 덥석 잡았다.
그날 밤 그 손의 주인 주변에서 어떤 일이 일어났는지도 모르는 채. 어쩌
면 자신의 남편에게 그런 일이 일어났을 수도 있다는 생각 같은 것은 아
예 떠오르지도 않았다.

사랑하는 당신, 용기를 잃지 말아요. 나는 무사하다오. 그리고, 장인어른
이 이곳에서 큰 영향력을 발휘하고 계신다오. 이 편지에 답장은 하지 말아
요. 나를 대신해 우리 딸 루시에게 키스를 전해 주오.

편지는 그게 전부였다. 하지만 편지를 받은 루시한테는 더 없이 소중
한 내용이었기에, 루시는 드파르주에게서 몸을 돌려 그 부인에게 다가갔
고 뜨개질을 하던 그 손에 키스를 했다. 열정과 감사의 마음을 담은 여성
스럽고도 사랑스러운 행동이었지만 그 손은 아무런 반응도 하지 않았다.
오히려 냉정하게, 세차게 손을 떼며 뜨개질을 다시 시작했다.

루시는 마담 드파르주의 손길에서 멈칫하게 하는 뭔가를 느꼈다. 루시
는 편지를 품 안에 넣으려다 말고 그 손을 가슴팍에 그대로 댄 채 겁에
질려 마담 드파르주를 바라보았다. 그러자 마담 드파르주가 눈썹과 이마
를 올리고 찌푸리면서 태연하고 냉정하게 루시를 쳐다보았다.

로리가 끼어들어 설명을 했다.

"루시. 거리에 폭동이 빈번히 일어나고 있어요. 루시에게 문제가 생
길 일은 없겠지만, 마담 드파르주는 그런 때에 사람들을 보호해 줄 힘
이 있는 분이에요. 그래서 당신을 보러 온 거예요. 얼굴을 익혀 둬야 하

니까요."

로리는 돌처럼 차갑게 구는 세 사람의 태도에 자신이 더 놀란 듯, 루시를 안심시키는 말을 하면서도 자꾸 멈칫거렸다.

"드파르주, 내 말이 맞지요?"

드파르주가 침울하게 제 아내를 바라보더니, 대답 대신 그 말에 동의하듯 거친 소리를 냈다. 로리가 되도록이면 그들의 비위를 맞추려고 애쓰며 말했다.

"루시, 아이와 미스 프로스를 이리로 부르는 게 좋겠어요. 드파르주 씨, 우리 미스 프로스는 영국인이라 프랑스어는 한마디도 못합니다."

자신이 어떤 외국인과 상대해도 뒤지지 않으며 어떤 위험과 곤경에도 흔들리지 않는다고 굳게 확신하는 문제의 그 여인이 팔짱을 낀 채 나타나 가장 먼저 눈이 마주친 방장스에게 영어로 말했다.

"그래. 맞아요. 이 뻔뻔한 인간들! 당신네 일이나 잘들 하라고!"

미스 프로스는 마담 드파르주에게는 영국식으로 기침을 해 댔다. 하지만 마담 드파르주도 방장스도 미스 프로스에게 별다른 관심을 기울이지 않았다.

"이 아이가 그 사람 딸이에요?"

마담 드파르주가 처음으로 뜨개질을 멈추고는 운명의 손가락이라도 되는 양 뜨개바늘로 어린 루시를 가리키며 말했다. 로리가 답했다.

"그래요. 이 아이가 그 불쌍한 죄수의 딸입니다. 하나뿐인 자식이지요."

마담 드파르주와 방장스의 그림자가 험악하고도 짙게 아이를 뒤덮자, 엄마인 루시는 본능적으로 아이 곁에 무릎을 꿇고 앉으며 아이를 품에 안았다. 이제 마담 드파르주와 그 일행의 그림자가 엄마와 아이 모두에게 위협적이고 짙게 드리워졌다. 마담 드파르주가 말했다.

"여보, 이 정도면 됐어. 얼굴을 다 익혔으니 이제 그만 가자고."

하지만 뭔가 숨기려는 듯한 그 태도에서 (보이지도 드러나지도 않지만 희미하게나마 느껴지는) 위협을 느낀 루시가 마담 드파르주의 옷을 애원하듯이 붙들며 말했다.

"제 불쌍한 남편을 잘 돌봐 주세요. 제 남편에게 해를 끼치지 않으실 거죠. 제 남편을 만나게 해 주실 수는 없나요?"

"당신 남편은 내 소관이 아니야. 내가 이곳에 온 건 당신이 당신 아버지 딸이기 때문이지."

마담 드파르주가 루시를 돌아보며 아주 태연하게 말했다.

"그럼, 저를 위해서 제 남편에게 자비를 베풀어 주세요. 제 딸을 위해서도요! 제 딸이 두 손 모아 기도할 거예요. 당신이 제 남편에게 자비를 베풀게 해 달라고. 우리는 누구보다도 당신이 두려워요."

이 말을 찬사로 받아들인 마담 드파르주가 남편을 쳐다봤다. 불안하게 엄지손톱을 물어뜯고 있던 드파르주는 아내를 바라보더니 더욱더 단호한 표정을 지었다. 마담 드파르주가 기분 나쁜 미소를 지으며 물었다.

"남편이 편지에 뭐라고 썼지? 영향력, 영향력인가 뭔가 그런 말을 쓴 것 같던데."

"저희 아버지가 주변 사람들에게 크게 영향력을 발휘하고 계시다고요."

루시가 서둘러 품 안에서 편지를 꺼냈지만 겁먹은 눈은 편지가 아니라 마담 드파르주를 응시하고 있었다.

"그렇다면 틀림없이 석방되겠지! 어디 한번 해 보라고."

마담 드파르주가 말했다. 루시가 진심을 다해 간절하게 말했다.

"한 남자의 아내이자 한 아이의 엄마로서 말씀드립니다. 저를 불쌍히 여겨 당신의 영향력을 아무 죄 없는 제 남편에게 불리하게 행사하지 말아 주세요. 대신에 그 영향력을 제 남편을 위해 써 주세요. 언니 같은 마음으로 저를 생각해 주세요. 한 남자의 아내로서 한 아이의 엄마로서 부탁드립니다!"

마담 드파르주는 이런 애원 따위에는 아랑곳 않고 여전히 냉담하게 루시를 쳐다보다가 고개를 돌려 방장스에게 말했다.

"아내와 엄마라면 이 아이만 할 때부터, 아니 그보다 훨씬 전부터 우리도 보아 왔지. 그런데 그들이 크게 배려받은 적이 있던가? 그들의 남편과 아버지가 감옥에 끌려가 가족과 떨어져 사는 모습만 수없이 보아온 것 같은데? 우리는 평생 우리 언니들이, 그리고 그 아이들이 가난과 헐벗음, 배고픔과 갈증, 병과 빈곤과 억압에 시달리고 온갖 핍박을 받는 모습만 봤지?"

"그런 모습밖에 못 봤지."

방장스가 말했다. 마담 드파르주가 루시에게 고개를 돌리며 말했다.

"우린 오랫동안 이런 걸 참으면서 살아왔어. 잘 생각해 보라고! 한 아내와 엄마의 고통이 우리에게 뭐 그리 대단해 보이겠어?"

마담 드파르주가 다시 뜨개질을 하며 밖으로 나갔다. 방장스도 뒤를 따랐다. 드파르주가 마지막으로 나가며 문을 닫았다. 로리가 루시를 일으켜 세우며 말했다.

"루시, 기운을 내세요. 기운을. 모든 게 잘되어 가고 있어요. 최근에 수없이 많은 사람들이 겪는 비참한 일에 대면 우리는 훨씬 나은 편이에요. 힘내요. 이만하길 다행이라고 생각하고 감사해야지요."

"감사하지 않는 게 아니에요. 하지만 무시무시한 저 여자가 저와 제 모든 희망에 그림자를 드리우는 것 같았어요."

로리가 혀를 차며 말했다.

"쯧쯧! 그렇게 용감하던 사람이 이렇게 낙담하면 쓰나요? 말 그대로 그림자일 뿐이에요! 실체가 없는 거라고요."

하지만 드파르주 일행이 던진 짙은 그림자에 같이 마음이 어두워진 로리는 속으로 더 많은 걱정을 하고 있었다.

4장
폭풍 속의 고요

마네트 박사는 떠난 지 나흘째 되는 날 아침이 되어서야 돌아왔다. 그동안 있었던 끔찍한 일을 루시에게는 철저히 비밀로 해 두었기에, 오랜 시간이 흘러 프랑스를 떠난 후에야 루시는, 남녀노소를 불문하고 죄수 1,100여 명이 아무런 저항도 하지 못하고 인민들에게 살해되었다는 사실을 알게 되었다. 그 나흘 동안에도 도시는 끔찍한 악행으로 밤낮이 어두컴컴했고, 대기는 학살의 피비린내로 오염되어 있었다. 그래도 루시는, 감옥이 습격을 받아 모든 정치범이 위험에 빠졌고 그중 일부가 군중에게 끌려가 살해되었다는 사실만은 알고 있었다.

박사는 굳이 당부할 필요도 없었지만 루시에게는 비밀로 해 달라면서 라포르스 감옥으로 가는 도중 자신이 대학살의 현장을 목격했다고 로리에게 말했다. 박사는 감옥에서 죄수들이 하나씩 불려 나와 재판을 받는 이른바 재판정이라는 것도 보았다고 말했다. 그곳에서 죄수들은 처형될 것인지, 석방될 것인지, 아니면 매우 드문 경우였지만 재수감될 것인지, 순식간에 판결을 받는다고 한다. 박사는 자신도 안내원에게 이끌려 재판장 앞에 섰다고 했다. 박사는 그곳에서 이름과 직업을 밝히고, 자신이 기소도 없이 바스티유 감옥 독방으로 끌려가 18년 동안이나 수감 생활을 한 사람이라고 진술했다. 그때 그 재판정에 앉아 있던 한 사람이 벌떡

385

일어나 박사의 신분을 확인해 주었는데, 그 사람이 바로 드파르주였다.

이후 박사는 책상에 놓인 명부를 통해 살아 있는 죄수 중에 사위가 있다는 사실을 확인하고 재판부에 사위의 목숨을 살려 달라고 간곡히 호소했다. 그때 재판정에는 조는 사람, 졸지 않는 사람, 살인을 해서 피로 얼룩진 더러운 사람, 깨끗한 사람, 정신이 멀쩡한 사람, 술에 취한 사람 등 온갖 사람들이 모여 있었다. 먼저 박사는 전복된 체제하에서 고통을 당한 저명인사로서 아낌없이 환영을 받았고 덕분에 자격이 인정되어 다네이를 무법 지대 같은 법정 앞에 데려와 조사를 받게 하는 것으로 합의가 이루어졌다. 즉시 풀려날 것처럼 다네이에게 유리하게 흘러가던 여론이 예상치 못한 (박사로서는 이해할 수 없는) 난관에 부딪혔고 비밀스러운 말들이 몇 마디 오갔다. 잠시 후 재판장석에 앉아 있던 남자가 박사에게 죄수를 다시 감금하되 박사를 봐서 감옥 안에서의 안전은 보장해 주겠다고 말했다. 판결이 떨어지기가 무섭게 죄수는 감옥 안으로 다시 끌려갔다. 하지만 박사는 자신도 여기 남아서 사위가 뜻하지 않은 악의나 불운으로 성문 밖에 있는 무리들에게 끌려가지 않는 걸 눈으로 확인하게 해달라고 애원했다. 성문 밖의 무리들이 질러 대는 살기등등한 외침에 재판이 중단되기도 했지만 마침내 박사는 재판장의 허락을 받아 위험이 사라질 때까지 피의 전당에 남아 있게 되었다고 했다.

박사는 그곳에서 겨우겨우 끼니를 때우고 토막잠을 자 가며 지켜본 이 광경을 앞으로도 입에 담지 않을 생각이었다. 사형을 면해서 기뻐하는 죄수의 광기나, 곧 사지가 찢겨 죽게 될 죄수들에게 가해지는 광기 어린 폭력이나 둘 다 놀랍기는 마찬가지였다. 무죄 판결을 받은 한 죄수는 자유의 몸이 되었다는 사실에 감격해서 거리로 달려 나갔다가, 미친놈으로 오해한 군중들의 창에 찔려 죽고 말았다고 한다. 박사는 부상자를 치료

해 달라는 간청을 받고 성문을 나갔다가, 사마리아인들[1]의 팔에 안겨 있는 부상자를 보게 되었다. 그러나 그 사마리아인들은 자신들이 죽인 희생자들의 몸뚱이를 깔고 앉아 있었다. 박사는 사마리아인들의 말도 안 되는 모순적인 모습에 끔찍한 악몽을 꾸는 것만 같았다. 박사를 도와 정성껏 조심스럽게 환자들을 돌보는 것 같더니 (이들은 들것을 만들어서 부상자를 조심스럽게 옮기기까지 했다) 곧바로 돌아서서 무기를 움켜잡고 무시무시한 모습으로 끔찍한 학살을 저지르는 사마리아인들의 모습에 박사는 두 손으로 눈을 가릴 수밖에 없었고, 그 피비린내 나는 학살 중에 실신을 하기도 했다.

로리는 이렇게 비밀스러운 얘기를 들으며 이제 예순 둘이 된 친구의 얼굴을 쳐다보았고, 이 끔찍한 경험으로 인해 예전의 그 위험한 증세가 재발하는 게 아닐까 염려가 되었다.

하지만 로리는 친구에게서 지금과 같은 모습을 본 적이 한 번도 없었다. 친구에게 지금과 같은 면모가 있으리라고는 상상도 하지 못했다. 박사는 처음으로 자신이 예전에 겪었던 고통이 힘과 의지의 원천이 되고 있다고 생각했다. 그리고 처음으로 자신이 그 강렬했던 불구덩이 속에서 천천히 강철을 만들어 왔고 그 강철로 이제 감옥을 부수고 들어가 사위를 구할 수 있을 것 같다는 생각이 들었다. 그래서 박사는 로리에게 말했다.

"여보시오 친구, 그 모든 일이 일어난 데는 다 이유가 있었던 것 같소. 그저 헛되게 세월을 보내며 망가지기만 한 것은 아니었단 말이지요. 내 사랑스런 딸이 나를 다시 살렸듯이, 이번에는 내가 그 아이에게 가장 소중한 것을 되찾아 줄 거요. 하늘의 도움으로 기필코 해낼 수 있을 것이오!"

---

1 "한 나그네가 길에서 강도를 만나 쓰러져 있었다. 유대교의 제사장과 율법을 담당하던 레위인은 그를 못 본 체하고 지나갔지만, 유대인과 사이가 좋지 않았던 사마리아인은 그를 구해 가축에 태워 여관집 주인에게 돈을 주고 그를 부탁했다."(《누가복음》 10장 30~35절) 사마리아인은 어려움에 처한 다른 사람을 그냥 지나치지 않고 도와주는 사람을 말한다.

로리는 박사의 불타는 눈과 결연하고 차분하면서도 강한 표정을 바라보았다. 죽은 시계처럼 오랜 세월 멈춰 서 있는 것 같던 인생이, 드디어 휴면 상태에 있었던 에너지를 꺼내서 다시 돌아가기 시작한 것이라고 로리는 생각했다.

이후 박사는 지금 자신이 싸우고 있는 문제보다 훨씬 큰 난관에 부딪히더라도 불굴의 의지로 반드시 극복하리라고 결심했다. 박사는 의사로서 본분을 지켜 죄수, 자유인, 부자, 가난뱅이, 악인, 선인 할 것 없이 모든 사람을 돌보면서 현명하게 자신만의 영향력을 넓혀 나갔다. 박사는 이내 세 군데 감옥의 주치의가 되었고 그중에는 라포르스 감옥도 포함되어 있었다. 이제 박사는 루시에게 다네이가 더는 혼자 감금되어 있지 않고 일반 죄수들과 섞여 있다는 사실도 확인시켜 줄 수 있게 되었다. 박사는 다네이를 매주 만났고 루시에게 사위의 입에서 직접 들은 달콤한 말들도 전해 주었다. 가끔은 박사의 손을 빌리지 않은 다네이가 직접 쓴 편지를 보내오기도 했지만 루시가 그 편지에 답장을 하는 것은 허용되지 않았다. 온갖 음모와 책략이 난무하는 감옥에서 가장 가혹한 비난을 받는 죄수들은 친구나 가족이 외국에 있는 망명자들이었다.

마네트 박사의 새로운 삶은 말할 것도 없이 불안했다. 하지만 현명한 로리는 그런 삶 속에서 박사에게 새로운 자부심이 싹트고 유지되고 있다는 사실을 알아차렸다. 사실 그러한 자부심을 키우는 데는 그만한 일도 없었다. 자연스럽고 가치 있는 일이었다. 하지만 로리는 그런 점을 호기심 있게 생각했다. 그전까지 박사는 딸이나 친구가 자신의 옥중 경험을 그저 개인적 고통이나 상실, 약점으로 여긴다는 점을 잘 알고 있었다. 하지만 이제는 달라져 자신이 예전의 시련을 통해 힘을 얻고 성장했다고 자부했다. 또 자신이 그 힘으로 다네이를 끝까지 안전하게 구해 낼 수 있으리라고 딸과 친구가 믿고 있다는 것도 알았다. 박사는 이제 그런 변화에 스스로 한껏 고무되어 모든 일을 주도하고 방향을 잡아 나갔으며 약자인 딸과 친구에게 강한 자신을 믿고 따라오라고 했다. 예전에 비하면 박사와 루시의 관계가 완전히 역전된 것이지만, 두 사람 사이의 지극한 감사와 사랑이 아니었으면 이렇게 되지 못했을 것이다. 사실, 박사는 자신을 극진히 돌봐 주었던 딸에게 이제라도 도움을 줄 수 있게 되어 스스로 뿌듯해했다. 로리가 상냥하고 사려 깊게 말했다.

"인생은 참 묘하기도 하지요. 하지만 이 모든 게 자연스럽고도 옳은 일이지요. 그러니 저의 소중한 친구이신 박사님께서 이렇게 계속 앞장서 주십시오. 박사님보다 더 잘할 수 있는 사람은 없습니다."

박사는 다네이가 자유의 몸으로 석방되거나 최소한 재판은 받아 볼 수 있도록 하기 위해 노력을 멈추지 않았지만 당시 여론이 너무 강경했고 또 매 순간 급박하게 변했다. 새로운 시대가 왔다. 왕은 재판을 받아 불운하게 기요틴의 이슬로 사라졌고,[2] '자유, 평등, 박애가 아니면 죽음을 달라. 공화국은 하나요, 나눌 수 없다.'는 공화국은 세상을 향해 승리 아니면 죽음을 선포했다. 노트르담의 높은 탑에는 밤낮으로 검은 깃발이 휘날렸고, 30만 시민이 프랑스 곳곳에서 지상의 독재자에 대항해 봉기했다. 언덕과 평원에서, 돌길과 농토에서, 남쪽의 밝은 하늘과 북쪽의 구름 긴 하늘 아래에서, 벌거숭이산과 포도와 올리브가 자라는 과수원에서, 바싹 자른 잔디밭과 옥수수 그루터기에서, 큰 강의 비옥한 강둑과 바닷가 모래밭에서 용의 이빨을 사방에 뿌려 놓기라도 한 것처럼[3] 온 나라가 똑같이 결실을 맺었고, 이렇게 전국 곳곳에서 봉기가 일어났다. 상황이 이러한데, 자유 혁명이 시작되는 그 원년에 어찌 사사로운 감정으로 이런 폭풍을 거스르려 할 수 있겠는가? 이 폭풍은 위에서 아래로 떨어진

2 1792년 8월 투옥된 루이 16세는 1793년 1월에 단두대에서 처형되었다.

3 페니키아의 왕자 카드모스는 부하들을 살해한 용을 죽이고 아테나 여신의 지시에 따라 용의 이빨을 땅에 뿌렸다. 그러자 땅에 떨어진 용의 이빨에서 무장한 전사들이 솟아올랐다. 카드모스가 그 전사들에게 돌을 던지자 이들은 서로 죽이고 죽는 싸움을 벌인 끝에 다섯 명만 살아남았다. 카드모스가 이 다섯 명과 함께 테베를 세웠고, 이들은 테베 귀족의 조상이 되었다.

게 아니라 아래서 위로 솟은 것이었으니, 하늘은 창을 열고 아래를 굽어 살피시는 대신 창을 굳게 닫아 버렸다!

폭력은 중단도 동정도 평화도 잠깐의 너그러운 휴식도 시간을 재는 일도 없이 일어났다. 시간이 처음 생겼을 때처럼 정기적으로 밤과 낮이 바뀌기는 했지만 첫째 날처럼[4] 저녁과 아침만 있을 뿐 다른 시간은 전혀 없었다. 환자가 열병에 걸리면 시간을 잊는 것처럼 국가도 불타는 열병에 시간의 흐름을 잊었다. 이제 부자연스럽게 억눌려 있던 모든 도시들이 침묵을 깨고 일어났고 사형 집행인은 사람들에게 왕의 머리를 보여 주었다. 그리고 거의 동시에 아름다운 왕비의 머리도 보여 주었다. 남편을 잃고 여덟 달을 고달프게 감옥에 수감되어, 비참하게도 머리가 반백으로 변했다는 그 왕비의 머리를.[5]

하지만 이런 경우에 나타나는 이율배반의 법칙 때문인지 시간은 불꽃처럼 빨리 지나가면서도 참으로 지루하게 흘렀다. 수도 파리에는 혁명적인 재판소가 들어섰고 전국 방방 곳곳에는 사오만 개에 달하는 혁명 위원회가 설치되었는데도, 오히려 그 수상한 법이 자유와 안전을 빼앗았다. 악랄한 죄인의 손에 기소된 죄 없는 선량한 시민이 넘쳐 났고, 감옥은 아무런 위법 행위도 저지르지 않았는데도 재판도 없이 수감되는 사람들로 가득 찼다. 이런 이율배반의 법칙은, 나타난 지 몇 주밖에 되지 않았는데도 고대부터 시행되어 오던 것처럼, 하나의 질서로, 그리고 자연스러운 현상으로 굳어졌다. 그러나 이런 모든 것보다 더 흉물스러운 것이 있었으니, 바로 기요틴이라 불리는 여인의 이름을 딴 날카로운 물건이었다. 사람들은 태초부터 이 물건을 보아 왔던 것처럼 이 물건에 점점 익숙해졌다.

기요틴은 가장 인기 있는 농담거리였다. 기요틴은 최고의 두통 치료제

---

4 "저녁이 되고 아침이 되니 이는 첫째 날이니라."(《창세기》 1장 5절)
5 1793년 10월 단두대에서 처형된 마리 앙투아네트를 가리킨다.

였고, 머리가 하얗게 세는 것을 막아 주는 확실한 예방약이었으며, 얼굴색을 독특하고도 곱게 만들어 주는 화장품이었다. 또 바싹 면도하는 기술이 최고라 '국민 면도날'이라고도 불렸다. 기요틴에 키스를 하는 자가 있는가 하면 기요틴에 난 작은 창을 들여다보다 사람 머리가 떨어지는 포대 자루 안에 재채기를 해 대는 자도 있었다. 급기야 기요틴은 인간의 재탄생을 알리는 신호로서 십자가를 대신하는 위치에 오르게 되었다. 사람들은 십자가를 버리고 기요틴을 목에 걸고 다녔다. 그들은 십자가를 부정하고 기요틴에게 절을 하고 기요틴을 믿었다.

얼마나 많은 머리를 베었는지, 기요틴이 세워진 땅은 오염되고 붉게 썩었다. 기요틴은 어린 악마의 장난감 퍼즐 같아서 분해했다가 필요할 때 다시 맞출 수도 있었다. 기요틴은 웅변가를 침묵시키고 세력가를 때려눕히고 아름답고 선량한 사람들을 지워 버렸다. 어느 날 아침에는 산 사람 스물한 명과 죽은 사람 한 명을 포함해 높으신 공직자 스물두 명의 머리를 1분에 한 명꼴로 벤 적도 있다. 사람들은 이 기구를 작동하는 우두머리 집행관을 성경에 나오는 힘 센 장수의 이름을 따서 '삼손'이라고 불렀다. 하지만 이 기구로 무장한 집행관은 그 이름 '삼손'보다도 힘이 세지고 무모해져서 매일같이 신전 문을 넘어뜨렸다.

마네트 박사는 이렇게 공포스럽고 흉악스러운 사람들 사이를 멀쩡한 정신으로 걸어 다녔다. 자신의 영향력을 믿고 조심스럽게 꾸준히 목적을 향해 나아갔으며 자신이 끝내는 사위의 목숨을 구해 낼 거라는 데 한 치의 의심도 없었다. 하지만 박사가 이렇게 확신을 하고 굳건히 일을 진행해 나가는 동안에도 시대의 물살은 깊고도 강하게 흘러갔고 다네이는 1년 하고도 석 달을 감옥에서 지냈다. 그해 12월, 혁명은 더욱 사악해지고 시절은 더욱 뒤숭숭해졌다. 남부 강들은 밤이면 시체로 넘쳐 났고, 어떤 죄수들은 남부의 겨울 태양 아래 줄을 지어 늘어선 채 총에 맞아 죽었다. 그런데도 박사는 멀쩡한 정신으로 이 공포 속을 걸어 다녔다. 그 당시 파리에서 박사보다 유명한 사람은 없었고, 또 박사보다 이상한 상황에 처한 사람도 없었다. 과묵하고 인정 넘치는 박사는 병원이나 감옥에서는 없어서는 안 될 사람이 되었고, 암살범이든 희생자든 모두에게 공평하게 의술을 행하며 중립을 지켰다. 사람들을 치료할 때면 한때 그가 바스티유 감옥 죄수였다는 사실이 그를 더 빛나게 했다. 박사는 18년 전에 되살아난 것이 아니라 그때 죽어서 인간들 사이를 걸어 다니는 유령이 된 것이 아닐까 싶을 정도로 그들에게 어떠한 의심과 의혹도 받지 않았다.

5장

나무꾼

1년 하고도 석 달이었다. 그동안 루시는 단 한 시간도, 아니 단 1분도 남편이 다음 날 기요틴에 목이 베이지 않을까 하는 걱정에서 자유로운 적이 없었다. 매일 사형수를 가득 실은 수송 마차가 자갈길 위로 덜커덩거리며 지나갔다. 아름다운 소녀, 갈색 머리, 검은 머리, 회색 머리, 건장한 남자, 늙은이, 귀족, 농부 가릴 것 없이 모두 기요틴에서 붉은 와인이 되었다. 죄수들은 매일같이 구역질 나는, 와인 저장소 같은 어두운 감방에서 햇빛 비치는 곳으로 끌려 나와 거리를 지나 기요틴으로 갔고, 그곳에서 기요틴의 타는 듯한 갈증을 해소시켜 주었다. 자유, 평등, 박애가 아니면 죽음을! 그러니까 자유, 평등, 박애 다음으로 가장 쉽게 허락되는 것이 바로 기요틴이었다.

갑작스러운 재앙과 맹렬한 속도로 회전하는 시간의 바퀴에 정신을 잃고 절망하여 멍하니 결과만 기다렸다면 박사의 딸 루시도 같은 처지에 있는 다른 많은 사람들처럼 그렇게 세월을 보냈을 것이다. 하지만 생앙투안의 다락방에서 백발이 된 아버지의 머리를 자신의 젊은 가슴에 품었던 그 순간부터 루시는 자신의 의무에 충실하며 살아왔다. 조용히 충실하게 사는 선량한 사람들이 언제나 그렇듯이 루시도 시련의 시기에 더욱 자신의 의무에 충실했다.

새로운 거처에 정착하자마자, 마네트 박사는 환자를 돌보는 일상 업무를 시작했고, 루시는 작은 살림이나마 남편이 있을 때처럼 똑같이 알뜰하게 꾸려 나갔다. 세상만사가 정해진 장소와 정해진 때가 있는 법이다. 루시는 영국에서 모두 같이 살 때처럼 딸아이에게 그 나이에 맞는 공부를 가르쳤다. 곧 모두 다시 모여 살 수 있다는 믿음을 보여 주기 위해 자신을 속이는 몇 가지 장치도 마련해 두었다. 남편이 빨리 돌아오기를 바라는 마음에서 남편의 책상과 책들도 가지런히 정리해 두었던 것이다. 그리고 밤에는 감옥과 죽음의 그림자에 갇혀 있는 불쌍한 수많은 영혼들, 특별히 사랑하는 한 명의 죄수를 위해 엄숙하게 기도를 올렸다. 루시는 이렇게 기도를 올릴 때면 잠시나마 무거운 마음을 가누고 안도할 수 있었다.

루시는 외모에는 큰 변화가 없었다. 상복 비슷한 무늬 없는 어두운 드레스를 딸아이와 함께 입었지만 늘 깔끔했고, 그런 옷이라도 즐거운 날 입는 화사한 옷처럼 정성스레 손질해서 입었다. 루시는 얼굴에 빛을 잃었고 특유의 그 몰두하는 듯한 이마의 표정을 가끔이 아니라 항상 짓고 있었지만, 그것만 아니면 예쁘고 곱상한 외모는 그대로였다. 때로 루시는 밤이 되어 아버지에게 키스를 하다가 낮 동안 온종일 참아 왔던 눈물을 터뜨리면서 하늘 아래 의지할 사람은 아버지뿐이라고 하소연하며 매달리기도 했다. 그럴 때면 박사는 늘 한결같이 결연한 태도로 대답하곤 했다.

"내가 모르는 일이 찰스한테 일어날 수 없다. 루시, 이 아버지가 찰스를 꼭 살릴 거란다."

이렇게 새로운 생활을 시작한 지 채 몇 주가 안 된, 어느 날 저녁 박사가 집으로 돌아와 루시에게 말했다.

"루시, 감옥에 높은 창문이 하나 있는데, 찰스가 오후 3시쯤이면 가끔 그 창문에 갈 수 있다는구나. 찰스가 그 창문에 갈 수 있는 날이면 거리에 서 있는 너를 볼 수 있다고 하더구나. 물론 언제인지는 불확실하지만 말이다. 내가 그 장소를 알려 주마. 하지만 애야, 안타깝게도 너는 찰스를 쳐다보면 안 된다. 혹시 본다고 해도 알은체를 하면 위험해질 수 있어."

"아버지, 당장 그 장소를 알려 주세요. 매일 그곳에 가겠어요."

그때부터 루시는 날씨가 어떻든 매일같이 그 장소에 나가 두 시간씩 기다렸다. 시계가 2시를 치면 그곳에 갔다가 4시가 되면 터벅터벅 돌아왔다. 비가 내리지 않고 날씨도 그리 춥지 않은 날에는 딸을 데려가기도 했다. 그렇지 않은 날에는 혼자 서 있었지만 단 하루도 거른 적이 없었다.

그곳은 좁고 구불구불한 길에 있는 어둡고 더러운 길모퉁이였다. 그 길모퉁이에 집이라고는 장작 나무를 패는 나무꾼이 살고 있는 오두막 하나뿐이었다. 이 집 말고는 사방이 담이었다. 루시가 그곳에 나간 지 사흘째 되던 날에 나무꾼이 루시를 발견했다.

"안녕하시오, 여성 시민 동지."

"안녕하세요, 애국 시민 동지."

이제는 이런 인사가 법률로 정해져 있었다. 얼마 전까지만 해도 애국 시민끼리 자발적으로 하던 인사였는데, 이제는 모든 사람이 지켜야 하는 법이 된 것이다.

"여성 시민 동지, 여기에서 산책하십니까?

"네, 보시다시피요. 애국 시민 동지."

과장된 몸짓을 잘하는 (한때는 도로 수리공이었던) 왜소한 나무꾼이 감옥을 흘끗 쳐다보며 감옥을 가리키더니 쇠창살을 표현하는 듯 열 손가락을 제 얼굴에 갖다 댄 다음 그 사이로 익살맞게 들여다보는 흉내를 냈다.

"하긴 내가 상관할 바가 아니지."

나무꾼이 말하더니 장작 패는 일을 계속했다.

다음 날 나무꾼은 루시가 오기를 기다렸다가 루시가 나타나자 말을 걸었다.

"아이고? 또 산책을 하시는군요. 여성 시민 동지?"

"네. 애국 시민 동지."

"아! 오늘은 아이도 같이 왔네요! 꼬마 시민 동지, 어머니시니?"

"엄마, '네' 라고 대답할까요?"

어린 루시가 엄마에게 바싹 붙으며 속삭였다.

"그래, 아가야."

"네. 애국 시민 동지."

"하긴! 그렇지만 내가 상관할 바가 아니지. 난 내 일이나 해야지. 내 톱을 좀 보시오! 난 이걸 내 작은 기요틴이라고 부른다오. 랄랄라, 랄랄라! 남자의 목을 베어라!"

나무꾼은 이렇게 소리치면서 장작을 잘라 바구니에 던져 담았다.

"난 자칭 '장작 기요틴의 삼손'이라오. 자, 여길 봐요! 룰룰루, 룰룰루! 여자의 목을 베어라! 자, 이제 아이의 차례다. 간질, 간질. 까르르, 까르르! 아이의 목을 베어라. 온 가족을 베어라!"

장작 두 개를 더 바구니에 던져 넣는 나무꾼의 모습을 보고 있으려니 루시는 온몸에 소름이 끼쳤다. 하지만 나무꾼이 일을 하는 동안 그의 눈에 띄지 않고 거기에 있을 수는 없었다. 그래서 루시는 나무꾼 눈에 거슬리지 않게 먼저 말을 걸었고 종종 나무꾼에게 술값을 쥐어 주기도 했는데 그러면 그는 그 돈을 냉큼 챙겨 넣곤 했다.

나무꾼은 호기심이 많은 남자였다. 가끔씩 루시가 감옥 지붕 창살을 바라보며 남편을 생각하느라 그를 새까맣게 잊고 있으면, 나무꾼은 어느새 의자에 한쪽 무릎을 올리고 장작을 자르던 톱을 멈춘 채 루시를 바라보고 있었다. 루시가 나무꾼이 자신을 바라본다는 걸 알아차리면 나무꾼은 "하긴 내가 상관할 바가 아니니까!"라고 말하며 다시 열심히 장작을 자르기 시작했다.

눈과 서리가 내리는 겨울에도, 꽃샘추위가 기승을 부리는 봄에도, 뜨거운 직사광선이 쏟아지는 여름에도, 추적추적 비가 내리는 가을에도, 그리고 다시, 눈과 서리가 내리는 겨울이 돌아올 때까지 루시는 매일 두 시간씩 그 장소에서 기다렸다. 매일 그곳을 떠날 때면 감옥의 벽을 향해 키스를 날렸다. 대여섯 번에 한 번은 남편이 자신을 본다고 아버지한테 들었다. 그나마도 두세 번은 이동 중에 스치듯이 본다고 했다. 일주일이나 2주일씩 못 보는 때도 있었다. 하지만 가끔이라도 여건이 되면 남편이 자신을 볼 수 있고, 또 실제로 보기도 한다는 사실만으로 충분했기에 루시는 그 가능성만 믿고 하루도 거르지 않고 일주일 내내 그곳에 나갔다.

이렇게 매일 하다 보니 12월이 왔고, 그때까지도 박사는 멀쩡한 정신으로 그 공포 속을 걸어 다녔다. 눈발이 가볍게 흩날리는 어느 오후, 루시는 여느 때처럼 길모퉁이에 도착했다. 그날은 '사나운 환희의 축제'[1] 날이었다. 루시는 길을 걸으면서 집집마다 꽂혀 있는 붉은 모자가 걸린 짧은 창을 바라보았다. 모자에는 '자유와 평등, 박애가 아니면 죽음을 달라. 공화국은 하나요, 나눌 수 없다.'는 슬로건이 (물론 그들이 좋아하는 삼색으로) 적힌 삼색 리본이 달려 있었다.

나무꾼이 운영하는 초라한 가게는 형편없이 좁아서 이 슬로건을 다 써 넣기에는 공간이 턱없이 부족했다. 나무꾼은 누군가에게 문구를 써 달라고 부탁했는데, 그 누군가도 겨우 죽음이라는 말을 비뚤배뚤하게 적어 넣을 수 있었다. 나무꾼은 애국 시민이라면 응당 그렇게 해야 한다는 듯 가게 지붕에 창과 모자를 걸어 두었고, '귀여운 성 기요틴'이라고 적은 톱을 창가에 세워 두었다. 그 무렵 위대하고 날카로운 여인 기요틴을 신성시하는 게 일종의 유행처럼 번져 있었다. 나무꾼 가게가 닫혀 있었기에 루시는 안심하고 그 장소에 조용히 혼자 서 있었다.

---

1 1793년 프랑스에서 일어난 일종의 종교 배척 운동이었다. 당시에는 가톨릭 성직자들이 지키기를 포기한 교회들이 많았다. 그래서 혁명의 주도 세력이었던 시민들은 '종교가 아니라 자유를 위하여(no Religion but Liberty)'라는 모토를 내걸고 도시를 행진하며 방치된 교회 건물들을 파괴하는 행사를 벌였다. 실제 사건이 일어난 것은 12월이 아니라 11월 10일이다.

하지만 나무꾼은 그리 멀리 있지 않았다. 그때 어디선가 시끄러운 함성이 들려왔고 루시는 두려움에 휩싸였다. 이윽고 감옥 담장 모퉁이에서 사람들이 떼를 지어 나타났다. 그 무리 안에 방장스와 그녀의 손을 잡은 나무꾼이 있었다. 500명은 족히 넘어 보이는 사람들이 5천 명의 악마처럼 춤을 추고 있었다. 춤의 반주라고는 그들이 부르는 노래가 다였다. 그들은 당시에 한창 유행하던 혁명 노래에 맞추어, 다 함께 이를 갈기라도 하는 것처럼 빠드득빠드득 무시무시한 소리를 내가며 춤을 추고 있었다. 남자와 여자, 혹은 여자와 여자, 혹은 남자와 남자가 어울려 함께 춤을 추는 모습은, 마치 어떤 위험을 피해 똘똘 뭉치기로 한 사람들 같았다. 처음에는 단지 너절한 붉은 모자와 너절한 모직 넝마의 물결 같았으나, 그 물결이 감옥 담장 모퉁이에 있는 루시 주변까지 다가오자, 군중 속에서 섬뜩한 유령 같은 것이 미쳐 날뛰듯이 솟아올랐다. 사람들은 전진과 후진을 반복했다. 그들은 서로 마주 보고 손뼉을 치는가 하면 서로의 머리를 움켜잡기도 했고, 제자리에서 각자 뱅뱅 도는가 하면 짝을 지어 빙빙 돌기도 했다. 그러다가 여러 명이 떨어져 나와 앉아서 쉬면 나머지 사람들끼리 서로 손을 잡고 다 같이 원을 이루어 빙빙 돌았다. 어느 순간 커다란 원이 쪼개져 서너 명씩 뭉친 여러 개의 작은 원으로 바뀌었고, 그 작은 원들이 빙빙 돌아가다가 마침내 멈추어 섰다. 그리고 다시 그 과정이 시작되었다. 전진, 후진, 마주보고 손뼉 치기. 머리 움켜잡기, 혼자 돌기, 짝지어 돌기, 다 함께 큰 원 그리며 돌기를 다시 반복했는데 이번에는 아까와 반대 방향으로 돌았다. 그러다가 갑자기 다 함께 멈추어 서더니 이번에는 새로운 춤을 추기 시작했다. 그들은 도로를 채우고 줄을 서서 고개는 낮게, 손은 높이 향하고 비명을 지르며 서로 덮치듯이 달려들었다. 아무리 끔찍한 싸움도 그들의 춤에 대면 반의반만큼도 무섭지 않았다. 단언컨대, 그것이 한때는 순진무구한 놀이였을지 몰라도 이제는 아주 타락해 버린 파괴적인 선동 수단에 불과했다. 예전에는 건전했던 유희가 이제는 피를 끓어오르게 하고 감각을 혼란스럽게 하고 심장을 딱딱하게 하는 수단으로 전락한 것이었다. 물론 그 군무에도 원래는 우아한 면이 있었을 것이다. 그러나 그런 우아함이 타락하면 더 흉악해지는 법이다. 말하자면 이 군무는, 본래 선한 것들이 뒤틀리고 왜곡되면 어떻게 되는지를 극명하게 보여 주는 예라 할 수 있었다. 풀어 헤친 처녀의 가슴, 헝클어진 얌전한 소녀의 머리, 피가 고인 진창에서 첨벙대는 섬세하고 고운 발, 이 모든 것이 해체된 과거를 보여 주는 표상들이었다.

이것은 '카르마뇰'이라는 춤이었다. 춤을 추던 무리들이 지나가고 나서도 몹시 겁을 먹은 루시는 나무꾼의 가게 앞에 넋이 나간 채 서 있었다. 이때 아무 일도 없었다는 듯이 새털 같은 함박눈이 사뿐사뿐 날리기 시작했고 곧 소복이 쌓였다.

루시는 잠시 눈을 가리고 서 있었다. 그러다가 손을 떼고 고개를 들자 눈앞에 마네트 박사가 서 있었다.

"아, 아버지! 정말 잔인하고 끔찍한 광경이었어요."

"안다. 애야, 알고말고. 나도 여러 번 봤단다. 하지만 겁먹지 마라! 저 사람들은 너를 해치지 않아."

"아버지, 저는 괜찮아요. 무섭지 않아요. 하지만 찰스를 생각하면, 저 사람들이 자비를……."

"이제 곧 저 사람들 손에서 찰스를 구해 낼 거다. 좀 전에 찰스가 창문으로 올라가는 모습을 보고, 너에게 알려 주러 왔단다. 오늘은 이곳에 아무도 없구나. 저 꼭대기 지붕에 난 창을 향해 네 키스를 전해 주렴."

"네, 아버지, 그럴게요. 키스와 함께 제 영혼도 그이에게 보낼게요."

"가엾은 우리 딸, 찰스가 보이니? 안 보이지?"

"네. 아버지, 안 보여요."

루시가 손으로 키스를 전하면서 흐느꼈다.

"보이지 않네요!"

그때 쌓인 눈 위로 발자국이 찍혔다. 마담 드파르주였다.

"안녕하시오. 애국 시민."

박사가 말했다.

"안녕하세요. 애국 시민."

마담 드파르주가 지나가면서 한 말은 이게 다였다. 마담 드파르주는 하얀 도로에 드리운 그림자처럼 그렇게 사라졌다.

부녀는 그 자리를 떠났다.

"애야, 팔짱을 끼렴. 여기서부터는 찰스를 위해서라도 밝고 씩씩하게 걸어가자꾸나. 그래 잘했다. 참, 그동안 우리가 공연히 헛수고를 한 것은 아니었던 것 같구나. 내일 찰스가 재판을 받게 되었단다."

"내일이오!"

"지체할 시간이 없구나. 철저히 준비를 해 두긴 했지만 조심해야 할 일들이 있단다. 찰스가 실제 재판정에 나올 때까지는 우리가 할 수 있는 일이 없거든. 찰스는 아직 통보받지 못했겠지만 내일 재판을 받고 콩시에르주리 감옥으로 이감될 거라고 하더구나. 때마침 운 좋게 알아냈지. 겁먹을 필요 없단다. 알겠니?"

루시가 간신히 대답했다.

"전 아버지를 믿어요."

"그래, 무조건 나만 믿어라. 루시, 이제 마음 졸이며 사는 것도 얼마 안 남았다. 몇 시간 후면 찰스가 네 품으로 돌아올 거야. 내가 어떻게든 찰스를 보호하마. 어서 로리 씨를 만나러 가야겠다."

박사가 발걸음을 멈췄다. 육중한 바퀴가 덜컹거리며 굴러 오는 소리가 들렸다. 둘은 그 소리가 무엇을 의미하는지 잘 알고 있었다. 하나. 둘. 셋. 사형수 수송 마차가 겁에 질린 죄수들을 태우고 사뿐사뿐 흩날리는 눈길 위로 굴러갔다.

"로리 씨를 만나러 가야겠다."

박사가 방향을 틀며 말했다.

건강한 노신사 로리는 아직 은행에 있었다. 사실 은행을 떠나 본 적이 없었다. 재산을 몰수해 국유화하는 일과 관련해서, 로리와 로리의 장부를 찾는 사람들이 많았다. 로리는 재산의 원래 주인들에게 찾아 줄 수 있는 것은 모두 찾아 주었다. 텔슨 은행의 자산은 물론, 비밀을 잘 지키는 것으로 말하자면 로리만 한 직원이 없었기 때문이었다.

검붉고 누런 하늘과 센 강에서 물안개가 피어오르는 것을 보니 어둠이 가까이 오고 있는 모양이었다. 부녀가 은행에 도착했을 때는 해가 거의 다 저문 후였다. 예전에는 위풍당당하던 각하의 저택이 이제는 황폐하고 적막하기 이루 말할 수가 없었다. 뜰 안에 수북이 쌓인 재와 먼지 위에 이런 글자가 적혀 있었다. '국유 재산, 하나이며 나눌 수 없는 공화국. 자유와 평등, 박애가 아니면 죽음을 달라!'

그때 로리와 같이 있던 사람은 누구일까? 의자 위에 걸쳐 놓은 승마용 외투의 주인은 누구일까? 얼굴이 보이지 않던 그 사람은 누구일까? 흥분한 기색으로 뛰어나와 박사와 포옹을 나누는 로리와 대화를 나누던 사람, 방금 이곳에 도착한 그 사람은 누구일까? 로리가 방금 나온 방문 쪽을 바라보고 큰 소리로 루시의 말을 따라 하여, 그 내용을 들려주려던 사람, 그 방 안에 있던 그 사람은 누구일까?

"찰스가 내일 재판을 받고 콩시에르주리로 이감이 된다고요?"

6장
승리

판사 다섯 명과 검사, 단호한 배심원단이 모인 자리에서 매일 무시무시한 재판이 열렸다. 매일 저녁 재판 일정이 발표되면, 각 감옥의 간수들이 죄수들에게 명단을 읽어 주었다. 그때마다 간수들이 농담처럼 말했다.

"야, 안에 있는 놈, 너! 나와서 저녁 뉴스 들어."

"샤를 에브레몽드, 일명 다네이!"

드디어 라포르스 감옥에서 저녁 뉴스가 시작되었다.

이름이 불리면 그 이름의 주인들은 절망적인 안건으로 분류된 사람들을 위해 마련된 장소로 옮겨 가게 되어 있었다. 다네이라고 불리는 샤를 에브레몽드는 이미 그 방의 용도를 잘 알고 있었다. 그렇게 죽는 사람을 수없이 보아 왔기 때문이었다.

다네이의 책임자인, 얼굴이 부어터진 간수가 안경 너머로 흘끗거리며 다네이가 제자리에 있는지 확인했다. 그는 명단을 읽는 내내 이름을 호명할 때마다 그렇게 잠깐씩 멈추고 흘끗 쳐다보곤 했다. 명단에 총 스물세 명이 있었지만 대답한 사람은 스무 명뿐이었다. 재판에 회부된 죄수 중에 한 명은 감옥에서 죽었고 두 명은 단두대에서 이미 죽은 것을 깜빡 잊었던 것이다. 지금 명단을 읽고 있는 이곳은 다네이가 감옥에 도착한 날 밤 한 무리의 죄수들을 만났던, 천장이 둥근 그 방이었다. 그 죄수들은 그때 이미 대량 학살로 죽은 사람들이었고, 그 후 알게 되어 서로 걱정해 주던 사람들도 모두 형장의 이슬로 사라졌다.

모두들 서둘러 작별 인사와 따뜻한 말들을 건넸지만, 이런 헤어짐의 시간도 금방 끝이 났다. 매일 일어나는 일이었다. 라포르스 사람들은 이런 저녁을 위해 몇 가지 벌칙 게임과 작은 음악회를 준비했다. 그리고 죄수들은 모두 감옥 정문에 모여서 그곳에 눈물을 뿌렸다. 게임과 음악회에 참여했던 그 죄수들이 머물던 스무 개 감방은 곧 다른 죄수들로 채워질 것이다. 얼마 안 가 밤을 지키는 감시견이 감방과 복도를 순찰하게 되면 감방 문도 곧 다시 잠길 것이다. 죄수라고 해서 감정이나 인정이 없는 것은 아니었다. 사람의 행동은 각자 살아온 인생에 따라 나타나기 마련이다. 미묘한 차이는 있겠지만, 어떤 죄수들은 흥분이나 도취에 잘 빠지는 유형이라서 공연히 기요틴에 맞서다 기요틴에서 생을 마감한다. 단순히 허세를 부리다가 그리되는 것이 아니었다. 전염성이 심한 일들은 대중의 마음을 심하게 뒤흔든다. 전염병이 돌면 어떤 사람들의 마음속에는 끔찍한 그 전염병에 걸려 죽고 싶은 은밀한 욕구가 싹튼다. 우리는 모두 마음속에, 여건만 조성되면 언제든 드러나기 마련인 그런 놀라운 욕구를 숨기고 살아간다.

콩시에르주리로 가는 길은 짧고도 어두웠고, 해충이 들끓는 감방에서 보내는 밤은 길고도 추웠다. 다음 날 다네이의 이름이 호명되기 전에 죄수 열다섯 명이 재판장에 끌려갔다. 열다섯 명 모두 사형 선고를 받았는데, 이들의 재판에 걸린 시간은 한 시간 반이었다.

"샤를 에브레몽드, 일명 다네이."

마침내 다네이가 불려 나갔다.

판사들이 깃털 모자를 쓰고 판사석에 앉아 있었지만 너저분한 붉은 모자를 쓰고 삼색 배지를 단 사람들이 훨씬 많았다. 그때 다네이는 배심원과 소란스러운 청중을 둘러보면서, 세상의 질서가 뒤바뀌어 흉악범이 정직한 사람들을 재판하고 있다는 생각을 했다. 비천하고 악랄하고 흉악한 사람들로 가득한 도시에서 가장 비천하고 악랄하고 흉악한 사람들이 이 재판을 지시하고 이끌고 있었다. 그들은 시끄럽게 지적하고 박수 치고 반대하고 예측하면서 어떠한 확인 절차도 없이 급하게 결론을 내렸다. 남자들은 대부분 여러 가지 무기로 무장하고 있었다. 여자들의 경우, 칼이나 단도를 차고 있거나 재판 중에 계속 음식을 먹고 마시는 여자들도 있었지만 대다수가 뜨개질을 하고 있었다. 그중에 뜨개실을 겨드랑이에 끼고 뜨개질을 하는 여자가 있었다. 여자는 맨 앞줄에 한 남자와 함께 앉아 있었다. 성문에 도착한 이후로 한 번도 못 봤지만 다네이는 그 남자를 금방 기억해 낼 수 있었다. 드파르주였다. 다네이는 그 여자가 드파르주에게 한두 번 귓속말을 하는 걸 보면서 아마도 그의 아내일 거라고 생각했다. 하지만 다네이가 두 사람에게서 알아챈 가장 이상한 점은 둘 다 다네이와 아주 가까운 곳에 앉아 있으면서도 한 번도 자신을 쳐다보지 않았다는 사실이었다. 그 두 사람은 결연한 의지로 뭔가를 기다리는 사람들처럼 오로지 배심원들만 쳐다봤다. 재판관석 아래에는 평소와 같이 검소하게 차려입은 마네트 박사가 앉아 있었다. 다네이가 보기에, 그곳에 있는 사람들 중 마네트 박사와 자비스 로리는 유일하게 이 재판정과는 아무런 관련이 없는 이방인이었다. 두 사람은 너저분한 카르마뇰 복장이 아니라 평상복 차림이었던 것이다.

일명 다네이, 샤를 에브레몽드가 망명자라는 죄목으로 공화국 검사에게 기소되었다. 모든 망명자는 사형 후 추방한다는 법령에 따라 다네이의 목숨은 공화국에 넘어간 것이나 다름없었다. 그 법령이 다네이가 프랑스로 돌아온 후에 포고되었다는 사실은 전혀 중요하지가 않았다. 다네이는 프랑스에 있었고 프랑스에는 그런 법이 있었으니까. 그리고 프랑스에서 잡혔으니 프랑스가 그에게 목을 달라는 것이 당연했다.

청중들이 소리쳤다.

"저놈의 목을 베어라! 공화국을 배신한 적이다!"

재판장은 종을 울려 고함 소리를 가라앉히고 다네이에게 영국에서 오래 산 것이 사실인지 물었다.

틀림없이 그렇습니다.

그럼 망명자가 아닙니까? 피고는 스스로를 뭐라고 부릅니까?

저는 망명자가 아닙니다. 법의 정신과 이념에 미루어 볼 때 망명자가 아니며 망명자가 되지 않기를 바랍니다.

왜 망명자가 아닙니까? 재판장이 알고 싶어 했다.

저는 자발적으로 저와는 뜻이 맞지 않는 지위와 신분을 포기하고 프랑스를 떠났습니다. 프랑스에서 소작인들의 피땀을 빨아먹으며 살기보다는, 영국에서 스스로 열심히 일해서 먹고살기 위해서 프랑스를 떠난 것입니다. 저는 현재 재판정에서 사용하고 있는 망명자라는 단어가 사용되기 전에 이미 지위를 포기하고 프랑스를 떠난 사람입니다.

증거가 있습니까?

그는 증인 두 명의 이름을 재판장에게 제출했다. 테오필 가벨과 알렉상드르 마네트였다.

하지만 영국에서 결혼하지 않았습니까? 재판장이 그 사실을 상기시켰다.

맞습니다. 하지만 영국 여성이 아닙니다.

그럼, 프랑스 시민이란 말입니까?

네. 그렇습니다. 프랑스 태생입니다.

부인의 이름과 성은?

"루시 마네트입니다. 저기 앉아 계신 훌륭한 의사, 마네트 박사님의 외동딸입니다."

청중들은 이 대답에 긍정적으로 반응했다. 유명하고 훌륭한 의사를 찬양하는 외침이 재판장을 가득 채웠다. 참으로 간사하게도 이 말에 청중들은 감동했고, 좀 전까지만 해도 죄수를 거리로 끌어내 금방이라도 찢어 죽일 것처럼 노려보던 과격한 얼굴들 위로 눈물까지 흘러내렸다.

다네이는 마네트 박사가 반복적으로 알려 준 지시에 따라 위험한 길을 한 걸음 두 걸음 내딛고 있었다. 박사는 좀 전과 마찬가지로 다네이가 한 걸음을 내디딜 때마다 조심스럽게 방향을 지시했고, 그가 한 걸음을 내디딜 때마다 다음 내디딜 자리를 준비했다.

재판장이 왜 프랑스에 돌아왔는지, 왜 좀 더 일찍 돌아오지 않았는지 물었다.

제가 포기한 것들 말고는 프랑스에서 살아갈 방편이 없었기 때문에 더 일찍 돌아오지 못했습니다. 반면에 영국에서는 프랑스어와 문학을 가르치면서 먹고살 수 있었지요. 그러다가 제가 없는 동안에 목숨이 위험에 처한 프랑스 시민의 긴급한 탄원서를 받고 프랑스에 오게 되었습니다. 저는 개인적으로는 어떤 위험에 처하게 되더라도 그 프랑스 시민의 목숨을 구하고 증언을 하기 위해 프랑스로 돌아온 것입니다. 이런데도 공화국 시민 여러분의 눈에는 제가 죄수로 보입니까?

청중들이 뜨겁게 외쳤다. "아니요!" 재판장이 종을 울려 청중을 진정시켰다. 하지만 청중들은 자신들의 의지로 재판정을 떠날 때까지 계속해서 "아니요!"라고 외쳐 댔다.

재판장이 탄원서를 보낸 그 시민의 이름을 물었다. 피고는 그 시민이 자신의 첫 번째 증인이라고 설명하며 그 시민이 보낸 탄원서를 성문에서 압수당했는데, 재판장 앞에 놓인 서류 중에 분명 그 편지가 있을 거라고 확신에 차서 말했다.

마네트 박사는 편지가 거기에 있도록 처리해 두었고 다네이에게도 그 사실을 미리 알려 주었다. 또, 재판의 이 단계에서 편지가 증거물로 제출되어 읽힐 수 있도록 조치해 두었다. 시민 가벨이 불려 나와 자신의 편지를 확인했다. 시민 가벨은 더없이 차분하고 공손한 태도로 공화국의 수많은 적들로 인해 재판정에서 처리해야 할 일이 너무 많아서 자신이 아베이 감옥에 잠깐 방치되어 있었다고 진술했다. 사실 가벨은 3일 전까지만 해도 재판장과 애국 시민들의 기억 속에 없었다. 가벨은 재판장 앞에 불려 나갔고, 시민 에브레몽드, 일명 다네이가 체포되어 자신의 혐의가 풀렸다는 배심원의 판결에 따라 석방되었다고 진술했다.

다음은 마네트 박사가 증언할 차례였다. 박사는 개인적인 인기도 높았지만 논리적으로 말을 잘하는 사람으로도 이미 정평이 나 있었다. 박사는 피고 다네이가 자신이 오랜 수감 생활에서 풀려난 후 처음으로 사귄 친구로 영국에서 계속 살아온 것이 맞는다고 확인했다. 그리고 그가 영국에서 함께 사는 동안 자신과 자신의 딸에게 매우 충실하고 헌신적이었다고 말했다. 또, 영국에서 살면서도 귀족 정부에 동조하기는커녕 미국을 옹호하는 영국의 적으로 찍혀 재판까지 받았다고 진술했다. 박사가 진실 되고 솔직하게, 그리고 더없이 신중하게 이런 상황들을 진술하자 배심원과 대중은 모두 하나가 되어 그의 말에 동조했다. 박사가 로리 씨의 이름을 거론하며 다네이가 영국에서 그렇게 재판받는 모습을 목격한 영국 신사분이 이곳 법정에 나와 있으며 그분이 자신의 얘기에 덧붙여 증언을 해 줄 것이라고 하자 마침내 배심원단은 이미 진술은 충분히 들었으니 재판장이 허락하면 당장이라도 표결에 붙이고 싶다는 의견을 내놓았다.

배심원단이 한 명씩 투표를 할 때마다 (당시에는 배심원들이 큰 소리로 각자 자신의 의견을 말했다) 청중석에서 박수갈채가 터져 나왔다. 모두 목소리를 모아 죄수를 옹호했고 재판장에게 죄수를 석방하라고 요구했다.

청중들이 자신들의 변덕스러운 열기에 만족감을 느껴서 그런 것인지, 아니면 관대하게 자비를 베풀고 싶다는 충동이 일어서 그런 것인지, 그것도 아니면 그간 무수히 저질러 온 잔인한 행동들을 조금이라도 갚고 싶다고 여겨서 그런 것인지는 알 수 없으나, 평소와는 다른 이상한 광경이 연출되기 시작했다. 이런 이상한 광경이 어떤 동기에서 비롯된 것인지는 딱 꼬집어 말하기가 힘들었다. 아마도 이 세 가지 감정이 모두 동기로 작용했겠지만, 그중에서도 관대하게 자비를 베풀고 싶다는 충동이 가장 큰 요인이었을 것이다. 다네이에게 무죄가 선고되자 청중은 피를 펑펑 흘리던 그때처럼 이번에는 눈물을 펑펑 흘렸다. 수많은 남녀 군중들이 죄수에게 달려들어 형제처럼 안아 주었는데, 오랜 기간 열악한 환경에서 갇혀 지낸 다네이는 금방이라도 지쳐 쓰러질 것만 같았다. 사실 다네이는 오늘 이 사람들이 다른 분위기에 휩쓸리면 언제라도 지금처럼 맹렬하게 달려들어 자신의 몸뚱이를 갈기갈기 찢어 거리에 흩뿌리리라는 것을 너무나도 잘 알고 있었기에 더더욱 몸을 지탱하고 서 있기가 힘들었다.

다른 피고에 대한 재판을 진행해야 했기 때문에 다네이는 재판정에서 내려왔고 덕분에 청중들의 열렬한 포옹에서 벗어날 수 있었다. 이어질 다음 재판은 피고 다섯 명에 대한 반역죄 심판이었다. 다섯 명 모두 말이나 행동으로 공화국을 돕지 않았다는 것이 기소 이유였다. 재판부는 그 재판이 다네이 때문에 잃어버린 재판부와 국가의 위엄을 만회할 기회라도 되는 것처럼, 다네이가 재판정을 떠나기도 전에 다섯 명에게 '스물네 시간 안에 처형'이라는 선고를 벼락같이 내려 버렸다. 다섯 명 중 첫 번째 죄수가 다네이에게 다가와서 감옥에서 으레 사형이라는 뜻으로 통하는 신호(손가락을 들어 위를 가리키는 것)를 보여 주었다. 이어서 다섯 명은 다 함께 "공화국 만세!"라고 외쳤다.

사실 이들 다섯 명 죄수에게는 재판 절차를 오래 들어 줄 청중도 없었다. 그도 그럴 것이 다네이와 마네트 박사가 재판정 밖으로 나가기도 전에 이미, 법정에 있던 사람들이 모두 빠져나가 문 앞에 밀집해 있었던 것이다. 법정에서 다네이가 보았던 얼굴들은 모두 거기에 있었다. 단 두 사람만 빼고 말이다. 다네이는 주변을 둘러보며 그들을 찾으려 했지만 그들은 끝내 보이지 않았다. 다네이가 밖으로 나오기가 무섭게, 군중들은 울부짖으며 다네이를 차례차례 껴안아 줌으로써 새 생명을 얻게 된 것을 축하했다. 군중들의 움직임은 마치 강둑 위로 넘실대는 물결 같았고, 그 물결은 물가에 서 있는 사람들을 휩쓸어 가기라도 할 것처럼 미친 듯이 거세게 일렁이고 있었다.

군중들이 법정 안에서인지 복도에서인지, 아무튼 어디에선가 들고 나온 커다란 의자에 다네이를 앉혔다. 의자에는 붉은 깃발이 드리워져 있었고, 그 뒤로는 창 하나가 꽂혀 있었고 그 창에는 붉은 모자가 걸려 있었다. 마네트 박사가 간청했지만 다네이를 개선 가마에 태워 집으로 데려가려는 사람들을 막을 수는 없었다. 순식간에 다네이는 붉은 모자가 넘실대는 격렬한 파도 위로 떠올랐다. 다네이는 그 격렬한 파도 속에 잔해처럼 떠다니는 얼굴들을 내려다보면서 자신이 미친 것은 아닌지, 지금 이 가마에 실려 기요틴으로 가고 있는 것은 아닌지 수도 없이 의심했다.

다네이를 받들고 가는 내내 계속 다네이를 손가락으로 가리키거나 감격에 겨워 자기들끼리 서로 얼싸안는 이 악몽 같은 행렬이 계속 이어졌다. 군중들이 행진을 하는 사이에 공화국의 붉은 깃발들이 꺾이고 그들의 발에 마구 짓밟히는 통에 눈 내린 거리의 길바닥은 더 짙은 붉은색으로 물들었다. 그들은 공화국의 상징인 붉은색으로 가득한 거리를 지나 마침내 다네이의 집 앞에 당도했다. 아까 법정을 떠난 마네트 박사가 이미 집에 도착해 루시를 준비시켜 놓고 있었다. 다네이가 가마에서 내려와 두 발로 땅을 디디고 서자 루시는 정신을 잃고 남편의 품에 쓰러지고 말았다.

다네이가 루시를 품에 꼭 안고는, 군중들이 자신의 눈물과 아내의 입술을 보지 못하도록 루시의 머리를 군중들 쪽으로 돌려세우자 몇몇 군중들이 춤을 추기 시작했다. 삽시간에 춤은 나머지 사람들에게 옮겨 붙었고 안뜰은 카르마뇰을 추는 사람들로 넘쳐 났다. 그러다가 군중들은 자기들 중에서 어떤 젊은 여자를 번쩍 안아 빈 가마에 앉히고는 그녀가 자유의 여신이라도 되는 것처럼 이리저리 모시고 다녔다. 점점 불어나는 인파는 근처 거리를 모두 채우고 강둑과 다리 위로 흘러 넘쳤다. 사람들을 끊임없이 빨아들이는 카르마뇰이 소용돌이처럼 거세게 빙글빙글 돌아가고 있었다.

다네이는, 승리를 거둔 개선장군처럼 자신 앞에 자랑스럽게 서 있는 마네트 박사의 손을 덥석 잡았다. 그리고 숨을 헐떡이며 카르마뇰의 물기둥을 헤치고 달려온 로리의 손을 잡았다. 그런 다음 다네이는 어린 루시를 번쩍 들어 올려 아빠의 목을 팔로 끌어안는 딸아이에게 키스를 했고, 어린 루시를 다시 받아 안은, 늘 활기차고 충직한 미스 프로스와도 포옹을 나누었다. 다네이는 루시를 팔로 부축해 방으로 데려갔다.

"루시, 내 사랑! 이제 살았소."

"오, 사랑하는 찰스, 제 기도를 들어준 하느님께 무릎 꿇어 감사 기도를 올려야겠어요."

두 사람은 경건하게 머리와 가슴을 숙여 기도했다. 루시는 다시 다네이의 품에 안겼고 다네이가 말했다.

"이제 아버님께 감사 인사를 드려야겠군요. 프랑스 전체에서 저를 위해 이렇게까지 애써 주실 분은 아버님밖에 없을 겁니다."

루시는 아주 오래전 아버지가 그 불쌍한 얼굴을 제 가슴에 묻었던 것처럼, 이번에는 제 얼굴을 아버지의 가슴에 묻었다. 마네트 박사는 루시에게 신세를 갚은 것이 더없이 기뻤다. 예전에 겪었던 고통에 보상을 받은 것 같았을 뿐 아니라 자신의 능력이 자랑스러웠다. 박사는 딸을 다독였다.

"얘야, 약해지면 안 된다. 그렇게 떨지 마라. 내가 네 남편을 구하지 않았니."

"내가 네 남편을 구하지 않았니."

감옥에서 자주 꾸던, 집으로 돌아오는 꿈에서 듣던 말이 아니었다. 다네이는 정말로 집에 와 있었다. 하지만 루시는 알 수 없는 커다란 공포감에 휩싸인 채 여전히 떨고 있었다.

안개가 자욱하게 끼어서 주변이 온통 침침했다. 그리고 사람들이 언제 또다시 복수심을 드러낼지 알 수 없는 노릇이었다. 군중들은 복수심에 사로잡혀 점점 더 변덕스러워졌고, 끊임없이 무고한 사람들에게 애매한 혐의를 씌워 순전히 악의로 그들을 사형대로 보냈다. 루시는, 남편처럼 무고하고 누군가에게는 아주 소중한 사람들이, 남편이 빠졌던 운명의 늪에 똑같이 빠져 계속 죽어 나간다는 사실을 한시도 잊을 수가 없었다. 남편이 그런 운명에서 벗어났으니 마땅히 마음이 가벼워져야 했지만 루시의 마음은 그렇지가 못했다. 때는 추운 겨울날이었다. 오후 무렵 그 끔찍한 수송 마차가 거리를 굴러갔다. 루시는 수송 마차에 실려 가는 사형수들을 눈으로 좇으며 그 속에서 남편을 찾다가, 문득 현실을 깨닫고 눈앞에 있는 남편에게 바싹 매달리며 몸서리를 쳤다.

마네트 박사는 루시를 동정 어린 마음으로 달래면서도 나약해진 딸과 달리 강인한 모습을 보여 주어 주위 사람들을 놀라게 했다. 예전 그 다락방에서 구두를 짓던 북탑 105호의 모습은 그 어디에서도 찾아볼 수 없었다. 마네트 박사는 이렇게 스스로 세웠던 임무를 완수했고 딸에게 했던 다네이를 살리겠다는 약속도 지켰다. 모두에게 자신을 믿고 의지해도 된다는 것을 직접 보여 준 셈이었다.

루시네 가족은 아주 검소하게 살림을 꾸렸다. 가급적이면 인민들에게 반감을 사지 않는 것이 목숨을 부지하는 가장 확실한 방법인 까닭도 있었지만, 무엇보다도 그들은 부자가 아니었다. 다네이가 감옥에 있는 동안, 간수들에게 쥐어 줄 사례금과 형편없는 음식에 대면 참으로 과한 밥값을 댄 것은 물론이요, 감옥에 있는 더 가난한 죄수들을 위해서도 여러 가지 비용을 부담했기 때문이었다. 이런 원인도 있었지만, 하인을 고용하지 않았던 또 다른 이유는 가정부를 가장한 지역의 첩자를 피하기 위해서였다. 짐꾼 노릇을 하는 시민들이 가끔씩 안뜰 문까지 짐을 부려 주는 것 외에는 제리가 그 역할을 도맡아 했고(로리가 그렇게 하도록 조치를 취해 주었다), 그러다 보니 제리는 매일 밤 루시네 집에서 자게 되었다.

집집마다 대문이나 문설주에 모든 거주자의 이름을 읽기 편하게 일정한 크기로 정해진 높이에 적어 놓아야 한다는 것이 '자유와 평등, 박애가 아니면 죽음을 달라'는 공화국의 법이었다. 따라서 제리 크런처의 이름도 문설주 아래쪽에 적혀 있었다. 오후 그림자가 길어질 때쯤, 그 이름의 주인 제리가 나타났다. 그는 마네트 박사가 일명 다네이, 샤를 에브레몽드의 이름을 추가로 써넣기 위해 고용한 페인트공을 감독하고 있었다.

사회 전체에 퍼져 있던 공포와 불신 때문에 세상이 어두워지면서 일상적이고 사소한 삶의 방식도 모두 바뀌어 버렸다. 조촐한 살림이긴 했지만 마네트 박사의 집도 여느 집과 마찬가지로 저녁이면 평범한 생필품들을 여러 구멍가게를 들러 가며 조금씩 사야 했다. 가급적이면 이목을 끌지 않고 구설수에 오르내리지 않으며 시기와 질투를 사지 않는 것이 모든 이의 바람이던 시절이었다.

지난 몇 달간 미스 프로스와 제리가 생필품을 조달하는 임무를 맡아 왔다. 미스 프로스는 지갑을 들고 다녔고 제리는 장바구니를 들었다. 매일 오후, 도로에 가로등이 켜질 때쯤이면 두 사람은 이 임무를 수행하러 나갔고 필요한 물건을 사 가지고 집으로 돌아왔다. 오랫동안 프랑스인 가족과 살아온 미스 프로스는 마음만 먹었다면 프랑스어도 영어 못지않게 구사할 수 있었을 텐데 그녀는 그럴 마음이 전혀 없었다. 따라서 미스 프로스는 '쏼라쏼라 하는 소리'(미스 프로스는 프랑스어를 늘 그렇게 불렀다)를 제리만큼도 못했다. 그러다 보니 장을 볼 때면 사려는 물건을 설명하는 게 아니라 가게 점원에게 그저 단어만 툭툭 던지는 식이었는데, 자신이 원하는 물건의 이름이 생각나지 않을 때는 그 물건을 찾아서 집어 들고 계산이 끝날 때까지 손에서 내려놓지 않았다. 미스 프로스는 물건을 든 채로 적당한 가격이 정해질 때까지, 그러니까 장사꾼이 손가락을 몇 개를 들어 보이든 무조건 거기에서 손가락 하나를 뺄 때까지 흥정을 했다.

기쁨에 겨워 눈시울까지 붉어진 미스 프로스가 말했다.

"자, 크런처 씨. 준비됐으면 갑시다."

제리는 쉰 목소리로 준비됐다고 말했다. 제리의 손가락에 밴 녹물은 오래전에 지워졌지만 삐죽삐죽 뻗은 머리카락은 아직도 여전했다. 미스 프로스가 말했다.

"오늘은 사야 할 게 많다우. 그런데 시간이 빠듯하겠구먼. 무엇보다도 와인이 좀 필요한데. 술 파는 곳마다 붉은 머리들이 죽 치고 앉아 축배를 들고 있을 것 아니우."

제리가 대꾸했다.

"미스 프로스도 참, 그래 봤자 그 사람들이 무슨 말을 하는지도 모르면서, 뭘. 그 작자들이 미스 프로스의 건강을 위해 축배를 드는지 어떤 늙은 놈을 위해 축배를 드는지도 모르잖아요."

"늙은 누구라고요?"

미스 프로스가 말했다.

제리가 조금 머뭇거리면서 '늙은 닉(Old Nick)'[1]이라고 말하려 했던 것이라고 설명했다. 미스 프로스가 말했다.

"하하! 그건 따로 통역할 필요가 없는 말이지. 세상에 그 별명에 딱 어울리는 놈들은 단 하나뿐이니까. 한밤의 살인자, 타락한 놈들."

"어머나, 쉿! 제발 말조심 좀 해요!"

루시가 소리쳤다. 미스 프로스가 말했다.

"알았어요, 알았어. 내 조심하리다. 근데 우리끼리 하는 얘기지만, 양파 냄새며 담배 냄새를 풀풀 피우는 놈들끼리 한길에서 서로 부둥켜안고 그러지나 말았으면 좋겠다우. 그리고 제발, 병아리 아가씨는 내가 돌아올 때까지 난롯가에서 한 발짝도 떼지 말고요! 되찾은 남편이나 잘 보살피란 말이우. 내가 돌아올 때까지는 그 예쁜 머리를 남편 어깨에서 꼭 붙이고 계시란 말이지, 내 말은. 그나저나 박사님, 나가기 전에 뭐 하나 여쭤 봐도 되겠수?"

"그야말로 미스 프로스 자유지요."

박사가 웃으며 대답했다.

"제발 그 자유 얘기 좀 그만하면 안 되우? 충분히 들었다니까."

미스 프로스가 말했다.

"어머나, 쉿. 또 그러시는 거예요?"

---

1 영어권에서는 'Old Nick'이라는 말을 악마라는 뜻으로 사용한다. 여기서 Nick은 《군주론》을 쓴 니콜로 마키아벨리(Niccolo Machiavelli, 1469~1527) 의 이름에서 유래된 것이다. 당시 영국인들은 마키아벨리를 부패와 교활함의 대명사로 불렀다. 그는 《군주론》에서 "나라를 지키려면 때로는 배신도 해야 하고, 때로는 잔인해져야 한다. 인간성을 포기해야 할 때도, 신앙심조차 잠시 잊어버려야 할 때도 있다. 나라를 다스리면서 할 수 있다면 착해져라. 하지만 필요할 때는 주저 없이 사악해져라."라고 할 만큼 폭력적인 권력을 옹호한 정치 사상가였다. 여기에서 시민들을 'Old Nick'이라 칭한 것은 그들에 대한 반감뿐 아니라 그들의 폭력성에 대한 비판도 함께 표현한 것이다.

루시가 나무랐다.

미스 프로스가 고개를 강하게 끄덕이며 말했다.

"알았수, 아가씨. 내가 묻고 싶은 것은 말이우, 그러니까 나는 인자하신 조지 3세의 국민이었잖수."

미스 프로스가 이름을 말할 때는 예의를 갖췄다.

"그러니까 내가 믿는 건 이거라우. 오, 하느님, 망할 정치며 간교한 책략이며 모두 막아 주소서. 오직 당신만이 우리의 희망이니, 왕을 굽어 살피소서!"

제리는 충성심이 발동했는지 마치 교회 신자처럼 미스 프로스가 하는 말들을 되풀이했다.

"당신이 영국인이라는 걸 자랑스러워한다는 건 기쁜 일이지만, 목소리를 듣자 하니 감기 걸린 거 아니우?"

미스 프로스가 흡족해하며 말했다.

"그건 그렇다 치고, 박사님, 내가 묻고 싶은 건 말이우, 그러니까 우리가 여기를 빠져나갈 가망이 조금이라도 있느냐는 거라우."

이렇듯 미스 프로스는 모두에게 큰 걱정거리인 문제를 가볍게 꺼낼 줄 아는 현명한 사람이었다.

"아직은 아닌 것 같소. 찰스에게는 아직 위험할 수 있거든."

미스 프로스가 한숨을 참으며 난로 불빛에 비친 루시의 머리카락을 힐끗거리며 짐짓 명랑하게 말했다.

"아이고! 그럼 좀 참고 기다려야겠구먼요. 내 동생 살러먼이 늘 하던 말처럼 고개를 빳빳이 들고 싸워야겠구먼요. 그럼, 크런처 씨! 갑시다. 병아리 아가씨는 꼼짝 말아요!"

미스 프로스와 제리는, 루시와 루시의 남편과 아버지와 아이를 환한 난롯가에 남겨 두고 밖으로 나왔다. 로리는 은행에서 곧바로 여기로 오기로 되어 있었다. 미스 프로스는 램프 불을 켰지만 가족들이 방해받지

415

않고 난롯불을 즐길 수 있도록 구석에 걸어 두었다. 어린 루시는 할아버지 곁에 팔짱을 끼고 앉아 있었다. 할아버지는 낮은 목소리로 속삭이듯 손녀에게 옛날이야기를 들려주고 있었다. 감옥 문을 부수고 들어가 한때 자신을 도와주었던 죄수를 구해 준 힘센 요정 이야기였다. 모든 것이 고요하고 안락했고, 루시의 마음은 그 어느 때보다도 평화로웠다.

"그런데 이게 무슨 소리예요?"

별안간 루시가 소리쳤다. 박사가 이야기를 멈추고 루시의 손을 잡았다.

"애야! 진정해라. 네 마음이 어수선해서 그렇지, 놀랄 일은 이제 없단다! 너는 마네트 박사의 딸이잖니!"

루시가 하얗게 질린 얼굴로 목소리를 부르르 떨며 변명하듯 말했다.

"하지만 아버지, 계단 쪽에서 누군가 올라오는 것 같은 낯선 발소리가 들렸어요."

"애야, 계단은 쥐죽은 듯 조용하단다."

박사가 그렇게 말하는 순간, 누군가 세차게 문을 두드렸다.

"아버지, 아버지. 어떡해요! 찰스를 숨겨야 해요. 찰스를 구해야 한다고요."

박사가 일어서서 루시의 어깨에 손을 얹으며 말했다.

"애야, 내가 이미 찰스를 구하지 않았니. 왜 이렇게 약하게 구는 게냐! 내가 나가 보마."

박사가 램프를 손에 들고 가운데 있는 바깥 방 두 개를 지나 문을 열었다. 바닥 위로 무례하게 쿵쿵 걸어 들어오는 발자국 소리가 들렸다. 이윽고 붉은 모자를 쓰고 칼과 권총으로 무장한 남자 네 명이 난폭하게 방으로 들어왔다.

"시민 에브레몽드, 일명 다네이."

첫 번째 남자가 말했다.

"그를 찾는 사람은 누구신지?"

다네이가 대답했다.

"내가 지금 찾잖아. 우리가 찾는다고. 에브레몽드, 난 당신을 잘 알아. 오늘 재판정 앞에 선 당신을 봤거든. 그런데 말이야, 당신은 다시 공화국의 죄수가 되었어."

네 남자는 다네이를 에워쌌고, 아내 루시와 딸은 다네이에게 매달려 있었다.

"대체 왜 내가 다시 죄수가 됐는지 말해 주시오."

"콩시에르주리로 곧장 돌아가 보면 내일 알게 될 거야. 내일 재판을 받게 될 테니까."

마네트 박사는 급작스러운 방문에 돌같이 굳어서, 램프를 손에 쥔 동상처럼 한 손에 램프를 들고 서 있었다. 그는 남자가 하는 말을 가만히 중얼거리더니 램프를 내려놓고 그 남자를 마주 보았다. 그러고는 남자가 입은 붉은색 털옷의 늘어진 앞섶을 거칠게 잡으며 말했다.

"다네이를 안다고 했소? 그럼 내가 누군지도 알겠군."

"네. 압니다. 박사 시민."

"우리 모두 박사 시민을 알지요."

나머지 세 명이 말했다. 박사가 멍하니 남자들을 하나하나 둘러보며 말을 잠시 멈추었다가 다시 낮은 목소리로 말했다.

"그럼 아까 그 질문에 답해 보시오. 어떻게 된 일이오?"

첫 번째 남자가 마지못해 대답했다.

"박사 시민, 생앙투안 지구에서 고발이 들어왔답니다. 이 시민 동지가 생앙투안에서 나온 사람이고요."

그가 두 번째로 들어온 남자를 가리켰다. 지목을 받은 두 번째 남자가 고개를 끄덕이더니 덧붙였다.

"생앙투안에서 고발이 들어왔습니다."

"왜?"

박사가 물었다. 첫 번째 남자가 좀 전처럼 마지못해 말했다.

"박사 시민, 더는 묻지 마십시오. 공화국이 희생을 요구하면 박사께서도 훌륭한 애국 시민으로서 기꺼이 응하시리라 믿습니다. 공화국은 모든 것에 우선하고, 공화국에서는 시민이 최우선입니다. 자, 에브레몽드, 시간이 없다."

박사가 간청했다.

"한마디만 더 묻겠소. 누가 고발했는지 말해 줄 수 있소?"

첫 번째 남자가 말했다.

"그건 규칙 위반입니다. 하지만 생앙투안에서 나온 동지한테 물어보시죠."

박사가 그 남자에게로 시선을 돌렸다. 불안하게 발을 움직이던 남자가 잠시 수염을 문지르더니 마침내 말했다.

"사실 이것도 규칙 위반입니다만, 시민 드파르주 부부가 고발했답니다. 그것도 중죄로요. 그리고 한 사람이 더 있어요."

"한 명이 더 있다고요?"

"지금 질문하시는 겁니까? 박사 시민?"

"그렇소."

생앙투안에서 온 그 남자가 묘한 표정을 지으며 말했다.

"그건, 내일 아시게 될 겁니다. 전 이제 벙어리입니다!"

8장

비장의 카드

 미스 프로스는 집에 새로운 재앙이 닥친 줄도 모르고 좁은 길을 따라 즐겁게 발걸음을 내디뎠다. 그녀는 퐁뇌프 다리를 지나 강을 건너면서 머릿속으로 오늘 사야 할 생필품이 무엇 무엇인지 따져 보았다. 제리는 장바구니를 들고 미스 프로스 옆에서 걸었다. 둘은 이리저리 가게를 구경하며 걸었지만 남과 어울리기 좋아하는 사람들이 모여 있는 곳을 지날 때면 경계의 눈을 떼지 않았고 흥분해서 떠들고 있는 무리들을 보면 길을 돌아 피해 갔다. 몹시 추운 저녁이었다. 안개 낀 강에 환하게 불이 밝혀져 있고 귀에 거슬리는 시끄러운 소리가 들려오는 걸로 봐서는, 대장장이가 앉아서 공화국 군대가 쓸 총을 만들고 있는 바지선이 정박되어 있는 모양이었다. 공화국 군대에 계략을 쓰거나 그 안에서 자격 없이 승진하는 놈들이야말로 그 대가를 치러야 할 것이다! 그런 놈들은 수염도 기르지 않은 게 좋을 것이다. '국민 면도날' 기요틴이 싹둑 베어 버릴지도 모르니!

 채소 조금과 램프에 쓸 기름을 산 미스 프로스는 이제 와인을 사야겠다고 생각했다. 여러 군데 와인 가게를 흘끗흘끗 둘러보다가, '인민 궁전'

에서 그리 멀지 않은 곳에 위치한 '선량한 고대 공화국 시민 브루투스'[1]라는 가게 앞에 멈추어 섰다. 인민 궁전은 과거의 튈르리 궁으로 미스 프로스도 한 번인가 두 번인가 흥미롭게 구경한 적이 있었다. 물론 그 와인 가게의 간판에도 붉은 모자가 그려져 있기는 했지만 지나오면서 본 다른 간판들보다는 훨씬 덜 요란해 보였다. 제리 역시 같은 생각이었다. 미스 프로스는 자신의 기사 제리의 호위를 받으며 '선량한 고대 공화국 시민 브루투스'의 가게로 들어갔다.

흐릿한 불빛 사이로, 파이프를 입에 물고 카드 게임이나 도미노 게임을 즐기는 사람들이 보였다. 웃통을 풀어 헤치고 큰 소리로 신문을 읽고 있는 그을음투성이의 노동자도 보였고 그가 읽어 주는 기사에 귀를 기울이고 있는 사람들도 보였다. 무기를 차고 있는 사람도 있었고 언제라도 무기를 집어들 수 있게 옆에 놓아둔 사람도 있었다. 당시 한창 유행이었던 어깨가 높고 털이 숭숭 달린 짧은 외투 차림으로, 꼭 겨울잠을 자는 곰이나 개처럼 엎드려 자거나 꾸벅꾸벅 졸고 있는 사람들도 두세 명 있었다. 이 술집과는 전혀 어울리지 않은 이국적인 손님 두 사람은 계산대로 가서 주문을 했다.

종업원이 주문받은 와인의 양을 재어 병에 붓고 있을 때, 손님 한 명이 구석에 있던 일행을 두고 자리에서 일어나 밖으로 나왔다. 남자는 나가던 길에 미스 프로스와 마주쳤다. 남자와 마주치는 순간 미스 프로스는 비명을 지르며 손뼉을 쳤다.

---

1 고대 로마 시대의 정치가이다. 그는 매우 고결하고 이성적이었으며 모든 로마인들의 존경과 사랑을 받는 인물이었다. 그의 이상은 공화정이었고 그는 1인 독재를 증오했다. 그는 자신의 양아버지인 카이사르를 존경하고 사랑했지만 주변의 정치적 상황에 떠밀려, 황제 자리에 오르려는 카이사르를 시해하는 거사의 선봉에 서게 된다. 결과적으로는 정적인 안토니우스에 의해 양아버지를 살해한 피도 눈물도 없는 패륜아로 몰려 숙청을 당하게 되었지만, 그가 이 거사에 참여했던 것은 개인적인 야망 때문이 아니라 로마인들의 자유와 공익을 위해서였다. 이후 브루투스는 독재에 저항하는 양심적인 정치가의 대명사가 되었고, 브루투스를 몰아내고 삼두정치의 한 축을 맡게 된 안토니우스는 처세에 능한 기회주의적 정치가의 대명사가 되었다. 셰익스피어의 희곡《줄리어스 시저》는 이 두 인물의 이야기를 소재로 한 작품이다.

일순간 모두가 자리에서 일어났다. 그들은 말싸움을 하다가 의견 차이로 살인이라도 벌어진 것이 틀림없다고 생각했다. 손님들은 모두 누군가가 쓰러지기를 기다렸지만 한 남자와 한 여자가 서로 쳐다보고 있을 뿐이었다. 남자는 외양으로 봐서 프랑스인, 그것도 아주 철저한 공화국 인민처럼 보였지만 여자는 딱 봐도 영국인이었다.

'선량한 고대 공화국 시민 브루투스'의 제자들은 뭔가 큰 재미를 기대했다가 싱거운 결말에 실망했는지, 미스 프로스와 그녀의 보디가드 제리에게는 히브리어나 칼데아어와 마찬가지로 도무지 알아들을 수 없는 자기들만의 언어로 시끄럽게 떠들어댔다. 하기야 그 말이 알아들을 수 있는 언어였다고 하더라도, 너무 깜짝 놀란 상태였기 때문에 아무것도 들리지 않았겠지만 말이다. 그렇지만 이 사실만큼은 반드시 짚고 넘어가야겠다. 미스 프로스가 놀라고 흥분해서 어쩔 줄 몰라 한 것은 물론이고 제리 역시 굉장히 놀란 것 같았다. (제리도 자기 나름대로 놀랄 만한 이유가 따로 있는 것 같았다)

"어떻게 된 거야?"

미스 프로스를 비명 지르게 했던 그 남자가 (낮은 목소리긴 했지만) 짜증을 내며 퉁명스럽게 영어로 말했다.

"아이고, 이런 세상에! 너 살러먼이 맞지! 오랫동안 만나지도 못하고 소식도 못 들었는데, 널 여기서 다 만나는구나!"

미스 프로스가 박수를 치며 외쳤다.

"살러먼이라고 부르지 마. 내가 죽기를 바라는 거야?"

남자가 깜짝 놀라 눈치를 살피며 말했다.

"넌 내 동생이야. 내 동생이라고! 내가 뭘 잘못했다고 나한테 그런 잔인한 말을 하는 게냐?"

미스 프로스가 눈물을 터뜨리며 소리쳤다. 살러먼이 말했다.

"그럼, 오지랖 넓은 그 입 좀 다물어. 할 말 있으면 밖으로 나와. 술값

내고 밖으로 나오라고. 그런데 이 남자는 누구야?"

미스 프로스는 조금도 다정하지 않은 동생에게 낙담한 듯 고개를 젓더니 눈물을 흘리며 말했다.

"크런처 씨야."

살러먼이 말했다.

"그 사람도 함께 데리고 나와. 나를 유령이라고 생각하는 건 아니겠지?"

사실 제리는 살러먼의 외모를 보고 유령 같다고 생각했다. 하지만 제리는 한마디도 하지 않았고 미스 프로스는 눈물을 흘리며 지갑을 뒤지더니 가까스로 술값을 지불했다. 미스 프로스가 돈을 지불하는 사이, 살러먼은 '선량한 고대 공화국 시민 브루투스'의 제자들을 돌아보며 프랑스어로 몇 마디 설명을 늘어놓았다. 그러자 모두 있던 자리로 돌아가 각자 하던 일을 계속했다.

살러먼이 어두운 길모퉁이에 멈추어 서서 물었다.

"자, 원하는 게 뭐야?"

미스 프로스가 외쳤다.

"네가 아무리 못되게 굴어도 넌 내가 사랑하는 내 동생이야! 동생이란 놈이 그렇게 매정하게 인사를 해서야 쓰겠니."

"이런, 젠장!"

살러먼이 미스 프로스에게 가볍게 입맞춤을 하고 말했다.

"자, 이제 됐어?"

미스 프로스는 고개를 끄덕이며 조용히 울기만 했다. 살러먼이 말했다.

"내가 놀라기를 기대했나 본데, 난 하나도 안 놀랐어. 누나가 여기 있는 걸 알고 있었으니까. 난 여기 있는 사람들을 거의 다 알아. 날 위험에 처하게 하고 싶지 않다면, 물론 그러지 않을 거라 믿지만 말이야. 어서 가던 길이나 가. 난 내 갈 길을 갈 테니. 나 바쁜 사람이야. 공화국 관리라고."

미스 프로스가 애통해하며 눈물범벅이 된 눈으로 살러먼을 쳐다봤다.

"내 영국인 동생 살러먼이, 조국 영국에서 큰 인물이 될 줄 알았던 내 동생이 여기에 와서 외국인 관리 노릇이나 하고 있다니. 나는 네가 죽어서 무덤에 누워 있는 줄……."

살러먼이 끼어들며 대꾸했다.

"내가 아까도 말했지. 내 이럴 줄 알았어. 누나는 내가 죽기를 바라는 거야. 난 이제 누나 때문에 의심을 받게 생겼어. 이제 막 출세하려고 하는데 말이야!"

미스 프로스가 소리쳤다.

"흥, 자비로운 하느님이 그렇게 되게 내버려 두시지는 않을 게다! 살러먼, 그렇게 되느니 차라리 널 다시는 보지 않는 게 낫겠다. 널 진심으로 사랑했고 앞으로도 그러겠지만 그 편이 낫겠구나. 그럼 다정하게 인사나 하고 헤어지자꾸나. 너와 나 사이에 아무런 앙금도 없다고 말해 주면, 더는 너를 성가시게 안 하마."

착한 미스 프로스! 남매지간이 소원해진 것이 자기 탓이라 여기는 미스 프로스! 몇 년 전 소호의 한적한 길모퉁이에서 로리에게 털어놓았듯 자기 돈을 모두 탕진하고 달아나 버린 남동생인데도 그런 사실을 전혀 기억하지 못하는 것처럼 말하는 미스 프로스!

하지만 살러먼이 마지못해 생색내듯, 두 사람의 처지가 뒤바뀌기라도 한 것처럼 (세상 어디에나 이런 몰염치한 종자들은 있는 법이다) 인심을 쓰며 애정 어린 인사를 하려고 하자 제리가 그의 어깨 위에 손을 올리며 불쑥 쉰 목소리로 끼어들었다.

"어이! 내 뭐 하나 물어봐도 되겠소? 그쪽 이름이 존 살러먼이오, 아니면 살러먼 존이오?"

공화국 관리 살러먼이 갑자기 고개를 돌려 수상한 눈빛으로 제리를 쳐다보았다. 지금까지 말 한마디 하지 않던 사람이 던진 질문이었다.

제리가 다 쉰 목소리를 최대한 크게 내며 물었다.

"어이! 말해 보라니까. 존 살러먼이오, 아니면 살러먼 존이오? 미스 프로스는 살러먼이라고 부르던데. 누나로서 알아야 할 게 아닌가. 나는 당신을 존으로 알고 있으니 말이오. 둘 중 어느 게 먼저요? 프로스라는 이름은 또 어떻게 된 거고? 바다 건너 영국에서도 그 이름은 아니었는데."

"무슨 뜻이오?"

"나도 내가 무슨 말을 하고 있는 건지 모르겠군. 바다 건너 영국에서 당신이 어떤 이름을 썼었는지 도무지 기억을 해 낼 수가 없으니 말이지."

"기억이 안 난다고?"

"안 나네. 하지만 맹세컨대 세 글자로 된 이름이었어."

"그래요?"

"그래. 다른 이름은 한 글자였고. 나는 당신을 알아. 당신은 첩자야. 올드 베일리에서 증인으로 나온 걸 봤지. 거짓말의 아버지인 악마의 이름을 걸고서라도 말할 수 있어. 그때 그 이름이 뭐였더라?"

"바사드였지."

누군가 불쑥 끼어들어 대답했다.

"그 이름이 맞다는 데 천 파운드를 걸겠어!"

제리가 소리쳤다. 불쑥 끼어든 사람은 시드니 칼튼이었다. 칼튼은 올드 베일리에서 그랬던 것처럼 승마용 외투 자락 뒤로 뒷짐을 진 채 제리 옆에 서 있었다.

"미스 프로스, 놀라지 마세요. 제가 어제 저녁에 연락도 없이 로리 씨 집에 도착해서 그분도 깜짝 놀라셨지요. 모든 상황이 좋아질 때까지, 내가 필요한 상황이 아니면 나타나지 않기로 로리 씨와 약속했는데, 이렇게 나타난 이유는 미스 프로스의 동생과 얘기를 좀 하기 위해서입니다. 바사드보다는 좀 나은 일을 하는 동생을 두었으면 좋았을 텐데. 미스 프로스를 위해서 바사드가 감옥에 갇힌 '양'이 아니었으면 좋겠군요."

'양'은 당시 간수들 사이에서 첩자라는 뜻으로 쓰이는 은어였다. 첩자 살러먼은 얼굴이 점점 창백해지더니 칼튼에게 도대체 어떻게 알았느냐고 물으려다가 말끝을 흐렸다.

칼튼이 말했다.

"내가 설명해 주지. 바사드, 한두 시간 전에 콩시에르주르 감옥 벽을 응시하고 있다가 당신이 그곳에서 나오는 걸 봤어. 당신 얼굴이 기억하기 좋게 생긴 데다 난 사람 얼굴을 잘 기억하는 편이거든. 당신이 왜 거기에서 나오는 걸까 궁금해지더군. 당신과 초면도 아닌 데다 지금 아주 불행에 빠진 친구의 옛날 일과 당신 인연이 생각나서 내가 당신 뒤를 밟았지. 당신 뒤에 바싹 붙어서 와인 가게에 들어가 당신 가까이에 앉아 있었더니, 당신이 거리낌 없이 지껄이는 소리며 당신 추종자들이 떠드는 소리가 다 들리더군. 그래서 당신이 어떤 일을 하고 있는지도 다 알게 됐지 뭐야. 당신 뒤를 밟아야겠다는 결정을 얼떨결에 내리긴 했지만, 그 결정이 아주 쓸모가 있게 되었다 이 말이지. 안 그런가? 바사드."

"무슨 쓸모?"

살러먼이 물었다.

"이런 거리에서 설명하기엔 복잡하기도 하고 또 위험할 수도 있지. 괜찮다면 나랑 단 둘이서 얘기 좀 하자고. 가령, 텔슨 은행 같은 곳에서. 어떤가?"

"협박이오?"

"아하! 그렇게 들렸나?"

"그럼, 왜 내가 거기 가야 하지?"

"아, 그래? 당신이 갈 수 없다면 나도 말할 수 없지."

"말하지 않겠다는 거요?"

첩자 살러먼이 망설이며 물었다.

"바사드. 내 말을 정확히 이해했군. 여기에서는 말하지 않을 작정이거든."

무심한 듯한 태도에 민첩함과 노련함이 더해지면, 비밀스런 계획을 실행에 옮길 때나 바사드 같은 놈을 다룰 때에 큰 효력을 발휘하는 법이다. 칼튼의 노련한 눈은 그런 점을 잘 포착했고 최대한 잘 활용했다. 살러먼이 제 누나를 원망스럽게 바라보며 말했다.

"봐, 내가 아까 말했지? 이 일로 문제가 생기면 다 누나 책임이야."

칼튼이 소리쳤다.

"어이, 이거 봐, 바사드! 누님 은혜도 모르고 그러면 안 되지. 내가 당신 누나를 존경하는 마음이 없었다면 이렇게 기분 좋게 제안하지도 않았을 거야. 난 우리 둘 다한테 만족스러운 결과를 얻고 싶은데. 나와 함께 은행에 가지 않겠나?"

"당신이 무슨 말을 하는지 한번 들어나 봅시다. 좋소, 갑시다."

"우선 당신 누님부터 길모퉁이까지 안전하게 모셔다 드려야지. 미스 프로스, 제가 팔짱을 껴도 될까요. 여긴 안전한 도시가 아니에요. 이런 시간에 아무런 무장도 하지 않고 나다니면 안 된답니다. 참, 미스 프로스의 보디가드 제리 씨도 바사드를 아니까, 같이 갑시다. 준비됐죠? 그럼 갑시다!"

잠시 후 미스 프로스는 칼튼의 팔짱을 끼고 살러먼을 해치지 말아 달라고 간청하면서 그의 기색을 살폈는데, 그때 그의 팔에서는 강한 신념이, 그리고 그의 눈에서는 일종의 영감이 엿보였다. 그때 칼튼의 태도는 심드렁한 평소 태도와는 판이하게 달랐고, 그 점 때문에 칼튼이 존경스럽게 느껴질 정도였다. 미스 프로스는 그때 칼튼의 모습을 죽을 때까지 잊지 못했다. 미스 프로스는 사랑받을 자격이라고는 눈곱만치도 없는 살러먼이 몹시 걱정되면서도, 다정하게 자신을 달래는, 평소와 다른 칼튼의 모습을 살피느라 여념이 없었다.

이들은 길모퉁이까지 미스 프로스를 바래다 준 후, 칼튼을 따라서 몇 분 거리에 있는 로리의 집으로 걸어갔다. 존 바사드인지, 살러먼 프로스인지 알 수 없는 작자도 칼튼과 나란히 걸었다.

로리는 막 저녁 식사를 끝내고, 난롯불에 작은 통나무를 한두 개를 더 집어넣고, 타오르는 불을 바라보며 기분 좋게 난롯가에 앉아 있었다. 어쩌면, 그 불길을 바라보며 지금보다 젊었던 시절에, 그러니까 아주 오래전에 도버의 로열 조지 호텔에서 시뻘겋게 타오르는 석탄을 바라보던 중년 신사를 떠올리고 있었는지도 모를 일이다. 일행이 들어오자 로리는 고개를 돌렸고, 낯선 사람을 발견하고는 놀란 표정을 지었다. 칼튼이 말했다.

"선생님, 미스 프로스의 동생입니다. 바사드라고 하지요."

"바사드?"

노신사가 칼튼의 말을 따라 했다.

"바사드라고? 귀에 익은 이름인데, 얼굴도 그렇고."

"거 봐, 바사드. 내가 그랬잖아. 당신은 눈에 확 띄는 얼굴이라니까. 이제 이리로 앉지."

칼튼이 냉정하게 말했다. 칼튼은 의자에 앉아 얼굴을 찌푸리며 로리의 궁금증을 풀어 주었다.

"옛날에 법정에서 본 증인입니다."

로리가 금세 기억이 났는지 노골적으로 혐오하는 듯한 표정을 짓고 새 방문객 살러먼을 바라보았다. 칼튼이 말했다.

"선생님께서도 들어 본 적이 있으시겠지만 바사드는 미스 프로스가 애지중지하는 남동생입니다. 그리고 본인도 동생이라고 인정했고요. 그런데 더 나쁜 소식이 있습니다. 다네이 씨가 다시 체포됐어요."

노신사가 경악하며 소리쳤다.

"지금 뭐라는 거요! 두 시간 전에 안전하게 석방되는 걸 내가 직접 보고 왔고, 이제 막 다시 가 보려던 참이었는데!"

"그런데 다시 체포되었습니다. 바사드, 언제 체포됐지?"

"방금 전일 거요."

칼튼이 말했다.

"선생님, 바사드가 가장 잘 압니다. 저도 바사드가 술집에서 동료 첩자와 와인 한 병을 걸치며 하는 얘기를 듣고 알게 됐으니까요. 다네이 씨 집 앞에서 심부름꾼들이 짐꾼의 안내를 받아 집 안으로 들어가는 것을 봤다고 하더군요. 다네이 씨가 체포된 게 틀림없습니다."

로리는 사무원답게 칼튼의 얼굴에서 이 문제로 더 왈가왈부하는 것은 시간 낭비라는 사실을 읽었다. 혼란스럽긴 했지만 자신이 정신을 차려야 뭔가 할 수 있다는 생각이 들자 마음을 가라앉히며 차분히 정신을 모았다. 칼튼이 말했다.

"전 믿습니다. 마네트 박사님의 명성과 영향력이 내일도 다네이에게 유리하게 작용할 겁니다. 이봐, 바사드. 내일 다네이 씨가 다시 법정에 선다고 했지?"

"그렇소. 나도 그렇게 알고 있소."

"오늘처럼 내일도 유리하게 작용할 겁니다. 하지만 어쩌면 그렇지 않을 수도 있습니다. 사실, 저는 불안합니다. 이번 체포를 막는 데는 박사님도 아무런 영향력도 발휘하지 못했으니까요."

"박사님은 전혀 모르셨을 수도 있습니다."

로리가 말했다.

"하지만 그런 상황이 더 불안한 겁니다. 다네이 씨가 박사님의 사위라는 것을 아는데도 그런 일이 일어났으니 말입니다."

"그렇군요."

로리가 불안한 듯 손으로 턱을 만지며 흔들리는 눈으로 칼튼을 바라보았다. 칼튼이 말했다.

"요약해 보죠. 지금은 대단히 절박한 상황입니다. 목숨을 내걸고 위험한 도박을 해야 하는 때란 말이지요. 박사님께는 이기는 게임을 맡기고,

지는 게임은 제가 하겠습니다. 이곳은 사람 목숨이 아무런 가치도 없는 곳입니다. 오늘 인민의 손에 이끌려 집으로 돌아온 사람이 내일 다시 처형될 수 있는 곳이니까요. 그래서 제가 최악의 경우를 위해 콩시에르주리 감옥에 있는 친구를 걸고 도박을 하기로 결심했습니다. 제가 끌어들이려는 그 친구가 바로 여기 있는 바사드고요."

"나를 끌어들이려면 좋은 패가 있어야 할 거요."

첩자 살러먼이 말했다.

"내가 무슨 패를 가지고 있는지 한번 훑어보지. 선생님, 선생님은 제가 얼마나 냉혹한 인간인지 아실 겁니다. 선생님, 브랜디 한 잔만 주십시오."

브랜드가 앞에 놓이자마자 칼튼은 한 잔을 단숨에 들이켰다. 연거푸 한 잔을 더 마시더니 조심스레 병을 밀어 놓았다. 칼튼이 정말로 손에 쥔 패를 보는 듯한 목소리로 말했다.

"이보게, 바사드. 당신은 감옥의 '양'이자 공화국 위원회의 밀사이며 때로는 간수였다가 때로는 죄수가 되기도 한다지. 당신은 평생 첩자이자 비밀 정보원 역할을 해 왔어. 게다가 영국인이라 여기에서 훨씬 더 대접을 받고 있지. 영국인은 프랑스인보다는 매수당할 가능성이 훨씬 적거든. 그래서 가명을 쓰며 그 밑에서 일하고 있는 거 아닌가. 이 정도면 패가 아주 좋지 않나. 바사드, 지금은 공화국 프랑스 정권 밑에서 일하고 있지만 예전에는 프랑스의 적이자 자유의 적인 영국 귀족 정권 밑에서 일했지. 이건 정말 끝내주는 패인걸. 모두가 의심받는 이 나라에서 당신이 지금까지도 영국 귀족 정부의 돈을 받고 윌리엄 피트 영국 총리의 첩자 노릇을 하고 있다고 의심받는 건 아주 쉬운 일이지. 프랑스의 심장부에 자리 잡은 공화국을 기만한 적이자 영국의 배신자요, 온갖 악행을 일삼아 온 대리인이라는 의심을 받을 건 불을 보듯 뻔한 일이겠지. 이만하면 절대 질 수 없는 패가 아닌가. 이제 내가 쥔 패를 이해하겠나, 바사드?"

"전혀 이해가 안 가는군요."

첩자 살러먼이 뭔가 불편한 듯 대답했다.

"그럼 내 비장의 카드를 보여 주지. 난 당신을 가장 가까운 혁명위원회 지부에 고발할 거야. 자, 바사드, 당신도 어떤 패를 가졌는지 잘 생각해 보라고. 그렇다고 서두르지는 말고."

칼튼은 근처에 놓아둔 브랜디 병을 잡아당겨 술을 한 잔 더 따른 후 그것을 단숨에 들이켰다. 그는 자신이 술기운에 당장이라도 고발할까 봐 바사드가 잔뜩 겁에 질려 있는 걸 알아채고는 술을 한 잔 더 따라 마셨다.

"손에 쥔 패를 찬찬히 보라고, 바사드. 시간을 가지고 천천히."

생각했던 것보다 훨씬 안 좋은 패였다. 바사드는 칼튼도 전혀 모르는 더 나쁜 패를 손에 쥐고 있었다. 바사드는 영국에서 첩자로 일하면서 태연하게 위증하는 짓을 잘 못해서 그 명예로운 자리에서 쫓겨났다. (영국인들이 비밀 유지와 첩보에 능하다고 떠들어 대게 된 것은 비교적 근자의 일이다) 그렇다고 그를 원하는 곳이 없었던 것은 아니었다. 바사드는 해협을 건넜고 프랑스에서 새로운 일을 시작했다. 처음에는 프랑스에 거주하는 영국인들과 친해져 그들의 대화를 엿들었다. 그러다 점점 프랑스인들에게 접근해 그들의 대화를 엿듣게 되었다. 그 후, 바사드는 지금은 전복된 정부 밑에서 생앙투안과 드파르주의 술집을 염탐하는 일을 맡게 되었다. 그래서 그는 정보의 집결지라고 할 수 있는 경찰에게서 마네트 박사의 투옥과 석방, 사연에 대한 정보를 얻었다. 드파르주 부부와 자연스럽게 대화를 하기 위해서는 그런 정보가 필요했기 때문이었다. 하지만 마담 드파르주에게 말을 걸려고 시도했다가 완전히 실패했고, 그 후로는, 그 무시무시한 여자가 자신과 이야기를 나누면서 뜨개질을 하던 모습과 손가락을 움직이면서 자신을 불길하게 쳐다보던 모습을 떠올리면 늘 오싹하고 떨렸다. 이후 마담 드파르주가 생앙투안에서 뜨개질로 계속 뭔가를 기록하는 것을 보았고, 그렇게 기록된 사람들의 목숨을 정말로 기요틴이 삼켜 버리는 것을 목격했다. 첩자 일을 하는 사람들이 모두 그렇듯 바사드는 자신도 결코 안전하지 않다는 사실을 잘 알았다. 하지만 도망가는 건 불가능했다. 바사드는 도끼 그림자 속에 단단히 묶여 있었다. 나날이 공포가 심해지고 있는 이곳에서 완전히 변절하고 배신해서 살고 있긴 했지만, 말 한마디면 완전히 나락으로 추락할 수도 있는 처지라는 것을 그는 잘 알고 있었다. 일단 고발을 당하고 나면, 방금 칼튼이 늘어놓은 것 같은 끔찍한 이유로 그 무시무시한 여자가 자신을 치명적인 명단에 올려 자신의 마지막 숨통을 끊어 놓을 게 분명했다. 그 무자비한 여자가 그렇게 해 오는 것을 지금까지 수없이 보아 오지 않았는가. 원래 비밀스럽게 사는 사람들은 금방 겁을 먹는 법이다. 게다가 지금 바사드는 얼굴이 시퍼렇게 질릴 정도로 불리한 패를 쥐고 있었다.

칼튼이 천연덕스럽게 말했다.

"패가 별로 마음에 들지 않는가 보군. 어때, 한판 하겠나?"

첩자 살러먼이 로리를 돌아보며 아주 비굴하게 말했다.

"저, 선생님. 이렇게 간청합니다. 선생님은 연륜도 있으시고 자비로우시니 선생님보다 훨씬 젊은 저 신사분에게 한번 여쭈어 봐 주십시오. 제가 어떻게 하면 그분이 좀 전에 말한 비장의 카드를 꺼내지 않을 것인지 말입니다. 제가 첩자라는 사실을 인정합니다. 그리고 누군가는 해야 하는 일이긴 하지만 첩자라는 신분이 신용을 떨어뜨린다는 것도 압니다. 그런데 첩자도 아닌 저 신사분이 왜 첩자 노릇을 자청해서 자기 위신을 떨어뜨리려 드는 걸까요?"

칼튼이 로리 대신 이렇게 대답하며 손목시계를 쳐다봤다.

"이봐, 바사드, 난 그 비장의 카드를 쓸 거야. 한 치의 망설임도 없이, 당장에 쓸 거라고."

살러먼이 좀 전과 마찬가지로 로리를 대화에 끌어들이려 애쓰며 말했다.

"전 사실 살짝 기대를 했습니다. 두 분 신사께서 우리 누님을 존경한다면……."

"당신 누님에 대한 내 존경을 증명하는 방법으로는, 미스 프로스의 동생 걱정을 덜어 주는 것보다 더 좋은 방법이 없을 것 같은데."

칼튼이 말했다.

"정말 그렇게 생각하십니까?"

"난 이미 결심을 굳혔어."

이목을 의식해 너저분하게 옷가지를 걸친 것은 물론이고 평소 모습과 어울리지 않게 공손하게 이야기를 해 봤지만, 속을 알 수 없는 칼튼(바사드보다 머리 좋고 정직한 사람들에게도 칼튼은 수수께끼 같은 인물이었다)이 거부하자 바사드는 그제야 흔들리기 시작했다. 바사드가 당황해서 어쩔 줄 몰라 하는 모습을 보면서 칼튼이 좀 전처럼 카드 패를 고민하는 듯한 분위기를 풍기며 말했다.

"참, 다시 생각해 보니 내가 다른 좋은 패 하나를 더 가진 것 같은데. 이 제야 하는 얘긴데, 아까 그 친구, 시골 감옥에서 풀을 뜯고 있다고 자신을 소개했던 그 동료 첩자 말일세. 그자는 누구지?"

"프랑스인입니다. 당신은 모르는 사람입니다."

살러먼이 재빨리 말했다.

"프랑스인?"

칼튼이 생각에 잠긴 듯 살러먼의 말을 따라 했다. 살러먼의 말을 메아리처럼 따라 하긴 했어도 살러먼을 의식해서 하는 말은 아니었다.

"음, 그럴 수도 있겠군."

"그건 내가 확신하오. 별로 중요한 일도 아니지만."

살러먼이 말했다.

"별로 중요한 일도 아니지만,"

칼튼이 마찬가지로 살러먼의 말을 기계적으로 따라 했다.

"중요하지는 않지만……. 그럼, 중요하지 않지. 아무렴. 그런데 말이야,

내가 그 친구 얼굴을 안다면 말이야."

"그럴 리가요. 분명 아닐 겁니다. 그럴 수는 없어요."

살러먼이 말했다.

"그럴 수는 없다……"

칼튼은 이렇게 중얼거리고는 다시 술잔을 만지작거리며 (이번에는 아쉽게도 작은 술잔이었다) 기억을 더듬었다.

"그럴 수가 없다고. 프랑스어를 꽤 잘하긴 하지만 외국인 같던데, 그렇지 않은가?"

"지방 사람이오."

살러먼이 말했다.

"아니, 그자는 외국인이야!"

칼튼이 한 줄기 빛이 머릿속을 스치고 지나간 것처럼 한 손으로 책장을 내리치며 소리쳤다.

"그래, 클라이! 변장하긴 했지만 같은 사람이었어. 올드 베일리에서 우리 앞에 있었던 그 사내."

매부리코가 한쪽으로 더 휘어지도록 일그러진 미소를 지으며 바사드가 말했다.

"너무 성급하군요. 덕분에 이번에는 제 패가 좀 유리해지겠는데요. 클라이(먼 옛날 일이니 기탄없이 말하는데, 한때 제 동업자였습니다)는 몇 년 전에 죽었습니다. 그 친구가 목숨을 잃을 때 내가 옆을 지켰지요. 그 친구는 런던 세인트 판크라스 교회에 묻혔어요. 당시에 그 친구가 여러 불한당들한테 평판이 좋지 않게 나서 내가 묘지까지 따라가지는 못했지만 입관을 거들었던 사람이 바로 납니다."

로리는 자리에 앉아 있다가 벽에 드리워진 그림자의 머리에 도깨비 뿔처럼 뭔가가 곤두서는 것을 보았다. 로리는 그림자의 주인을 쳐다보았다. 가뜩이나 삐죽삐죽한 제리의 머리카락이 더 빳빳하게 곤두서 있었다. 살러먼이 말했다.

"자, 이치를 따져 봅시다. 그리고 공정하게 판단해야겠지요. 선생이 잘 못 알고 있다는 것을, 그리고 또 선생이 지금 얼마나 근거 없는 이야기를 하고 있는지를 증명하려면 클라이의 매장 증명서를 보여 드려야겠지요. 내가 어쩌다 보니 그걸 수첩에 넣고 다니거든요."

살러먼이 재빨리 수첩에서 증명서를 꺼내 보였다.

"자, 봐요! 보란 말이오! 직접 가져가서 보시죠. 위조된 게 아닙니다."

로리는 벽에 드리운 그림자가 더 길어지는 것을 보았고, 그때 제리가 자리에서 일어나더니 그들 앞으로 걸어왔다. 제리의 머리카락은 그 순간 만큼은 '잭이 지은 집'이라는 동요에 나오는 소가 핥아 주기라도 한 것처 럼 전혀 삐죽삐죽하지 않았다.

제리는 살러먼이 눈치채지 못하게 그 옆에 서더니 유령 집행관처럼 어 깨를 툭 쳤다. 제리가 무뚝뚝하고 굳은 표정으로 말했다.

"그자는 로저 클라이라는 놈이 맞을 겁니다. 네놈이 그를 관에 넣었 다고?"

"그렇소"

"그렇다면 누가 그를 관에서 꺼냈지?

바사드가 의자에 몸을 기대더니 더듬거리며 말했다.

"무슨 뜻이오?"

제리가 말했다.

"내 말은, 그놈이 절대 관에 들어간 적이 없단 말이야. 절대! 절대로 없 었어! 그자가 관 속에 있었다면 내 목을 쳐도 좋아."

바사드가 두 신사를 쳐다보았다. 두 사람은 너무 놀라 할 말을 잃은 채 제리만 쳐다보고 있었다. 제리가 말했다.

"내가 말해 주지. 넌 관에다 자갈돌과 흙을 넣어 파묻었어. 네가 클라 이를 묻었다는 말은 하지도 말라고. 새빨간 거짓말이니까. 나뿐만 아니라 그걸 본 사람이 두 명이나 더 있어."

"어떻게 알았소?"

제리가 씩씩거렸다.

"너 따위가 그건 알아서 뭐해! 네놈이 바로 내 원수였어. 파렴치하게 정직한 장사꾼에게 피해나 주는 놈! 누가 나한테 반기니만 준다면 네놈을 목 졸라 죽일 텐데!"

칼튼과 로리는 상황이 바뀌자 어리둥절해하며 제리에게 화를 누그러뜨리고 설명해 보라고 했다. 제리가 얼버무리며 대답했다.

"나중에요. 지금은 설명하기가 편치가 않아서요. 제가 말하고 싶은 것은 클라이가 관 속에 없었다는 걸 이놈도 잘 알고 있다는 겁니다. 관 속에 있었다고 한 번만 더 지껄이면, 반기니에 네놈 목을 졸라 죽일 거야. 아니, 가서 네놈을 고발하는 편이 쉽겠군."

제리가 인심 쓰듯 말했다.

"흠! 패가 하나 더 생겼군."

칼튼이 말했다.

"이봐, 바사드. 나한테 좋은 패가 하나 더 생겼어. 불신이 가득하고 모두가 미쳐 날뛰는 여기 파리에서 자네처럼 귀족의 첩자 노릇을 한 전적이 있는 자가 고발당하지 않고 목숨 부지하기란 힘든 일이지. 게다가 죽음을 위조하고 다시 살아난 인물이라! 감옥에서 음모를 꾸미고 공화국을 배반하는 외국인이라! 당장이라도 기요틴으로 직행하겠는걸! 강력한 패가 하나 더 생겼군. 어때, 나랑 한판 해 보겠나?"

첩자 살러먼이 말했다.

"아닙니다. 내가 졌소. 당시 그 친구와 나는 영국 악당들한테 평판이 너무 안 좋아서 죽음을 무릅쓰고라도 영국에서 도망쳐 나올 수밖에 없었습니다. 클라이는 정신없이 쫓겨 다니고 있어서 그렇게 사기를 치지 않으며 빠져나올 방법이 막막했지요. 그런데 이 양반이 어떻게 그걸 알아냈

435

는지 궁금하고 또 궁금할 뿐이오."

말싸움 좋아하는 제리가 말했다.

"나 때문에 골머리를 썩을 필요는 없어. 두 신사분들 신경 쓰는 것만으로도 머리가 아플 텐데. 그리고 이봐, 한 번 더 말하는데."

제리는 자신의 관대함을 과시하지 않고는 참을 수 없을 것 같았다.

"당신이 반기니 가치만 있었어도 목을 졸라 죽였을 거야."

감옥의 '양' 살러먼이 칼튼을 돌아보며 굳게 결심한 듯 말했다.

"이제 결론을 냅시다. 나도 곧 임무를 수행하러 가야 하니, 낭비할 시간이 없어요. 내게 제안을 한다고 그랬죠? 그게 뭡니까? 나한테 너무 많은 걸 요구하지는 마시오. 내 직책을 이용해 뭔가를 하기를 요구한다면, 그래서 내 목숨이 위태로워지는 일이라면 당신 제안에 동의할 바에야 거절하겠습니다. 말하자면, 나는 그런 선택을 할 수밖에 없다는 말입니다. 아까 절박한 상황이라고 하셨는데, 이 도시에 있는 사람 모두가 절박하지요. 명심하는 게 좋을 겁니다! 나는 필요하다고 생각하면, 다들 그렇겠지만 거짓말을 꾸며 내서라도 당신을 고발할 수 있는 사람입니다. 자, 이제 나에게 원하는 게 뭡니까?"

"그리 어려운 일이 아니야. 콩시에르주리 감옥에서 간수를 한다고 들었는데?"

"처음이자 마지막으로 얘기하는데, 탈옥 같은 것은 꿈도 꾸지 마시오."

살러먼이 단호하게 말했다.

"왜 묻지도 않은 것까지 답하지? 콩시에르주리 감옥의 간수라고 했지?"

"가끔씩 간수로 일하오."

"원할 때 가서 일할 수 있나?"

"원하면 마음대로 드나들 수야 있지요."

칼튼이 브랜디 한 잔을 더 따라 그것을 천천히 난로에 부으며 떨어지는 술 방울을 바라보았다. 마지막 술 한 방울까지 다 떨어지자 칼튼이 몸

436

을 일으키며 말했다.

"지금까지 이 두 분 앞에서 이야기를 한 건, 패의 가치를 이 두 분에게
도 알려야 했기 때문이야. 이제 저기 어두운 방으로 들어가서 우리끼리
마지막 협상을 해 보자고."

9장
시작된 게임

시드니 칼튼과 감옥의 '양' 살러먼이 어둑한 옆방에 들어가 너무 작아서 들리지도 않는 목소리로 얘기를 나누고 있는 동안, 로리는 몹시 의심스럽다는 표정으로 제리를 쳐다보았다. 정직한 장사꾼 제리는 그런 눈총을 받고도 솔직히 털어놓지 않았다. 그는 마치 다리가 쉰 개쯤 되는 사람처럼, 그리고 쉰 개나 되는 다리를 모두 사용해 보려는 사람처럼, 연신 다리를 바꾸어 가며 한쪽 발로 땅을 짚고 서는가 하면 그렇게 짝발로 서서 다른 쪽 발을 앞뒤로 흔들기도 하고 땅을 문질러 대기도 했다. 또 손톱을 가까이에서 아주 면밀히 살피면서 이리저리 손을 돌려보는 등 계속 딴청을 피웠다. 그러다가 로리와 눈이 마주치면 손으로 입을 가려야 할 정도로 큰 기침을 연달아 해 댔다. 단순하고 개방적인 그에게서 평소에는 찾아볼 수 없는 모습이었다.

로리가 말했다.

"제리, 이리 좀 와 보게."

제리가 한쪽 어깨를 내밀고 모로 걸으면서 다가갔다.

"자네, 은행 심부름꾼 말고 다른 일도 하나?"

제리는 주인을 골똘히 쳐다보며 잠시 생각하더니 번뜩이는 답이라도 찾은 듯 말했다.

"농사랑 비슷한 일입니다요."

로리가 화가 난 듯 제리를 향해 검지를 흔들어 대며 말했다.

"난 자네가 걱정이 되어서 이러는 거야. 자네가 텔슨 은행의 명성을 이용해 뒤에서 불법적이고 파렴치한 짓이라도 할까 봐 말일세. 만약 그렇다면 영국으로 돌아가서 내가 호의적으로 자넬 대해 줄 거라는 기대는 하지도 말게. 또 내가 덮어 줄 거라고는 꿈에도 생각하지 말게. 텔슨 은행에 폐를 끼쳐서는 안 되지."

당황한 제리가 간곡히 말했다.

"네, 저도 잘 압니다요, 나리. 나리 같은 신사분은 제가 머리가 하얗게 세도록 이 이상한 잡역부 일을 하는 걸 얼마나 영광스럽게 생각하는지 잘 모르실 겁니다. 그러니 저를 안 좋게 말씀을 하실 때는 한 번 더 생각해 주셨으면 합니다. 설령 나리께서 하신 말씀이 사실이라 해도, 그렇다고 사실이 아니라는 말은 아니지만, 어쨌거나 사실이라고 해도 말입니다요. 모든 일에는 한 면만 있는 게 아니라 양면이 있습지요. 지금 이 시간에도, 의사 양반들은 돈을 긁어모으고 있을 텐데, 저희 같은 정직한 장사꾼들은 한 푼도 줍지 못한단 말입니다요. 단 한 푼도요! 한 푼이 뭡니까, 반푼도 못 줍지요. 반푼도요! 의사 양반들은 그 즉시로 은행으로 쏜살같이 달려가 돈을 저금하죠. 그러고는 눈을 치켜뜨고 정직한 장사꾼들을 힐끔거리며 마차를 타고 텔슨 은행을 떠난다니까요. 더도 말고 덜도 말고 아까처럼 쏜살같이요. 이렇게 소란을 떠는 행동이야말로 텔슨 은행에 누가 되는 짓 아닙니까요? 암거위를 욕하지 않으셨으면 수거위도 욕하지 마셔야지요. 참, 제 마누라도 말입니다. 그 여편네는 그 옛날 방식대로 다뤘어야 했는데. 매일 쪼그려 앉아서 제가 하는 일이 안 되라고만 빌고 있습죠. 망할 여편네. 덕분에 제 일이 되는 게 없습니다요. 그런데 의사 양반들의 마누라는 절대 쪼그려 앉는 법이 없지요. 설령 쪼그려 앉는다 해도 환자를 더 많이 오게 해 달라고 빌겠지요. 손뼉도 마주쳐야 소리가 나는 거 아닙니까요? 그렇다면 장의사는 어떻습니까, 목사는 어떻고, 교회지기, 욕심 많은 경비원은 어떨까요? 이런 사람들은 번다고 해도 많이 벌지 못합니다. 남자가 조금 벌어서는 잘살 수가 없습니다. 절대 잘살 수가 없지요. 그러니 평생 하던 일을 그만두고 다른 일을 해 볼까 기회를 살피게 되는 거랍니다. 한 번이라도 기회가 생긴다면 말입니다. 나리께서 하신 말씀이 사실이라면 말입니다."

로리는 화가 많이 누그러들긴 했지만 소리쳤다.

"예끼! 자네의 이런 모습을 보니 충격이네."

제리가 말했다.

"나리, 죄송하지만 한 가지 부탁이 있습니다요. 설령 그게 사실이라도 말입니다요, 그렇다고 사실이 아니라는 말씀은 아니지만……."

"어물쩍거리지 말게."

로리가 말했다. 제리가 더는 빙빙 돌려 이야기할 것도 없다는 듯이 말했다.

"네. 어물거리지 않겠습니다요. 물론 그게 사실이라는 말은 아니지만, 나리께 정중히 부탁드릴 게 있습니다요. 거기에 있는 그 의자 말입니다. 템플 바에 있는 의자요. 거기 지금 제 아들놈이 앉아 있는데 말입니다요. 그놈은 거기에서 나서 거기에서 자란 놈입니다. 그리고 거기에서 어른이 될 거구요. 나리만 괜찮으시다면 나리께서 나중에 돌아가실 때까지, 제 아들놈이 나리 곁에서 심부름도 하고 허드렛일도 하고 그러면 안 될까요. 만약 그게 사실이라면, 그렇다고 사실이 아니라는 건 아니지만(나리께는 빙빙 돌리지 않고 말씀드리는 겁니다), 제 아들놈이 지 애비 자리를 물려받아서 지 에미도 먹여 살리고 그러면 안 될까요? 나리, 제발 그 아이 애비를 고발하지 말아 주십시오. 제발 부탁드립니다요, 나리. 만약 그게 사실이라면, 그 아이 애비가 정직하게 무덤 파는 일을 직업으로 삼아 일을 하면서 본인이 팠던 무덤들을 스스로 되돌려 놓게 해 주십시오. 그 무덤들을 처음과 똑같이 복구해 놓겠습니다요."

제리가 자신의 말이 다 끝났다는 듯 소매로 이마를 닦았다.

"나리께 간절하게 부탁드립니다. 여기에서는 머리가 잘려 죽어 나가는 사람이 너무 많다 보니 짐꾼이 벌 수 있는 돈도 자꾸 줄고 있습니다요. 그런데도 주변에는 이런 끔찍한 일이 일어나고 있다는 것을 아는 사람도, 또 그걸 심각하게 생각하는 사람도 없더군요. 이게 제 생각입니다. 부디 제가 바사드에 대해 말한 것들이 다네이 씨를 구하는 데 도움이 될 거라는 점을 잊지 말아 주십시오. 제가 입 다물고 있었을 수도 있지 않았습니까요?"

로리가 말했다.

"그래, 그것만큼은 사실이지. 이제 그만 말하게. 자네가 만약 그럴 만한 가치가 있다면, 또 말만 그런 게 아니라 행동으로 뉘우친다면, 난 자네 친구가 될 걸세. 더는 듣고 싶지 않네."

제리가 주먹으로 이마를 훔치는데 칼튼과 첩자 살러먼이 어둑한 방에서 나왔다.

"잘 가게. 바사드."

칼튼이 말했다.

"우리 협상은 끝났으니 날 두려워할 필요 없네."

칼튼이 로리 맞은편 난롯가 의자에 앉았다. 두 사람만 남게 되자 로리는 바사드와 어떤 협상을 했는지 물었다.

"별것 아닙니다. 다네이 씨에게 일이 불리하게 돌아가면, 내가 그 친구를 한 번 만날 수 있게 해 달라고 확답을 받아 놓았습니다."

로리가 얼굴을 숙였다. 칼튼이 말했다.

"이게 제가 할 수 있는 전부입니다. 너무 많은 걸 요구하면 바사드의 목이 먼저 잘릴 수도 있으니까요. 그놈이 말했듯이 그놈이 고발당하면 죽는 일밖에 없고, 그렇게 되면 우리한테도 불리합니다. 그러니 다른 도리가 없습니다."

로리가 말했다.

"하지만 다네이를 만난다고 해도 재판이 잘못되면 어차피 다네이를 구하지 못할 텐데."

"전 구해 낼 거라고 말한 적 없습니다."

로리가 천천히 눈을 난롯불로 돌렸다. 루시에 대한 동정과 다네이가 다시 체포된 것에 대한 깊은 실망으로 눈시울이 점점 붉어졌다. 이제 노인인 데다 최근에 걱정할 일이 많았던 탓인지 눈에서 눈물이 흘러내렸다.

칼튼이 갑자기 목소리를 바꾸며 말했다.

"선생님은 정말 선량한 분이시고 진정한 친구이십니다. 선생님의 약한 모습을 제가 공연히 아는 척한 거라면 용서하십시오. 저는 제 아버지가 우는 모습도 무심한 척 그냥 지나치지 못했지요. 만약 선생님이 제 아버지셨다면, 우시지 못하게 했을 겁니다. 하지만 다행히도 선생님은 제 아버지가 아니니까 그런 불행을 겪지 않으셔도 됩니다."

마지막 말을 할 때는 예전처럼 건들거리는 태도가 살짝 보이긴 했지만 칼튼의 말투나 감정에는 진심과 존경이 담겨 있었다. 칼튼의 이런 모습을 한 번도 본 적이 없는 로리였기에 좀 당황스러웠지만 그래도 그의 진심을 느낄 수 있었다. 로리가 손을 내밀었고 칼튼이 그 손을 살며시 잡았다. 칼튼이 말했다.

"이제 불쌍한 다네이 씨 얘기로 돌아가야겠군요. 루시 양한테는 오늘 나눈 얘기와 협상 얘기는 하지 말아 주십시오. 그 내용을 알게 된다고 해서 남편을 만나러 갈 수 있는 것도 아니고, 최악의 경우, 단두대에 가기도 전에 제가 남편에게 스스로 죽는 방법을 가르쳐 주려 한다고 오해할지도 모르니까요."

로리는 거기까지는 생각하지 못했지만 칼튼이 정말 그런 생각이 있는 게 아닌가 싶어 재빨리 쳐다보았다. 정말 그럴 수도 있었다. 칼튼도 로리를 쳐다보았고 로리의 그런 생각을 읽은 게 분명했다. 칼튼이 말했다.

"루시 양은 수만 가지 생각을 할 겁니다. 하지만 어떤 생각을 하든 모두 루시 양을 힘들게 할 뿐입니다. 제 얘기는 하지도 마십시오. 처음 여기에 왔을 때 말씀드렸듯이 저는 루시 양을 만나지 않는 편이 낫습니다. 만나지 않더라도 루시 양에게 도움이 되는 일이라면 뭐든 할 겁니다. 이제 루시 양을 만나러 가실 거죠? 오늘 밤에는 특히나 절망에 빠져 있을 테니까요."

"지금 가려고 합니다. 곧바로."

"잘됐군요. 루시 양이 선생님을 유독 의지하고 따르니까요. 루시 양은 요즘 어떤가요?"

"걱정도 많고 슬픔도 많지만 여전히 아름답지요."

"아아!"

한숨을 내쉬듯 길고도 애통한, 흐느낌에 가까운 소리였다. 로리는 눈을 들어 난롯불로 향해 있는 칼튼의 얼굴을 바라보았다. 마치 화창한 날에 언덕 위로 햇살이 나왔다가 순식간에 그림자가 드리웠다 하듯이 얼굴 표정에 변화가 일었다. (노신사 로리는 칼튼의 얼굴에 드리워진 것이 햇살인지 그림자인지 차마 말할 수가 없었다) 칼튼은 한쪽 발을 들어 앞에 있는, 불꽃이 희미하게 살아 있는 통나무를 뒤로 밀었다. 칼튼은 당시 유행하던 하얀 승마복에 승마화 차림이었는데, 하얀 옷에 장작 불빛이 비쳐서 오히려 안색이 더 창백해 보였고, 긴 갈색머리는 헝클어진 채 아무렇게나 내려와 있었다. 불이 뜨겁지도 않은지 장작에 계속 발을 올리고 있는 모습에 로리는 결국 한마디 하지 않을 수가 없었다. 뜨거운 장작 위에 올려놓은 신발 무게 때문에 장작이 금방이라도 부수어질 것 같았다.

"아, 깜빡했군요."

칼튼이 말했다. 로리의 시선이 다시 칼튼의 얼굴을 향했다. 로리는, 침울한 표정 때문에 칼튼의 잘생긴 본래 얼굴이 가려서 잘 보이지 않는다는 생각을 하며, 뇌리에 생생하게 남아 있는 죄수들의 표정을 떠올렸다. 지금 칼튼의 얼굴 표정이 그들의 표정과 꼭 같았다.

"이곳에서 맡으신 임무는 다 끝내셨습니까?"

칼튼이 로리를 돌아보며 말했다.

"그래요. 지난밤 루시가 갑자기 찾아왔을 때도 말했지만 여기서 내가 할 수 있는 일은 모두 처리했지요. 박사님 가족들이 모두 안전한 걸 보고 떠나길 바랐는데. 난 통행권도 있고 떠날 준비가 되어 있답니다."

둘 다 말이 없었다.

"돌이켜 보면 긴 세월이셨지요?"

칼튼이 생각에 잠겨 물었다.

"올해로 일흔여덟이니."

"평생을 보람되게 사셨습니다. 평생을 쉬지 않고 열심히 일하셨으니까요. 모두들 신뢰하고 존경하고 우러러보지 않습니까?"

"난 어른이 된 후로 줄곧 사무원으로 살았지요. 아니, 사실은 아주 어렸을 때부터 사무 보는 일을 했답니다."

"일흔여덟이신 선생님이 지금 어떤 위치에 계신지 보십시오. 그 자리에 선생님이 안 계신다면 얼마나 많은 사람들이 선생님을 그리워하겠습니까!"

로리가 고개를 저으며 말했다.

"한낱 서글픈 홀아비인걸. 나를 위해 울어 줄 사람 하나 없지요."

"어째서 그런 말씀을 하십니까? 루시 양이 울어 드릴 텐데요? 루시 양의 딸도요."

"그렇지, 맞아. 고마운 일이지요. 내 말은 그런 뜻이 아니었습니다."

"그 정도면 하늘에 감사해야 하지 않을까요?"

"그럼요, 그렇고말고요."

"오늘 밤 선생님의 외로운 심정을 솔직히 말씀해 주신다면, 가령 '나는 그 어떤 사람에게도 사랑과 믿음, 감사와 존경을 받지 못했다. 아무도 나를 다정한 사람으로 생각하지 않는다. 기억할 만한 좋은 일을 한 적도 없다.'라고 하신다면, 일흔여덟 생이 엄청난 저주가 되겠지요. 그렇죠?"

"칼튼, 진심으로 묻는 거군요. 난 그렇게 생각합니다."

칼튼의 시선이 다시 난롯가로 향하더니 잠시 침묵을 지킨 후 말했다.

"한 가지 더 여쭈어 보고 싶습니다. 어린 시절이 까마득하게 여겨지시나요? 어머니 무릎에 안겼던 때가 아주 먼 옛날처럼 느껴지시나요?"

칼튼의 온화한 태도에 놀라며 로리가 대답했다.

"20년 전까지만 해도 그랬습니다. 하지만 요즘은 그렇지가 않아요. 생의 끝에 가까워질수록 처음으로 돌아가는 것 같아요. 원을 돌 듯이 말입니다. 이렇게 너그러워지면서 죽음을 준비하게 되는 모양입니다. 요즘은 오랫동안 묻혀 있던 기억들이 떠오르면서 마음이 짠해질 때도 많지요. 젊고 아름다웠던 어머니 모습도 떠오르고, 소위 세상이라는 게 실감도 나지 않고 내가 뭘 잘못했는지도 모르던 어린 시절의 기억도 많이 생각이 난답니다."

칼튼이 밝게 홍조를 띠며 소리쳤다.

"그 기분 저도 알 것 같습니다! 그래서 지금이 더 좋으신 거죠?"

"그저 그러기를 바라는 거지요."

칼튼이 이쯤에서 대화를 끝내고는 자리에서 일어나 외투를 입는 로리를 도왔다.

"하지만 당신은 아직 젊어요."

로리가 주제로 돌아가서 말했다. 칼튼이 말했다.

"알고 있습니다. 아직 늙은 것은 아니지만 그렇더라도 제 치기 어린 행동은 나이 들 줄을 모르는군요. 제 얘기는 그만하지요. 이 정도면 충분합니다."

로리가 말했다.

"내 얘기도 이만하면 충분하지요. 함께 나갈 겁니까?"

"루시 양 집 앞까지만 모셔다 드리겠습니다. 한곳에 가만히 있질 못하는 제 방랑벽을 아시잖습니까. 제가 오랫동안 거리를 배회하더라도 걱정하지 마십시오. 내일 아침에 다시 나타날 테니까요. 내일 법정에 오실 겁니까?"

"가야지요. 유감스럽긴 하지만."

"저도 갈 겁니다. 방청객이겠지만요. 우리 첩자가 제 자리를 마련해 줄 겁니다. 제 팔짱을 끼세요."

로리가 팔짱을 꼈고 둘은 계단을 내려가 거리로 나갔다. 몇 분 만에 로리의 목적지에 당도했다. 칼튼은 그곳에서 로리와 헤어졌다. 하지만 조금 떨어진 곳에서 서성이다 닫힌 대문으로 돌아가 문을 쓰다듬었다. 루시가 매일같이 감옥에 갔다는 얘기를 들었다. 칼튼이 주변을 둘러보며 말했다.

"루시가 이 문으로 나와서, 저 길을 돌아서 자갈길을 걸었겠지. 그 흔적을 한번 따라가 보자."

칼튼은 밤 10시쯤 루시가 수백 번도 더 서 있었을 라포르스 감옥 앞에 도착했다. 때마침 왜소한 나무꾼이 가게 문을 닫고 그 앞에서 담배를 피우고 있었다.

"안녕하시오, 시민 동지."

칼튼이 걸음을 멈추고 말했다. 나무꾼이 호기심 어린 눈으로 칼튼을 쳐다보았다.

"안녕하시오, 시민 동지."

"공화국은 요즘 어떻소?"

"기요틴 말이군요. 나쁘지 않지요. 오늘은 예순세 명이 죽었으니. 곧 백 명이 될 것 같아요. 삼손과 그 부하들이 가끔씩 피곤해 죽겠다고 불평을 하긴 하지만. 하하하! 참 재미난 친구예요. 그 삼손 말이에요. 훌륭한 이발사지!"

"자주 보러 가시나 보군요?"

"면도하는 거요? 매일 보지요. 어찌나 면도를 잘하는지! 그자가 일하는 거 봤어요?"

"아니요. 한 번도요."

"함께 묶어서 한 번에 면도할 때 한번 가서 보세요. 한번 상상해 보세요. 오늘 하루만도 예순세 명을 면도했다니까요. 그것도 파이프 담배를 두 번 피우기도 전에! 진짜라니까요!"

작은 남자는 피우고 있던 파이프 담배를 보여 주며 자신이 어떻게 집행 시간을 쟀는지 설명을 했고, 칼튼은 남자를 죽도록 패주고 싶은 마음이 굴뚝같았지만 발길을 돌렸다. 나무꾼이 말했다.

"영국인은 아니시죠? 영국인 옷차림이긴 한데."

"영국인 맞소."

칼튼이 발길을 멈추고 어깨 너머로 대답했다.

"그런데 프랑스인처럼 말씀하시네요."

"오래전에 여기서 학교를 다녔지요."

"아하, 꼭 프랑스인 같은데! 안녕히 가세요, 영국인."

"잘 있으시오, 애국 시민."

나무꾼이 칼튼 뒤를 쫓아오며 끈질기게 말했다.

"나중에 가서 그 재미난 친구를 꼭 보세요. 파이프 담배도 잊지 말고 꼭 챙겨 가시고요!"

칼튼은 얼마 안 가 도로 한복판 희미한 가로등 아래에 멈추어 서서 종이를 꺼내 연필로 뭔가를 적었다. 그러고는 그 길을 아주 잘 아는 사람처럼 단호한 발걸음으로 어둡고 더러운 거리를 가로질러 갔다. 이 공포의 시대에 가장 큰 중앙 도로는 청소가 되지 않아 예전보다 훨씬 더러웠다. 칼튼이 약국 앞에서 멈추었다. 약국 주인이 막 문을 닫으려던 참이었다.

구불구불한 언덕길에 있는 작고 어두침침하고 찌그러진 가게의 주인은 작고 구부정한 데다 우둔해 보였다.

칼튼은 이 시민에게 인사를 건네고 계산대에 서서 종이쪽지를 내밀었다. 약사가 조그맣게 휘파람을 불면서 쪽지를 읽었다.

"휴우! 휘! 휘! 휘!"

칼튼은 그런 태도에 신경을 쓰지 않았다. 약사가 말했다.

"애국 동지가 쓸 겁니까?"

"네."

"따로따로 보관하세요. 섞어서 먹으면 어떻게 되는지 알죠?"

"그럼요."

약사가 조그만 봉투에 따로 담은 약을 건넸다. 칼튼은 외투 안주머니에 약을 따로따로 넣은 다음 값을 치르고 약국을 천천히 걸어 나왔다. 칼튼이 달을 쳐다보며 말했다.

"내일까지는 더 이상 할 일이 없군. 잠도 오지 않는데 말이야."

빠르게 흘러가는 구름 아래서 이런 말들을 내뱉을 때 칼튼은 평소의 방탕한 칼튼이 아니었다. 말투 역시 무심하지도, 도전적이지도 않았다. 마치 기진맥진해서 길을 잃고 방황하다가 마침내 길을 찾아 목적지를 발견한 사람처럼 뭔가 굳건해 보였다.

오래전, 전도유망한 청년으로 또래들 사이에서 꽤나 유명했을 때, 칼튼은 아버지의 관을 따라 무덤까지 갔었다. 어머니는 그보다 몇 해 전에 돌아가셨다. 저 높이 달과 구름이 떠다니는 어두운 거리, 짙은 그림자 사이를 걸어 다닐 때면 그때 아버지의 무덤 앞에서 읽었던 엄숙한 글이 떠올랐다.

"예수께서 이르되, 나는 부활이요 생명이니 나를 믿는 자는 죽어서도 살겠고 살아서 나를 믿는 자는 영원히 죽지 아니하리라."[1]

---

1 〈요한복음〉 11장 25~26절이다.

도끼가 지배하는 도시를 늦은 밤 혼자 거닐며 오늘 사형당한 예순세 명과 감옥에서 죽음을 기다리고 있을 내일의 희생자를 생각하니 자연스럽게 슬픔이 느껴졌다. 내일 그리고 또 내일의 내일에 죽을 희생자들에 대한 생각이 아니더라도, 깊은 바닷속에서 녹슨 고선의 닻을 건져 올리듯이 성경 구절을 떠오르게 할 만한 생각의 사슬들을 기억의 저편에서 끊임없이 끌어올릴 수 있었지만 칼튼은 그런 애상에 젖고 싶지 않았다. 그런데도 그 성경 구절이 자꾸만 입에서 맴돌았다.

몇 시간 동안 잠잠해진 주변의 공포를 잊고 휴식을 취하기 위해 불을 밝힌 창들, 사제를 사칭하고 약탈하고 방탕한 짓을 일삼아 온 세월 동안 혐오감이 널리 퍼져 나가 결국 자기 파멸의 길을 걷게 된, 기도 소리가 끊긴 교회의 탑들, 묘지 문에 적힌 영면을 누릴 수 없는 저 멀리 버려진 무덤들, 죄수로 넘쳐 나는 감옥들, 사형수 60여 명이 호송되는 게 일상이 되어 버려 기요틴에서 죽은 사람들의 슬픈 유령 이야기조차 떠돌지 않는 거리들, 분노를 누르고 짧은 밤 휴식을 취하려고 고요해진 이 도시의 온갖 삶과 죽음을 엄숙하게 떠올리던 칼튼은 좀 더 밝은 거리를 찾아가려고 다시 센 강을 건넜다.

마차를 탄 사람들은 거의 없었다. 마차를 타면 의심을 받기 쉬웠기에 고상한 상류층 사람들도 붉은 모자에 머리를 가린 채 무거운 신발을 신고 터벅터벅 걸어 다녔다. 하지만 극장이란 극장은 죄다 꽉 차 있었고, 칼튼이 지나갈 때 극장에서 쏟아져 나온 사람들은 즐겁게 수다를 떨면서 집으로 갔다. 한 극장 앞에서 어린 여자아이 한 명이 엄마와 함께 진흙탕 길을 건너려고 두리번거리고 있었다. 칼튼은 아이를 번쩍 안아 올려 길을 건네 준 다음, 수줍게 자기 목을 잡고 있는 아이의 팔이 풀리기 전에 아이에게 키스를 해 달라고 했다.

"나는 부활이요 생명이니 나를 믿는 자는 죽어서도 살겠고 살아서 나를 믿는 자는 영원히 죽지 아니하리라."

이제 거리는 고요했고, 밤은 깊어 갔고, 울리는 발자국 소리에서도, 대기에서도 그 성경 구절이 계속 들려왔다. 칼튼의 마음은 더없이 고요하게 가라앉았다. 칼튼은 이따금 성경 구절을 읊으며 걸었다. 머릿속에서 그 소리가 끊이질 않고 들려왔다.

밤이 끝나 가고 있었다. 칼튼은 다리에 서서 파리의 강벽에 부딪히는 물소리를 들었다. 그림처럼 모여 있는 집과 성당이 달빛에 환하게 빛났다. 차갑게 밝아 오는 새벽하늘에 죽은 사람의 얼굴이 떠 있는 것 같았다. 달빛과 별빛에 환하던 밤하늘이 점차 창백해지더니 서서히 사그라졌다. 그 순간 잠깐이긴 했지만 죽음이 온 세상을 지배한 듯 보였다.

하지만 눈부시게 아름다운 태양이 떠오르며 길게 햇살을 비추자 밤새 이 무거운 짐처럼 머리를 짓눌렀던 성경 구절이 곧장 가슴에 와 박히며 심장을 따뜻하게 녹여 주는 것 같았다. 손을 이마에 대고 경건하게 위를 바라보았더니, 빛으로 된 다리가 자신과 태양 사이를 이어 주는 것 같았다. 그 밑에서 강이 반짝반짝 빛났다.

아침 정적 속에서 빠르게 흘러가는 사나운 물살은 마치 마음이 잘 맞는 친구 같았다. 칼튼은 주택가에서 멀리 떨어진 강가를 걷다가, 강둑에 앉아 따사로운 햇살을 받으며 얼핏 잠이 들어 버렸다. 그러다 다시 깨어나 강가를 서성대면서, 어지럽게 소용돌이치다가 강에 실려 바다로 흘러가는 물살을 바라보았다. 그는 중얼거렸다.

"꼭 나 같군."

연한 낙엽색 돛을 단 무역선이 시야에 미끄러져 들어오더니 칼튼을 지나쳐 사라졌다. 조용히 물살을 가르던 흔적마저 사라지고 나자, 자신의 모든 무모한 행동과 실수를 자비롭게 용서해 달라는 기도가 마음속에서 우러나왔고, 그 기도는 성경 구절로 끝이 났다.

"나는 부활이요, 생명이니."

칼튼이 집으로 돌아오니 로리는 이미 나가고 없었다. 이 선량한 노신사가 어디로 갔을지는 짐작하고도 남았다. 칼튼은 커피와 빵을 조금 먹고는 세수를 하고 옷을 갈아입은 뒤 법정으로 향했다. 법정은 소란스럽고 떠들썩했다. 많은 사람들이 다가가기조차 무서워하는 검은 '양' 살러먼이 군중 사이 잘 보이지 않는 구석 자리로 칼튼을 안내했다. 로리와 마네트 박사의 모습도 보였다. 루시는 마네트 박사 옆에 앉아 있었다.

남편이 법정에 들어오자 루시는 고개를 돌려 남편을 바라보았다. 존경 어린 사랑과 다정한 연민을 담아서 아내가 어쩌나 힘과 용기를 북돋우는 시선으로 바라보는지 (하지만 남편을 위해서 대담한 모습도 잃지 않았다) 남편은 얼굴에 혈색이 돌고 눈빛이 환해지고 심장에 활기가 도는 듯했다. 만약 루시의 눈빛에 담긴 위력을 알아본 사람이 있었다면, 그는 루시의 그 눈빛이 칼튼에게도 똑같은 위력을 발휘했다는 것 역시 알아보았을 것이다.

부당한 재판이 시작되기 전에 피고에게 합당한 심리를 받도록 하는 그어떠한 절차도 없었다. 애초에 모든 법과 형식과 의례를 무분별하게 남용하지 않았다면 이런 혁명도 일어나지 않았을 터이고, 자멸을 부르는 혁명의 복수심에 그 모든 것이 바람에 날아가 버리지도 않았을 것이다.

모든 시선이 배심원을 향했다. 어제도 그저께도 그 자리에 있었던 단호한 애국 시민과 선량한 공화국 시민은 내일도 모레도 그 자리에 있을 것이다. 그중에서도 유난히 열의에 차 있고 눈에 띄는 남자는 굶주린 표정을 하고서 손가락을 잠시도 입술 주변에서 떼지 않았다. 청중들은 남자의 이런 모습이 몹시 마음에 드는 모양이었다. 생명에 굶주린 식인종처럼 피를 갈망하는 배심원, 그는 바로 생앙투안에서 온 자크 3호였다. 사실, 배심원 전원이 사슴을 쫓는 사냥개 같았다.

모두가 배심원 다섯 명과 검사를 쳐다봤다. 오늘은 호의적인 분위기를 전혀 찾을 수 없었다. 타협할 수 없다는 듯한 살기가 느껴졌다. 순간 모든 시선이 청중 속에서 누군가를 찾는 것 같더니, 곧 그 누군가를 찾았는지 안심한 듯 빛이 났다. 청중들은 서로들 마주 보고 고개를 끄덕인 후, 재판정 앞쪽에 집중하며 고개를 숙였다.

일명 다네이, 샤를 에브레몽드. 어제 석방되었지만 어젯밤 고발장이 또 접수되어 다시 체포됨. 공화국의 적이자 귀족이며 반역자의 일족, 제거해야 할 일족의 일원, 특권이 폐지되기 전 그 특권으로 인민들에게 파렴치한 억압을 가한 죄로 고발됨. 일명 다네이, 샤를 에브레몽드는 법으로 금지된 일을 자행했으므로 마땅히 법에 따라 사형에 처해져야 함.

검사가 이런 취지의 몇 줄 안 되는 논고를 마쳤다.

재판장이 물었다. 피고인이 공개적으로 고발당했습니까?

"공개적으로 고발당했습니다, 재판장님."

"누가 고발했습니까?"

"세 명입니다. 생앙투안의 술집 주인 에네스트 드파르주."

"좋소."

"그의 처, 테레즈 드파르주."

"좋소."

"의사, 알렉상드르 마네트."

법정에 일대 소동이 일어났고, 마네트 박사가 얼굴이 새하얗게 질려서는 부들부들 떨며 자리에서 일어났다.

"재판장님, 분노를 참을 수 없어 항의합니다. 이것은 날조이고 사기입니다. 피고인이 제 딸의 남편이라는 사실을 잘 아실 겁니다. 제 딸과 제 딸이 사랑하는 사람이라면 제게는 목숨보다 소중한 존재입니다. 도대체 제가 사위를 고발했다고 거짓 음모를 꾸민 자는 누구이며 어디에 있습니까!"

"애국 시민 마네트, 진정하시오. 재판정의 권위에 복종하지 않으면 그것도 법을 위반하는 것이오. 박사 시민에게 목숨보다 소중한 사람이라고 해서, 공화국의 선량한 시민들에게까지 귀한 사람이라고 할 수는 없는 노릇 아니오."

판사가 이렇게 질책하자 커다란 갈채가 쏟아졌다. 재판장이 종을 울려 재판을 재개했다.

"만약 공화국이 당신에게 귀한 딸을 희생시키라고 요구하면, 그 딸을 희생시키는 것 말고는 의무를 다할 방법이 없는 것이오. 지금부터 진술하는 내용을 잘 경청하십시오. 그리고 정숙하시오!"

다시 광적인 환호성이 터졌다. 마네트 박사는 주변을 둘러보고는 자리에 앉았다. 박사는 입술을 부들부들 떨고 있었다. 딸이 아버지 옆에 바싹 붙어 앉았다. 배심원석에 앉아 있던 굶주린 표정의 그 남자가 두 손을 비벼 대더니 다시 좀 전처럼 손을 입으로 가져갔다.

법정이 진술을 읽을 수 있을 만큼 조용해지자 드파르주가 법정에 불려 나왔다. 드파르주는 박사가 투옥된 이야기부터 시작해서, 자신이 박사의 시중을 들던 하찮은 소년이었다는 이야기와 박사가 석방되어 자신에게 인도되었을 때 박사의 상태에 이르기까지 상세한 내용들을 빠르게 진술했다. 이어서 짧은 심문이 이어졌고 재판이 빠르게 진행되었다.

"시민 드파르주, 바스티유 점령 시 큰 공을 세웠습니까?"

"그렇다고 생각합니다."

이때 청중 가운데 한 여자가 흥분해서 괴성을 질러 댔다.

"그때 당신은 최고의 애국 시민이었잖아요. 왜 그 말은 안 해요? 그날 대포를 쏘았잖아요. 그 저주받은 감옥이 함락될 때 맨 먼저 앞장섰던 사람도 당신이었어요. 애국 시민 여러분, 전 사실을 말하고 있는 거예요!"

청중들에게 열렬한 찬사를 들으며 재판 과정을 도운 사람은 다름 아닌 방장스였다. 재판장이 벨을 울렸지만 따뜻한 칭찬에 용기를 얻은 방장스가 소리쳤다.

"그깟 종은 무시하겠어요!"

청중들이 다시 방장스를 칭송했다.

"시민 동지, 당신이 그날 바스티유에서 한 일을 재판장께 알리십시오!"

"저는 알고 있었습니다."

드파르주가 아내를 내려다보았다. 마담 드파르주는 남편이 서 있는 계단 맨 아래에 서서 남편을 응시하고 있었다.

"지금부터 제가 말씀드릴 이 죄수가 북탑 105호 독방에 감금되어 있었다는 사실을 저는 알고 있었습니다. 그에게서 직접 들었으니까요. 그는 내 보호를 받으며 구두를 짓던 시절, 북탑 105호라는 것 말고는 자기 이름조차 몰랐습니다. 저는 그날 대포를 쏘면서 감옥이 함락되면 그 독방을 조사해 봐야겠다고 결심했습니다. 감옥이 함락되었고, 저는 간수의 안내를 받아 오늘 배심원 중에 한 명인 동료 시민과 함께 독방에 올라갔습니다. 독방을 아주 철저하게 조사했습니다. 그런데 굴뚝 구멍에서, 참, 벽돌을 교체해서 생긴 구멍입니다. 종이쪽지를 하나 발견했습니다. 이게 그 종이입니다. 그 후 마네트 박사의 필적을 조사해 봤습니다. 이것은 마네트 박사의 필적입니다. 마네트 박사가 쓴 이 종이쪽지를 재판장님께 보여 드리겠습니다."

"직접 낭독하시오."

쥐 죽은 듯 조용해진 법정 안에서 재판을 받는 죄수는 아내를 사랑스럽게 바라보았고, 아내는 남편을 바라보다가 고개를 돌려 아버지를 걱정스럽게 바라보았다. 마네트 박사는 쪽지를 읽는 드파르주에게서 시선을 떼지 않았고, 마담 드파르주는 재판을 받는 죄수에게서 눈을 떼지 않았고, 드파르주는 통쾌해하는 아내에게서 눈을 떼지 못했다. 나머지 사람들은 모두 박사를 바라보았지만 박사는 그 종이의 글이 낭독되는 동안 드파르주 말고는 그 누구도 쳐다보지 않았다.

10장
그림자의 실체

　나 알렉상드르 마네트는 1767년 12월 바스티유의 서글픈 독방에서 이 침통한 글을 쓴다. 보베 태생으로 후에 파리에서 살았던 나는 비운의 의사다. 나는 온갖 방해 속에서 몰래 틈틈이 이 글을 쓰고 있다. 굴뚝 벽 안에 이 글을 숨겨 놓을 생각이며, 숨길 곳을 마련하기 위해 천천히 그리고 힘들게 작업을 해 왔다. 내 몸과 슬픔이 먼지가 되었을 때, 어느 동정 어린 손이 그곳에서 내 글을 찾을 수 있으리라 희망하면서.

　내가 이 글을 처음 쓰기 시작한 지금은, 투옥된 지 10년째 되는 해의 마지막 달이다. 나는 굴뚝에서 긁어 낸 그을음과 석탄 부스러기에 피를 섞고, 그것을 녹슨 쇠못에 묻혀 힘겹게 이 글을 쓰고 있다. 내 가슴 속에서 희망이 사라진 지 이미 오래다. 내 안에서 들려오는 끔찍한 신호로 내가 머지않아 정신을 놓으리라는 것을 나는 알 수 있다. 하지만 지금 이 순간 엄숙하게 맹세하는 바다. 우선 현재의 내 정신은 멀쩡하다. 그리고 여기에 적은 나의 기억은 정확하며 상황에 따라 판단한 내용이다. 끝으로 이 땅의 사람들이 이 글을 읽든 읽지 않든, 훗날 최후의 심판석에 앉게 될 때 나의 이 마지막 기록에 대해 책임질 수 있도록 진실만을 적을 것이다.

　1757년 12월 셋째 주(22일이었다고 생각한다) 어느 구름 낀 달밤, 나는 차가운 공기를 마시며 기분 전환을 하려고, 내가 살고 있는 의과 대학 거리에서 한 시간쯤 떨어진 센 강변 부두의 외진 곳을 따라 거닐고 있었다. 그때 등 뒤에서 마차 한 대가 아주 빠르게 달려왔다. 나는 마차에 치일까 걱정이 되어서 마차가 지나가도록 길옆으로 비켜섰는데, 그때 누가 머리를 창밖으로 내밀면서 마부에게 마차를 세우라고 지시했다.

마부가 고삐를 당기자 마차는 멈추더니 조금 전과 같은 목소리의 사람이 내 이름을 불렀다. 나는 대답했다. 그러고는 내가 저 멀리 앞에 있는 마차에 다다르기 전에 두 신사가 먼저 문을 열고 마차에서 내렸다.

두 사람 모두 망토를 걸치고 있었는데 자신을 감추려는 것처럼 보였다. 마차 문 옆에 나란히 서 있는 모습을 보니 둘 다 내 또래이거나 나보다 조금 더 어려 보였고, 체격이나 태도, 목소리, 내가 보기에는 얼굴까지도 두 사람은 아주 비슷했다.

"마네트 박사입니까?"

그중 한 사람이 물었다.

"그렇습니다."

"보베 출신의 마네트 박사. 원래는 외과 의사로 최근 일이 년 사이에 파리에서 명성이 높아진 젊은 의사 맞습니까?"

다른 사람이 물었다.

"그렇소, 신사분들. 두 분이 그리 좋게 말씀하시는 의사 마네트가 바로 접니다."

"댁에 다녀오는 길이오. 유감스럽게도 댁에 안 계시더군요. 아마 이쪽에서 걷고 계실 거라는 말을 듣고 만나고 싶어서 쫓아왔소. 마네트 박사, 마차에 좀 타겠소?"

먼저 말한 사람이 말했다. 두 사람의 태도는 위협적이었다. 그들이 이야기를 하면서 몸을 움직여 어느새 나를 그들과 마차 사이로 집어넣었다. 그들은 무기를 가지고 있었지만 난 아니었다.

"신사분들, 죄송하지만 보통 저는 진찰을 의뢰하는 사람이 누구인지 또 왕진을 가는 경우에는 환자의 상태가 어떤지를 묻습니다."

이번에는 두 번째로 말했던 남자가 대답했다.

"의사 양반, 당신에게 진찰을 의뢰하는 이들은 중요한 사람들이오. 우리는 당신의 의술을 믿고 있소. 환자 상태는 우리가 말하는 것보다 당신이 가서 직접 확인하는 편이 좋을 거라 생각하오. 이상이오. 자, 이제 마차에 타시겠소?"

나는 별 도리가 없어 말없이 마차에 올랐다. 두 사람도 뒤따라서 올라탔다. 끝으로 탄 사람은 발판을 올린 뒤 뛰어오르듯 올라탔다. 마차는 방향을 돌려 조금 전처럼 쏜살같이 내달렸다.

나는 당시 나눈 대화 내용을 그대로 기록한다. 조사 하나 다르지 않고 정확하다는 사실에 추호의 의심도 없다. 이 글을 쓰는 동안 정신이 흐트러지지 않도록 온 신경을 집중해서 그 일이 일어났던 그때와 똑같이 모든 것을 적을 것이다. 여기 '-----' 이 표시는 내가 글을 쓰다가 잠시 중단하고 이 글을 비밀 장소에 숨겨 둔다는 의미다.

거리를 벗어난 마차는 북문을 지나 시골길로 들어섰다. 성문에서 3킬로미터쯤 떨어진 곳에서 (당시에는 거리를 재지 못했지만 나중에 되짚어서 가 보니 그 정도였다) 마차는 큰길을 빠져나와 이내 외딴 저택 앞에 멈췄다. 우리 세 사람은 마차에서 내려 정원의 질퍽한 보도를 따라 걸었다. 관리를 하지 않은 분수에서 넘친 물이 현관문 앞까지 흐르고 있었다. 초인종을 눌렀지만 문은 바로 열리지 않았다. 잠시 후 하인이 나와 문을 열자 둘 중 한 사람이 두툼한 승마 장갑을 낀 손으로 하인의 얼굴을 후려쳤다.

특별히 내 눈길을 끌 만한 행동은 아니었다. 평민이 두들겨 맞는 광경은 개가 얻어맞는 광경보다 더 흔했기 때문이었다. 그런데 다른 사람도 똑같이 화를 내며 하인의 얼굴을 그대로 갈겼다. 형제의 표정이나 행동이 어찌나 닮았던지, 그때 나는 처음으로 그들이 쌍둥이라는 걸 알아챘다.

바깥 대문 앞에 (대문이 잠겨 있었는데 형제 한 명이 문을 열고 우리를 들여보낸 다음 다시 문을 잠갔다) 내렸을 때부터 위층 방에서 비명 소리가 들려왔다. 나는 곧장 그 방으로 안내를 받았는데 계단을 올라갈수록 비명 소리가 점점 더 커졌다. 곧 고열에 시달리는 환자가 침대에 누워 있는 모습이 눈에 들어왔다.

환자는 젊고 매우 아리따운 여인이었으며, 나이는 스무 살 남짓 되어 보였다. 머리칼은 잡아 뜯은 것처럼 온통 산발을 하고, 팔은 어깨띠와 손수건으로 묶여 있었다. 묶는 데 사용한 것들은 모두 신사용 소지품이었다. 그중 하나는 어깨에 두르는 술이 달린 예복 스카프로, 'E'라는 글자와 귀족 문장이 새겨져 있었다.

이것이 내 눈에 띈 것은, 환자를 진찰하기 시작하고 몇 분도 채 지나지 않았을 때였다. 환자는 끊임없이 발버둥을 치며 침대 가장자리에 얼굴을 파묻었는데 그러다가는 손목을 묶은 스카프의 끝자락이 입을 막아서 질식할 위험이 있었다. 내가 제일 먼저 취한 조치는 환자가 숨을 편안히 쉬도록 해 주는 일이었다. 그때 스카프를 치우다가 모서리에 수놓은 글자가 눈에 들어왔던 것이다.

나는 환자를 살짝 돌려 눕힌 다음, 진정시키기 위해 환자의 가슴에 손을 올린 채 얼굴을 살펴보았다. 동공이 커져 있었다. 환자는 계속해서 찢어질 듯 비명을 지르며 "내 남편, 내 아버지, 내 남동생!"이라는 말을 되뇌었다. 그러다 열둘까지 수를 세고는 "쉿!"이라고 말했다. 그러고는 잠시, 아주 잠시 동안 무슨 소리를 들으려고 멈췄다가는 다시 날카로운 비명을 질렀고, "내 남편, 내 아버지, 내 남동생!"이라며 울부짖기를 반복한 다음 열둘까지 수를 세고 또 "쉿!"이라고 말했다. 순서나 태도가 전혀 바뀌지 않았다. 이런 말을 중얼거리는 사이에 규칙적으로 잠깐 정지하는 것 말고는 결코 멈추는 법이 없었다.

"이런 증상을 보인 지 얼마나 됐습니까?"

나는 형제를 구분하기 위해 그들을 형과 동생으로 분간해서 부를 것이다. 그들 중 윗사람처럼 처신하고 행동하는 이가 형일 것이라 짐작했다.

"어젯밤 이맘때쯤부터요."

형이 대답했다.

"남편, 아버지, 남동생이 있으신가요?"

"남동생이 한 명 있소."

"혹시 그 남동생 되시나요?"

그는 몹시 경멸하는 투로 대답했다.

"아니요."

"환자분이 열둘이라는 숫자와 무슨 관련이 있습니까?"

동생이 성급하게 끼어들었다.

"열두 시와 관련이 있지 않겠소?"

"저, 신사분들. 두 분께서 오자고 해서 따라오긴 했지만 제가 할 수 있는 일은 아무것도 없는 상황입니다! 제가 여기 오는 이유를 알았더라면 준비를 하고 왔을 겁니다. 이런 상황에서는 시간만 낭비할 뿐이지요. 이렇게 외진 곳에서는 약을 구할 수 없으니까요."

나는 여전히 그녀의 가슴에 손을 올려놓은 채 말했다. 형이 동생을 쳐다보았다. 동생이 거만하게 말했다.

"여기 약 상자가 있소."

그러면서 벽장에서 약 상자를 가져와 탁자에 올려놓았다.

나는 약병 몇 개를 열어서 냄새를 맡아 보고 마개를 입술에 대 보았다. 나는 아편 성분이 든 진정제 말고 다른 약을 쓰고 싶었지만, 거기에는 그런 약이 없었다.

"그 약을 의심하는 거요?"

동생이 물었다.

"보시다시피 저는 이 약을 먹일 겁니다."

나는 이렇게 대답하고는 더 이상 대꾸하지 않았다.

애를 먹으며 겨우 환자에게 내가 원하는 양만큼 약을 먹였다. 그리고 잠시 후에 약을 다시 먹여야 하고 그때까지 약효가 나타나는 걸 지켜봐야 했으므로 침대 곁에 앉아 있었다. 시중을 들던 겁 많고 주눅이 든 여인(아래층 하인의 아내)이 구석으로 물러나 있었다. 집 안은 눅눅하고 많이 낡았으며 살림은 방치한 듯했다. 최근에 임시로 집을 사용하고 있는 게 분명했다. 창문에는 비명 소리가 새어 나가지 못하도록 두껍고 낡은 커튼이 못에 걸려 있었다.

"내 남편, 내 아버지, 내 남동생!"이라고 소리 지른 뒤 열둘까지 세고 "쉿!" 하는 규칙적인 중얼거림과 함께 비명은 계속 이어졌다. 발작이 너무나도 격렬한 나머지 나는 차마 팔을 묶은 끈들을 풀어 줄 수가 없었다. 하지만 혹여 동여맨 데가 아프지나 않은지 보기 위해 끈들을 살펴보았다. 그나마 도움이 될 만한 한 가지는 내가 환자의 가슴에 손을 올려놓으면 진정 효과가 있어서 몇 분 동안은 환자가 얌전히 누워 있는다는 것이었다. 그러나 비명을 멈추는 데는 별 효과가 없었으며 어떤 시계추도 그보다 더 규칙적일 수는 없었다.

내 손이 환자를 진정시키는 효과가 있다는 생각이 들어서 형제가 지켜보는 가운데 나는 30분 동안 침대 옆에 앉아 있었다. 지켜보던 형이 말했다.

"환자가 한 명 더 있소."

나는 놀라서 물었다.

"위급한 환자입니까?"

"당신이 보는 게 좋겠소."

형은 성의 없이 대답한 후 램프를 집어 들었다.

다른 환자는 두 번째 계단 건넛방에 누워 있었다. 마구간 위에 있는 다락방 같은 곳이었다. 회칠을 한 낮은 천장에, 지붕 마루턱과 이어진 벽들은 휑했으며, 서까래가 지붕을 가로지르고 있었다. 방 한쪽에는 불을 피울 때 쓰려고 쌓아 둔 건초와 짚 장작단과 사과를 묻어 둔 모래 더미가 있었다. 방의 다른 쪽으로 가려면 그곳을 지나야 했다. 내 기억은 전부 그때 상황을 기억하는 것이며 혼동되지 않는다. 나는 이런 세세한 부분까지 기억하려고 안간힘을 쓰고 있으며, 그날 밤 본 것들을 투옥된 지거의 10년이 다 되어가는 지금도 이 바스티유의 감방에서 또렷이 그대로 보고 있다.

바닥에 깔린 건초 더미 위에 잘생긴 농부 소년이 베개를 베고 누워 있었다. 많아야 열일곱 살 정도 되어 보이는 소년이었다. 소년은 바닥에 누워 이를 악문 채, 꽉 쥔 오른손을 가슴에 대고 이글거리는 눈으로 천장을 노려보고 있었다. 나는 한쪽 무릎을 꿇고 소년을 살펴보았지만 다친 부위를 찾을 수 없었다. 그러나 곧 소년이 날카로운 것에 찔려 죽어 가고 있음을 알 수 있었다.

"얘야, 나는 의사란다. 좀 살펴보자꾸나."

"치료받기 싫어요. 그냥 내버려 두세요."

상처는 소년의 손 밑에 있었다. 나는 소년을 달래 손을 치우게 했다. 검에 찔린 지 하루쯤 되어 보이는 상처이지만, 바로 치료를 받았더라면 별다른 의술 없이도 생명을 구할 수 있었으리라. 소년은 빠르게 죽어 가고 있었다. 내가 눈을 돌려 형을 보았을 때, 생명이 꺼져 가는 잘생긴 소년을 내려다보는 그의 눈은 마치 총에 맞은 새나 토끼를 보는 듯했다. 전혀 같은 인간을 바라보는 눈이 아니었다.

"어쩌다 이렇게 되었습니까?"

"미친 개자식 같으니라고! 농노 새끼 주제에! 기어이 내 동생이 검을 뽑게 만들더니 검에 찔려 쓰러졌소. 지가 무슨 신사라도 되는 줄 아는지."

그 대답에서 연민과 슬픔, 인간애 같은 것이라고는 털끝만치도 느낄 수 없었다. 말하는 사람은 자기 집에서 다른 계급의 생명이 죽어 가는 게 못마땅하고 그런 기생충 같은 부류는 흔히 그렇듯이 아무도 모르게 죽는 편이 낫다고 생각하는 듯했다. 그는 소년과 소년의 운명에 일말의 동정심도 전혀 느끼지 못하는 인간이었다.

소년의 눈길이 이 말을 하고 있는 사람에게 천천히 쏠렸다가 이제는 나에게로 움직였다.

"선생님, 이 귀족 나리들은 자존심이 아주 강하죠. 하지만 우리같이 천한 개들도 가끔은 자존심이 있어요. 그들은 우리를 약탈하고 짓밟으며 때리고 죽이죠. 하지만 우리에게도 일말의 자존심은 있다고요, 아주 가끔이지만요. 누나, 우리 누나를 보셨나요, 선생님?"

비록 멀어서 희미하긴 했지만 비명과 울부짖는 소리는 거기에서도 들렸다. 소년은 마치 누나가 앞에 누워 있는 것처럼 이야기를 꺼냈다.

"그래, 봤단다."

"우리 누나예요, 선생님. 이 귀족들은 오랜 세월 우리 누나와 여동생의 절개와 미덕을 짓밟으며 추잡한 권리를 휘둘러 왔어요. 하지만 우리에게는 좋은 누나, 좋은 여동생이었어요. 전 알아요, 아버지가 그렇게 말씀하시는 걸 들었어요. 누나는 착한 여자였어요. 누나는 선량하고 젊은 남자와 약혼도 했어요. 이 귀족의 소작농이죠. 우리도 전부 이 귀족의 소작농이에요. 저기 서 있는 저 사람 말이에요. 다른 사람은 저 귀족의 동생이에요. 저 동생이 나쁜 놈 중에서도 제일 나쁜 놈이에요."

소년은 말을 하기 위해 젖 먹던 힘까지 냈지만 상당히 힘겨워 보였다. 하지만 소년의 영혼은 무서운 집중력으로 차분히 내게 하소연했다.

"우리는 저기 서 있는 저 사람에게 착취를 당했어요. 저 잘난 귀족 양반들은 우리 천한 개들에게 무자비하게 세금을 거두어 갔어요. 우리는 품삯 한 푼 못 받고 일을 했으며, 우리 곡식을 귀족의 방앗간에서 갈아야 했어요. 얼마 되지도 않는 비참한 우리 식량을 저 귀족이 기르는 새들에게 모이로 줘야 했어요. 우리는 새 한 마리도 기르지 못하게 하면서 말이에요. 그 정도로 우리는 착취당하고 약탈당했어요. 어쩌다 고기 한 점이라도 먹을라치면 우리는 저 남자의 하인들한테 뺏길까 봐 문을 걸고 덧문까지 닫은 뒤 두려움 속에서 고기를 먹어야 했어요. 그렇게 착취당하고 쫓기고 너무 가난해서 우리 아버지는 이런 세상에서 자식을 낳는 일은 너무나 끔찍한 짓이라고 말했어요. 그래서 우리 같은 사람은 여자들이 임신을 못 하게 해서 우리처럼 비참한 종족은 멸족하게 해 달라고 기도해야 한다고 했어요!"

나는 압제에 대한 울분을 그렇게 불꽃처럼 터뜨리는 것을 처음 보았다. 그때까지는 그런 울분이 농민들의 마음속 어딘가에 잠재해 있을 것이라 짐작만 했었다. 죽어 가는 그 소년에게서 그것을 보기 전까지는, 그리 격하게 울분을 폭발하는 모습을 결코 한 번도 본 적이 없었던 것이다.

"그렇지만 선생님, 우리 누나는 결혼을 했어요. 그때 매형은 불쌍하게도 병을 앓고 있었어요. 그래도 누나는 사랑하는 사람과 결혼했어요. 우리 오두막에서 매형을 간호하면서 살았어요. 저놈이 개집이라 부르는 곳에서요. 결혼한 지 채 몇 주도 안 되었을 때, 저놈의 동생이 누나를 보고 반해서는 매형한테 누나를 빌려 달라고 요구했어요. 우리같이 천한 계급에선 남편들이 무슨 힘을 쓸 수 있을까요! 매형은 반대할 생각이 없었지만, 누나는 착하고 정숙한 부인이라서 나만큼이나 저놈의 동생을 증오하면서 치를 떨었지요. 그때 저 두 놈이 누나 마음을 돌리려고, 매형을 설득하려고 무슨 짓을 했는지 아세요?"

나를 쳐다보던 소년은 서서히 구경꾼을 돌아보았다. 나는 두 사람의 표정에서 소년의 말이 모두 사실이라는 것을 알 수 있었다. 그때 그들 사이에 보이던 감정처럼, 서로 반대에 서서 팽팽히 맞서는 자존심은 여기 바스티유에서도 쉽게 볼 수 있다. 귀족들의 철저하고도 냉담한 무관심과 짓밟힌 농부의 불타는 복수심이 바로 그것이다.

"선생님도 아시다시피 우리 천한 개들에게 마구를 채워서 수레를 끌고 다니게 할 수 있는 것도 '귀족의 권리' 중 하나잖아요. 저놈들은 매형에게 마구를 채워 끌고 다녔어요. 그리고 자기들이 잠을 푹 자기 위해서 우리에게 밤새 자기네 뜰에서 개구리들을 쫓으라고 시키기도 했죠. 저놈들이 밤새 몸에 해로운 서리를 맞도록 매형을 밖에 세워 놓고는, 낮에 다시 마구를 매라고 했어요. 하지만 매형은 굴하지 않았어요. 절대로! 그러던 어느 날 점심때 (매형이 먹을 음식이 있었는지 모르겠지만) 밥을 먹으려고 마구에서 풀려났는데, 매형은 시계 종이 한 번 울릴 때마다 한 번씩 그렇게 열두 번을 흐느껴 울더니 누나의 품에서 숨을 거두고 말았어요."

귀족의 악행을 낱낱이 밝히겠다는 결심만이 소년의 목숨을 붙들고 있었으리라. 소년은 꽉 쥔 오른손으로 상처를 움켜쥐고 몰려드는 죽음의 그림자와 힘겹게 싸우고 있었다.

"그 후에, 저 형이라는 자가 허락하고 심지어 도와주기까지 해서 저놈 동생은 누나를 데리고 갔어요. 제가 알기로는 누나가 분명 저 동생 놈한테 말을 한 걸로 아는데 말이죠. 선생님, 누나가 저놈한테 무슨 말을 했는지 머잖아 알게 되실 거예요. 놈은 그저 잠깐의 쾌락과 심심풀이를 위해서 누나를 데려간 거죠. 저는 길에서 누나가 끌려가는 걸 봤어요. 집에 달려가서 그 이야기를 했더니 아버지는 심장이 터져서 분하다는 한마디 하소연조차 못 하시고 돌아가셨어요. 저는 여동생을 저놈의 손이 미치지 않는 곳으로 데려갔어요. 저한테 여동생도 있거든요. 거기에서는 적어도 놈의 노리갯감이 되지는 않을 테니까요. 그러고 나서 저놈을 찾아 여기로 왔어요. 어젯밤 이리로 올라왔죠, 천한 개가 말이죠. 하지만 제 손에는 검이 있었어요. 선생님, 창문이 어디 있죠? 여기 어디였던 거 같은데요?"

소년의 눈에는 방이 점점 어두워지고 있었다. 그를 둘러싼 세상이 점점 좁아지고 있었다. 나는 방을 둘러보다 한바탕 결투가 벌어졌던 것처럼 온통 바닥에 건초와 짚이 짓밟힌 흔적을 보았다.

"누나가 내 목소리를 듣고 달려왔어요. 나는 누나에게 놈이 죽을 때까지 가까이 오지 말라고 말했어요. 놈이 오더니 먼저 돈다발을 내게 던진 다음 채찍으로 저를 막 때렸어요. 하지만 나는 천한 개 주제에 놈을 죽도록 때렸고 결국 놈이 검을 뽑아 들었어요. 이제 천한 내 피가 묻은 칼로 어디 한번 마음껏 찔러 보라고 했어요. 놈은 방어하려고 검을 뽑아 들고는 온갖 기교를 부리며 나를 찔렀어요."

나는 조금 전에 건초 사이에 있는 부러진 검 조각들을 보았다. 귀족의 무기였다. 다른 곳에는 소년의 검으로 보이는 낡은 검이 있었다.

"선생님, 이제 저 좀 일으켜 주세요. 좀 일으켜 주세요. 그놈은 어디 있죠?"

"여기에 없단다."

나는 소년이 동생을 찾는 거라 생각하고 부축해 주면서 말했다.

"그놈! 자존심이 대단한 귀족 나리들이지만 나를 보기가 두려운 거죠. 여기 있던 놈은 어디에 있어요? 놈을 보게 제 얼굴을 좀 돌려 주세요."

나는 소년의 머리를 들어서 내 무릎을 베도록 해 주었다. 하지만 소년은 그 순간 초인적인 힘으로 벌떡 일어났다. 그 바람에 나도 소년을 부축해 주기 위해 일어서야 했다.

"후작."

소년은 눈을 부릅뜨고 그에게 몸을 돌린 뒤 오른손을 번쩍 들어올렸다.

"너희가 저지른 이 모든 짓을 책임져야 하는 날, 네놈과 네 일가를 불러서 마지막 한 사람까지 모두 이 책임을 지게 할 테다. 복수를 맹세하는 증표로 네놈에게 이 피의 십자가를 그어 보일 것이다. 이 모든 죗값을 치를 날에, 나는 네 일족 중에서도 가장 악랄한 네 동생을 불러서 갈기갈기 찢어 놓겠다. 나의 복수를 맹세하는 증표로 그놈에게 이 피의 십자가를 그을 것이다.”

소년은 가슴의 상처에 손을 두 번 갖다 댔다가 검지로 허공에다 십자가를 그었다. 그러고는 잠시 손가락을 위로 치켜든 채 서 있다가 검지를 떨어뜨리며 푹 쓰러졌다. 나는 소년을 잘 뉘어 숨을 거두게 했다.

내가 젊은 여인의 침대 옆으로 돌아왔을 때, 그녀는 여전히 똑같은 순서로 발작을 일으키고 있었다. 나는 환자의 상태가 오랜 시간 계속될지 모르며 어쩌면 무덤에 들어가서야 잠잠해질 것이라고 생각했다.

나는 환자에게 먹이던 약을 계속 먹였고, 밤이 깊어질 때까지 침대 곁을 지켰다. 환자의 날카로운 비명은 잦아들 줄을 몰랐고, 내뱉는 말도 분명하고 순서도 한결같았다.

“내 남편, 내 아버지, 내 남동생! 하나, 둘, 셋, 넷, 다섯, 여섯, 일곱, 여덟, 아홉, 열, 열하나, 열둘. 쉿!” 늘 똑같았다.

이런 상태는 내가 환자를 처음 봤을 때부터 스물여섯 시간 동안 계속되었다. 나는 두어 번 방에 드나들다가 환자의 상태가 갑자기 악화되어서 환자 곁을 지키기로 했다. 그 순간 내가 도와줄 수 있는 것은 별로 없었다. 환자는 얼마 안 가 혼수상태로 빠져들더니 마치 죽은 사람처럼 누워 있었다.

무섭고 긴 폭풍우가 멎고 비바람도 마침내 잠잠해진 듯한 모습이었다. 나는 묶여 있던 환자의 팔을 풀어 주고 하녀를 불러 여자의 몸을 바로 눕힌 후, 여인 스스로 찢은 옷을 추스르는 일을 돕도록 했다. 그때 나는 환자가 임신한 상태라는 것을 알았다. 그 순간 어쩌면 환자가 회복할 수 있을지도 모른다는 마지막 희망마저 사라졌다.

“죽었소?”

여전히 형이라고 부를 후작이 말에서 금방 내려, 부츠를 신은 채 방으로 들어오면서 물었다.

"아직 죽지 않았지만, 곧 죽을 것 같습니다."

"천한 몸에 엄청난 힘이 있는 모양이군!"

그는 신기하다는 듯이 여자를 내려다보며 말했다.

"굉장한 힘이 있죠. 슬픔과 절망에서 나오는."

그는 처음엔 내 말에 웃는 듯했지만 금세 인상을 찌푸렸다. 발로 의자를 밀어서 내 옆에 앉았더니 하녀를 내보내고 나지막한 목소리로 말했다.

"의사 양반, 내 동생이 이런 시골뜨기들 때문에 골치 아픈 걸 알고 난 당신의 도움이 필요하다고 말했소. 당신은 명성도 높고 앞날이 창창한 사람이니까 본인에게 이로운 게 뭔지 알고 있을 거요. 당신이 여기서 본 일과 보게 될 일들을 절대 발설해서는 안 되오."

나는 환자의 숨소리에 귀를 기울이며 대답을 회피했다.

"내 말을 듣고 있는 거요, 의사 양반?"

"후작님, 제 직업 윤리상 저는 환자와 나눈 대화는 언제나 비밀에 부치고 있습니다."

나는 거기서 보고 들은 것들 때문에 머릿속이 복잡해져서 대답을 조심스럽게 했다. 환자의 숨소리가 잘 들리지 않아서 나는 찬찬히 맥박을 짚어 보고 심장을 확인해 보았다. 아직 숨이 붙어 있긴 했지만 실낱같았다. 다시 내 자리로 돌아오면서 주변을 둘러보니 형제가 나를 주시하고 있었다.

글을 쓰기가 너무나도 힘들다. 이곳은 소름끼치게 춥다. 나는 글을 쓰다 발각되어서 빛이 전혀 들지 않는 지하 감방으로 옮겨질까 두려워 내용을 간단하게 요약해서 적을 수밖에 없다. 내 기억이 혼돈스럽다거나 틀리는 일은 결코 없다. 그 형제와 나눈 대화는 조사 하나까지도 모두 생생하게 기억할 수 있다.

그녀는 일주일 동안이나 간신히 숨이 붙어 있었다. 임종이 가까워질 무렵, 환자가 내게 무슨 말을 하기에 환자의 입가에 귀를 바짝 갖다 대고 간신히 몇 마디 말을 알아들었다. 자신이 어디 있는지, 내가 누구인지를 물어서 대답해 주었다. 내가 성을 물어보았지만 허사였다. 환자는 베개 위에서 고개를 힘없이 저으며 남동생이 그랬던 것처럼 끝까지 비밀을 지켰다.

그전까지 그녀에게 무엇을 물어볼 기회가 없었다. 형제에게 환자의 상태가 급격히 악화되고 있으며 하루도 더 버틸 수 없을 거라고 말한 후에야 그런 일이 가능했다. 그때까지 그녀는 하녀와 나 이외에는 아무도 없는 줄 알았지만, 내가 그곳에 있을 때면 형제 중 누군가가 늘 침대 맡의 커튼 뒤에 숨어 있었다. 하지만 그녀가 곧 죽을 것이라는 말을 듣고는, 내가 그녀와 무슨 말을 나누든 별로 신경 쓰지 않는 듯했다. 문득 나도 죽을 것이라는 생각이 머릿속을 스쳐 지나갔다.

내가 보기에 그 형제는 동생(내가 동생이라고 부르는 사람)이 농부, 그것도 어린 소년과 칼을 겨눈 사실 때문에 자존심이 상한 것 같았다. 그들의 유일한 걱정거리는 이 일로 가문의 명예를 먹칠해서 조롱을 당하지 않을까 하는 것이었다. 동생과 눈이 마주칠 때면 소년이 말한 내용을 아는 나를 그가 무척 껄끄러워한다는 걸 알 수 있었다. 그는 형보다 더 부드럽고 정중하게 나를 대했지만, 나는 그의 마음을 읽고 있었다. 그리고 형 역시 나를 거추장스럽게 여겼다.

환자는 자정을 두 시간 남겨 놓고 숨을 거두었다. 내 시계로 보니 그녀를 처음 보았을 때와 분 단위까지 거의 같았다. 그녀 옆에는 나 혼자만 있었다. 가련하고 젊은 여인은 고개를 한쪽으로 살짝 떨구며 지상에서의 슬프고 곡절 많은 삶을 마감했다.

형제는 승마를 하러 가려고 준비하며 아래층 방에서 안절부절못하며 나를 기다리고 있었다. 나는 침대 옆에 앉아서, 그들이 말채찍으로 부츠를 때리며 계단을 오르락내리락하는 소리를 들었다.

"드디어 죽은 거요?"

내가 방으로 들어갔을 때 형이 물었다.

"네, 죽었습니다."

"축하한다, 아우야."

그가 돌아서서 말했다.

형은 이전에도 내게 돈을 준 적이 있었는데 그때 나는 나중에 받겠다고 미룬 상태였다. 이번에는 금화 한 꾸러미를 주었다. 나는 그것을 받아 탁자 위에 내려놓았다. 이미 곰곰이 생각한 끝에 어떤 사례도 받지 않겠다고 마음먹은 터였다.

"죄송합니다. 이런 경우에는 돈을 받을 수 없습니다."

형제는 서로 시선을 주고받았지만, 내가 고개를 숙여 인사하자 그들도 나에게 고개를 숙여 인사를 했다. 우리는 아무 말없이 헤어졌다.

지치고 또 지친다. 처참하기 이를 데 없는 생활에 지친다. 이 앙상한 손으로 쓴 글을 읽어 볼 힘도 없다.

아침 일찍 우리 집 현관 앞에 금화 꾸러미가 담긴 작은 상자가 놓여 있었다. 상자 겉에는 내 이름이 적혀 있었다. 그 순간 나는 어떻게 해야 할지 고민스러웠다. 그날 나는 총리에게 내가 왕진을 갔던 두 환자의 상태와 다녀왔던 집에 대해 몰래 편지를 써서 알리기로 마음먹었다. 모든 이야기를 털어놓기로 한 것이었다. 나는 궁중의 영향력이 어떤지, 귀족들에게 어떤 면책 특권이 있는지 알고 있었다. 그리고 이 사건이 묻힐 것이라 예상했다. 다만 나는 마음의 짐을 덜고 싶었다. 나는 그때까지 그 일을 아내에게도 말하지 않은 채 철저히 비밀로 간직하고 있었다. 그 사실도 편지에 적기로 마음을 정했다. 내게 어떤 위험이 닥칠지 걱정하지 않았다. 그러나 내가 아는 사실을 다른 사람이 알게 된다면 그 사람 역시 위험해질지 모른다는 생각에 마음이 조마조마했다.

그날은 너무 바빠서 밤이 될 때까지도 편지를 다 쓰지 못했다. 편지를 마저 쓰기 위해 다음 날 평소보다 일찍 일어났다. 그날은 그해의 마지막 날이었다. 편지를 다 쓰고 막 펜을 내려놓았을 때 어떤 여인이 나를 만나려고 기다린다는 이야기를 들었다.

나 스스로 마음먹고 시작한 이 일이 점점 감당하기 힘들어진다. 너무나 춥고 어두워서 감각이 마비되는 듯하다. 나를 짓누르는 암담한 기분이 몹시 두렵다.

그 여인은 젊고 매력적이며 아리따웠지만 왠지 모르게 단명할 것 같은 인상이었다. 그리고 매우 흥분해 있는 것 같았다. 그녀는 자신을 에브레몽드 후작의 아내라고 소개했다. 나는 죽은 소년이 부르던 형의 작위와 스카프에 수놓아져 있던 이니셜을 연결해 에브레몽드 후작이 바로 최근에 만난 그 귀족이라는 사실을 쉽게 알아차렸다.

내 기억은 아직 정확하다. 하지만 그녀와 내가 나눈 대화는 적지 못할 것 같다. 나에 대한 감시가 더 철저해졌다는 느낌이 드는데, 내가 언제 감시를 당하는지 알 수 없어서다. 그 여인은 자기 남편이 저지른 그 잔인한 사건의 주요 내용과 내가 불려 갔던 일을 어렴풋이 알게 되어서 내게 확인을 하러 온 모양이었다. 하지만 소년의 누나가 죽은 사실은 모르고 있었다. 그녀는 몹시 괴로워하며 남몰래 그 누나를 위로해 주고 싶다고 했다. 그리고 오랫동안 고통스러운 농노들을 괴롭혀 온 자신의 가문이 하늘의 노여움을 사는 걸 막고 싶다고도 했다.

그 여인은 소년의 여동생이 살아 있다고 믿었고, 무엇보다도 그 여동생을 돕고자 했다. 나는 그런 여동생이 있다는 사실 말고는 아무것도 말해 줄 수가 없었다. 그 이상 아는 것이 없었기 때문이었다. 그녀가 나를 찾아온 이유는 내가 비밀을 지켜 줄 것이라 믿었을 뿐만 아니라, 어쩌면 내가 여동생의 이름과 집을 알려 줄 수 있을지도 모른다는 희망 때문이었다. 그러나 나는 지금도 그 부분에 대해서 알지 못한다.

나는 이런 종잇조각들 때문에 곤란에 빠졌다. 어제는 경고를 받으면서 한 장을 빼앗겼다. 오늘은 어떻게든 이 글을 끝내야만 한다.

부인은 착하고 동정심이 많았지만 결혼 생활이 그리 행복해 보이지는 않았다. 어떻게 행복할 수가 있겠는가! 시동생은 부인을 불신하고 미워했으며 시동생이 하는 짓은 모두 부인과 사사건건 맞지 않았다. 부인은 시동생과 남편을 모두 무서워했다. 부인을 현관까지 배웅해 주면서 보니 마차에 두세 살쯤 되는 예쁘장한 남자아이가 타고 있었다.

"선생님, 전 이 아이를 위해서 속죄하는 일이라면 할 수 있는 일은 뭐든 다 할 거예요. 그러지 않으면 이 아이는 가문의 유산을 물려받아도 절대 번창할 수 없을 거예요. 다른 누구라도 이 잘못에 대해 속죄하지 않으면 언젠가 이 아이가 죗값을 치러야 할 거 같은 생각이 들어요. 제게 재산이라고 할 만한 것이 좀 있습니다. 보석 몇 가지밖에 안 되지만 만약 그 여동생을 찾을 수만 있으면, 제가 죽더라도 이 아이로 하여금, 어미의 동정과 슬픔을 잊지 않고 그 재산으로 불행한 가족에게 배상을 함으로써 죗값을 갚는 것을 무엇보다도 중요하게 여기며 살아가도록 하겠습니다."

그녀는 글썽이는 눈으로 아들을 가리키며 말했다. 부인은 아이에게 입맞춤을 하고 아이를 안으며 말했다.

"모두 너를 위해서란다. 엄마와 한 약속 꼭 지켜 줄 거지, 샤를?"

아이는 씩씩하게 대답했다.

"네!"

나는 부인의 손에 입을 맞추었다. 부인은 아이를 안고 쓰다듬으며 떠났다. 그 후로는 부인을 다시 만나지 못했다.

부인이 내가 이미 알고 있으리라 생각하고 자기 남편의 이름을 말한 것이었기 때문에, 나는 총리에게 보내는 편지에 그 이름을 적지 않았다. 편지를 봉한 뒤, 나는 남의 손에 맡기지 않고 그날 내가 직접 편지를 부쳤다.

그날 밤, 그러니까 그해의 마지막 날 밤, 9시가 다 되어 갈 무렵 검은 옷차림의 사내가 우리 집 초인종을 누르며 나를 만나고 싶다고 했다. 젊은 하인 에네스트 드파르주가 이 사실을 전하러 위층으로 올라왔는데 그 남자가 몰래 뒤따라왔다. 아내와, 아! 내 아내, 내 사랑! 나의 젊고 아름다운 영국인 아내와 내가 함께 앉아 있던 방에 하인이 들어섰을 때, 현관에서 기다리고 있어야 할 그 남자가 드파르주 뒤에 몰래 서 있는 것이 보였다.

남자는 생토노레 거리에 위급한 환자가 있다고 말했다. 시간이 얼마 걸리지 않을 것 같아서 마차를 대기시켜 놓았다고 말했다.

그 마차를 타고 나는 여기 바스티유 무덤 속으로 오게 되었다. 마차가 집에서 완전히 벗어나자 등 뒤에서 검은색 수건으로 내 입에 재갈을 물렸다. 두 팔도 단단히 묶었다. 그리고 어두운 모퉁이에서 후작 형제가 나타나 길을 막고는 내가 자신들이 원하는 사람이 맞다는 몸짓을 했다. 후작은 자기 주머니에서 내 편지를 꺼내서 내게 보여 주더니 들고 있던 횃불에 태우고는 그 재를 발로 밟아 버렸다. 한마디 말도 없었다. 그리고 나는 여기에 오게 되었다. 산 채로 무덤에 묻히게 된 것이다.

만약 하느님이 이 끔찍한 세월 동안 형제의 군은 심장에 내 사랑하는 아내의 소식을 알려 줘야겠다는 (죽었는지 살았는지 만이라도 알려 줘야겠다는) 마음을 불어넣었다면, 나는 하느님이 그들을 완전히 포기하지 않았다고 생각했으리라. 하지만 나는 이제 죽은 소년이 그은 붉은 십자가가 그들에게 치명적으로 해를 가할 것이며 결코 자비를 받지 못할 것이라 믿는다. 그리고 비운의 죄수인 나 알렉상드르 마네트는 1767년의 마지막 날 밤, 참을 수 없는 분노를 느끼며 이 글을 쓴다. 그들이 저지른 이 모든 죄의 책임을 지게 될 그날을 위해 이 글로써 그 형제와 그들의 후

손, 일족의 마지막 한 명까지도 고발하고자 한다. 하늘과 이 땅에 그들을 고발하고자 한다.

글의 낭독이 끝나자 환성이 터져 나왔다. 오직 피만을 갈망하는 환성이었다. 글의 내용은 이글이글 타오르는 복수심을 자극했고, 그 앞에 머리를 숙이지 않을 프랑스인은 아무도 없었다.

드파르주가 바스티유를 습격하면서 획득한 다른 기념품들을 공개할 때 왜 박사의 글을 함께 공개하지 않고 간직하며 때를 기다렸는지는, 그런 아우성이 터져 나오는 법정에서 굳이 설명할 필요가 없었다. 또한 왜 생앙투안 사람들이 혐오스러운 에브레몽드 가문을 저주했는지, 왜 이 가문이 살생부에 올라 있는지 역시 설명할 필요가 없었다. 그날 법정에서 그런 고발을 듣고 죄수를 살리자며 미덕을 보여 줄 자는 아무도 없었다.

더욱이 그 비운의 남자에게는 그를 고발한 사람이 바로 유명한 시민이자 친구이고, 아내의 아버지라는 상황이 더 최악이었다. 민중의 광기어린 열망에는, 고대의 부덕한 미덕을 모방하여 스스로 제물이 되어 민중의 제단에 바쳐지고자 하는 욕구가 잠재해 있었다. 그래서 판사는 (이렇게 말하지 않으면 자신의 머리통도 어깨 위에서 날아가게 될지 모른다고 느끼며) 공화국의 훌륭한 의사에게, 딸을 과부로 만들고 손녀를 고아로 만들어가며 불미스러운 귀족 가문을 뿌리째 뽑는 일에 기여하면, 분명 성스러운 환희와 기쁨을 느끼게 될 것이라고 말했다. 그 말에는 오로지 거친 흥분과 애국심에서 비롯된 열기만 있을 뿐, 인간에 대한 동정이라곤 털끝만치도 없었다.

"의사 양반, 영향력이 꽤 크다며? 그럼 이제 사위를 구해야지. 사위를 구해 봐!"

마담 드파르주가 방장스에게 웃으며 소곤거렸다. 배심원들의 표결이 발표될 때마다 함성이 터졌다. 한 표 또 한 표. 함성 또 함성.

만장일치로 유죄 판결이 내려졌다. 귀족의 피가 흐르는 자, 귀족 가문의 후손, 공화국의 적, 악명 높은 민중의 압제자. 콩시에르주리로 다시 이감. 그리고 스물네 시간 이내에 사형 집행!

11장
땅거미

이제 형장의 이슬로 사라질 무고한 남자의 가여운 아내는 유죄 판결에 심한 충격을 받아 죽은 것처럼 쓰러졌다. 그녀는 아무 말도 할 수 없었다. 하지만 고통을 겪고 있는 남편을 지탱해 주어야 할 사람은 이 세상에 자신밖에 없으며, 자신이 쓰러져 상황이 더 처참해지면 안 된다는 내면의 목소리가 크게 들려 그녀는 얼른 몸을 일으키고 충격에서 벗어났다.

재판관들이 문밖에서 일어나는 군중 시위에 참여해야 해서 재판이 중단되었다. 여기저기 통로로 법정을 나가는 사람들이 왁자지껄 떠들어 대며 우르르 빠져나갔다. 루시는 오직 사랑 가득하고 동정 어린 표정으로 남편을 향해 두 팔을 뻗으며 서 있었다.

"한 번만 만질 수 있다면! 한 번만이라도 그를 안을 수 있다면! 아아, 선량하신 시민 여러분, 저희를 불쌍히 여겨 주세요!"

그 자리에는 간수 한 명과 간밤에 죄수를 호송해 온 네 명의 간수 중에 두 명, 그리고 바사드만 남아 있었다. 사람들은 전부 시위를 하러 거리로 쏟아져 나갔다. 바사드가 다른 사람들에게 제안했다.

"부인을 남편 품에 한 번만 안기게 해 줍시다. 잠깐만이라도."

사람들은 조용히 묵인해 주었고 그녀가 법정 방청석을 지나 좀 높은 곳으로 가게 해 주었다. 거기서 남편은 피고인석 너머로 몸을 기울여 루시를 안을 수 있었다.

"잘 있어요, 내 사랑! 당신에게 마지막으로 축복을 비오. 지친 몸이 쉴 수 있는 곳에서 다시 만나게 될 거요!"

이 말은 아내를 품에 안고 남편이 한 말이었다.

"견딜 수 있어요. 찰스. 하느님이 저를 지켜 주고 계세요. 저 때문에 힘들어하지 마세요. 그리고 우리 딸에게도 축복을 빌어 주세요."

"당신이 우리 딸에게 내 축복을 전해 주오. 입맞춤과 작별 인사도."

"여보, 안 돼요! 잠깐만!"

다네이가 그녀에게서 몸을 떼려고 했다.

"우리는 그리 오래 헤어져 있지 않을 거예요. 심장이 찢어져 저도 곧 죽을 거니까요. 하지만 제가 할 일은 힘닿는 데까지 다 할 거예요. 그래서 우리 딸을 떠나더라도 하느님은 제게 해 주신 것처럼 우리 딸에게도 좋은 친구를 만들어 주실 거예요."

딸을 뒤따라온 아버지는 두 사람 앞에 무릎을 꿇으려 했다. 그러자 다네이가 손을 내밀어 큰 소리로 만류했다.

"안 됩니다, 이러지 마십시오! 얼마나 고생하셨는데 저희에게 무릎을 꿇으시다니요! 이제야 알았습니다. 얼마나 오랫동안 고통을 겪으셨는지. 이제야 알았습니다. 아버님께서 저희 가문을 의심하시고 진실을 아셨을 때 얼마나 힘드셨을지 말입니다. 딸의 행복을 위해 제게 품었을 증오와 얼마나 힘겹게 싸우셨는지 이제야 알았습니다. 저희는 진심으로 아버님께 감사드립니다. 사랑합니다. 하느님의 가호가 있으시길!"

아버지는 그저 두 손으로 백발을 쥐어뜯으며 괴로운 신음을 내뱉을 뿐이었다.

"이렇게 될 수밖에 없었습니다. 뿌린 대로 거두는 법이지요. 처음부터 아버님께 치명적인 저의 신분을 밝힘으로써 불쌍한 제 어머니가 하셨던 약속을 지키려 했지만 아무 소용이 없었습니다. 선은 악에서 절대 나올 수 없고, 시작이 불행한데 끝이 행복할 리는 없죠. 편히 계시고, 부디 저를 용서해 주십시오. 아버님께 하느님의 가호가 있으시길!"

다네이가 법정에서 끌려 나가자, 루시는 그를 놓아준 두 손을 기도를 올리듯 맞잡고 서서 남편을 물끄러미 바라보았다. 그녀는 환하게 빛나는 얼굴로 심지어 미소까지 지어 보이며 그를 위로해 주었다. 그가 죄수 전용 출입문으로 나가자 루시는 돌아서서 아버지의 가슴에 머리를 묻고 무슨 말을 하려다 그의 발치에 쓰러져 버렸다.

그때 컴컴한 구석에서 전혀 움직이지 않고 있던 칼튼이 뛰어나와 루시를 부축해 일으켰다. 그녀 곁에는 아버지와 로리만 있었다. 루시를 일으키고 머리를 받쳐 줄 때 칼튼의 팔이 떨렸다. 하지만 그의 얼굴에는 연민뿐 아니라 상기된 뿌듯함마저 감돌고 있었다.

"제가 마차까지 모시고 갈까요? 가벼워서 괜찮습니다."

칼튼은 루시를 가볍게 안아서 밖으로 나가 마차 안에 조심스럽게 뉘었다. 그녀의 아버지와 그들의 오랜 친구도 마차에 오르고 칼튼은 마부 옆자리에 앉았다.

마차가 대문 앞에 도착했다. 그곳은 불과 몇 시간 전에 칼튼이 어둠 속에서 발길을 멈추고 루시의 체취를 느끼며 서성거리던 자갈길이었다. 그는 루시를 다시 안고 계단으로 올라가 집으로 들어갔다. 루시를 소파에 눕히자 딸 루시와 미스 프로스가 울며 매달렸다.

"깨우지 마시오. 그러는 게 좋겠소. 그냥 기절한 거니까 일부러 깨울 건 없어요."

그는 미스 프로스에게 조용히 말했다.

"아아, 칼튼 아저씨, 칼튼 아저씨!"

어린 루시가 달려와 그의 팔에 힘껏 매달리며 울음을 터뜨렸다.

"아저씨가 오셨으니까, 엄마를 도와주실 거죠. 아빠도 구해 주실 거죠! 아아, 엄마를 보세요, 아저씨! 엄마를 사랑하시면서, 그렇게 보고만 계실 거예요?"

칼튼은 허리를 굽혀 발그레한 어린 루시의 뺨에 자기의 뺨을 살짝 댔다. 그러고는 어린 루시를 조심스럽게 떼어 놓고 의식 없는 아이의 어머니를 쳐다보았다.

"가기 전에 아저씨가 엄마한테 입맞춤해도 될까?"

그는 이렇게 말하면서 머뭇거렸다.

사람들은 나중에 회상하기를, 그때 칼튼이 허리를 굽혀 루시의 얼굴에 입술을 살짝 대면서 몇 마디 중얼거렸다고 했다. 그와 가장 가까이 있었던 어린 루시는 나중에 사람들에게 그런 이야기를 해 주었고, 훗날 고운 할머니가 되었을 때 손자들에게 칼튼이 '당신이 사랑하는 사람을 위해'라고 말하는 것을 들었다고 했다.

칼튼은 옆방으로 가서 뒤따라 와 있던 로리와 마네트 박사를 보고는 불쑥 박사에게 말했다.

"마네트 박사님, 박사님은 어제까지만 해도 영향력이 대단하셨는데, 적어도 다시 한 번 시도해 보셔야 하는 것 아닌가요. 판사들과 힘 있는 사람들은 박사님에게 우호적이잖습니까? 박사님의 헌신도 잘 알고 있고요. 그렇지 않나요?"

"찰스와 관련해서 내가 모르는 건 하나도 없었네. 난 틀림없이 찰스를 구할 수 있다고 확신했어. 정말 그랬네."

그는 매우 괴로운 듯 천천히 대답했다.

"다시 한 번 해 보시는 겁니다. 지금부터 내일 오후까지 몇 시간 안 남았지만 그래도 한번 해 보시는 겁니다."

"나도 해 볼 거라네. 잠시도 쉬지 않고 말이야."

"잘됐습니다. 저는 전에도 박사님처럼 대단한 열정으로 위대한 일을 해내는 사람들을 많이 봤습니다."

칼튼은 미소를 짓다가 한숨을 내쉬며 말했다.

"물론 이렇게 어려운 일은 아니었습니다만, 그래도 해 보는 겁니다. 열정을 잘못 사용하면 인생이 별 가치가 없지만, 그래도 노력해 볼 가치는 있지요. 노력조차 하지 않는다면 인생은 아무 가치가 없을 테니까요."

"당장 검사와 판사에게 가 봐야겠네. 이름을 밝히지 않는 것이 나은 사람들에게도 가 볼 걸세. 탄원서도 내 볼 거라네. 그런데 잠깐만! 지금 온통 거리가 축제 분위기라 어두워질 때까지는 아무 데도 못 가겠군."

"그러네요. 뭐. 어차피 실낱같은 희망, 어두워질 때까지 기다린다고 해서 그 희망이 더 없어지는 것도 아니니까요. 박사님이 어떻게 하실지 궁금하긴 하지만, 그래도 잊지 마세요! 큰 기대는 하지 않겠습니다! 그런데 언제쯤 그 대단한 권력가들을 만나실 것 같습니까, 마네트 박사님?"

"어두워지는 대로 바로 가려고 하네, 어디까지나 희망 사항이지만 말일세. 한두 시간 안에 만나야지."

"4시 이후에는 금방 어두워질 겁니다. 그럼 한두 시간 정도 더 시간을 넉넉하게 잡죠. 9시경에 로리 선생님 댁에 들르면 로리 선생님이나 박사님께 직접 이야기를 듣게 되겠군요?"

"그럴 걸세."

"행운을 빕니다!"

칼튼을 배웅하기 위해 바깥문까지 따라온 로리가 가려고 하는 그의 어깨를 건드렸고 칼튼이 뒤를 돌아보았다.

"나는 기대를 안 합니다."

로리가 나지막한 목소리로 슬프게 속삭였다.

"저도 그렇습니다."

"그 사람들 중 누구 한 명, 아니 그 사람들 전부가 다네이를 살리고 싶어 하더라도 (물론 이거야 너무 지나친 기대겠지요. 그리고 어차피 그들에게 그게 다네이의 목숨이건 다른 누구의 목숨이건 무슨 상관이 있겠습니까) 오늘 법정에서 그렇게 시위가 벌어진 후라 그를 감히 석방해 줄 수 있을까 의

문이오."

"저도 같은 생각입니다. 저는 시위 중에 도끼 떨어지는 소리도 들었답니다."

로리는 한 팔을 문기둥에 기대고는 그 팔에 얼굴을 묻었다.

"걱정하지 마십시오. 너무 슬퍼하지 마시고요. 제가 마네트 박사님을 부추긴 것은 그래야 훗날 루시에게 위로가 될 거라 생각해섭니다. 그렇지 않으면 루시는 아무 노력도 안 하고 남편을 포기했다거나 남편이 아깝게 갔다고 생각할지도 모르니까요. 그러면 루시가 무척 괴로울 겁니다."

"그래요, 맞소. 하지만 그는 죽을 거요. 가망이 없소."

로리가 눈물을 훔치며 말했다.

"그렇죠. 그는 죽을 겁니다. 가망이 없어요."

칼튼이 똑같은 말을 되풀이했다. 그리고 칼튼은 단호한 걸음으로 계단을 내려갔다.

12장
어둠

칼튼은 어디로 가야 할지 결정하지 못하고 거리에서 걸음을 멈췄다.

"9시에 텔슨 은행에서 만나기로 했으니까, 그 사이에 사람들한테 내 존재를 드러내는 게 좋을까? 그럴 거야. 나 같은 사람이 파리에 있다는 걸 사람들에게 알리는 게 상책일 거야. 그래, 그게 가장 현명한 대비책이고, 어쩌면 나중을 위해 미리 준비해 놓는 게 필요할지 몰라. 하지만 조심, 조심, 또 조심해야 해! 신중히 생각해야 돼!"

그는 깊이 생각에 잠긴 채 중얼거렸다. 그는 목적지를 향해 걷기 시작하다가 걸음을 멈추고, 이미 어두워진 거리에서 이모저모를 곰곰이 따져 보았다. 머릿속에 세워 둔 계획이 어떤 결과를 낳을 수 있을지 하나하나 추측해 보는 것이었다. 마침내 처음에 떠올린 생각 쪽으로 마음을 굳혔다.

"그래, 일단 이 사람들한테 여기에 나 같은 사람이 있다는 걸 알리는 게 최상이야."

그는 마침내 마음을 정하며 말했다. 그런 다음 생앙투안으로 고개를 돌렸다.

드파르주는 그날 법정에서 생앙투안 교외에 있는 술집 주인이라고 말했다. 그 가게는 그 도시를 훤히 아는 사람이라면 길을 묻지 않아도 될 만큼 찾기가 쉬웠다. 가게 위치를 확인하고 나서 칼튼은 그 좁은 골목에서 다시 빠져나왔다. 그리고 여인숙에서 저녁을 먹고 난 뒤에 잠깐 눈을 붙였다. 몇 년 만에 처음으로 과음을 하지 않았다. 간밤부터 지금까지 고작 도수 약한 포도주를 가볍게 마셨을 뿐이었다. 그리고 지난밤에는 술을 끊은 사람처럼 로리의 난로에 브랜디를 주르르 붓기까지 했다.

잠에서 깨어 상쾌한 기분으로 다시 거리로 나선 시각은 7시 무렵이었다. 칼튼은 생앙투안으로 가는 길에 거울이 있는 진열장 앞에 멈춰 서서 풀어진 넥타이를 조이고 외투 옷깃과 헝클어진 머리를 살짝 매만졌다. 그런 다음 바로 드파르주의 술집으로 가서 안으로 들어갔다.

술집에는 쉴 새 없이 손가락을 움직이고 쉰 목소리를 내는 자크 3호 말고는 손님이 아무도 없었다. 배심원단에서 본 적이 있는 이 남자는 작은 카운터에 서서 드파르주 부부와 담소를 나누고 있었다. 방장스도 단골손님인 듯 대화를 거들었다.

술집에 들어간 칼튼은 자리에 앉아 서투른 프랑스어로 포도주를 작은 것으로 한 병 주문했다. 마담 드파르주는 무심코 그를 흘깃 보다가 점점 날카로운 눈빛으로 그를 쳐다보더니 칼튼에게 와서 무엇을 주문했는지 물었다. 그는 이미 주문한 걸 다시 말했다.

"영국인이오?"

마담 드파르주는 짙은 눈썹을 추켜세우며 캐묻듯 물었다. 칼튼은 프랑스어를 잘 모른다는 표정으로 그녀를 보고는 방금 전의 강한 외국인 억양으로 대답했다.

"예, 마담. 나는 영국인입니다."

마담 드파르주는 포도주를 가지러 카운터로 돌아갔다. 칼튼이 자코뱅파 잡지를 집어 들고 내용을 아주 열심히 읽는 척하고 있을 때, 그녀의 목소리가 들려왔다.

"장담하는데 에브레몽드와 똑같이 생겼어!"

드파르주가 포도주를 갖고 와서 그에게 "안녕하시오."라고 영어로 인사를 건넸다.

"아니, 어떻게?"

칼튼이 서투른 프랑스어로 물었다.

"안녕하시오."

"아, 안녕하십니까, 시민. 아! 포도주 맛이 좋군요. 공화국을 위해 건배해야겠소."

칼튼이 술잔에 포도주를 따르며 말했다. 드파르주가 카운터로 돌아가서 말했다.

"그래, 닮긴 좀 닮았군."

하지만 부인이 단호하게 되받아쳤다.

"좀이 아니라 완전 똑같다니까."

같이 있던 자크 3호가 능청스럽게 말했다.

"그야, 마담 머릿속이 그자 생각으로 꽉 차 있으니까 그렇게 보이는 거지요."

붙임성 좋은 방장스가 웃으면서 덧붙였다.

"맞아요. 언니는 내일 그자를 한 번 더 본다는 마음에 기분이 좋아서 똑같아 보이는 거예요."

칼튼은 집게손가락으로 단어를 하나하나 짚어 가며 학구적이고 진지한 표정으로 기사를 읽었다. 네 사람은 다 함께 카운터에 팔을 괴고 가까이 모여서 조용히 말했다. 그들은 모두 자코뱅파 잡지를 열심히 읽는 척하는 칼튼이 눈치채지 못하게 잠시 그를 가만히 보고서는 하던 이야기를 계속했다.

"마담 말이 맞군요. 그런데 왜 그만두어야 하죠? 파장이 대단하던데, 왜 그만두냐고요?"

자크 3호가 말했다.

"음, 하지만 멈추긴 멈춰야지. 언제 멈출 것인가가 문제지만."

드파르주가 설득조로 말했다.

"그 일족을 몰살한 후에 멈출 거야."

"멋지군!"

자크 3호가 쉰 목소리로 말했다. 방장스도 옆에서 거들었다.

"몰살이라, 참 훌륭한 신조야, 마누라. 나도 보통 같으면 반대하지 않아. 그런데 박사님이 너무 고통스러워서. 당신도 오늘 그분을 봤잖아. 편지를 읽을 때 그분의 표정 말이야."

드파르주가 걱정스럽게 말했다.

"나도 봤지! 그래. 나도 그 사람 얼굴 봤어. 공화국의 진정한 친구 얼굴로는 안 보이더군. 그 사람한테 표정 관리나 좀 하라고 해!"

마담이 화를 내며 거만하게 대꾸했다.

"여보, 당신도 봤잖아. 박사님 딸이 비통해하는 걸. 박사님한테는 가슴이 찢어지는 고통일 거야!"

드파르주가 비난하듯 되받아쳤다.

"그 딸도 봤지. 그래, 난 그 딸이라는 여자를 여러 번 봤어. 오늘도 봤고, 며칠 전에도 봤고, 법정에서도 봤고, 감옥 근처 동네에서도 봤다고. 그러니까 내가 내 손 가지고 뭘 하든 내버려 둬!"

그러면서 마담 드파르주는 손가락을 잠깐 들어 올렸다가 (칼튼은 계속 신문을 읽는 척했다) 도끼를 떨어뜨리듯 앞에 놓인 선반을 퍽 내리쳤다.

"여성 시민 동지, 만세!"

자크 3호가 쉰 목소리로 외쳤다.

"언니는 천사예요!"

방장스가 마담 드파르주를 껴안으며 맞장구쳤다.

"그럼 당신은 만약 이 일이 당신 손에 달려 있다면 (그렇지 않아서 천만다행이지만) 지금 당장이라도 다네이를 구할 기세로군!"

마담은 남편에게 무섭게 퍼부으면서 언성을 높였다.

"아니야! 설령 이 술잔을 들고 건배하는 것만으로 그자를 살릴 수 있다 해도 난 그러지 않을 거야! 하지만 난 이쯤에서 빠지겠어. 우리는 그만둬야 해."

"그럼 그때 봐요, 자크. 방장스 당신도 그때 봐! 내가 그 일가는 압제와 착취 같은 악행을 저지른 자들로 내 명부에 아주 옛날부터 기록해 놨어. 그러니까 필히 몰락시키고 멸족시켜야 한다고. 남편에게 물어봐. 사실인지."

마담의 목소리가 높아졌다.

"그건 그래."

물어보지도 않았는데, 드파르주가 맞장구쳤다.

"위대한 시대가 시작되고 바스티유가 함락되던 날, 남편이 오늘 그 박사의 글을 발견하고 집으로 가지고 왔어. 우리는 손님들이 다 가고 가게문을 닫은 뒤에 한밤중에 그걸 읽었지. 바로 이 자리에서 이 등잔불을 켜 놓고. 남편에게 물어봐. 사실인지."

"그건 그래."

"그날 밤, 그 글을 다 읽었을 때, 등잔불은 다 꺼지고 새벽빛이 저 덧문 위로, 쇠창살 사이로 어슴푸레 들어오고 있었어. 그때 난 마음속 깊이 묻어 둔 비밀을 남편에게 고백했지. 물어봐. 사실인지."

"그건 그래."

"난 남편에게 비밀을 털어놨어. 지금처럼 이렇게 두 손으로 가슴을 세게 치면서 말이야. '여보, 난 바닷가 어촌 마을에서 자랐어. 그리고 바스티유에서 나온 글에 적힌 두 에브레몽드 형제에게 당한 농부 가족이 바로 내 가족이야. 치명적인 상처를 입고 바다에 누워 있던 소년의 누나는 우리 언니고, 그 남편은 우리 형부야. 태어나지 않은 아이는 내 조카고, 그 남동생은 바로 우리 오빠야. 돌아가신 아버지는 우리 아버지고, 죽은 사람들은 모두 내 가족이라고. 그러니까 죄인을 심판대에 세워서 죗값을 치르도록 하는 일은 바로 내 숙명이야!' 남편에게 물어봐요. 사실인지."

"그건 그래."

"그럼 바람과 불한테나 어디서 멈출 거냐고 물어봐. 나한테 묻지 말고."

마담의 이야기를 들은 두 사람은 그녀의 무시무시한 분노에 잔인한 쾌감을 느꼈으며 모두 그녀를 칭송했다. 칼튼은 보지 않고도 그녀의 얼굴이 얼마나 하얗게 질렸을지 짐작할 수 있었다. 그들 사이에서 힘없는 드파르주는 혼자 후작의 동정심 많은 아내를 떠올리며 몇 마디 끼어들었다. 하지만 부인은 마지막 대답만 되풀이할 뿐이었다.

"바람과 불한테나 어디서 멈출지 물어보란 말이야. 나한테 묻지 말고!"

손님들이 오는 바람에 그들은 뿔뿔이 흩어졌다. 칼튼은 술값을 지불하고 쩔쩔매는 척하며 거스름돈을 세어 보고는 이 도시가 초행인 것처럼 인민 궁전으로 가는 길을 물었다. 마담 드파르주가 그를 문까지 데려가서 그의 팔을 잡고 길을 가르쳐 주었다. 영국인 손님은 그 팔을 잡아서 들어 올린 후 날카롭고 깊숙이 일격을 가하면 속이 시원하겠다는 생각을 했다.

그러나 칼튼은 가려던 길을 갔으며 잠시 후 감옥 담장의 그늘 아래에 서 있었다. 약속 시간이 다 되어서 그곳을 벗어나 로리의 방으로 다시 갔다. 로리는 조바심이 나서 안절부절못하며 방 안을 서성거리고 있었다. 로리는 방금 전까지 루시와 함께 있다가 약속 때문에 잠시 루시를 두고 왔다고 말했다. 마네트 박사는 4시쯤 은행에서 나간 후 아직 돌아오지 않았다고 한다. 루시는 아버지의 중재로 다네이를 구할 수 있을지 모른다는 실낱같은 희망을 품고 있었지만 절망적인 일이었다. 마네트 박사가 나간 지 다섯 시간도 더 지났다. 그는 도대체 어디에 있는 것일까?

로리는 10시까지 기다렸다. 그러나 마네트 박사는 아직 소식이 없었다. 그는 더는 루시를 혼자 둘 수가 없어서 그녀에게 갔다가 자정 무렵에 다시 은행으로 오기로 했다. 그동안 칼튼은 난로 옆에서 혼자 박사를 기다렸다.

칼튼은 기다리고 또 기다렸다. 12시를 알리는 시계 종이 쳤다. 그러나 마네트 박사는 돌아오지 않았다. 로리가 다시 왔지만 박사의 소식은 물론, 딱히 다른 소식도 없었다. 박사는 도대체 어디에 있는 것일까?

그들은 이 문제를 함께 의논하면서 마네트 박사가 늦어지는 데 한 가닥 희망을 품고 있었다. 그때 계단을 올라오는 박사의 발소리가 들렸다. 하지만 그가 방에 들어서는 순간 모든 것이 수포로 돌아갔음을 알 수 있었다.

마네트 박사가 실제로 누구를 만났는지, 아니면 그냥 거리를 돌아다닌 것인지는 알 수 없는 일이었다. 두 사람은 자기들을 보고 서 있는 박사에게 아무것도 묻지 않았다. 박사의 얼굴이 모든 걸 말해 주고 있었다.

"찾을 수가 없어. 찾아야만 해. 어디에 있지?"

마네트 박사가 말했다.

모자도 쓰지 않고 옷깃을 풀어 헤친 채 박사는 멍하니 주위를 두리번거리며 코트를 벗어 그대로 바닥에 떨어뜨렸다.

"내 작업용 의자가 어디로 갔지? 아무리 다 찾아봐도 찾을 수가 없어. 내가 만들던 구두를 어떻게 했지? 시간이 없어, 어서 구두를 다 만들어야 하는데."

서로를 쳐다보는 두 사람의 심장은 녹아내리는 것 같았다.

"어서, 어서! 내가 만들던 구두를 돌려줘요. 어서 달라고요."

그는 처참하게 울부짖으며 말했다. 아무런 대답이 없자, 그는 머리칼을 쥐어뜯으며 성난 아이처럼 발을 굴렀다.

"불쌍한 사람을 괴롭히지 말아요. 그러지 말고 내 구두를 돌려줘요. 오늘 밤에 다 못 만들면 어떡하지?"

끝났다. 모든 것이 끝나 버렸다!

마네트 박사를 달래거나 정신을 차리도록 애써 봤자 아무 소용이 없었다. 칼튼과 로리는 무슨 약속이라도 한 듯 박사의 어깨에 손을 얹고 구두를 당장 가져다주겠다고 약속하면서 달래어 난로 앞에 앉혔다. 박사는 의자에 털썩 앉아 다 타지 않은 장작불을 보면서 눈물을 흘렸다. 마치 다락방 시절 이후 있었던 모든 일이 한순간의 환상이거나 꿈이었던 것처럼, 드파르주의 보살핌을 받던 시절로 돌아간 박사의 모습을 로리는 보았다.

칼튼과 로리는 처참하게 무너진 박사의 모습에 두려워하거나 마음이 약해질 시간이 없었다. 박사의 외동딸, 마지막 희망과 의지까지 빼앗긴 루시가 그들에게는 더 큰 문제였다. 두 사람은 다시 약속이라도 한 듯 똑같은 생각을 하며 서로 쳐다보았다. 칼튼이 먼저 말을 꺼냈다.

"마지막 기회도 물거품으로 사라졌습니다. 이제 기회가 많지 않아요. 그래요, 우선 박사님을 루시에게 모셔다 드리는 게 좋겠어요. 하지만 가시기 전에 잠깐 내 이야기 좀 들어 주시겠습니까? 내가 왜 이 일을 꾸미는지 그리고 왜 선생님께 다짐을 부탁하는지는 묻지 마시고요. 나에게 한 가지 방법이 있습니다. 괜찮은 생각입니다."

"분명히 좋은 생각이겠지요. 어서 말씀해 보시죠."

두 사람 사이에 앉은 마네트 박사는 의자를 앞뒤로 단조롭게 계속 흔들면서 신음 소리를 냈다. 칼튼과 로리는 마치 밤에 환자의 침상을 지키는 사람들처럼 조용히 말했다.

칼튼은 허리를 구부려 자기 발에 감긴 박사의 외투를 주워 올렸다. 그때, 박사가 매일 해야 할 일을 메모해서 넣어 가지고 다니는 작은 지갑이 바닥에 툭 떨어졌다. 칼튼은 지갑을 줍다가 그 안에 접힌 종이를 발견했다.

"이걸 봐야겠죠!"

그가 말했다. 로리는 그러자고 고개를 끄덕였다. 칼튼이 종이를 펼치며 소리쳤다.

"하느님 감사합니다!"

"뭡니까?"

로리가 재촉했다.

"잠깐만요! 제가 다른 것과 관련 지어 말씀드리죠."

그는 자기 외투 주머니에 손을 넣어 다른 종이 한 장을 꺼냈다.

"먼저, 이건 내가 여기를 떠날 수 있는 증명서입니다. 보세요. 영국인 시드니 칼튼이라고 적혀 있죠?"

로리는 그것을 손에 펼쳐 들고 진지한 얼굴로 바라보았다.

"내일까지 이 통행증을 맡아 주십시오. 아시다시피 난 내일 다네이 씨를 만나러 갑니다. 이건 감옥에 안 가져가는 편이 좋겠습니다."

"왜지요?"

"잘 모르겠습니다. 그냥 그러는 편이 좋을 것 같아서요. 자, 마네트 박사님이 가지고 계시던 이 종이도 챙기십시오. 비슷한 증명서인데, 박사님과 루시, 손녀가 언제라도 성문과 국경을 통과할 수 있는 서류입니다. 아시겠습니까?"

"알겠습니다!"

"아마도 최악의 경우를 대비해서 마지막 안전장치로 이 증명서를 어제 마련하신 것 같습니다. 혹시 발행일이 언제로 되어 있습니까? 하긴, 그건 별로 중요하지 않습니다. 보지 마십시오. 내 것과 선생님 것도 조심해서 챙기십시오. 자, 잘 들으세요! 한두 시간 전이라면 난 박사님이 이 증명서를 이미 마련해 두셨든, 마련할 수 있다고 하시든 별걱정 안 했을 겁니다. 하지만 이젠 달라요. 이건 취소되기 전까지만 쓸 수 있어요. 어쩌면 곧 취소될지도 모르고요. 제가 그렇게 될 거라고 생각하는 이유가 있습니다."

"이분들은 괜찮지 않습니까?"

"아니요, 아주 위험합니다. 마담 드파르주가 고발할 위험이 있습니다. 내가 그 여자가 말하는 걸 직접 들었습니다. 아까 그 여자가 하는 말을 들었는데 이분들도 큰 위험에 빠진 게 분명합니다. 그래서 지체하지 않고 바로 첩자를 만났습니다. 그자가 확인해 주더군요. 그자는 감옥 담장 옆에 사는 나무꾼이 드파르주 부부의 하수인이라는 걸 알고 있어요. 마담 드파르주가 그 나무꾼에게 이렇게 말하라고 시켰답니다. '그 여자(마담 드파르주는 루시의 이름을 절대 입에 담지 않아요)가 죄수에게 신호를 보내는 모습을 봤다.'라고요. 그러니까 드파르주 부부는 루시가 감옥 내 음모를 꾸몄다는 주장을 할 거예요. 그러면 루시의 목숨은 물론이고 거기에 같이 있었던 루시의 딸과 박사님까지도 목숨이 위태로워질 겁니다. 그렇게 놀라지 마십시오. 선생님께서 그 사람들을 모두 구해 내실 겁니다."

"정말 내가 그럴 수 있어야 할 텐데, 칼튼 씨! 그런데 어떻게?"

"내가 어떻게 하면 되는지 말씀드리죠. 이 일은 선생님께 달려 있습니다. 선생님보다 이 일을 더 잘할 수 있는 적임자는 없습니다. 이 고발은 내일이 지나야 가능합니다. 어쩌면 이삼 일 후에야 가능할 겁니다. 일주일 후가 될 수도 있고요. 선생님도 아시다시피 기요틴에서 처형되는 죄수를 보고 울거나 동정을 표하는 행위는 중죄에 해당합니다. 루시와 박사님은 틀림없이 이 죄목으로 유죄를 선고받을 겁니다. 그리고 뿌리 깊은 복수심에 지칠 줄 모르는 마담 드파르주는 고발할 명분을 더 쌓고, 또 그들이 유죄라는 걸 단단히 못을 박으려고 준비를 할 겁니다. 이해하시겠습니까?"

"어쩌나 열심히 들었는지, 그리고 칼튼 씨가 말을 어쩌나 확신에 차서 하는지 잠깐 박사님을 깜빡했군요."

로리가 박사의 의자 등받이를 부드럽게 건드리며 말했다.

"선생님께는 돈이 있으니까 최대한 빨리 이곳을 떠날 수 있는 배표를 구하실 수 있을 겁니다. 더군다나 선생님은 며칠 동안 영국으로 돌아갈 준비를 다 해 놨잖습니까. 내일 오후 2시경에 출발할 수 있도록 마차를 일찍 준비해 놓으십시오."

"그리하지요!"

칼튼이 열정적이고 용기를 불어넣어 준 덕분에 힘을 얻은 로리는 젊은 이처럼 행동이 빨라졌다.

"선생님은 정말 훌륭하신 분입니다. 우리가 기댈 수 있는 사람은 선생 님밖에 없다고 말씀드렸죠? 선생님이 아시는 그대로 오늘 밤 루시에게 본인뿐만 아니라 어린 루시와 박사님까지 모두 위험하다는 걸 이야기해 주세요. 그 점을 꼭 강조하셔야 합니다. 루시는 남편을 따라 기꺼이 죽으 려 들 테니까요."

칼튼은 잠시 주저하다 계속해서 말했다.

"어린 루시와 아버지를 위해서 반드시 그 시간에 가족, 선생과 함께 파 리를 떠나야 한다는 걸 강조하세요. 루시에게 그것이 남편이 마련한 마 지막 계획이라고 말씀하십시오. 믿기도 힘들고 희망을 품기도 힘들겠지 만 그보다 그 계획에 더 많은 것들이 달려 있다고요. 그런데 선생님은 박 사님이 이런 상태로 루시의 말을 따를 거라 생각하십니까?"

"틀림없이 그러실 겁니다."

"내 생각에도 그렇습니다. 여기 안뜰에서 모든 준비를 조용히 침착하 게 해 주십시오. 마차에 선생님 자리도 준비해 두시고요. 내가 오는 즉시 나를 태워서 바로 출발하는 겁니다."

"무슨 일이 있어도 당신을 꼭 기다리라는 말이군요."

"선생님이 다른 사람들 증명서와 내 것을 가지고 있으니까 내 자리도 준비해 놓아야 하는 겁니다. 내 자리가 채워질 때까지만 기다리십시오. 그리고 그때 영국으로 떠나는 겁니다!"

"그래야죠, 그럼. 이 늙은이한테 모든 게 달려 있진 않겠지만 열정적인 젊은이가 내 옆에서 도와준다니 당연히 그래야죠."

로리는 열정적이면서도 단호하고 침착한 칼튼의 손을 힘껏 쥐면서 말했다.

"하늘이 도와서 해낼 수 있을 겁니다! 내게 엄숙히 맹세해 주십시오. 무슨 일이 있어도 우리가 지금 맹세하는 계획을 절대 바꾸지 않겠다고 말입니다."

"그런 일은 절대 없을 겁니다. 절대로. 칼튼 씨."

"이 말을 내일 꼭 명심하십시오. 어떤 이유로든 계획을 바꾸거나 늦추면 아무도 무사할 수 없게 되어 결국 많은 생명이 희생될 겁니다."

"명심하지요. 내 역할에 최선을 다할 겁니다."

"난 내가 맡은 역할에 충실하겠습니다. 자, 그럼, 안녕히 가십시오!"

진지하고 엄숙한 미소를 지으며 이렇게 말하고 노인의 손에 작별의 입맞춤까지 했지만 칼튼은 로리와 바로 헤어지지 않았다. 그는 로리를 도와 다 타지 않은 장작불 앞에서 몸을 흔들고 있는 마네트 박사를 일으켜 외투를 입히고 모자를 씌웠다. 그리고 그들은 아직도 비탄에 젖어 애원하는 마네트 박사에게 작업용 의자와 구두를 어디다 숨겨 놨는지 찾으러 밖으로 나가자고 달랬다. 칼튼은 박사 옆에서 함께 걸으며 박사의 집 마당까지 부축해 주었다. 그 집 안에는 (칼튼이 절박한 감정을 고백했던, 잊지 못할 그 순간에는 너무나 행복했던) 한 영혼이 억장이 무너지는 듯한 슬픔에 잠겨 지옥 같은 밤을 지새우고 있었다. 칼튼은 마당으로 들어가 혼자 잠시 루시의 방 창문에서 흘러나오는 불빛을 바라보았다. 그는 창을 올려다보며 축복을 빌고 작별 인사를 하고 나서, 어둠 속으로 사라졌다.

13장

쉰두 명

콩시에르주리의 어두컴컴한 감옥에서 그날의 사형수들이 자신의 운명을 기다리고 있었다. 그날의 희생자 수는 1년의 주(週) 수와 같았다. 그날 오후에 쉰두 명의 생명이 도시를 흐르는 생명의 물결을 타고 끝없이 펼쳐진 바다로 흘러가게 되어 있었다. 그들이 감방에서 나가기도 전에 그 방에 새로 들어올 죄수가 정해져 있었다. 그들이 오늘 흘릴 피가 어제 흘린 피와 섞이기도 전에 내일 섞일 피까지 벌써 준비되어 있었다.

마흔 명에 이어 열두 명이 더 호명되었다. 돈으로 생명을 구할 수 없었던 일흔 살의 세리부터 가난하고 비천한 신분이라 목숨을 구하지 못한 스무 살의 여자 재봉사도 있었다. 인간의 악행과 방치로 생겨난 육체의 질병이 계급을 막론하고 사람들을 집어삼키려 했다. 이루 말할 수 없는 고통과 견딜 수 없는 탄압, 잔혹함과 무관심 때문에 무섭게 타락한 도덕이 남녀노소 할 것 없이 모두에게 엄청난 고통을 주었다.

독방에 갇힌 다네이는 법정에서 온 후로 헛된 망상에 쫓지 않도록 조심하며 자신을 지탱하고 있었다. 낭독되던 글의 한 줄 한 줄이 사형 선고로 들렸다. 더 이상 힘을 써서 목숨을 구해 줄 사람은 아무도 없으며, 사실상 수백만 명이 내린 사형 선고였기에 몇 사람의 힘으로는 아무 소용이 없다는 것을 그는 잘 알고 있었다.

그렇지만 사랑하는 아내의 얼굴이 눈에 자꾸 밟혀 맘을 추스르는 일이 쉽지 않았다. 삶에 대한 강한 집착 때문에 마음을 내려놓기가 몹시도 힘들었다. 조금씩 애를 써서 이쪽의 집착을 겨우 버리면 저쪽의 다른 집착이 더 힘껏 삶에 매달렸다. 이 손에 들어간 힘을 가까스로 뺄 찰나 다른 손에 힘이 다시 들어갔다. 이것저것 생각하느라 마음도 다급해졌다. 심장은 요란하게, 그리고 뜨겁게 뛰면서 체념해 버리고 싶은 마음과 계속 싸우고 있었다. 잠깐 체념하는 마음이 들었다가도, 곧 남편 없이 살아야 하는 아내와 아버지 없이 살아야 하는 아이가 이기적인 사람이라며 자신을 원망하는 소리가 다시 들려오는 것만 같았다.

그러나 이런 괴로움도 처음뿐이었다. 그는 머지않아 자신이 부딪쳐야 할 운명이 조금도 부끄럽지 않게 느껴졌고, 많은 사람들이 자신처럼 억울한 길을 매일 씩씩하게 걸어가고 있다는 생각이 들면서 마음이 편해졌다. 또 자신이 죽음을 묵묵히 담담하게 받아들여야 사랑하는 이들이 앞으로 마음 편히 살 수 있을 것이라는 생각이 들었다. 그는 점차 평정을 찾아갔으며 정신이 맑아질수록 마음이 편안해졌다.

선고를 받던 날 밤 어두워지기 전까지 다네이의 마음은 이처럼 내내 소용돌이치다가 마지막 결론에 도달했다. 그는 간수의 허락을 받고 펜과 종이를 구해서 감옥의 불이 소등될 때까지 앉아서 편지를 썼다.

다네이는 루시에게 보내는 장문의 편지를 써 내려갔다. 자신은 장인이 투옥되었던 일을 그녀에게 듣고서야 알았으며, 그 '글'이 낭독되기 전까지는 장인의 참혹한 투옥 생활이 자신의 아버지와 숙부 때문이라는 사실을 그녀처럼 몰랐다고 적었다. 그리고 자신이 이름을 바꾼 사실을 그녀에게 숨긴 것은, 그것이 장인이 그들의 약혼에 붙인 한 가지 조건이었기 때문이며 (장인이 그때 왜 그랬는지 이제야 모두 이해할 수 있게 되었다는 말과 함께), 또 그것이 결혼식 날 아침 장인이 자신에게 반드시 지켜 달라며 요구한 약속이었기 때문이라고 적었다. 그는 루시에게 당부하기를 장인을 위해서, 장인이 그 '글'의 존재를 완전히 잊었는지, 아니면 오래 전 어느 일요일 정원의 플라타너스 나무 아래에서 런던 탑 이야기를 하다가 그 순간, 혹은 그 후에 기억이 떠올랐는지 장인에게 제발 추궁하지 말아 달라고 적었다. 만약 장인이 그 '글'을 썼던 사실을 정확히 기억하고 계셨더라도, 군중들이 그 탑에서 발견한 죄수들의 물건을 세상에 공개했을 때 그 '글'이 나왔다는 소식이 없어, 바스티유가 함락되면서 같이 사라진 거라고 생각하셨을 수도 있다고 적었다. 또 아내에게 (군이 말할 필요가 없는 일이라는 걸 잘 알지만) 그녀가 할 수 있는 모든 방법을 다 동원해서 아버지의 마음을 위로해 달라고 부탁했다. 장인께서는 자책할 만한 일을 전혀 하지 않으셨으며 딸 부부를 위해 자신의 고통은 늘 뒷전이셨다고 말하면서 그분을 잘 달래어 드리라고 적었다. 마지막으로 자기들은 언젠가 천국에서 다시 만날 것이므로 자신의 영원한 사랑과 축복을 잊지 말고, 고통을 이겨 내며 사랑하는 아이를 보살펴 달라고 당부했다.

장인에게도 비슷한 내용을 적었지만 그 외에, 염치 불구하고 아내와 딸을 장인에게 부탁드린다는 말을 더 적었다. 그는 장인이 절망과 위험한 기억에 빠지지 않길 바라는 마음에서 일부러 더 강한 어조로 내용을 써 내려갔다.

로리에게는 모든 걸 부탁하며 사업 문제, 개인 재산 문제에 대해 설명했다. 그리고 그의 고마운 우정과 따뜻한 애정에 감사하는 내용으로 편지를 마무리했다. 그는 칼튼 생각은 전혀 하지 못했다. 다른 사람들 생각으로 꽉 차 있어서 단 한 번도 그를 머릿속에 떠올리지 못했던 것이다.

다네이는 감옥 불이 소등되기 전에 편지를 모두 썼다. 그리고 짚 더미 침대에 누워서 이생에서 자신이 한 일들을 생각해 보았다.

그러다가 얼핏 잠이 들었고, 꿈속에서는 장밋빛으로 펼쳐진 새로운 세상이 그에게 어서 오라며 손짓을 했다. 소호의 옛집(비록 그 집은 진짜 집과 비슷한 구석이 없었지만)으로 돌아간 그의 모습은 자유롭고 행복해 보였다. 꿈속에서 그는 루시와 함께 형용할 수 없는 해방감과 홀가분한 기분을 만끽하고 있었다. 루시가 그간의 일은 모두 꿈이며 그는 절대 런던을 떠난 적이 없다고 말해 주었다. 이내 꿈이 끝났고 그는 망각 속으로 빠져들었다. 얼마 후 다네이는 다시, 고통을 겪다가 아내에게 돌아가 평화롭게 죽음을 맞이하는 꿈을 꾸었지만, 그것은 꿈일 뿐 현실 속의 그의 처지는 달라진 점이 없었다. 그러고 나서 그는 다시 한 번 망각의 잠 속으로 빠져 들었다. 이윽고 우울한 아침이 밝았고 그는 잠에서 깨어났지만 순간 자신이 어디에 있는 것인지, 그동안 무슨 일이 일어났는지 기억이 나지 않았다. 불현듯 한 가지 생각이 뇌리를 스쳤다. '아, 내가 죽는 날이 밝았구나!'

그렇게 쉰두 명의 목이 떨어질 날이 시작되고 있었다. 이제 그는 마음을 차분하게 가다듬으면서 영웅들처럼 담담하게 최후를 맞이할 수 있었으면 좋겠다고 생각했지만, 한편으로는 멀쩡한 정신으로 그렇게 행동하기가 쉽지 않을 것이라는 생각도 들었다.

자신의 목숨을 끊어 낼 물건을 한 번도 본 적이 없는 다네이였다. 그것이 땅에서 얼마나 높은 곳에 있는지, 계단을 몇 개나 올라가야 하는지, 어디에 서야 하며, 칼날이 어떻게 자기 목에 닿을지, 집행하는 사람의 손에 피가 묻을지, 고개를 어느 쪽으로 돌려야 할지, 자신의 순서가 첫 번째일지 아니면 마지막일지, 자신의 의지로는 도저히 알 수 없는 이런 질문들이 수없이 떠올라 머릿속이 어지러웠다. 두려워서가 아니었다. 두려움 따위는 없었다. 그보다는 막상 처형의 순간이 되면 무엇이 어떻게 될지 알고 싶다는 이상한 욕망이 고개를 들었기 때문이었다. 그 욕망은, 그 마지막 순간이 찰나에 끝나 버린다는 사실을 생각하면 참으로 어울리지 않는 욕망이었다. 다네이 자신의 영혼이 아니라 자신의 내면에 있는 다른 사람의 영혼이 궁금해하는 같았다.

다네이가 방 안을 서성거리는 순간에도 시간은 흘러가고 있었다. 시계는 그가 살아서는 다시 듣지 못할 시간의 종을 쳤다. 9시가 영원히 가고, 10시, 11시도 영원히 가고, 12시도 영원히 흘러가고 있었다. 마지막까지 자신을 괴롭히는 이 생소하고 이상한 상념들과 사투를 벌인 끝에 마침내 다네이는 그 감정들을 이겨 내고야 말았다. 다네이는 사랑하는 사람들의 이름을 가만가만 불러 보며 방 안을 이리저리 거닐었다. 마지막 싸움도 그렇게 끝이 났다. 머리를 어지럽히는 상념에서 벗어난 다네이는 자신과 사랑하는 이들을 위해 기도하며 방 안을 거닐었다.

12시도 영원히 지나갔다.

최후의 시간은 3시가 될 것이라는 통지가 날아왔다. 그는 묵직하고 덜컹거리는 사형수 수송 마차를 타고 느릿느릿 형장으로 이동하는 시간을 고려하면 그보다 더 일찍 호명될 것이라고 짐작했다. 그래서 그는 마음속으로 2시를 마지막 시간으로 정하고, 2시까지는 자신의 마음을 굳건히 하기 위해 온 힘을 기울이고 2시 이후에는 가족들이 마음을 굳게 먹을 수 있도록 해 주어야겠다고 결심했다.

팔짱을 끼고 담담하게 방 안을 거니는 그의 모습은, 라포르스 감옥의 독방에서 정신을 놓고 갈팡질팡하던 그 죄수와는 완전히 다른 모습이었다. 1시를 치는 시계 종소리가 들려왔지만 그는 놀라지 않았다. 그 시각도 다른 시각들처럼 영원히 흘러갔다. 그는 평정심을 되찾게 해주신 하느님께 진심으로 감사드리며 생각했다.

'앞으로 한 시간밖에 남지 않았구나.'

그는 몸을 돌려 다시 방 안을 거닐었다. 그때 문밖의 복도에서 돌이 깔린 바닥을 내딛는 발소리가 들려왔다. 다네이는 걸음을 멈추었다.

열쇠 돌아가는 소리가 들렸다. 문이 열리기 전인지 문이 열렸을 때인지 모르지만 나지막하게 영어로 속삭이는 어떤 남자의 목소리가 들려왔다.

"그는 이곳에서 나를 본 적이 없소. 난 그 사람 눈에 띄지 않는 곳에 있겠습니다. 혼자 들어가시오. 근처에서 기다릴 테니. 시간이 없어요!"

문이 재빨리 열렸다가 닫혔고, 엷은 미소를 띤 얼굴로 그를 가만히 바라보며 입술에 손가락을 가볍게 댄 남자가 그의 앞에 나타났다. 칼튼이었다.

그는 환하면서도 범상치 않은 표정을 짓고 있어서, 순간 죄수는 상상 속의 유령이 아닐까 하는 의심이 들었다. 하지만 들려오는 목소리는 분명 칼튼의 목소리였고 죄수의 손을 잡은 손은 분명 칼튼의 손이었다.

"많고 많은 사람 중에 내가 당신을 만나러 올 줄은 생각도 못 했겠지요?"

"당신이 올 줄은 정말 몰랐어요. 지금도 믿을 수 없군요. 설마 당신도 잡혀 온 건 아니겠죠?"

갑자기 걱정되는 마음이 들었다.

"아니요. 우연히 연줄이 좀 닿아서 여기 간수 한 명을 구워삶았다오. 그 덕에 여기 있는 거요. 당신 부인이 보내서 왔습니다, 다네이 씨."

죄수는 칼튼의 손을 꽉 잡았다.

"부인의 부탁을 전하러 왔습니다."

"그게 뭡니까?"

"중요하고 긴급한 부탁입니다. 당신이 또렷하게 기억하고 있을 사랑스럽고 애절한 그 목소리로 당신에게 뭘 좀 꼭 전해 달라고 했소."

죄수는 고개를 조금 갸우뚱했다.

"왜 그걸 내가 가져왔는지, 그게 뭔지 물어볼 시간이 없습니다. 내겐 그걸 설명할 시간이 없으니까요. 그저 하라는 대로만 하면 됩니다. 우선 그 부츠를 벗고 내 신발을 신어요."

죄수 뒤로 벽에 붙은 의자가 하나 있었다. 칼튼은 번개처럼 의자를 당겨서 거기에 그를 앉히고는 맨발로 그를 내려다보았다.

"자, 내 부츠를 신어요. 손으로 잡아서 힘껏 당겨 신으시오, 어서!"

"칼튼 씨, 여기서 탈출할 수는 없습니다. 절대 성공할 수 없어요. 우리 둘 다 죽을 겁니다. 이건 미친 짓이에요."

"내가 당신에게 탈출하라고 하면 미친 짓이겠지만, 내가 언제 그렇게 말했습니까? 내가 당신에게 저 문으로 나가자고 하면 그때 가서 미친 짓이라고 말해요. 그리고 여기 남든 말든 알아서 하시고. 우선은 그 넥타이부터 내 것과 바꿔 매요. 외투도 바꿔 입고요. 그동안 난 당신의 머리 리본을 풀고 나처럼 당신 머리를 헝클어뜨릴 테니까!"

칼튼은 초인적인 힘과 의지로 상당히 빠르게 움직이면서 다네이의 옷을 바꿔 입혔다. 죄수는 어린아이처럼 칼튼의 손에 몸을 내맡기고 가만히 서 있었다.

"칼튼! 칼튼! 이건 미친 짓이에요. 절대 성공할 수 없다고요. 탈출하려고 한 사람들은 모두 잡혔습니다. 제발 부탁이에요. 당신마저 죽게 할 수는 없어요."

"다네이 씨, 내가 저 문으로 나가라고 했습니까? 내가 그러라고 하면 그때 안 된다고 하세요. 마침 여기 탁자에 펜과 잉크, 종이가 있군요. 손에 글을 쓸 힘이 남아 있소?"

"당신이 오기 전까지는 그랬습니다."

"그럼 다시 손에 힘을 주고 내가 말하는 대로 받아 적어요. 어서, 다네이 씨. 어서요!"

다네이는 손으로 어리둥절한 머리를 누르며 탁자에 앉았다. 칼튼은 오른손을 가슴팍 주머니에 넣고 다네이 옆에 바짝 다가섰다.

"내가 말하는 대로 정확하게 적으시오."

"누구한테 쓰는 겁니까?"

"아무한테도 아니오."

칼튼은 여전히 손을 가슴팍 주머니에 넣고 있었다.

"날짜는 적습니까?"

"아니요."

죄수는 질문할 때마다 올려다보았다. 가슴팍 주머니에 손을 넣은 채 칼튼이 내려다보고 서 있었다.

칼튼은 부르기 시작했다.

"만약 당신이 오래전 우리 사이에 오고 간 말을 기억한다면 이 글을 보는 순간 이해할 겁니다. 전 당신이 그 말을 기억하리라 믿습니다. 당신은 그걸 잊을 사람이 아니니까요."

칼튼은 가슴속에서 손을 뺐다. 죄수는 글을 쓰다 문득 궁금해 위를 쳐다보니까 칼튼의 손이 멈추면서 뭔가 꽉 쥐고 있는 듯했다.

"그걸 잊을 사람이 아니라고 적었습니까?"

"네, 손에 쥔 건 무기입니까?"

"아니요. 그런 건 없소."

"그럼, 손에 쥔 게 뭡니까?"

"곧 알게 될 거요. 어서 적으시오. 몇 글자 안 남았소. 이제라도 내가 그 약속을 지킬 수 있게 되어 기쁩니다. 내가 이렇게 한다고 해서 슬퍼하거나 비통해하지 않길 바랍니다."

칼튼은 다시 부르기 시작하면서 시선은 다네이에게 두었다. 그는 천천히 그리고 조용히 다네이의 얼굴 가까이로 손을 뻗었다. 다네이의 손에서 펜이 툭 떨어졌고, 그는 칼튼을 멍하게 쳐다보았다.

"이 뿌연 게 뭐죠?"

"뿌연 거라니요?"

"제 눈앞으로 뭐가 지나간 거죠?"

"난 아무것도 못 봤소. 여기에 뭐가 있을 리 없잖소. 어서, 펜을 들고 마저 쓰시오. 어서!"

죄수는 정신이 혼미해지고 감각이 무뎌지는지 정신을 가다듬으려고 안간힘을 썼다. 그가 흐릿한 눈으로 숨을 헐떡이며 칼튼을 바라보자 칼튼은 가슴 안에 다시 손을 넣고 침착하게 그를 바라보았다.

"어서, 어서 써요!"

죄수는 다시 종이 위로 고개를 숙였다.

"이렇게 하는 것 말고는……, 더는 기회가 없을 겁니다."

칼튼의 손이 다시 조심스럽고 부드럽게 아래쪽으로 움직였다. 손이 죄수의 얼굴에 닿았다.

"이렇게 하지 않으면, 더 많은 것을 잃게 될 겁니다. 이렇게 하지 않으면……."

칼튼은 펜을 보았다. 펜이 미끄러져 아무렇게나 선이 그어지고 있었다.

칼튼은 더 이상 가슴 안으로 손을 집어넣지 않았다. 죄수는 원망스러운 표정으로 벌떡 일어났지만 칼튼은 손으로 그의 코를 단단히 막았다. 그리고 칼튼은 왼팔로 죄수의 허리를 감았다. 몇 초 동안 죄수는 자신을 위해 목숨을 버리러 온 칼튼과 힘없이 몸싸움을 벌였다. 하지만 채 1분도 되지 않아 의식을 잃고 바닥에 고꾸라졌다.

칼튼은 다급한 마음만큼 알아서 재빠르게 움직여 주는 손으로 죄수가 벗어 놓은 옷을 입고 머리를 뒤로 빗어 넘긴 뒤 죄수의 리본으로 머리를 묶었다. 그런 다음 나지막한 목소리로 불렀다.

"들어와! 어서!"

첩자가 들어왔다.

칼튼은 의식을 잃은 다네이 옆에 한쪽 무릎을 꿇고 앉아 쪽지를 가슴팍 주머니에 넣으면서 올려다보고 말했다.

"봤지? 이래도 당신이 위험하겠어?"

"칼튼 씨, 당신이 거래한 대로 해 주기만 하면 이 일로 내가 위험할 건 없죠."

첩자는 소심하게 손가락을 탁탁 부딪치며 대답했다.

"걱정할 것 없어. 죽을 때까지 약속을 지킬 테니."

"꼭 그래야 합니다. 칼튼 씨. 쉰두 명의 명단에 맞게 그 옷을 입고 잘해 주면 걱정할 게 없소."

"걱정할 것 없대도! 이제 나 때문에 다칠 일은 없을 뿐더러 다른 사람들도 다 여길 떠날 테니까. 제발, 신의 가호가 있기를! 자, 어서 사람을 불러 나를 마차에 태워야지."

"당신을?"

첩자가 불안하게 물었다.

"이 사람, 나와 옷을 바꿔 입은 이 사람 말이야. 당신이 데리고 들어온 문으로 데리고 나가야 할 것 아니야?"

"당연하죠."

"아까 들어올 때 어지럽고 힘이 없는 척했으니까, 나갈 때는 거의 실신하다시피 해서 나가도 괜찮을 거야. 마지막 작별 인사를 나누느라 기진맥진해졌을 테니까. 여기서야 그런 일이 수도 없이 일어날 거 아냐. 이제 당신 목숨은 당신 하기에 달렸어. 어서! 도와줄 사람을 불러!"

"날 배신하지 않겠다고 맹세할 수 있소?"

첩자는 마지막에 잠깐 뜸을 들이며 떨리는 목소리로 물었다. 칼튼이 발을 동동 구르며 말했다.

"이봐! 이 사람이 진짜! 처음에 이 일을 시작하면서 내가 엄숙하게 맹세하지 않았던가? 그런데 왜 또 이 귀중한 시간을 낭비하는 거야? 어서, 이 사람을 당신이 아는 그 집 안뜰로 데려가서 로리 씨가 보는 앞에서 직접 마차에 태워 줘. 그리고 로리 씨한테 약은 필요 없고 신선한 공기를 쐬면 정신을 차릴 거라고 전해 주고. 어젯밤에 내가 했던 말과 로리 씨가 했던 약속을 명심하라고도 전해 주게. 자, 어서 마차를 타고 떠나!"

첩자가 물러나고 칼튼은 탁자 위에 팔을 괴고 손으로 이마를 짚은 자세로 앉았다. 첩자가 간수 두 명을 데리고 금방 돌아왔다.

"어떻게 된 일인가? 성 기요틴 제비뽑기에 당첨된 친구 때문에 너무 괴로워서 이 지경이 된 건가?"

그중 한 명이 쓰러진 사람을 바라보며 말했다.

"진정한 애국자라면 이 귀족이 꽝을 뽑아서 사형을 면했을 때 실신을 했어야지."

다른 한 사람이 말했다. 그들은 의식이 없는 사람을 들어서 문가에 갖다 놓은 들것에 누인 뒤 몸을 숙여 들것을 옮겼다.

"시간이 없다, 에브레몽드."

첩자는 짐짓 경고하는 투로 말했다.

"잘 알고 있소. 내 친구를 잘 돌봐 주시오. 부탁하오. 그리고 혼자 있고 싶소."

"여보게들, 이제 가자고. 들것을 들고 가자고!"

바사드가 말했다.

문이 닫혔고 마침내 칼튼 혼자 남았다. 칼튼은 그들이 혹시 의심하는 말을 주고받는 것은 아닌지, 바사드가 경고 신호를 보내는 것은 아닌지 귀를 기울였다. 아무 소리도 들리지 않았다. 열쇠 돌리는 소리, 쾅 하고 문 닫히는 소리, 복도를 따라 멀어져 가는 발소리가 들릴 뿐, 특별히 큰 소리라든지 분주하게 서두르는 소리는 들리지 않았다. 그는 잠시 숨을 돌리고 탁자에 앉아 다시 귀를 기울였다. 시계가 2시를 알렸다.

잠시 후에 다른 소리들이 들리기 시작했다. 하지만 칼튼은 그 소리가 무엇을 의미하는지 잘 알기에 두렵지 않았다. 여러 개의 문들이 잇달아 열렸고, 마침내 그의 감방 문도 열렸다. 간수가 손에 명부를 들여다보고 말했다.

"따라와, 에브레몽드!"

그는 멀리 떨어진 캄캄하고 커다란 방으로 끌려갔다. 어두컴컴한 겨울 낮이었다. 방 안팎으로 그림자가 내려앉아서 칼튼은 그리로 끌려온 다른 사람들이 결박된 상태라는 것을 희미하게 알 수 있었다.

어떤 사람들은 서 있었고 어떤 사람들은 앉아 있었다. 슬퍼하는 사람들도 있었고 정신없이 움직이는 사람들도 있었다. 하지만 그런 사람들은 많지 않았다. 대부분은 말없이 움직이지 않고 바닥만 바라보고 있었다.

칼튼은 어둑어둑한 구석의 벽에 기대어 서 있었다. 쉰두 명 중에 몇 명은 칼튼보다 늦게 들어왔다. 그중 한 남자가 앞을 지나가다 아는 사람을 만난 듯 칼튼을 불쑥 끌어안았다. 칼튼은 들킨 줄 알고 심장이 멎는 줄 알았지만 남자는 그냥 지나갔다. 바로 잠시 후에 그가 바라보고 있던 (작고 소녀티가 나는 몸매에 얼굴은 창백하고 예쁘장하며 눈이 크고 둥글며 참을성 많아 보이는) 젊은 아가씨가 자리에서 일어나더니 그에게 다가와 말을 걸었다.

"시민, 에브레몽드 님. 저는 라포르스 감옥에 같이 있었던 가난한 재봉사예요."

그녀는 차가운 손으로 그를 살짝 건드리며 말했다. 칼튼은 중얼거리듯 대꾸했다.

"그렇군요. 무슨 죄로 고발당했는지 잊었지만……."

"음모를 꾸몄다는 죄였어요. 제가 결백하다는 것을 하느님은 아실 거예요. 이게 말이 되는 일이겠어요? 누가 저처럼 힘없고 하찮은 것과 음모를 꾸밀 생각을 하겠어요?

이렇게 말하면서 여자의 입가에 번지는 쓸쓸한 미소가 칼튼의 가슴을 강렬하게 적셨고 그의 눈에 눈물이 고였다.

"전 죽는 게 두렵지 않아요. 시민 에브레몽드 님. 하지만 전 잘못한 게 없답니다. 만약 우리처럼 불쌍한 사람들을 위해 좋은 일을 많이 할 공화국이, 제 죽음에서 얻는 것이 있다면 전 기꺼이 죽을 수 있어요. 그런데 과연 그렇게 될는지 저는 잘 모르겠어요, 시민 에브레몽드 님. 전 불쌍하고 힘없고 미천한 인간일 뿐이니까요!"

이 세상에서의 마지막 순간, 그의 마음을 따뜻하게 해 주고 녹여 줄 사람을 만난 것이었다. 가엾은 처녀는 그의 마음을 포근하게 녹여 주었다.

"전 당신이 석방되신 걸로 알았는데요, 시민 에브레몽드 님. 사실이길 바랐는데."

"그랬었지요. 그런데 다시 수감되어 사형 선고를 받았습니다."

"혹시 저와 함께 가신다면, 시민 에브레몽드 님, 제가 손을 잡아도 될까요? 무서운 건 아니에요. 하지만 전 힘없고 나약한 여자라서 손을 잡으면 한결 든든할 것 같아요."

처녀는 참을성이 가득한 눈으로 칼튼의 얼굴을 올려다보았다. 그때 그는 그녀의 눈에서 잠깐 미심쩍어하다가 이내 흠칫 놀라는 기색을 발견했다. 칼튼은 오랜 가난으로 굵어지고 야윈 처녀의 손가락을 꼭 잡아 자신의 입술에 갖다 댔다.

"그분 대신 죽는 건가요?"

그녀가 속삭였다.

"그래요. 그 사람의 부인과 아이를 위해서기도 해요. 쉿!"

"당신의 용감한 손을 잡게 해 주시겠어요?"

"쉿! 그래요. 가여운 아가씨. 마지막 순간까지."

같은 시각, 감옥을 뒤덮고 있는 그림자가, 군중들이 몰려드는 성벽에도 똑같이 드리워졌다. 파리를 빠져나가는 마차 한 대가 검문을 받고 있다.

"누가 가는 거요? 안에 누가 타고 있소? 증명서를 보여 주시오!"

증명서를 건네받은 검문소 관리가 그것을 살펴본다.

"알렉상드르 마네트. 의사. 프랑스인, 누가 이 사람이오?"

이분입니다.

어떤 목소리가 제정신이 아닌 듯 횡설수설하고 있는 기운 없는 노인을 가리킨다.

"의사 시민께서는 제정신이 아닌 것 같은데, 맞소? 혁명의 열기가 너무 뜨거웠던 게요? 하긴 이 양반에게는 너무 뜨거운 열기였겠지. 음, 그것 때문에 많은 사람들이 고생을 하긴 하니까. 루시. 의사의 딸. 프랑스

505

인. 누구요?"

이 사람입니다.

"그래 보이는군. 루시, 에브레몽드의 아내. 맞소?"

그렇습니다.

"음, 남편은 다른 데 있나 보군. 딸 루시. 영국인. 이 아이가 맞소?"

이 아이 아니면 누가 있겠습니까.

"얘야. 아저씨한테 뽀뽀해 줄래. 그럼 넌 훌륭한 공화국 시민에게 뽀뽀를 하는 거란다. 너희 집안에선 처음 있는 일일 게다. 기억하거라! 그다음 시드니 칼튼. 변호사. 영국인. 어떤 사람이오?"

그는 마차 구석에 축 처져 누워 있다. 어떤 목소리가 그 사람을 가리킨다.

"영국인 변호사는 기절이라도 한 거요?"

신선한 공기를 쐬면 나아질 겁니다. 몸이 워낙 약한 데다 공화국의 노여움을 산 친구와 가슴 아픈 이별을 해서 그렇답니다.

"그것 때문에 그런 게요? 별 대단한 일도 아니구먼! 공화국의 노여움을 사서 철창으로 내다보게 된 사람이 어디 한둘인가. 그다음 자비스 로리. 은행원. 영국인. 누구요?"

"납니다. 남은 사람은 나밖에 없지 않습니까."

지금까지 모든 검문에 답변을 한 사람은 로리였다. 그는 마차에서 내려 마차 한쪽 문을 잡고 검문소 관리들이 묻는 질문에 일일이 대답한다. 관리들은 마차 주변을 천천히 살펴보고 지붕으로 올라가서 마차 지붕 위에 실린 작은 짐을 검사한다. 시골 사람들이 마차 문 주위로 달려들어 마차에 붙어서 그 안을 탐욕스런 눈으로 구경한다. 엄마 품에 안긴 어린 아이가 고사리 같은 손을 뻗는다. 기요틴으로 갈 귀족의 아내를 만져 보려는 것이리라.

"증명서 받으시오. 자비스 로리. 확인 서명을 했소."

"떠나도 됩니까, 시민?"

"출발해도 좋소. 마부, 앞으로! 조심해서 가시오!"

"고맙습니다, 시민 여러분. 이제 첫 번째 고비는 넘겼군!"

이번에도 로리가 말한다. 그는 두 손을 꽉 움켜쥐고 먼 곳으로 시선을 던진다. 공포로 뒤덮인 마차 안에는 울음소리와 정신을 잃은 여행객의 힘겨운 숨소리만 가득하다.

"너무 천천히 달리는 거 아닌가요? 좀 더 빨리 달릴 순 없나요?"

루시가 노신사의 팔을 잡고 묻는다.

"그러면 도주하는 것처럼 보일 거예요. 재촉하면 안 돼요. 그러면 의심을 사게 될 겁니다."

"뒤 좀 봐 주세요, 좀 돌아봐 주세요. 누가 우리를 따라오고 있는 건 아닌지 한 번만 봐 주세요!"

"길에는 아무도 없어요. 아직까지는 아무도 안 따라오고 있어요."

마차는 두세 채씩 모여 있는 오두막과 외딴 농장, 폐허가 된 건물 그리고 염색 공장과 무두질 공장, 황량한 벌판과 앙상한 가로수가 늘어선 길을 지난다. 길은 울퉁불퉁하고 단단하며 양옆으로 발이 퍽퍽 빠지는 질척한 진창길이 이어져 있다. 가끔 마차는 돌 때문에 덜컹거리는 것을 피하기 위해 진창길로 나갔다가 간혹 도랑과 진흙 구덩이에 빠지곤 한다. 그러면 조바심이 나서, 괴롭고 다급한 마음에 마차에서 내려 뛰어가든지, 어딘가에 숨든지, 그냥 가만히 있는 것 말고는 뭐든 다 하고픈 심정이다.

다시 외딴 농장과 폐허가 된 건물, 염색 공장과 무두질 공장이 있는 황량한 벌판을 벗어나 두세 채씩 모여 있는 오두막과 앙상한 가로수가 늘어선 길을 지난다. 이 사람들이 우리를 속이는 것은 아니겠지, 다른 길로 돌아 우리가 왔던 곳으로 돌아가는 것은 아니겠지? 우리가 지나왔던 길을 다시 되짚어가는 것은 아니겠지? 아니군요. 하느님 감사합니다. 마을이군요. 한번 내다봐요, 밖에 좀 봐요. 누가 쫓아오고 있는 건 아닌지. 쉿! 역참이네요.

여기까지 마차를 끌고 온 네 필의 말에서 역참 관리가 느긋하게 마구를 푼다. 마차는 오솔길에 서 있다. 말이 없는 마차가 다시는 움직일 수 없을 것 같은 기분이 든다. 이윽고 느릿느릿, 마차를 끌 새로운 말들이 차례로 나타난다. 그 뒤로 새 마부들이 채찍 끈을 훑거나 땋으면서 어기적어기적 따라 나온다. 마차를 끌고 온 마부들은 느긋하게 품삯을 계산하다가 덧셈이 틀렸는지 금세 기분이 언짢아진다. 어찌나 애가 타는지, 가슴은 한시도 쉬지 않고 세상에서 가장 빠른 말이 가장 빨리 달리는 속도보다도 더 빠른 속도로 미친 듯이 방망이질하며 내닫는다.

드디어 새 마부들이 안장에 올라타고, 이전 마부들은 뒤에 남는다. 마차는 마을을 빠져나가 언덕을 올라갔다가 다시 내려가서 물이 흥건한 저지대를 달린다. 갑자기 마부들이 과장된 몸짓으로 이야기를 주고받더니 "워워" 하면서 말의 앞다리가 들릴 정도로 줄을 확 당겨 급하게 말을 세운다. '쫓기고 있는 건가?'

"보시오! 거기 마차 안에 있는 사람들, 말 좀 해 보시오!"

"무슨 일이오?"

로리가 창밖을 내다보며 묻는다.

"몇 명이라고 하던가요?"

"뭐가 말이오?"

"저번 역참에서 못 들었소? 오늘 기요틴으로 가는 사람이 모두 몇 명이라고 합디까?"

"쉰두 명이오."

"거봐, 내 말이 맞잖아! 정말 엄청나게 많군! 옆에 내 동료 시민이 마흔두 명일 거라고 해서. 그보다 열 명이나 더 많구먼. 기요틴이 일을 참 잘하는군. 정말 맘에 들어. 자, 가자. 이랴!"

밤이 깊어진다. 그가 몸을 조금씩 움직인다. 깨어나면서 뭔가 알아들을 수 있는 말을 중얼거린다. 그는 아직도 칼튼과 같이 있는 줄 안다. 칼튼의 이름을 부르며 손에 쥐고 있는 것이 뭐냐고 묻는다. 오, 자비로운 하느님! 저희를 불쌍히 여기시어 도와주소서! 한번 내다봐요, 밖에 좀 봐요. 누가 쫓아오고 있는 건 아닌지.

바람이 우리 쪽으로 불어온다. 구름도 우리 쪽으로 흘러온다. 달빛도 우리 쪽으로 비친다. 깊은 밤도 우리를 따라온다. 하지만 아직 어느 누구도 우리를 쫓아오지는 않는다.

14장

뜨개질이 끝나다

쉰두 명이 자신의 운명을 기다리고 있던 바로 그 시각, 마담 드파르주는 방장스와 혁명의 배심원인 자크 3호와 함께 심상치 않은 회의를 하고 있었다. 이 공신들과 마담 드파르주가 모인 곳은 술집이 아니라, 한때 도로 수리공이었던 나무꾼의 오두막집이었다. 나무꾼은 회의에 참여하는 대신 외로이 바깥쪽 궤도를 도는 위성처럼 좀 떨어져 서서, 말을 시킬 때만 말하고 묻는 말에만 대답을 했다.

"그런데 우리 드파르주 동무는 훌륭한 공화국 시민인 게 분명한 거죠? 그렇죠?"

자크 3호가 물었다.

"프랑스 전체를 통틀어서 단연 최고죠."

수다스런 방장스가 날카로운 목소리로 맞장구를 쳤다.

"조용히 해, 방장스."

마담 드파르주는 살짝 이맛살을 찌푸리며 방장스의 입술에 손을 갖다 댔다.

"잘 들어요. 시민 동지인 내 남편은 훌륭한 공화국 시민이자 용감한 남자 맞아요. 그래서 공화국에서 좋은 대접을 받고 신임도 얻고 있죠. 그런데 그 사람한테는 아킬레스건이 있어요. 마음이 어찌나 약한지 그 의사라는 자한테 측은한 맘을 품고 있거든."

"대단한 동정이군요."

자크 3호가 의심스럽다는 듯 고개를 절레절레 흔들었다. 그러고는 잔인한 손가락으로 늘 굶주린 듯 입맛을 다시는 입술을 만지작거리며 쉰 목소리로 말했다.

"훌륭한 시민답지 않은 행동이죠. 유감스런 일이예요."

"이봐요. 난 그 의사가 어떻게 되든 상관없어요. 내가 그자에게 조금이라도 관심이 있었다면 그 모가지를 붙여 놓든 잘라 버리든 다 내 마음대로 했겠죠. 하지만 에브레몽드 일가는 달라요. 그들은 몰살시켜야 해요. 그 마누라와 아이도 반드시 남편과 아버지를 따라가야 한다고요."

"그 여자, 기요틴에 아주 잘 어울리는 머리던데 말이야. 파란 눈에 금빛 머리가 기요틴에서 잘리는 걸 봤는데 삼손이 그 머리를 위로 높이 쳐들 때 정말 매력적으로 보였거든요."

미식가처럼 말하는 자크 3호는 마치 사람 잡아 먹는 괴물 같아 보였다. 마담 드파르주는 눈을 내리깔고 잠시 생각에 잠겼다.

"그 아이도 금발에 파란 눈이던데요. 그런 데서 아이를 보는 건 드문 일이잖소. 아주 멋진 구경거리가 될걸요!"

자크 3호는 그 장면을 음미하듯 말했다.

"한마디로……"

마담 드파르주는 잠시 딴 생각을 하다가 정신을 차리고 말했다.

"이번 일에선 남편을 믿을 수 없어요. 간밤부터 그이에게 내 계획을 자세히 못 털어놓겠다는 생각이 들었어요. 더군다나 내가 어물쩍거리고 있다가는 그이가 그사이에 귀띔을 해 줘서 그들이 도망칠 것 같다는 생각도 들고요."

"절대 그래선 안 되지요. 한 사람도 도망쳐서는 안 돼요. 우린 아직 반도 못 채웠는걸요. 하루에 120명은 채워야지요."

자크 3호가 말했다.

"한마디로 남편은 이 가족을 몰살시켜야 한다고 생각하지 않아요. 하지만 이 문제에 대한 남편의 생각에 공연히 내가 마음 상해 가며 따를 필요는 없죠. 난 나대로 행동할 거예요. 거기, 작은 시민, 이리 와 봐."

자기를 죽일까 봐 노심초사하면서 마담 드파르주를 존경하고 무조건 복종하는 나무꾼은 붉은 모자를 손에 말아 쥐고 앞으로 나왔다.

"작은 시민, 그 여자가 죄수한테 보냈다는 신호를 말해 봐. 그리고 오늘이라도 당장 그걸 봤다고 증언할 수 있지?"

마담 드파르주가 말했다.

"그럼요. 당연히 할 수 있죠! 매일, 비가 오나 눈이 오나, 2시에서 4시까지 항상 신호를 보냈어요. 가끔 아이를 데려올 때도 있고, 혼자 올 때도 있고요. 난 내가 본 게 무엇을 의미하는지 알아요. 내 눈으로 직접 봤거든요. 요렇게."

나무꾼은 말하면서 온갖 몸짓을 해 댔다. 마치 자신이 많이 봤다는 신호들 중에서 몇 개를 흉내 내는 듯했지만 실은 전혀 본 적이 없는 것들이었다.

"음모가 분명하군. 틀림없어요!"

자크 3호가 말했다.

"배심원에 대해선 걱정할 필요 없겠죠?"

마담 드파르주가 음흉한 미소를 지으며 그를 돌아다보았다.

"애국자 배심원만 믿으세요. 여성 시민 동지. 동료 배심원단은 내가 맡지요."

"잠깐만, 가만있어 봐요. 그래도 한 번은 더 생각해 봐야겠어! 남편 생각해서 의사는 그냥 살려 둬도 되지 않을까? 난 어떻게 하든, 별 상관이 없거든. 의사는 살려 둘까?"

마담 드파르주가 다시 곰곰이 생각에 잠겨 중얼거렸다.

"모가지 수를 채워야 해요. 아직 모가지 수가 너무 모자라서 그를 살려 두면 너무 아까울 거요."

자크 3호가 나지막이 말했다.

"내가 봤을 때 의사도 자기 딸과 함께 신호를 보내고 있었어요. 누구는 고발하고 누구는 고발 안 하고 그럴 순 없죠. 그리고 이 작은 시민의 손에 만 다 맡겨 놓고 입 다물고 있을 수는 없지요. 분명히 나도 증인이니까."

마침내 마담 드파르주가 단호하게 말했다.

방장스와 자크 3호는 마담 드파르주야말로 가장 존경할 수 있고 훌륭한 증인이라며 서로 경쟁하듯 입에 침이 마르도록 칭찬했다. 나무꾼도 지기 싫어 그녀는 하늘이 내린 증인이라고 단호하게 말했다.

"박사를 그냥 두면 분명, 딸과 손녀를 위해 또 무슨 짓을 꾸미려 들 거야. 그럼 안 되지. 절대 살려 둘 수 없어! 3시로 정해졌다는데 오늘 사형수들 구경하러 갈 거지?"

이 말은 나무꾼에게 물어보는 것이었다. 그는 서둘러 그렇다고 대꾸했다. 그러면서 그 기회를 놓치지 않고 자신은 가장 열정적인 공화국 시민이며, 만약 오후에 기요틴에서 죽어 가는 우스꽝스런 머리들을 감상하면서 파이프 담배를 피우는 즐거움을 누릴 수 없다면 정말 가장 슬픈 공화국 시민이 될 것이라는 말도 덧붙였다. 어찌나 열변을 토하면서 말을 하는지 매순간 자기 한 사람의 목숨을 잃을까 봐 노심초사하는 인간이 아닐까 하는 의심이 들 정도였다. 검은 눈동자로 경멸스럽게 그를 바라보는 마담 드파르주 역시 그런 생각을 하고 있었는지도 모를 일이었다.

"나도 거기 있을 거야. 끝나고 오늘 저녁 8시쯤 생앙투안 우리 집으로 와. 우리 지구에서 그 사람들을 고발하게."

부인이 말했다. 나무꾼은 여성 시민 동지를 돕게 되어 자랑스럽고 또 영광스럽다고 말했다. 여성 시민 동지가 쳐다보자 당황한 그는 강아지처럼 그 시선을 피하며 나뭇단 사이로 가서 톱질을 하며 당황한 기색을 감추려고 했다.

마담 드파르주는 자크 3호와 방장스에게 문 쪽으로 좀 더 가까이 오라고 손짓을 했다. 그리고 거기서 자신의 계획을 보다 더 구체적으로 설명했다.

"그 여자는 지금쯤 집에서 남편의 처형을 기다리고 있을 거예요. 울고불고 비통해하면서 공화국의 판결을 원망하고 있겠지. 그리고 공화국의 적들을 동정하고 있을 게 분명해요. 그 여자를 보러 가 봐야겠어요."

"정말 존경스러운 여성 동지, 당신은 여장부요!"

자크 3호가 열광하며 큰 소리로 말했다.

"아, 언니는 우리의 희망이에요!"

방장스도 소리치며 그녀를 끌어안았다.

"내 뜨개질감을 좀 가지고 가 줘. 내가 늘 앉는 그 자리에다가 갖다 놔. 의자도 늘 앉는 걸로 챙겨 놓고. 그리로 바로 가. 오늘은 평소보다 사람들이 많이 모일 테니까."

마담 드파르주가 방장스의 손에 뜨개질감을 쥐어 주며 말했다.

"기꺼이 대장님의 명령에 따르죠. 안 늦을 거죠?"

방장스가 재빨리 대답하며 부인의 뺨에 입맞춤했다.

"시작하기 전에 도착하도록 할게."

"사형수 수송 마차가 도착하기 전에 와야 해요. 당신이 꼭 있어야 해요. 수송 마차가 도착하기 전에요!"

방장스는 마담이 이미 거리로 나섰는데도 뒤따라가면서까지 외쳐 댔다.

마담 드파르주는 알아들었으며 제시간에 올 테니 걱정하지 말라는 듯 가볍게 손을 흔들었다. 그러고는 진창길을 걸어 감옥 담장 모퉁이를 돌아갔다. 걸어가는 마담의 뒷모습을 눈으로 좇던 방장스와 자크 3호는, 그녀의 아름다운 외모와 고귀한 도덕적 품성에 대한 찬사를 정신없이 늘어놓았다.

당시에는 그 시대의 폭력적인 상황 때문에 무시무시하고 흉측하게 변해 버린 여자들이 많았다. 하지만 지금 거리를 걸어가고 있는 이 무자비한 여자보다 더 흉포한 여자는 없었다. 그녀는 강하고 두려움을 모르는 성격에 영민하고 준비성이 철저했으며, 칼 같은 결단력에 단호함과 적개심이 묻어나는 분위기를 풍겼고, 무엇보다도 그녀에게는 다른 사람들로 하여금 자신의 이런 성격을 본능적으로 알아차리게 만드는 아름다움 같은 것이 있었다. 어떤 상황에서도 굴하지 않게 그녀를 단련시킨 것은 격동의 세월이었을 것이다. 하지만 그런 세상에서도 그녀가 군중을 지배하는 사나운 암호랑이로 성장할 수 있었던 것은, 어린 시절부터 부당한 일을 겪으며 키워 온 남다른 감각과 어떤 계급을 향한 뿌리 깊은 증오 덕분이었다. 동정심이라고는 전혀 없는 여자였다. 설사 내면에 동정심이 있었다고 하더라도 이제는 완전히 사라지고 없었다.

무고한 젊은이가 조상의 죄 때문에 죽는다 하더라도 그녀는 아무렇지도 않았다. 그녀의 눈에는 젊은이가 아니라 그 조상들이 보였기 때문이었다. 그의 부인이 과부가 되고 딸이 고아가 된다 해도 상관없었으며, 그것마저도 성에 차지 않았다. 그들은 자신의 천적이자 먹잇감이며 살 권리도 없다고 생각했기 때문이었다. 동정심이 없는 그녀한테 애원한들 아무 소용없는 짓이었다. 그녀는 자신에게조차도 동정심이 없는 여자였다. 만약 그녀가 전투에서 싸우다 거리에 쓰러진다 해도 그녀는 스스로를 동정하지 않을 것이다. 설령 내일 기요틴에 끌려간다 해도 자신을 그곳으로 보낸 사람을 찾아내어 대신 죽이고 말겠다는 강렬한 욕망 말고는 아무것도 느끼지 못할 여자였다.

마담 드파르주는 남루한 옷 속에 그런 감정을 품고 다녔다. 아무렇게나 입어도 희한하게 그럴싸한 옷이 되었고 검은 머리카락은 천박한 붉은색 모자 아래에서 더욱 풍성해 보였다. 가슴팍에는 늘 장전된 권총을 품고 있었으며 허리춤에는 날카로운 단검을 보이지 않게 차고 있었다.

마담 드파르주는 그렇게 무장을 하고, 맨발에 맨다리로 갈색 모래사장을 마음껏 뛰놀던 어린 시절처럼 자유롭고 당당하게 거리를 활보했다.

지난밤부터 철저하게 탈출 계획을 실행에 옮기던 로리는 마차에 태울 마지막 사람이 도착하기를 기다리면서 미스 프로스를 마차에 태울 것이냐 하는 문제로 머리를 싸맸다. 마차에 짐을 많이 싣는 것은 물론 피해야겠지만, 무엇보다 마차와 승객을 검문하는 데 걸리는 시간을 최대한 줄이는 게 관건이었다. 탈출의 성패는 여기저기에서 지체되는 시간을 일 분 일 초라도 아낄 수 있느냐에 달려 있었다. 그는 기나긴 고민 끝에 미스 프로스와 제리는 언제라도 자유롭게 도시를 떠날 수 있으니, 최대한 서둘러 3시쯤 다른 마차를 타고 따라오는 것이 어떻겠느냐고 말했다. 그들은 짐이 없어 행장이 가벼우니까 먼저 출발한 마차를 금세 따라잡을 것이며 오히려 앞지를 수도 있으니까 미리 역참에 도착해서 교체할 말들을 준비해 주면, 촉각을 다투는 일에서 귀중한 시간을 상당히 아낄 수 있을 터였다.

미스 프로스는 매우 위급한 상황에 진심으로 도움을 주고 싶어서 로리의 제안을 기꺼이 받아들였다. 미스 프로스와 제리는 살러먼이 마차에 태워 온 사람이 누구인지 깨닫고는 모든 것이 정지해 버린 듯 피가 마르는 10여 분의 시간을 보내다가, 이제야 겨우 마차를 뒤따라갈 채비를 하려던 참이었다. 그 시간, 거리를 걷고 있던 마담 드파르주는 미스 프로스와 제리가 의논을 하고 있는 버려진 집으로 시시각각 가까이 다가오고 있었다.

미스 프로스는 어찌나 몸이 떨렸는지 말을 하거나 움직이는 것은 물론 서 있기도, 아니 숨을 쉬기도 힘들었다.

"자, 크런처 씨, 어떻게 생각하우? 이곳 말고 다른 곳에서 출발하는 게 어떻겠수? 오늘 이미 마차 한 대가 여기서 떠난 상황이라 어쩌면 의심을 받을 수도 있잖수."

"당신 말이 맞아요. 어디서 떠나든 난 당신이 하자는 대로 할 거예요. 그게 맞든 틀리든 말이죠."

"난 떠나신 분들 걱정에 정신이 하나도 없어서 계획을 어떻게 세울 수가 없수다. 당신이 계획 좀 세워 보구려."

미스 프로스는 울먹이며 큰 소리로 말했다.

"인생이야 미래를 향해 날아가는 화살이니 시간이 닥쳐오면 적당한 계획이 떠오르겠지만, 지금 당장은 이 늙은 머리에 아무 생각도 떠오르지 않는군요. 미스 프로스, 부탁이 하나 있어요. 이런 아슬아슬한 상황에서 이러는 게 좀 이상하겠지만, 내가 두 가지 약속과 맹세를 할 건데 듣고 마음속에 기록해 주겠어요?"

"오, 세상에! 어서 말해 봐요. 그 기록인지 뭔지 어서 빨리 해치우자고요."

미스 프로스가 여전히 울먹이며 큰 소리로 말했다.

"첫째, 우리의 불쌍한 친구들이 여기서 무사히 탈출할 수만 있다면 난 이제 그 짓을 안 할 거예요. 절대로! 다시는 하지 않을 거라고요!"

부들부들 떠는 제리는 잿빛으로 변한 얼굴에 근엄한 표정을 지으며 말했다.

"잘 알겠수. 크런처 씨. 당신은 절대 그 짓을 안 할 거유, 그게 무슨 짓이든. 그게 뭔지 따로 말할 필요도 없수."

"물론이죠, 미스 프로스. 나도 당신에게 말할 생각 없어요. 둘째, 이 불쌍한 친구들이 무사히 탈출할 수만 있다면 이제 내 마누라가 기도를 하든 말든 신경 안 쓸 거예요. 절대로 안 그럴 거라고요."

"집구석이야 어떻게 되든 남편은 부인이 하고 싶은 대로 하도록 내버려 두는 게 상책이라우. 아, 우리 불쌍한 친구들!"

미스 프로스는 눈물을 닦고 마음을 진정시키려고 애쓰면서 말했다.

"미스 프로스, 말할 게 더 있어요. 내 말을 잘 기억했다가 당신이 내 마누라한테 직접 말해 줘요. 기도에 대한 내 생각이 변했다고, 아니 지금 이 순간에도 마누라가 기도하고 있기를 간절히 바란다고요."

제리는 교회 연단에 서 있는 사람처럼 엄숙한 말투로 말했다.

"그래요, 그래요, 그래요! 나도 부인이 기도하고 있길 바라요, 크런처 씨. 그리고 하느님이 기도를 들어주시길 빌어요."

정신이 없는 미스 프로스가 큰 소리로 말했다.

"오, 하느님, 제가 저지른 나쁜 말이나 행동 때문에 우리의 불쌍한 친구들이 다치지 않게 해 주시옵소서. 혹시 그런 일이 생기더라도 그 친구들이 위험한 상황에서 금방 벗어나게 해 달라고 기도해야 하는데! 하느님, 제발 그런 일이 생기지 않길, 미스 프로스! 내 말은 그거예요. 절대로 그런 일이 일어나면 안 돼요!"

제리는 더 엄숙하고 더 장황하게 종잡을 수 없는 말들을 쏟아냈다. 더 멋진 말을 찾느라 질질 끌었지만 드디어 이것으로 연설은 끝났다. 그 시각 거리를 걷고 있던 마담 드파르주가 시시각각 더 목적지에 가까이 다가오고 있었다.

"우리가 고향으로 돌아가면 당신 부인에게, 당신의 감동적인 연설을 내가 기억나는 대로 다 말해 주지요. 아무튼, 당신이 그 피 말리는 순간에 얼마나 진지했는지 모른다고 내가 증언해 주겠다 이 말이우. 아, 그러니까 제발 이제 좀 계획을 세우면 안 되겠수! 존경하는 크런처 씨, 어서 생각 좀 해 봐요!"

거리를 걷고 있던 마담 드파르주가 시시각각 더 가까이 다가오고 있었다.

"당신이 미리 출발해서 마차를 데리고 다른 곳으로 가서 기다리면 내가 그리로 가서 마차를 타는 게 좋지 않겠수?"

미스 프로스가 말했다. 제리는 그게 좋겠다고 생각했다.

"어디서 기다리실라우?"

미스 프로스가 물었다. 제리는 너무 당황해서 템플 바 외에는 어떤 이름도 떠오르지 않았다. 맙소사! 수백 킬로미터나 떨어져 있는 템플 바라니. 마담 드파르주가 시시각각 더 가까이 다가오고 있었다.

"내가 성당 문 옆에 가 있겠수다. 두 탑 사이에 있는 대성당 문 근처로 나를 태우러 오면 당신이 오기에 너무 먼 건가?"

"아니, 안 멀어요."

"그럼, 당장 역참으로 가서 계획을 멋들어지게 조정해 보슈."

"그런데 당신을 여기 두고 가자니 맘이 놓이지 않네요. 무슨 일이 생길지도 모르잖아요."

제리가 머뭇거리고 고개를 절레절레 흔들었다.

"그건 하느님만 아실 거유. 내 걱정은 할 필요 없어요. 3시쯤, 아니 준비되는 대로 그맘때쯤 해서 대성당으로 나를 데리러 오구려. 여기서 출발하는 것보다 훨씬 나을 거유. 그런 기분이 드는구려. 자! 크런처 씨, 신께서 보살펴 주시기를! 내 걱정은 하지 말고 우리 손에 달린 양반들 목숨을 생각해요!"

미스 프로스가 그의 손을 꽉 잡고 가슴 아파하며 애원을 하는 바람에 제리는 마음을 굳혔다. 그는 머리를 한두 번 끄떡여 미스 프로스를 격려해 주고는, 그녀가 제안한 대로 그녀를 혼자 남겨 둔 채 바꾼 계획을 실행에 옮기러 즉시 떠났다.

미스 프로스는 궁리 끝에 생각해 낸 묘책을 실행에 옮기고 나니 마음이 한결 놓였다. 그리고 거리 행인들의 이목을 끌지 않도록 옷매무새를 정돈하고 나니 기분도 한결 가벼워졌다. 그녀는 시계를 들여다봤다. 2시 20분이었다. 낭비할 시간이 없었다. 떠날 준비를 해야 했다.

미스 프로스는 모두 떠나고 휑한 집에 혼자 있는 데다, 열려 있는 방문마다 누군가 자신의 뒷모습을 엿보고 있는 것 같아서 너무나 무섭고 불안했다. 그녀는 대야에 찬물을 받아 퉁퉁 붓고 충혈된 눈을 씻었다. 너무나 무서운 나머지 그녀는 세수하는 동안 물기 때문에 앞이 보이지 않는 것조차도 견딜 수가 없었다. 그래서 세수를 하다가 자꾸만 손을 멈추고 누가 자신을 쳐다보고 있지는 않은지 주변을 두리번거렸다. 그러다 소스라치게 놀라 비명을 질렀다. 누군가 방에 서 있는 것이었다.

대야가 바닥에 떨어지면서 깨지는 바람에 물이 마담 드파르주의 발치께로 주르르 흘렀다. 이상할 정도로 단호한, 그리고 피로 얼룩진 마담의 발에 물이 닿으려 했다. 마담 드파르주가 그녀를 노려보며 차갑게 말했다.

"에브레몽드 부인 그 여자 어디 있지?"

미스 프로스는 문득, 방문이 모두 활짝 열려 있어서 가족들이 도망친 걸 이 여자가 눈치챌지도 모른다는 생각이 들었다. 얼른 문들을 닫아야 했다. 그녀는 방마다 네 개씩 난 문들을 전부 닫았다. 그런 다음 루시가 머물던 방문 앞으로 갔다.

마담 드파르주는 검은 눈으로, 정신없이 움직이는 미스 프로스를 좇다가 문이 다 닫히자 그녀를 뚫어지게 바라보았다. 그녀가 보기에 미스 프로스는 예쁜 구석이라고는 찾으려야 찾을 수 없는 여자였다. 나이를 먹어도 거칠고 험악한 외모는 부드럽거나 온순하게 바뀌지 않았다. 반면에 자신을 그 나름 단호한 여자라고 생각하는 미스 프로스는 마담 드파르주를 아래위로 찬찬히 훑어보았다.

"흥! 보아하니 악마의 마누라로군. 그래도 넌 나를 이길 수 없어. 난 영국 여자거든."

미스 프로스는 숨을 헐떡이며 말했다.

마담 드파르주는 그녀를 깔보는 눈으로 쳐다봤지만 그녀의 결의에 찬 눈빛을 보고 일이 순조롭지 않으리라는 걸 감지했다. 오래전 로리가 미스 프로스의 강한 손을 보면서 받았던 인상을 마담 역시 똑같이 느끼고 있었다. 마담은 자기 앞에 서 있는 이 여자가 매우 단호하며 강단이 있으며 만만치 않은 인물이라는 것을 알 수 있었다. 또, 그녀는 미스 프로스가 마네트 박사 가족의 헌신적인 친구라는 것도 잘 알고 있었다. 미스 프로스 역시 마담 드파르주가 마네트 박사 가족과 철천지원수라는 것을 잘 알고 있었다.

"저기 가는 길에 들러 봤지. 동지들이 내 의자와 뜨개질감을 챙겨 놨을 거야. 지나가는 길에 부인에게 인사나 하려고 들렀는데, 부인을 만나야겠어."

마담 드파르주는 운명의 장소를 손으로 가리키며 말했다.

"못된 맘 처먹고 온 거 다 알아. 내가 직접 그 사악한 심보를 고쳐 주지."

둘 다 자기들 모국어로 말했기 때문에 서로 상대방이 무슨 말을 하는지 알아들을 수는 없었다. 하지만 두 사람 모두 잔뜩 날을 세우고, 상대의 표정이나 행동을 살피며 상대가 무슨 말을 하는지 이해하려고 애썼다.

"지금 부인을 숨기면 전혀 이로울 게 없을 텐데. 훌륭한 애국자라면 그게 무슨 뜻인지 알고 있겠지. 어서 그 여자를 데려와. 가서 내가 좀 만나자 한다고 말해. 알아들어?"

"네가 사악한 고양이라면 난 정의의 사자야. 내 머리카락 하나 건드리지 못 해. 아무렴 그렇고말고. 이 사악한 여자야. 넌 내가 상대해 주지."

마담 드파르주가 이런 말을 속속들이 알아들을 리가 없었다. 하지만 자신을 무시하고 있다는 정도는 눈치챌 수 있었다.

"이 멍청이, 돼지 같은 년아! 네깟 년하고는 할 말 없어. 부인을 데려와. 그 여자한테 가서 내가 보잔다고 말하든가, 아니면 내가 들어가게 문 앞에서 썩 꺼져!"

마담 드파르주는 화가 난 듯 잔뜩 인상을 찌푸리며 오른팔을 휘저어대면서 말했다.

"난 그놈의 '쏼라쏼라', 눈곱만치도 알아듣고 싶지 않아. 다만 네년이 사실을 눈치챘는지 아닌지만 알 수 있다면 내가 입고 있는 옷만 빼고 전부 다 줄 텐데."

두 사람 모두 한순간도 상대에게서 눈을 떼지 않았다. 마담 드파르주는 미스 프로스가 그녀를 처음 봤을 때 서 있던 자리에서 한 발짝도 움직이지 않았다. 하지만 이제 그녀가 앞으로 한 발을 내디뎠다.

"난 영국인이야. 지금 눈에 보이는 게 없다고. 난 내가 영국 돈 2펜스 값어치도 안 된다고 생각하는 여자거든. 내가 너를 여기에 오래 붙들어 두면 둘수록 우리 병아리 아가씨에게는 희망이 더 많아지는 거라고. 내 몸에 손가락 하나라도 댔다가는 네 머리카락을 다 쥐어뜯어 버릴 거야!"

미스 프로스는 눈에 쌍심지를 켜고 말하는 사이사이 고개를 까딱거리며 숨도 쉬지 않고 총알같이 쏘아붙였다. 평생 누구도 때린 적이 없던 미스 프로스가 마담 드파르주에게 으르렁거리며 덤벼들고 있었다.

하지만 자신의 용기에 스스로 감정이 북받쳐서 그녀는 자신도 주체할 수 없는 눈물을 주르르 흘리고 말았다. 이런 마음을 전혀 알 리 없는 마담 드파르주는 상대방의 마음이 약해진 거라 착각했다.

"하하! 가엾고 불쌍한 인간 같으니라고! 아무 짝에도 쓸모없는 년! 내가 직접 박사와 이야기해야겠다."

그러더니 그녀는 목소리를 높여 고래고래 고함을 질렀다.

"박사 시민! 에브레몽드 부인! 에브레몽드의 딸! 이 병신 머저리 말고, 누가 이 드파르주 여성 시민 동지 말에 대답 좀 해 보시오!"

그 순간 감도는 정적. 뭔가 숨기는 듯한 미스 프로스의 표정. 이 두 가지 수상한 낌새가, 아니면 이 둘 중 하나가 그들은 모두 떠났다고 마담 드파르주에게 속삭였다. 마담은 잽싸게 문 세 개를 열고 안을 들여다보았다.

"방마다 전부 난리가 났군. 급하게 짐을 쌌어. 바닥에는 잡동사니들이 나뒹굴고 말이야. 그렇다면 네 뒤의 그 방에도 아무도 없겠지. 내가 직접 봐야겠어."

미스 프로스는 상대의 의도를 정확히 알아차리고, 마담 드파르주가 충분히 알아들을 만큼 분명하게 의사를 표시했다.

"그렇게는 절대 안 될걸!"

"저 방에도 없으면 도망친 게 분명해. 뒤쫓아 가서 다시 끌고 오면 그만이지만 말이야."

마담 드파르주가 중얼거렸다.

"그분들이 이 방 안에 있는지 없는지 알아내지 못하면, 너는 어떻게 해야 할지 결정을 내릴 수 없을걸. 내가 이렇게 가로막고 있는데 절대 알아낼 수가 없지. 그리고 그 사실을 알든 모르든, 내가 널 이렇게 붙들고 있는 이상 넌 여기서 절대 못 빠져나가."

미스 프로스가 혼잣말을 했다.

"나라는 여자는 혁명이 시작될 때부터 길바닥에서 잔뼈가 굵은 여자야. 아무도 날 막지 못해. 난 널 갈기갈기 찢어서라도 그 문에서 떼어 낼 거니까!"

"우린 지금 외딴 공터에 있는 높은 집, 그것도 꼭대기에 단 둘이 있어. 아무도 우리가 내는 소리를 들을 수 없지. 네 년을 여기서 꼼짝 못하게 붙잡고 있을 수 있도록 내게 힘을 주십사 하고 기도할 뿐이야. 네가 여기에 머무는 일분일초가 우리 아가씨한테는 10만 기니만큼 가치가 있는 일이거든."

마담 드파르주가 문으로 다가섰다. 그 순간 미스 프로스는 본능적으로 두 팔로 마담의 허리를 으스러지도록 꽉 껴안았다. 마담 드파르주가 아무리 빠져나가려고 발버둥 쳐 봐도 아무 소용이 없었다. 언제나 증오보다는 사랑이 훨씬 강한 법이다. 미스 프로스는 마네트 박사의 가족에 대한 사랑의 힘으로 마담에게 죽기 살기로 매달렸다. 심지어 바닥에서 상대를 번쩍 들어올리기까지 했다. 마담 드파르주는 두 손으로 미스 프로스의 머리채를 잡아 뒤흔들고 얼굴을 할퀴려 했지만, 미스 프로스는 고개를 숙이고 뼈가 부스러지도록 허리를 더 꽉 껴안으며 물에 빠진 여자보다도 더 엄청난 힘으로 상대에게 매달렸다.

곧 마담 드파르주는 마구 휘둘러 때리던 손을 멈추고 자신의 허리춤을 더듬었다.

"네 칼은 내 팔 밑에 있어. 절대 칼을 뽑을 수 없을걸. 내가 너보다 힘이 더 세거든. 하느님 고맙습니다. 너나 나나 우리 둘 중 한 명이 기절하거나 죽을 때까지 이렇게 꼭 붙잡고 있을 거야."

미스 프로스가 숨을 헐떡이며 말했다.

마담 드파르주가 가슴 쪽으로 손을 뻗었다. 미스 프로스는 고개를 들어 그것이 뭔지 보고는 그것을 손으로 쳤다. 순간 빛이 번쩍하더니 쾅! 하는 소리가 났다. 그다음 순간 발을 딛고 서 있는 사람은 미스 프로스뿐이었다. 뿌연 연기에 가려서 아무것도 보이지 않았다.

모든 일이 순식간에 일어났다. 연기 속으로 끔찍한 적막이 흘렀다. 연기는 바닥에 죽어서 누워 있는 사나운 여자의 영혼처럼 서서히 날아가 버렸다.

공포에 질린 미스 프로스는, 처음에는 별 이로움을 못 주는 도움을 구하려고 되도록 시체를 멀리 피해서 계단을 뛰어 내려갔다. 그러나 다행히도 곧 자신이 한 짓이 어떤 결과를 불러올지에 생각이 미쳐서 걸음을 멈추고는 다시 방으로 올라갔다. 그녀는 문 안으로 다시 들어가는 것이 끔찍했지만 어쩔 수 없었다. 그녀는 시체 가까이까지 다가가서 자신의 모자와 몸에 걸쳐야 할 다른 물건들을 챙겼다. 미스 프로스는 옷가지를 몸에 다 걸치고 계단 앞으로 나와서 문을 잠근 뒤 열쇠를 잡아 뺐다. 그러고는 잠시 계단에 앉아 울먹이며 숨을 돌린 후 자리에서 일어나서 발걸음을 재촉했다.

천만다행으로 그녀의 모자에는 베일이 달려 있었다. 그렇지 않았으면 무사히 거리를 지나가기 힘들었을 것이다. 또 다행히도 워낙 못난 외모 때문에 헝클어진 옷차림도 뭇 여자들과 달리 사람들의 시선을 끌지 못했다. 얼굴에는 손톱자국이 깊이 나 있고 머리카락은 산발이었다. 떨리는 손으로 다급하게 매만졌는데도 늘어질 대로 늘어진 옷을 땅바닥에 질질 끌며 걸어가는 그녀에게는, 베일 달린 모자와 못생긴 얼굴, 이 두 가지가 큰 도움이 되었다.

다리를 건널 때 그녀는 열쇠를 강에 던져 버렸다. 제리가 나타나기 전 몇 분 동안 대성당에서 기다리면서 그녀는 온갖 생각에 사로잡혔다.

'혹시라도 열쇠가 그물에 걸려서 어디 열쇠인지 밝혀지면 어쩌지? 누군가 문을 열고 들어가 시체를 발견하면 어쩌지? 혹시 성벽 앞에서 잡혀서 감옥으로 끌려가 살인죄로 기소되면 어쩌지?'

이런 혼란스런 생각에 빠져 있을 때, 그녀의 보디가드가 나타나 그녀를 마차에 태우고 떠났다.

"거리에서 무슨 소리가 났수?"

미스 프로스가 물었다.

"늘 듣는 소리죠. 뭐."

제리는 대답하면서 그녀의 헝클어진 모습과 느닷없는 질문에 놀란 표정을 지었다.

"어, 아무 소리도 안 들리는데. 뭐라고 했수?"

제리가 똑같은 말을 반복해도 아무 소용이 없었다. 미스 프로스는 아무 소리도 들을 수가 없었다. 놀란 제리는 이렇게 생각했다.

'그럼, 내가 고개를 끄덕여야겠군. 어쨌든 볼 수는 있으니까.'

그랬다, 미스 프로스는 볼 수는 있었다.

"지금도 거리에서 아무 소리 안 나는 거유?"

미스 프로스가 금방 다시 물었다. 크런처 씨는 다시 고개를 끄덕였다.

"안 들려요."

"한 시간 사이에 귀가 먹은 거예요?"

머릿속이 복잡해진 제리는 말하면서 곰곰이 생각했다.

'이 여자한테 무슨 일이 있었던 거지?'

"뭔가 번쩍하고 쾅! 하는 소리가 났는데 그 쾅 소리가 이 세상에서 내가 마지막으로 들은 소리 같수."

"제발 이상해진 게 아니길! 용기 내려고 뭘 먹은 건가? 이봐요! 이렇게 무시무시한 수레바퀴가 요란하게 굴러가는데! 안 들려요?"

제리는 마음이 더욱 심란해졌다.

"아무것도 안 들려요. 아, 말했잖아요. 쾅 소리가 났고 그다음엔 아주 조용해졌다고. 그 적막이 내 안에서 그대로 멈춰 버려서는 꼼짝도 안 할 것처럼 느껴지는구려. 그 적막은 내가 살아 있는 동안 절대 깨지지 않을 것 같수."

미스 프로스는 제리가 자기에게 무슨 말을 하는 걸 보고 이렇게 대답했다.

"고지가 바로 저긴데, 저 무시무시한 수레바퀴 소리조차 듣지 못한다면 이 여자는 세상의 어떤 소리도 정말 듣지 못하겠구나."

제리는 어깨 너머로 그녀를 흘끗 보며 중얼거렸다.

그랬다. 정말로 미스 프로스는 아무 소리도 듣지 못했다.

15장

영원히 사라진 발자국 소리

귀에 거슬리는 덜커덩거리는 소리를 공허하게 울리며 파리의 거리를 굴러가는 죽음의 수레. 여섯 대의 사형수 수송 마차가 기요틴으로 그날의 사형수를 수송한다. 인간이 상상을 표현할 수 있게 된 이래로 다양한 모습으로 그려진 상상 속의 온갖 괴물들, 즉 온갖 탐욕스럽고 게걸스러운 괴물들의 형상이 모두 하나로 합쳐져 나타난 실체가 바로 기요틴이다. 그토록 토양이 비옥하고 기후가 다양한데도 프랑스에는 지금까지도 잎사귀 하나, 줄기 하나, 뿌리 하나, 잔가지 하나, 바짝 마른 후추 열매 하나조차 제대로 자라지 않는다. 그렇게 공포심을 자아내는 세상이 아니었다면 만물도 순리대로 잘 자라났을 것이다. 똑같은 망치로 인간을 한번 내리쳐 보라. 똑같이 고통스러운 모습으로 일그러지리라. 탐욕스러운 방종과 탄압이라는 씨앗을 똑같이 뿌려 보라. 반드시 똑같은 열매를 맺게 되리니.

여섯 대의 수송 마차가 거리를 굴러간다. 시간이여, 강력한 마법사여! 이 마차들을 원래 모습으로 되돌려 놓아라. 그러면, 절대 군주의 마차가, 봉건 귀족의 장식품이, 매춘부의 분장실이, 하느님 아버지의 집이 아닌 도둑의 소굴이 된 교회가, 굶주린 수백만 농민의 오두막이 눈앞에 나타날지니! 그러나 그럴 수 없다. 창조주가 정한 순서에 따라 위풍당당하게 일하는 위대한 마법사는 자신이 일으켜 온 변화를 결코 되돌리지 못한다. 지혜의 이야기, 아라비안나이트 속 현자들이 마법에 걸린 인물들에게 이와 같이 말했듯 말이다.

"네가 그런 모습을 하고 있는 것이 신의 뜻이라면, 그 모습은 영원히 변치 않을 것이다! 그러나 네가 그런 모습을 하고 있는 것이 한낱 주술 때문이라면, 그때는 반드시 이전의 모습으로 돌아갈 것이다!"

수송 마차는 변함없이 그리고 희망 없이 이 길을 굴러간다.

수송 마차 여섯 대의 칙칙한 바퀴가 굴러가는 모습은, 마치 쟁기가 거리의 군중 사이로 구불구불하고 긴 고랑을 일구며 지나가는 것처럼 보인다. 군중들의 얼굴이 모여 만들어진 봉우리가 길 양쪽으로 물러나고 쟁기는 꾸준히 앞으로 나아간다. 이 근처에 사는 사람들에게는 워낙 익숙한 광경이라 그들은 창밖으로 내다보지도 않는다. 어떤 사람들은 일손도 멈추지 않고 하던 일을 계속하며 수송 마차에 탄 사람들을 구경한다. 그 풍경을 구경하려고 아는 집을 찾아오는 손님들도 있다. 그러면 주인은 박물관의 책임자라도 되는 듯 뿌듯한 얼굴로 지나가는 마차를 손으로 가리키며 하나하나 열심히 설명한다. 어제는 이 마차에 누가 앉았고, 엊그제는 저 마차에 누가 앉았다고.

수송 마차에 탄 사형수 중 몇몇은, 이런 구경꾼들과, 살아서 지나는 마지막 도로 풍경을 멍하니 바라본다. 어떤 이들은 이런 것들을, 삶과 인간에 아직 미련이 남아 있는 듯 호기심 어린 눈으로 바라본다. 아무 말 없이 절망에 빠져 고개를 푹 숙인 채 앉아 있는 사람들도 있다. 자신의 모습을 몹시 의식하는 어떤 사형수들은 연극이나 그림에서 본 인물들의 표정을 얼굴에 띄우고 군중들을 바라본다. 눈을 감은 채 생각에 잠기거나 복잡한 생각을 모으려고 애쓰는 사람들도 있다. 단 한 사람, 미치광이 같은 표정을 한 가련한 남자는 공포에 질린 나머지 정신이 혼미해져 노래를 부르고 춤을 추려 한다. 그러나 애처로운 표정이나 몸짓으로 호소하며 군중들의 동정심을 사려는 사형수는 그 많은 죄수들 가운데 아무도 없다.

경비대의 각양각색의 모습을 한 기수들이 수송 마차와 나란히 달린다. 군중 속에서 사람들이 툭툭 튀어나와 그들을 올려다보며 뭐라고 묻는다. 질문을 한 사람들이 하나같이 세 번째 마차로 몰려가는 것을 보니 필시 똑같은 질문일 게다. 그 마차를 호위하던 기수들이 연신 검으로 마차 안에 있는 한 남자를 가리킨다. 모두가 제일 궁금해하는 것은 그 남자가 누구냐는 것이다. 그는 수송 마차 뒤편에 서서 고개를 숙인 채, 그의 손을 잡고 마차 옆 좌석에 앉아 있는 소녀티를 벗지 못한 처녀와 이야기를 나누고 있다. 그는 주변 광경에 아무런 호기심도 관심도 보이지 않고 줄곧 처녀와 대화를 주고받는다. 생토노레 거리를 가득 메운 군중들이 그에게 고함을 친다. 그 소리에 그가 보이는 반응이라고 해 봤자, 그저 얼굴에 떠올린 조용한 미소나 얼굴 위로 흘러내린 머리카락을 살짝 흔드는 몸짓이 전부다. 그는 두 팔이 묶여 있어서 얼굴을 만질 수가 없다.

감옥의 '양'인 첩자가 교회 계단에서 수송 마차가 오기를 기다리고 있다. 그는 첫 번째 마차를 들여다본다. 거기에는 없다. 두 번째 마차를 살펴본다. 거기에도 없다. 이제 안달이 나 혼자 중얼거린다.

"나를 죽일 셈이야?"

세 번째 마차를 들여다보는 '양'의 얼굴이 환해진다.

"누가 에브레몽드요?"

그의 뒤에 서 있던 남자가 묻는다.

"저자, 저기 뒷자리."

"처녀와 손잡고 있는 자?"

"그렇소."

남자가 소리친다.

"내려라, 에브레몽드! 모든 귀족을 기요틴으로 보내라! 내려라, 에브레몽드!"

"쉿, 쉿!"

감옥의 '양'이 소심하게 그 남자에게 부탁한다.

"왜 그러시오, 시민?"

"저자는 죗값을 치를 것이오. 5분 후면 죽을 텐데, 혼자 조용히 내버려 둡시다."

하지만 남자는 다시 소리친다.

"내려, 에브레몽드!"

에브레몽드가 잠시 그를 돌아본다. 그러다가 그의 시선이 첩자를 물끄러미 바라본다. 그리고 그의 곁을 지나간다.

시계 종이 3시를 친다. 군중 사이로 난 쟁기 고랑이 빙 돌아서 처형 장소로 이어지다가 거기에서 뚝 끊긴다. 길 양쪽으로 물러나 있던 얼굴 봉우리는 이제 무너져서, 지나가는 마지막 쟁기 뒤에 바짝 붙어 있다. 모두들 기요틴이 있는 쪽으로 따라가고 있기 때문이다. 기요틴 앞쪽에는 수많은 여자들이 마치 공원 벤치에 앉아 있는 것처럼 의자에 앉아서 바쁘게 뜨개질을 하고 있다. 맨 앞자리에서 방장스가 일어나 친구를 찾는다.

"테레즈! 누구 본 사람 없어요? 테레즈 드파르주!"

그녀가 날카롭게 소리를 지른다.

"한 번도 빠진 적이 없는데."

뜨개질을 하던 다른 여자가 말한다.

"그러게. 이번에는 꼭 봐야 하는데."

방장스가 안달하며 큰 소리로 말한다.

"더 크게 불러 봐."

이봐! 방장스, 좀 더 크게 불러 봐. 더 크게! 그 정도로는 친구가 당신 목소리를 못 들을 테니, 더 크게 불러 봐! 방장스, 욕이라도 섞어 가면서 더 크게 불러 봐! 그래도 친구는 오지 않을 거야. 다른 여자들한테 가서 좀 찾아보라고 하든지. 어디든 가서 좀 찾아보라고 해. 하지만 그 심부름꾼들이 아무리 당신 친구를 무서워한다고 해도 당신 친구를 찾으러 과연 얼마나 멀리까지 갈지는 잘 모르겠어!

"참, 이 언니는 운도 없지! 마차가 벌써 도착했어! 눈 깜짝할 사이에 에브레몽드의 모가지가 날아갈 텐데, 이 자리에 없다니! 언니의 뜨개질 감이랑 의자도 내가 다 챙겨 왔는데. 너무 속상하고 아까워서 눈물이 다 나네!"

방장스가 의자에서 발을 동동 구르며 울먹인다.

방장스가 눈물을 흘리며 의자에서 내려오는데 수송 마차에서 짐들이 내려지기 시작한다. 성 기요틴의 집행인들이 복장을 갖추어 입고 준비를 한다. 쿵! 잘린 머리가 위로 치솟자, 그 머리가 생각하고 말을 하던 조금 전까지는 거들떠보지도 않던, 뜨개질하는 여인들이 일제히 수를 센다. 하나!

두 번째 수송 마차가 짐을 내려놓고 빠져 나간다. 세 번째 마차가 당도한다. 쿵! 뜨개질하는 여인들은 손길을 멈칫하거나 멈추는 법 없이 머리의 수를 센다. 둘!

에브레몽드로 추정되는 자가 마차에서 내리고, 여자 재봉사가 뒤따라 내린다. 그는 마차에서 내릴 때도 처녀의 참을성 있는 손을 놓지 않는다. 약속한 대로 여전히 그렇게 잡고 있다. 그는 쉴 새 없이 휙휙 소리를 내며 위아래로 오르내리는 단두대의 날을 보지 못하게 처녀의 등을 가만히 돌려 세운다. 처녀는 그의 얼굴을 바라보며 고맙다고 말한다.

"선생님이 안 계셨으면 저는 이렇게 침착하게 여기까지 오지 못했을 거예요. 저는 고작 겁 많고 마음이 약한 계집아이일 뿐이니까요. 그래서 저희를 위해 돌아가신 예수 그리스도를 떠올리지도 못했을 거예요. 오늘 여기서 아무런 희망과 위안도 얻지 못했을 거고요. 선생님은 하늘이 제게 보내 주신 분이에요."

"아니오, 당신이야말로 하늘이 내게 보내 주신 사람이오. 사랑스러운 꼬마 아가씨, 나만 바라봐요. 다른 건 아무것도 개의치 말고."

"선생님 손만 잡고 있을 수 있으면 다른 건 아무래도 괜찮아요. 빨리만 죽여 준다면 선생님 손을 놓쳐도 괜찮을 거예요."

"빨리 끝날 거예요. 걱정하지 말아요!"

두 사람은 빠르게 줄어드는 희생자들 가운데에서도 마치 자기들뿐인 것처럼 이야기를 나눈다. 눈과 눈, 목소리와 목소리, 손과 손, 마음과 마음이 연결된다. '우주라는 어머니'의 두 자식, 이렇게 만나지 않았으면 먼 곳에서 각자 다른 삶을 살았을 두 자식이 어둠의 길목에서 만나 함께 집을 고치고 함께 그 품에서 잠들려 한다.

"용감하고 관대하신 선생님, 마지막으로 한 가지만 여쭤 봐도 될까요? 저는 아무것도 모르지만 왠지 마음이 쓰여서요. 별로 대단한 건 아니에요."

"뭔지 말해 봐요."

"제게 사촌이 하나 있는데, 그 아이는 저의 유일한 친척이고 저처럼 고아예요. 제가 무척이나 사랑하는 아이랍니다. 저보다 다섯 살 어린데 남부 시골 농가에서 살고 있어요. 우리는 가난 때문에 헤어졌는데 제가 죽는 걸 그 애는 몰라요. 제가 글을 몰라서 편지를 못 썼거든요. 혹시 소식을 전할 수 있다면 그 애한테 알려야 할까요? 그냥 이대로 알리지 않는 편이 나을 것도 같고."

"그래요. 그냥 이대로가 좋을 것 같군요."

"여기 오는 내내 그 생각을 했어요. 지금도 그 생각 중이고요. 제게 큰 위안을 주시는 선생님의 다정하고 굳건한 얼굴을 보고 있으면 이런 생각이 들어요. '만약 공화국이 정말로 가난한 사람들한테 좋은 일을 한다면 그리고 그들이 덜 굶주리고 덜 고생한다면, 그 애가 오래 살 수 있을 텐데. 어쩌면 늙어 죽을 때까지도 살 수 있을 텐데.'"

"그다음에는 어떻게 될까요, 착한 아가씨?"

"선생님, 혹시 선생님과 제가 살게 될 자비로운 신의 보금자리에서, 동생을 기다리는 시간이 길게 느껴질까요?"

인내밖에 모르고 원망할 줄도 모르는 아가씨의 눈에 눈물이 흐르고 살짝 벌어진 입술이 파리하게 떨린다.

"그렇지 않을 거예요, 아가씨. 그곳에는 시간이란 것이 없어요. 고통이란 것도 없고요."

"큰 위로가 됐어요! 제가 이렇게 아는 게 없답니다. 이제 선생님께 키스해도 될까요? 시간이 다 됐죠?"

"그래요."

처녀가 그의 입술에 자신의 입술을 살짝 댄다. 그도 여자의 입술에 키스한다. 그들은 성스럽게 서로를 축복한다. 그가 처녀의 손을 놓아도 처녀의 여윈 손은 떨리지 않는다. 참을성 있는 처녀의 얼굴은 사랑스럽고 빛이 나며 흔들림이 없다. 처녀가 그보다 먼저 나간다. 먼저 사라진다. 뜨개질하는 여인들이 일제히 수를 센다. 스물 둘!

'나는 부활이요, 생명이니 나를 믿는 자는 죽어서도 살겠고 살아서 나를 믿는 자는 영원히 죽지 아니하리라!'

윙윙대는 수많은 목소리, 위를 올려다보는 수많은 얼굴, 군중의 가장자리에서 중심으로 몰려드는 수많은 발자국 소리. 거대한 파도처럼 눈앞으로 부풀어 오르던 군중의 바다가 번쩍하는 순간 빠져나간다. 스물 셋!

그날 밤 도시에는 그에 대한 수많은 말들이 나돌았다. 사람들은, 그의 얼굴이 기요틴을 거쳐 간 죄수들의 얼굴 중에서 가장 평화로워 보였다고들 했다. 그의 얼굴이 숭고한 예언자의 얼굴 같았다는 말을 덧붙이는 이도 많았다.

같은 날, 같은 도끼날에 희생된 죄수 중에는 눈에 띄는 여자 한 명이 있었는데, 그녀는 죽기 직전 기요틴 아래에서 머릿속에 떠오른 생각을 적게 해 달라고 청했다. 만약 칼튼이 자신의 생각을 입 밖에 내어 이야기했다면, 그리고 그의 이야기가 예언의 모습을 하고 있었다면, 이런 모습이지 않았을까.

"나는 본다. 옛 체제의 붕괴 위에 태어난, 길게 늘어선 새 폭군들, 바사드와 클라이, 드파르주, 방장스, 자크 3호, 배심원들, 판사들이, 기요틴이 사라지기 전에 그들 역시 이 복수의 도구로 멸망하는 모습을. 나는 본다. 이 깊은 구렁텅이에서 아름다운 도시가 다시 세워지고 현명한 사람들이 다시 살아나는 모습을. 그리고 진정한 자유를 위한 투쟁 속에서, 승패를 거듭하는 기나긴 세월 속에서, 이 시대의 악과 그 악을 잉태한 전 시대의 악이 스스로 속죄하며 소멸해 가는 모습을.

나는 본다. 내가 목숨을 바쳐 사랑했지만 다시 볼 수 없을 그들이 영국에서 성공을 누리며 행복하고 평화롭게 살아가는 모습을. 그리고 그녀가 내 이름을 딴 아이를 품에 안고 있는 모습을. 나는 본다. 늙고 허리는 구부정하지만 건강을 회복한 그녀의 아버지가 진료실에서 환자들을 정성껏 돌보며 평화롭게 살아가는 모습을. 나는 본다. 10년이라는 긴 세월 동안 자신이 가진 모든 것으로 그들을 풍요롭게 해 준 오랜 친구, 선량한 노인이, 뿌린 대로 거두듯 평안 속에 눈을 감는 모습을.

나는 본다. 내가 그들과 그 자손들의 가슴속에 성스러운 안식처로 길이길이 남는 모습을. 나는 본다. 할머니가 된 그녀가 나의 기일에 나를 위해 우는 모습을. 나는 본다. 그녀와 그녀의 남편이 이생의 여정을 마치고 지상의 마지막 침대에 나란히 누워 있는 모습을. 그리고 그들이 서로를 존경하고 귀하게 여기는 만큼, 내게도 그만큼의 사랑과 존경을 품고 살아가는 모습을.

나는 본다. 그녀의 품에 안긴, 내 이름을 딴 아이가 한때 나의 길이기도 했던 인생을 훌륭히 걸어가는 모습을. 그리하여 그 아이의 후광으로 내 이름이 빛나는 모습을. 더불어 내가 남긴 오명이 지워지는 모습을. 나는 본다. 정의로운 판사, 가장 명예로운 인물로 성장한 그 아이가, 역시 내 이름을 딴 (익숙한 이마와 금발을 한) 사내아이를, 지금의 끔찍한 흔적이 사라지고 멋진 곳이 되어 있는 이곳으로 데리고 오는 모습을. 그리고 나는 듣는다. 그가 아이에게 감격에 겨워 떨리는 목소리로 자상하게 나의 이야기를 들려주는 소리를.

　이제 내가 하려는 일은 지금껏 해온 그 어떤 일보다 훨씬 더 숭고한 일이다. 이제 나는 지금까지 가본 그 어떤 길보다도 더없이 평화로운 휴식을 향해 갈 것이다."

프랑스 혁명 속 저항과 사랑 그리고 희생의
삼중주를 그린 찰스 디킨스의 대표작

1. 서론

월리엄 셰익스피어(William Shakespeare)에 버금가는 영미 문학 작가로
꼽히는 찰스 디킨스는 문학성과 대중성을 두루 갖춘 몇 안 되는 작가다.
셰익스피어가 아름다운 운문을 노래하여 시대와 공간을 막론하고 독자
의 심금을 울린 시인이었다면, 디킨스는 한결같고 정확한 산문을 풀어
내어 독자의 공감을 불러일으킨 이야기꾼이었다고 볼 수 있다.

그는 인류 역사상 가장 급격한 변동의 시기였던 빅토리아 시대에
살았다. 빅토리아 시대라고 하면 보통 1832년 제1차 선거법 개정에
서부터 1900년까지를 말하며, 이 시기가 빅토리아 여왕의 재임 기간
(1837~1901)과 거의 일치하기 때문에 이렇게 부른다. 빅토리아 시대는
물질적, 정신적 격변기였다.

물질적으로는, 18세기부터 시작된 산업 혁명의 영향으로 철도 및 통
신 시설이 발달하면서 개인의 삶에도 크나큰 영향을 끼쳤다. 합승마차를
보며 자란 사람들이 전차를 타게 될 만큼 모든 변화가 가속화되었을 뿐
아니라, 그에 따라 삶의 중심 역시 농촌에서 도시로 옮겨지면서 생활 구
조가 뿌리째 흔들리던 시기였다.

정신적으로는, 나폴레옹에 의해 혁명 이념이 유럽 전역으로 퍼져 나가던 시기였다. 나폴레옹은 세계 정복이라는 엉뚱한 꿈에 빠져 유럽 원정에 나섰는데 러시아의 매서운 기후에 무릎을 꿇었다. 그의 꿈은 실패로 끝나고 말았지만, 그는 정복한 곳마다 봉건적 왕권과 귀족 제도를 폐지하고 민주적 절차에 따른 입헌 정치를 수립해 나갔기에 결과적으로는 유럽 전역에 자유 민주주의의 씨앗을 뿌렸던 것이다. 디킨스는 이러한 격변기에, 세계의 정치, 경제, 문화의 수도나 마찬가지였던 런던에 살았다.

당시 그의 글 한 편에 나라 전체가 울고 웃었으며, 대서양 건너 미국 뉴욕항에서도 사람들이 줄지어 서서 그의 최신 글을 기다릴 정도로, 디킨스는 상업적으로 성공한 작가였다. 그러나 그의 명성은 당대에만 유지된 것이 아니다. 그의 대작들은, 그가 죽은 지 140년이 훌쩍 넘은 지금까지도 여전히 전 세계 수많은 독자들에게 읽히고 있고, 다양하게 해석되고 번안되어 연극, 뮤지컬, 영화 등 여러 장르에서 끊임없이 새 생명을 얻고 있다. '고전'이 '고전'인 까닭은 시대와 공간과 계층을 초월하여 수많은 독자들에게 감동과 영감을 주며, 끊임없이 재해석되고 재번역되어 시대에 맞는 새로운 모습으로 거듭나기 때문이다.

찰스 디킨스의 작품들은 대체로 길이가 길지만, 재미가 있고 독자를 매료시키는 힘이 있다. 물론, 여타의 작가들과는 달리 그의 작품들은 대개 단행본이 아닌 연재의 형태로 발표가 되었던 터라, 당시 독자들의 요구에 따라 이야기의 방향이 달라지거나 우연성이나 비약이 나타나는 등 구성이 빈약하다는 평단의 평가가 있는 것도 사실이다. 그러나 비교적 후기에 쓰인 이 작품, 《두 도시 이야기》의 경우, 집필 당시 아내와의 불화나 대중적 인기에 대한 조급증 등 정신적으로 매우 불안전한 그의 상황이 반영되었다는 평가에도 불구하고, 물샐틈없이 치밀한 구성을 보이는 몇 안 되는 작품 중 하나이다. 프랑스 대혁명이라는 격동의 시기를 시대적 배경으로 하여, 영국과 프랑스 두 나라의 대도시라는 거대한 공간 속에, 미물과도 같은 미약한 인간의 운명과 사랑이 탄탄하게 엮어져 있는 이 작품은 문학적 재미와 감동을 선사하는 것은 물론, 당시 런던과 파리의 도시 풍경을 정확하게 묘사해 냈다 하여 섬세한 풍속화로서의 사료적 가치 또한 인정받고 있다.

자, 이제 이 작품 속에 살아 숨쉬는 '역사'와 '도시'와 '인물'들을 만나러 떠나 보자.

2. 본론

1) 프랑스 대혁명

디킨스는 19세기 영국의 역사가 토머스 칼라일(Thomas Carlyle)의 《프랑스 혁명사》에서 소재를 얻어 《두 도시 이야기》를 썼다고 한다. 디킨스는 이 소설을 쓰기 전 《프랑스 혁명사》를 아홉 번이나 읽었는데, 막역한 사이인 칼라일에게 자료를 요청하자 칼라일은 마차 두 대 분량의 자료를 갯즈힐 저택으로 보내 주었다고 한다. 그만큼 디킨스가 시대적 상황을 있는 그대로 작품 안에 재현하기 위해 심혈을 기울였다는 이야기다.

프랑스 혁명의 이면에는 자유 계몽사상의 성장, 전제왕권 수립으로 소외된 지방 귀족이나 영주들의 반발과 같은 사상적, 정치적 배경도 있었다. 하지만 혁명의 직접적인 원인은 경제적 빈곤이었다. 18세기 인구 증가와 물가 상승, 흉년 등은 도시와 농촌의 민중을 한가지로 도탄에 빠뜨렸다. 물가 상승과 도시 인구 증가는 생계비와 임금의 극심한 불균형을 초래했고 이로 인해 두터운 도시 빈민층이 형성되었다. 전체 인구의 80퍼센트 이상을 차지하고 있던 농민들의 상황은 더 심각했다. 부모의 동산조차 상속받을 수 없고 오직 영주에 대한 납세 의무만을 상속받는 농노, 날품팔이 농민, 영세 농민들은 인두세, 20분의 1세, 염세 외에도 도로 부역, 군대 수송, 군역 등도 부담해야 했다. 뿐만 아니라 영주에게 영지세를 납부하고 각종 착취와 시달림을 당했으며 성직자에게도 십일조를 납부하는 것은 물론 온갖 공역에 동원되어야 했다.

디킨스는 1789년 대혁명이 일어나기 14년 전, 1775년을 구체제의 특권 계층이 부과하는 온갖 부담과 억압에 짓눌려 민중 계급이 고통받는 시기로 이해하고 있다. 이 책의 도입부에서 디킨스는 프랑스와 영국을 똑같이 혼란스러운 사회로 묘사하고 있다.

방패와 삼지창으로 상징되는 자매국인 영국보다 영적인 문제에 전반적으로 흥미가 없었던 프랑스는 지폐를 마구 찍어 내고 써 버리면서 거침없이 내리막길로 굴러 떨어지고 있었다. 게다가 프랑스는 기독교 성직자들의 비호를 받으며, 비오는 날 약 50미터 거리 밖에서 눈앞으로 지나가는 사제들의 추잡한 행렬에 예를 갖추기 위해 무릎을 꿇지 않았다는 이유로 젊은이의 양손을 자르라고, 집게로 혀를 뽑으라고, 산 채로 화형에 처하라고 선고하는 등 비인도적이기 그지없는 만행을 일삼고 있었다. (……)

영국에는 국가로서 내세울 만한 질서와 치안이 눈곱만큼도 없었다. 심지어 런던에서조차 흉악한 무장 강도와 노상강도가 밤마다 활개를 쳤다. 집집마다 살림살이를 가구점 창고에 안전하게 맡기지 않은 채 시내를 떠나지 말라는 말이 공공연하게 나돌았다. 밤에는 노상강도 짓을, 낮에는 장사치 노릇을 하던 작자들은, 도적질을 하다 마주친 동료 장사꾼이 자신을 알아보고 달려들면 대번에 머리통에 총을 갈긴 다음 말을 타고 달아났다.

(제1부 1장)

그러나 프랑스의 상황이 더욱 심각했다. 프랑스 혁명 당시 폭동의 발생 지역인 생앙투안을 그리면서 디킨스는 인간의 삶 속속들이 스며들어 있는 빈곤의 모습을 보여 준다.

아이들의 얼굴은 삭았고 목소리는 찌들었다. 아이들의 얼굴에, 어른들의 얼굴에 세월의 고랑이 패었고 새로 팬 주름에 한숨과 굶주림이 깃들었다. 어디든 다 그랬다. '높은 건물에서도 굶주림이 밀려나왔고, 장대와 빨랫줄에 널어놓은 너덜너덜한 옷에도 굶주림이 스며들었다. 지푸라기, 누더기, 나무, 종이를 넣고 기운 옷에도 굶주림이 함께 기워져 있었다.' 쥐똥만큼 적은 양의 장작을 톱으로 자르느라 쌓인 톱밥 속에도 굶주림이 켜켜이 쌓여 있었다. 굶주림은 연기가 피어오르지 않는 굴뚝 속을 들여다보기도 했고, 더러운 길바닥의 먹을 만한 부스러기조차 없는 쓰레기 더미 속에 도사리고 있기도 했다. 굶주림은 빵집 선반에도 새겨져 있었고, 몇 개 되지 않는 조그만 싸구려 빵 덩어리 안에도 모두 쓰여 있었다. 굶주림은 소시지 가게에서 팔려고 내놓은 죽은 개로 만든 핫도그 위에도 모두 새겨져 있었다. 굶주림은 돌아가는 원통형 난로 속의 군밤 틈에서 덜그럭덜그럭 바싹 마른 뼈 부딪치는 소리를 냈다. 굶주림은, 마지못해 기름 몇 방울을 부어 볶은 후 접시에 담아 푼돈에 파는 바짝 마른 감자칩 안에도 잘게 다져져 들어 있었다.

(제1부 5장)

디킨스는 이처럼 가난에 허덕이는 도시 빈민들의 모습을 그려 냄으로써 혁명이 일어날 수밖에 없었던 필연적 배경을 보여 준다. 또한 그는 이 장에서 그 유명한 '포도주 잔치' 장면을 묘사함으로써 14년 후 일어날 유혈(流血) 혁명을 예고한다.

문제의 포도주는 적포도주였다. 그 적포도주가 파리 생앙투안 외곽의 좁아터진 길바닥을 붉게 물들였다. 적포도주는 수많은 사람들의 손과 얼굴, 헐벗은 발, 나막신을 붉게 물들였다. 장작을 패던 남자의 손이 도끼 자루에 붉은 자국을 남겼다. 아기를 돌보던 엄마는 누더기 같은 머릿수건을 다시 두르다가 이마에 붉은 얼룩이 생겼다. 술통의 널조각을 탐하던 이들의 입가에도 맹수의 입가처럼 사나운 붉은 자국이 생겼다. 몹시 꾀죄죄하고 키가 멀대같이 큰 어떤 악동이 꼬리가 긴 더러운 나이트캡을 대충 걸쳐 쓰고 포도주 찌꺼기가 스민 진흙을 손가락으로 찍어 벽에 글씨를 휘갈겨 썼다. **'피.'**

(제1부 5장)

디킨스는 이와 같은 가난이 특권층의 사치와 무관심과 무능력 때문이라는 점을 분명히 하기 위해 귀족 계급의 생활상을 제시한다. (제2부 7장) 머리에서부터 발끝까지 온갖 보석과 귀한 옷으로 치장을 한 것은 물론이요, 간식으로 초콜릿을 먹는 데만도 장정 네 명의 시중을 받아야 하는 도시 후작의 모습은 사치의 극치를 보여 준다. 그러나 무능하고 사치스러운 것은 귀족뿐이 아니었다. 실무를 맡고 있는 공직자들은 물론 성직자들도 예외는 아니었다.

보기에 아름답고, 당대 최고의 기술과 취향이 이루어 낸 온갖 장치와 장식들로 방들이 꾸며져 있었는데도, 그 저택은 사실 건전한 업무가 이루어지는 장소가 아니었다. 그곳은 어딘가 다른 곳에 있는 나이트캡을 쓰고 넝마를 걸친 허수아비들을 조금이라도 염두에 두고 생각해 본다면 참으로 마음 불편할 거래들만 이루어지는 곳이었다. (사실 이 저택과 빈민가가 멀리 떨어져 있는 것도 아니었고, 노트르담 탑에서 내려다보면 두 곳까지의 거리도 비슷했으며, 양쪽에서 다 두 개의 노트르담 탑이 보였다) 그러나 그런 일도 각하의 집에서는 아무도 책임지지 않아도 괜찮았다. 군사 지식이 없는 육군, 군함 지식이 없는 해군, 업무 개념이 없는 공직자들, 눈이 색마 같고 혀는 문란하며 생활은 난잡한, 끔찍할 정도로 세속적이고 파렴치한 성직자들. 모두가 각자의 직분에 어울리지 않는 짓을 일삼으면서도 모두가 그 직분을 지키는 척 지독한 거짓말을 늘어놓았다.

(제2부 7장)

이 장에서 디킨스는 무능한 특권층과, '벙거지와 넝마를 걸친 허수아비'로 대변되는 빈민 계층이 한 도시의 양 극단에 존재함을 독자에게 일깨운다. 개인의 부덕과 사치가 아니라 사회 구조 자체의 결함과 계급질서 전체의 부조리를 가난과 혁명의 원인으로 지목하고 있는 것이다.

그러나 혁명의 원인이 이처럼 정당함에도 불구하고, 일단 혁명이 발발하고 그 흐름이 거세지면서 나타난 현상들은 결코 정당하지 않았다. 디킨스 역시 혁명을 주도하는 군중들의 움직임을 통제할 수 없는, 휘몰아치는 폭풍, 넘실대는 거대한 파도, 잡히지 않는 불길의 이미지로 표현한다. 견딜 수 없는 고통, 탄압에서 벗어나려는 움직임은 복수심에 불타면서 동정심은 물론 정의까지도 잃고 거기에 광기까지 더해져 거대한 혼돈의 소용돌이를 일으킨다. 디킨스는 학살과 처형을 연이어 자행하면서 인간의 모습이 얼마만큼 잔인해지고 흉포해질 수 있는지를 선명한 이미지로 그려 낸다.

숫돌에 달린 이중 손잡이를 두 남자가 미친 듯이 돌리고 있었다. 고개를 젖히고 숫돌을 돌릴 때면 긴 머리가 뒤로 넘어가 이들의 얼굴은 가장 흉측하게 변장한 미개한 야만인보다도 더 끔찍하고 잔인해 보였다. 가짜 눈썹과 가짜 콧수염이 휘날렸고 피와 땀으로 범벅이 된 얼굴은 소리를 내지를 때마다 흉측하게 일그러졌다. 야수 같이 흥분한 데다 잠이 부족해서 그런지 시뻘겋게 충혈된 눈이 이글이글 타올랐다. 악당들이 쉬지 않고 돌고 도는 사이, 떡이 된 머리카락이 앞으로 쏟아져 눈을 가렸다가 다시 목 뒤로 넘어가기를 반복했고, 어떤 여자들은 사람들이 마실 와인을 들고 있었다. 뚝뚝 떨어지는 피, 뚝뚝 떨어지는 와인, 숫돌에서 튀기는 불꽃에 사악한 분위기까지, 그야말로 피의 불바다 같았다. 피범벅이 되지 않은 사람을 찾기가 어려울 정도였다.

(제3부 2장)

아무리 정당한 의도와 목적에서 시작된 일이라 할지라도 그것이 진행되는 과정에서 인간의 통제에서 벗어나면 어떤 모습, 어떤 형태로 바뀔지 알 수 없는 노릇이다. 혁명도 마찬가지였다. 처음에는 자유와 평등을 기치로 천부인권을 회복하고자 일어난 운동이었으나, 점차 혁명은 본질을 잃고 복수심과 광기의 지배를 받기에 이르렀다. 디킨스는 군중들이 시위를 하며 단체로 추는 카르마뇰이라는 군무를 이렇게 표현한다.

그들은 도로를 채우고 줄을 서서 고개는 낮게, 손은 높이 향하고 비명을 지르며 서로 덮치듯이 달려들었다. 아무리 끔찍한 싸움도 그들의 춤에 대면 반의반 만큼도 무섭지 않았다. 단언컨대, 그것이 한때는 순진무구한 놀이였을지 몰라도 이제는 아주 타락해 버린 파괴적인 선동 수단에 불과했다. 예전에는 건전했던 유희가 이제는 피를 끓어오르게 하고 감각을 혼란스럽게 하고 심장을 딱딱하게 하는 수단으로 전락한 것이었다. 물론 그 군무에도 원래는 우아한 면이 있었을 것이다. 그러나 그런 우아함이 타락하면 더 흉악해지는 법이다. 말하자면 이 군무는, 본래 선한 것들이 뒤틀리고 왜곡되면 어떻게 되는지를 극명하게 보여 주는 예라 할 수 있었다. 풀어헤친 처녀의 가슴, 헝클어진 얌전한 소녀의 머리, 피가 고인 진창에서 첨벙대는 섬세하고 고운 발, 이 모든 것이 해체된 과거를 보여 주는 표상들이었다.

(제3부 5장)

디킨스가 이 소설에서 과도할 정도로 폭력 장면을 강하게 묘사하는 이유를, 혹자는 소설 집필 당시 저자의 심리 상태와 관련짓기도 한다. 아내와 헤어졌고 신경쇠약증을 앓고 있었기 때문에 표현이 자연스럽게 과격해질 수밖에 없었다는 것이다. 그러나 디킨스의 폭력 노출 역시 그의 역사관이라고 보는 편이 더 타당하다. 디킨스는 역사를 신의 섭리와 계시라고 보는 칼라일의 역사관으로부터 영향을 받았던 바, 프랑스 귀족들의 파멸이 스스로 뿌린 악의 씨앗으로 인한 인과응보의 결과라는 통찰을 보여 준다. 온갖 착취와 폭력과 횡포를 일삼은 귀족 계급은 마땅히 그 대가를 치러야 하며, 따라서 마땅히 석화(石化)될 수밖에 없는, 그리하여 과거의 유물로 굳어지고 무너져 내릴 수밖에 없는 계급인 것이다.

그 석조 얼굴은 후작 나리의 베개 위에 편안히 놓여 있었다. 갑자기 놀라서 화를 내다가 그대로 굳어 버린, 멋진 가면 같은 석조 얼굴이었다. 석조 얼굴의 돌 심장에 꽂혀 있는 것은 바로, 칼이었다.

(제2부 7장)

불길에 휩싸인 대저택은 잿더미가 되었다. (······) 불길이 치솟을 때마다 석조 얼굴들이 고통스럽게 일그러졌다. 거대한 석재와 목재가 허물어져 내릴 때 코 양쪽이 움푹 팬 석조 얼굴이 살짝 보였다가, 이내 불길에 휩싸여 버렸다.

(제2부 23장)

그러나 뿌린 대로 거둔다는 신의 섭리가 역사에 작용하고 있음을 보여 주려는 디킨스의 의도는 다른 부분에서도 엿보인다. 그는 구체제와 마찬가지로 혁명 세력도 악의 씨앗을 뿌리고 있음을 마지막 장 칼튼의 예언 부분에서 분명히 표현하고 있다.

똑같은 망치로 인간을 한번 내리쳐 보라. 똑같이 고통스러운 모습으로 일그러지리라. 탐욕스러운 방종과 탄압이라는 씨앗을 똑같이 뿌려 보라. 반드시 똑같은 열매를 맺게 되리니. (······)

"나는 본다. 옛 체제의 붕괴 위에 태어난, 길게 늘어선 새 폭군들, 바사드와 클라이, 드파르주, 방장스, 자크 3호, 배심원들, 판사들이, 기요틴이 사라지기 전에 그들 역시 이 복수의 도구로 멸망하는 모습을. (······)"

(제3부 15장)

또한, 목숨보다 아끼는 루시 마네트를 구하기 위해 마담 드파르주를 총으로 쏘아 죽인 미스 프로스가 영원히 귀가 먹게 된다는 설정(제3부 14장) 역시, 어쩌면 좋은 의도에서 행한 일이라 하더라도 살인과 같은 폭력에는 결국 그 대가가 따른다는 인과응보의 논리를 우회적으로 보여 주는 것 아닐까.

2) '두 도시' 이야기

이 작품은 런던에서 파리를 향해 가는 역마차에서 시작하여 파리에서 런던으로 되돌아가는 역마차로 끝을 맺는다. 그만큼 이 작품 안에서 런던과 파리, 두 도시의 의미는 매우 크다고 할 수 있겠다. 소설 도입부(제1부 1장)에서 디킨스는 런던과 파리를 둘 다 범죄와 폭력이 난무하는 혼란스러운 사회로 묘사하고 있기는 하지만, 두 도시가 이야기 속에서 담당하는 역할은 전혀 다르다. 한마디로 정의하자면 런던은 '삶과 부활의 공간'이요, 파리는 '죽음과 상실의 공간'이다.

디킨스에게 '런던'은 떼려야 뗄 수 없는 분신과도 같은 곳이었다. 디킨스가 어린 시절을 제외한 평생을 보낸 곳이 바로 런던이요, 그의 작품 대부분이 배경으로 하고 있는 곳 역시 런던이다. 심지어 디킨스는 스위스의 제네바(Geneva)에서 《돔비와 아들(Domby and Son)》을 집필하던 중 친구인 존 포스터(John Foster)에게 이런 편지를 쓰기도 했다. "나는 지금처럼 글의 문턱에서 헤매 본 적이 없소. 마치 내가 있어야 할 땅에서 뽑혀 나온 것 같고 다시 뿌리를 내리기 위해서는 반드시 그곳으로 돌아가야 한다는 생각이 들었소." 이와 같은 런던에 대한 각별한 애정 때문이었는지는 몰라도 이 작품 안에서도 런던에 대한 긍정적인 시선이 여러 군데에서 드러난다.

박사가 살고 있는 길모퉁이보다 더 이상한 모퉁이는 런던에서 찾아보기 어려웠다. 집 앞을 통하는 길이 없었고, 집 정면으로 난 창문에서 내려다보이는 정겨운 거리 풍경은 복잡한 세상사에서 한 발짝 물러난 듯 호젓한 공기로 가득했다. (……)

그 길모퉁이는 시원한 곳, 고요하면서도 활기찬 곳, 메아리가 울려 퍼지는 아름다운 곳, 시끄러운 거리를 피해 찾아드는 항구였다.

이런 정박지에는 으레 돛단배가 평화롭게 떠 있기 마련이고 그곳에도 돛단배는 있었다. 박사의 집이 바로 그곳이었다.

(2부 6장)

"그 잘난 영국인들은, 많은 이들이 자기네 나라를 '피난처'로 삼는다고 떠들어 대더구나. 거기서 너도 영국을 '피난처'로 삼은 동포를 만났지? 의사였던가?"

(제2부 9장)

런던 텔슨 은행이 귀족들의 본부이자 집결 장소였다. 유령이 제 몸뚱이를 의지하던 곳에 자주 출몰하듯, 무일푼이 된 귀족들도 자신들의 재산을 보관했던 텔슨 은행에 자주 드나들었다. 더욱이 텔슨 은행은 공신력 있는 프랑스 소식을 가장 빠르게 접할 수 있는 곳이었다. 또 텔슨 은행은 관대한 은행이었던지라 엄청난 재산가였다가 몰락한 옛 손님들도 박대하지 않았다. 폭풍이 몰아치리라는 것을 제때에 간파한 귀족들은 재산이 몰수될 것이라 예측하고 앞날을 위해 텔슨 은행에 돈을 송금해 두었기에 은행에 방문할 일이 많았다. 그들은 그곳에서 가난한 동포들이 전해 주는 조국 이야기를 언제든지 들을 수 있었다.

(제2부 24장)

작가가 에브레몽드 후작의 입을 빌려 직접 이야기하듯이 런던은 '피난처'의 역할을 담당한다. 그러나 단순히 '피난처(refuge)'에 그치지 않는

다. 그곳은 '부활과 재생의 공간'인 것이다. 18년 동안이나 산 채로 매장되어 있던 마네트 박사가 자신을 되찾고 의사로서의 직업과 과학자로서의 지성을 회복한 곳은 런던이다. 프랑스 보베 태생의 마네트 박사는 파리에서 모든 것을 잃고 '죽음'과 마찬가지인 상황에 처했다가 런던에 와서 부활의 축복을 누리게 된 것이다. 이후 사위를 구하러 다시 파리로 건너갔다가 자신의 과거로 인해 사위가 '죽음'의 경계에 놓이자 자신을 잃고 구두장이의 모습으로 되돌아간다. 그러나 칼튼의 마지막 예언 속에서 런던으로 돌아간 박사는 다시 본래의 모습을 회복하고 의술을 베풀며 평화로운 여생을 보내는 것으로 그려진다.

한편, 또 다른 프랑스 태생의 찰스 다네이 역시 파리에서 가문의 악행과 횡포에 괴로워하다가 런던에 와서 새 삶을 누리게 된다. 그의 삶은 풍족하지는 않았지만, 자신의 노동과 노력에 의해 가꾸어지는 만큼 보람되고 가치 있는 삶이었다.

찰스 다네이는 런던에서 황금이 깔린 길을 걷는 것도, 장미꽃잎이 뿌려진 침대에 눕는 것도 기대하지 않았다. 만약 그렇게 안락한 생활을 기대했다면 그는 성장하지 못했을 것이다. 그는 노동을 하며 살아가겠다고 작정했고 일자리를 찾았으며 최선을 다해 일했다. 이것이 그의 성공 비결이었다.

(제2부 10장)

런던에서 새로운 이름과 새로운 신분으로 살아가면서 다네이는 사랑하는 여인 루시 마네트와 결혼도 하고 화목한 가정도 꾸리게 된다. 그러나 자석바위에 이끌리듯 어찌할 수 없는 운명에 이끌려 다시 파리로 건너간 그는 그곳에서 다시 죽음과 마주하게 된다. 그는 작품의 끝 부분에서 정신을 잃고 '가사(假死) 상태'에서 파리를 벗어나며, 마찬가지로 칼튼의 예언 속에서 런던으로 돌아가 사랑하는 가족들과 행복하게 삶을 꾸려 나가는 모습으로 그려진다.

런던이 이처럼 '소생'의 역할을 담당할 수 있는 것은, 그곳에 두 인물이 있기 때문이다. 우선 '소생'의 한 축을 담당하는 인물은 자비스 로리이다. 그는 텔슨 은행의 성실한 은행원이다. 그는 60년 간 몸담아 온 업무에 최선을 다하기 위해 자신을 내던지는 인물이다. 그는 자신을 일컬어 '감정 없이 은행 업무를 처리하는 기계'라고 칭하지만(제1부 4장), 변함없는 성실성과 근면성, 신의를 지켜 나가며 마네트 가족의 돈독한 친구가 된다. 그리고 마네트 박사의 부활과 두 번에 걸친 찰스 다네이의 구명에서 매우 중요한 역할을 담당한다. 이런 점에서 볼 때 디킨스는 국가의 장래를 소생시킬 희망이, 과격하고 변덕스러운 신흥 세력이 아니라 고루하고 융통성 없지만 한결같고 믿음직스러운 구시대적 지식인들과 그들의 윤리 안에 있다고 이야기하는 듯하다. 또한 구시대의 전통을 모두 부정한 프랑스와 파리가 어떠한 상황에 처했는지를 극명하게 보여 줌으로써, 이를 타산지석으로 삼아 긍정적인 전통을 계승해야 한다는 일종의 경고를 영국과 런던을 향해 보내고 있는 것으로도 볼 수 있다.

'소생'을 담당하는 두 번째 축은 바로 루시 마네트이다. 루시는 혁명 장면에 등장하는 호전적이고 사나운 마담 드파르주나 방장스 같은 인물들과 대조적인 모습을 보인다. 그녀는 일견 남성 우위 사회에서 아름다운 외모와 연약한 성품으로 가정의 안위를 살피는 순종적인 여성으로 보이지만, 실제 이 소설에서 루시 마네트가 하는 역할은 생명을 불어넣는 일이다. 18년간의 감옥 생활로 자신을 잃은 아버지에게 생명을 불어넣고, 타고난 이름과 신분과 가족을 모두 잃은 찰스 다네이에게 새로운 삶을 불어넣고, 절망에 빠져 죽음을 기다리는 것 말고는 아무런 희망도 없는 시드니 칼튼에게 누군가를 위해 희생하고 싶다는 욕망을 불어넣는 인물이 루시 마네트이다.

그의 얼굴에 낀 시커먼 구름을 마법처럼 걷어 낼 수 있는 힘이 있는 사람은 오로지 그의 딸뿐이었다. 루시는 비참한 고통 저편에 있는 '과거의 마네트 박사'와 비참한 고통 이편에 있는 '현재의 마네트 박사'를 연결해 주는 '금실' 같은 존재였다. 루시의 목소리, 루시의 눈빛, 루시의 손길에는 늘 아버지의 고통을 치유해 주는 힘이 있었다.

(제2부 4장)

당신을 위해, 당신이 사랑하는 이들을 위해 저는 무엇이든 할 겁니다. 제 경력이 당신을 위해 희생할 기회나 자격을 얻는 데 보탬이 된다면, 저는 기꺼이 당신과 당신이 사랑하는 이들을 위해 희생을 맞이할 것입니다. 가끔 조용한 시간에 저를, 제가 드린 말씀이 진심이라는 것을 마음속에 떠올려 주십시오. 때가 곧 올 겁니다. 머지않아 당신에게도 새로운 '실'이 이어질 때가 올 겁니다.

(제2부 13장)

루시와 로리가 있기에, 아직 허물어지지 않은 전통적 윤리와 보편적 도덕이 남아 있기에 런던은 '삶의 공간'으로서의 역할을 담당한다. 그러나 혁명의 광기와 광풍에 모든 것이 휩쓸려 날아가 버린 파리는 '죽음의 공간'이 될 수밖에 없다. 마네트 박사의 경우처럼, 그리고 찰스 다네이의 경우처럼 말이다. 물론 시드니 칼튼의 경우 이야기가 조금 다르다. 죽은 것과 마찬가지인 삶을 살고 있던 시드니 칼튼은 역설적으로 파리에 가서 죽음을 직면하고서야 영원한 삶을 맞이하게 된다.

프랑스에서 태어나 런던에 가서 삶을 누리는 프랑스인과, 영국에서 태어나 파리에 가서 죽음을 맞이하는 영국인. 그 두 남자는 쌍둥이라 여겨도 될 만큼 닮은 외모에 둘 다 타고난 재능 역시 탁월하지만, 삶의 방식이 다르고 겉으로 드러나는 태도 역시 판이하게 다르다. 또 두 남자는 같은 여자를 바라보고 있지만 사랑을 구하는 방식 역시 다르다. 역설적이게도, 언제까지나 반듯하기만 할 것 같던 찰스 다네이는 시드니 칼튼의 희생으로 간신히 생명을 구하고, 언제까지나 방탕하게 살아가며 다른 이에게 아무런 도움도 주지 않을 것 같던 시드니 칼튼은 한 사람의 생명과 한 가족을, 그리고 나아가 다른 희생자의 영혼까지도 구원한다. 작가가 등장인물들의 입을 빌려 닮은 듯 다르다고 말하는 이 두 인물들은, 결국 다른 듯 닮은 인물, 아니, 어쩌면 한 명의 인간 속에 존재하는 두 개의 얼굴이 아닐까.

3) 칼튼의 두 얼굴, 욕망과 자기희생

이 작품 전체에서 가장 결정적인 역할을 하는 중심인물 한 명을 꼽으라면 누구나 시드니 칼튼을 꼽을 것이다. 시드니 칼튼은 작품 전반에서, 아니 작품이 거의 끝나가는 부분까지도 아무런 희망이나 삶에 대한 미련이 없는 인물로 그려진다.

"나야말로 이 세상에 속해 있다는 걸 가장 잊고 싶어 하는 사람이라오. 이렇게 술 마실 때 말고는 나한테 이 세상이 별 도움이 안 되거든. 하기야 나도 세상에 도움이 안 되는 놈이지만. (……)"

(제2부 4장)

"그럼 내가 왜 취해 있었는지도 아셔야지. 나는 절망에 빠져 일만 하는 기계요. 이 세상을 다 뒤져도 내가 보살펴야 할 사람도 없고 나를 보살펴 주는 사람도 없다오."

(제2부 4장)

슬프고 슬프게도 태양은 떠올랐다. 햇빛이 비치는 곳 그 어디에도, 뛰어난 능력과 섬세한 감성을 갖추었으면서도 제대로 쓰지 못하는 그 사내, 자신의 성장과 행복을 위해 그 능력과 감성을 쓰지 못하는 그 사내, 자신을 갉아먹는 세균인 줄 알면서도 갉아먹지 못하게 세균을 내치지 못하는 그 사내보다 더 슬픈 광경은 없었다.

(제2부 5장)

시드니 칼튼은 타고난 능력이 있는데도 친구인 스트라이버의 조수 노릇이나 하는 인물로 그려진다. 스트라이버는 입심 좋고 대범하며 적극적인 인물로 법조계에서 명성을 얻지만 변호사로서 치명적인 결함이 있는 인물이다. 즉, 산더미처럼 많은 진술들 중에서 핵심을 뽑아내는 능력이 부족한 것이다. 그리고 그 능력을 채워 주는 '자칼'의 역할을 하는 이가 시드니 칼튼이다(제2부 5장). 칼튼은 겉보기에는 무심하고 무례하며 방탕한, 쓸모없는 인간 같지만, 실제로는 매우 '섬세하며' 예리한 통찰력과 탁월한 업무 처리 능력을 타고난 인물이다. 찰스 다네이의 재판에서 결정적인 증언을 무색케 할 방안을 떠올린 사람도, 루시 마네트가 쓰러진 것을 가장 먼저 발견한 사람도 칼튼이었다(제2부 3장). 그럼에도 불구하고 여러 여건들로 인해 아무런 욕망이 없는 인물로 그려지고 있으나, 칼튼의 욕망이 보편적인 욕망과 다른 모습을 하고 있을 뿐, 욕망이 없는 것은 아니었다. 칼튼은 두 번에 걸쳐 자신의 욕망을 겉으로 드러낸다.

"(……) 언젠가 제가 오늘을 회상하게 되면, 제 평생 마지막으로 털어놓은 제 마음을 당신께서 순수하고 순결한 가슴 속에 고이 간직하고 있을 것이라고, 그 누구와도 나누지 않고 고스란히 담아 두고 계실 것이라고 믿어도 되겠습니까?"

(제2부 13장)

"(……) 다네이 씨가 이렇게 쓸모없고 평판 나쁘고 불쑥불쑥 찾아오는 친구를 참아 낼 수 있다면, 여기에 오고 갈 수 있는 영광스러운 특혜를 달라고 청해 볼까 합니다. 나를 그저 낡고 쓸모없는, 그래서 아무도 쳐다보지 않는 가구쯤으로 여기면 안 될까요? (……)"

(제2부 20장)

칼튼의 욕망은 사랑하는 여인 루시 마네트의 마음속에, 루시 마네트의 주변에 머물고자 하는 욕망이다.

프랑스의 문학 평론가 르네 지라르(Rene Girard)는 욕망에 대해 이렇게 이야기한다. 소설 속의 인물들은 대상을 소유하고자 하는 욕망을 갖는다. 대개 이 욕망은 자신의 부족함을 채우기 위한 자연발생적인 욕망이 아니라 중개자를 모방함으로써 얻고자 하는 간접화된 욕망이다. 따라서 욕망은, 주체와 대상과 중개자로 이루어지며 이를 '욕망의 삼각형'이라 일컫는다. 주체는 중개자를 모방함으로써 대상에 대한 욕망을 드러낸다.

이렇게 볼 때, 칼튼은 '대상'인 루시를 욕망하는 '주체'이며, 다네이는 칼튼이 모방하고자 하는 '중개자'라고 볼 수 있다. 소설 결말 부분에서 루시에게 남기는 마지막 유서를 칼튼이 다네이에게 대필시키는 부분에 이런 특징이 명료하게 나타난다. 스스로 실패한 인생을 살지 않았다면 찰스 다네이처럼 루시의 사랑을 받으며 살았을지도 모른다는 칼튼의 모방 욕망이 분명하게 구현되는 것이다. 다만 칼튼의 욕망은 루시를 소유하고자 하는 욕망이 아니라 곁에 머물고자 하는 욕망이다. 그 이유에 대해 칼튼은 이렇게 설명한다.

"마네트 양, 저는 당신도 알다시피 자신을 내팽개친 형편없는 술꾼에 자학을 일삼는 가련한 인간입니다. 설령 당신이 이런 남자의 사랑을 받아 주신다 해도, 저는 지금 이 순간에도 알고 있습니다. 그렇게 해 주신다면 저야 행복해지겠지만, 제가 당신에게 안겨 드릴 수 있는 것은 비참함과 슬픔과 후회와 고통과 치욕

뿐이며 종당에는 제가 당신을 나락으로 끌고 들어가게 될 것이라는 것을요. 당신이 제게 아무런 호감이 없다는 것은 저도 잘 압니다. 하지만 저는 당신에게 아무것도 바라지 않습니다. 당신에게 뭔가를 바랄 수 없다는 사실에 오히려 고마움을 느낀답니다."

(제2부 13장)

칼튼은 자신의 약점과 한계로 인해 자신의 욕심이 사랑하는 여인을 불행하게 만들 것이라 인식하고 그녀를 소유하기보다는 그저 그녀의 곁에 머물기를 욕망한다. 그리하여 그녀의 곁에 머물기 위해 공식적인 허가를 요청하지만 그렇다고 해서 그 가족과 어떤 돈독한 관계를 형성하거나 눈에 띄는 행동을 하지는 않는다. 본인이 말하듯 '가구처럼' 머물면서, 루시와의 거리를 계속 유지함으로써 약속을 지켜 나간다. 그는 특권을 얻었지만 남용하지 않았고 술에 취해 찾아가는 일도 없었다. 그녀의 가족들에게만큼은 방탕한 모습이 아니라 진실한 모습으로 대하고자 노력했던 것이다. 그리하여 그는 루시의 어린 딸이 팔을 뻗어 껴안은 첫 번째 손님이 되고 루시의 어린 아들이 숨을 거두는 순간 키스를 남길 정도로 그 가족과 진심으로 교감할 수 있는 사람이 된다. 이렇게 주위에서 티나지 않게 머물던 칼튼은 다네이 부부가 곤경에 처하자, 자신의 모습을 드러내지 않고 숨겨진 능력을 최대한 발휘하여 문제를 해결하는 탁월함을 보여 준다. 그리고 마침내 그는 닮은 외모를 이용해 다네이 대신 죽는 길을 선택함으로써 마네트 가족의 주변이 아니라 중심에 영원히 남게 되고 이리하여 그의 욕망은 성취된다.

"(……) 나는 본다. 내가 그들과 그 자손들의 가슴 속에 성스러운 안식처로 길이길이 남는 모습을. 나는 본다. 할머니가 된 그녀가 나의 기일에 나를 위해 우는 모습을. 나는 본다. 그녀와 그녀의 남편이 이생의 여정을 마치고 지상의 마지막 침대에 나란히 누워 있는 모습을. 그리고 그들이 서로를 존경하고 귀하게 여기는 만큼, 내게도 그 만큼의 사랑과 존경을 품고 살아가는 모습을.

　나는 본다. 그녀의 품에 안긴, 내 이름을 딴 아이가 한때 나의 길이기도 했던 인생을 훌륭히 걸어가는 모습을. 그리하여 그 아이의 후광으로 내 이름이 빛나는 모습을. 더불어 내가 남긴 오명이 지워지는 모습을. 나는 본다. 정의로운 판사, 가장 명예로운 인물로 성장한 그 아이가, 역시 내 이름을 딴 (익숙한 이마와 금발을 한) 사내아이를, 지금의 끔찍한 흔적이 사라지고 멋진 곳이 되어 있는 이곳으로 데리고 오는 모습을. 그리고 나는 듣는다. 그가 아이에게 감격에 겨워 떨리는 목소리로 자상하게 나의 이야기를 들려주는 소리를. (……)"

(제3부 15장)

　또한, 칼튼은 죽음을 선택하는 과정에서, 스트라이버 외에는 아무와도 어울리지 않던 과거의 한계에서 벗어나 인간관계의 영역을 넓혀 나가는 모습을 보여 준다. 본인 스스로 말한 바와 같이 '한 번이라도 좋은 일을 하고 싶다'는 소망을 이루는 과정에서, 반역죄를 쓰고 처형을 당하는 불쌍한 재봉사 처녀에게 용기를 불어넣음으로써 존경받을 만한 사람의 위치에 오르게 되는 것이다.

　"선생님이 안 계셨으면 저는 이렇게 침착하게 여기까지 오지 못했을 거예요. 저는 고작 겁 많고 마음이 약한 계집아이일 뿐이니까요. 그래서 저희를 위해 돌아가신 예수 그리스도를 떠올리지도 못했을 거예요. 오늘 여기서 아무런 희망과 위안도 얻지 못했을 거고요. 선생님은 하늘이 제게 보내 주신 분이에요."

(제3부 15장)

　칼튼의 선택은 어쩌면 낭만적 희생이요, 영웅적 행동으로 비칠지도 모른다. 혹자는 칼튼의 죽음을 빅토리아 시대의 낭만성이나 무모한 영웅주의의 반영이라고 평하기도 한다. 그러나 위에서 살펴본 바와 같이, 칼튼의 행동은 낭만주의의 발로라기보다는 본질적으로는 욕망의 성취이며, 표면적으로는 자기희생 정신의 구현이라고 볼 수 있다.

문학은 물론 인류의 역사에는 무수한 '희생양'이 있어 왔다. 로마에 대화재가 발생하자 네로 황제는 기독교인들을 희생양으로 삼았고 나치는 유대인들을 희생양으로 삼았다. 멀리 갈 것 없이 우리가 어려서부터 들어온 〈효녀 심청〉 동화에도 인신공양(人身供養)의 '속죄양 모티브'가 나타난다. '속죄양 모티브'를 통해 작가들이 말하고자 하는 바는 그것이 '소멸과 부활의 통과제의(通過祭儀)'라는 것이다. 심청이 인당수에 뛰어들지 않았더라면 왕비로 거듭날 수 없었을 것이다. 마찬가지로 칼튼이 희생양이 되기를 선택하지 않았더라면 그는 마네트 가족에게는 물론 사회 전체에서도 영원히 주변인으로 머물렀을 것이다. 예수가 십자가에 못 박힘으로써 '사람의 아들'에서 '그리스도'로서 부활했듯, 칼튼 역시 스스로 기요틴행을 선택함으로써 마네트 가족은 물론 버림받은 가련한 영혼까지 구원하는 구세주의 자리에 오르게 된 것이다.

3. 결론

지금까지 몇 가지 측면에서 《두 도시 이야기》를 살펴보았다. 이 글이 미약하나마 독자의 이해를 도왔으면 하는 바람이다. 그러나 이런 분석은 차치하고, 잊지 말아야 할 것은 디킨스가 당대 최고의, 아니 영미 문학사에 길이 남을 '이야기꾼'이라는 점이다. '이야기'의 본질적인 미덕은 재미와 감동이다. 그리고 이 작품은 그 미덕에 충실한 작품이라고 감히 단언할 수 있는 책이다.

수없이 펼쳐 놓은 이야기의 가지들을 결말 부분에 가서 하나도 빼놓지 않고 하나로 아울러 갈무리하는 저자의 솜씨와 탄탄한 구성도 감탄할 만하지만, 틈틈이 보이는 저자의 인간에 대한 통찰 역시 이 글을 풍성하고 재미있게 만들어 주는 요소라 할 수 있다.

이 작품이 독자의 마음속에 길이 소장하고 싶은 책, 가끔씩 그 마음속에서 끄집어내어 책장을 들추어 보고 싶은 책으로 자리매김하기를 간절히 바란다.

1812년   2월 7일 찰스 존 허펌 디킨스(Charles John Huffam Dickens)는 영국 남부에 있는 포트 시(지금의 포츠머스) 외곽에서 태어나다. 8남매 중 둘째, 장남으로 태어났으나 이중 두 명은 어려서 죽었다. 그의 조부모는 하인 출신이었고 아버지 존 디킨스(John Dickens)는 해군 하급 관리였다. 아버지는 사교적이고 유머가 풍부했으나 경제적으로 무능했고, 어머니 엘리자베스 버로우(Elizabeth Barrow)는 선량하고 밝은 여자였으나 대체로 자식들에게 무정했다. 태어난 직후부터 경제적 이유로 인해 계속 이사를 다녀야만 했다.

1817년   아버지 존이 켄트 주에 있는 채텀(Chatham)의 해군 조선소에서 일하면서 형편이 좀 나아져서 잠시 학교에 다니긴 했지만, 공교육보다는 이 시절 다락방에서 읽었던 소설들이 그의 인생에 큰 영향을 끼쳤다.

1822년   경제적인 사정으로 온 가족이 런던으로 이사하여 캠든 타운(Camden Town) 근처의 빈민가에서 살게 되었다.

1824년   장남이었던 디킨스가 가계를 위해 구두약 공장에 취직을 했다.

집안의 빚이 점점 늘어나 아버지를 비롯한 온 가족이 마셜시 채무자 감옥(Marshalsea Debtor's Prison)에서 살았고, 열두 살의 디킨스는 혼자 하숙집에서 생활을 했다. 이 시절의 좌절감은 소설《데이비드 코퍼필드(David Copperfield)》(1849~1850)에 잘 나타나 있다.

1825년 할머니의 유산으로 부채를 청산하면서 구두약 공장을 그만두었다. 아들이 계속 공장에서 일을 해서 돈을 벌기를 바랐던 어머니의 반대에도 아버지는 3년간 웰링턴 하우스 아카데미(Wellington House Academy)에 다니게 했다. 이때 어머니에게 실망감을 느낀 디킨스는 평생 어머니와 서먹한 관계를 유지했다.

1827년 열다섯 살에 학교를 그만두고 2년간 변호사 사무실의 사환으로 일했으나 이 일과 맞지 않았던 디킨스는 법 제도와 변호사에 대한 거부감을 느끼게 되었다. 이후 대영박물관 자료 검토원으로 잠시 일했다.

1832년 속기법을 익혀 스무 살의 나이에 의회 출입 기자가 되다. 이곳에서의 경험을 통해 의회에 대한 불신을 얻게 되었지만 부정부패, 빈부격차 등 사회 현상에 눈을 뜨게 되다. 이 시기 은행가의 딸인 마리아 비드넬(Maria Beadnell)과 첫사랑에 빠졌으나 마리아 부모의 반대로 이 사랑은 이루어지지 않았다.

1833년 《먼슬리 매거진(Monthly Magazine)》에 단편 〈포플러 거리의 만찬(A Dinner at Poplar Walk)〉를 발표했다.

1834년 '보즈(Boz)'라는 필명으로 여러 정기 간행물에 풍속 전문 스케치를 기고하기 시작했다.《모닝 크로니클(Moring Chronicle)》의 기자가 되었다.

1835년 《이브닝 크로니클(Evening Chronicle)》의 편집장 딸인 캐서린 호가스(Catherine Hogarth)와 약혼했다.

1836년 그간에 발표한 풍속 스케치들을 모아 《보즈의 스케치(Sketches by Boz)》를 출간했다. 이후 《픽윅 페이퍼스(Pickwick Papers)》를 연재하기 시작했다. 이해에 평생 문학적 조언자이며 장차 그의 전기를 집필할 존 포스터(John Foster)와 만났다. 4월 캐서린 호가스와 결혼했다. 호가스 집안은 경제적으로는 부유하지 않았지만 문화적으로는 세련된 분위기의 가정이었다. 결혼을 하면서 캐서린의 동생 메리(Mary)가 함께 와서 살게 되면서 디킨스는 처제인 메리와 독특한 정신적 유대 관계를 맺게 되었다. 이듬해 봄 메리가 병으로 죽자 그는 충격을 받은 나머지 처음이자 마지막으로 소설 연재를 중단하기도 했다. 디킨스에게 이상적인 여인상으로 새겨진 메리의 빈자리를 채운 사람은 메리의 동생 조지나(Gerogina)였다. 조지나는 평생 독신으로 디킨스의 집에 살며 살림을 했고, 캐서린과 디킨스가 헤어진 후 디킨스의 임종을 지킨 것도 조지나였다.

1837년 《픽윅 페이퍼스》를 단행본으로 출간했다. 이 작품으로 폭발적인 인기를 얻기 시작했다. 1939년까지 2년 동안 《벤틀리스 미셀러니(Bently's Miscellany)》의 편집장으로 일했다. 장남이 태어나고 좀 더 안락한 집으로 이사해 정착했다. 디킨스는 이때부터 정열적으로 집필 활동에 매진했다.

1838년 《벤틀리스 미셀러니》에 연재했던(1837~1839) 《올리버 트위스트(Oliver Twist)》를 출간했다.

1839년 《니콜라스 니클비(Nocholas Nickleby)》(1838~1839)를 출간했다. 리젠트 파크(Rigent Park) 근처의 고급 주택가로 이사하여 자수성가한 중산층의 본보기가 되었다.

1840년 《험프리 님의 시계(Master Humphrey's Clock)》라는 주간지를 편집했다.

1841년 《골동품 상점(The Old Curiosity Shop)》(1840~1841),《바너비 러지(Barnaby Rudge)》를 출간했다.

1842년 왕성한 집필 활동을 하던 디킨스는 잠시 소설 쓰기에서 해방되어 새로운 견문을 넓히고자 아내 캐서린과 함께 미국 여행길에 올랐다. 미국을 왕이나 계급이 없는 자유 민주주의 국가라 여기고 기대에 차서 여행을 떠났으나 노예 제도를 목격하고 몹시 실망했다. 또 자신의 책이 미국에서 수백만 권이나 출판되었는데도 한 푼도 받지 못했던 터라 공식 석상에서 저작권과 관련하여 미국을 비난하여 미국에서의 인기에 큰 타격을 입었다. 이후《미국 여행 노트(American Notes)》두 권을 발표했다.

1843년 《크리스마스 캐럴(Christmas Carol)》을 출간했다. 이 책은 그해 크리스마스이브 하루에만 6천 권이 팔려 나갔고, 이후 다양한 형태로 편집, 출간되어 영어권 사회에서는 크리스마스트리에 없어서는 안 될 장식품이 되었다. 이 책이 성공한 후 거의 해마다 크리스마스 철이 되면 크리스마스에 대한 이야기를 발표했다.

1844년 《마틴 처즐위트(Martin Chuzzlewit)》를 발표하여 미국인의 속물주의를 풍자했다. 가족과 함께 이탈리아에서 1년을 보냈다.

1846년 《데일리 뉴스(Daily News)》의 편집장을 잠깐 맡았다. 이탈리아에서의 생활을 기록한 《이탈리아에서 보낸 그림(Pictures from Italy)》을 출간했다. 가족과 함께 스위스와 프랑스를 여행했다.

1847년 런던으로 돌아와 '집 없는 여성들을 위한 쉼터'를 설립했다.

1848년 《돔비와 아들(Domby and Son)》(1846~1848)을 출간했다.

1850년 《가정 이야기(Household Words)》라는 잡지를 창간, 1859년까지 발행하는 동안 가정의 중요성을 예찬했지만, 스스로는 아내와 끊임없이 불화를 겪으며 평탄치 않은 가정생활을 이어 갔다. 자전적 소설 《데이비드 코퍼필드》를 출간했다.

1853년 《황폐한 집(Bleak House)》(1852~1853)을 출간했다. 이해 처음으로 공개 낭독회를 열었다.

1854년 《가정 이야기》에 매주 연재하던 《어려운 시절(Hard Times)》를 출간했다.

1856년 어린 시절 동경했던 로체스터(Rochester) 근교에 갯즈힐(Gad's Hill) 저택을 구입했다. 이후 남은 생애 동안 이 집에 머물렀다.

1857년 《리틀 도릿(Little Dorrit)》(1855~1857)을 출간했다. 윌키 콜린스(Wilkie Collins)의 멜로드라마 〈얼어붙은 골짜기(The Frozen Deep)〉의 연출을 맡고 배우로 출연하면서 여배우 엘렌 터넌(Ellen Ternan)과 사랑에 빠졌다.

1858년 아내 캐서린 호가스와 헤어졌다. 이해부터 순회 작품 낭독회를 시작했다. 극장에서 유료 관객을 대상으로 작품의 몇 장면을 골라 낭독하는 것으로 엄청난 인기 속에 죽을 때까지 계속되었다. 순회 낭독회를 통해 디킨스는 막대한 돈을 벌어들이지만 건강을 해치는 결정적인 원인이 되었다.

1859년 《일 년 내내(All the Year Round)》라는 잡지를 발행하다. 여기에 〈두 도시 이야기(A Tale of Two Cities)〉를 연재했다.

1861년 《일 년 내내》에 매주 연재했던 《위대한 유산(Great Expectation)》(1860~1861)을 세 권으로 묶어 출간했다.

1865년 《우리 모두의 친구(Our Mutual Friend)》(1864~1865)를 출간했다.

1867년 두 번째로 미국 여행길에 올랐다. 보스턴, 뉴욕, 워싱턴 등지를 순회하며 작품 공개 낭독회를 개최해 소원하던 미국 독자들과 화해했다.

1868년 영국으로 돌아와 순회 낭독회를 계속했다.

1870년 〈에드윈 드루드의 미스터리(The Mystery of Edwin Drood)〉를 집필하던 6월 8일, 갯즈힐의 서재 샬레 하우스(Chalet House)에서 종일 원고를 쓰고 난 후 저녁식사 때 쓰러져 다음 날 세상을 떠났다. 웨스트민스터 사원에 안장되었다.

옮긴이

신윤진 | 아주대학교에서 국어국문학과 사학을 전공했다. 대학 졸업 후 15년간 고등학생들에게 문학을 가르쳤다. 책이 좋아서, 무작정 책만 읽고 싶어서 번역의 길에 입문했다. 글밥 아카데미 출판번역 과정 수료 후, 바른번역에서 전문 번역가로 활동하고 있다. 원문의 결을 잘 살리면서도 읽기 쉽고 이해하기 쉬운 우리말로 책을 번역하려고 애쓰고 있다.

이수진 | 경영학을 전공하고 해외업무부에서 일하다 번역에 매료되어 성균관대학교 번역대학원에서 번역을 공부하고 문학 석사 학위를 받았다. 다년간 월간《건강과 근육》을 번역하고 있다. 글밥 아카데미를 수료한 후 현재 바른번역에서 활동하고 있다.

두 도시 이야기

개정1쇄 펴낸 날 2020년 12월 1일
개정2쇄 펴낸 날 2021년 1월 30일

지 은 이   찰스 디킨스
옮 긴 이   신윤진, 이수진
펴 낸 이   장영재
펴 낸 곳   (주)미르북컴퍼니
자 회 사   더클래식
전   화   02)3141-4421
팩   스   02)3141-4428
등   록   2012년 3월 16일(제313-2012-81호)
주   소   서울시 마포구 성미산로32길 12, 2층 (우 03983)
E-mail   sanhonjinju@naver.com
카   페   cafe.naver.com/mirbookcompany

* (주)미르북컴퍼니는 독자 여러분의 의견에 항상 귀 기울이고 있습니다.
* 파본은 책을 구입하신 서점에서 교환해 드립니다.
* 책값은 뒤표지에 있습니다.

더클래식

세계문학
컬렉션

11 | 그리스인 조르바 | 니코스 카잔차키스
미국대학위원회 선정 SAT 추천도서 / 한국간행물윤리위원회 선정추천도서
한국출판인회의 출판인이 선정한 100권의 도서

12 | 위대한 개츠비 | 프랜시스 스콧 피츠제럴드
〈타임〉지 선정 현대 100대 영문소설 / 어니스트 헤밍웨이가 인정한 완벽한 일급 작품
20세기 100대 영문소설 1위 / 미국대학위원회 선정 SAT 추천도서 / 뉴욕 공립도서관 추천도서
대한민국 명사 101인의 대표 추천작 / WTO 북클럽 추천도서

13 | 도리언 그레이의 초상 | 오스카 와일드
미국대학위원회 고교 추천도서 101 / 대한민국 명사 101의 대표 추천작

14 | 벨 아미 | 기 드 모파상
모파상의 가장 매력적이고 파격적인 작품 / 19세기 파리를 뒤흔든 파격 스캔들
2012년 개봉한 영화 〈벨 아미〉 원작

15 | 이상한 나라의 앨리스 | 루이스 캐럴
난센스와 판타지의 대표작 / 아카데미 '미술상' 수상한 영화의 원작
19세기 가장 유명한 영국 아동문학 작가

16 | 두 도시 이야기 | 찰스 디킨스
영국이 낳은 가장 위대한 소설가 / 영화 〈다크나이트〉의 모티프
미국대학위원회 선정 SAT 추천도서 / 서울시 교육청 선정 청소년 필독도서

17 | 햄릿 | 윌리엄 셰익스피어
대한민국 명사 101인의 대표 추천작 / 서울대학교 권장도서 100선 / 서울대학교 동서고전 200선
연세대학교 필독도서 / 미국대학위원회 선정 SAT 추천도서 / 국립중앙도서관 선정 청소년 권장도서

18 | 오페라의 유령 | 가스통 르루
4대 뮤지컬 〈오페라의 유령〉 원작 소설 / 프랑스 최고 추리소설 작가

19 | 1984 | 조지 오웰
〈타임〉지 선정 세상을 움직인 책 100권 / 〈텔레그라프〉지 완벽한 도서관을 위한 권장도서 100
세계 3대 디스토피아 미래 소설 / 〈가디언〉지 권장도서 / 뉴욕 공립도서관 추천도서
하버드 대학생이 가장 많이 산 책 1위

20 | 수레바퀴 아래서 | 헤르만 헤세
대한민국 명사 101인의 대표 추천작 / 헤르만 헤세의 사춘기 시절 경험을 바탕으로 한 자전적 소설
노벨문학상 수상 작가 / 국립중앙도서관 선정 청소년 권장도서

21 22 23 | 안나 카레니나 1~3 | 레프 니콜라예비치 톨스토이
톨스토이 생애 최고의 리얼리즘 소설 / 서울대학교 권장도서 100선 / 서울대학교 동서고전 200선
연세대학교 필독도서 / 미국대학위원회 선정 SAT 추천도서 / 오프라 윈프리 북클럽 권장도서
논술 및 수능에 출제된 책(1998~2005)

24 | 오즈의 마법사 1 - 오즈의 위대한 마법사 | 라이먼 프랭크 바움
미국대학위원회 선정 SAT 추천도서 / 연세대학교 필독도서 / 국립중앙도서관 선정 우수 번역서

25 | 리어 왕 | 윌리엄 셰익스피어

대한민국 명사 101인의 대표 추천작 / 서울대학교 권장도서 100선 / 연세대학교 필독도서
미국대학위원회 선정 SAT 추천도서 / 〈가디언〉지 권장도서 / 세인트존스 대학교 권장도서
논술 및 수능에 출제된 책(1998~2005)

26 27 28 29 30 | 레 미제라블 1~5 | 빅토르 위고

저명한 문학비평가들이 극찬한 세기의 걸작 / WTO 북클럽 추천도서
2013년 개봉한 영화 〈레 미제라블〉의 원작 / 전자책 베스트셀러 1위(2013)

31 | 월든 | 헨리 데이비드 소로

미국대학위원회 고교추천도서 101 / 미국대학위원회 선정 SAT 추천도서

32 | 겨울 왕국 (안데르센 단편선 1) | 한스 크리스티안 안데르센

어린이문학에 꽃을 피운 불멸의 작가 / 세계를 움직인 100권의 책 선정
노벨 연구소 선정 세계 100대 문학 작품

33 | 오만과 편견 | 제인 오스틴

서울대학교 동서고전 200선 / 연세대학교 필독도서 / 세인트존스 대학교 권장도서
〈텔레그라프〉지 완벽한 도서관을 위한 권장도서 100 / 〈가디언〉지 권장도서
미국대학위원회 선정 SAT 추천도서 / 국립중앙도서관 선정 청소년 권장도서

34 | 로미오와 줄리엣 | 윌리엄 셰익스피어

서울대학교 동서고전 200선 / 미국대학위원회 선정 SAT 추천도서
칼리지보드 선정 고교생 필독서 101권

35 | 바람이 분다 | 호리 다쓰오

미야자키 하야오의 애니메이션 영화 〈바람이 분다〉 원작

36 | 맥베스 | 윌리엄 셰익스피어

서울대학교 권장도서 100선 / 연세대학교 필독도서 / 미국대학위원회 선정 SAT 추천도서
국립중앙도서관 선정 청소년 권장도서

37 | 신곡 – 인페르노(지옥) | 단테 알리기에리

서울대학교 권장도서 100선 / 국립중앙도서관 선정 청소년 권장도서
미국대학위원회 선정 SAT 추천도서 / 〈뉴스위크〉지 선정 100대 명저

38 | 외투 · 코(고골 단편선) | 니콜라이 바실리예비치 고골

러시아 사실주의 문학의 지평을 연 작품

39 | 인간 실격 | 다자이 오사무

교육과학기술부 산하 사단법인 한국교육지원회 선정 아침독서 10분 운동 필독서
영화 평론가 이동진 추천도서

40 | 마지막 잎새(오 헨리 단편선) | 오 헨리

서울대학교 · 연세대학교 추천도서 / 서울시 교육청 추천도서
EBS 주최 북퀴즈 왕 선발 추천도서

* 더클래식 세계문학 컬렉션은 계속 출간될 예정입니다.